KNAUR

Von Andreas Franz sind im Knaur TB bereits erschienen:

Die Julia-Durant-Reihe:
Jung, blond, tot
Das achte Opfer
Letale Dosis
Der Jäger
Das Syndikat der Spinne
Kaltes Blut
Das Verlies
Teuflische Versprechen
Tödliches Lachen
Das Todeskreuz
Mörderische Tage

Die Peter-Brandt-Reihe:
Tod eines Lehrers
Mord auf Raten
Schrei der Nachtigall
Teufelsleib

Die Sören-Henning-Reihe:
Unsichtbare Spuren
Spiel der Teufel
Eisige Nähe

Andreas Franz / Daniel Holbe: Todesmelodie
Andreas Franz / Daniel Holbe: Tödlicher Absturz
Andreas Franz / Daniel Holbe: Teufelsbande
Andreas Franz / Daniel Holbe: Die Hyäne
Andreas Franz / Daniel Holbe: Der Fänger

Über die Autoren:
Andreas Franz' große Leidenschaft war von jeher das Schreiben. Bereits mit seinem ersten Erfolgsroman »Jung, blond, tot« gelang es ihm, unzählige Krimileser in seinen Bann zu ziehen. Seitdem folgte Bestseller auf Bestseller, die ihn zu Deutschlands erfolgreichstem Krimiautor machten. Seinen ausgezeichneten Kontakten zu Polizei und anderen Dienststellen ist die große Authentizität seiner Kriminalromane zu verdanken. Andreas Franz starb im März 2011. Er war verheiratet und Vater von fünf Kindern.

Daniel Holbe, Jahrgang 1976, lebt mit seiner Familie in der Wetterau unweit von Frankfurt. Insbesondere Krimis rund um Frankfurt und Hessen faszinieren den lesebegeisterten Daniel Holbe schon seit geraumer Zeit. So wurde er Andreas-Franz-Fan – und schließlich selbst Autor. *Todesmelodie, Tödlicher Absturz, Teufelsbande, Die Hyäne* und *Der Fänger,* in denen er die Figuren des früh verstorbenen Andreas Franz weiterleben lässt, waren Bestseller.

Kalter Schnitt

JULIA DURANTS NEUER FALL

Roman

das Opfer = la victime
grausam = brutal/cruel
eintreffen = arriver
auftreffen = heurter/frapper
verstümmeln = mutiler
ähnlich = semblable
der Täter = le coupable
der Tatort = le lieu du crime
die Tat = l'acte (neutre)

Besuchen Sie uns im Internet:
www.knaur.de

Originalausgabe August 2017
Knaur Taschenbuch
© 2017 Knaur Taschenbuch
Ein Imprint der Verlagsgruppe Droemer Knaur GmbH & Co. KG, München
Alle Rechte vorbehalten. Das Werk darf – auch teilweise –
nur mit Genehmigung des Verlags wiedergegeben werden.
Redaktion: Regine Weisbrod
Covergestaltung: ZERO Werbeagentur, München
Coverabbildung: plainpicture / Dave Wall
Satz: Adobe InDesign im Verlag
Druck und Bindung: CPI books GmbH, Leck
ISBN 978-3-426-51650-8

5 4 3 2 1

*Wenn es dunkel wird, taucht das Gesindel auf.
Ich hoffe, eines Tages wird ein großer Regen diesen ganzen
Abschaum von der Straße spülen.*
Taxi Driver, 1976

das Gesindel = la racaille
auftauchen = apparaître, remonter à la surface

der Abschaum = le rebut
spülen = laver (la vaisselle)

PROLOG

Sie fuhr mit der U-Bahn durch die halbe Stadt. Spürte, wie jedes Mal, die Blicke der anderen auf sich. Doch der Weg war zu weit, um ihn in Stöckelschuhen zu bewältigen, und es hatte wie aus Kübeln zu gießen begonnen. Das Haarspray schien aus den nassverklebten Strähnen zu dampfen, ihre Strumpfhosen waren fleckig. Irgendein Arschloch hatte eine Pfütze durchpflügt, als er an ihr vorbeigefahren war, während sie zur Haltestelle stakste. Sie war sich sicher, dass es mit voller Absicht geschehen war.

Ihre mit Rouge übertünchte Augenpartie verengte sich zu Schlitzen, während sie die beiden Damen musterte, die eine Viererbank weiter saßen. Ende sechzig, eine in einer Art Jagdkluft, die andere trug dazu passend einen Fuchsschal. Ein Dackel saß zwischen ihnen auf der Bank. Er trug eine Art Umhang, ebenfalls in Jagdgrün. Schmierte seinen Hundehintern auf das Polster. Ihr Blick verweilte auf dem Hund, was einer der Alten nicht entging. Sie neigte sich zu ihrer Begleiterin und tuschelte etwas.

»Sagen Sie's ruhig laut!«, platzte es aus ihr heraus, und die meisten Augen im Waggon richteten sich auf sie. Zum Glück waren es nur eine Handvoll Menschen inklusive ein paar Halbstarker, die sich auf ihre laute Musik konzentrierten, und ein knutschendes Pärchen.

»Fragen Sie sich, wie viele Schwänze ich heute geritten habe?«

Sie spreizte die Beine und deutete in Richtung ihres knappen Jeansrocks. Den beiden Frauen klappten die Münder auf, ihre Augen weiteten sich. Noch bevor sie sich kopfschüttelnd abwenden konnten, legte die Hure nach.

»Vielleicht war euer Karl-Egon-Heinz-Erwin ja auch dabei, wer weiß?«, spottete sie lautstark. »Aber Hauptsache, eure heile Welt ist in Ordnung und eure einzige Sorge bleibt, welche Farbe Waldis neuer Pullover haben soll!«

Das Quietschen der Bremsen und ein leichtes Beben kündigte die nächste Haltestelle an. Ob es ihr Ziel war oder nicht, die Damen nebst Hund erhoben sich und verließen mit gerümpften Nasen die U-Bahn.

Sie lächelte freudlos und blickte aus dem Fenster in die Dunkelheit. Mit siebenunddreißig Jahren, so grausam es auch klang, gehörte sie zum Alteisen der Straßennutten. Krähenfüße, die nicht vom Lachen herrührten, Hängebusen und, was am schlimmsten war, ausgeprägte Dehnungsstreifen, die wie eine Gewässerkarte über ihrem gesamten Bauch lagen. Einen Blowjob gab sie für zwanzig, notfalls auch für zehn. Ohne Gummi. In einer Zeit, wo fette Geldsäcke mittleren Alters problemlos an Fünfzehnjährige kamen, die es ohne Kondom taten, durfte man nicht wählerisch sein. Ficken kostete dreißig. Einen braunen Schein dafür kassieren zu können war längst Geschichte. Meist schob sie den Rock nach oben und ließ es sich im Auto machen, in Lkw-Kabinen oder auf dem Rücksitz. Wenn Freier es vorzogen, dass sie die Kleidung ablegte, machten nicht wenige ein betretenes Gesicht, wenn sie die Schwangerschaftsstreifen erblickten.

Die Frage, ob sie wenigstens noch eng war, stellte kaum einer, auch wenn sie jedem ins Gesicht geschrieben stand. Manchmal nahm sie ihre Hände zu Hilfe, um ihre Scham zu verkleinern. Wie eng konnte frau schon sein, wenn sie dreihundertfünfzig Tage im Jahr die Beine breit machte?

Sie dachte über die Frage nach, die sie den Frauen an den Kopf geworfen hatte. Wie viele waren es heute gewesen? Sie öffnete das Portemonnaie und zählte das bunte Papier. Blau. Braun. Dazu ein paar Münzen. Es hatte schon bessere Tage gegeben, zum Beispiel, wenn bedeutende Messen in der Stadt waren. Aber auch schlechtere. Zwei Stationen noch bis zur Konstablerwache. Sie klappte den Abfalleimer auf und spuckte ihren Kaugummi hinein. Sofort stieg der säuerliche Geschmack nach Eiweiß und Eisen wieder auf. Schlucken kostete extra. Nicht ohne Grund. Sie erhaschte einen flüchtigen Blick auf ihr Spiegelbild, während draußen die Wandfliesen vorbeijagten und die Bahn in ein erneutes Anhaltemanöver überging. Der Platzregen hatte ihre Schminke verwischt. Sie sah aus wie ein Clown, unter den Augen hatte sich Eyeliner angesammelt und schließlich seinen Weg wangenabwärts gesucht. Sie musste an Alice Cooper denken, der seine Augen stets mit schwarzer Schminke in Szene setzte. Wenn er schwitzte, sah er aus, als würde er Altöl heulen. Dann dachte sie an Smokey Robinson. *The Tears of a Clown*. Ein trauriges Lächeln spiegelte sich in der Scheibe. Niemand interessierte sich dafür, was sie fühlte. Wie sie empfand. Wenn sie stöhnte, als gefiele es ihr, wenn der Freier sie nahm. Wenn sie ihm antörnende Worte zuflüsterte. Denn ein Kunde, der keinen hochbekam, zahlte nicht. Ebenso wenig wie jemand, der nicht abspritzte. Statt Geld gab es dann nicht selten Prügel. Nichts kränkte Männer mehr, als wenn ihr sexuelles Ego einen Lackschaden erlitt.

Es regnete noch immer, als sie von der Haltestelle in die Seitenstraße bog. Die Wolken entluden ihre Wassermassen, als suche eine Sintflut die Stadt heim. Als wolle das jüngste Gericht die Sünden aus der Metropole spülen. Sie verzog die Lippen. Ein einfacher Platzregen würde wohl kaum dafür ausreichen.

Sie öffnete die Wohnungstür mit einem Schubs. Das Schloss klemmte, niemand kümmerte sich darum.

Im Flur stolperte sie über die Schuhe. Flecken auf dem Teppich verrieten ihr, dass irgendwer nach Einbruch des Unwetters nach Hause gekommen sein musste. Sie verkniff sich ein Fluchen. Sie war keine gute Hausfrau. Doch sie arbeitete daran. Versuchte, nicht aus Raviolidosen und vom Lieferservice zu leben, auch wenn ihr das nicht immer gelang. Versuchte, vernünftige Kleidung im Schrank zu haben. Und halbwegs saubere Fenster.

Bevor sie sich mit ihrem Rufen ankündigte, schritt sie ins Bad. Öffnete den Wasserhahn und drehte den Ablauf zu. Trommelnd strömte es in die verkalkte Wanne, der Heißwasserboiler knackte. Aus dem hinteren Zimmer hatte der Fernseher geklungen. Er war zu Hause. Wo sollte er auch sein? Sie streifte ihren regendurchtränkten Rock ab und warf ihn zu der dünnen Jacke. Dazu die Nylons. Ihre Schuhe hatten abgestoßene Spitzen, und an den Absätzen fehlte Lack. Doch wer achtete schon darauf? Mit wenigen Handgriffen entfernte sie das Make-up. Sie wollte nicht wie eine Nutte aussehen, wenigstens nicht zu Hause.

»Kommst du?«, lockte sie dann.

Es dauerte einige Sekunden, dann vernahm sie Schritte. Geschmeidig glitt sie ins Badewasser. Schaum türmte sich auf. Er bedeckte ihre Brüste. Das Wasser reinigte sie, auch wenn sie schon seit langem das Gefühl verloren hatte, richtig sauber zu sein. Zu viele Männer, zu viel Gleitcreme, zu wenig Gummis. Sie verdrängte diese Gedanken hastig, als er in den Türrahmen trat.

Sie reckte sich ihm entgegen. Er lächelte. Dann stieg er ins Wasser, den Hahn hatte sie abgedreht. Schaum quoll über den Rand. Ihre Zungen verbanden sich miteinander, als hätten sie sich wochenlang nicht gesehen. Sämtliche Leidenschaft, die es bei käuflicher Liebe nicht gab, durchwogte sie, und ihre Brustwarzen wurden so hart, dass es sie fast schon schmerzte. Ihre Scham sehnte sich nach ihm, sie wollte ihn in sich spüren. Es genügte gerade noch für ein »Hallo« und »Du hast mir so unendlich gefehlt«, das sie ihm ins Ohr hauchte. Dabei neckte sie ihn mit den Zähnen am Ohrläppchen. Der Schaum legte sich wie eine knisternde Decke über das, was sie taten. Als wolle er die Sünde überdecken.

Er war der einzige Mann, den sie je geliebt hatte. Der einzige, den sie jemals lieben würde.

Und er liebt mich auch.
Das wusste sie.
Immerhin war er ihr Sohn.

Und draußen blitzte und donnerte es, und Sturzbäche gingen auf die Stadt nieder.

DEZEMBER 2014

Julia Durant zog ihren Schal enger. Sie hatte beinahe vergessen, dass der Winter in München ein anderer war als im milden Frankfurt. Eine Böe schnitt ihr ins Gesicht, als sie die Wärme des Einsatzwagens verließ. Doch es war noch eine andere Kälte, die sie spürte. Ein Gefühl, das von innen kam. »Alles okay?«, erkundigte sich Claus Hochgräbe, der den Einsatz leitete. Sie lächelte schief. Julia war es schon viel zu lange gewohnt, dass sie die Leitung übernahm. Selbst damals, als ihre Karriere in München begann, hatte sie mehr zu sagen gehabt als in diesem Moment. Sie verjagte den Gedanken und nickte.
»Als hätte ich mein ganzes Leben auf diesen Moment gewartet«, sagte sie und zwinkerte ihm zu, denn sie wollte nicht, dass er sie falsch verstand. Hochgräbe war ein sensibler Mann. Er war ihr Lebensgefährte seit über vier Jahren – und damit länger als die meisten anderen zuvor. Ihre Beziehung funktionierte, weil jeder seine Freiräume hatte. Davon war Durant überzeugt. Sie war in Frankfurt, er war in München. Ihre freie, gemeinsame Zeit war kostbar, in den Tagen dazwischen pflegten sie Freundschaften und gingen ihrem Job nach. Kriminalpolizei, Mordkommission. Jeder in seiner Stadt. Doch all das sollte sich mit einem Mal verändern. In genau einer Woche würde Kommissariatsleiter Berger in Frankfurt seinen Hut nehmen. Einen Tag später würde Hochgräbe Bergers Büro einnehmen, er würde in Julias Wohnung ziehen, er würde ihr Vorgesetzter werden. Die Kommissarin wusste nicht genau, was davon ihr am meisten Angst bereitete.

Würde ihr Leben in Frankfurt dann so aussehen wie jetzt? War sie plötzlich die Nummer zwei? Würde man sie ernst nehmen, auch wenn sie mit dem Chef schlief, oder würde man sich hinter ihrem Rücken das Maul zerreißen? Und würden Claus und sie es schaffen, Bett und Schreibtisch voneinander zu trennen?
Aber just in dieser Sekunde, in einer windigen Straße Schwabings, Hunderte Kilometer von Frankfurt entfernt, blieb ihr keine Zeit, sich darüber Gedanken zu machen. Sie konnte diese Fragen ohnehin nicht beantworten. Und die bevorstehende Verhaftung war wichtig genug, um alles andere in den Hintergrund zu drängen. Vor einem halben Jahr hatte ein Rachemord die Stadt erschüttert. Ein Vater, dessen Kind ermordet worden war, hatte den Mörder nach zehn Jahren aufgespürt und hingerichtet. Niemand bejubelte die Verhaftung. Es war ein gebrochener Mann, der ins Gefängnis von Weiterstadt geschickt wurde. Und er war unschuldig. Trotzdem gestand er. Es war ein schmutziger Deal, vermutlich spielte Geld eine Rolle, denn weder Politik noch Justiz hatten ein Interesse daran, dass der Fall erneut Wellen schlug. Der Kindermörder von damals hatte zu vielen bedeutenden Männern nahegestanden. Doch dann hatte der wahre Mörder eine Spur hinterlassen. Und Julia Durant hatte sich wie ein Bluthund an seine Fersen geheftet.

Die Pension wirkte, als sei hier vor Jahrzehnten die Zeit stehengeblieben. Plüschkissen, zwei geblümte Ohrensessel im Erdgeschoss, gemusterte Tapeten. Altrosa, pastellgrün, cremeweiß. Kitschiges Hochglanzporzellan und eine beleibte Herbergsdame, deren blonde Locken wie ein Kunstwerk auf ihrem Kopf drapiert waren. Mit tiefer Stimme und beinahe schon ins Österreichische gehendem Dialekt empfing sie die Beamten.
»Ihr macht's mir das ganze Haus narrisch. Muss das sein?«
Hochgräbe sprach beruhigend auf sie ein, bis sie nickte und sich zu ihren aufgeregt kläffenden Pudeln zurückzog.

Es musste sein.

Vor zwei Tagen hatte das Telefon geklingelt. Eine Autobahnraststätte an der A 8, auf halbem Weg zwischen Augsburg und Ulm. Im Speicher der Videoüberwachung war man auf eine der meistgesuchten Personen des Jahres gestoßen. Einen Mann mittleren Alters, der sich der Hinrichtung sexueller Straftäter verschrieben hatte. Er spürte sie auf, manchmal quälte er sie – womöglich inspiriert von dem Fernsehschurken Dexter –, indem er ihnen Fotos oder Zeitungsberichte über ihre Verbrechen vorhielt, bevor er ihnen das Leben nahm. Im Laufe der Ermittlungen waren die buntesten Theorien entstanden, zumal aus ganz Europa Fälle hinzugekommen waren, die in ein mögliches Raster passten. Dank Tankstellen- und Verkehrskameras war es nun gelungen, das Auto samt Kennzeichen zu identifizieren. Ab Augsburg hatte die Kriminalpolizei die Beschattung aufgenommen. Als er die Stadtgrenze Münchens passierte, waren Hochgräbe und Durant längst informiert. Durant, in deren Revier er zuletzt gemordet hatte, war sich sicher, dass er nicht zufällig in die Bayernmetropole reiste.

»Du glaubst, er hat ein neues Opfer?«, hatte Hochgräbe gefragt.

Die Kommissarin hatte entschlossen genickt. »Er tut nichts ohne triftigen Grund.«

So gerne sie ihn sofort verhaftet gesehen hätte, drängte sie darauf, die Observierung fortzusetzen. »Zugriff nur, wenn's wirklich brenzlig wird. Er soll sich erst einmal in Sicherheit wähnen. Seine nächsten Schritte planen. Vor Gericht werden wir jedes Indiz brauchen.«

Er war ein Phantom, das keine Spuren hinterließ. Ein Killer, von dessen Existenz die Behörden erst kürzlich erfahren hatten.

Während Julia Durant sich auf den Weg nach München machte, rauchten dort die Köpfe der Kollegen. Alte Fälle wurden ausgegraben, laufende Ermittlungen abgeglichen. Am Abend, als Durant eintraf, hatte der Gesuchte in einer Pension in Schwabing eingecheckt. Einige Häuser weiter, das hatte Hochgräbes Team rasch herausgefunden, wohnte ein Triebtäter, der erst kürzlich aus der Haft entlassen worden war. Paul Ottwaldt, ein Nachhilfelehrer, der sich an seinen Schülerinnen vergangen hatte. Der sich Zwölfjährigen aufzwang und ihnen die Kindheit raubte. Er war rehabilitiert, seine Strafe war abgesessen. Er hatte sich beim Psychologen reumütig gezeigt, die Sozialarbeiter belatschert und (angeblich) seinen Glauben an Gott gefunden. Sosehr es die Kommissarin ankotzte: Wenn Ottwaldt im Visier stand, musste die Polizei ihn schützen. Seine Wohnung wurde ebenfalls observiert. Was er getan hatte, war gesühnt. Nach den geschändeten Mädchen – einige von ihnen gingen noch immer hier zur Schule und wohnten in unmittelbarer Umgebung – krähte kein Hahn mehr. Es war eine Frage der Zeit, wann eine von ihnen im Supermarkt oder in der U-Bahn in Ottwaldts Fratze blicken würde.

Er hatte sich unter dem Namen Hans Webermeier eingetragen. Die Kopie seines Personalausweises war schlecht belichtet, doch das Foto ähnelte dem Phantombild frappierend.
Sechs Paar Beine stapften die enge Treppe hinauf. Laut der Eigentümerin gab es oben eine Feuertreppe, doch die Fenster waren an ein Alarmsystem gekoppelt. Die Zimmertür flog auf. Durant taxierte das Zimmer, welches eng und womöglich noch plüschiger war als der untere Flur. Ein Rollkoffer, auf dem Tisch Papiere, aber keine Person. Dabei hatte es geheißen, er habe die Pension nicht verlassen. Doch wer wusste schon, wie viel Aufmerksamkeit die aufgetakelte Alte unten ihrem Fernseher oder den beiden Hunden widmete. Und auch ein Observierungsteam war nicht unfehlbar. Sofort prüfte Durant die Fenster. Sie waren geschlossen. Die Bettdecke wurde abgeräumt, die Schranktür aufgerissen. Wo war das Bad? Als sie das Waschbecken sah, durchfuhr es die Kommissarin wie ein Blitz. Sie sprang zurück auf den Gang, um ein Haar hätte sie einen Kollegen die Treppe hinabbefördert. Rüttelte an der weiß gelackten Holztür,

wo in Augenhöhe ein goldener Junge mit zurückgelehnter Schulter in einen Topf pinkelte. Abgeschlossen.
Zwei Minuten später trug der Mann Handschellen. Es war ein Volltreffer. Die *Bildzeitung* würde frohlocken:
Europaweit gesuchter Serienkiller auf dem Lokus verhaftet.

2015

FREITAG

FREITAG, 23. JANUAR

Hatte sie sich beim Parken noch gefragt, ob es richtig war, was sie tat, waren sämtliche Zweifel nunmehr verflogen. Isabell Schmidt gab den Code ein, der die Tür freigab. Das Haus reihte sich ein in elegante Gebäude aus der Jahrhundertwende, die allesamt zwar protzig wirkten, aber nicht weiter auffielen, weil es in dem Viertel keine anderen Gebäude gab. Die Straßenlaternen standen hier enger, und die Hecken waren gepflegter, aber auch höher als anderswo. Wie von unsichtbarer Hand war einer der beiden Torflügel aufgeschwungen. In der Doppelgarage stand das Auto ihres Mannes, doch dieser befand sich in New York.

Ein anderer wartete im Haus auf sie. *Er* wartete, genau so, wie die beiden es verabredet hatten.

Sie hatte ihm die sechsstellige Kombination des Codeschlosses verraten. Das war ein akzeptables Risiko, denn ihr Mann oder sie selbst änderten die Zahlenfolge regelmäßig. Zuerst war es einer ihrer Jahrestage gewesen; der Kennenlerntag, der Verlobungstag, der Hochzeitstag. Später wich die Romantik der Einfachheit. Mathematische Zahlenreihen, Muster auf dem Bedienfeld. Aktuell war es 1-5-9-3-5-7, man zeichnete damit ein X.

Heute sollte es passieren. Isabell hatte ihn vor ein paar Wochen kennengelernt. Wie aus dem Nichts war er in ihr Leben getreten. Sie glaubte nicht an Schicksal, doch in ihrem Inneren spürte sie, dass ihre Begegnung eine tiefere Bedeutung haben musste. Scheu und ganz die biedere Ehefrau gebend, hatte sie sämtliche Komplimente hingenommen, aber nicht erwidert. Doch mit der Zeit konnte, nein, wollte sie sich nicht mehr verschließen. Leonhard Schmidt jagte von einer Konferenz zur nächsten. Rio, New York, Tokio. Früher hatte sie ihn begleitet. Doch ihre Leben besaßen längst keine Schnittmenge mehr. Die Villa war zum goldenen Käfig geworden. Heute hatte sie ihm den Schlüssel zu diesem Käfig gegeben. Würde ausbrechen aus ihrem Gefängnis. Isabell spürte die Hitze, die sich in ihr ausbreitete, als sie den Weg entlangschritt, der zwischen mannshohen Fliedern zum Eingangsportal führte.

Er erwartete sie, als gehörte er schon immer hierher. Bis dato hatte es keinerlei körperlichen Kontakt zwischen ihnen gegeben, bis auf einen scheuen Kuss in einem Parkhaus, bei dem seine Zungenspitze die ihre berührt hatte. Isabell hatte stundenlang nicht schlafen können. Zuerst war es das Gewissen gewesen, dann aber etwas ganz anderes. Sie hatte den Vibrator aus der Schublade gezogen, der unter den Seidenslips ruhte, die niemand außer ihr mehr beachtete. Dreimal hatte sie sich befriedigt, leise jauchzend, als gäbe es jemanden, den sie wecken könnte. Dabei hatte sie sich vorgestellt, wie es wäre, wenn seine Zunge über ihre Brüste wanderte. In sie hinein. Wenn sie sich vereinigten.

Heute wollte sie es spüren.

Sie umarmten sich. Dann nahm er ihren Kopf zwischen die Hände. Ihre Blicke fingen einander.

»Du hast mir gefehlt«, hauchte Isabell. Sie spürte die warmen Lippen, die sie auf die Stirn küssten.

»Du mir auch. Ich habe mich den ganzen Tag auf diesen Moment gefreut.«

Sie versuchte, sich aus dem Mantel zu winden, ohne sich aus seiner Nähe zu befreien.

»Hattest du keine Angst, gesehen zu werden?«, fragte sie unsicher.

»Nein, du etwa? Hast du Angst, dass wir beide auffliegen?«
»So habe ich das nicht gemeint.« Sie versuchte, sich zu entspannen, doch es gelang ihr nicht. »Ich meine ja nur.«
»Setz dich. Wo ist dein Lieblingsplatz?«
Sie deutete auf die Ecke der Couch, von der man den Fernseher sehen und gleichzeitig die Beine hochlegen konnte.
»Setz dich«, kam es erneut. Die Stimme schnurrte fast, dazu spürte sie sanfte Berührungen, die Gefühle in ihr hervorbrachten, die sie längst verloren geglaubt hatte. Sie schloss die Augen, während sie die warmen Hände auf ihren Schultern spürte. Leicht massierend, dazu ein Summen. Ein Blinzeln ließ sie die Champagnerschalen auf dem Tisch entdecken.
»Dein Mann ist also in New York?«
Sie nickte.
»Wie viele Bonusmeilen ergibt das?«
Isabell musste lachen. »Was ist das denn für eine Frage?«
»Interessiert mich halt. Ich mag es außerdem, wenn du lachst. Also hat die Frage ihren Zweck erfüllt. Du bist besonders schön, wenn du lachst.«
»Danke«, gluckste sie, verlegen wie ein Schulmädchen, das vor ihrem ersten Date stand. Mit dem Alphamännchen des Jahrgangs. Ihr Mann machte ihr schon lange keine Komplimente mehr. Sie schliefen getrennt, ihr Lustgewinn beschränkte sich darauf, teure Kunstwerke zu kaufen, die anschließend in der großzügig bemessenen Villa verstaubten. Verstaubten wie ihre kinderlose Ehe, wie ihr ganzes Leben.
»Möchtest du ein Glas Champagner?«
Sie nickte. Sofort stand eines der Gläser vor ihr. Zwei Himbeeren plumpsten hinein. So heftig, dass es die Früchte drehte. Winzige Eiskristalle lösten sich auf. Neben dem Glas befand sich eine Kiste Zartbitterpralinen.
Isabell Schmidt war drauf und dran, ihren Mann zu betrügen. Doch es gab kein Zurück mehr, schon lange nicht. Sie hätte es

schon vor Jahren getan, wenn sie den Mut dazu aufgebracht hätte. Doch heute würde es geschehen. Einfach so. Und das auch noch mit Stil.

Der Champagner trieb ihr das Blut in die Wangen, und schon beim zweiten Glas spürte sie, dass sich auch in ihrem Höschen etwas regte. Sie öffnete ihre Lippen und stöhnte auf, als sie sich die Haarnadel entfernte. Schüttelte den Kopf und ließ die sanft gelockte Pracht frei.

»Du bist wunderschön.«

Sie hob die Augenbrauen.

»Möchtest du nach oben gehen?«

»Ja.«

Sie griff nach einer Praline, während sie aufstand. Dachte an ihre Hüften und an die Oberschenkel, denn dorthin würde die Schokolade sofort wandern. Doch es war zu spät. Sie wollte sie. Fast schon trotzig schob sie sie in den Mund.

Isabell hatte den Gedanken zunächst kaum ertragen können, dass sie ihn in ihr Zuhause ließ und so die Kontrolle aus der Hand gab. Dass sie nicht wusste, was er dort für sie vorbereitete. Doch er hatte jeden Zweifel mit seiner charmanten Art überspielt, jedes Argument mit einem Lächeln in nichts aufgelöst.

»Ich werde dir einen perfekten Abend schenken.«

Damit hatte er sie überzeugen können, denn ihr ganzer Körper sehnte sich nach ihm, und sie hatte diese Nacht um nichts in der Welt gefährden wollen.

Im Schlafzimmer erwarteten sie Kerzen. Für eine Sekunde zögerte sie, bevor sie den Atem in ihrem Nacken spürte.

»Was ist? Willst du nicht mehr?«

»Doch, doch.« Um ein Haar wäre sie gestolpert. Sie ließ sich auf die Matratze sinken.

»Ich möchte dich anschauen, bevor ich dich spüre.«

»Ich möchte dich auch spüren.«

»Eins nach dem anderen. Wir haben alle Zeit der Welt. Möchtest du dich nicht ausziehen?«
»Doch ... schon.«
»Stört dich das Licht? Ich kann es löschen.«
»Nein.« Mit einem Mal fühlte sie sich hilflos. Sie wollte es, sie sehnte sich so sehr nach Nähe. Doch sie fühlte sich irritiert. Champagner. Kerzen. Und nun die Bitte, sich auszuziehen.
»Wie oft hast du das schon gemacht?«
Man konnte das Plopp fast hören, mit dem die erregte Anspannung zwischen ihnen wie eine Seifenblase zerplatzte.
»Wie meinst du das?«
»Nun.« Sie deutete an sich herab, dann in den Raum. »Du erwartest mich, du richtest alles schön her, du gehst mit mir ins Schlafzimmer. Champagner, Schokolade, es wirkt alles irgendwie, hm, abgekartet.«
Fragend blickte er sie an. Auf eine Weise, die ihr Unbehagen bereitete. Mit einem Blick, dem sie sich ausgesetzt fühlte.
»Möchtest du nicht mehr?«
War es das, was er in ihr lesen konnte?
Isabell wollte, sie wollte es sogar sehr. Und sie verstand nicht, was genau in ihr dagegen aufbegehrte. Das Gewissen war es nicht. Sie wollte aufstehen, damit er nicht von oben auf sie herabsah. Doch ihre Beine waren wie Blei. Sie schüttelte den Kopf, um irgendetwas zu tun.
»Das war nicht meine Frage.« Plötzlich begann ihr Herz zu hämmern. Sie atmete schneller. »Mir ist schwindelig. Kannst du mir bitte hochhelfen?«
»Du willst wissen, wie oft ich schon Sex hatte?«
»Nein. Ich will wissen, wie viel von alldem hier ehrliche Romantik ist. Oder, wichtiger noch, was wird passieren, wenn wir miteinander geschlafen haben? Verschwindest du dann auf Nimmerwiedersehen? Denn das möchte ich nicht.«
Sie drückte ihre Arme in die Matratze, um sich nach oben zu stemmen. Diesmal gelang es ihr.

»Was ist bloß los mit dir?«, fragte er einfühlsam. Ein Blick in seine Augen ließ das Feuer wieder aufflammen. Das Wechselbad ihrer Gefühle war schwer zu ertragen. Isabell wollte sich ausziehen. Wollte sich hingeben. Doch sie war nicht so verzweifelt, dass sie sich wegwerfen würde. Außerdem verstand sie nicht, was mit ihrem Körper geschah. Sie wankte wie eine Boje im Sturm, zumindest kam es ihr so vor. Doch das mochte Einbildung sein. Seine Hände hielten ihre Unterarme. Die Bilder an den Wänden hoben und senkten sich. Waren es die Hormone, der Alkohol und die Schokolade? Verlangen, Rausch und Endorphine? Ihr kam eine Idee. »Was wäre, wenn ich noch mehr Champagner möchte? Noch mehr Pralinen? Und wenn ich wieder runtergehen will, um mich zu unterhalten? Ich liebe es, dir zuzuhören.«

»Wir werden uns unterhalten, glaub mir«, lächelte er und löste abrupt seine Finger. Isabell plumpste nach hinten. Ihr Rock rutschte nach oben und gab ihre Oberschenkel frei. Zum ersten Mal seit zwanzig Jahren trug sie Strumpfhosen mit Strapsen. Schwarz-rosafarbene Dessous, die sie sich extra für heute in einer Boutique gekauft hatte. Sie spürte, wie ihre Knie auseinanderklappten, als öffne sie sich mechanisch. Ihre Arme pulsierten warm, doch sie gehorchten ihrem Willen nicht.

Panisch blickte sie ihn an, während er sagte: »Wir werden noch sehr viel Zeit miteinander verbringen.«

MONTAG

MONTAG, 26. JANUAR, 8:15 UHR

Es kam ihr vor, als spüre sie jede einzelne Zigarette, die sie in ihrem Leben geraucht hatte. Die Lungen stachen, ihre Waden zitterten, doch sie spornte sich an. Der Weg ging leicht bergan, vielleicht tat sie sich deshalb schwer. Sie hörte keine Musik, hing ihren Gedanken nach. Schwitzend und keuchend waren das nicht nur angenehme. Den wenigen Joggern, die ihr begegneten, schien es ähnlich zu gehen. Dabei hieß es doch, Sport mache Spaß.
»Am Arsch«, stieß Durant aus und sah auf ihr Handy. 2,8 Kilometer. Noch zweihundert Meter, entschied sie, dann wieder zurück zum Auto. Für eine fast vierwöchige Pause waren sechs Kilometer ein guter Einstieg. Und trotz aller Qualen genoss sie es. Das Alleinsein. Die Ruhe.
Es war ein anderes Leben, seit sie mit Claus zusammenwohnte. Er verbrachte viel mehr Stunden im Präsidium als sie, weil er sich einarbeiten musste. Berger hatte eine Lücke hinterlassen, und zwar nicht nur fachlich, die es zu füllen galt. Es glich einer Sisyphusaufgabe, die Hochgräbe mit der Gewissheit ausführte, dass es immer Neider und Hasser geben würde. Egal, wie tapfer man sich schlug.
Als Durant eine gute Viertelstunde später in ihrem viktoriaroten Opel GT Roadster saß, gönnte sie sich eine halbe Flasche Wasser und entfaltete ihre Zeitung. Der Motor lief warm, sie hatte ein Handtuch um den Nacken gelegt. In Griechenland wurde gewählt.

Man schrieb über den Terror in Paris. Über Boko Haram, den anderen Anschlag in Nigeria, verlor man kein Wort mehr. Und wen interessierte es schon, dass vor vier Wochen ein einzelner Killer verhaftet worden war? Ein Ermittlungserfolg, der für Europol ein Aushängeschild sein könnte. Der sich selbst in einem Satiremagazin gut gemacht hätte. Durant stellte sich vor, wie ein bärtiger Mann in rot-weißer Kluft auf der Toilettenschüssel saß. In seinem Sack die Köpfe aller Kinderschänder, denen er den Garaus gemacht hatte. »Frohes Fest!« in einer Sprechblase, und die Fäuste lugten aus Handschellen. Als Mutter eines Teenagers hätte sie darüber lachen können. Und wäre froh gewesen, dass sich wenigstens irgendjemand um die Schweine gekümmert hätte, die entweder nie verurteilt oder viel zu früh in den offenen Vollzug geschickt wurden. Doch seit es den Terror gab, den IS und seit im Mittelmeer täglich Menschen ertranken … Wen interessierte da noch die alltägliche Arbeit der Polizei? Julia Durant schmetterte die Zeitung auf den Beifahrersitz. Das Handy summte. Claus.
»Morgen, Liebste«, sagte er. Sie murmelte etwas zurück und warf einen Blick auf die Uhr. Eigentlich hatte sie heute frei.
»Wo bist du?«, erkundigte er sich. »Immer noch am Laufen?«
»Gerade fertig.«
»Wie schnell kannst du im Präsidium sein?«
»Scheiße, Claus, das ist nicht dein Ernst, oder?« Durant war unterzuckert und dachte nur daran, baldmöglichst einen Kaffee und etwas zu beißen zu bekommen.
»Wir haben eine Tote. In der Kennedyallee.«
»Wie? Bei Andrea?«, wunderte sich Durant.
Das Institut für Rechtsmedizin befand sich dort, zuständig für sämtliche Obduktionen der Umgebung. Südlich des Sachsenhäuser Mainufers, in einer alten Villa. Dr. Andrea Sievers war die Leiterin davon, außerdem war sie eine langjährige Freundin der Kommissarin.

Claus Hochgräbe lachte. »Nein, so habe ich das nicht gemeint. Wobei, mittlerweile dürfte sie wohl dort sein.«
»Ich verstehe nur Bahnhof«, antwortete Julia fahrig. War es der Sport auf leeren Magen, der ihr Gehirn lahmlegte? »Wo soll ich denn jetzt hinfahren? Scheiße, Claus, das wäre mein einziger freier Tag seit zwei Wochen gewesen!«
»Tut mir leid. In der Kennedyallee wurde eine ermordete Frau gefunden. Alles deutet auf ein Sexualdelikt hin. Und dass du die erste Wahl für solche Fälle bist, pfeifen hier ja die Spatzen von den Dächern.«
Durant stöhnte auf. Sie hatte in aller Ruhe frühstücken wollen. Zweimal. Erst etwas Schnelles, um ihren Energiehaushalt auszugleichen, und später, gegen elf Uhr, noch einmal im Main-Taunus-Zentrum. Croissants, Rosinen-Vanille-Schnecken und, wenn noch Platz war, ein Salamibaguette. Mit Alina Cornelius, einer hiesigen Psychologin und zugleich ihrer besten Freundin – zumindest auf den Frankfurter Raum bezogen. Julia Durants engste Freundin hatte sich vor Jahren in ihre Wahlheimat Südfrankreich abgesetzt. Die Kommissarin fröstelte. Laut Wetterbericht würde das Thermometer heute nicht über drei Grad klettern. An der Côte d'Azur war es mit Sicherheit zehn Grad wärmer. Mindestens. Sie fühlte sich gleich doppelt betrogen.
»Dann wartet auf mich. Ich möchte noch duschen. Um halb zehn spätestens bin ich da.«
»Du bist der Boss«, erwiderte Hochgräbe.
Nein, bin ich nicht, dachte Durant. In all den Jahren, die sie hier in Frankfurt tätig war, hatte sie sich nie weniger als Boss gefühlt als gerade jetzt.

Eine Viertelstunde früher als angekündigt stand sie in Hochgräbes Büro. Das Türschild war noch immer das alte, Bergers Name unter der Raumnummer. Kornfliegen saßen hinter dem Plexiglas; gefangen, verendet, konserviert. Als gehörten sie schon immer dorthin.

Quer über die Oberfläche war ein Streifen Kreppband geklebt, auf dem Claus mit schwarzem Edding seinen Namen vermerkt hatte.

»Hallo Julia«, überraschte Hellmer sie, nachdem sie die Tür geöffnet hatte. Er lehnte auf einem der beiden Stühle, die vor dem alten Schreibtisch standen. Von Claus Hochgräbe war nichts zu sehen.

»Wusste ich's doch.«

»Ha, ha«, murmelte sie nur und trat neben ihn. Als sie sich gerade erkundigen wollte, wo der Boss steckte, stand er wie auf Kommando in der Tür. Er umarmte Durant flüchtig und schenkte ihr ein warmherziges Lächeln. Die beiden hatten sich darauf geeinigt, im Präsidium weder Küsse noch sonstige Zärtlichkeiten auszutauschen. Schließlich waren sie beide über fünfzig und keine Teenager mehr.

»Ich hätte euch den freien Tag wirklich gegönnt«, sagte Claus, während er zum Schreibtisch ging. Es war nicht mehr derselbe Tisch, an dem Berger einst gesessen hatte. Doch Claus hatte kein Interesse daran geäußert, das Büro darüber hinaus umzugestalten. Er bezeichnete sich als Purist, solche Dinge waren ihm nicht wichtig. Durant mochte das an ihm. Nicht nur, weil er nicht alles verändern musste, bloß um seinen eigenen Stempel aufzudrücken. Sondern vor allem, weil sein gesamter Hausstand in einen Kleinbus gepasst hätte. Julias Eigentumswohnung in der Nähe des Holzhausenparks war zwar großzügig bemessen (insbesondere für Frankfurter Verhältnisse), doch es wäre ihr ein Greuel gewesen, wenn dort in jeder Ecke neue Einrichtungsgegenstände aufgetaucht wären.

»Vergessen wir's.« Durant schürzte die Lippen. »Aber ich bekomme vollständigen Ersatz dafür, damit das gleich klar ist!«

»Selbstverständlich.« Hochgräbe griff einige DIN-A4-Blätter und reichte sie ihr.

Sie überflog die Zeilen und betrachtete die Fotografien. Kniff die Augen zusammen, weil die Belichtung ungünstig oder der Ausdruck schlecht kalibriert war. »Armes Ding«, kommentierte sie nach einer Weile.

Soviele Tote die Kommissarin auch schon gesehen haben mochte, es traf sie stets aufs Neue. Dabei waren die Aufnahmen nicht einmal besonders schlimm. Eine Frau saß vollständig bekleidet an einen Baum gelehnt. Als würde sie eine Pause machen. In der Nähe befand sich eine Bushaltestelle. Die Kennedyallee war mehrspurig, führte von der Commerzbank-Arena nach Sachsenhausen hinein oder, wenn man links abbog, direkt ins Zentrum des Bankenviertels. Die Tote schien weder frisiert noch geschminkt zu sein, die Hände lagen in ihrem Schoß. Ein Armreif spiegelte den Blitz der Kamera wider.
»Was wissen wir noch?«, wollte Durant wissen. Der Kurzbericht gab kaum mehr her als die Personalien und den Hinweis, dass es Anzeichen auf ein Sexualdelikt gebe. Wie beiläufig las sich die Notiz, dass dem Unterleib massive Verletzungen zugefügt worden seien.
Isabell Schmidt war gegen vier Uhr früh gefunden worden. Der Berufsverkehr hatte noch nicht eingesetzt, gemeldet hatte das Ganze ein Zeitungsbote. Er hatte sich über das Opfer gebeugt, um den Puls zu fühlen. Um zu sehen, ob es sich um eine Betrunkene handelte. Dabei war ihm aufgefallen, dass die Frau teure Kleidung trug. Unter dem Mantel lugten die Spitzen verführerischer Wäsche hervor.
Noch bevor der Notarzt den Tod festgestellt hatte, konnte praktisch ausgeschlossen werden, dass es sich um eine Straßenprostituierte oder um eine Drogentote handelte. Alles an ihr war elegant, alles deutete auf Klasse hin. Dann hatte man den Mantel geöffnet. Die Oberschenkel waren blutverschmiert, die Kleidung vollgesogen, nicht jedoch der Mantel. Nirgendwo sonst am Körper gab es sichtbare Verletzungen. Als vorläufige Todesursache musste Herzstillstand herhalten, möglich war auch ein Ersticken mit der Hand. Am Hals gab es keine Strangulationsmale.
Hochgräbe räusperte sich. »Der Todeszeitpunkt liegt gegen Mitternacht. Sie ist wohnhaft in Bockenheim, verheiratet, keine Kinder. Ihr Mann ist ein ziemlich einflussreiches Tier. Edelhure können wir demnach wohl ausschließen.«

Durant wollte widersprechen, doch es war zu früh für Spekulationen. »Weiß er schon Bescheid?«

Hellmer verneinte. »Er sitzt im Flieger von New York hierher. Und bevor du fragst: Da saß er auch schon zum Zeitpunkt des Todes.«

»Danke. Weiter im Text. Was für Spuren haben wir? Sie wurde ja wohl nicht an Ort und Stelle vergewaltigt?«

Hellmer verzog den Mund. »Wieso nicht, in der Kennedyallee ist nachts doch tote Hose?«

»Trotzdem. Da floss eine Menge Blut. Sie muss sich lautstark gewehrt haben, es sei denn, sie war betäubt.« Julia stockte. »Verdammt, warum wurde ich nicht sofort verständigt?«

»Weil es zuerst wie ein banaler Raubmord aussah«, antwortete Hochgräbe, »und erst dann wie ein Sexualdelikt. Außerdem war dir der freie Tag so ungemein wichtig.«

Durant fiel der Armreif ein, sie suchte das entsprechende Foto und hielt es sich vor die Nase. Dann schüttelte sie den Kopf.

»Ohrringe, goldenes Armband, was soll der Täter denn gestohlen haben? Das hätte doch auf den ersten Blick auffallen müssen. Selbst ein zugedröhnter Junkie würde sich diese Gelegenheit nicht entgehen lassen. Außerdem schlitzt ein Dieb sein Opfer nicht auf.«

Dann fiel ihr ein, dass der saubere Mantel den Unterleib vollkommen bedeckt haben musste. Man sah es der Frau auf den ersten Blick nicht an, was sie durchlitten haben musste.

»Es war der allererste Eindruck, sagte ich doch«, erwiderte Claus unterkühlt. Sofort schämte Julia sich, doch sie war zu stolz, um das zu zeigen. Hochgräbes Diensterfahrung stand ihrer in nichts nach, im Gegenteil. Aber er kannte die Stadt nicht. Mit Berger hatte Durant nicht selten einen Konflikt ausgetragen. Doch mit Berger war sie auch nicht ins Bett gegangen. Prompt galoppierte ein neuer Gedanke durch ihren Kopf. Sie versuchte, ihn zu verjagen. Nahm sich die Fotos erneut vor, doch der Hall der Hufe klang noch einige Sekunden nach. Seit mindestens drei Wochen hatten sie nicht mehr miteinander geschlafen.

»Gibt es schon etwas aus der Rechtsmedizin?«

»Noch nichts. Dr. Sievers ist seit gut einer Stunde dran. Sie wollte sich melden.«

»Ich möchte mir den Fundort ansehen«, entschied Durant.

»Jetzt?«, fragte Hellmer.

»Nee, an Ostern. Natürlich jetzt.«

»Was erhoffst du dir davon?«, wollte Hochgräbe wissen.

»Die Gute muss irgendwie dorthin gelangt sein. Es gab kein Spiel im Stadion und an einem stinknormalen Sonntagabend vermutlich auch keine Galaempfänge in der Umgebung. In der Villa Kennedy wird sie wohl nicht genächtigt haben, auch wenn wir das prüfen sollten. Außerdem steht rund um die Uhr Polizei dort herum. Vieles spricht dafür, dass sie dort eilig abgeladen wurde. Wurde schon nach den Überwachungskameras geschaut?«

Hellmer räusperte sich und versuchte, seiner Partnerin mit einem verzweifelten Blick begreiflich zu machen, dass Hochgräbe vermutlich weder das Nobelhotel in der denkmalgeschützten Villa Kennedy kannte noch wusste, dass in der Straße einige Konsulate beheimatet waren. Unter anderem das türkische. Polizeipräsenz gab es dort durchgehend. Durant verstand und erklärte es kurz.

»Welche Hausnummern befinden sich in unmittelbarer Nähe des Fundorts?«, wollte sie wissen.

Hellmer musste selbst nachsehen. »Paarundneunzig«, brummte er schließlich. »Nähe Abzweig in die Stresemannstraße.«

Das Institut für Rechtsmedizin und die Konsulate lagen südlich davon, nicht weit entfernt.

»Was für ein Risiko, eine Leiche ausgerechnet dort zu plazieren«, sagte sie. »Wann erwarten wir den Ehemann zurück?«

Hochgräbe prüfte seine Armbanduhr. »Er dürfte mittlerweile gelandet sein.«

Die Uhr war einer der wenigen Gegenstände, die er wie einen Schatz hütete. Sie war das Hochzeitsgeschenk seiner verstorbenen Frau gewe-

sen, wie Durant wusste. Eine Nomos Tangente, schlicht und elegant. Julia hatte kein Problem damit. Mit Anfang fünfzig konnte man keinen Mann finden, der noch nie eine andere Frau geliebt hatte. Und wenn doch, würde mit diesen Exemplaren einiges nicht stimmen.
»Dann passen wir ihn am Flughafen ab«, schlug sie Hellmer vor und stand abrupt auf.
»Dasselbe wollte ich auch gerade anordnen«, nickte Hochgräbe mit einem Funkeln in den Augen.
Julia hob die Augenbrauen.
»Anordnen?«, wiederholte sie.
»Wir können auch abstimmen«, grinste Hochgräbe und winkte ab. Ging es ihm darum, dass sie die Entscheidung getroffen hatte? Julia war sich nicht sicher, doch er sprach schon weiter: »Macht das nur. Ich beneide euch nicht darum.«
»Leider nimmt es uns keiner ab«, brummte Hellmer, der die Spannung zwischen den beiden anscheinend gar nicht wahrnahm. Oder er hielt sich einfach nur raus. Er erhob sich ebenfalls. »Dieser Teil unseres Jobs ist und bleibt eine riesige Scheiße. Wir sollten übrigens auch noch bei Andrea vorbeischauen. Vielleicht hat sie schon etwas, womit wir arbeiten können.«
Hochgräbe hatte nichts einzuwenden.

Kurz darauf saß Durant mit Hellmer im Dienstwagen. Hellmer fuhr, wie meistens, wenn sie zusammen unterwegs waren. Er rauchte aus dem Fenster und beäugte die Häuser, die stadtauswärts an ihnen vorbeihuschten. Sie fuhren die Miquelallee in Richtung Autobahn, von dort dauerte es keine zehn Minuten, bis der Flughafen in Sicht kam.
»Ob er mit dem A 380 gekommen ist?«, dachte Durant laut, als eine Maschine im Landeanflug quer über das Auto dröhnte.
»Und wenn schon. In ein paar Minuten wird das keine Rolle mehr für ihn spielen.« Hellmer sah sie nachdenklich an. »Das Einzige,

womit er seine New-York-Reise in Verbindung bringen wird, ist der Tod seiner Frau, während er selbst in irgendeiner Bar saß.«
»Machst du ihm daraus einen Vorwurf?«, fragte Julia. »Vielleicht war sie ja auch beruflich verhindert?«
»Und selbst wenn«, gab Frank zurück. »Er wird sich im Nachhinein vorwerfen, dass er nicht mit ihr zusammen verreist ist. Egal, welcher Umstand daran schuld ist.«
»Hinterher ist man meistens klüger«, erwiderte die Kommissarin, und es kam düsterer, als es hatte klingen sollen.

MONTAG, 10:10 UHR

Sie hatten Leonhard Schmidt ausrufen lassen und fanden ihn am vereinbarten Treffpunkt in Terminal 1, Abschnitt C, Nähe Starbucks. In der Halle war wenig Betrieb, sie hatten direkt vor der Glasfassade einen freien Parkplatz gefunden. Julia Durant betrachtete das Innere des Terminals, die Deckenkonstruktion aus unzähligen Metallpyramiden, die bei längerer Betrachtung den Eindruck erweckten, als gerieten sie in eine wogende Bewegung. Das Bild erinnerte Durant an das Fingerspiel »Himmel oder Hölle«, ein stimmiger, aber auch ein etwas beunruhigender Vergleich.
Schmidt hatte einen Trenchcoat über dem Arm und eine schwarze Laptoptasche über den Schultern, ansonsten führte er kein Gepäck mit sich. In der Hand hielt er einen Pappbecher mit dem grünen Logo der Meerjungfrau, auf den er nervös mit den Fingerkuppen trommelte. Durant schätzte ihn auf Mitte fünfzig, die Haut war solariumsbraun, und die Haare waren zweifelsfrei gefärbt. Er war über einen Kopf größer als sie, unrasiert und wirkte übermüdet.

»Was wollen Sie von mir?«, fragte er fahrig und gähnte. »Ich habe vier Stunden auf den verdammten Abflug gewartet, weil irgendein Idiot es für angebracht hielt, seine Tasche unbeaufsichtigt stehen zu lassen. Die Amis sind noch viel verrückter als wir. Wie ein Haufen Hornissen, denen man ins Nest gestochen hat.« Er musste lächeln, vermutlich wegen des Bildes in seinem Kopf. Durant wechselte einen Blick mit Hellmer. Es gab keinen angenehmen Weg für das, was sie nun zu tun hatte.

»Herr Schmidt, wir haben leider eine traurige Nachricht für Sie. Ihre Frau wurde tot aufgefunden. Es tut mir leid, dass es keinen schonenden Weg gibt, Ihnen das mitzuteilen.«

»Wie bitte, was?« Die von Rändern unterzogenen Augen des Mannes wurden hellwach. »Meine Frau? Unsinn! Was sagen Sie da?«

»Sie trug ihren Führerschein im Mantel mit sich«, erklärte Hellmer. »Wir haben auch Fotos. Mein Mitgefühl, Herr Schmidt, doch es besteht kein Zweifel an ihrer Identität.«

Julia Durant erlebte nicht zum ersten Mal, wie ein Koloss von fast zwei Metern ins Taumeln geriet. Wie einem gestandenen Mann die Beine wegsackten, wenn ihn die Nachricht des gewaltsamen Todes von Frau oder Kind heimsuchte. Schmidt griff ins Leere und japste nach Luft, er fand keinen Halt, also eilte Hellmer ihm zu Hilfe. Der halbvolle Kaffeebecher klatschte auf den grau gesprenkelten Hochglanzmarmor.

»Aber warum? Wer? Was ist passiert?«

»Wir wissen noch nichts Näheres«, antwortete Durant und verschwieg dabei die blutverschmierte Unterwäsche. Sie würde ihm nur die nötigsten Details mitteilen, und das auch nur dann, wenn es für die Ermittlung notwendig wurde. Finanzgigant hin oder her: Im Augenblick war Schmidt nichts weiter als ein hilflos im Raum stehender Angehöriger, unwissend, was die Zukunft ihm noch bescheren würde. Dessen Leben innerhalb einer Sekunde völlig umgekrempelt worden war.

»Warum Isabell?«, fragte Schmidt, nachdem er sich wieder unter Kontrolle hatte. »Sie ist eine Seele von Mensch. Sie ist ...«, er stockte, »... sie war ...« Dann überkam ihn ein Schluchzen, und er verstummte.

»Sie wurde gegen Mitternacht in der Kennedyallee gefunden«, fasste Hellmer zusammen. »Über Todesursache und Tathintergrund können wir leider noch nichts sagen.«

Schmidt kniff die Augen zusammen. »Was hat sie denn in der Kennedyallee gemacht?«

»Wir hofften, das von Ihnen zu erfahren«, erwiderte Durant.

»Ich war in New York, schon vergessen?«

Die Kommissarin entschied sich, den bissigen Unterton zu ignorieren. Schmidts Leiden wirkte ehrlich. Er mochte ein kaltblütiger Geschäftsmann sein, aber der Verlust seiner Frau zog auch ihm den Boden unter den Füßen weg.

»Haben Sie Freunde, Verwandte oder Geschäftspartner dort?«

»Weder noch. Ist sie, ich meine, wurde sie ...«

»Ihre Frau war vollständig bekleidet«, wich Durant aus. »Sie trug außerdem ihren Schmuck, weshalb wir vorläufig einen Raubüberfall ausschließen.«

»Wie lange waren Sie in New York, und was war der Grund Ihrer Reise?«, fragte Hellmer.

»Seit Donnerstag. Geschäftlich.«

»Und Sie reisten alleine?«

»Isabell wollte nicht mitkommen. Wir waren vor ein paar Jahren schon in New York. Es wunderte mich, dass sie nein sagte.« Und wieder stockte er. Seine Augen wurden glasig. »Wäre sie doch bloß mitgekommen.«

»Hatte sie denn etwas anderes vor?«, wollte Durant wissen.

»Worauf wollen Sie hinaus?«

»Es gibt für mich nur wenige Gründe, auf eine Reise in den Big Apple zu verzichten. Fällt Ihnen da etwas ein?«

»Mir gefällt die Frage nicht.« Schmidt funkelte die Kommissarin von oben herab an. »Unterstellen Sie mir oder Isabell etwas?«

»Nein. Doch wir müssen versuchen, so viele Details wie möglich zu recherchieren. Es wäre hilfreich, ihren Terminkalender zu kennen. Ihre Pläne für das Wochenende.« Isabell würde es ihnen nicht mehr verraten.

»Gibt es Nachbarn, Kollegen oder Freunde, die wir befragen können?«

»Ich muss darüber nachdenken.« Leonhard Schmidt zog sein Handy hervor, welches bereits mehrfach gepiept hatte und nun grell klingelte. »Entschuldigen Sie bitte … Ja … 1C … Ich komme nach draußen.«

Julia Durant streckte ihm eine Karte entgegen. »Herr Schmidt, aufrichtiges Beileid. Wir werden uns noch öfter unterhalten, hier ist meine Nummer. Gibt es irgendwen, der sich um Sie kümmert? Kommen Sie zurecht?«

»Ich bin wohl alt genug, das selbst zu tun.«

»Niemand sollte in so einer Situation alleine sein.«

»Draußen wartet mein Fahrer.« Schmidt bückte sich nach dem Kaffeebecher. »Darf ich gehen? Ich möchte jetzt gerne nach Hause.«

MONTAG, 10:50 UHR

Hellmer fuhr von der A 3 in Richtung Innenstadt, ließ das Gebäude der Rechtsmedizin links liegen, um sich dem Fundort zu nähern. Die Konsulate zogen vorbei, der Polizeitransporter am Straßenrand fiel nicht weiter auf. Überall in der Stadt traf man auf Einsatzwagen und Personal; das Auge gewöhnte sich daran.

Die Kennedyallee war mehrspurig, mit einem Mal befand man sich nach einer Fahrt durch den Wald und am Stadion vorbei mitten in der Stadt. Die Parkbuchten zwischen den Bäumen waren ausnahmslos belegt. Hinter Zäunen, Mauern und Bewuchs warteten Villen, Wohnblöcke und dezent gehaltene Geschäftshäuser. Ein Polizeibeamter mit Schutzweste bog aus einer Seitenstraße auf das Trottoir ein. Hellmer hielt entgegengesetzt der Einbahnstraße und schaltete den Warnblinker ein. Sofort kam der Beamte auf sie zugelaufen. Dann erst erkannte er, dass es sich um ein Dienstfahrzeug mit Kollegen handelte, und statt einen Tadel auszusprechen, begrüßte er sie.
»Gibt nicht mehr viel zu sehen.«
»Ist die Spurensicherung schon durch?«, erkundigte sich Durant verwundert.
»Mehr als faules Laub und Hundekacke war nicht zu finden«, kommentierte der Uniformierte. »Jetzt probieren die ihr Glück bei der Toten zu Hause.«
Durant schaute zu Hellmer, dieser nickte.
»Die Polizei hat das Haus heute früh schon überprüft. Alles war verschlossen, keine Anzeichen auf etwas Verdächtiges. Jemand von der Forensik wollte Schmidt abpassen, damit nichts kontaminiert wird.«
»Hm, gut«, sagte Durant und wandte sich an den fremden Kollegen. »Waren Sie heute Nacht dabei?«
»Nein. Ich laufe Patrouille. Hab's nur mitbekommen.«
»Gibt es Gerüchte unter den Anliegern? Irgendetwas, was wir wissen sollten?«, fragte Hellmer.
»Nein.«
»Sollte Ihnen etwas zu Ohren kommen – auch wenn es Ihnen nicht wichtig erscheinen mag –, melden Sie sich bitte bei uns. Wir fahren mal rüber in die Rechtsmedizin. Und danach zum Haus der Schmidts.«

Andrea Sievers hockte in ihrem Glasverschlag vor den PC gebeugt. Auf dem Metalltisch lag eine nicht abgedeckte Frauenleiche.

»Pause?«, neckte Hellmer die Rechtsmedizinerin, nachdem sie sich begrüßt hatten. Doch entgegen ihrer üblichen trockenen Art, die Durant manchmal zum Verzweifeln brachte, kam kein Frotzeln, kein bissiger Kommentar. Nur eine düstere Miene, die der hübschen Mittvierzigerin überhaupt nicht stand.

»Kommt rein.« Sie machte eine müde Geste. »Seht euch das an.«

Der Flachbildschirm, an dessen Rand zahlreiche Papierschnipsel mit Notizen und Aktennummern klebten, war in blasses Rosa getaucht. Erst beim zweiten Blick erkannte Durant, dass es sich nicht um eine symmetrische Form, einen künstlerischen Bildschirmhintergrund handelte, sondern um menschliche Haut, die zur Mitte hin immer dunkler bis ins Blutrot wurde.

»Wir wissen alle, was eine Vagina ist«, sagte Hellmer, der ebenso irritiert wie besorgt wirkte. Er hob den Zeigefinger in Richtung der Toten. »Ist das *ihre?*«

Dr. Sievers nickte. Sie scrollte heran. »Klitoridektomie.«

Durant kniff die Augen zusammen. Längst hatte sie erkannt, worauf die Rechtsmedizinerin hinauswollte. Isabell Schmidt war die Klitoris operativ entfernt worden.

»Mit einem scharfen Gegenstand«, erklärte Andrea und seufzte, »doch nicht mit einem sterilen Skalpell. So viel kann ich dazu sagen.«

»Scheiße.« Julia verzog das Gesicht. »Wer macht so etwas? Suchen wir jemand mit medizinischem Hintergrund? Ist es etwas Sexuelles? Oder etwas Religiöses?«

Andrea schüttelte energisch den Kopf. »Es gibt für das Entfernen von Klitoris und Schamlippen keinen – *nicht einen einzigen* – medizinischen Grund. Krebs einmal ausgeklammert, aber das ist extrem selten, und beim Opfer liegt keine derartige Erkrankung vor. Der Schnitt selbst, nun, ich sag's mal so ... selbst wenn das Opfer sediert

ist, ist es ein anspruchsvoller Eingriff. Aber nicht so kompliziert, dass man es mit einer Rasierklinge nicht hinbekäme. Immerhin wird diese Praxis seit Urzeiten mit den simpelsten Werkzeugen ausgeübt. Ohne Betäubung. Es sind unbeschreibliche Schmerzen.«
»Also eher religiös«, schloss Frank Hellmer und rieb sich das Kinn. »Ist es Zufall, dass sie in der Nähe der Konsulate gefunden wurde?« Julia sah ihn fragend an. In ihrem Kopf ging sie durch, welche Nationen in der Kennedyallee vertreten waren. Die Türkei, Thailand, Pakistan. Sie war sich nicht sicher. Es waren noch einige mehr. »Nigeria!«, fiel ihr ein. »Welche Hausnummer haben die?«
»Die sind direkt vis-à-vis«, antwortete Andrea. Doch in ihren Augen lagen Zweifel.
»Was ist los?«, erkundigte sich die Kommissarin. »Hast du irgendwelche Einwände? Wenn es eine Spur ist, müssen wir ihr nachgehen.«
Dr. Sievers bedeutete ihr, zu warten. Sie klickte das Foto des verstümmelten Geschlechtsteils weg und rief eine Weltkarte der Seite *Terre des Femmes* auf. Wie ein Gürtel zogen sich grüne Pins quer durch die afrikanischen Staaten. »Nigeria ist bei weitem nicht am ärgsten betroffen.« Sie tippte einige Zentimeter nach rechts. »In Somalia trifft es beinahe *jedes* Mädchen. Im Kindesalter. Aber es ist kein afrikanisches Problem.«
»Worauf willst du hinaus?«
Die Rechtsmedizinerin schnalzte mit der Zunge. »Wenn du wirklich von Botschaft zu Botschaft rennen möchtest, musst du auch bei Pakistan und Thailand auf der Matte stehen. Dafür ist es dann doch etwas vage, finde ich.«
Durant erinnerte sich, in einer Reportage gesehen zu haben, dass auch im asiatischen Raum beschnitten wurde. Teilweise schon direkt nach der Geburt. In Krankenhäusern. Von studierten Medizinern. Es schauderte sie. »Du hast ja recht«, murrte sie. »Konzentrieren wir uns also auf die sexuelle Ebene?«

»Lasst mich meine Arbeit zu Ende bringen«, schlug Sievers vor. »Ich habe weder das toxikologische Gutachten vorliegen, noch bin ich Fachfrau für die angewandte Technik der Beschneidung. Hier muss ich mich erst mal einlesen, wenn's recht ist.«
»Lass dir damit nicht so viel Zeit, okay?«, sagte Hellmer, der seine Taschen nach Zigaretten abtastete.
»Keine Sorge. Madame ist meine einzige Klientin heute.«

Frank und Andrea gingen nach draußen, um eine zu rauchen, als Julias Telefon klingelte. Sie erkannte die Nummer nicht und blieb stehen.
»Bitte kommen Sie schnell.«
Es war die Stimme von Leonhard Schmidt, sie klang gepresst, und er atmete schnell. Er nannte seine Adresse in Bockenheim.
»Was ist passiert?«
»Isabell...«, Schmidt stockte, »... sie wurde hier ermordet.« Es glich mehr einem Hauchen, als er tonlos weitersprach: »In unserem Schlafzimmer.«

MONTAG, 13:10 UHR

Das Anwesen der Schmidts befand sich im sogenannten Villenviertel südlich der Miquelallee, angeschmiegt an die grünen Lungen des Botanischen Gartens und des Palmengartens. Durant und Hellmer fuhren die Zeppelinallee nordwärts. Im Vorbeifahren fiel der Kommissarin auf, dass es auch hier Konsulate und Generalvertretungen gab.
»Indonesien, Usbekistan«, las sie.

»Frankreich und Griechenland«, ergänzte Hellmer. »Das bringt doch alles nichts. Wenn sie zu Hause ermordet wurde und es dem Täter tatsächlich um einen Platz vor einer Botschaft ging, hätte er sie nicht quer durch die Innenstadt kutschieren müssen.«
»Trotzdem«, beharrte Durant. Sie konnte den Gedanken nicht ignorieren, dass sich hinter der Beschneidung und Ermordung mehr verbergen könnte als kranke, sexuelle Gewalt. Doch was?
Hellmer stoppte wie auf Kommando, weil kreuz und quer parkende Wagen die Straße versperrten. Neben dem Transporter der Spurensicherung standen zwei Streifenwagen in der engen Straße, dazu kamen weitere Dienstfahrzeuge, mit denen Personal angerückt war.
Durant pfiff durch die Zähne. »Da war Platzeck mit seinen Leuten aber fix.«
»Sie werden das Haus gemeinsam mit Schmidt betreten haben«, mutmaßte Hellmer, »und haben dann wohl direkt Verstärkung angefordert.«
Julia Durant mochte sich nicht vorstellen, wie es für Leonhard Schmidt gewesen sein musste. Nach Hause zu kommen, einen Streifenwagen vor der Tür anzutreffen. Das Haus in fremder Begleitung zu betreten, abgestumpft durch die Todesnachricht und zerschlagen vom Jetlag. Dann die Gewissheit, dass ausgerechnet hier sich ein grausamer Mord ereignet hatte. Während er sich in einem Ledersitz der Luxusklasse aalte. Mit Rotwein in der Hand.
Durant sah sich um, während sie auf das Anwesen zuging. Es schien keine Schaulustigen zu geben. Auch hinter den wenigen Fenstern, die sie von ihrer Position aus einsehen konnte, waren keine Bewegungen auszumachen. Man hielt sich vornehm zurück. Oder man interessierte sich nicht füreinander. Hauptsache, der eigene Jaguar war neuer und PS-stärker als der des Nachbarn. Und die Blumenrabatte bunter und schöner. Es war eine andere Welt, inmitten des Großstadtrauschens. Eine Welt, von der Julia Durant in ihren zwanzig Dienstjahren in Frankfurt hauptsächlich die Schattenseiten kennengelernt hatte.

Das Schlafzimmer war geräumig, ein Eckzimmer mit begehbarem Kleiderschrank und zwei hohen Holzfenstern, deren Läden zugeklappt waren. Schmidt hatte zu Protokoll gegeben, dass diese Läden die meiste Zeit über geschlossen seien. Von außen einsehen konnte man den Raum nicht, weil Bäume jeden neugierigen Blick abschnitten. Schmidt hatte den Beamten außerdem einen Raum am anderen Ende des Korridors gezeigt, in dem ein Gästebett stand. Außerdem ein Schreibtisch mit Laptop und einige Leitzordner, aus denen bunte Papierecken lugten.
»Ich schlafe meistens dort«, hatte Schmidt wie nebenbei erwähnt. Als Begründung nannte er sein Schnarchen und die oft sehr unterschiedlichen Zeiten, in denen er und seine Frau zu Bett gingen. Hellmer nahm die Information mit einem Nicken zur Kenntnis.
»Kein Sex, keinerlei gemeinsame Basis«, kommentierte er verhalten zu Durant, als die beiden allein waren und in die Schutzkleidung schlüpften. »Diese Ehe ist schon vor langer Zeit gestorben.«
»Du musst es ja wissen«, erwiderte sie spitz, während sie sich bückte, um die Schuhe zu überziehen. Hellmers erste Ehe war vor einer Ewigkeit in die Brüche gegangen, und seine zweite hatte er durch Affären und Trunksucht an den Abgrund gefahren. Dann wurde ihr klar, wie verletzend ihr Spruch gewesen sein musste, und sie entschuldigte sich. Hellmer hatte seine Ehe gerettet und war seit Jahren trocken. Das war mehr, als die meisten schafften.
»Schon gut, du hast ja recht«, brummte er. Mit den Fingerspitzen drückte er seine Haare unter den Gummizug der Haube. »Doch ich sage dir, ich weiß, wie das hier abgelaufen ist. Isabell hat sich einen Frauenversteher angelacht, übers Internet wahrscheinlich. Sie ist zu attraktiv, um auf einen Callboy angewiesen zu sein. Vielleicht hat sie nicht einmal aktiv nach einer Liebschaft gesucht. Dann aber kam er. *Zoooom!* Sie warten eine Gelegenheit ab, in der ihr Holder nicht da ist. New York. Bingo. Sie trinken Champagner ... und dann ....« Hellmer brach abrupt ab.
»Und dann?« Durants Blicke hafteten an seinen Lippen. Sie begann

zu schwitzen, obwohl das Ganzkörperkondom luftig über ihren Kleidern lag. Sie hatte die Overalls noch nie gemocht. »Was dann?«, wiederholte sie ungeduldig.
»Scheiße, Julia, ich weiß es nicht. Das war ein Psychopath. Hast du diese Blutorgie gesehen?«
Sie nickte. »Das war weder Rache noch Habgier noch Lust. Das ist einfach nur pervers.«
»Also nichts mit Politik, Religion, Beschneidung und so?«
Durant war nicht bereit, Theorien leichtfertig zu verwerfen. Doch hier war eine kranke Bestie zugange. Jemand, der seine Perversität nur schwer hinter einer unschuldigen Fassade verstecken konnte. Sie konnte nicht daran glauben, dass der Mord lange geplant war. Dass er sich sein Opfer mit Geduld und Hingabe ausgesucht und die Frau umgarnt hatte. Doch die Verstümmelung von Genitalien war zu aufwendig, um es als reinen Blutrausch abzutun.
Sie wusste nicht, wie lange Platzeck von der Spurensicherung bereits im Türrahmen gestanden hatte. Er reichte den beiden Handschuhe und führte sie hinein.

Das Doppelbett war aus massivem Holz. Zwei Matratzen, zwei Kopfkissen. Die beigefarbene Tagesdecke lag noch über beiden Bettdecken, war aber verzerrt. Sie zeigte verschlungene Spiralmuster, die an den Lebensbaum von Klimt erinnerten. Zwischen ihnen tiefrote Ausblühungen, wie Rosenblüten. In der Mitte ein fast noch feucht glänzender Fleck.
»Oh Gott.« Durants Hand wanderte vor ihren Mund.
»Sieht schlimmer aus, als es ist«, brummte Platzeck.
»Die Frau ist tot«, knurrte Hellmer ihn an. »Geht's denn noch schlimmer?«
»Es ist nicht viel Blut, so hab ich das gemeint«, wehrte Platzeck ab. »Zumindest keine letale Menge. Wir schätzen auf vier- bis siebenhundert Milliliter.«

»Verdammt. Das *ist* viel«, kommentierte Durant.

Platzeck brummelte etwas und fragte dann: »Musste sie sehr lange leiden?«

»Wissen wir noch nicht«, antwortete die Kommissarin. »Gibt es irgendwelche Hinweise darauf, wann sich hier was abgespielt hat?«

»Das dauert. Aber es gibt ein Alarmsystem, dessen Daten wir auslesen können. Vielleicht erfahren wir dadurch, wer hier wann das Haus betreten oder verlassen hat. Doch wir brauchen Zeit, wie immer. Das Blut muss analysiert werden. Der Champagner auch.«

»Was ist mit dem Champagner?«

»War ein Witz, na ja, so halbwegs.«

»Mich interessiert die andere Hälfte. Sprechen wir von DNA?«

»Auch. DNA, Betäubungsmittel. Alles, was sich testen lässt. Aber ich meine etwas ganz anderes. Ein guter Piper perlt bis zu vierundzwanzig Stunden, wenn er offen steht. Das könnte von Relevanz sein, oder? Wann habt ihr die Tote genau gefunden?«

»Frühmorgens. Todeszeitpunkt gegen Mitternacht.«

»Jetzt ist es Mittag«, schloss Platzeck nach einem Augenrollen in Richtung Decke, wo sich eine Lichtleiste mit fahlen, kubischen LED-Spots befand, die nicht so recht ins Ambiente passte. »Es sollte sich zumindest feststellen lassen, ob sie ihren Mörder gestern erst getroffen hat. Oder ob das Leiden hier am Ende länger als einen Abend dauerte.«

Durant musste nachdenken. Es ging Platzeck darum, wann die Flasche entkorkt worden war. Kein schlechter Ansatz. Sie erinnerte sich, dass Leonhard Schmidt ausgesagt hatte, er habe sich seit Donnerstag in New York befunden. Sie überlegte weiter, wann genau er dorthin aufgebrochen war. Schon am Mittwoch? Die Rechnerei mit der Zeitverschiebung lag ihr nicht besonders. Dies alles ließe sich nachprüfen. Das Schlimme war, dass Isabell Schmidt mit ihrem Mörder über Tage hinweg allein gewesen sein konnte. Dass sie ihm am Ende sogar – der Champagner und die Dessous ließen darauf schließen – freiwillig Einlass gewährt hatte.

»Gibt es Hinweise auf Waffen oder Gegenstände, die der Täter mit hierhergebracht haben könnte?«

»Nein.« Platzeck warf einen Blick in Richtung der geöffneten Nachttischschublade. Durants Augen folgten ihm, er bemerkte es und sagte schnell: »Das waren wir. Innen befanden sich Papiertücher, eine Nachtcreme, Ibuprofen und ein pflanzliches Schlafmittel. Nichts Außergewöhnliches. Ach ja«, auch unter seiner Maske konnte man ihm das Schmunzeln ansehen, »zwei batteriebetriebene Helferlein. Das scheint heutzutage ja nichts Außergewöhnliches mehr zu sein.«

»Es gibt sogar Dildopartys«, grunzte Hellmer amüsiert.

Durant stieß ihn in die Seite. »Das würde mir als Mann aber gehörig zu denken geben.«

Er wollte etwas zischen, da wurde Platzeck wieder ernst: »Es heißt, die Frau wurde vaginal verstümmelt?«

»Ja«, bestätigte die Kommissarin.

»Wenn sich das hier auf dem Bett abgespielt hat, dann Respekt«, sagte der Forensiker.

»Wie meinst du das?«, wollte Hellmer wissen.

Platzeck deutete auf die Sprenkel zwischen den Klimt-Spiralen. »Wenig Blut für einen solchen Eingriff.«

»Hat er irgendwo anders im Haus weitergemacht?«, fragte Durant.

»Negativ. Wir sind mit dem Luminol noch nicht durch, aber offensichtliche Blutspuren gibt es nirgends.«

»Am Fundort auch nicht.« Durant sah ihren Kollegen fragend an. »Was bedeutet das also? Dass es ein Medizinstudent war oder gar ein Arzt?«

»Zumindest, dass es jemand war, der genau wusste, was er zu tun hat«, nickte Platzeck und bestätigte den Gedanken, den sie bereits bei Andrea Sievers gehabt hatte.

Welches Schwein sich auch immer hinter der Verstümmelung von Isabell Schmidt verbarg: Er tat es mit chirurgischer Finesse und mit voller Absicht. Und hatte es womöglich nicht zum ersten Mal getan.

MONTAG, 13:30 UHR

Es klopfte sanft an ihrer Tür.
Sonja Büchner hob den Kopf aus ihrem Kissen, unsicher, ob sie es sich nicht nur eingebildet hatte.
Es klopfte erneut. Er steckte den Kopf durch die Tür, sagte leise ihren Namen. Sekunden später roch sie den Duft von Milch. Heißer Milch mit Honig.
Sie wischte sich die Augen trocken und zog die verstopfte Nase hoch. Tastete nach einem Papiertaschentuch, das auf dem Nachttisch bereitlag, und versuchte, seinem Blick auszuweichen.
»Ich habe dir Milch gemacht.«
»Ich will nichts«, presste sie hervor. Als wenn es etwas brächte.
Er trat näher. Sie zuckte unter der Berührung seiner Hand, die nach ihrer Schulter griff.
»Probier doch wenigstens mal«, forderte er. Er konnte seine Stimme noch so sehr abdämpfen, sie würde immer etwas Bestimmendes haben. So war er zeit seines Lebens gewesen. Herrschsüchtig und dominant. Leider hatte er diese Seite schon immer mit Charme zu überblenden gewusst.
Für seine Gegner – im Beruf, in der Politik und selbst im Privaten – galt er als unerbittlicher Widersacher. Doch gleichzeitig schätzte man ihn als treuen, fürsorglichen Ehemann. Als jemanden, der sich mit Sonja ein hartes Stück Arbeit ans Bein gebunden hatte. Der seiner Verantwortung nicht auswich, sondern sich kümmerte. In guten wie in schlechten Zeiten.
Leider schienen die guten Zeiten so fern, als befänden sie sich in einem anderen Universum. Oder lag es an den Medikamenten?
Sonja wusste es nicht.
Benommen griff sie nach der Tasse, deren Griff warm und klebrig war. Sie wechselte die Hand und leckte sich den Finger. Der süß-

schwere Duft stieg ihr ins Gehirn. Eine klitzekleine Prise Zimt. Man konnte ihm nicht unterstellen, dass ihm die Liebe zum Detail fehlte. Doch war Liebe das richtige Wort?
Liebte er auch sie? Konnte er überhaupt etwas anderes lieben außer sich selbst?
»Trink, solange sie noch warm ist.«
Er fuhr ihr durchs Haar. Sonja zuckte so heftig zusammen, dass Milch aus der Tasse schwappte. Starr vor Schreck betrachtete sie die cremeweiße Woge, die sich wie in Zeitlupe bewegte.
Ihr Bein, sie trug eine bequeme Stoffhose, wurde warm. Spritzer verteilten sich auf dem Boden und dem Nachtschränkchen. Sie wollte aufspringen, doch sie war wie gelähmt. Schon spürte sie seine Hand im Genick. Ein Film zog vor ihren Augen vorbei. Das Gefühl, wie er ihr Haar nach hinten riss. Das Poltern der Tasse. Erst dumpf, dann klirrend. Die restliche Milch breitete sich auf dem Laminat aus. Keine Fuge, in die sie kriechen konnte. Eine Lache, aus der die Porzellanscherben wie Eisberge herausragten.
Das Klatschen, als seine Hand ihr Gesicht traf. Das Brennen. Die Empfindungen ihres Körpers, denen ihre Seele entfliehen wollte. Hoch hinaus, weg von den Hieben, den Stößen, der Verzweiflung. Das Blut. Wie es hinab in den weißen Ozean fiel und rote Schlieren darin zog.

Sie war krank. Das wusste sie.
Als sie zu sich kam, saß er neben ihr. Die Tasse stand auf der Holzplatte des Eichenschränkchens. Der Boden war blank, bis auf die kleinen Spritzer, die sie verursacht hatte.
Er saß nur da. Fasste sie nicht an. Redete nicht. Erst als er bemerkte, dass sie klarer zu werden schien, ergriff er das Wort.
»Sonja, das kann so nicht weitergehen.«
»Tut mir leid«, murmelte sie, wie so oft, auch wenn sie sich meist nicht sicher war, wofür genau sie sich entschuldigte.

Wie krank war sie tatsächlich?

Sonja wusste es nicht, und – wenigstens das wusste sie – ihr Mann würde es ihr nicht sagen. Viel zu sehr schien er ihre Abhängigkeit zu genießen. Seine Macht über sie, die er schamlos ausnutzte.

Doch sie würde daran arbeiten, sie tat es bereits. Und davon wiederum brauchte Felix Büchner nichts zu erfahren. Erst, wenn sie so weit war.

MONTAG, 13:40 UHR

Leonhard Schmidt hatte sich in sein Arbeitszimmer zurückgezogen. Vor ihm stand eine Flasche Wodka, der Verschluss lag auf der Tischplatte. Er hatte das Hemd ausgezogen und kratzte sich gerade am Bauch, als die beiden Kommissare dazukamen.

»Es tut uns beiden aufrichtig leid, dass Sie das alles durchleben müssen«, sagte Durant. »Auch wenn Ihnen das im Moment wohl nicht viel hilft. Wir müssten dennoch über ein paar Punkte mit Ihnen sprechen.«

Schmidt blinzelte. War es die Müdigkeit oder der Alkohol? Wahrscheinlich beides. »Muss das ausgerechnet jetzt sein?«

»Leider ja. Wir müssen davon ausgehen, dass Ihre Frau den Täter gekannt hat. Fällt Ihnen dazu etwas ein?«

»Was?« Er schnaubte und hieb mit der Handfläche auf den Tisch, so dass die Flasche gefährlich zu wackeln begann. Er nahm sie zur Hand und schenkte sich ein. »Hat sie ihn gefickt? Ist es das, was Sie behaupten wollen?«

»Wissen Sie etwas, was Sie uns dazu sagen könnten?«

»Isabell war keine Hure!«

»Das habe ich auch nicht behauptet. Verzeihen Sie bitte, aber vieles deutet darauf hin, dass sie ihrem Mörder freiwillig die Tür geöffnet hat. Es gab, soweit wir bisher wissen, weder Einbruchsspuren noch Alarmmeldungen.«

Hellmer schaltete sich ein: »Außerdem trinkt man mit Wildfremden keinen Champagner.«

»Ich denke darüber nach«, entgegnete Schmidt schroff. »Bitte lassen Sie mich jetzt alleine.«

»Bedaure.« Die Kommissarin schüttelte den Kopf. »Wo hat Ihre Frau ihre persönlichen Sachen aufbewahrt? Womit schrieb sie ihre E-Mails? Hat sie ein Tablet oder einen Computer?«

Schmidt hob die Schultern. »Bei mir steht ein Laptop, den wir zusammen benutzt haben.«

»Und sonst? Tagebücher oder etwas in der Art?«

»Isabell war kein Teenager! Erwarten Sie, dass sie Poesiealben und Liebesbriefe bunkerte?«

»Viele Menschen notieren sich etwas«, verteidigte Julia Durant ihren Gedanken. »Dass Sie es nicht wissen, bedeutet nicht, dass Isabell es nicht getan hat.«

»Jaja, schon gut.« Schmidt winkte ab und trank einen weiteren Schluck. »Ich weiß aber von nichts.«

»Sie besaß aber doch sicher ein Handy.«

»Natürlich. Ein goldweißes iPhone 6 Plus.«

»Haben Sie es hier im Haus gefunden?«

»Nein.« Schmidt verzog fragend das Gesicht. »Hatte sie es nicht bei sich?«

Durant und Hellmer wechselten Blicke, dann verneinte sie. Unter Isabell Schmidts persönlicher Habe war kein Telefon gewesen. Sie notierte die Nummer, die Leonhard Schmidt erst in seinem eigenen Gerät nachschlagen musste, um eine Ortung durchzuführen. Außerdem bat die Kommissarin darum, den Laptop mit ins Präsidium nehmen zu dürfen. Schmidt hatte dem nichts entgegenzusetzen.

Hellmer stellte noch einige allgemeine Fragen, zum Beispiel nach Hauspersonal oder Personen, die den Zugangscode kannten. Schmidt beantwortete sie stoisch. Von seiner abweisenden Art war nicht mehr viel zu spüren, als die beiden ihn allein ließen. Durant vermutete, dass auch der Rest der Flasche in seinem Magen verschwinden würde. Sie bedauerte ihn. Und sie war gewissermaßen erleichtert, dass die beiden keine Kinder hatten.

Die Kommissare durchschritten die hohe Eingangshalle und traten nach draußen. Hellmer zündete sich eine Zigarette an.
»Ich würde es merken, wenn Nadine fremdgeht«, murmelte er gedankenverloren.
»Bist du dir sicher?«
Durants Ehe war zerbrochen, weil ihr Mann nichts hatte anbrennen lassen. Die Scheidung war der Grund für ihren Neuanfang in Frankfurt gewesen. Sie hatte es lange vorher geahnt, aber sie war auch eine Frau. Hatten Frauen nicht das feinere Gespür für solche Dinge? Sie wusste keine Antwort darauf.
»Weshalb wurde sie derart verstümmelt?«, wechselte sie das Thema.
»Hat sie ihn nicht befriedigt? War es Rache? Oder Strafe?«
»Sie wies keine weiteren Spuren von Misshandlung auf«, sagte Hellmer und spuckte ein Stück Papier aus, das sich von dem Filter gelöst hatte. Es war trotz strahlender Wintersonne hundekalt.
»Und dann der Fundort. Sieh dich doch mal um.« Durant deutete in Richtung des weitläufigen Gartens. Mannshohe Zypressen, eine Gartenlaube, buschige Flieder. »Er hätte sie überall loswerden können. Bei diesen Außentemperaturen hätte sie tagelang unbemerkt bleiben können. Stattdessen die Kennedyallee, wo permanent was los ist.«
»Wer interessiert sich denn heutzutage schon für das, was andere tun?«, fragte Hellmer mit düsterem Unterton.
»Dann bringt es uns wohl auch kaum etwas, in der Nachbarschaft rumzufragen«, sagte die Kommissarin nach einem prüfenden Blick

in alle Richtungen. »So weitläufig, wie das hier angelegt ist, dürfte niemand etwas bemerkt haben.«
Ihr Partner hatte nichts einzuwenden. Kollegen der Schutzpolizei würden die Häuser abklappern und die Anwohner vernehmen.
Als Hellmer seine Zigarette auf dem Boden austrat, meldete sich Andrea Sievers. Sie klang aufgeregt, doch Durant wusste, dass es dafür nicht viel brauchte. Es war einsam in ihrer Abteilung, und die meiste Gesellschaft bekam sie von Toten. Der Rechtsmedizinerin fehlte außerdem ein Mann, das war ein offenes Geheimnis, doch trotz ihrer natürlichen Schönheit hatte sie kein glückliches Händchen. Außer bei Kommissar Brandt vom Präsidium Südosthessen, der deutlich älter war (und es hatte auch nicht lang gehalten), hatte sie einen zielsicheren Griff für Nieten und beschränkte sich daher auf kurzlebige Affären. Heute allerdings, das hatte die Kommissarin schon bei ihrem Besuch vor Ort gespürt, lag noch etwas anderes in Andreas Stimme.
»Bist du in der Nähe eines Computers?«
»Ich bin in Bockenheim.«
Sievers kicherte. »Das war keine Antwort. Man sagt, auch in Bockenheim gebe es schon so etwas wie DSL.«
»Isabell Schmidt kam von hier«, klärte Julia sie auf. »Wir sind aber auf dem Sprung ins Präsidium.«
»Kommt lieber noch mal her. Es könnte wichtig sein.«

MONTAG, 14:45 UHR

Auf dem Schreibtisch der Rechtsmedizinerin lagen Ausdrucke. Großaufnahmen weiblicher Geschlechtsorgane, außerdem die Fotografie eines blassen Körpers. Die Brüste waren zerschnitten, die

Brustwarzen fehlten. Zweifelsohne war es im Verlauf der Sektion aufgenommen worden, das verrieten der Hintergrund des Bildes sowie die Tatsache, dass jegliches Blut fehlte. Der Körper war gewaschen und gereinigt. Die dunklen Schnittwunden auf den Brüsten wirkten dadurch fast surreal.

»Mich hat das nicht losgelassen«, erklärte Sievers ohne Umschweife, »also habe ich ein wenig recherchiert. Opfer mit Genitalverstümmelung. Ihr kennt mich, ich mache keine halben Sachen. Auch wenn man mir's zuweilen nicht anmerkt: Mir bedeuten die Lebenden dort draußen etwas.«

Ihr schwarz lackierter Nagel tippte auf die verpixelte Aufname eines fahlen Körpers in einem Fenster am Rand des Monitors. »Diese hier starb vor zwei Jahren. Sandra Kraichner, siebenundzwanzig, Prostituierte. Letzte Adresse im Gallus, aber das könnt ihr selbst nachlesen.«

»Wieso ausgerechnet sie?«, erkundigte sich Durant. Bei Isabell Schmidt hatte es keinerlei Verletzungen der Brust gegeben. »Und woher stammen die anderen Bilder?«

»An die Kraichner hab ich mich erinnert«, antwortete Andrea schulterzuckend. »Armes Ding. Ich habe sie damals selbst aufgeschnitten. Laut Computer gab es nie eine Verhaftung. Vielleicht habe ich sie deshalb dazugezählt. Außerdem ähnelt sie mit ein wenig Phantasie Isabell Schmidt.«

Hellmer schien das nicht so zu sehen. »Na ja. Konzentrieren wir uns auf diese anderen«, verlangte er. »Oder sind das bloß Anschauungsfotos?«

»Googeln könnt ihr ja wohl selbst«, entgegnete die Rechtsmedizinerin kühl. »Dafür hätte ich euch nicht extra rufen brauchen, oder?«

»War nicht so gemeint, sorry.«

»Erzähl uns, was du hast«, drängte Durant.

»Liliane Ehrmann und Beatrix Winterfeldt. Zwei Frauen, so unterschiedlich wie Tag und Nacht.«

Es klickte mehrmals, und zwei neue Fotos poppten auf. Liliane war übermäßig geschminkt, hatte traurige, dunkel unterlaufene Augen und eine ungewöhnlich lange und schmale Nase. Sie hatte einen deutlichen Leberfleck auf der Wange und einen Kussmund, der fast schon aufgespritzt wirkte. So ungern Durant vorschnell über Menschen urteilte, doch der Verdacht lag nahe, dass es sich nicht um eine Frau aus der Oberschicht handelte. Ihr Verdacht sollte sich bestätigen. Es handelte sich um eine zweiunddreißigjährige Prostituierte, wohnhaft in Offenbach, vermisst gemeldet von ihrer Mitbewohnerin am 1. Mai 2010. Tot aufgefunden vier Tage später in der Nähe des südlichen Mainufers, gegenüber dem Campingplatz Mainkur, im Gebüsch des Schultheisweihers, einer aufgegebenen Kiesgrube.
»Die andere«, fuhr Andrea fort, »ist das krasse Gegenteil. High Society, kosmetisch aufgepeppt, saß in zwei Vorständen und engagierte sich wohltätig.«
Das angedeutete Lächeln eines Profifotografenbilds war distanziert, die Augen kühl. Ein Bild wie eine Politikerfrau, an der alles abperlt wie Wasser auf dem Gefieder eines Schwans. Niemanden verärgern, stets diplomatisch sein. Politisch konform. Vorzeigbar. Die grünen Augen bildeten einen Kontrast zu den Haaren, die naturrot schienen. Frau Winterfeldt war nicht unansehnlich, aber auch keine Schönheit. Eher Durchschnitt, den das Foto von der bestmöglichen Seite präsentierte. Durant suchte ihr Gedächtnis nach dem Namen ab, doch da war nichts.
»Und sie wurde auch ermordet?«, hakte sie nach.
Sievers nickte. »Ihr Mann tat alles, um das Ganze unter der Decke zu halten. Es gelang ihm. Die Details wurden nie publik gemacht. Das Ganze ist etwa drei Jahre her: 7. März 2012. Sie wurde förmlich geschlachtet, Verletzungen an primären und sekundären Geschlechtsmerkmalen, außerdem im Unterbauch und im Gesicht.«
»Welches Präsidium?«, fragte Hellmer, dem das Ganze offenbar auch nichts sagte.

»Brandts Revier«, ließ Andrea verlauten, fügte dann aber sofort hinzu, dass der Winterfeldt-Mord während dessen zweieinhalbwöchigen Urlaubs stattgefunden habe.
»Trotzdem ist es nicht gerade *dein* Job, hier ein Schema zu erkennen«, murrte Durant. Das hätte sie viel lieber selbst herausgefunden, oder Brandt hätte seine beiden Fälle in Verbindung bringen müssen. Ihre Laune wurde schlechter. Als wäre eine perverse Bluttat nicht schon schlimm genug. Und das alles ausgerechnet heute, wo sie eigentlich frei gehabt hätte.
»Sei doch froh«, frotzelte die Rechtsmedizinerin. »Das nächste Mal gehst du mir dann hier zur Hand.« Sie grinste.
»Danke, mir ist schon schlecht«, erwiderte die Kommissarin.
Andrea Sievers schaltete den PC auf Standby und hob einige Papiere auf. »Hier sind die Fallnummern und so, damit ihr euch damit auseinandersetzen könnt. Vielleicht solltet ihr wissen, dass der Mord an Frau Winterfeldt bis dato als brutaler Raubmord abgetan wurde. Ihr fehlten sämtliche Wertgegenstände inklusive Ausweis. Man ging außerdem von einer versuchten Vergewaltigung aus. Ich konnte keine Penetration feststellen, was zu der These führte, dass der Täter keinen hochbekam. Ein möglicher Grund für die besondere Aggressivität. Doch es ist ebenso möglich, dass er versuchen wollte, die Identität des Opfers zu verschleiern.«
»Wozu dann die Schnitte im Unterleib?«, zweifelte Durant.
Andrea Sievers fuhr sich mit einem Seufzer durchs Haar, dem man die frische Tönung noch ansehen konnte.
»Viel Spaß beim Rausfinden. Und wo wir gerade dabei sind, ich habe Spuren von Holzfasern in Schmidts Vagina gefunden. Irgendetwas wurde ihr eingeführt, doch es deutet nichts auf einen Geschlechtsakt hin. Kein Abrieb eines Kondoms, kein Ejakulat.«
»Er hat ihr einen Stock reingerammt?«, hakte Hellmer nach.
»›Rammen‹ trifft es wohl«, nickte Sievers. »Der Gebärmutterhals ist verletzt. Es schien dem Täter gezielt darum zu gehen, dem Op-

fer größtmöglichen Schmerz zuzufügen, bevor er ihr das Leben nahm.«

Julia Durant wurde übel, während Andreas Worte in ihrem Kopf nachhallten. Lag es daran, dass sie eine Frau war? Dass sie sich vorstellte, auch wenn sie es im Detail nicht vermochte, welchen Schmerz ein Opfer gespürt haben mochte. Hinzu kamen die Dinge, die man aus den Medien kannte. Schreiende Mädchen, schmutzige Hütten. Schneidwerkzeuge, die an Käsemesser oder Kronkorkenöffner erinnern. Geschärft an Wetzsteinen. Keine Betäubungsmittel. Der Tox-Bericht von Isabell Schmidt lag mittlerweile vor, es gab keine Hinweise auf Medikamente. Wut stieg in Durant auf. Solange sie diesen Job schon machte, so nah gingen ihr manche Schicksale. Sie konnte nichts dagegen tun. Konnte nicht eine Fallnummer im Kopf speichern und ihre Gefühle auf Distanz schalten. Und in manchen Fällen gelang es ihr besonders schlecht. Dieser schien sich zu einem solchen Fall zu entwickeln, und in ihre Wut mischte sich noch ein weiteres Gefühl. Angst.

War es tatsächlich eine Mordserie, der sie auf die Spur gekommen waren? Wie viele Opfer hatten sie bis dato übersehen?

Doch die bedrückendste Ohnmacht löste der Gedanke aus, ob er wieder zuschlagen würde. Frankfurt musste sich darauf vorbereiten, dass ein neuer Ripper sein Unwesen trieb.

MONTAG, 16 UHR
Polizeipräsidium, Dienstbesprechung

Laut Dr. Sievers' vorläufigem Bericht wurde sie erstickt«, erklärte Hellmer. »Das passt dazu, dass wir weder am Tatort noch am Fundort größere Mengen an Blut gefunden haben. Die Forensik nimmt sich die Kissen vor, es ist davon auszugehen, dass das Ganze in ihrem Haus stattfand und sie bereits tot war, als er sie abtransportierte.«

»Wer kann riskieren, eine Leiche durch die Stadt zu kutschieren? In der Nacht von Sonntag auf Montag, wo ohnehin sehr wenig Verkehr unterwegs ist«, warf Hochgräbe ein.

»Putzkolonnen«, gab Hellmer zurück.

»Zeitungsausträger«, sagte Durant.

»Nicht vor vier Uhr in der Früh«, widersprach Hochgräbe. »Und selbst wenn. Ausgerechnet in dieser Gegend mit all den Botschaften. Da muss man ja förmlich davon ausgehen, dass man argwöhnisch beäugt wird. Das passt doch alles nicht zusammen.«

»Gemacht wurde es trotzdem«, beharrte die Kommissarin. »Außerdem kontrolliert keiner einen Oberklasse-Wagen. Schon gar nicht gegenüber der Villa Kennedy.«

»Isabells Mercedes stand aber in der Garage«, widersprach Hellmer. »Was ist mit dem Fahrer ihres Mannes? Das sollten wir prüfen. Vielleicht kommt der ja als Täter in Frage.«

»Erledigt das bitte sofort«, verlangte Claus. Er fing Julias zweifelnden Blick auf und fragte: »Sonst noch etwas?«

Die Kommissarin erzählte ihm von den drei Morden, die Andrea Sievers mit dem Fall in Zusammenhang gebracht hatte.

»Klingt mir ziemlich weit hergeholt«, brummte Hochgräbe und wiegte unschlüssig den Kopf. »Zwei leichte Mädchen, zwei schwerreiche Damen, wie soll das denn passen?«

»Es ist jedenfalls nicht Andreas Job, so etwas herauszufinden«, funkelte Durant ihn an.

Hochgräbe kniff die Augen zusammen. »Möchtest du mir damit etwas Bestimmtes sagen?«

»Scheiße, ja!« Julia wäre am liebsten aufgesprungen, so sehr brodelte es plötzlich in ihr. »Wenn eine Frau mit zerschnittenem Schambereich gefunden wird, ist das etwas sehr Spezielles. Es kann doch nicht Stunden dauern, bis da jemand Querverbindungen sucht, verdammt!«

»Und damit meinst du mich.«
»Jedenfalls meine ich nicht Andrea! Da müssen sofort die Alarmglocken klingeln, da müssen ungeklärte Fälle aufgerufen werden, da muss in den Nachbarrevieren nachgefragt werden. Scheiße, Claus, du kennst das doch alles. Das ist in München nicht viel anders.«
»Gib's doch zu. Es geht um Berger, stimmt's?« Claus' Stimme klang frostig, was überhaupt nicht zu seinem angenehmen bayrischen Einschlag passte. »Berger hätte den Fall anders angepackt. Womöglich hätte er ihn sogar schon gelöst. Oder, noch besser: Die Frau wäre gar nicht erst über den Jordan gegangen. Ach …«
Er winkte ab und nahm einen Schluck Kaffee. Es war Bergers Porzellantasse. Neben dem Gummibaum und der Aufnahme des alten Präsidiums in der Friedrich-Ebert-Anlage war der Humpen mit dem abgeplatzten Rand sein einziges Vermächtnis. Sowohl den Schreibtisch, der ebenfalls ein Relikt aus dem alten Präsidium war, als auch den orthopädischen Sessel hatte der Boss in den wohlverdienten Ruhestand mitgenommen. Stattdessen stand ein anderer Tisch an der Stelle, eindeutig aus den neunziger Jahren und deutlich kleiner. Selbst die Abdrücke von Bergers Mobiliar konnte Hochgräbe nicht ausfüllen. Der Drehstuhl war neue Massenware und besaß nicht einmal Armlehnen.
Hochgräbe räusperte sich, bevor er leise, aber bestimmt hinzufügte: »Berger ist Vergangenheit. Gewöhnt euch daran, alle beide. Er wäre auch ohne mich gegangen. Und sicher mache ich nicht alles so wie er, aber wir haben in München auch nicht bloß Bleistifte hin und her geschoben!«
Durant biss ihre Zähne so fest aufeinander, dass es im Kiefer knackte. Hochgräbe hatte recht, das wusste sie selbst. Er hatte dieselbe Erfahrung, hatte eine vergleichbare Karriere, und, wenn man es genau betrachtete, hatte er aufgrund seiner Dienstjahre von allem ein Quentchen mehr als sie. Julia nuschelte ein »Entschuldigung«,

so leise und verschwommen, dass sie davon ausging, dass nicht einmal Hellmer, der direkt neben ihr saß, es gehört hatte.
»Jemand soll erst einmal den Fahrer vernehmen«, sagte Hochgräbe, »und dann geht in Dreiherrgottsnamen diese alten Fälle mal durch.« Er pochte mit den Knöcheln auf die Tischplatte und hob die Stimme: »Doch verschwendet damit bitte keine Zeit. Für mich überwiegen da die Widersprüche deutlich. Keine gemeinsamen Marker bei den Verletzungen, keine bei der sozialen Herkunft. Außerdem kamen die Opfer nicht mal aus derselben Region. Sagtest du nicht etwas von Offenbach?«
»Frankfurt, Offenbach, das ist doch ein und dasselbe!«, schimpfte Durant.
»Das lass bloß nicht den Kollegen Brandt da drüben hören«, scherzte Hellmer.
»Du weißt, wie ich's meine«, fauchte sie zurück. Der Großraum Frankfurt endete nicht an Ortsschildern. Das Rhein-Main-Gebiet war trotz unterschiedlicher Zuständigkeiten ein Sammelbecken für Verbrechen aller Art. Die beiden Präsidien mussten nicht selten gemeinsam ermitteln, und das nicht nur in Sachen Bandenkriminalität. »Ich will sämtliche Unterlagen von denen, auch Sachen, die nur teilweise ins Raster passen. Überfälle auf Frauen, die einhergingen mit Schnittverletzungen. Vergewaltigungen, bei denen Messer zum Einsatz kamen, et cetera. Die sollen sich mit der Sitte abgleichen, wir tun das auch. Ihr wisst alle, was es heißt, wenn Prostituierte angegriffen werden. *Berufsrisiko*. Dementsprechend werden die Fälle auch behandelt und abgetan.«
»Julia, beruhige dich mal«, bat Claus eindringlich. »Im Fall Schmidt stehen wir noch ganz am Anfang der Ermittlung. Es gibt keinen Grund, jetzt schon von einer Serie auszugehen. Kein Grund, in Panik zu verfallen. Ich bin dein Chef, ich kenne jetzt deine Dienstakte. Wenn jemand dieses Schwein am Schlafittchen kriegt, dann bist du das.«

»Brandt ist mindestens so gut wie ich«, erwiderte Durant düster. »Dennoch sind beide Fälle unaufgeklärt. Bauchpinseln bringt uns da nichts.«
»Ich versuche, dir etwas Optimismus zu vermitteln. Ist das jetzt ein Verbrechen?«
Um ein Haar hätte die Kommissarin sämtliche Papiere vom Schreibtisch gefegt. »*Das* sind Verbrechen!« Ihre Hand klatschte inmitten der Ausdrucke auf den Tisch. »Optimistisch sein können wir, wenn dieser Wichser keiner Frau mehr etwas antun kann. Nutte oder Hautevolee, jemand verstümmelt und tötet sie, und er tut es in meiner Stadt. Damit muss Schluss sein.«
»Wie du meinst. Was hast du vor?«
Julia Durant stand auf und fuhr sich über die Lippen. »Frank, du kümmerst dich bitte um Schmidts Fahrer. Außerdem frage ich mich, ob die Schmidt nicht eine beste Freundin oder so etwas gehabt hat. Das könntest du auch noch versuchen herauszufinden. Ich kümmere mich derweil um Fälle, die ins Muster passen. Was ist mit Andrea Berger, ist die heute im Haus?«
Andrea war die Tochter des ehemaligen Kommissariatsleiters. Sie hatte in den USA studiert, flog nach wie vor regelmäßig hin und her, und man konnte sie mittlerweile mit Fug und Recht als Koryphäe auf dem Gebiet der Kriminalpsychologie und des Profilings betrachten. Das Präsidium durfte sich glücklich schätzen, jemanden wie Berger zu haben. Durant ertappte sich, als sie »wenigstens eine Berger ist noch geblieben« dachte. Sie biss sich auf die Lippe.
»Drüben beim FBI«, antwortete Hochgräbe kopfschüttelnd. »Kommende Woche ist sie wieder für ein Weilchen im Lande.«
Es war mal wieder wie verhext. Warum kam es immer dann, wenn man nicht vorbereitet war?
Wortlos und ohne einen Blick zurückzuwerfen ließ Durant die beiden Männer allein.

Zwanzig Minuten später, sie betrat gerade die Toilette, meldete sich ihr Handy. Es war Schreck, der Leiter der Computerforensik.
»Nicht mal auf dem Klo hat man seine Ruhe«, hätte sie um ein Haar gesagt, drehte auf dem Absatz um und nahm das Gespräch an.
»Dachte, du seist am Platz.«
»Auch große Mädchen müssen mal für Kleine«, flachste Durant.
»Das sehe ich ein«, lachte die tiefe, sympathische Stimme, die Schrecks gemütliches Wesen unterstrich. »Ich bin mit den Aufzeichnungen der Überwachung durch. Der letzte Zugang war vergangenen Freitag.« Er nannte die Uhrzeit auf die Sekunde genau.
Sofort dachte Durant an den Champagner. Eine Untersuchung des Kohlensäurerestgehaltes war damit hinfällig. Es sei denn ... »Registriert die Elektronik nur die Code-Eingabe von außen oder auch, wenn von innen geöffnet wird?«
»Beides. Die Tür ging Freitagabend zweimal auf, im Abstand von zwei Stunden. Beide Male mit Zugangscode. Dann erst wieder, diesmal von innen, Sonntagnacht um 2:54 Uhr. Das Protokoll mit den Uhrzeiten schicke ich dir zu.«
Durant schnappte nach Luft. Er hatte sie zwei volle Tage in seiner Gewalt gehabt. Zwei Tage, in denen er sie hatte leiden lassen, bevor er sie erlöste. Ihre Gedanken rasten.
»Ist alles okay?«
»Wie? Ach ja«, antwortete die Kommissarin, »mir geht da etwas durch den Kopf. Sind alle Türen des Hauses gesichert? Kann man eine Anlage nicht manipulieren? Was ist mit offenen Fenstern?«
»Worauf willst du hinaus?«
»Isabells Ehemann war in New York. Kinder haben sie keine, und Hauspersonal gibt es angeblich auch keines. Er erwähnte nur eine Putzfrau, die aber ausschließlich käme, wenn jemand zu Hause sei. Und eine Hausmeisterfirma, die sich auch um den Garten kümmere. Also gibt es niemanden, der den Code kannte. Könnte Isabell ihn nicht selbst zweimal eingegeben haben?«

»Ausgeschlossen«, verneinte Schreck. »Das System ist ziemlich modern und überwacht sämtliche Zugänge. Keiner hat vor der zweiten Code-Eingabe das Haus verlassen.«
»Computer machen Fehler.«
»Nicht dieses System. Es gibt keinerlei Hinweise darauf, dass da jemand rumgepfuscht hat.«
»Scheiße«, hauchte Julia Durant.
Wenn alles so war, wie es schien, hatte der Mörder den Code gekannt.
Und Isabell musste ihren Mörder gekannt haben. Gequält, gedemütigt und umgebracht von einem Menschen, den man persönlich kennt, dem man am Ende sogar nahesteht. Und wieder sah sie die Champagnerflasche vor sich.
Machte das den Mord nicht noch niederträchtiger? Und wie wirkte sich diese neue Erkenntnis auf die Theorie einer Mordserie aus? Plötzlich erschien das alles in einem ziemlich vagen Licht.
Nachdem Durant sich verabschiedet hatte, seufzte sie und stieß ihre Schulter erneut gegen die Tür der Damentoilette, wo sie ihre Blase entleerte. Niemand sonst war weit und breit zu sehen oder zu hören. Wenigstens hier, auf dem Präsidium, dachte sie dabei, habe ich das Klo noch manchmal für mich alleine.

MONTAG, 15:45 UHR

Die Wintersonne hatte sich einen Platz zwischen den wenigen Wolken ergattert. Der Himmel strahlte in sattem Blau. Für einen kurzen Moment war Sonja Büchner versucht gewesen, das Verdeck ihres Porsche zu öffnen, doch sie hatte sich dagegen entschieden. Der

Wetterbericht hatte zum Wochenende hin ein Stelldichein von frühlingshaften Temperaturen angekündigt. Dann konnte sie dies immer noch tun.

Falls es ihr am Wochenende gutging.

Doch Sonja hatte das Gefühl, dass es ihr mit jedem Tag ein wenig besserging. Mit jeder Sitzung, jeder kleinen Bestätigung, die sie erfuhr.

Sie glitt in eine Parkbucht und schaltete den Motor aus. Die Digitalanzeige verriet ihr, dass sie eine Viertelstunde zu früh war, doch das störte sie nicht. Sie genoss den goldgleißenden Feuerball, der sich unaufhaltsam den Kuppen des Taunus näherte. Der Horizont würde sich bald verfärben. Wenn sie später nach Hause fuhr, würde es dunkel werden. Sonja blickte an sich herab und prüfte, ob ihr geblümtes Kleid richtig saß. Zog einen Schminkspiegel hervor und kontrollierte Lippenstift und Lidschatten. Sonja war eine sinnliche, wohl proportionierte Frau von fünfunddreißig Jahren. Attraktiv, verheiratet, unfruchtbar. Ihr gegenwärtiges Leben war materiell abgesichert, doch sie fühlte sich leer. Weder das Engagement für die Gemeinde noch ihre beiden Weimeraner – muskulöse, anmutige Rassehunde, einer grau, einer braun – hatten sie darüber hinwegtrösten können, dass sie niemals eigene Kinder haben würde. Sie kannte den Grund dafür. Eine frühe Schwangerschaft und deren Abbruch hatten dieses Schicksal besiegelt. Das machte es nicht leichter, es zu akzeptieren. Weder für sie noch für ihren Mann. Sonja führte ein Leben in Angst. Angst vor seinen Ausbrüchen, die nicht selten in Gewalt ausarteten. Angst davor, Dinge zu tun, die für alle anderen Menschen normal waren. In ein gut besuchtes Schwimmbad zu gehen. Im Kino zu sitzen. Flugzeuge. Touren mit dem Auto durch Gegenden, in denen der Handyempfang schlecht war. Laut Internet handelte es sich um eine Angststörung. Angeblich litt jeder achte bis zehnte Deutsche daran. Dazu kamen Depressionen und, wenn sie ihrem Mann glaubte, mentale Aussetzer. Er beklagte sich nie direkt, ließ sie aber täglich spüren, welche Belastung sie sei. Forderte, dass sie diverse Medikamente probierte, und hatte ein uneheliches Kind gezeugt, zu dem er zwar keinen persönlichen Kontakt pflegte, dessen finanzielle Absicherung er aber übernahm. Er hatte sie in einen Ehevertrag gezwungen, der sie dereinst mittellos dastehen lassen würde, und dafür gesorgt, dass es eine Krankenakte gab, anhand deren er sie praktisch entmündigen konnte.

Die andere Seite seines Janusgesichts aber war noch immer derselbe Mann, in den sie sich einmal verliebt hatte. Der sich um sie kümmerte. Der sie dazu ermutigte, gewisse Dinge zu tun. Die Tiere, der Sportverein, ein kleiner Kreis von Freundinnen (auch wenn die meisten von ihnen oberflächliche Tussis waren).

Seit ein paar Monaten besuchte Sonja auf den Rat einer dieser Frauen hin einen Psychotherapeuten. Heimlich.

Und seit November schlief sie mit ihm.

Knirschend stachen die Absätze ihrer Schuhe in den Schotter. Nirgendwo befand sich ein Schild, das darauf hinwies, dass sich in der mit Efeu berankten Gründerzeitvilla eine Praxis befand. Adam Maartens legte keinen Wert auf Kassenpatienten, das wusste sie, auch ohne dass er es jemals ausgesprochen hatte. Er hatte weder ein Wartezimmer noch eine Vorzimmerdame. Er lehrte nicht, und er schrieb keine Bücher. Er lebte einfach. Und er gab ihrem Leben einen Inhalt.

Der Türsummer ertönte, unendlich erscheinende Sekunden nachdem Sonja Büchner auf die Klingel gedrückt hatte. Sie ließ ihren Blick über die Fingernägel gleiten, wissend, dass er sie wahrnehmen würde. Adam hatte einen Blick für solche Dinge, ganz im Gegensatz zu ihrem Mann, der sich nur für seine Wertpapiere interessierte und dafür, wann der neue Tesla Model X endlich in Deutschland eintreffen würde.

»Schön, dass du da bist.«

Allein dieser Satz, der sinnliche Unterton, die warm-schnarrende Stimme brachten Sonja zum Erbeben. Insgeheim wusste, nein, fürchtete sie, dass dieser Zauber nicht ewig halten würde. Doch bis dahin würde sie ihn in vollen Zügen auskosten. Adam schritt auf sie zu und umarmte sie. Genau an derselben Stelle, an der er sie seinerzeit zum ersten Mal begrüßt hatte. Mit einem Händedruck und einem »Guten Tag, Frau Büchner« auf den Lippen.

Wie viele seiner Patientinnen er außer ihr noch vögelte, kümmerte sie nicht. Adam Maartens war *ihr* Geheimnis, ihre Flucht aus dem tristen Alltag. Sie wusste nicht viel von ihm, denn nach wie vor sprachen die beiden, wenn sie sich unterhielten, nur über Sonja. Er war Katholik, davon ging sie zumindest aus, weil sie ihn zuweilen in der Kirche sah. Als er sich das erste Mal im Gotteshaus in ihre Richtung gedreht hatte, schenkte er ihr ein kaum merkliches Nicken. Und bei der darauffolgenden Sitzung hatte er kein Sterbenswort darüber verloren, so lange, bis sie es selbst nicht mehr ausgehalten und ihn darauf angesprochen hatte. Sie trafen eine Übereinkunft: Sollte man sich außerhalb der Praxis begegnen, würde man so tun, als kenne man sich nicht. Über die junge Frau an seiner Seite verriet Adam nicht das Geringste.

»Was würde dein Mann sagen, wenn er von uns wüsste?«, hatte er gefragt. Zuerst musste Sonja lachen, denn sie fühlte sich in ihrer Ehe mehr tot als lebendig. Als wäre sie unsichtbar. Doch sie wusste, wie herrschsüchtig ihr Mann zuweilen sein konnte.

»Er darf es niemals erfahren.«

»Dann reden wir nicht mehr davon.«

Adam stand noch immer vor ihr und verlor sich in ihren Augen. Er schien zu wissen, woran sie dachte, aber das war schließlich sein Beruf.

»Was ist?«, fragte Sonja dennoch.

»Nichts. Ich freue mich, dass du da bist. Doch du wirkst, als seist du abwesend.«

Er fuhr ihr mit den Fingern durchs Haar. So wie damals, unmittelbar bevor sie sich zum ersten Mal geliebt hatten. Den warmen Schauer, der sie durchwogt hatte, würde sie niemals vergessen.
Dieser Mann könnte alles von ihr verlangen.
Sie gingen Hand in Hand nach oben, wo mahagonifarbene Möbel und weiß verputzte Wände warteten. Von hier hatte man einen wundervollen Blick hinab in den Garten. Exotische Bäume, eingepackt in eine dicke Schicht aus Stroh und Leinentüchern, und ringsum eine blickdichte Hecke. An den Wänden hingen bemalte Schilde, die mit Tierhaut bespannt waren. Im Schlafzimmer stand ein Himmelbett, dessen Gestänge mit Schnitzereien verziert war. Hässliche Fratzen, glubschäugige Gesichter, dazu Speerspitzen und Tiermotive. Die unteren Bettpfosten waren Elefantenfüße, ein Anblick, der Sonja Büchner zuerst abgeschreckt hatte. Doch mit einem wilden Liebhaber, der für sein Alter erstaunlich agil war und ihr Stellungen gezeigt hatte, bei denen sie die Erregung jauchzen ließ, spielte der extravagante Geschmack keine Rolle.
»Wann hast du deinen nächsten Termin?«, hauchte sie, während sie seine Hände unter ihrer Bluse spürte. Er fuhr über ihren BH, gerade so, dass seine Fingerkuppen ihre Brustwarzen minimal streiften. Sonja stöhnte auf und bekam eine Gänsehaut.
»Ich habe Zeit«, raunte er, »wie viel Zeit hast du?«
Sie drehte sich abrupt um und küsste ihn. Dabei umspielten ihre Finger seinen Nacken, über den sich das graue Haar kräuselte. Er schwitzte, und in seiner Hose regte sich etwas. Sonja wollte ihn. Sie signalisierte mit einem Lächeln und ihren Augenbrauen, dass Zeit kein Hindernis sei.
Sie sanken hinab auf die Matratze. Über ihnen der gespannte Baldachin. Von irgendwoher schienen Buschtrommeln zu erklingen.
Während seine Hand sich ihren Weg in Sonjas Schlüpfer bahnte, bearbeitete Adam die Gipfel ihrer Brüste mit den Zähnen. Noch immer lag das Textil des BH darüber, sie wusste, dass er es mochte,

wenn sie ihre Kleidung anbehielt. Erst nach und nach würde er sie der einzelnen Stücke entledigen. Sie ließ es willig geschehen, wissend, dass er der erste Mann seit Jahren war, dem es nicht gleichgültig war, ob sie einen Höhepunkt bekam. Der ihr multiple Orgasmen schenkte, bevor er sich in sie ergoss. Sie erbebte, als sein Finger sie im Inneren zu massieren begann, genau dort, wo es sein sollte. Wo in den unzähligen Nächten zuvor nur ihre eigenen Hände gelegen hatten.

Sonja verlor sich in Gedanken, und die Erinnerung an Schmerz durchzuckte sie. Sie wollte nicht an ihren Mann denken. Nicht an die Dinge, zu denen er sie zwang. An eine Ehe, in der sie sich oft wie eine Gefangene fühlte. Eine Kranke, die es ohne fremde Hilfe nicht schaffte. Jeden Tag redete Felix ihr ein, wie hilflos sie doch sei. Dass er sich wünschen würde, sie ginge unter Leute. Dass sie andere Menschen treffen solle, Sport treiben und – vor allem – ihre Medikamente nehmen solle. Mittel, die Dr. Volkersen mitbrachte, wenn er Felix besuchte. Sie unterhielten sich über Psychosen, über Agoraphobie, über alle möglichen Störungen. Es schien den Männern dabei gleichgültig zu sein, ob sie anwesend war oder nicht.

»Ich mache das alles nur für dich«, beteuerte Felix, und immer wieder gelang es ihm, sie damit einzulullen. Und Sonja musste sich eingestehen, dass es wirklich niemanden gab, der sie besser kannte. Der sich für sie interessierte. Denn Sonja Büchner hatte außer ihrem Mann niemanden mehr. Keine Familie. Und ihre angeblichen Freundinnen ließ sie nicht so nah an sich heran. Sie atmete zitternd ein und versuchte, die Gedanken beiseitezuschieben.

Doch seit kurzem gab es jemanden. Jemanden, der sich für *sie* interessierte und nicht nur für ihre Störungen. Adam schien in sie hineinblicken zu können. Sie hatte sich ihm bereitwillig geöffnet, und er hatte ihr Seiten aufgezeigt, die Sonja selbst wie völliges Neuland erschienen. Manchmal überraschte es sie noch immer, welche Dinge da im Verborgenen lagen. Und es ging dabei nicht um ihre Kindheit oder um verqueren Psychokram. Es ging um Leidenschaft. Um Lust. Um eine Freiheit, die Sonja Büchner noch nie in ihrem Leben verspürt hatte.

»Wollen wir heute etwas Neues versuchen?«, hörte sie ihn wie aus weiter Ferne fragen. Ihre Antwort wurde durch ein Quieken unterbrochen, denn genau als sie fragen wollte, was er damit meinte, löste er wie zufällig einen heißkalten Schauer aus.

»Ja«, flüsterte sie willenlos.

Hinter dem Feldberg ging die Sonne unter.

Das Trommeln wurde lauter.

Doch von alldem bekam Sonja Büchner nicht mehr viel mit.

MONTAG, 16:25 UHR

Es gab verschiedene Arten der weiblichen Beschneidung, wie Durant herausfand. Die Recherche machte ihr zu schaffen. Am liebsten hätte sie ihrem Impuls nachgegeben, auf YouTube nach lustigen Tiervideos zu suchen, doch sie blieb standhaft. Versuchte, sich nicht sämtliche Verletzungen, die im Internet beschrieben wurden, am eigenen Körper vorzustellen. Es gelang ihr nur halbwegs. Schon der einfachste Typ weiblicher Verstümmelung, das Entfernen der Klitorisvorhaut, ließ sie erschaudern. Gängige Instrumente waren bestenfalls Rasierklingen, von Desinfektion und Betäubung gar nicht zu reden. Man konnte die Verstümmelung auf die gesamte Klitoris erweitern, auf das Entfernen der inneren Schamlippen und das Entfernen der äußeren. Im Extremfall wurden die großen Lippen aneinandergenäht, so dass nur noch eine kleine Öffnung zum Wasserlassen blieb. Sexuelle Handlungen mussten eine Qual sein.

Schockiert betrachtete die Kommissarin das Video eines schreienden Mädchens, die in eine Hütte gezerrt wurde. Sechs Hände hielten das Kind, sie mochte um die zehn Jahre alt sein. Das Bild verwackelte. Dann wurde der Monitor schwarz.

Julia stand auf und holte sich einen schwarzen Kaffee, mit dem sie ihre Übelkeit hinunterspülen wollte. Es gelang ihr nur teilweise. Dann nahm sie sich die Fälle vor, auf die Andrea Sievers sie hingewiesen hatte. Nicht ohne erneut darüber zu sinnieren, dass es eher andersherum sein sollte. Es war Job der Mordkommission, solche Zusammenhänge zu finden. Bergers Job – nein, Claus' Job. Aber am ehesten war es ihr Job. Julia selbst war normalerweise diejenige, die die Spuren fand. Die andere davon überzeugte, dass ihr Bauchgefühl sich selten irrte. Andrea Sievers hatte ganze Arbeit geleistet. Nach und nach ging Julia Durant die Akten durch, von denen manche ziemlich lückenhaft wirkten. Es gab nur wenige Übereinstimmungen, die auf alle Frauen zutrafen. Das Alter variierte mehr als fünfzehn Jahre, von siebenundzwanzig bis dreiundvierzig. Sie stammten aus unterschiedlichen Bezirken. Die Geburtstage verteilten sich auf alle Jahreszeiten. Die soziale Herkunft, die Art der Verletzungen, nichts schien in ein Schema zu passen, das *alle* Fälle umfasste. Und doch wollte die Kommissarin nicht glauben, dass es sich um eine willkürliche Gruppe handelte. Von zwei Opfern war nur das schwarzweiße Passfoto gespeichert. Doch die Akten und Aufnahmen aus der Rechtsmedizin gaben dem Ganzen einen Trend. Überall dort, wo eine Haarfarbe vermerkt war, handelte es sich um rothaarige Frauen. Durant fuhr sich unwillkürlich durchs Haar. Es gab unzählige Nuancen von Rot. Wer trug heutzutage schon seine Naturfarbe? Doch sie wusste auch, dass das Aussehen einer der wichtigsten Marker für Serienkiller war. Frauen, die sie an eine verflossene Liebschaft erinnerten. Gesichter, mit denen sie vergangene Traumata durchleben konnten. Menschen, die unschuldige Opfer ihrer

perversen Triebe wurden. Sie fröstelte. Denn eines war klar: Ein Serienkiller hörte nicht einfach so mit seinem Morden auf. Im Gegenteil. Vermutlich würde er seine Schlagzahl erhöhen bis hin zum Exzess. Und mit jedem Mal wurden seine Hemmungen geringer.
Durant stellte nun noch weitere optische Ähnlichkeiten fest: schmale Nase, große Augen. Die Mundpartien hingegen wichen deutlich voneinander ab. Sie seufzte. Der Mund – darüber hatte Andrea Berger erst kürzlich referiert – war die erste erogene Zone, die ein menschliches Wesen kennenlernt. Die Lippen der Mutter, der eigene Saugreflex. Das Stillen der Grundbedürfnisse. Man musste kein Fan von Freuds Theorien sein, um den Zusammenhang zu sehen. Der Kuss, so wusste Julia auch, war bei den Urmenschen entstanden, wenn Mütter ihren Babys vorgekautes Essen weitergaben. Entstanden in Zentralafrika, der Wiege der Menschheit, als überlebensnotwendige Geste. Gab es einen größeren Liebesbeweis?
Dann endlich dachte sie ihren ursprünglichen Gedanken zu Ende. Wenn der Täter sich steigerte, was bedeutete das für die Fälle? Gab es eine Steigerung von Brutalität und Technik, die zur Zeitlinie passte?
Ihre Gedanken kehrten zu dem Video zurück. Waren es nicht in der Regel Kinder, die man beschnitt? Was hatten all diese Fälle mit Mädchen zu tun, die aus einer religiösen Überzeugung heraus verstümmelt wurden? Irgendwo musste es einen roten Faden geben, einen Punkt, an dem sie ansetzen konnte. Ging es dem Täter um sexuelle Befriedigung oder um sexuelle Bestrafung? Was hatten die Frauen getan, um, in den Augen des Täters, eine solche Bestrafung zu verdienen?
Die Tatortfotos von Liliane Ehrmann lagen nur schwarzweiß vor. Das Haar war grau, nirgendwo in den Unterlagen fand sich ein Hinweis auf ihre Naturfarbe. Ohne sich lange zu ärgern, versuchte Durant es bei deren Mitbewohnerin, ohne große Hoffnung, diese auf Anhieb zu erreichen. Doch tatsächlich meldete sich eine tiefe, rau-

chige Stimme, deren Alter sich unmöglich schätzen ließ. Rasch war klar, dass es sich um dieselbe Person handelte, die Frau Ehrmann am Maifeiertag 2010 vermisst gemeldet hatte. Ihre Mitbewohnerin. Eine Freundin, die um Liliane getrauert hatte und die man laut Protokollen nur oberflächlich befragt hatte. Die Polizei hatte sich damals nicht gerade ein Bein ausgerissen. Liliane war eine Hure. Sie verkaufte ihren Körper an wildfremde Männer. Männer, unter denen sich immer auch Sonderlinge und Perverse befinden konnten. Das war ihr Berufsrisiko. So viel las Julia Durant zwischen den Zeilen, und sie konnte die Beamten – meistens waren es ja Männer – dabei vor sich sehen. Ihre Faust ballte sich.
»Weshalb rufen Sie mich nach so vielen Jahren an?«, fragte die Frau in die Stille hinein.
»Es geht um die Haarfarbe«, erklärte die Kommissarin. »Leider liegen die Tatortfotos nur schwarzweiß vor.«
»Rot. Feuerrot. Ich habe sie um diese Haarpracht beneidet.«
Durant schluckte.
War das der gemeinsame Nenner? Ein Mörder, der es auf Rothaarige abgesehen hatte? Die Kommissarin nahm seufzend einen Schluck von ihrem Kaffee, der mittlerweile kaum mehr lauwarm war. Sie wusste selbst, wie dünn diese Theorie war.

Sie griff erneut zum Hörer. Einen Moment hatte sie gezögert, Alina Cornelius anzurufen, doch es blieb ihr kaum eine Wahl. Andrea Berger war nicht zu erreichen.
»Na?«, fragte Alina kess. »Pause?«
Julia entschuldigte sich noch einmal für das geplatzte Frühstück und schilderte den Mord.
»Schöner Mist«, bekam sie als Antwort. »Das bedeutet wohl, die beiden Croissants, die ich dir mitgebracht habe, gehen auf meine eigenen Hüften.«
»Der Appetit ist mir jedenfalls vergangen.«

»Wie kann ich dir helfen?«
»Ich suche ein Schema, irgendeinen Anhaltspunkt«, seufzte Durant. »Nichts scheint zu passen. Alter, Wohnorte, Sternzeichen, nicht einmal die Todestage.«
Sie beschrieb Alina die Fälle, die vor ihr lagen.
»Ich muss darüber nachdenken«, sagte diese nach einem Augenblick des Überlegens. »Bist du dir denn sicher, dass es eine Verbindung gibt?«
»Genügt es nicht, dass es überall zur Verstümmelung weiblicher Geschlechtsmerkmale kam?«, fragte die Kommissarin etwas gereizt.
»Sorry. Habe ich da etwa einen wunden Punkt getroffen?«
Alina Cornelius verdiente ihr Geld damit, therapieunwilligen Patienten ihre Geheimnisse zu entlocken. Und sie war verdammt gut in ihrem Job. Dass auch Julia praktisch gläsern für sie war, tat ihrer Freundschaft in der Regel keinen Abbruch. Manchmal aber war es unangenehm. Hätten sie heute gefrühstückt, hätte sie Alina von ihrer verfahrenen Situation mit Claus erzählt. Das Gefühl der Enge geschildert, den Einschnitt, den es bedeutete, von einer blendend funktionierenden Fernbeziehung in eine neue Situation katapultiert zu werden. Plötzlich teilten zwei Menschen, die das Alleinsein gewohnt waren, nicht nur dieselbe Wohnung, sondern auch noch denselben Job. Ihr Herz begann zu hämmern.
»Es ist nichts«, presste sie hervor.
»Du bist eine schlechte Lügnerin«, lachte Alina, »aber ich frage nicht weiter nach. Vorerst nicht. Schickst du mir die Unterlagen?«
Die Kommissarin erledigte das sofort.
Danach pinnte sie die Tabelle, die auf einem DIN-A3-Bogen entstanden war, an die Wand und betrachtete sie minutenlang.
Bei beiden Opfer von 2010 und 2012 waren laut den Berichten Verletzungen im inneren wie im äußeren Genitalbereich festgestellt worden. Durant rief bei Dr. Sievers an, denn obwohl sie die Aufnahmen gesehen hatte, wunderte sie sich noch immer, weshalb die Rechtsmedizinerin sofort eine Serie dahinter vermutete.

Andrea begann damit, dass sie von dem Fall Beatrix Winterfeldt nur zufällig erfahren habe.

»Auch ich mache manchmal Urlaub«, spöttelte sie. »Man darf seinen Teint nicht vernachlässigen, auch wenn man es tagtäglich mit Verblichenen zu tun hat.«

Julia musste grinsen, während Andrea weitersprach: »Jedenfalls lag die Akte Winterfeldt auf dem Tisch, als ich wiederkam. Und mir ging das Ganze nicht aus dem Kopf, denn der Fall wurde ja niemals geklärt.«

Dass Dr. Sievers über ein Elefantengedächtnis verfügte, war gemeinhin bekannt. Durant fragte weiter: »Und wie war das bei Frau Ehrmann?«

»Das ist ja ewig her. Trotzdem sehe ich die Arme noch vor mir liegen. Ich habe Risse gefunden, die Schnitten ähnelten. Das schoss mir wieder in den Kopf, als ich die Schmidt auf dem Tisch hatte.«

»Warum ausgerechnet dann?«

»Weil mir damals, nach dem Urlaub mit dem Winterfeldt-Mord, jemand erzählte, es hätte schon wieder einen Sexualmord in Offenbach gegeben.«

Sie druckste.

»Was ist noch?«, bohrte die Kommissarin nach.

»Ich möchte niemanden anschwärzen«, erwiderte Andrea. »Können wir das bitte möglichst diskret behandeln?«

»Das kann ich dir nicht versprechen«, sagte Julia, hielt kurz die Luft an, überlegte und pustete ihren Atem aus. »Aber ich tu mein Bestes.«

»Danke. Ich glaube, bei Liliane Ehrmann wurde gepfuscht. Tote Nutte, du kennst das Spiel, ein männlicher Kollege obduziert sie. Der Tod trat durch Strangulation ein, alles deutete darauf hin, dass es eine spontane Tat war. Das Ganze wird abgetan. Auf dem Körper gab es Speichelspuren, aber es wurde keine Analyse vorgenommen.«

»Wieso das denn nicht?«, fragte Julia dazwischen.

»Pff. Bequemlichkeit? Übersehen? Oder man schob es einem Tier zu, das an ihr herumgeleckt habe. Sie lag immerhin eine Weile.«
»Scheißspiel.«
»Das kannst du laut sagen! Die Fotos des Schambereichs sind unterirdisch schlecht, es lässt sich partout nichts mehr darüber sagen, ob es Risse oder Schnitte sind.« Andrea verfiel wieder ins Spöttische. »Wen wundert's, dass die meisten Männer im Bett solche Nieten sind, wenn sie nicht mal feststellen können, ob eine Klitoris noch da ist oder fehlt.«
»Du glaubst also, dass an beiden Frauen herumgeschnitten wurde?«
»Ich glaube gar nichts. Aber ich *weiß*, dass bei der Ehrmann der gesamte Bereich stark verletzt war. Und ich habe, bei aller Phantasie, keine blasse Vorstellung, welche Sexstellung bei einem spontanen Übergriff derartige Verletzungen herbeiführen könnte.«
»Eine zerbrochene Flasche vielleicht?«, kam Julia in den Sinn.
»Wie auch immer. Ehrmann und Winterfeldt ähneln sich jedenfalls, auch wenn wir's anhand der Unterlagen nicht zweifelsfrei belegen können. Und was ich bei der Ehrmann gesehen habe, ähnelt definitiv den Verletzungen von Isabell Schmidt. Mit dem einzigen Unterschied, dass sie jetzt präziser sind und dass er sie wieder vernäht hat.«
»Und dass er diesmal nicht im Freien agierte«, warf Julia ein. »Es war allem Anschein nach eine geplante Handlung. Bei Frau Ehrmann deutet es eher auf eine Affekthandlung hin, oder?«
»Das ist kein Widerspruch für mich, und das weißt du auch selbst«, hielt die Rechtsmedizinerin dagegen. »Der Täter entwickelte sich eben weiter, wie ein guter Serienkiller das nun mal tut.«
Wie so oft traf Andrea Sievers den Nagel auf den Kopf.
Der Computer brauchte nicht lang, um eine weitere Übereinstimmung zu finden. Sie fahndete unter anderem nach Prostituierten, aber auch nach kinderlosen Damen der Oberschicht. Nach rotblonden, kastanienbraunen und feuerroten Haaren. Nach Übergriffen mit Klingen, Messern oder anderen scharfen Gegenständen. Die

Faktoren schienen unendliche Möglichkeiten zuzulassen, doch in Verbindung mit ungelösten Gewaltdelikten der jüngeren Vergangenheit war die Ergebnisliste überschaubar. Der vielversprechendste Treffer war Margot Berger. Wohnhaft im Gutleutviertel, jenem schmalen Streifen, der sich südlich des Gallusviertels und der Eisenbahnschienen ans Mainufer schmiegte. Sie war eine Prostituierte. Und hieß Berger. Stöhnend rieb Julia Durant sich die Schläfen. Ausgerechnet. Es gab diesen Namen dutzendfach in der Stadt, das war ihr natürlich klar. Trotzdem weckte er wieder die Erinnerungen an ihren alten Chef.

Sie druckte zwei Seiten aus und machte sich auf den Weg ins Chefbüro, wo nun jemand anders auf sie wartete. Julia holte tief Luft, ihr Blick glitt vorbei an dem mittlerweile überklebten Türschild, dann trat sie ein.

Claus bedachte sie mit einem charmanten Lächeln, das sich gut anfühlte. Es war niemand in der Nähe, nichts hätte gegen einen Kuss gesprochen oder gegen eine Umarmung. Doch sie hatten nun einmal eine Regel aufgestellt und hielten sich stillschweigend daran. Die Kommissarin zog sich einen Stuhl heran und legte die Unterlagen auf den Schreibtisch. Dann berichtete sie über das Gespräch mit Andrea Sievers und die neue Übereinstimmung, die sie gefunden hatte.

»Margot Berger ist zwar mehr blond als rot«, schloss sie, »aber das kann man ja ändern. Das Wichtigste dabei ist, dass sie lebt. Ich möchte sie umgehend vernehmen.«

»Wie, sie lebt?« Hochgräbe kratzte sich am Kopf und rümpfte die Nase. »Nicht, dass ich es ihr nicht gönne, aber wie passt das denn in dein Schema?«

Dein Schema. Allein die Wortwahl ließ Julia sehr deutlich spüren, wie wenig er von ihrer Recherche hielt.

»Ich möchte mit ihr reden, bevor ich das entscheide«, erwiderte sie mit erzwungener Gelassenheit.

»Hat sie denn überhaupt etwas gesehen?«

Er klang derart von oben herab, dass die Kommissarin auf Verteidigungsmodus umschalten musste. »Mensch, Claus! Wenn auch nur der Hauch einer Chance besteht, dass es sich um eine Mordserie handelt, ist sie doch *die* Zeugin schlechthin! Sie saß auf dem Beifahrersitz des Angreifers. Sie hat ihn gesehen. Er hatte irgendwelche Klingen in einer Tasche. Das liest sich vage, mag sein, aber deshalb möchte ich ja mit ihr *reden*.«

»Ich weiß nicht so recht. Aber tu's meinetwegen. Doch ich möchte nicht, dass das Ganze sich zur Fata Morgana entwickelt. Die Pressegeier werden nicht aufhören zu kreisen, wenn durchsickert, dass wir von einer Mordserie ausgehen.«

»Ist mir schnurzpiepegal«, entgegnete Durant. »Außer Andrea und mir scheint es bislang ja keinen zu interessieren!«

»Was soll das denn heißen?«

Nur allzu gerne hätte sie geantwortet, dass es *seine* Aufgabe gewesen wäre, Übereinstimmungen zu finden. *Seine* Aufgabe, ihr den Rücken freizuhalten. Sie machen zu lassen, was sie am besten konnte. Julia hätte gleich zu Beginn an Ort und Stelle gewesen sein müssen und nicht Stunden später beim Joggen wie zufällig informiert werden.

»Ach, vergiss es«, winkte sie stattdessen ab. »Ich weiß durchaus, wie man diskret vorgehen kann, ohne die Presse auf den Plan zu rufen. Aber meinetwegen darf das Dreckschwein ruhig mitbekommen, dass ich ihn jagen werde. Und wenn ich's im Alleingang mache.«

»Na, na, nimm dich mal nicht so wichtig, Schatz.«

Am liebsten wäre sie ihm ins Gesicht gesprungen. Nicht so wichtig nehmen? War das sein Ernst? Doch sie ballte nur die Fäuste und presste ihren Atem in Richtung Zwerchfell.

»Du hast es entdeckt, wir gehen dem nach. Punkt.« Es war nicht zu übersehen, dass auch er lieber etwas anderes gesagt hätte. Doch dann verwandelte sich seine Miene in ein Lächeln. »Das war gute Arbeit, hörst du?«

Julias »danke« war kaum zu hören.

»Und jetzt fangt diesen Perversen!«
Nichts lieber als das. Die Kommissarin stand auf und schob den Stuhl zurück an seinen Platz.
Doch Claus hatte noch etwas zu sagen: »Ich halte dir den Rücken frei, was die Presse angeht. Brauchst du mehr Leute?«
Sie schüttelte den Kopf. »Vorerst nicht. Ich rede später mit Brandt aus Offenbach. Für eine übergreifende Soko ist es noch zu früh.«
»Was ist mit Kullmer und Seidel?«
Peter Kullmer und Doris Seidel, privat wie beruflich ein Paar, gehörten zu Durants engstem Kollegenkreis. Sie hatten eine gemeinsame Tochter im Kindergartenalter und befanden sich auf Teneriffa. Bei vierundzwanzig Grad und wolkenlosem Himmel.
»Die kriegen wir nicht von der Insel runter«, wusste die Kommissarin. Noch zehn Tage. Selbst wenn Frankfurt vom Fegefeuer überrollt werden würde, gab es kaum eine Chance für Pauschalurlauber, ihren Aufenthalt abzukürzen. Die Flieger waren voll und die Plätze knapp kalkuliert. Sie würden ohneeinander auskommen müssen.
Sie verabschiedete sich und verließ das Büro. Sie solle sich nicht so wichtig nehmen. Das hatte er ihr wirklich an den Kopf geknallt. Es hatte gewirkt wie eine Ohrfeige. Dabei war sie ihm noch vor ein paar Wochen wichtig genug gewesen, dass er alles daran gesetzt hatte, diesen Posten hier in Frankfurt zu bekommen. Claus hatte sämtliche Zelte in München abgebrochen. Ein beruflicher Aufstieg einerseits, aber vor allem hatte er es ihretwegen getan. Ihrer beider wegen. Und nun? Ein Schatten schien sich über Julias Seele gelegt zu haben. Irgendwie hatte sie sich das alles anders vorgestellt.

Zehn Minuten später kehrte Frank Hellmer ins Präsidium zurück. Er ließ einen Notizzettel auf Durants Schreibtisch segeln, während er wortlos den Schreibtisch umrundete und ihr gegenüber Platz nahm. Um ein Haar wäre das Papier über die Tischkante gefallen, die Kommissarin reagierte gerade noch rechtzeitig.

»Schlechte Reflexe«, flachste ihr Kollege.
»Geht's noch?«, gab sie zurück und las die beiden Namen auf dem Papier. »Wer soll das sein?«
»Angeblich die BFF von Isabell Schmidt.«
Hellmer schmunzelte, als Durants Blick ihm verriet, dass sie mit der Abkürzung nichts anzufangen wusste. »Best friends forever.«
Kein Wunder, dass er firm mit neuenglischen Modewörtern war. Seine Tochter Stephanie hielt Frank zweifelsohne mehr up to date, als ihm manchmal lieb war.
»Die eine spielt mit ihr Tennis und kümmert sich um Charity-Kram und so«, erklärte er, »die andere ist eine alte Schulfreundin. Der Kontakt lebte erst vor knapp zwei Jahren wieder auf.«
»Wieso das?«
»Sie war wohl im Ausland.« Hellmer zuckte die Schultern. »Detaillierter hab ich's nicht. Herr Schmidt scheint nicht viel für die beiden Damen übrigzuhaben. Vielleicht irre ich mich aber auch. Er ist ganz schön durch den Wind.«
»Verständlich.«
Durant schniefte und zog die Schublade auf, um zu prüfen, ob sich dort Taschentücher befanden. Eine Erkältung konnte sie jetzt nicht gebrauchen.
»Ich glaube«, sagte sie dann, »Herrn Schmidt können wir als Tatverdächtigen ausschließen. Nicht nur wegen seines Alibis. Vielleicht war die Ehe etwas eingeschlafen, aber ich halte ihn nicht für so abgebrüht, dass er seine Frau umbringen lässt. Schon gar nicht auf eine so brutale Weise.«
»Und mit Schampus auf dem Tisch«, ergänzte Hellmer zustimmend.
»Genau. Da ist eine dritte Person im Spiel, jede Wette. Was ist mit diesem Fahrer? Welche Rolle spielt der?«
»Der Fahrer gehört nicht zum Hauspersonal. Er ist Angestellter der Firma, kein Privatchauffeur«, wusste Hellmer.

Also niemand, der eine persönliche Beziehung zu seinen Klienten aufbaute, überlegte Durant. Doch es geschahen die verrücktesten Dinge, das hatte sie oft genug erlebt.
»Was ist mit Frau Schmidt?«, hakte sie deshalb noch einmal gezielt nach. »Kannte sie den Fahrer vielleicht näher?«
»Ich habe ihn angerufen«, antwortete Hellmer kopfschüttelnd. »Er gibt zwar an, sich an sie zu erinnern. Er habe die beiden auch schon zu einer Gala oder einem Empfang gefahren. Doch mehr war nicht aus ihm rauszubekommen. Willst du ihn persönlich vernehmen?«
»Weiß ich noch nicht.« Julia Durant rieb sich mit einem Seufzer den Nasenrücken. Es war ernüchternd.
»Wir haben nichts, Frank!«, stöhnte sie schließlich. »Irgendwer muss es doch auf Isabell abgesehen haben. Ich will, so schnell es geht, mit ihren Freundinnen sprechen. Die KTU soll sich derweil den Fuhrpark der Firma ansehen, zumindest mal die Fahrzeuge, mit denen dieser Fahrer unterwegs war. Gibt es Listen? Irgendwas müssen wir schließlich tun.«
»Da setzen wir Schreck von der IT drauf an«, schlug Frank vor. »Dann kann er die Angaben gleich mit den GPS-Daten abgleichen, falls es so was gibt. Wollen wir losfahren?«
»Mal langsam«, sagte sie mit einem Kopfschütteln und stand auf, um die Tür zu schließen.
Hellmer verzog den Mund. »Muss ich mich jetzt fürchten?«
»Nein, hör mir nur kurz zu. Es gibt da eine Sache, die noch keiner weiß. Eine Gemeinsamkeit, die unsere Opfer haben – und zwar alle.«
»Ich zähle nur eines«, warf Hellmer ein, auch wenn er wusste, dass sie auf die alten Fälle anspielte.
»Fang du auch noch an«, gab Durant mürrisch zurück. Sie hatte sich wieder hingesetzt und berichtete über die Frauen, die Dr. Sievers ihr genannt hatte. Sämtliche Opfer waren rothaarig. Doch Frank Hellmer zeigte sich, wie insgeheim befürchtet, unbeeindruckt.

»Ziemlich dürftig, finde ich. Zumal sonst ja nichts übereinstimmt.«
»Vielleicht haben wir nur noch nicht an der richtigen Stelle gesucht«, warf Julia Durant ein, aber sie hatte keinen Erfolg. Hellmers Miene blieb gleichgültig.
»Gut, dann eben nicht«, sagte sie schließlich, nicht ohne ihre Enttäuschung zu zeigen. »Themawechsel.«
Anschließend redete sie über ihre Recherche in Sachen Genitalverstümmelung. »Wenn wir keine Mordserie an Rothaarigen haben, müssen wir der kulturellen Sache auf den Grund gehen. Die Tote ist beschnitten. Sie wurde vor Botschaften von Ländern drapiert, in denen diese Praxis angewandt wird. Also sollten wir damit beginnen, uns dort umzuhören.«
Hellmer machte große Augen. »Das wird eine Riesenwelle schlagen! Was sagt denn Claus dazu?«
»Ich renne nicht wegen jeder Kleinigkeit zu ihm«, gab Durant schnippisch zurück und verschränkte die Arme. »Das war bei Berger nicht so und ist es jetzt erst recht nicht.«
»Er dreht dir den Hals um, wenn wir diplomatische Krisen vom Zaun brechen. Du weißt, wie angespannt derzeit alles ist.«
»Mein Interesse gilt zuallererst dem Mörder von Isabell Schmidt«, sagte die Kommissarin und fuhr sich durchs Haar. »Da lasse ich mir weder Handschellen noch einen Maulkorb anlegen. Doch zuerst kümmern wir uns um eine andere Spur.«
»Welche da wäre?«, wollte Hellmer wissen, während er sich ausgiebig am Hals kratzte. Seinen Dreitagebart trug er nun schon seit Monaten, doch er schien ihn noch immer permanent zu jucken. Durant erzählte ihm von Margot Berger. Ausgerechnet Berger, dachte sie zum x-ten Mal.
Sie verließen das Präsidium und machten sich auf den Weg zu ihr. Als sie neben dem Dienstwagen standen, erkundigte sich Frank: »Sag mal, ist alles okay bei dir?« Er sah sie prüfend an.
»Frag besser nicht«, brummte Julia.

MONTAG, 16:40 UHR

Die Frau, die die Tür öffnete, war ein Schatten ihrer selbst. Jogginghose, ein verwaschenes, übergroßes Shirt mit einem Snoopy, der auf der Mondsichel schlummerte. Unter den Kleidern verbarg sich ein vierzig Jahre alter Körper, der sehr weiblich sein musste, aber auch ziemlich verbraucht wirkte. Der Busen hing tief, Schminke war nicht aufgetragen, und die langen Locken wirkten zerzaust.
»Wer sind Sie?«
»Durant und Hellmer, Mordkommission.«
»Ich weiß nichts von einem Mord. Haben Sie Ausweise dabei?« Argwohn sprach aus ihren Augen, die grau umrandet waren. Die beiden zogen ihre Dienstausweise hervor. Margot Berger prüfte sie ohne Eile.
Die Kommissarin machte sich derweil ein erstes Bild der Wohnung, die hinter ihr im Dämmerlicht lag. Drei Zimmer, beengt, abgewohnt, es roch nach Rauch und kaltem Kaffee.
Die Frau trat beiseite. »Meinetwegen. Kommen Sie rein, damit es kein Getratsche im Haus gibt.«
Durant und Hellmer folgten ihr in die Küche, wo ein voller Tisch mit benutztem Geschirr wartete. »Was wollen Sie von mir?«
»Es geht um den Übergriff, dem Sie ausgesetzt waren.«
Margot lachte spöttisch. »Um welchen genau?«
Julia räusperte sich. Sie wollte nicht wissen, was diese Frau in ihrem Leben als Hure alles an Erniedrigungen erlebt hatte. »Es geht um die versuchte Verstümmelung.«
Ihr war, als zuckte Margot kurz zusammen.
»Ähm, soll ich draußen warten?«, vergewisserte sich Hellmer, dem das Ganze sichtlich unangenehm war.
Doch wieder erklang das Lachen, in dem keine Freude, sondern blanker Zynismus lag. »Meine Scham vor Männern habe ich schon

lange verloren«, erwiderte Margot mit einer lapidaren Handgeste, »und die Achtung ebenfalls. Was wollen Sie wissen?«
Durant las aus der Aktennotiz vor. Darin stand, dass Frau Berger am 4. Juli 2013 an der Theodor-Heuss-Allee in einen Wagen gestiegen sei. Dunkler Audi. Diese Karren, so ihre Worte, sähen ja mittlerweile alle gleich aus. Doch sie habe die vier Ringe erkannt. Dazu ein Frankfurter Kennzeichen. Sie seien nur kurz gefahren, bis zu einer entlegenen Ecke des Rebstockparks. Dort habe der Mann sie bezahlen wollen, doch statt des Geldes zog er eine Spritze hervor, mit der er ihr etwas injizierte.
»Ich kenne den Bericht«, unterbrach die Frau sie schroff. »Er war stärker, obwohl man es ihm nicht ansah. Er injizierte mir ein Betäubungsmittel, hielt mir den Mund zu und verlangte, dass ich nicht schreie, weil er mich sonst fesseln und knebeln müsse. Immer wieder blickte er mich an, als kenne er mich. Ein total krankes Arschloch. Ich hatte 'ne beschissene Angst. Wie lange es gedauert hat, bis die Medikamente wirkten, weiß ich nicht. Mir wurde schummrig. Er entfaltete eine Tasche, in der er ein Skalpell und Rasierklingen und irgendwelche Nadeln hatte. Da wollte ich schreien, denn mir wurde klar, dass es nicht um perversen Sex ging, sondern um mein Leben.«
Sie stoppte.
»Und dann?« Durant warf einen Blick in die Unterlagen, um nötigenfalls selbst weiterzulesen.
»Wie ich damals berichtet habe. Ich bin in der Notaufnahme aufgewacht.« Berger zündete sich eine Zigarette an und inhalierte tief. Sie pustete den Rauch in Richtung Zimmerdecke. »Keinen blassen Schimmer, wie ich dahin gekommen bin. Es hieß, jemand habe den Notruf gewählt. Ein Taxifahrer. Ich war bewusstlos. Eine Wechselwirkung des Narkotikums mit meinem Diazepam.«
»Waren Sie abhängig?«
»Sie haben nicht viel Ahnung, wie?«

»Ich muss diese Fragen stellen.«

»Nein, ich war nicht abhängig. Ich habe mir das Zeug reingeschmissen, damit es hinten nicht weh tut.« Etwas leiser fügte sie hinzu: »Beim Analsex glotzen dich die Kerle wenigstens nicht an. Deshalb stehen sie drauf. Die eine Hälfte, weil sie es anderswo nie bekämen und sich jemand anderen dabei vorstellen können. Und die anderen, weil sie sich schämen, dass sie zu einer Hure rennen. Noch dazu zu einer so abgetakelten wie mir.«

»Was können Sie uns über den Mann in dem Audi sagen?«, hakte Hellmer nach.

»Nicht mehr als das, was ich zu Protokoll gegeben habe.«

Durant rief sich das Vernehmungsprotokoll in Erinnerung. Demnach hatte es sich um einen Mann mit heiserer Stimme gehandelt. Normale Größe, normales Alter, was auch immer das heißen sollte. Baseballkappe. Es war aufgrund dieser kargen Angaben nicht einmal zu einer Phantomzeichnung gekommen.

»Was ist ein normales Alter?«, hakte sie nach.

»Mitte zwanzig? Vielleicht älter. Aber kein Rentner. Durchschnitt eben. Tut mir leid, genauer kann ich es nicht sagen.«

»Und der Haaransatz unter der Mütze?«

»So nahe sind wir uns nicht gekommen. Sie waren nicht schwarz, das wäre mir sicher aufgefallen. Aber ob braun oder blond – das kann ich nicht sagen.«

Hellmer schlug die Fingerkuppen aneinander. »Keine auffälligen Körpermale? Ein Akzent vielleicht oder persönliche Gegenstände, die im Auto herumlagen?«

Margot zog erneut an dem Filter. Schob die Unterlippe nach vorn, drückte den frischen Qualm nach oben und sog ihn mit der Nase ein. Dann schüttelte sie den Kopf und atmete den Rauch wieder aus. »Glatte Haut, weiche Gesichtszüge. Wahrscheinlich einer dieser Typen, die mit dem goldenen Löffel im Mund geboren wurden. Die nie lernen, was harte Arbeit bedeutet. Das Einzige, was ich nie ver-

gessen werde, ist sein Blick. Es war, als würde er mich mit den Augen durchbohren, und dabei lagen sie ständig im Schatten seiner Kappe.«
»Okay, danke. Das ist doch schon mal etwas. Was war mit der Tasche? Glich sie einem Kulturbeutel, war es ein Etui oder ein Erste-Hilfe-Set? Gab es Initialen oder einen Aufdruck?«
»Nichts, von dem ich wüsste. Ich habe nur auf die Klingen geschaut. Und Panik bekommen. Wir Nutten haben allesamt eine Scheißangst davor, bei einem Typen einzusteigen, der dann auf Jack the Ripper macht. Mich hat es getroffen, ich bin davongekommen. Seitdem gibt's mich nur noch online, nicht mehr auf dem Straßenstrich. Jetzt bediene ich junge Burschen, die einen Mama-Komplex haben. Oder Stammkunden, die aber allesamt völlig harmlos sind.«
»Und dieser Ripper-Verschnitt tauchte nie wieder auf? Auch nicht bei …«, Hellmer stockte kurz, »… bei Kolleginnen?«
Margot verzog den Mund und schnaufte. »Nicht dass ich wüsste. Aber auf dem Straßenstrich geht es auch nicht gerade kollegial zu. Zumindest unter den neuen Gören. Das ist lange passé.«
»Gab es irgendeine Form des Eingriffs bei Ihnen?«, fragte Durant weiter und deutete, ohne das zu wollen, in Richtung ihres Schoßes. Sie erntete ein energisches Kopfschütteln.
»Er muss mich sofort entsorgt haben, als die Atmung Aussetzer bekam.« Sie lachte verbittert. »Ironie des Schicksals. Vermutlich hat mir eine lebensgefährliche Atemlähmung das Leben gerettet. Sie haben mir übrigens immer noch nicht verraten, was für einen Typen Sie suchen. Organmafia, Nuttenmörder oder irgendeinen religiös Gestörten?«
Durant umschiffte die Frage. »Es geht uns um ein mögliches Täterprofil. Sie sprachen von einprägsamen Augen und zarten Zügen. Woran erinnern Sie sich noch? Irgendwelche Besonderheiten?«
Schulterzucken. »Nach zwei Jahren?«
»Jeder Hinweis kann hilfreich sein.«

Ihr Gegenüber hob mit hilflosem Blick die Achseln. »Da ist nichts, tut mir leid. Nichts, was nicht auch in der Polizeiakte steht.«
»Haben Sie irgendeine Seelsorge in Anspruch genommen?« Julia Durant erschien es plötzlich wichtig, diese Frage zu stellen. »Gibt es jemanden, der Ihnen Beistand geleistet hat oder das noch immer tut?«
Margot riss die Augen auf. »Im Ernst? Sie glauben, ich hätte einfach mal so eine Therapie gemacht?«
»Ist das so abwegig?« Julia Durant wusste nur allzu gut, wie viel Schaden ein unverarbeitetes Trauma anrichten konnte. Ihre Entführung lag Jahre zurück. Sie war damals nicht nur gefangen gehalten, sondern brutal vergewaltigt worden. Der Täter war Geschichte. Die Panikattacken blieben. Schweißnasse Träume holten sie immer wieder ein. Eine leere Tiefgarage. Kein Ausgang. Schritte im Schatten. Herzrasen und Atemnot.
»Vergessen Sie das mal lieber. Ich ziehe mein Ding durch und versuche, nicht zu viel drüber nachzudenken.« Margot deutete auf ein Sammelsurium hochprozentiger Flaschen, die meisten davon leer. »Johnnie und Jacky genügen mir als Therapeuten.«
Durant verstand.
»Um noch mal darauf zurückzukommen«, beharrte sie, doch Frau Berger winkte ab.
»Was soll ich denn noch groß dazu sagen? Ich bin dem Tod von der Schippe gesprungen. Wunderbar. Mein Retter war kein Prinz auf dem Pferd, sondern kam mit dem Taxi. Klar, ich war ihm dankbar, deshalb habe ich hinterher auch nach ihm gesucht. Ich wollte mich bei ihm bedanken, dass er die 112 gewählt hat. Und das habe ich auch getan.«
»Den Namen dieses Fahrers hätten wir gerne«, meldete sich Hellmer zu Wort, auch wenn diese Information sich gewiss in den Akten befand. Frau Berger nannte ihn.
Dann lachte sie auf. »Sie erkennen ihn, wenn Sie ihn sehen. Er ist, hm, ziemlich speziell. Doch ein harmloser Bursche. Wir waren ein

paarmal etwas trinken, ich ließ ihn auch mal ran. Doch das war Dankbarkeit, keine Liebe. Wie gesagt, ich bin runter von der Straße und schaffe nur noch zu Hause an, wenn ich die Identität der Typen kenne. Mehr ist nicht drin. Noch ein paar Jahre, dann höre ich auf. Ich möchte Schluss machen, bevor mich keiner mehr will.«
Durant war beeindruckt von der Kaltschnäuzigkeit, mit der Margot Berger über sich selbst und ihre Tätigkeit sprach. Sie beneidete die schnörkellose Klarheit einer Frau, die sich nichts vormachte. Doch sie bedauerte es auch, denn Margot schien keinerlei Träume mehr zu haben. Keine Hoffnung auf ein besseres Leben. Damit starb jeder Anflug von Neid sofort wieder. Wie gut sie selbst es doch hatte. Durant musste sich konzentrieren, um nicht abzudriften.
»Darf ich Sie etwas fragen?« Margot sah sie direkt an.
Durant nickte und schenkte ihr ein Lächeln.
»Sie wissen nicht viel, oder? Vom Leben ganz unten, meine ich.«
Sofort verschränkte die Kommissarin die Arme und erwiderte fast schon trotzig: »Ich mache den Job seit dreißig Jahren, davon die meiste Zeit in Frankfurt. Ich bekomme eine Menge mit.«
Frau Berger hob die Hand. »Das war nicht abwertend gemeint. Es mag ja sein, dass Sie manches sehen, nur hat es eben den Unterschied, dass Sie danach umschalten, in Ihr schickes Haus fahren und ein teures Steak mit einer Flasche Bordeaux verputzen.«
Durant musste unwillkürlich grinsen, auch wenn ihr nicht danach war.
»Ich stehe mehr auf Salamibrot und Dosenbier«, sagte sie.

MONTAG, 17:20 UHR

Hellmer schnallte sich an und zog seine Notizen hervor. Seit Margot Bergers Schilderungen hatte er kaum mehr gesprochen und sich nur müde auf den Beifahrersitz sinken lassen, was er selten tat.

»Bedrückt dich etwas?«, wollte Durant wissen und startete den Motor.

»Ich weiß nicht. Es ist diese Öde, dieses Scheißleben, das manche Menschen führen. Führen müssen.«

»Wir sind auch nicht mit dem goldenen Löffel im Mund geboren«, warf die Kommissarin ein, auch wenn sie ihrem Partner natürlich recht gab. Schicksale wie das von Margot Berger gab es zu viele. Und die Gesellschaft scherte sich einen Dreck darum.

»Wir hatten aber immer eine Perspektive. Das unterscheidet uns von den Bergers dieser Welt. Also …«, Hellmer zuckte ungewollt mit den Mundwinkeln, »… ich meine von den Margot Bergers.«

Auch Julia Durant musste lächeln. Jedes Mal, wenn der Name Berger fiel, dachte sie an den Ex-Boss. Das würde vermutlich für immer so bleiben.

»Na komm, genug Trübsal geblasen«, sagte sie. »Wir ändern's nicht.«

Sie bat Hellmer um die nächste Adresse und wartete, während er seine Notizen durchblätterte. Birgit Oppermann und Claire Huth waren nun an der Reihe, die Freundinnen von Isabell Schmidt. Die eine wohnte in Kelsterbach, in unmittelbarer Nähe des Flughafens, teilte Frank mit, die andere in der Waidmannstraße.

Julia kniff die Augen zusammen. »Moment mal, Waidmannstraße?« Sie kannte diesen Namen, hatte das Straßenschild praktisch vor Augen. Sie konnte das Bild aber nicht zuordnen. »Wo liegt die?«

»Sachsenhausen«, murmelte Hellmer, dann öffnete sich sein Mund abrupt. »Verdammt, das ist doch die Parallelstraße zur Kennedyallee!«

Die Kommissarin hätte sich am liebsten auf die Stirn geschlagen. Wie oft hatte sie auf dem Weg zu Andrea Sievers an den alten Jägergruß denken müssen und sich gefragt, weshalb ausgerechnet hier, zwischen Villen und Bahntrasse, eine Straße so hieß. Jetzt rasten ihre Gedanken in eine ganz andere Richtung. »Dann ist Isabell Schmidt womöglich bei der Oppermann gewesen!«
»Kurz vor ihrem Tod?« Hellmer schüttelte den Kopf. »Du vergisst die Schließanlage.«
»Elektronik kann man überlisten«, widersprach Durant. »Unser Vorteil ist, dass Frau Oppermann nichts über die Auswertung der Schließanlage weiß.«
»Es sei denn, Herr Schmidt hat ihr davon …«
»Glaub mir, Frank«, unterbrach Julia ihn lächelnd, »das hat er nicht.« Sie kannte kaum einen Mann, der sich freiwillig mit den besten Freundinnen seiner Frau abgab. Wissend, dass es dort keine Geheimnisse gab, und wenn sie noch so intim waren.
»Wie auch immer«, entgegnete Hellmer. »Könnten wir vorher einen Schlenker zum Präsidium machen, damit ich mein Auto holen kann?«
»Klar.« Sie musste einige Sekunden überlegen, bis es ihr einfiel. Frank hatte vor zwei Wochen ein Konzert erwähnt, zu dem er mit seiner Tochter gehen wollte. Steffi, die in ein Internat ging, wäre untröstlich, wenn es ausfallen würde.
»Wir fahren zusammen nach Sachsenhausen, und ich übernehme auf dem Heimweg dann noch Kelsterbach.«
»Schaffst du das denn? Wir können uns doch gleich aufteilen«, schlug Julia vor.
Frank nickte. »Ich bekomm das hin.«
Dann räusperte er sich und setzte nach: »Möcht's mir mit Claus nicht gleich verderben.«
Julia schwieg. Frank brauchte nichts weiter zu sagen. Sie wussten beide, wie ihr alter Boss zu solchen Dingen gestanden hatte. Kom-

missariatsleiter Berger hatte keinerlei Schwierigkeiten damit gehabt, eine Kur oder einen Auslandsurlaub zu akzeptieren. Selbst persönliche Probleme (die er selbst nur allzu gut gekannt hatte) war er bereit zu berücksichtigen. Auf der anderen Seite verlangte er dafür, wenn es brenzlig wurde, Übermenschliches von seinen Kommissaren. Weil er wusste, dass sie dazu in der Lage waren. Er hätte – auch wenn beides wohl nicht mehr passieren würde – Kullmer aus dem Kreißsaal oder Hellmer vom Traualtar ins Präsidium beordert, falls nötig. Und sie wären seinem Ruf gefolgt.

Julia Durant lächelte schief. »Nimm dich nicht so wichtig«, sagte sie.

Hellmer sah sie an wie ein Auto. »Hä?«

»Vergiss es. Claus hat mir das vorhin an den Kopf geknallt.«

»Und?«

»Nichts. Aber wenn der Chef es sagt, dann gilt das. Auch für dich. Du fährst direkt nach Kelsterbach und siehst dann zu, dass du heimkommst. Macht euch einen schönen Abend. Steffi wird das guttun. Ich kümmere mich um die Oppermann, und vielleicht greife ich mir auch noch diesen Taxifahrer. Morgen früh tragen wir alles zusammen.«

Sie blickte für einige Sekunden ins Leere und murmelte: »Heute Nacht wird schon nichts passieren.«

»Deinen Optimismus möchte ich haben«, gab Hellmer zurück.

Doch es hatte nichts mit Optimismus zu tun, im Gegenteil. Julia Durant wurde wieder bitter bewusst, dass sie *nichts* in der Hand hatten. Selbst wenn etwas passieren würde, sie würden nichts dagegen tun können.

Diese Phase einer Ermittlung war, neben dem Einfühlen in den Schmerz und das Leiden der Opfer, die düsterste.

Die Zeit, die am schwersten zu ertragen war.

MONTAG, 17:35 UHR
Sachsenhausen-Nord, Waidmannstraße

Der Bordstein war breit genug, um in zweiter Reihe zu parken. Kein Anwohnerparkplatz war frei, und die Hofausfahrten waren zu knapp bemessen, um sich schräg davorzustellen. Julia Durant hatte Frank Hellmer auf dem Hof des Präsidiums abgesetzt und nach kurzem Überlegen ebenfalls den Dienstwagen gegen ihren Opel getauscht.

Bei aller Begeisterung für ihren Wagen war er eher unpraktisch, was das Parken anbelangte. Sie ließ einige Parklücken aus, die sie mit ihrem alten Auto problemlos geschafft hätte. Als sie endlich eine geeignete Stelle gefunden hatte, musste sie die halbe Straße zurücklaufen, bis sie die gesuchte Adresse erreichte.

Ein wenig erinnerten die hohen Fassaden mit Sandstein und Ockertönen an Durants Wohnhaus im Nordend. Neue Fenster hinter alten Rollläden, Ornamente im Rot des Sandsteins und verwitterte Schnörkel an Zäunen und Geländern. Dazwischen, und das war der deutlichste Unterschied zur Holzhausenstraße, hochmoderne Häuser, denen nicht anzusehen war, ob es modernisierte Altbauten oder neue Gebäude waren. Efeu rankte an der im Schatten gelegenen Hausecke hinauf zu den Schieferplatten, die von der zweiten Etage an ins Dach überleiteten.

Birgit Oppermann war verheiratet, ihrem Mann gehörte eine kleine Restaurantkette mit Standorten in Frankfurt, Hanau und Offenbach. Er war unterwegs, was die Kommissarin um diese Uhrzeit nicht verwunderte. Frau Oppermann trug einen Trainingsanzug. Es hatte gedauert, bis sie vollkommen verschwitzt an der Wohnungstür gestanden hatte. Sie sei auf dem Hometrainer gewesen, sagte sie. Sie mischte sich einen Smoothie. Die von Spinat gekrönten Obststücke wurden auf Knopfdruck zu einem braungrünen Brei. Durch den

Lärm des Mixers drang ein Halbsatz, in dem sie sich über Brennnesseln ausließ und darüber, dass man diese im Stadtwald kaum genießen könne. Überall Hunde, überall Tretminen und Urin. Die beiden Frauen versammelten sich im hohen, hell durchfluteten Wohnzimmer, das über zwei Ebenen ging und von einer antiken Wendeltreppe aus geschmiedetem Metall dominiert wurde. Warmweiße Flächenstrahler schienen jeglichen Schatten aus dem Raum zu verbannen. Doch Frau Oppermanns Miene wurde trüb und farblos, als Julia Durant ihr den Grund ihres Besuchs nannte.

»Ich habe es schon gehört«, sagte sie leise. »Leonhard. Seit zwei Tagen habe ich versucht, Isabell zu erreichen. Er sagt, sie wurde ermordet?«

»Ja. Mein Beileid. Wissen Sie, dass man sie hier gefunden hat? Praktisch um die Ecke?«

Ihr Blick füllte sich mit Argwohn, und sie ließ ein langgezogenes »Ja?« verlauten.

»Das hat uns sehr gewundert. Wir dachten deshalb, es gäbe vielleicht eine Verbindung zu Ihnen«, sagte Durant. »Hatten Sie am Wochenende Kontakt zu unserem Opfer?«

»Nein, sagte ich doch!«, beteuerte Birgit Oppermann. »Isabell war nicht hier. Ich habe sie seit Freitag nicht mehr gesehen und da auch zum letzten Mal mit ihr gesprochen. Wann ist es denn passiert?«

»Am Sonntag.«

Durant erinnerte sich, dass Frau Schmidt seit spätestens Donnerstag allein gewesen war. Was sie seit der Abreise ihres Mannes unternommen hatte, lag vollständig im Dunkeln.

»Nun gut. Reden wir über Freitag«, sagte sie. »Wo haben Sie sie gesehen?«

»Wir haben uns auf einen Kaffee in der Stadt getroffen.«

»Wann?«

»Gegen Mittag.«

»Hat Frau Schmidt erwähnt, welche Pläne sie für das Wochenende hatte?«

Frau Oppermann schien eine Sekunde lang zu drucksen, schüttelte dann aber mit Vehemenz den Kopf. »Ich weiß von nichts.«
Argwohn ergriff die Kommissarin. »Und wenn ich Ihnen das nicht glaube?«
»Wollen Sie mir unterstellen, dass ich lüge?«
»Sagen Sie es mir.«
Die Frau verschränkte die Arme und verzog beleidigt den Mund. »Ich rufe wohl besser unseren Anwalt an.«
»Tun Sie das«, konterte Durant. »Wenn's ein guter ist, erklärt er Ihnen die Sache mit dem Meineid.«
Birgit Oppermann zuckte zusammen. Sie beugte sich nach vorn, und ihre Hände huschten nervös über den Glastisch. Ihr Blick raste durchs Zimmer, als suche sie Ohren in den Wänden. »Können Sie mir garantieren, dass nichts von dem, was ich jetzt sage, diesen Raum verlässt?«
Die Kommissarin räusperte sich und beugte sich ebenfalls nach vorn. Die beiden Frauen saßen da wie Verschwörerinnen, bis Julia das Wort ergriff: »Wenn ich Ihnen das verspräche, wäre das eine glatte Lüge. Doch wir können diskret sein. Sehr diskret. Was wissen Sie über Freitag? Was wissen Sie über Isabells Wochenendpläne?«
»Was wissen *Sie* denn?«
»Ich kann Ihnen keine Ermittlungsdetails verraten, doch wir wissen, dass Ihre Freundin am Wochenende nicht allein zu Hause war. Bitte beantworten Sie nun meine Frage.«
Durant musterte Frau Oppermann mit Argusaugen, damit ihr kein Detail entging. Doch das war gar nicht nötig. Die Frau zuckte mit den Mundwinkeln, dann wurden ihre Augen feucht.
»Hat sie es also endlich getan«, hauchte sie.
Durant wollte gerade nachhaken, da sprach Frau Oppermann auch schon weiter.
»Hat sie sich also mit ihm eingelassen. Und dann so etwas.« Eine Träne rann ihr über die Wange und schlug auf dem Glas auf. »Hat

er, ich meine ...« Sie brach ab, entschuldigte sich und wühlte erfolglos nach einem Taschentuch. Durant half ihr aus und fragte: »Wer ist *er*?«
Frau Oppermann schneuzte sich und zuckte mit den Achseln. »Sie hat so geheimnisvoll getan. Ich weiß nicht viel. Nur das, was wir so getextet haben. Isabell musste sehr, sehr vorsichtig sein.«
Durant horchte auf. »Getextet? Mit dem Handy?«
Nicken.
»Wir würden die Nachrichten gerne sehen. Frau Schmidts iPhone ist leider verschwunden.«
Frau Oppermann kniff die Augen zusammen. »Steckt ihr Mann dahinter? Haben Sie ihn danach gefragt?«
»Haben wir«, antwortete Durant, »und er hat es nicht. Eine Ortung blieb erfolglos. Weshalb fragen Sie speziell nach Herrn Schmidt?«
Frau Oppermann winkte ab und schniefte erneut. »Ach. Leonhard ist ein herrschsüchtiges Aas. Ich konnte ihn nie leiden. Wenn er erfährt, dass ich etwas von Isabells Liebhaber wusste, geht er mir an die Gurgel. Immerhin sitzen wir im selben Vorstand. Ich muss also noch mindestens ein paar Monate mit ihm auskommen.«
»Wie gesagt. Versprechen können wir nichts«, sagte Durant und hob die Schultern. »Aber wir behandeln die Sache so diskret wie möglich. Darf ich Ihren Nachrichtenverlauf denn nun einsehen?«
Doch Birgit Oppermann gab an, sämtliche SMS bereits gelöscht zu haben. Ihr Mann, erklärte sie, halte nichts von der ewigen Tipperei. Manchmal würde sie ihn ertappen, wenn er mit ihrem Gerät in der Hand dasaß. Angeblich wegen der Apps, das war seine Ausrede. Er benutzte iOS, sie Android.
»Er kontrolliert Ihre Nachrichten?«, wunderte sich die Kommissarin.
»Na ja, Kontrolle ...« Die Frau tat es mit einer Handbewegung ab. »Da gab es nicht viel zu kontrollieren. Außer mit Isabell texte ich nur sehr wenig. In letzter Zeit war es mehr, wegen dieser Schwärmerei von ihr. Das sollte mein Mann natürlich nicht lesen. Sie war fast

schon schulmädchenhaft, aber im Grunde weiß ich überhaupt nichts über diesen Typen. Kein Name, kein Foto. Er muss sehr scheu gewesen sein.« Sie machte eine kurze Pause und blickte ins Leere. »Glauben Sie wirklich, dass *er* sie umgebracht hat?«
»Das würden wir auch gerne wissen«, brummte die Kommissarin.

MONTAG, 17:55 UHR

Julia rief im Präsidium an. Sie hatte vorher darum gebeten, die Identität des Taxifahrers, den Margot Berger genannt hatte, zu überprüfen. Die Antwort fiel überraschend ausführlich aus. Die Ermittlung schien seinerzeit ordentlich durchgeführt worden zu sein. Der Fahrer war als Zeuge vernommen worden – einmal unmittelbar nach seiner Meldung und später erneut, nachdem sich herausgestellt hatte, dass Margot Berger gegen ihren Willen ein Sedativ verabreicht worden war. Durant glaubte sich zu erinnern, dass sie damals bei ihrer Freundin in Südfrankreich gewesen war.
Sie ließ sich die Aussage zusammenfassen. Der Taxifahrer, Freddy, Spitzname Häuptling, habe aufgeregt gewirkt. Da es seinerzeit keinen Hinweis auf einen dritten Mann gegeben habe, wurde er (trotz Margots klarer Aussage, dass sie in einem Nobelschlitten und nicht in einem Taxi gesessen hatte) kurzzeitig als potenzieller Verdächtiger geführt. So viel verrieten die internen Vermerke. Eine forensische Untersuchung seines Mercedes hatte dann aber lediglich zwei Fakten ergeben: Erstens, dass er seinen Innenraum nur äußerst nachlässig und oberflächlich reinigte. Zweitens, dass er über jeden Zweifel erhaben war. Alfred Martin, so sein vollständiger Name, hatte nichts mit dem Überfall auf Margot Berger zu tun gehabt.

Ich hab sie gefunden, beim Gebüsch, da, wo andere zum Pinkeln geh'n ... man kann von beiden Seiten ran ... Was weiß ich, ob der silberne Schlitten was damit zu tun hatte oder ob er nicht grau war. Was weiß ich schon, es war dunkel, aber sternenklar, und der Vollmond schien. Bei Vollmond gehen ja jedem in der Stadt die Pferde durch. Früher, als ich noch geritten bin ...

Julia Durant beneidete die Kollegen nicht, die den Mann vernommen hatten. Beim zweiten Gespräch schien Martin entspannter gewesen zu sein. Er hatte davon gesprochen, dass Margot ihn kontaktiert habe. Offenbar wollte er sich vergewissern, dass die Polizei nichts dagegen hatte. Ermittlungstaktisch.

Ich schaue immer Tatort. Man weiß da ja nie, was man darf oder nicht. Aber die Stadt verlassen, das kommt ja eh nicht in Frage. Wegen Taxi und so ... Frankfurt braucht den Häuptling, gerade jetzt, wo bald Messe ist.

Sie bedankte sich und legte auf. Der Opel GT röhrte auf, als Durant den Wagen startete. Sie hatte sich die Adresse des Mannes durchgeben lassen. Auch wenn es vermutlich anstrengend werden würde, sie wollte doch selbst mit ihm sprechen.

MONTAG, 18:30 UHR

Alfred Martin war siebenundfünfzig und machte seinem Spitznamen alle Ehre. Graues, in klebrigen Strähnen über die Schultern fallendes Haar. Ein Teil davon wurde von einem türkisgeschmückten Gummiband zu einem Pferdeschwanz gehalten. Das hochgekrempelte Karohemd aus rot-schwarzem Flanell gab tätowierte Unterarme frei, um deren Gelenke jeweils ein Silberreif lag. Einer mit

Bärentatze, einer mit Figuren, die aztekisch aussahen. Unter dem Grau verbargen sich schwarze Strähnen, auch die Augenbrauen waren noch dunkel. Die Haut des »Häuptlings« war ledrig und tiefbraun, als verbrächte er täglich eine Stunde auf der Sonnenbank.

Sie hatte sich nach dem Standort seines Taxis erkundigt und ihn unweit des Marriott Hotels aufgetrieben, einer begehrten Stelle. Der Wagen parkte als sechster in der Warteschlange. Der Park, in dem Margot Berger überfallen worden war, lag nur einen Steinwurf entfernt. Kaum, dass sie ihr Sportcoupé hinter den Taxis abgestellt hatte, war einer der Fahrer mit grimmigem Blick auf sie zugeeilt. Sie hatte ihren Dienstausweis gezogen und sich zum »Häuptling« durchgefragt. Er saß, die Augen halb geschlossen, in seinem Ledersitz. Am Innenspiegel baumelte ein geflochtener Traumfänger und dort, wo man auf Armaturen oft die Plakette des Christophorus fand, prangte in Silber ein heulender Wolf.

»Wie? Bin ich dran?«, schreckte er auf.

»Bedaure. Durant, Mordkommission.«

Wie auf Knopfdruck wurde das Leder eine Nuance heller. Er fuhr sich mit dem Ärmel über die Stirn und richtete sich auf. »Mordkommission?«

»Ich würde mich gerne mit Ihnen unterhalten«, sagte Durant. »Können wir irgendwo ungestört reden?«

»Steigen Sie ein.«

Sie beugte sich nach vorn und beäugte den Innenraum prüfend. Es roch nach schwerem Aftershave, sie tippte auf Moschus, aber alles war sauber. Mit einem Schulterzucken und dem amüsierten Gedanken an Finanzmogule und ihre Reaktionen, wenn sie sich in die Gesellschaft des Häuptlings verirrten, umrundete die Kommissarin das Auto.

Im Inneren klirrte es, gefolgt von einem dumpfen Schlag, vermutlich als das Handschuhfach zuflog. Hastig entfernte der Mann eine aufgeblätterte *Bildzeitung* und ließ eine Coladose in der Konsole verschwinden.

Durant stieg ein und verlor keine Zeit, mit ihrer Befragung zu beginnen. Dem Kauderwelsch war derart schwer zu folgen, dass sie mehrfach darum bat, das Tempo zu drosseln, und Freddy schweifte zudem immer wieder ab auf sein Lieblingsthema Pferde.

»Können wir bitte ...«, rief sie ihn zum x-ten Mal zur Ordnung, als er etwas von einem braunen Fohlen erzählte, das eine Milchkuh für seine Mutter gehalten hatte. Die Kuh war lange geschlachtet, das Pferd nunmehr fast zwanzig.

»Ich hab irgendwo ein Foto.« Freddy konzentrierte sich auf sein Smartphone und Julia seufzte. Sie hatte nichts in Erfahrung bringen können, was sie nicht aus dem Bericht schon wusste. Insgeheim fragte sie sich, ob der Häuptling damals, als er mit Margot ins Bett gegangen war, auch schon so ein schräger Vogel gewesen war. Doch wer konnte schon wissen, wie sanftmütig oder fürsorglich er sich gezeigt hatte. Frau Berger jedenfalls schien es gefallen zu haben.

Als Durant versuchte, eine angenehmere Sitzposition zu finden, knallte sie mit dem Knie schmerzhaft gegen das Handschuhfach, im Innern klapperte es metallisch. Ein Hufeisen war außen auf dem Armaturenbrett angebracht. Ein Faden deutete darauf hin, dass an der scharfen Kontur entweder ein Lappen hängen geblieben war oder ein Fahrgast.

Längst hatte der Häuptling zu reden begonnen. Er erklärte der Kommissarin, die sich das Knie rieb, dass es sich bei dem Hufeisen um einen Glücksbringer handele.

»Habe ihn aus den Staaten mitgebracht. Colorado.«

Anscheinend brachte er nur ihm Glück, nicht seinen Beifahrern, dachte sie verärgert. Der Schmerz ließ nur langsam nach, doch das Denken funktionierte bereits wieder. Das metallische Scheppern, als knalle man eine Besteckschublade zu, kam ihr in den Sinn.

»Was haben Sie dadrinnen? Waffen?«

Energisch flog sein Kopf hin und her, eine Strähne fiel hinter dem Ohr hervor, an ihrem Ende waren Perlen eingeflochten.

»Ich bin Pazifist. Vergessen Sie nicht, dass es die Siedler waren, nicht die Indianer ...«
»Schon gut. Darf ich einen Blick hineinwerfen?«
»Glauben Sie mir nicht? Was soll ich denn schon groß mit mir rumfahren?«
»Sie könnten es mir einfach zeigen.«
Mit einem Mal schien Durant den Knopf gefunden zu haben, der den sonderbaren Mann auf Einsilbigkeit umschaltete.
»Das möchte ich nicht.« Er verschränkte die Arme.
»Ich könnte mir einen Beschluss besorgen.«
Freddy griente. »Das würde aber sicher eine Weile dauern. Immerhin kann sich dadrinnen keine Person in Lebensgefahr befinden, ne?«
Durant lächelte kühl und erwiderte: »Wenn Sie sich so gut informiert haben, verstärkt das meinen Eindruck, dass Sie etwas verbergen.«
Ob sie ihn weichklopfen konnte? Es sah nicht so aus, denn als sich vorn in der Reihe ein Wagen löste und in den Verkehr einfädelte, sagte er nur: »Gehen Sie jetzt bitte. Ich bin bald an der Reihe.«
»Wenn ich einen Beschluss erwirken muss, nimmt sich die KTU das Taxi vor«, gab Durant zu bedenken. Nach diesem Versuch würde sie ihn in Ruhe lassen. Sie holte tief Luft und machte eine angestrengte Miene. »Drei Tage Minimum, schätze ich. Ein ziemlicher Verdienstausfall, wie?«
»Ich werd's überleben«, gab der Mann zurück und wartete, bis die Kommissarin ausgestiegen war. Sie wollte gerade die Tür zuknallen, da bewegte sich sein Finger in Richtung des Schlosses. Er öffnete das Handschuhfach. Eine lederne Tasche kam zum Vorschein, in der sich eine bauchige Kontur abzeichnete. Dazu ein Beutel Tabak und einige lose Pfeifenreiniger.
»Hier, bitte«, lächelte der Häuptling sie an. »Mein Taxi, meine Regeln. Soll ich die Tasche noch ausleeren?«
Julia Durant lächelte nur, schüttelte den Kopf und entfernte sich.

MONTAG, 19:05 UHR

Julia Durant fummelte ihren neuen Wohnungsschlüssel hervor. Sie hatte seit ein paar Monaten ein Sicherheitsschloss nach neuestem technischen Standard, angebracht in einer ebenfalls neuen Tür in grau meliertem Metall, schnörkellos, ein Stilbruch, wenn man das alte Sandsteinhaus im Holzhausenviertel betrachtete. Doch sosehr Durant das Ambiente liebte, die alten Bodenfliesen in der Eingangshalle, die liebevoll restaurierte Holztreppe, ihre eigene Sicherheit wog mehr. Von innen klang der Fernseher. Etwas klapperte. Ein süßlicher Bratengeruch lag in der Luft, und er schien nicht aus dem Parterre zu kommen.

»Das Chili ist gleich fertig«, rief Claus, noch bevor sie mit dem Absatz die Tür zugekickt hatte, den Mantel schon halb von sich gestreift. Wortlos hängte sie ihn an die Garderobe und schlüpfte aus ihren Schuhen. Im Halbdunkel des Flurs schloss sie die Augen, nur für ein paar Sekunden, und massierte sich den Nasenrücken. War es egoistisch, sich manchmal das Alleinsein zu wünschen? Gab es nicht zu viele Menschen, die genau daran zerbrachen? Die alles dafür tun würden, um nicht alleine oder gar einsam sein zu müssen? Verdiente Claus, der vermutlich seit eineinhalb Stunden in der Küche stand, dass sie sich wünschte, er sei anderswo? Und wo sollte das sein?

Wie aus dem Nichts stand er vor ihr.

»Julia, alles okay?«, erkundigte er sich mit sorgenvoller Miene. »Ich dachte schon, ich hätte Halluzinationen, weil ich nach der Tür nichts mehr gehört habe.«

»Alles in Ordnung«, murmelte sie und gab ihm einen müden Kuss.

»Es riecht lecker.«

»Das will ich aber auch meinen. Hast du Hunger?«

Durant hatte unterwegs eine Currywurst gegessen, nickte aber. »Lass mich nur kurz das Gesicht waschen.«

»Alles in Ordnung bei dir?«
Sie war zu müde und nicht in Stimmung für lange Gespräche.
»Ich glaube, ich bekomme eine Migräne.«
Damit schritt sie ins Bad und schloss hinter sich ab. Das hatte sie seit Jahren nicht mehr getan, nicht einmal, wenn sie bei Claus in München gewesen war. Mit einem kalten Waschlappen fuhr Julia sich über Gesicht und Nacken und schminkte sich gleich ab. Dabei betrachtete sie ihr Spiegelbild. Die neue Haartönung stand ihr gut. Es war mehr ein Rot als ein Braun, sie hatte sich von einem Kastanien- zu einem Haselnusston umentschieden. Claus gefiel es auch, wie er ihr mehrfach gesagt hatte. Sie seufzte. Es lag nicht an ihm, dass es ihr so mies ging. Indirekt vielleicht, aber es wäre egoistisch gewesen, ihm die Schuld in die Schuhe zu schieben. Wie oft hatte sie sich gewünscht, wenn die totenstillen Nächte ihr die Alpträume brachten und sie schweißgebadet in die Einsamkeit schrie, dass jemand neben ihr liegen würde. Jemand, der sie beruhigte. Der ihr Geborgenheit gab, ohne sich aufzuzwingen. Claus Hochgräbe war der perfekte Mann.
Sie *war* egoistisch.

Sie hatten gegessen, ferngesehen, Julia hatte ihren Notizblock zur Hand genommen und war die Fakten des Falls noch einmal durchgegangen. Claus hatte vermieden, darüber zu sprechen. Sie öffneten eine Flasche Wein, doch keiner trank das erste Glas leer. Dann ins Bett. Sie kuschelten für eine kurze Weile, dann schliefen sie ein. Jeder auf seiner Seite. Keinen Sex. Wie es schon seit Silvester war. Mitten in der Nacht, als sie zum Austreten schlurfte und danach wach lag, überkam Julia ein Schluchzen. Sie fühlte sich noch immer egoistisch und unfair. Doch sie fühlte sich außerdem, als drehe ihr jemand mit einem Handtuch langsam eine Schlinge um den Hals. Immer fester. Sie wusste, sie würde ersticken, wenn sie nichts dagegen tat. Nur was genau sollte sie tun?
Sie weinte, bis sie eingeschlafen war.

DIENSTAG

DIENSTAG, 27. JANUAR, 10:35 UHR

Hellmer war bei Schreck in der Computerforensik, als ein Anruf des KDD zu Durant durchgestellt wurde. Im 16. Revier hatte ein Mann seine Frau als vermisst gemeldet.
»Gibt es einen Grund für ihn anzunehmen, dass ein Gewaltverbrechen vorliegt?«, fragte sie.
Die Antwort von Alice Marquardt, deren Stimme klang, als habe sie die ganze Nacht durchgesungen, überraschte die Kommissarin. »Es heißt doch, ihr sucht nach Hinweisen auf verschwundene Rothaarige zwischen fünfundzwanzig und vierzig.«
Zumindest in den anderen Bereichen des Präsidiums schien man Durants Verdacht auf einen Serientäter ernst zu nehmen. Marquardt verriet ihr, dass sie das von Hellmer erfahren hatte. Der erste Dämpfer. Es wäre Hochgräbe gewesen, der eine Fahndung nach in Frage kommenden Personen hätte ausgeben sollen. Durant fragte weitere Daten ab und bedankte sich.
Das 16. Revier war zuständig für Griesheim und Nied. Es passte ins Bild. Wenn die bisherigen Taten zusammenhingen, bewegte der Täter sich in westliche Richtung. Hatte er sich bereits ein neues Opfer gesucht? So schnell?
Es war keine Zeit für lange Überlegungen. Julia Durant eilte hinüber in Claus' Büro.
Dieser war nicht da, die Tür stand offen, eine halbe Minute später

schlurfte er mit einer randvollen Tasse hinein. Kaffeetropfen fielen zu Boden, wie er missbilligend feststellte. Als er Julia sah, erhellte sich sein Blick. Er stellte die Tasse ab, wischte mit der Sohle über das graugesprenkelte PVC und schloss die Tür ab.
Die Kommissarin wunderte sich, sagte aber nichts. Jedem das Seine. Wenn Schreck in seinem Keller nicht gestört werden wollte, hängte er ein rotes Pappschild an den Türgriff, das er aus einem Hotel in Los Angeles mitgebracht hatte. Schreck war Hollywood-Fan. Claus war zuweilen ein Eigenbrötler. Wenn er sich einschließen wollte, sollte ihr das recht sein. Besser im Büro als zu Hause.
Für eine Sekunde erwartete Julia, dass er sie umarmen wollte, doch er rieb ihr nur über den Arm. »Was gibt's denn? Du wirkst gehetzt.«
Erneut trug sie ihm ihren Verdacht vor. Sagte, dass sie Alina Cornelius zu Rate gezogen habe und es eine neue vermisste Person gab, die ins Profil passte.
»Welches Profil?«, fragte er zurück und klang derart gleichgültig, dass ihr Puls hochging.
»Weiblich, rothaarig, zwischen siebenundzwanzig und vierzig.« Die Kommissarin kam ins Stocken. »Es gibt außerdem einen Trend von Süden nach Norden ...«
»Lass mal«, unterbrach er sie. »Wie lange ist der erste Mord her? Fünf Jahre?«
Sie nickte. »Danach 2012, 2013 und jetzt.«
»Also immer mindestens ein Jahr dazwischen«, rechnete er ihr vor. »Und nun plötzlich nur ein Tag. Kommt dir das nicht spanisch vor?«
»Die Frau ist trotzdem weg«, entgegnete sie frostig.
»Jetzt beruhige dich mal«, sagte Claus, nachdem er sie einige Sekunden hatte warten lassen. Dass er mit seinen Worten das Gegenteil erzielte, dürfte ihm wohl bewusst gewesen sein.
»Beruhigen? Das ist deine Antwort darauf?«
»Soll ich wie John Rambo durch die Stadt rennen?«

»Mir würde es schon reichen, wenn du *irgendwas* tust«, murrte Julia. Wieder musste sie an Berger denken. Er hatte sie oft im Zaum halten müssen, aber schlussendlich immer hinter ihr gestanden. Wo stand Claus?
»Was hättest du denn gerne? Eine Soko mit Brandt? Kannst du haben. Wiesbaden, Darmstadt und Friedberg mit ins Boot holen? Meinetwegen. Aber nicht, um ein Phantom zu jagen.«
Durant sprang auf und ballte die Fäuste. »Wir haben fünf Überfälle, vier Tote und jetzt auch noch eine vermisste Person, die ins Schema passt! Was brauchst du noch?«
Hochgräbe hob jeweils zwei Finger an beiden Händen. Begann mit der Linken zu wippen. »High Society. Beide tot.« Dann die Rechte. »Zwei Prostituierte, davon eine unverletzt.« Die Hand sank. »Hinweise auf Betäubungsmittel gab es in keinem der anderen Fälle. Champagner auch nicht. Und von Beschneidung kann nicht die Rede sein. Ich frage dich noch mal: Wo ist die Verbindung?«
Julia überging die Frage. »Was ist mit Nummer fünf?«
»Nummer fünf schläft vermutlich irgendwo ihren Rausch aus.«
»Ist nicht dein Ernst.«
»Mensch, Julia, überall sind Maskenbälle. Muss ich als Münchner dir das erzählen? Sie passt doch überhaupt nicht ins Bild. Ihr Mann macht sich Sorgen, okay, das sehe ich ein, aber daraus entsteht doch keine unmittelbare Gefährdung.«
Julia Durant reagierte fassungslos. Wollte er es nicht sehen? Arbeitete man so in München?
»Du musst mir gar nichts erklären«, murmelte sie kopfschüttelnd.
»Gut.« Er lächelte und stand ebenfalls auf. »Dann konzentrieren wir uns nun wieder auf den Mörder von Isabell Schmidt. Ich wette hundert zu eins, dass die verschwundene Ehegattin bis morgen früh wieder da ist.«
»Du wettest also auf ihr Leben«, sagte die Kommissarin eisig. »Das ist ja eine tolle Einstellung.«
»Kruzifix noch mal!«

Hochgräbes Verfall ins Oberbayrische ließ Julia zusammenzucken. Nicht dass ihr Vater jemals diese Worte gewählt hatte, doch wie jeder andere Vater auch hatte er mit ihr geschimpft. Lautstark zuweilen. Auch wenn die Erinnerung über vierzig Jahre alt war, das Poltern und der Dialekt waren unverkennbar. Vielleicht war es auch der Knall seiner Handfläche, die auf den Schreibtisch klatschte, unmittelbar bevor er aufgesprungen war. Julia jedenfalls verharrte wie angewurzelt. Dann spürte sie Claus' Atem. Seine Finger, die sich wie Schraubzwingen um ihre Schultern zu legen schienen.
»Julia«, klang es mahnend in ihr rechtes Ohr.
»Lass mich los!«, presste sie hervor und wollte sich aus seinem Griff winden. Er ließ gerade so weit locker, dass sie eine Seite freischütteln und sich umdrehen konnte. Ihre Gesichter waren kaum mehr als eine Handbreit voneinander entfernt.
»Was ist denn bloß los mit dir?«, fragte er.
»Hör auf, mich zu quälen«, schnaufte sie und versuchte, ihre Fäuste zwischen die beiden Körper zu schieben. Ihr Busen hinderte sie daran. Zu eng standen sie aneinander. Und Claus ließ nicht locker.
»Ich quäle dich?«, wiederholte er, und es klang fast höhnisch, auch wenn er es womöglich ganz anders meinte.
»Du machst mich kaputt, verdammt.«
»Womit denn?« Claus schien nicht die geringste Ahnung zu haben. Er drehte den Spieß sogar um. »Was ist es denn, was du hier mit mir abziehst?«
Julia stieß abfällig Atem aus. »Lächerlich! Was mache ich denn?«
»Meinst du, ich merke nicht, was los ist?«, herrschte er sie an. »Zu Hause behandelst du mich wie einen Störenfried, und im Präsidium ist es keinen Deut besser.«
»Dann solltest du dich vielleicht nicht so verhalten«, konterte sie und hielt seinem feurigen Blick stand. Sie spürte die Hitze, die von ihm ausging, sogar durch ihre Kleidung. Dazu sein Geruch. Kein Parfüm, es war etwas anderes. Dann kehrte die Enge zurück.

»Scheiße, Claus, lass mich verdammt noch mal los!«
»Loslassen? Das hättest du wohl gern.«
Er zog sie noch fester an sich, und Julias Körper verkrampfte sich. Niemals, schwor sie sich, würde sie vor einem Mann die Waffen strecken. Während sie überlegte, was sie antworten sollte, ruckte sie mit den Ellbogen, um sich auf Distanz zu bringen. Prompt glitt seine Hand in ihren Nacken, sie spürte das Muskelzucken der Finger, im selben Augenblick lenkte der bestimmende Griff ihren Kopf in eine leichte Schräge. Seine Bartstoppeln kitzelten, doch sie nahm es hin. Gewährte ihm einen Kuss, den er sich einfach nahm, obwohl sie gerade noch gestritten hatten. Schmeckte ihn, seinen unverkennbaren Geschmack, und störte sich nicht daran, dass seine andere Hand in Richtung ihrer Hüfte wanderte.
Julia stöhnte auf, als sich die Gelegenheit bot. Jede seiner Bewegungen war voller Leidenschaft, als hinterließe er eine flammende Spur auf ihrem Körper. Sie krallte sich an Claus' Rücken und genoss es mit geschlossenen Augen. Knutschend wie Teenager. Sie wollte ihn, und es war ihr egal, wie viel Ungesagtes noch zwischen ihnen stand. Claus Hochgräbe war der erste Mann, den sie nach ihrer Entführung gehabt hatte, und er war der Einzige, dem sie so weit vertraute, dass sie ihm die Führung überließ.
Ihre Füße schienen den Boden zu verlassen, als seine Hand von hinten zwischen ihre Schenkel rutschte. Dann wurde die Einbildung real. Mit beiden Händen unter ihrem Gesäß hob er sie an und trug sie durch den Raum. Sie wollte protestieren, aber gleichzeitig auch nicht. Sie setzte dennoch zu sprechen an.
Claus küsste sie erneut und hauchte: »Sag nichts.«
Er schob sie auf die Kante des Schreibtisches. In unendlicher Ferne vernahm sie den umkippenden Stuhl, während sie seinen Atem spürte, so nah, dass er eins wurde mit ihrem eigenen. Seine Hände schienen überall und nirgends zu sein, wie von selbst rutschte ihre Bluse über die Schultern, rieb sich seine Haut an ihrer. Hitze durchflutete sie, als er

sich in ihr bewegte und jeden ihrer bebenden Atemzüge zu einem Jauchzen verwandelte. Hör nicht auf, flehte es in ihrem Kopf. Hör bitte nicht auf. Julia umschlang Claus' zuckende Hüfte mit den Beinen, und die ganze Welt um sie herum verlor sich in Bedeutungslosigkeit.

*

Wie viel Zeit vergangen war, wussten sie nicht, als plötzlich die Türklinke hinuntergedrückt wurde. Offenbar war man draußen irritiert, dass abgeschlossen war. Es rüttelte energisch, dann klopfte es. Die beiden lösten sich voneinander und sahen sich verstohlen an wie Teenager, die sich zum Knutschen hinter der Turnhalle versteckten.
»Hast du die Tür vorhin abgeschlossen, weil du wusstest, wie das hier endet?«, flüsterte Julia neckend, während sie nach ihrer Bluse griff.
»Vorsatz, meinst du?« Claus drückte sie noch einmal, und es tat unbeschreiblich gut. »Darauf werde ich dir keine Antwort geben.«
»So, so.«
Sie betrachtete ihn, wie er sich bückte und den Stuhl aufhob.
Er schmunzelte und legte den Finger über die Lippen. »Ich verweigere jede weitere Aussage dazu.«
Hoffend, dass der Störenfried sich längst verzogen hatte, verharrten die beiden, während sie ihre Kleidung in Ordnung brachten. Claus strich Julia eine Strähne aus der Stirn. Gegen den Schweiß und die gerötete Haut konnte nur die Zeit helfen. Doch dann hämmerte es erneut an die Tür.
»Scheiße noch mal, macht auf!«
Es war Hellmer. »Ich höre euch doch dadrinnen.«
Hastig richteten die beiden ihre Kleidung und waren sich vollkommen darüber im Klaren, dass sie nicht verbergen konnten, was sich eben hier abgespielt hatte.
Ausgerechnet Frank. Julia musste kichern, während sie die Augen verdrehte. Sie schritt zur Tür, vergewisserte sich mit einem kurzen

Blick, dass auch Claus seine Hose wieder an Ort und Stelle hatte, und drehte den Schlüssel um.

»Keinen Mucks«, zischte sie ihrem Kollegen zu, der grinsend wie ein Honigkuchenpferd im Türrahmen stand.

»Wie käme ich dazu«, feixte er. »Ich hatte ja einen Platz in der ersten Reihe.«

Die Kommissarin zwang sich zu einem Pokerface und versuchte, nicht daran zu denken, wie hellhörig wohl die Türen des Präsidiums waren. Sie waren alle erwachsen. Punkt.

»Was liegt an?«, fragte sie.

»Der Ehemann der Vermissten hat ihren Terminplan hochgeladen.«

»Hochgeladen? Wohin?«, fragte Hochgräbe.

»Synchronisiert mit Schreck. Fragt mich bloß nicht nach technischen Finessen.«

»Okay. Und?«, wollte Durant wissen.

»Zum Zeitpunkt ihres Verschwindens hatte sie eine Verabredung mit Claire Huth im Tennisclub.«

»Moment mal! Frau Huth ist doch die Freundin von Isabell Schmidt, richtig?«

»Sag ich doch. Als ich sie gestern Nachmittag vernommen habe, gab sie sich als die Unschuld vom Lande. Wohltätigkeit, Sport, biederes Leben. Nur, dass sie seit Wochen kein Match mehr gespielt hat. Ich habe im Club nachgefragt, dort hat man heuer noch keine der beiden gesehen. Die Mitgliedskarten wurden zuletzt im Dezember eingeloggt.«

»Hm. Und der Ehemann? Weiß er, dass sie offenbar etwas völlig anderes gemacht hat? Dass sie sich womöglich in einem fremden Bett herumtrieb?«

»Wohl kaum. Laut Frau Huth arbeitet er den ganzen Tag und interessiert sich nicht sonderlich für das Privatleben seiner Frau.« Hellmer hob die Schultern. »Ob das nun alles ist oder ob da mehr dahintersteckt – ich weiß es nicht.«

»Also müssen wir Frau Huth selbst fragen, wo sie mit der Vermissten war?«, schloss die Kommissarin nach kurzem Überlegen.
»Habe ich schon erledigt«, antwortete ihr Partner mürrisch. »Das Treffen ist ins Wasser gefallen. Die Spur ist genauso kalt wie bei Isabell Schmidt.«
»Wieso?«
»Claire Huth hat angegeben, dass sie Sonja vor zwei Wochen zum letzten Mal gesehen habe. Mehr hatte sie nicht zu sagen.«
Claus meldete sich zu Wort. »War denn Isabell Schmidt auch in diesem Tennisclub registriert? Oder die anderen Frauen aus Julias Raster?«
Die Prostituierten wohl kaum, dachte Julia. Aber sie war froh, dass ihre Sorgen jetzt ernst genommen wurden. Vielleicht sahen Frank und Claus das mögliche Schema nun mit anderen Augen. Leider fiel die Antwort ernüchternd aus.
»Negativ bei Isabell Schmidt und Birgit Oppermann. Den Rest müsste ich nachprüfen.«
»Tu das bitte«, sagte Durant. »Schreck soll sich die Mitgliedsdaten vornehmen. Gibt es Möglichkeiten, als Gast dort zu spielen? Eventuell so, dass die Elektronik einen nicht erfasst? Auf der Karte einer anderen Person?«
Es war ein Strohhalm. Aber sie musste danach greifen.

Hellmer war schon aus der Tür getreten, da zog Claus Julia noch einmal an sich. Anstatt sie zu küssen, wie sie erwartet hatte, streifte er ihre Wange nur und erreichte mit den Lippen ihr Ohr.
»Wir müssen etwas ändern«, raunte er ihr zu.
Sie nickte langsam, beugte sich dann zurück und und sah ihn mit einem schelmischen Zwinkern an.
»Haben wir das nicht gerade?«
Dann folgte sie Hellmer, der sich längst wieder in ihrem gemeinsamen Büro am Schreibtisch befand.

MITTWOCH

MITTWOCH, 28. JANUAR, 14:30 UHR

Julia Durant saß am Fenster und genoss die Wintersonne, die über der Stadt lag. Nur für ein paar Minuten, dachte sie und schloss die Augen. Die warmen Strahlen, die durch die Glasscheibe drangen, wärmten ihre Stirn. Fast wie eine Wärmflasche, die man sich bei Rückenschmerzen unterlegte. Nur dass sich die Gedanken nicht so einfach abschalten ließen. Die Kommissarin wusste, was auf ihrem Schreibtisch wartete. Zum einen gab es eine vermisste Frau. Und dann diese aufreibende Morduntersuchung. Für die Vermisste schien sich kaum eine der Zeitungen zu interessieren, und das, obwohl sie aus einer bedeutenden Familie stammte. Viel lieber schlachtete man auf den Titelseiten den Mordfall im wahrsten Sinne des Wortes aus. Isabell S., wie man schrieb, sei vaginal aufs grausamste verstümmelt worden. Je nach Revolverblatt ergoss man sich neben Fakten und Gerüchten in fragwürdige Analysen. Und Claus Hochgräbe bekam deshalb von allen möglichen Seiten die Hölle heißgemacht. Aber was sollte er tun. In Zeiten wie diesen war es praktisch unmöglich, ermittlungsrelevante Details von den Aasgeiern fernzuhalten.
Reg dich nicht auf, sagte sich Julia und entschied, der Sonne noch fünf weitere Minute zu schenken. Doch das Telefon hielt mit einem durchdringenden Ton dagegen.

*

Felix Büchner war eine Persönlichkeit, die in Frankfurt und Umgebung einiges galt. Er hatte zwar weder Format noch eine herausragende Bildung genossen, aber ihm gehörte ein beträchtliches Vermögen. Das Geld, der Immobilienbesitz und der Name seiner Familie, die seit Generationen mit dem Schicksal der Stadt verbandelt war, verschafften dem gewieften Mittfünfziger den notwendigen Respekt. Sein Lebensstil war temporeich und rücksichtslos, doch stets darauf bedacht, das ererbte Vermögen zu vermehren. Seine Geschäftspartner bezeichneten ihn durch die Bank als aufbrausend und jähzornig.
Entsprechend laut wurde er auch bei seinem Anruf, der auf Durants Telefonapparat durchgestellt worden war.
»Was tun Sie eigentlich den ganzen Tag?«, blaffte die Stimme durch den Lautsprecher.
Die Kommissarin hielt ihn einige Zentimeter weg vom Ohr und verdrehte die Augen. Büchner hatte in den vergangenen vierundzwanzig Stunden mindestens ein Dutzend Mal im Präsidium angerufen. Sie hatte nichts Neues für ihn, sosehr sie es sich auch wünschte. Der Einfluss, den Felix Büchner in der Stadt hatte, mochte ihm zwar dabei helfen, dass die Ermittlungen besonders ernst genommen wurden. Pfarrgemeinde, Tennisclub. Überall dort, wo auch nur der Hauch einer Chance bestand, dass seine Ehefrau sich vor ihrem Verschwinden aufgehalten haben könnte.
Doch es führte zu nichts.
Sonja Büchner blieb verschwunden.

VIER MONATE SPÄTER

SAMSTAG

SAMSTAG, 16. MAI 2015, 19:35 UHR

Das Fett perlte zischend auf, als er die Streifen in die Pfanne legte. Adam Maartens wischte sich die Finger an der Schürze ab, die um seine schlanken Hüften gewickelt war. Das rosa Gewebe färbte sich in Sekundenschnelle gräulich, die Fasern zogen sich zusammen. Er zählte langsam bis fünfzehn, dann wendete er das Fleisch in derselben Reihenfolge, wie er die vier Stücke abgelegt hatte.
»Hm, das riecht gut«, hörte er durch das Rauschen der Dunstabzugshaube. Zwiebel und Röstaromen lagen in der Luft. Er drehte sich kurz um – in seinem Kopf zählte er erneut – und lächelte seinen Gast an. Sie hatte sich in Schale geworfen, vermutlich war sie zum Friseur gegangen, um ihre wilden Locken auftakeln zu lassen. Eine Gesichtsmaske, in der Hoffnung, ihre Fältchen würden verschwinden. Eine Maniküre und Lippenstift, der mit dem Rot ihrer Haare harmonierte. Fünfzehn. Abrupt wandte er sich wieder seiner Bratpfanne zu. Griff nach der Schale, in der eine blutrote Flüssigkeit wartete, und löschte das Gebratene ab. Das siedende Fett reagierte mit wütendem Spritzen und beißenden Dämpfen. Maartens zog die Pfanne vom Herd und begab sich mit einem »et voilà« zu den beiden Tellern, die er neben dem Herd bereitgestellt hatte.
Das Ugali, er nannte es Mealie-Pap, waren aus Maniokmehl geformte Klöße, etwa tennisballgroß. Dem Geruch und Aussehen

nach hätten es auch Grießklöße sein können. Die säuerliche Note kam von der Ziegenmilch. Dazu gab es Gemüse, unter anderem Süßkartoffelstreifen, und zwei verschiedene Saucen, eine dunkel, die andere hell-sämig, was auf die zerstoßenen Erdnüsse zurückzuführen war.

»Keine klassisch südafrikanische Küche«, betonte Maartens zwinkernd, als er ihr mit dem Weinglas zuprostete. Darin befand sich ein teurer Bordeaux. Von afrikanischen Weinen hielt er ebenso wenig wie von australischen oder kalifornischen. »Die Kunst besteht darin, alles in ein ausgewogenes Verhältnis zu bringen. Viel Gemüse und pflanzliche Proteine. Scharfe, kräftige Aromen. Das Fleisch bildet lediglich einen Abschluss.«

Fast schon verloren wirkten die beiden geschrumpften Fleischstückchen, die auf beiden Tellern zwischen den Beilagen ruhten. Dass sie keine Vegetarierin war, hatte er vorher in Erfahrung gebracht.

»Was ist das alles?«

»Später«, vertröstete er sie. »Lass dich erst einmal mit deinen Sinnen darauf ein, okay?«

Sie hatte nichts einzuwenden.

Er erzählte ihr von seiner Zeit in Johannesburg und Windhoek. Davon, dass es in der namibischen Hauptstadt einen Laden gab, in dem man den »Alten Hochstädter« kaufen konnte. Sie wusste nicht, dass es sich um Apfelwein aus der Region handelte. Nichts von den alten Speierlingbäumen. Sie hatte vor Jahren auf Malta ein hellblaues Löwenbräu-Boot gesehen, das im Hafen von Valletta hin und her schipperte. Adam Maartens lachte gekünstelt. Was wusste sie schon von der Welt?

Im Hintergrund liefen Trommelklänge, vermischt mit Melodien, die aus Panflöten zu stammen schienen.

Der Wein und das Essen brachten seine Lenden in Erregung. Nach und nach verschwamm das Bild der Vierzigjährigen, die sich abgemüht hatte, wie fünfundzwanzig zu wirken. Sie brauchte das nicht, fand Maartens. Er mochte die Frauen ohnehin lieber so, wie sie waren. Natürlich.

Auch bei seinem Gast wirkten die dreizehneinhalb Prozent, mit denen der Bordeaux aufgewartet hatte. Sie hatten vor dem Essen ein Glas Champagner getrunken, dann gemeinsam den ganzen Liter Wein. Ihr war sichtbar heiß. Draußen hatte es geregnet, im Haus war es halbwegs angenehm, doch die Schwüle drückte noch immer.

»Lass uns etwas Verrücktes tun«, schlug er vor, während er die Teller in Richtung Spülbecken balancierte.

»An was dachtest du?«, raunte ihre sinnliche Stimme aus dem Hintergrund. Sie war lautlos an ihn herangetreten, er fühlte, wie sich die Fingernägel den Weg zwischen die Knöpfe seines Seidenhemds bahnten.

Er drehte sich um, das Geschirr rutschte mit einem unangenehmen Klappern in sich zusammen. Packte sie und spürte ihren Busen an seiner Brust. Ihr pochendes Herz. Oder war es der eigene Pulsschlag?

»Wir hatten noch kein Dessert.« Er hob vielsagend die Augenbrauen. Die Frau kniff die Augen zusammen und blickte zu ihm auf. Sie war einen Kopf kleiner. Ihr Blick verriet, dass ihr nicht der Sinn nach Süßem stand. Doch bevor sie etwas erwidern konnte, sagte Maartens: »Hast du Lust auf ein Bad?«

Von seinem Schwimmbecken im Keller hatte er ihr längst erzählt. Wortlos griff sie seine Hand und zog ihn in Richtung der Treppen.

»Ich habe keinen Badeanzug«, murmelte sie lasziv, als er an ihr vorbeiging, die Tür öffnete und sich nach dem Lichtschalter streckte.

Sie wussten beide, dass sie nicht zum Schwimmen kommen würden.

MONTAG

MONTAG, 18. MAI, 17:20 UHR

Der letzte Termin hatte um fünf Uhr nachmittags im Kalender gestanden. Nach dem üblichen Geplänkel und der (irgendwie lapidaren) Frage, wie es ihr denn ginge, war das Gespräch ins Laufen gekommen. Jahrelange Praxis ließ so manche Muster erkennen und die eigenen Emotionen ausreichend abstumpfen, um die Distanz zu wahren. Als Therapeut erkannte man spätestens nach der zweiten Sitzung, auf welche individuellen Körpersignale man sein Augenmerk zu richten hatte, um sein Gegenüber zu durchschauen. Zwei, drei weitere Sitzungen, und man wusste, welche Knöpfe man zu drücken hatte, um an die tiefer liegenden Geheimnisse zu gelangen. Und doch gab es immer wieder Menschen, bei denen die Grenzen verschwammen.

Die beiden kannten einander schon seit Jahren, und es gab eine Menge mehr, was sie verband, als nur das Reden. Heute indes ging es genau darum, das Hauptthema ihres Gesprächs waren Beziehungsprobleme. Probleme, bei denen sich die Frage aufdrängte, ob auf der Welt nichts Wichtigeres existiere, um das man sich kümmern sollte. Und doch – gerade bei dieser Frau – umklammerten die Schatten tiefschwarz die Seele.

Es ging um Erwartungen, Wünsche und geheime Gedanken. Düstere Gedanken.

»Welche Gedanken waren das genau?«

»Ich weiß es nicht.« Sie überlegte. Ihre wippenden Beine verrieten, dass sie noch abwägte, ob sie das, was in ihrem Kopf vorging, aussprechen sollte.
»Irgendein Beispiel vielleicht?«
Tatsächlich kam etwas: »Ich saß im Auto, auf dem Weg nach Hause. Wir hatten einen Streit, aber nichts Ernstes, so wie immer. Und da fiel mir ein, dass ich noch einkaufen sollte. Etwas, was ich früher immer selbst gemacht habe. Aber eben nur Sachen für mich. Plötzlich musste ich für jemand anderen einkaufen. Für jemanden, mit dem ich mich gestritten hatte. Da dachte ich daran, ihm verfaultes Obst zu kaufen. Eine Ananas, die so weich ist, dass das Fruchtfleisch garantiert ungenießbar ist.« Sie verzog den Mund zu einem schiefen Grinsen. »Blöd, oder?«
»Und, gab es eine solche Ananas?«, war die Gegenfrage.
»Nein, natürlich nicht!«, reagierte sie empört. Dann murmelte sie: »Im Auto habe ich mir vorgestellt, wie es wäre, wenn er plötzlich zusammenbricht. Wie es wäre, wenn er«, sie schnippte, »puff – einfach nicht mehr existieren würde. Ich weiß«, rechtfertigte sie sich sofort mit wedelnden Handflächen, »das darf man nicht einmal denken ...«
»Natürlich darf man das! Die Gedanken sind frei. Man darf alles denken, solange man es nicht wirklich tut.«
»Quatsch, verdammt, was redest du denn da? Ich habe ihn mir tot gewünscht! *Tot!* Wie krank ist das denn?«
Kopfschütteln. »Nein, da muss ich dir widersprechen. Du hast dir gewünscht, er sei nicht mehr da. Du wolltest das ganze Drumherum los sein, nicht ihn *in persona*. Das ist etwas ganz anderes. Und es ist ziemlich normal, glaub mir.«
Julia Durant seufzte und blickte ihre Freundin verzweifelt an. »Ist es das?«
Alina Cornelius hatte keinen Block auf den Knien und kein Diktiergerät in greifbarer Nähe. Sie unterhielten sich als Freundinnen.

Doch sie wusste, dass die Kommissarin von Selbstzweifeln zerfressen war. Insgeheim bewunderte sie sie. Und eine Prise Neid schwang mit. Julia hatte das geschafft, was ihr seit etlichen Jahren nicht mehr gelungen war. Sie führte eine Beziehung. Stabil, mit allen dazugehörigen Höhen und Tiefen.

»Ja, das ist es«, betonte Alina. Die beiden Frauen schwiegen für einige Sekunden, dann fuhr die Psychologin fort: »Erinnerst du dich an damals, als wir uns kennengelernt haben?«

Julia nickte langsam. »Das werde ich wohl nie vergessen.« Alina Cornelius war eine potenzielle Verdächtige in einem Mordfall gewesen, der hohe Wellen geschlagen hatte.

»Ich habe mir damals so oft vorgestellt, wie es wäre, wenn sie tot ist. Wenn ich nicht mehr ihre Gefangene gewesen wäre, denn nichts anderes war ich doch, auch wenn es ein goldener Käfig war.« Alina hatte sich als private Zugehfrau verdingt, bei einer betuchten Klientin, die ihr Haus niemals verließ. Therapeutin, Zofe, Hure.

Ihre Freundin war nicht stolz auf dieses Kapitel in ihrem Leben, das wusste Julia. Doch sie verstand den Vergleich nicht, wollte ihn vielleicht auch nicht verstehen.

»Dein Wunsch hat sich erfüllt«, warf sie ein. »Aber du hast sie auch nicht geliebt.«

»Ich habe sie mir nicht *tot* gewünscht. Einfach nur weg. So wie du«, erklärte Alina. »Doch als sie es war, was hat es mir gebracht? War ich wirklich frei? Musste ich mein Leben nicht bis ins kleinste Detail umkrempeln? Alles ist mir damals weggebrochen, und ich meine es so, wie ich es sage. Und das, obwohl es keine Liebe war. Manchmal wünscht man sich die Freiheit, ohne zu wissen, wie frei man eigentlich ist.«

Sie griff zur Flasche und füllte die Sektgläser zum zweiten Mal mit *Hugo*. Goldene Perlen wirbelten auf, Holunderduft erfüllte den Raum.

»Du und Claus habt es ja geschafft, oder nicht?«

Julia trank einen Schluck. Sie musste aufpassen, denn sie war mit dem Auto unterwegs. Andererseits konnte sie den Roadster auch einfach stehen lassen. Sie setzte das Glas erneut an. Von dem Bürosex hatte sie Alina schon damals berichtet. Seither funktionierte es zwischen ihr und Claus. Keine Eskapaden mehr auf dem Präsidium, aber sie versteckten sich auch nicht. Umarmen, ein Kuss auf die Wange, Seidel und Kullmer taten das schließlich auch. Und Julia Durant hatte sich halbwegs daran gewöhnt, dass Claus manches anders anging.

Ja, es lief gut zwischen ihnen. Alina Cornelius hatte recht. Sie hatten es geschafft.

»Reden wir doch noch ein bisschen über dich«, lächelte Durant ihre Freundin an und prostete ihr zu.

»Vergiss es«, wehrte diese lachend ab. »Bevor ich mich von dir über mein nicht existierendes Liebesleben ausfragen lasse, höre ich mir lieber deinen aktuellen Fall an. Oder was du sonst so hast. Gibt es eigentlich immer noch keinen Hinweis auf diesen Frauenmörder?«

Sofort waren die Schatten wieder da.

Seit Monaten rannten sie mit den Ermittlungen ins Leere.

Wussten nicht, wohin sie noch laufen sollten.

Doch auch wenn ihre Kollegen sich längst dem Tagesgeschehen widmeten, war für Julia Durant eine Sache klar: Der Mörder würde wieder zuschlagen.

MONTAG, 19:50 UHR

Marita Glantz hatte mit trippelnden Füßen gewartet, bis das Motorengeräusch sich entfernt hatte. Dann war sie die Stufen nach oben geeilt und hatte das Arbeitszimmer ihres Mannes betreten. Weckte

den Laptop aus dem Standbymodus. Legte den Papierstapel, den Roland darauf plaziert hatte, behutsam auf die Seite. Wenn sie den Raum verließ, musste alles exakt so aussehen wie zuvor. Ihr Mann missbilligte es zutiefst, wenn sie den Computer für Internetshopping oder ähnlich Belangloses benutzte.
Beinahe fühlte sie sich so schuldig wie ein Kind, das man mit der Hand im Nutellaglas erwischt hatte, allein bei dem Gedanken daran. Denn Marita hatte weder vor zu shoppen noch etwas Belangloses zu tun. Ganz im Gegenteil.

Es hatte alles harmlos angefangen. Ein trister Mittwoch im April, Roland war auf einer Tagung, die sich bis in die Abendstunden erstrecken würde. Kinder waren Marita nicht vergönnt gewesen. Sie hatte sich damit abgefunden. Doch immer dann, wenn das Haus still war und die Taunuskuppen im Regendunst lagen, machte sich das Gefühl der Verlorenheit in ihr breit. Sie war zum Sport gefahren, denn Bewegung tat ihr gut. Hatte sich umgezogen, geduscht und anschließend noch einen frischen Fruchtsaft getrunken. Rückblickend blieb nur der kurze Weg von der Bar bis zum Parkplatz, auf dem ihr das Portemonnaie aus dem Mantel gefallen sein konnte. Hätte sie den Verlust am selben Tag bemerkt, sie wäre sofort zurückgefahren und hätte alles auf den Kopf gestellt. Doch sie hatte den Mantel gedankenverloren an die Garderobe gehängt und nicht einmal geahnt, dass ihr etwas fehlte. Der kommende Nachmittag brachte die Überraschung. In einem braunen Kuvert, ohne Absender, hatte sich das Portemonnaie gefunden. Weder Geld noch Plastikkarten fehlten, und immerhin handelte es sich bei dem Inhalt um über hundert Euro sowie eine goldene MasterCard. Auch ohne profunde Kenntnisse im Trickbetrug hätte jemand damit groben Unfug treiben können.
»Mit den besten Grüßen, Joan Dressler.«
Das war alles, was der Unbekannte auf einem Pappkärtchen vermerkt hatte. Mit einer Sicherheitsnadel hatte er es an der zum Teil

aus Textil bestehenden Hülle befestigt. Behutsam, wie unschwer zu erkennen war, in einer Naht, damit man hinterher keine Löcher sah. Auf der Vorderseite der in Grün gehaltenen Visitenkarte befanden sich eine E-Mail-Adresse und noch einmal der Name. Keine Telefonnummer. Dafür der Link zu einer Website. Marita hatte sie noch am selben Abend aufgerufen. Dort waren allerdings außer einem Foto so gut wie keine Informationen eingestellt. Die Seite befinde sich im Aufbau, war dort vermerkt. Ganzheitliche Beratung war das Thema.
Joan Dressler. In Maritas Ohren klang der Name wie Musik.
»Einer dieser Scharlatane«, hatte Roland Glantz mit abfälligem Gesichtsausdruck kommentiert. »Als Nächstes wird er dich um Geld anbetteln.«
»Quatsch«, hatte sie abgewehrt. »Er hätte sich doch einfach bedienen können. Stattdessen macht er sich die Mühe, mir das Portemonnaie zuzusenden. Nicht einmal einen Finderlohn hat er einbehalten.«
»Du naives Ding! Weshalb hat er wohl seine Visitenkarte dazugelegt?«
»Das ist mir egal. Ich werde mich jedenfalls bei ihm bedanken.«
Roland hatte spöttisch den Kopf geschüttelt. »Tu meinetwegen, was du für richtig hältst. Aber eines muss klar sein: Er bekommt keinen einzigen Cent, der über den gesetzlichen Finderlohn hinausgeht.«
»Es ist auch *mein* Geld«, begehrte Marita auf, doch es hatte keinen Sinn. Fünf Prozent. Roland rechnete es mit dem Taschenrechner aus, sie saß schweigend daneben. 6,39 Euro war das Ergebnis. Fehlte nur noch, dass er drei Nachkommastellen notierte. Sie sortierte das Geld zurück ins aufgeklappte Münzfach und prüfte, ob sie den Betrag passend bekam. Dann fiel ihr etwas ein.
»Was ist mit dem Porto?« Ein Grinsen umspielte ihre Lippen, denn sie genoss es, wenn sie einmal über ihren Mann triumphieren konnte.

Sein Kopf fuhr herum. Er hatte sich längst einer anderen Beschäftigung zugewandt. »Was?«
»Das Porto. Er wird das Einschreiben nicht kostenlos bekommen haben.«
»Und als Nächstes rechnen wir seine Spritkosten zur Post und das Polsterkuvert noch mit rein, wie?«, wetterte der Mann. Dann winkte er ab und seufzte: »Gib ihm in Herrgottsnamen zehn Euro. Er soll dir seine Bankdaten geben. Aber dann«, und er zog dabei eine Miene, die Marita keinen Zweifel ließ, wie ernst er es meinte, »möchte ich von diesem Typen nie wieder etwas hören!«
Marita nickte und öffnete das E-Mail-Programm.
Roland Glantz hörte tatsächlich nie wieder etwas von ihm.
Doch der Kontakt zu Joan Dressler war alles andere als abgebrochen. Im Gegenteil.

Sehr geehrter Herr Dressler,
mit großer Dankbarkeit habe ich heute mein Portemonnaie vorgefunden. Sie haben mir damit nicht nur eine Freude bereitet, sondern auch meinen Glauben an das Gute in den Menschen bestärkt. Ich würde mich gerne erkenntlich zeigen und mich daher freuen, von Ihnen zu hören!
Herzliche Grüße,
Marita Glantz

Die Antwort hatte nicht lange auf sich warten lassen. Marita fragte sich, was wohl geschehen wäre, wenn nicht sie, sondern Roland die Mail zuerst gelesen hätte. Die meiste Zeit über kümmerte er sich um solche Dinge. Einen richtigen Bezug zu elektronischer Kommunikation hatte sie noch nie gehabt und bis dato auch kein Interesse daran gezeigt. Es genügte Marita Glantz, zu wissen, wo sich das Notfallhandy befand und dass der Akku des Geräts immer geladen war. Gut verborgen zwischen Werbemails fand sie die ersehnte Antwort. Um ein

Haar hätte sie sie mit dem ganzen Spam gelöscht, nicht auszudenken. Der Zeitstempel verriet, dass zwischen ihrer Mail und der seinigen keine drei Stunden vergangen waren. Maritas Herz pochte vor Freude.

Liebe Frau Glantz,
danke für Ihre netten Worte. Legte ich Wert auf materiellen Ausgleich, hätte ich die Geldbörse ohne Bargeld in den nächstbesten Briefkasten befördern können. Darum ging es mir nicht. Ihre Worte sind mir Lohn genug, denn sie bestätigen mich in der Annahme, dass Grundwerte wie Dankbarkeit und Mitmenschlichkeit in unserer Gesellschaft noch einen Platz haben. Sie klingen (bitte erlauben Sie mir diese mutige Unterstellung) wie eine Frau, die auch im Angesicht des offensichtlichen Wohlstands diese guten Werte nicht verloren hat. Das beeindruckt mich. Wie Sie vielleicht gelesen haben, verdinge ich mich in ganzheitlicher Lebensberatung. Hätten meine Klienten alle ein solches Selbstverständnis, wie ich es aus Ihren Zeilen interpretiere, bräuchten die wenigsten meinen Rat. Ich glaube an das Karma und bin davon überzeugt, dass es einen tieferen Sinn hatte, dass ich es war, der Ihre Börse fand. Von daher würde ich sagen, dass wir längst quitt sind. Es hat mich umso mehr gefreut, von Ihnen zu lesen!!
Liebe Grüße,
Joan Dressler

Marita hatte die E-Mail ausgedruckt und anschließend gelöscht. Sie las sie mehrmals hintereinander, und ein warmer Schauer durchwogte sie. Die beiden Ausrufezeichen hinter dem letzten Satz. Liebe Grüße. Karma. So sprach wahrlich kein Mann, der hinter Geld her war. Was auch immer er von ihr wollte, Marita wusste es nicht. Vielleicht war es nichts, vielleicht würde er sie auch enttäuschen, indem er sie doch noch um einen größeren Geldbetrag bat. Doch abgesehen davon,

dass es nur einen Weg gab, das herauszufinden, war ihr eines klar: Sie musste ihm antworten. Konnte nicht so tun, als wäre mit seiner Antwort das Universum wieder im Lot. Was sie damit bezweckte, wusste sie nicht. Doch sie fühlte sich wie magisch dazu gedrängt, dem Mann zu antworten. Jenem spirituellen Fremden, der mit seinen Worten ihre Seele berührt hatte. Absichtlich oder unabsichtlich.
Joan. Allein der melodische Name, der unter erwachsenen Männern ziemlich selten war, klang wie Musik.

> Lieber Joan Dressler,
> nochmals DANKE. Was Sie über das Karma sagen, ja, darüber denke ich auch manchmal nach. Es ist eine schreckliche Welt, und wir können so wenig daran ändern. Vielleicht sind es deshalb die kleinen Gesten, die Größe zeigen. Ich habe mir (kurz vor meiner ersten E-Mail) Ihre Internetseite angesehen. Darf ich fragen, ob Sie schon lange praktizieren? Aus meinem Bekanntenkreis weiß ich, dass es dort einen großen Bedarf an Beratung oder auch Therapie gibt. Für mich war das bisher nichts. Vielleicht liegt das aber auch daran, dass ich nie den richtigen Ansprechpartner dafür gefunden habe.

An dieser Stelle stockte sie. Marita löschte den Satz, schrieb ihn erneut, versah ihn mit einem zwinkernden Smiley. Fand das affig und löschte es erneut. Dann tippte sie:

> Vielleicht habe ich nur nie richtig danach gesucht. Ob es mit dem erwähnten Karma zu tun hat, dass ich nun jemanden gefunden habe?

Bevor sie sich über ihre eigene Courage erschreckte, drückte sie auf Senden. Die folgenden zwei Tage, bis er schließlich antwortete, waren für sie wie die Hölle. Immer wieder schlich sie wie ein hungriger

Wolf vor dem Büro hin und her. Lauernd, wann ihr Mann nicht zu Hause war oder den Computer nicht selbst in Beschlag genommen hatte. Zweifelsohne bemerkte Roland ihr plötzliches Interesse an dem Gerät. Doch er sagte nichts, gab sich nur gewohnt ignorant. Und sie sagte auch nichts. Denn die beiden hatten sich ja darauf geeinigt, nie wieder über die Sache zu reden.
Marita Glantz fühlte sich fast ein wenig wie Mata Hari. Die neueste E-Mail verstärkte dieses Gefühl um ein Vielfaches.

Liebe Marita –

Er verwendete nur noch den Vornamen, gepaart mit einem höflichen Sie –

wenn Sie und ich unabhängig voneinander an Karma denken, liegt der Verdacht nahe, dass es sich auch um Karma handelt. Oder um Kismet. Ein großer Vorteil des Ganzheitlichen ist es, dass man Dinge auch außerhalb bestimmter Grenzen betrachten kann. Dass ich mich nicht festlegen muss, welche Begrifflichkeiten ich verwenden oder vermeiden muss. Das Universum hat einen Weg gefunden, über etwas Materielles (also Ihr Portemonnaie) etwas Spirituelles (das Kreuzen unser beider Sphären) herzustellen. Damit möchte ich Sie nicht abschrecken! Es enthält keine Bewertung, denn so etwas steht mir nicht zu. Fakt ist aber, dass sich diese Sphären sonst wohl nie überschnitten hätten. Als ein Mensch, der sich tagtäglich mit diesen Dingen befasst, ist es vielleicht eine Berufskrankheit, alles meiner Perspektive zu unterwerfen. Normalerweise dränge ich meinen Rat niemandem ungefragt auf, und ich möchte Sie bitten, an jeder Stelle, an der Sie meine Mail als vermessen betrachten, diese sofort zu löschen. Sie schulden mir nichts, das sagte ich bereits, und ich betrachte es als Geschenk, dass Sie mir so nett geschrieben haben. Erlauben Sie mir nun, ungefragt, diesen einen Hinweis: Wenn ich eines gelernt habe aus meiner Tätigkeit, dann, dass nichts im Universum zufällig geschieht. Darin sind sich die meisten Menschen – Strenggläubige bis hin zu Atheisten – wohl am einigsten. Und deshalb habe ich nicht nur von ganzem Herzen auf Ihre Mail gehofft, sondern ich erdreiste mich sogar, mich von ganzem Herzen auf Ihre nächste Mail zu freuen.

Rückblickend war es wohl diese Nachricht gewesen, die Marita Glantz endgültig zur Mata Hari machte. Sie genoss es, ein Geheimnis zu haben. Eine Leidenschaft, von der sie nicht einmal ihren wenigen Freundinnen erzählte. Allerdings sehnte sie sich natürlich nicht danach, wie die echte Mata Hari als Spionin tätig zu werden oder vor einem Militärgericht zu enden. Doch der Hunger nach der verbotenen Frucht, die Phantasie einer geheimen Liebschaft blieben bestehen. Wurden größer und stärker, je öfter sie einander schrieben. War ihre Beziehung zum ewig Platonischen verdammt?
Sie tippte einige Sätze, löschte, formulierte sie erneut. So lange, bis sie zufrieden war. Ihr Herz klopfte, das Blut rauschte ihr in den Ohren. Mit einem schnellen Klick drückte sie auf Senden. Bereute es sofort, begann doch nun wieder das endlose Warten. Sie löschte die Mail, weil sie auf Nummer sicher gehen wollte. Jedes Mal, wenn sie auf die Löschtaste drückte, war es ihr wie ein kalter Schnitt ins eigene Fleisch. Mechanisch wechselte sie vor dem Ausloggen in den Papierkorb-Ordner und wiederholte den Löschvorgang, um keinerlei Spuren zu hinterlassen. Sie loggte sich aus und bereinigte den Browserverlauf. Roland würde nie etwas von alldem erfahren, so wie er es sich gewünscht hatte. Er *durfte* nichts erfahren. Doch klammheimlich, in einem der vierundzwanzig Bücher einer Brockhaus-Sonderausgabe von André Heller, verbarg sie die Ausdrucke einiger besonders schöner E-Mails.
Unter dem Suchbegriff Mata Hari.

MONTAG, 20:45 UHR

An einem Wasserloch tummelten sich Zebras, die beinahe knietief in den Schlamm einsanken. Gierig reckten sie die Hälse, um das lebenswichtige Nass aufzunehmen. In gefährlicher Nähe zu ihnen ruhten Löwen unter einem Baum. Scheinbar ohne Interesse an der Herde, unter die sich Antilopen und andere Tiere mischten. Man konnte die Spannung förmlich spüren. Den Moment, in dem sich die Raubtiere erhoben und sich ihren Opfern näherten.
Wussten die Zebras von der Gefahr? Nahmen sie sie in Kauf, um zu überleben? Rechneten sie, vielleicht unbewusst, ihre Chancen aus? Gab es nicht immer ein schwächeres, ein langsameres Tier? Für die meisten mochte es zutreffen.
Der Todesschrei kam plötzlich. Doch es war kein Löwe, der sich geregt hatte. Aus dem schlammtrüben Wasser schnellte ein Krokodil, ein Knacken, das durch Mark und Bein ging. Fetzen flogen umher und die Herde stob auseinander.
Jetzt regten sich auch die Löwen.

Der Mann warf einen Blick auf seine Armbanduhr und tastete in Richtung der Fernbedienung. Er schaltete den Fernseher aus. Naturreportagen entspannten ihn. Sie zeichneten ein Bild der Realität, wie kein anderes Format es konnte. Selbst in der Tagesschau schwang Empörung darüber mit, wenn irgendwo Krieg und Katastrophen die Menschheit dahinrafften. Dabei gehörte das Töten seit jeher zum Leben. Seit Kain und Abel. Seit Anbeginn der Zeit. Der ewige Zyklus von Leben und Tod. Wenige Minuten zuvor erst hatte er den Kampf eines Alphamännchens verfolgt. Raub- oder Beutetier. Es war egal. Manchmal entschied eine einzige Sekunde über dieses Schicksal. Das stärkste Männchen überlebte. Es bestimmte, welche Partnerin es nahm. Und wie viele davon.

Zufrieden lauschte er in die Stille hinein. Die Frau, die auf der Matratze lag, atmete kaum hörbar. Sie hatte gekämpft wie eine Löwin, doch die Medikamente waren stärker gewesen. Nach zwanzig Minuten hatte sich der Körper entkrampft. Die Atmung ging flach, der Brustkorb hob sich kaum merklich unter ihren schönen, natürlichen Brüsten. Um ein Haar hätte er sie erregend gefunden. Er mochte es, wenn Dinge anmutig waren. Wenn es sauber und ordentlich war.

Er stand auf, griff eine Tasche, in der Desinfektionsmittel, Mullbinden und medizinisches Besteck war. Steril. Ein Schauer durchzuckte ihn bei dem Gedanken. Völlige Reinheit. Dann streifte er ein Paar Einweghandschuhe über.

Sie lag auf dem Bett, unter ihr eine silberne Folie, wie man sie in den meisten Verbandskästen finden konnte. Blut war kaum zu sehen, wie er zufrieden feststellte.

Du wirst besser, dachte er und summte eine Melodie von Rolf Zuckowski, deren Tonfolge einem Kirchenlied ähnelte. Diese Assoziation hatte er schon im Kindergartenalter gehabt. Einer Zeit der Unschuld, wie er mit bitterer Miene dachte. Dann breitete er seine Utensilien aus.

Er begann zu schwitzen, was daran liegen mochte, dass er den Raum auf dreiundzwanzig Grad Celsius hielt. Womöglich war es aber auch die Erregung, die sich in ihm ausbreitete. Brustabwärts, bis tief in den Lendenbereich hinein.

Als er seine Arbeit getan hatte, wartete er geduldig, bis sie zu sich kam. Er hatte einen straffen Zeitplan. Sie würde ihn spüren, wie sie nie einen Mann gespürt hatte. Tief in sich, aber unfähig, dabei Lust zu empfinden. Sie würde sich wünschen, dass es vorbeiging, wie sie sich noch nie zuvor etwas gewünscht hatte. Sie würde sich wünschen, ihren Körper verlassen zu können. Wünschen, tot zu sein.

Am Ende würde er ihr all dies ermöglichen.
Doch zuerst einmal musste sie wieder aufwachen.

Um keine Langeweile aufkommen zu lassen, griff er zu seinem Tablet und checkte E-Mails. Glucksend vor Zufriedenheit nahm er Notiz von den wenigen Absendern.
Eine Nachricht freute ihn ganz besonders.

DIENSTAG

DIENSTAG, 19. MAI, 8:35 UHR

Der Berufsverkehr quälte sich von der Friedberger Warte in Richtung Zeppelinallee. Obwohl es vom Präsidium nicht weit war, hatten Durant und Hellmer eine gefühlte Ewigkeit gebraucht. Hellmer hatte besonders schlau sein wollen und war an der Bertramswiese vorbeigefahren, am Gelände des Hessischen Rundfunks vorbei, dann an der sogenannten Baader-Garage, dem Ort, an dem vor über vierzig Jahren Baader, Meins und Raspe verhaftet worden waren. Als die Eckenheimer Straße in Sicht kam, hatte die Kommissarin geseufzt. Auch hier bewegten sich die Fahrzeuge nur im Schneckentempo. Zum Glück führte der Weg sie nach hundert Metern auf die andere Seite der Straßenbahngleise, und sie hatten ihr Ziel erreicht. Hellmer parkte zwischen Taxistand und Blumenladen. Zwei Männer, die rauchend an ihren in elfenbeinfarbene Folie verpackten Mercedessen lehnten, richteten sich auf.
»Nur für Taxis«, knurrte der eine mürrisch und klemmte seine Zeitung unter den Arm.
Hellmer wies sich als Polizist aus, und der andere winkte ab mit den Worten: »Na, meinetwegen. Was ist denn los?«
»Haben Sie nichts mitbekommen?«, wollte Durant wissen.
»Nö.«
Vermutlich parkten alle anderen Einsatzwagen auf der gegenüberliegenden Seite des Geländes.

Die beiden betraten den Hauptfriedhof durch das pompöse hundertjährige Portal und orientierten sich.
»Wer plaziert denn eine Leiche auf dem Friedhof?«, wunderte sich Hellmer, nachdem sie dem Kiesweg eine Zeitlang gefolgt waren. Er blies eine Rauchwolke nach oben und aschte ab. Durant fragte sich, ob Rauchen auf dem Gelände überhaupt gestattet war. Andererseits hätte sie sich früher womöglich auch nicht daran gehalten. Im Angesicht einer neuen Leiche. Frühmorgens, ausgerechnet auf dem größten Friedhof der Umgebung. Sie wollte die Frage gerade beantworten, da erblickte sie Doris Seidel und Peter Kullmer.
Seidel winkte.
»Noch mal, falls es jemanden interessiert«, sagte Hellmer, nachdem sie einander kurz begrüßt hatten, »weshalb sollte man eine Leiche ausgerechnet hier auf dem Friedhof verstecken?«
»Na ja, versteckt ist sie ja nun nicht gerade«, widersprach Kullmer sofort. »Aber er konnte sie ungestört ablegen und sich sicher sein, dass Stunden vergehen, bis jemand sie findet. Viele Zeugen ringsum, doch keiner kann etwas sagen.«
Seidel musste unwillkürlich schmunzeln. Dann fügte sie hinzu: »Womöglich handelt es sich bei dem Täter um jemanden, der sich dafür schämt, was er getan hat. Jemand, der nach dem Mord seinen verlorenen Anstand wiederentdeckt hat. Der das Töten nicht rückgängig machen kann, aber der wenigstens eine angemessene Ruhestätte auswählt.«
Durant sagte nichts dazu. Sie ließ ihren Blick wandern. Es war eine Ecke des Hauptfriedhofs, die sie noch nicht kannte. Ruhig, stark bewachsen, etwas abgeschieden vom Rest. Kaum zu glauben, dass einer der Hauptzubringer der Stadt, die B 3, sich nur ein paar Dutzend Schritte von hier befand.
Kullmer und Seidel waren die Ersten am Fundort gewesen, nachdem die Meldung eingegangen war. Ein Frührentner, der das Grab seiner Schwester pflegte, hatte den Leichnam einer Frau gefunden.

Sitzend, mit dem Rücken an den Marmorstein der benachbarten Grabstelle gelehnt.
Sofort erinnerte die Kommissarin sich an die Fotos von Januar. Isabell Schmidt hatte genauso dagesessen. Aufgerichtet, als schliefe sie. Die roten Haare vom Wind zerzaust. Nur, dass diese Frau keinen Mantel trug, sondern ein helles Sommerkleid mit Mohnblüten. Das Kleid war feucht, und die roten Haarsträhnen klebten auf den Schultern der Toten. Erst beim zweiten Hinsehen erkannte Durant, dass einige der Flecken nicht ins Blütenmuster passten. Blut. Genau wie bei Isabell Schmidt.
»Ich weiß, was du denkst«, raunte Dr. Sievers ihr im Vorbeigehen zu. Sie war gänzlich verhüllt, inklusive Mundschutz und Gamaschen über den Schuhen.
Durant dachte an Seidels Worte. Wenn der Mord im Januar und dieser hier zusammenhingen, war deren Theorie des von seinem Gewissen geplagten Täters dahin. Weder der Ablageort der Schmidt noch die Grausamkeiten, die er den Frauen angetan hatte, passten in dieses Schema.
»Was denke ich denn?«, fragte die Kommissarin, noch immer grübelnd.
»Du denkst an Januar. Kennedyallee. Sag mir nicht, dass das nicht zusammenpasst.«
»Das überlasse ich dir, sobald du sie obduzierst. Aber natürlich habe ich an Isabell Schmidt denken müssen. Die Art, wie sie dasitzt ... Wie lange ist sie schon tot?«
»Etwa seit Mitternacht«, antwortete Andrea mit wippender Hand. »Ich möchte das noch mal genau berechnen, wegen der Schwüle. Irgendwann heute Nacht hat das Wetter umgeschlagen.«
Durant nickte nachdenklich. Der Boden war feucht. In der Nacht hatte es geregnet. Es war zu befürchten, dass die Spurensuche kaum verwertbare Ergebnisse hervorbringen würde. »Was genau heißt das für uns?«, hakte sie nach.

»Kann gut sein, dass der Todeszeitpunkt sich um eine Stunde verschiebt. Jemand soll bitte beim Wetterdienst anfragen, ab wann es geregnet hat.«
Durant nickte erneut. Sie warf einen Blick auf die Wetter-App, siebzehn Grad bei dreißig Prozent Regenwahrscheinlichkeit. Die Prognose versprach einen durchwachsenen Frühsommertag. Dann fiel ihr der Kaffee ein, den sie sich vor zehn Minuten geholt hatte. Der Becher war noch halb voll, und es war erst ihr zweiter. Julia nippte daran und verzog das Gesicht. Sie hatte um laktosefreie Milch gebeten, weil die dezente Süße ihr den Zucker sparte. Stattdessen hatte man ihr Sojamilch eingeschenkt. Ihre Augen suchten die Umgebung nach einem Abfallkorb ab. Ohne Erfolg.
»Ich weiß genau, was in deinem Kopf vorgeht«, sagte Hellmer.
»Ach ja?«, neckte sie und hätte ihm um ein Haar eine Wette aufgedrückt. Doch Frank war schneller.
»Die Schmidt saß im Januar genauso da. Ich habe es auch bei Andrea gesehen. Ihr denkt das Gleiche.« Er seufzte und steckte sich eine neue Zigarette an. »Muss ich euch daran erinnern, dass sich das Ganze in Luft aufgelöst hat?«
Durant schwieg.
Keine der Spuren hatte sich als brauchbar erwiesen. Leonhard Schmidt hatte ein Alibi. An der Elektronik des Hauses war nichts manipuliert worden. Das Handy blieb verschwunden, und niemand hatte etwas zu dem ominösen Liebhaber der Isabell Schmidt aussagen können. Nicht einmal ihr Therapeut, bei dem sie ohne das Wissen ihres Mannes regelmäßige Sitzungen gehabt hatte. Das Gleiche galt für die anderen Fälle. Die Zusammenhänge schienen zufällig. Verbindungen konnten keine rekonstruiert werden, weder in den Tennisclub noch anderswohin. Claus Hochgräbe hatte geäußert, dass der Fokus auf Rothaarige nicht überbewertet werden solle. Blonde und Brünette stachen weniger ins Auge. Und rotes Haar sei nun mal etwas Besonderes, worauf viele Männer standen. Dabei hatte er Julia unmissverständlich zugezwinkert.

Auch wenn sie ihm vehement widersprochen hatte, um Ostern herum hatte sie den Fall vorläufig ad acta legen müssen.
»Regen seit vier Uhr dreißig«, teilte Kullmer mit, der sofort beim Wetterdienst angerufen hatte. »Das Thermometer stand um ein Uhr nachts noch bei zwanzig Grad.«
Julia bedankte sich und gab die Information an Andrea weiter.
»Dann vermerke ich die Todeszeit vorläufig bei 23:30 Uhr«, nickte diese und notierte sich etwas. Sie trat einige Schritte zurück und zog sich Mundschutz, Haube und Handschuhe aus. »Kann ich dich mal anschnorren?«, fragte sie Frank Hellmer und deutete auf die Zigarettenpackung, die durch den Stoff seiner Brusttasche schien.

Zwanzig Minuten später gab die Spurensicherung den Fundort frei. Der Regen hatte die Suche erschwert, doch man konnte mit hoher Wahrscheinlichkeit davon ausgehen, dass die Frau woanders ermordet und anschließend hertransportiert worden war. Kein Blut, keine Kampfspuren. Der Schotter ließ keine Analyse der Schuhabdrücke zu, weder auf die Größe noch auf das Gewicht des Täters. Da es keine Schleifspuren gab, war zu vermuten, dass er die Tote getragen hatte. Sie wog etwa sechzig Kilogramm. Am wahrscheinlichsten war daher, äußerte Platzeck, dass der Täter an der Friedberger Landstraße geparkt hatte, weil es der kürzeste Weg war.
Durant widersprach. »Selbst nachts ist da eine Menge Verkehr. Außerdem die Straßenbeleuchtung. Da schleppt man nicht einfach mal so eine Leiche durch die Gegend.«
»Hast du eine bessere Idee?«
»Die Südmauer«, erklärte sie und deutete in die entsprechende Richtung. »Mag sein, dass es ein paar Meter mehr sind, dafür gibt es Dutzende Parkbuchten und eine Menge Bäume. Wenn ich es machen müsste, dann so.«
»Das klang beinahe wie ein Geständnis«, lachte Hellmer, der mit

zusammengekniffenen Augen die Gegend absuchte. An Platzeck gewandt, sagte er: »Schickst du uns ein paar deiner Leute mit?«
Der Chef der Spurensicherung nickte und rief ein paar Namen, die Durant noch nie gehört hatte.
»Ich möchte euch nur ungern bremsen«, sagte Platzeck daraufhin, während sie südwärts voranschritten. »Doch ist das Südtor nicht kameraüberwacht? Oder ist es nachts nicht sogar abgeschlossen?«
»Kameras?«, brummte Hellmer.
»Jüdischer Friedhof. Vandalismus«, sagte Platzeck kurz angebunden.
Durant hatte nur eine grobe Vorstellung von der Aufteilung des Hauptfriedhofs, wusste aber, dass der Eingang des jüdischen Friedhofs östlich, in der Eckenheimer Landstraße, lag. Der Südeingang in der Rat-Beil-Straße und das alte Portal ... »Verdammt!« Sie schlug sich an die Stirn, denn sie hatte an den anderen Zugang überhaupt nicht gedacht, dabei war sie bereits x-mal daran vorbeigefahren. Auch von der Friedberger Landstraße konnte man das Gelände natürlich betreten. Die beiden Männer blickten sie fragend an, woraufhin Durant abwinkte und ihnen ihren Denkfehler erklärte.
»Er hätte drüben sogar direkt parken können«, schloss sie. »Oder er hat sie drüber geworfen und ist hinterhergeklettert.« Sie deutete auf Platzeck und dessen Kollegen. »Macht euch bitte ans Werk, das volle Programm, auch wenn's die Suche nach der Nadel im Heuhaufen ist. Wir kümmern uns derweil um die Identität und die Adresse der Toten.«
Die Kommissarin war zunehmend genervt und empfand nichts von dem Elan, den sie bei einer Ermittlung gewöhnlich an den Tag legte. Um niemandem auf die Füße zu treten, schwieg sie und trottete einige Meter hinter Hellmer zurück in Richtung der Toten. Sie war genervt von den Dingen, die ihr nun bevorstanden. Genervt von der Suche nach Antworten, zum Beispiel auf die Frage, wie die Tote hierhergelangt war. Ob ihr Mörder auch derjenige war, der sie abgelegt hatte. Was hinter allem steckte. Und, am aller-

schlimmsten, wer die Nachricht ihres Todes an die Angehörigen übermittelte.

Dabei blendete Julia Durant eines aus.

Hatte man der Frau dasselbe angetan wie Isabell Schmidt?

Dr. Sievers überwachte das Umtopfen, wie sie es nannte. Der Körper war seit gut zehn Stunden tot, die Leichenstarre entsprechend fortgeschritten. Gruselig wirkte insbesondere der nach unten geklappte Kiefer der Frau, ein fratzenhafter Gesichtsausdruck, der die Kommissarin bereits zum zweiten Mal erschaudern ließ.

»Kiefer und Nacken sind völlig steif«, kommentierte Andrea, »der Unterleib aber stärker als oben.«

Prüfend musterte sie die beiden Ermittler. Als sie keinen Aha-Effekt registrierte, erläuterte sie ihren Gedankengang.

»Dr. Nystens kleines Einmaleins besagt: Kiefer – Nacken – Rumpf – Extremitäten. Das ist die Reihenfolge, in der die Totenstarre gemeinhin auftritt.«

»Und?«, fragte Hellmer.

»Diese Reihenfolge kann beeinflusst werden durch die Beanspruchung der Muskeln«, fuhr Andrea fort. »Wer um sein Leben rennt, wird, platt gesagt, zuerst in den Beinen starr. Versteht ihr? Je aktiver ein Muskel, desto eher bildet sich die Starre aus.«

Durant deutete auf den Kiefer. »Du meinst, *das* hat etwas zu bedeuten?«

»Nein, ich rede von Becken und Unterleib.«

»Also ist sie gerannt?«

Doch wieder verneinte die Rechtsmedizinerin. »Sie hat sich mit aller Verzweiflung gewehrt. Näheres nach der Obduktion. Doch ihr könnt davon ausgehen, dass sie sexuell misshandelt wurde. Und es ist nicht bloß der *Rigor Mortis*, der mir das verrät.« Sie suchte den direkten Blickkontakt zu Julia und seufzte. »Tut mir leid. Doch ich fürchte, es geht wieder von vorne los.«

DIENSTAG, 10:30 UHR
Dienstbesprechung

Claus Hochgräbe hielt den Telefonhörer noch in der Hand, als die vier Kommissare sein Dienstzimmer betraten. Kullmer schob sich einen Kaugummi zwischen die Zähne und hielt die Packung in die Runde. Niemand wollte einen.

»Das war eben Andrea«, teilte der Chef ihnen mit. Nun duzt er also auch sie, registrierte Durant mit einem Schmunzeln. Claus war in vielen Dingen völlig anders als Berger, und sie fand es gut, dass er ihn nicht zu kopieren versuchte. Mittlerweile kam sie damit klar, auch wenn es eine ganze Weile gebraucht hatte.

»Die Frau konnte noch nicht identifiziert werden, keine Treffer bei den Fingerabdrücken, keine brauchbaren Hinweise, die sie am Körper trug. Wir machen alles bereit für eine Fahndung. Online et cetera, das volle Programm. Wir warten nur noch auf die DNA-Analyse, die toxikologische Untersuchung und eventuelle Übereinstimmungen bei den vermissten Personen.«

»Wir beziehen die benachbarten Präsidien mit ein?«, erkundigte sich die Kommissarin, und es war genau genommen weder eine Frage noch eine Bitte. Von daher nahm sie Claus' Nicken erleichtert wahr.

Andrea würde ihre Obduktion nach Lehrbuch durchführen, das wusste jeder im Raum. Doch bei ihr bedeutete das nicht, dass sie gleichgültig ihr Programm durchziehen würde, um möglichst schnell die Formulare vom Hals zu bekommen. Dr. Sievers würde mit Argusaugen suchen. Nach Details, von denen man im Studium nichts lernte. Nach Unstimmigkeiten, die einem nur durch lange Berufspraxis ins Auge fallen konnten. Bis dahin mussten sie sich gedulden, ob es ihnen gefiel oder nicht.

»Ziehen wir Streichhölzer, wer die Nachricht überbringen muss?«, murmelte Kullmer kauend, was ihm einen missbilligenden Blick von Hochgräbe einbrachte.

»Allein für diesen Vorschlag bin ich jetzt gewillt, *dir* das aufzutragen«, frotzelte er, und Kullmer verzog den Mund. Dann aber hob der Chef die Schultern und sagte: »Bei uns haben wir früher Münzen geworfen. Aber zum Glück ist es ja noch nicht so weit mit der Identifizierung.«

»Na, dann klärt das mal unter euch Männern«, sagte Durant trocken.

Kein Job war unangenehmer als das Überbringen von Todesnachrichten. Diese Sekunde, in der Ehen, Familien, Freundschaften zerplatzten wie Seifenblasen. Wenn Angehörige, noch während man seinen Dienstausweis hochhielt, insgeheim wussten, welche Nachrichten man ihnen zu überbringen hatte. Vor ihrem geistigen Auge trug die Kommissarin eine Menge solcher Begegnungen, und sie würde manches Gesicht, manche Aufschreie und manche Zusammenbrüche nie vergessen. Auch über solche Dinge konnte sie, gottlob, mit Alina Cornelius sprechen. Andere taten das nicht. Andere tranken oder spielten oder gingen sonst wie daran kaputt.

»Wir sollten erst einmal über etwas anderes sprechen«, sagte Hochgräbe und ging damit zum regulären Teil der Besprechung über. Dabei warf er Julia ein angedeutetes Zwinkern zu. Alle Augen richteten sich auf ihn. »Soweit ich weiß, handelt es sich bei der Toten um eine attraktive Rothaarige, die nach dem Todeseintritt vom Tatort wegtransportiert und sitzend plaziert wurde, als würde sie schlafen. Korrekt?«

Julia nickte, während auch von den anderen zustimmendes Murmeln zu hören war. Sie wusste, was er als Nächstes sagen würde.

»Hände hoch von allen, die heute schon an Isabell Schmidt gedacht haben«, forderte er.

Julia ließ die Arme verschränkt, Doris richtete den Zeigefinger auf und Peter nickte dazu.

Frank Hellmer stieß sie an: »Komm, sei ehrlich.«
Doch Julia sagte direkt zu Claus: »Wir wären schlechte Ermittler, wenn wir es nicht getan hätten. Du schließt dich ja selbst nicht aus, sonst hättest du wohl nicht gefragt, wie?«
»Ich fragte aus einem einzigen Grund«, sagte Hochgräbe mit ernster Miene, »und ihr kennt ihn alle. Isabell Schmidt ist ein ungeklärter Mordfall, der nach wie vor als Einzeltat gilt. Wir ermitteln in alle Richtungen, logisch, aber niemand schießt übers Ziel hinaus. Klar?«
Er vermied es, Julia in die Augen zu sehen, sondern schien das Regal an der gegenüberliegenden Wand ins Visier zu nehmen.
»Ich würde gern noch mal direkt bei Isabell und ihren Freundinnen ansetzen«, schlug die Kommissarin vor. »Herr Schmidt, Tennisclub und so weiter.«
Hochgräbe hatte keine Einwände.
»Dasselbe Programm ziehen wir auch bei den Büchners ab«, sagte Doris Seidel. Das Stöhnen ihres Partners folgte unmittelbar, und jeder im Raum konnte es ihm nachfühlen.
»Wieso das denn?«
»Sie ist rothaarig, sie verkehrt in denselben noblen Kreisen, und sie ist damals zur Zeit des Schmidt-Mordes verschwunden«, kam Doris' Antwort und klang beinahe schon patzig.
Niemand wollte sich mit Sonja Büchner herumschlagen. Das hatte auch Julia Durant damals gestört.
Sonja Büchner war am 29. Januar, zwei Tage nach ihrem Verschwinden, wieder aufgetaucht. Ihr Mann hatte die Kriminalpolizei telefonisch darüber in Kenntnis gesetzt, dass sie wieder zu Hause sei. Sie habe sich mit einer Bekannten getroffen, die er selbst nicht kenne. Es sei Alkohol geflossen, sie habe dort übernachtet. Das Handy habe sie entweder im Auto vergessen, oder der Akku war leer gewesen. Der Aussage war anzumerken gewesen, dass es womöglich einen Streit gegeben hatte, den Büchner aber nicht ausdrücklich erwähnte. Die Hypothese der Ermittler lief darauf hinaus, dass sich die

beiden eine Auszeit genommen hatten. Überprüfen konnten sie nichts davon zufriedenstellend, denn weder erklärte sich Sonja Büchner dazu bereit, eine ausführliche Aussage zu machen, noch gestattete ihr Mann, dass jemand sein Anwesen ohne richterliche Anordnung betrat. Seine Frau war wieder da, sie sei wohlauf, und es gäbe nichts, was zur Anzeige gebracht werden müsse. Die Kriminalpolizei solle doch dankbar sein, dass sie sich eine Ermittlung sparen könne.

Daraufhin war die Akte Büchner geschlossen worden, auch wenn Durant sich nur widerwillig auf diese Weise abspeisen ließ. Sie hatte ein komisches Gefühl gehabt, doch sie schob es darauf, dass der Mordfall Schmidt sie damals ziemlich in Anspruch genommen hatte. Außerdem hätte niemand ihnen zugestanden, im Privatleben der Büchners herumzustochern. Viel zu schwer wog der Einfluss des Ehemanns.

Stattdessen hatte sie mit Hellmer den Tennisclub durchleuchtet, doch es gab keine Auffälligkeiten. Ein Trainer namens Dieter Carlsson schien sich mit der einen oder anderen Ehefrau zu vergnügen. Er trug eine Prinz-Eisenherz-Frisur über der dazu passenden Visage. Der Chef des Vereins wiederum schien seine Finger gern an die blutjungen Mädchen am Empfang zu legen. Es hatte im Januar eine Serie von Diebstählen aus den verschlossenen Spinds gegeben, im Verdacht stand ein Angestellter, dem zu Jahresbeginn gekündigt worden war. Doch keine der Spuren hatte etwas zum Fall von Isabell Schmidt beitragen können. Und auch nicht zu Sonja Büchner.

Umso besser, wenn es nun einen konkreten Anlass gab, sich mit Frau Büchner einmal eingehend zu unterhalten. Denn Julia Durant glaubte, dass hinter ihrem Verschwinden von damals mehr steckte. Und sie würde es herausfinden.

DIENSTAG, 13:40 UHR

Adam Maartens hatte kein gutes Gefühl, trotzdem öffnete er dem Fremden die Tür. Der Mann war derartig hartnäckig gewesen, dass es Maartens leichter erschienen war, ihn persönlich zu empfangen. Zwei Dutzend Anrufe, unzählige E-Mails. Er hatte zuerst keinen Namen nennen wollen, und die Mail-Adresse war mit Sicherheit ein Fake. Seine Telefonnummer wurde stets unterdrückt. Es wäre ein Leichtes gewesen, den Kontakt zu sperren.
Doch Adam Maartens war keiner, der klein beigab. Schließlich hatte er dem Fremden einen Termin gegeben, allerdings erst, nachdem dieser ihm einen Namen präsentiert hatte. Thomas Müller. Maartens waren drei Dinge rasch klar gewesen. Erstens, dass es sich nicht um den Fußballer handelte. Zweitens, nach kurzer Recherche, dass es im Rhein-Main-Gebiet zwei Dutzend Männer mit diesem Namen gab. Und drittens, dass er einen Fehler beging. Doch er war zu sehr von sich eingenommen, um die Begegnung zu scheuen.
»Kommen Sie herein«, begrüßte er den Fremden, der ihm durch die wochenlangen Kontaktversuche schon beinahe vertraut vorkam. Zugleich ließ er ihn spüren, dass er nicht willkommen war. Maartens trug förmliche Kleidung. Ein Sakko, was sonst selten vorkam, und Lederschuhe. Er lächelte nicht, auch das gehörte sonst, wenn er Damenbesuch empfing, zu seinen üblichen Attitüden.
Der Mann von stattlicher Statur presste ein »danke« hervor und trat an ihm vorbei. Sofort begann er, das Haus und die Einrichtung zu scannen, als plane er, es auszurauben.
»Gehen wir in den Wintergarten«, schlug Maartens vor und durchquerte das Wohnzimmer, welches durch eine Glastür in den besagten Bereich mündete. Die Dachluken waren beweglich, Stoffjalousien sorgten dafür, dass es angenehm schattig und kühl war. Der Therapeut nahm hinter einem Holztisch Platz, auf dem neben einigen

Papieren nur ein Laptop und eine Vase mit frisch geschnittenen Wiesenblumen standen. Außerdem die perlenbesetzte Holzstatue einer Fruchtbarkeitsgöttin. Wie aus dem Nichts griff er zwei Gläser und eine Karaffe, in der eine goldene Flüssigkeit schwappte. Es war eine Art Bowle, grüne Blätter schwammen darin, außerdem Eiswürfel, die bereits zu perlengroßen Resten zerschmolzen waren.
Maartens hielt seinem Gegenüber die Karaffe hin, dieser beugte sich vor und roch den Alkohol. Daraufhin zog er die Stirn in Falten. »Ist es nicht etwas zu früh dafür?«
»In meiner Heimat nicht«, grinste Maartens.
»Wo ist das?«
»Kapstadt.«
Der Besucher kratzte sich am Kopf. Zweifelsohne rechnete er nach, wie viele Stunden Unterschied sich zwischen den beiden Zeitzonen befand.
»Auch dort ist es Viertel vor zwei«, schmunzelte Maartens und goss sich demonstrativ sein Glas randvoll. Um ein Haar wäre es übergeschwappt.
»Kommen wir also zum Grund Ihres Besuchs«, sagte er in die drückende Stille hinein. »Ich habe Ihnen ja bereits am Telefon gesagt ...«
»... dass Sie keine Patienten mehr annehmen«, unterbrach der andere ihn schroff. »Ich weiß.«
Maartens verzog den Mund. »Sie haben mich in den vergangenen Wochen schätzungsweise zwanzigmal angerufen.«
»Und jetzt sitze ich hier«, kam es selbstgefällig zurück. »Dann hat es sich ja gelohnt.«
Maartens lächelte schmal. Ein unverkennbarer Fall von Narzissmus. Er kannte diesen Typus. Die Frauen, die ihn besuchten, waren mit solchen Exemplaren verheiratet. Männer, zumeist Einzelkinder, auf denen die Erwartungen der Eltern lasteten. In den Nachkriegsehen hörte das Kinderkriegen nicht selten nach dem ersten männlichen

Nachkommen auf. Deshalb so viele männliche Einzelkinder. Starke Mutterfiguren, die, oft unerkannt, hinter den autoritären Vätern wirkten. Emotionale Erpressung bis hin zu sexueller Grenzverletzung. Es war ein Menschenschlag, wie Alfred Hitchcock ihn in »Psycho« überzeichnet hatte. Eine kleinbürgerliche Welt von Norma und Norman Bates, freilich ohne deren extreme Auswüchse. Stattdessen saßen die depressiven Ehefrauen dort, wo eigentlich die Männer hingehört hätten. Zum Glück, wie Maartens insgeheim dachte. Nie hatte er leichter Beute gemacht als in den vergangenen Jahren. Nie hatte er so häufigen und so intensiven Geschlechtsverkehr gehabt.
Er trank einen großen Schluck, legte den Kopf in den Nacken und atmete aus. Dann wischte er sich lasziv über den Mund. »Ich konnte mir ausrechnen, dass Sie nicht lockerlassen würden. Dazu brauchte es kein Studium der Psychologie. Stimmen Sie mir da zu?«
Er fühlte sich überlegen, denn offenbar war der andere voller Wut und Selbstzweifel. Es kam nun darauf an, die richtigen Knöpfe zu drücken. Maartens erinnerte sich an einen ähnlichen Zwischenfall, es war lange her. Mit Geld und guten Worten ließen sich praktisch alle Unstimmigkeiten aus der Welt schaffen. An beidem mangelte es ihm nicht. Doch noch lauerte der andere auf Angriff. Er zeigte sogar seine Zähne, was an dem vorgeschobenen Unterkiefer liegen mochte, der ihm einen Bulldoggenblick verlieh.
»Wie viele Patientinnen hat man denn so, als exklusiver *Shrink?*«
Maartens legte mit unverbindlicher Miene die Arme auf die Tischplatte. »Ich plaudere nicht über derlei Dinge. Meine Terminkapazität ist allerdings erschöpft. Auch nach unserem heutigen Gespräch werde ich Ihnen nicht weiterhelfen können.«
Dass der Mann betont in weiblicher Form gesprochen hatte, ignorierte er. »Wenn Sie möchten, höre ich mich bei Kollegen um, die sich ebenfalls auf exklusive Klientel spezialisiert haben.« Dabei wusste er natürlich, dass es seinem Gegenüber nicht um einen Therapieplatz ging.

»Na kommen Sie, mir können Sie es doch verraten. Wie hoch ist der Frauenanteil?«

Maartens stellte sich dumm. »Unter den Kollegen?«

»Quatsch! Ihre Klientinnen.« Müller setzte das letzte Wort in Anführungszeichen.

»Ich bitte Sie. Über solche Details müssen wir uns nicht unterhalten.«

»Warum nicht? Ist doch die normalste Sache der Welt, oder? Rücken Sie's schon raus – wie viele Weiber kommen denn so hierher? Ein Dutzend pro Woche? Oder mehr?«

»Wie ich bereits sagte ...« Adam Maartens hatte zunehmend Schwierigkeiten, die Ruhe zu bewahren, und befürchtete, dass Müller ihm das anmerkte. Er drohte die Kontrolle zu verlieren, etwas, was ihm zutiefst missfiel.

»Wie viele von ihnen fickst du?«, schleuderte Müller seinem Angriff hinterher.

Maartens hätte beinahe sein Glas vom Tisch gefegt, so sehr zuckte er zusammen. Er glotzte Müller mit aufgerissenen Augen an, wie gelähmt, und erst dann gelang es ihm, die Kontrolle zurückzugewinnen.

Er stand auf und wies mit der Hand in Richtung Tür.

»Ich glaube, es ist besser, wenn Sie jetzt gehen.«

Schäumend vor Rage äffte der andere ihn nach: »Es ist besser, wenn Sie jetzt gehen.«

Mit diesen Worten sprang auch Müller auf. Sie waren beide von ähnlicher Statur, und längst hatte Maartens begriffen, was sich hier abspielte. Müller war das Pseudonym eines gehörnten Ehemanns. Er überlegte fieberhaft, doch bis auf seltene Ausnahmen hatte ihm noch keine seiner Liebschaften Familienfotos gezeigt. Müller. Es blieben zu viele Möglichkeiten. Und noch während Adam Maartens darüber sinnierte, welche Geste nun am geschicktesten wäre, schien Müller über die Tischplatte zu fliegen, mit einem Brüllen wie ein Raubtier, das auf seine Beute niedergeht. Maartens fand sich im

Schwitzkasten wieder, spürte, wie eine Hand ihm auf den Hinterkopf drückte, damit er gar nicht erst auf die Idee kam, sich zu wehren. Es gelangte kaum Luft in seine Lungen, und der Druck trieb funkelnde Sterne vor seine Pupillen.
»Wo habt ihr es getrieben?«, zischte es.
Maartens' Augen wanderten über den Zimmerboden. Über das Zebrafell hinüber zu dem dunklen Wildledersofa. Erinnerungen huschten durch seinen Geist. Er hatte viel Sex in diesem Haus gehabt, und er hatte sich nie dafür geschämt. Er ahnte, dass es keine Antwort gab, die Müller beruhigen würde. Er wollte fragen, wie sein richtiger Name sei, doch mehr als ein gequältes Glucksen brachte er nicht heraus.
Müller riss Maartens' Kopf nach hinten. Eisern umklammerten die Finger seine Kehle, während er keuchte und frische Luft einsog.
»Wo hast du sie gefickt, will ich wissen!«
Müller versenkte Daumen und Mittelfinger wie eine Schraubzwinge ins Fleisch. Maartens stöhnte auf.
»Überall«, presste er hervor, und der hämische Blick kostete ihn eine Menge seiner schwindenden Kräfte. Er deutete ein Nicken an, in Richtung des Zebrafells, seine Mundwinkel zuckten. Unwillkürlich drehte Müller sich um. Ein Fehler.
Adam Maartens schnellte nach oben, es war ein verzweifelter Versuch, der ihn genauso gut das Leben hätte kosten können. Doch dann traf seine Faust auf Müllers Schläfe. Dieser taumelte. Sofort war Maartens da, zwang ihn mit einem Tritt in die Kniekehlen zu Boden. Müllers Visage schien bereits anzuschwellen, Maartens presste den Kopf aufs kalte Holz des Bodens. Dann kletterte er rittlings auf ihn, sein Knie bohrte sich in Müllers Wirbelsäule. Ohne Zeit zu verlieren, fischte er nach dem Portemonnaie in der Hosentasche des Mannes. Müller ließ es über sich ergehen, seine Pupillen waren nach hinten gedreht, er schien in die Bewusstlosigkeit zu entgleiten.

Für einen Augenblick lang war er erstaunt, als er den Namen las, der neben dem Foto stand. Und für einen genauso kurzen Augenblick war er seltsam betroffen. Doch das schwere Atmen des unter ihm Liegenden zwang Maartens zur Eile, und er wischte die Emotionen beiseite. Er wollte keinen Notarzt rufen müssen. Keinen Ermittlern Rede und Antwort darüber stehen, weshalb er jemandem eine lebensbedrohliche Hirnblutung zugefügt hatte. Er musste seinen Widersacher loswerden.

»Sie hat gerne oben gesessen«, sagte er mit seiner akzentuierten Stimme und reckte sich nach der Karaffe mit der kalten Bowle. Der andere erwiderte etwas, doch Maartens verstand es nicht. Er schüttete die Flüssigkeit über Nacken, Wange und die nach oben zeigende Gesichtshälfte. Der Mann quittierte es mit einem Prusten und Zusammenzucken. Er versuchte reflexartig, sich nach oben zu stemmen, was Maartens zur Kenntnis nahm und mit einem kräftigen Gegendruck beantwortete.

Wir haben es überall getrieben, dachte er. Im ganzen Haus. Doch er verspürte keine Lust mehr, es dem Eindringling an den Kopf zu knallen. In der Regel bekam er keine Ehepartner zu Gesicht. Ihn interessierten nur die Frauen. Geile, feuchte, ausgehungerte Frauen, die sich anfühlten, als seien sie noch nie in ihrem Leben richtig befriedigt worden.

Doch hier, auf dem Boden, lag ein schwacher Mann. Gebrochen. Er wirkte so unscheinbar und kraftlos, dabei war er im normalen Leben ein kalter, erfolgreicher Geschäftsmann.

»Haben Sie mich nicht genug gedemütigt?«, presste er hervor, anscheinend selbst erstaunt über seine Heiserkeit.

»Sagen Sie es mir«, entgegnete Maartens, dessen Augen loderten. Er spürte, wie sein Mitgefühl wieder in den Hintergrund rückte. Wie er Herr der Lage wurde, so wie er es von sich gewohnt war. *Niemand* drang in seinen Kraal ein, seine Festung, sein Liebesnest. In das Reich, in dem er allein Herr über die Lust war. Wo er die Gangart bestimmte, den Takt angab. Wo er Löwe war und die anderen die Antilopen. Maartens entschied, auf wen er Appetit hatte. Wie oft und wie intensiv er es sich nahm. In seinem Haus war kein Platz für Eindringlinge.

Kurz dachte er an die gekreuzten Speere, die an seiner Wand hingen. An die verwucherte Ecke seines Gartens, die keiner der Nachbarn einsehen konnte. An den Spaten, der im Schuppen stand. Brandneu, nie benutzt. Er hatte einen Bachlauf ausheben wollen, war nie dazu gekommen. Wie lange würde es dauern, bis man vier Kubikmeter Erde bewegt hatte? Wie tief musste ein Körper liegen, damit ihn niemand fand? Hyänen, das wusste Maartens, rochen einen Toten selbst in zwei Metern Tiefe. Polizeihunde auch, so glaubte er sich zu erinnern.

Als Müller röchelte, stand Maartens mit einem abrupten Schwung auf. Für eine Sekunde wurde ihm schwindelig, dann hatte sein Kreislauf sich angepasst.

»Stehen Sie auf«, forderte er ruhig. Ohne zu warten, was der andere tat, bewegte sich Maartens auf die Regale zu. Trat auf die unterste Ebene des Holzes, reckte sich und nahm einen der Speere von der Wand. Dann drehte er sich um.

Der andere stemmte sich mit einem Ächzen nach oben. Die Bewegung schien ihm Schmerzen zu bereiten. Der Kopf wandte sich suchend in Maartens' Richtung. Seine linke Schläfe war geschwollen, das Veilchen würde man tagelang sehen können. Auf den Knien hielt er torkelnd inne, er tastete in Richtung der Tischplatte, um sich hochzuziehen.

Längst hatte Maartens sich ihm bis auf zwei Meter genähert. Prüfend tippte er mit der Fingerkuppe auf die scharf geschliffene Knochenspitze.

Müller weitete entsetzt die Augen.

»Gehen Sie«, sagte Maartens mit stoischer Miene und deutete in Richtung Tür.

»Und … dann?«
Mittlerweile stand der andere, noch immer gestützt auf den Tisch. Seine Knie schlotterten.
Maartens lächelte eisig.
»Drehen Sie sich nicht um. Und kommen Sie nie wieder. Sonst machen Sie Bekanntschaft mit einem Bantu-Speer.«

DIENSTAG, 13:50 UHR

Der Anruf wurde vom 17. Revier an die Kripo durchgestellt. Sämtliche Dienststellen waren darüber informiert worden, dass im Stadtgebiet womöglich eine Vermisstenmeldung zu erwarten war. Weiblich, mittleres Alter, rothaarig. Jedes Mal, wenn Durant an einem Spiegel vorbeiging, kam ihr diese Beschreibung in den Sinn. Mittleres Alter. Bedeutete das, sie würde hundert Jahre alt werden? Ab wann würde man sie, sollte sie vermisst werden, als alte Frau bezeichnen? Sie schüttelte den Kopf und zwang sich, ihre Gedanken aufs Wesentliche zu richten. Bereits zum dritten Mal in den letzten zwei Stunden wurde eine Meldung an sie weitergeleitet. Bei der ersten hatte es sich um eine psychisch kranke Frau gehandelt, die ihrer Betreuerin beim Einkaufen verlorengegangen war. Sie war allerdings dunkelhaarig und außerdem adipös. Der zweite Anruf stellte sich als ein Mann heraus. Ohne große Erwartungen hatte die Kommissarin sich die Daten notiert.
Doch das hier klang anders: Patrizia Zanders. Wohnhaft in Frankfurt-Höchst, unweit des Stadtparks. Ihr Ehemann, ein renommierter Makler, hatte sich bei der Polizei gemeldet, um seine Frau als vermisst zu melden. Durant rechnete nach. Wenn es sich tatsächlich

um das Opfer handelte, hätte ihm das nicht früher auffallen müssen? Was war am Vorabend gewesen? Hatte er es nicht übers Handy versucht? Sie war sicher keine Expertin in Beziehungsfragen, schon gar nicht, wenn es darum ging, zusammenzuwohnen. Ein Leben zu teilen. Doch was sagte es über eine Beziehung aus, wenn das Verschwinden eines Partners so lange nicht auffiel?
Die Erklärung leuchtete zumindest oberflächlich ein. Der Kollege des Reviers berichtete, Zanders habe die Polizei nur angerufen, um zu erfahren, ab wann jemand als vermisst gelte. Er mache sich Sorgen um seine Frau. Geistesgegenwärtig hatte der Beamte die Daten aufgenommen und nach einem Foto gefragt. Zanders hatte es ihm gemailt.
»Leiten Sie es mal weiter«, bat Durant und blickte kurz darauf in das Gesicht des zweiten Opfers.
Patrizia Zanders.
Die Kommissarin zog das Tatort-Foto und die eben übermittelte Aufnahme nebeneinander auf den Bildschirm. Es bestand kein Zweifel. Es handelte sich um dieselbe Person. Ein lachende Frau mit dunkelgrünen Augen und einer Handvoll Sommersprossen, die sich um die Nase verteilten.
»Jetzt bist du tot«, hauchte die Kommissarin.
Im Hintergrund raschelte es. »Na hör mal!«
Julia fuhr herum. Im Türrahmen stand Claus, in der Hand eine milchigweiße Plastiktüte.
Sie erinnerte sich, dass sie seit dem Frühstück nichts mehr gegessen hatte. Lächelnd schüttelte sie den Kopf.
»Das war nicht an dich gerichtet.«
»Bei dir weiß man ja nie«, lachte Hochgräbe und stellte die Tüte auf den Tisch. Es roch nach Erdnuss und Gebratenem.
»Salamibrot gab's beim Asiaten nicht.«
»Ich habe ohnehin keine Zeit«, entgegnete Durant. »Wir haben eine Identifizierung.«
»Ach komm? Schieß los!«

Sie berichtete.

»Zanders«, überlegte Hochgräbe laut. »Muss einem das was sagen?«

»Wenn man von hier ist, schon, denke ich«, sagte die Kommissarin. Überall in der Stadt warben Plakate für Boris Zanders. Sie versprachen: »Z-anders sein heißt zufrieden sein!« Manchmal lehnte das Werbedesign sich an Motive aus Zorro an. »Er ist ein einflussreicher Makler«, erklärte sie, »mit einprägsamer Werbung. Hast du bestimmt schon gesehen.«

Claus nickte und blickte etwas verloren wirkend auf das Essen. Julia war längst aufgestanden, drückte ihm einen Kuss auf und raunte ihm zu: »Lieb von dir, dass du an mich gedacht hast. Vielleicht probiere ich später davon.«

Dann hastete sie nach draußen, wo sie um ein Haar in Hellmers Arme gelaufen wäre. Sie erklärte ihm in aller Eile, worum es ging, und wenige Minuten später verließen sie das Präsidium in Richtung Höchst.

DIENSTAG, 14 UHR

Mit einem Kloß im Hals hatte Andrea Sievers den Unterleib freigelegt. Sie wusste, dass sie das gesamte Procedere abarbeiten musste, auch wenn es ihr noch so schwerfiel. Der Abstrich war bereits erledigt, die notwendigen Tests auf Betäubungsmittel und andere Medikamente ebenfalls. Die Tote war in allen Bereichen als normal einzuordnen. Normale Statur, altersgemäßer Zustand, keine Schönheitsoperationen oder Hinweis auf Versuche, dem Älterwerden zu entkommen. Sie hatte die Unbekannte auf Ende dreißig geschätzt und dies durch einen Anruf von Julia Durant bestätigt bekommen.

»Z-anders sein heißt zufrieden sein«, murmelte sie mit düsterer Miene. Sie kannte die Werbung ebenfalls. Z-anders sein, das bedeutete in diesem Augenblick, tot zu sein. Oder todunglücklich. Dr. Sievers schniefte, es bahnte sich eine Erkältung an. Wie froh sie in diesem Augenblick sein konnte, dass sie dem Ehemann nicht die schreckliche Nachricht überbringen musste. Ihm mitteilen, dass seine Frau einem brutalen Sexualstraftäter zum Opfer gefallen war. Einem Perversen, der sich daran aufgeilte, seinen Opfern die Schamlippen abzuschneiden.
Es war dasselbe Vorgehen wie im Januar bei Isabell Schmidt, daran gab es keinen Zweifel.
Vor einer Stunde hatte die Rechtsmedizinerin ein Stück Holz aus der Haut gezogen. Sie wusste nicht, welchem Zweck es diente, doch es befand sich nicht zufällig dort. Sie hatte recherchiert, dass man bei traditionellen afrikanischen Beschneidungsritualen die Schnitte häufig mit den Stacheln von Dornakazien verschloss. Lange, glatte Holzspieße. Es stieß ihr säuerlich auf.
Sie nahm das Hölzchen zur Hand. Versuchte, es zu verbiegen. Es war so starr, dass es kaum nachgab. Die Spitze war trotz der Feuchtigkeit und aller Untersuchungen noch immer scharf wie die einer Nähnadel. Die Rechtsmedizinerin schaltete das Licht ihres Mikroskops an und drehte die Linse in Position. Dann schob sie den Stachel darunter. Das Holz war gräulich hell, entfernt an ein Streichholz erinnernd, und ebenso lang. Die Oberfläche war so glatt, dass ihr keine eindeutige Erkenntnis darüber gelang, ob sich der Stachel mit Blut vollgesogen hatte und, ob er vor oder nach dem Tod durch die Haut gesteckt worden war.
Andrea lehnte sich zurück und rieb sich den juckenden Nasenrücken. Dann nieste sie und überlegte, ob es in Deutschland überhaupt Dornakazien gab. Laut Internet waren in Europa die meisten Bäume, die vergleichbare Stacheln aufwiesen, Robinien. Die Parks waren voll davon, so hieß es. Also konnte sich jeder, dem der Sinn danach stand, einen solchen Stachel beschaffen. Sievers seufzte und

scrollte durch zwei Dutzend Fotos. Sie war keine Botanikerin, doch für ihr Empfinden unterschieden sich die Aufnahmen der Bildersuche recht deutlich von den Akazienstacheln. So kam sie nicht weiter. Dann fiel ihr etwas ein. Der Palmengarten.

Sie besorgte sich die Telefonnummer und bat darum, mit jemandem verbunden zu werden, der ihr Auskunft geben konnte. Als der Anruf statt in einer Warteschleife mit einem Knacksen im Nirwana endete, wollte Andrea es erneut versuchen, bekam stattdessen aber die Mitteilung, dass Julia Durant auf der anderen Leitung anklopfte.

»Hi, Julia«, sagte sie atemlos. »Was gibt es denn noch? Seid ihr etwa schon bei Zanders gewesen?«

»Wir sind auf dem Weg dahin«, antwortete die Kommissarin. »Ich wollte dich noch mal wegen des Todeszeitpunktes fragen. Genau genommen geht es mir um zwei Dinge: Erstens müssen wir Zanders ja irgendetwas sagen, wann seine Frau denn nun verstorben ist. Vor Mitternacht oder danach.«

»Wegen des Todesdatums in der Traueranzeige?«, fragte Dr. Sievers lakonisch.

»Meinetwegen auch deshalb. Aber vor allem müssen wir Alibis prüfen, ihre Wege rekonstruieren. Mensch, Andrea, wir greifen nach jedem Strohhalm.«

»Ist ja schon gut. Es bleibt bei einem Todeszeitpunkt zwischen dreiundzwanzig Uhr und Mitternacht«, sagte Dr. Sievers. »Da es nicht später sein kann, werde ich das Datum definitiv auf vorher legen. Aber konkreter geht's nicht, tut mir leid. Was ist die zweite Frage?«

»Was mich wurmt, ist der gesamte Zeitraum danach. Lässt es sich zeitlich eingrenzen, wann der Täter die Frau auf dem Friedhof abgesetzt hat?«

Andrea überlegte kurz. »Es deutet einiges darauf hin, dass die Leiche nach Todeseintritt nicht lange herumgelegen hat. Das sagen mir die Muskeln der Extremitäten und das Stadium der Starre, na, du weißt schon. Brauchst du es medizinisch?«

»Nein, überhaupt nicht. Die grobe Zeit reicht mir. Berichte sind etwas für Bürohengste.«
Beide Frauen lachten kurz auf.
Andrea wühlte in ihren Unterlagen. »Platzeck und seine Jungs sind sich sicher, dass die Tote sich schon vor dem Einsetzen des Regens auf dem Friedhof befand. Und zwar in der Position, in der man sie gefunden hat.«
Durant murmelte: »Also definitiv vor halb fünf.«
»Deutlich früher, wenn du mich fragst«, pflichtete Sievers bei. »Die Gute sieht aus, als wäre sie post mortem auf dem Crosstrainer gewesen. Als sei sie selbst vom Ort ihres Ablebens aus in Richtung Friedhof gejoggt ...«
»Ja, okay, keine weiteren Details bitte«, warf Durant ein, »ich kapier's auch so.«
»Weshalb willst du es denn so genau wissen?«, fragte Sievers interessiert. Durant erklärte ihr etwas von Kameras, Taxis, Streifenwagen und der Straßenbahn. Verzweifelte Versuche, jemanden zu finden, der zu einem bestimmten Zeitraum auf der Friedberger Landstraße verkehrt war und möglicherweise etwas gesehen hatte.
»Hm, ja, dann bekommst du es eben doch medizinisch«, entschied die Rechtsmedizinerin. »Wenn nicht alles andere dagegen sprechen würde, könnte man annehmen, dass der Todeszeitpunkt der guten Frau zwei bis drei Stunden später liegen könnte. Es kann nicht sein, wie gesagt, die Kerntemperatur passt nicht dazu und auch nicht der Madenbefall. Und dass ein Mörder sein Opfer in eine Heizdecke wickelt, gibt's doch eher nur im Fernsehen.«
»Irrtum ausgeschlossen?«
»Weitestgehend, ja. Selbst ein Kofferraum hat keine vierzig Grad, jedenfalls nicht um Mitternacht. Ich bleibe dabei. Sie wurde vor Mitternacht abgemurkst, danach hat er was weiß ich mit ihr getrieben, dann wurde sie in ein Fahrzeug verladen und auf den Friedhof verfrachtet. Wenn ich Lotto spielen soll, behaupte ich,

dass sie ab zwei, halb drei Uhr nachts in der Position, wie man sie gefunden hat, plaziert wurde. Über den Rest können wir nur spekulieren.«

Am anderen Ende war schweres Atmen zu hören. Offensichtlich hing Julia mit ihren Gedanken bei dem *was weiß ich*. Andrea senkte ihre Stimme: »Ich kann's dir nicht ersparen, meine Liebe, aber die Frau wurde sexuell misshandelt. Vor und nach Todeseintritt, und das ziemlich brutal. Ich habe weder Sperma noch sonst was, nur wieder Holzfasern.«

»Ein Knüppel, ein Baseballschläger?«, hakte die Kommissarin nach.

»Ein Stachel. Das war ich gerade im Begriff zu prüfen.«

»Okay, gib mir mehr. Was für ein Stachel?«

»Vermutlich eine Dornakazie. Das Beschneidungsritual, du erinnerst dich? Ich wollte mich mal erkundigen, ob mir das jemand bestätigen kann, und, falls ja, wo man solche Bäume in Deutschland findet. Im Palmengarten müsste ...«

Julia Durant unterbrach sie erneut. »Andrea?«

»Was ist denn?«

»Du nimmst das Ganze ziemlich persönlich, oder irre ich mich da?«

Natürlich nahm sie es persönlich. Was sollte diese Frage?

Sie wimmelte die Kommissarin ab und führte zwei Telefonate. Danach stellte sie ihren Anschluss auf das Handy um und ging mit einer Tasse Kaffee und ihren Zigaretten nach oben, um sich ins Freie zu setzen. Wer konnte schon wissen, ob sie nicht bereits morgen mit Fieber im Bett liegen würde?

DIENSTAG, 14:05 UHR

Felix Büchner wog die bauchige Flasche, die ihm vor wenigen Sekunden zum Geschenk gemacht worden war, in der Hand. Sie war unerwartet schwer und von einer gelblichen Staubschicht überzogen.
Die beiden Männer standen auf dem Jugendstil-Mosaik der Eingangshalle, in deren südlicher Ecke ein offener Kamin flackerte. Jetzt, im Sommer, wurden die Flammen von Bioethanol genährt. Der Raum wurde nicht aufgeheizt, doch das Farbenspiel blieb. Vor einigen Minuten hatte der Pfarrer der hiesigen Gemeinde das Anwesen betreten. Eine großzügig angelegte Villa, die bis in die fünfziger Jahre einem Industriemagnaten gehört hatte. Ohne Familie war der Bau dem Verfall preisgegeben, bis Büchners Vater die Immobilie 1976 gekauft hatte. Sein Sohn war damals dreizehn Jahre alt gewesen. Ein Einzelkind, dessen Mutter früh verstorben war. Ihr Porträt hing im Treppenaufgang, direkt neben dem Ölgemälde ihres Mannes, der vor ein paar Jahren ebenfalls verstorben war. Millionenschwer, doch was nutzte es ihm, wenn die Krebsgeschwüre schneller wuchsen als die Zinsen? Büchner senior war voller Gram darüber abgetreten, dass Felix und Sonja ihm keine Enkel geschenkt hatten.
»1929«, unterstrich der Geistliche, der äußerlich nicht als solcher zu erkennen war. Bügelfaltenhose, Hemd und Pullunder. Kein Kruzifix am Kragen. Auf der Ledertasche, die über seiner Schulter hing, prangte jedoch ein verschlissener Aufkleber aus Rom. Ein Mitbringsel einer Pilgerreise in den achtziger Jahren, wie Büchner wusste.
»Der Jahrgang meines Vaters«, murmelte er, feuchtete mit der Zunge seinen Daumen an und rieb vorsichtig über das Etikett. Es handelte sich um französischen Weinbrand, Armagnac. Jahrzehntelang gereift in Eichenfässern, abgefüllt mit einem Alkoholgehalt von vierzig Prozent. Auch wenn es ihm nicht schaden würde, Büchner

vermied jede ruckartige Bewegung, als hielte er eine Phiole Nitroglycerin in der Hand. Armagnac war nicht sein Spezialgebiet, doch er schätzte den Wert der Flasche auf mehrere hundert Euro.

»Vielen Dank«, nickte Büchner und wippte mit der Flasche. Dann überkam ihn ein Lächeln, und er fügte hinzu: »Gott schuf nur das Wasser, aber der Mensch erschuf den Wein.«

Auch der Geistliche lächelte, und es wirkte irgendwie überlegen, als er sagte: »Gott erschuf aber den Menschen. Macht ihn das nicht auch für dessen Werk verantwortlich?«

Büchner hätte am liebsten gekontert, dass Gott dann auch die Verantwortung für jeden Kriegstoten, jeden Heimatlosen und jedes Verbrechen übernehmen müsse. Davon, so wusste er, sprach der Pfarrer nicht, wenn er predigte.

»Lassen wir Gott mal lieber im Himmel«, murmelte er und deutete zu einer Tür, die in die entgegengesetzte Richtung führte.

In den alten Brauereikeller führte eine steile Treppe. Kaum eine der vierzig Stufen war breiter als einen halben Meter, und keine glich der anderen. Der Sandstein war in der Mitte ausgetreten, manchmal zentimetertief, was jeden Schritt zu einem gefährlichen Unterfangen machte. An der Wand führte ein rostiges Eisengeländer in die Tiefe. Die Luft schmeckte, als sei sie aus dem vorletzten Jahrhundert. Kühl, etwas feucht, jedoch nicht modrig. Es war das Verdienst der Klimaanlage, die Felix Büchner vor Jahren hatte installieren lassen. Statt Bierfässern lagerte er hier unten seinen Wein. Ein Fahrstuhl verband die Gruft mit der Villa. Die Treppe benutzte er praktisch nie.

In einer Art Glaskasten, der wie eine Luftschleuse vor den Zugang zu den Weinregalen gesetzt worden war, befand sich ein Feldbett. Außerdem ein Metalltisch, der einst bei den Farbwerken Höchst ausgemustert worden war, und ein Drehstuhl. Wo sonst Büchner vor einem Laptop hockte oder mit einem Pinsel und verschiedenen

Tinkturen alte Weinetiketten reinigte, wartete nun eine Frau in Reizwäsche. Die schwere Holztür, die zu den Flaschen führte, war verriegelt und mit einem Vorhängeschloss gesichert. Die Glastür konnte mit einem Zahlencode oder einer Magnetkarte entriegelt werden. Büchner räusperte sich dezent, und sein Schatten drehte sich zur Seite. Nicht dass Büchner seinem Begleiter nicht traute, doch was sein Eigentum betraf, war er äußerst pingelig.

Der Geistliche hatte eine ähnliche Statur wie er, vielleicht etwas weniger Fett und mehr Muskelmasse, aber sie mochten beide um die hundert Kilo auf die Waage bringen und maßen eins fünfundachtzig. Die Frau, die im kühlen Licht der Leuchtstoffröhre lag, wirkte im Vergleich zu ihnen beinahe schmächtig. Sie blinzelte ins Dunkel, als könne sie nur schemenhaft erkennen, wer sich außerhalb ihres Gefängnisses näherte. Das Gewölbe war in diffuses Licht getaucht, Büchner murmelte etwas von Glasverspiegelung. Bevor seine Finger über das Zahlentableau huschten, hielt er inne und zog die Nase hoch.

»Eine Stunde?«, vergewisserte er sich in einem Anflug von Zweifel.

»Eine Stunde«, schnarrte es ihm ins Ohr.

Er zuckte die Achseln. »Was, um Himmels willen, machst du so lange?«

»Das ist meine Sache.«

Büchners Blick fiel wieder auf die Ledertasche. Hatte er vorhin, als sie sich auf den Weg hinunter gemacht hatten, im Innern etwas klappern gehört? Oder bildete er sich das ein?

»Was hast du dadrinnen?«

Er erntete ein abweisendes Lächeln, das Bände sprach. *Frag besser nicht.* Ihm wurde etwas mulmig.

»Du tust ihr aber nicht weh? Nichts Perverses?«

Es war ihm höchst unangenehm, ausgerechnet *diesem* Mann derlei Fragen zu stellen.

»Dort oben wartet ein edler Jahrgang auf dich«, sagte der Pfarrer und deutete in Richtung der abgestützten Decke. »Darf ich dich daran erinnern, wessen Idee das Ganze hier war? Soll ich wieder gehen?«

»Man wird ja wohl noch fragen dürfen«, murrte Felix Büchner. Immerhin handelte es sich um seine Frau.

*

Dreißig Minuten waren vergangen.

Er wusste es, weil seine Augen das Zifferblatt der Wanduhr im Fokus hatten. Noch nie (außer in der Sterbestunde seines Vaters vielleicht) waren die Sekunden so quälend langsam verstrichen wie gerade jetzt.

In einem Schwenker aus Bleikristall hielt Büchner die bernsteinfarbene Flüssigkeit. Der Duft kitzelte ihn in der Nase.

Er schüttete den Armagnac in sich, auch wenn er wusste, dass das ein Frevel war. Mit dem Glas vorher hatte er es so gemacht und mit dem zuvor auch. Es brannte in der Kehle, und der Brustkorb kribbelte. Wärme strömte durch die Rippen. Dann ließ das Gefühl nach. Büchner schenkte sich erneut ein.

Nimm dir Zeit, mahnte er sich und stellte das Glas widerwillig auf den Beistelltisch.

Zweiunddreißig Minuten.

Er zog das Smartphone hervor und klappte die ockerfarbene Hülle aus Straußenleder auf, deren Oberfläche an einen Pizzateig erinnerte, den man mit der Gabel perforiert hatte.

Büchner entsperrte das Display, öffnete den Browser und tippte den Namen ein, der auf dem Flaschenetikett stand. Die Suchmaschine fand sofort mehrere Treffer. Ein Armagnac dieser Marke dieses Jahrgangs kostete im Internet vierhundert Euro aufwärts.

Vierunddreißig Minuten.

Er hatte seine Frau für vierhundert Euro verkauft.

DIENSTAG, 14:30 UHR

Durant und Hellmer verharrten im Wagen. Keiner von beiden schien als Erster nach dem Türöffner greifen zu wollen.
Ganz ruhig, sagte sich die Kommissarin im Stillen. Du hast das schon tausendmal gemacht.
Ihr Herz pochte bis zum Hals. Sie hatte den Namen von Zanders im Internet gesucht. Wusste, wie er aussah. Ein Top-Immobilienmakler, der neben den elegantesten Büroadressen auch Privathäuser verkaufte. Das günstigste Objekt, das online gelistet war, kostete achthundertneunzigtausend Euro. Wie würde er vor ihr stehen? Aalglatt, machohaft? Sein Teint war hell, die Haut feinporig, um die lange, schlanke Nase lagen markante Züge. Die Mundpartie mit maskulinem Kinn. Die Haare kurz, mit angedeutetem Seitenscheitel und dunkelbraun. Wie schnell würde er begreifen, was ihm bevorstand, wenn die Kommissare ihre Dienstausweise zur Hand nahmen?
»Wollen wir?«, fragte Hellmer in die bedrückende Stille hinein.
»Ich will nicht, willst du?«
»Einer von uns beiden wird's wohl müssen, oder sollen wir Claus erklären, dass uns plötzlich der Mumm dazu abhandengekommen ist?«
»Nein, schon gut.« Durant winkte ab. »Bringen wir es hinter uns.«
Sie traten über Sandsteinstufen zu einer doppelflügeligen Haustür, die Schnitzereien im Jugendstil auswies. Die Klingel war ein messingfarbener Druckknopf, umgeben von einer wülstigen Rosette. Hellmers Finger legte sich darauf. Im Inneren ertönte der Klang des Big Ben, so laut, dass er fast erschrak.
»Klingelstreiche scheint es hier keine zu geben«, brummte er. »Sonst hätte er nicht so einen Sound.«
Julia zuckte die Schultern. »In dieser Gegend wissen die Kinder doch überhaupt nicht mehr, was das ist.«

»Herr Zanders, dürfen wir kurz reinkommen?«, fragte die Kommissarin kurz darauf und versuchte, sich nichts anmerken zu lassen. Nur schwer gelang es ihr, die Verletzungen auszublenden, die der Ehefrau ihres Gegenübers zugefügt worden waren.

»Was ... gibt es denn?«

Seine Frage kam leise, fast schon ängstlich. So, als befürchtete er das Schlimmste und wolle es zugleich nicht wahrhaben. Er reckte den Hals, als erwarte er, dass Patrizia hinter den beiden auftauchte. Julia Durant hatte diese suchenden Blicke schon oft gesehen, und eine heiß-kalte Welle durchwogte sie.

»Herr Zanders, wir müssen Ihnen eine traurige Mitteilung machen«, hörte sie Hellmer sagen. Die folgenden Sekunden, die Worte, die Gesten, flogen wie in einem verschwommenen Film an ihr vorbei.

»Patrizia? Tot?« Dem Ehemann sackten die Knie weg.

Hellmer reckte ihm den Arm hin. »Es tut mir sehr leid. Wollen wir hineingehen?«

»Wo? Wie? Was ist passiert?«

Die Haustür schloss sich. Und damit war es absolute Gewissheit, dass Patrizia sich nicht mehr zeigen würde.

Nie wieder.

Durants Brust wurde langsam wieder freier, doch die Übelkeit blieb. Hellmer eilte in die Küche, um Zanders ein Glas Wasser zu holen. Der bedankte sich und deutete hinter sich. »Kommen Sie bitte rein. Entschuldigen Sie die Unordnung. Ich habe kaum geschlafen vor lauter Sorge.« Er schluckte schwer. »Wir gehen am besten ins Wohnzimmer.«

Die drei nahmen auf einer Eckcouch Platz, wo Julia den Mittelplatz erwischte, der sie weiter nach hinten fallen ließ als erwartet. Das Leder war abgerieben, und es roch nach Hund. Prüfend sah sie sich um, ob irgendwo ein Körbchen zu finden war. Dann entdeckte sie ein zerbissenes Gummihuhn.

Offenbar war Zanders ihren Blicken gefolgt.

»Arco liegt oben«, sagte er leise. »Er hat sich seit Stunden nicht von Patrizias Bett wegbewegt.«

Julia Durant musterte Herrn Zanders. Er trug eine fleckige Jeans, so schmutzig, als habe er damit im Garten gearbeitet oder Holzbeize aufgetragen. Rote Fussel auf dem Hemd verrieten, dass er einen Pullover oder etwas Ähnliches darauf getragen hatte. Die Falten deuteten darauf hin, dass er es schon eine ganze Weile anhatte, vermutlich auch im Liegen. Sein Hals und die Wangen trugen dunkle Bartstoppeln.

Die Einrichtung war ein Mix aus antik und modern. Julia mochte diesen Kontrast, immerhin lebte sie selbst in ähnlichen Verhältnissen. Ihre Wohnung war Teil eines ansehnlichen Gebäudes im Holzhausenviertel. Großzügig geschnitten, mit dem Ambiente der Gründerzeit, ausgestattet mit modernen, funktionalen Möbeln. Natürlich nicht in derselben Liga wie hier. Zweifelsohne kostete der Nussbaumschrank, an dem sie eben im Flur vorbeigeschritten waren, mehr als ihre ganze Küche. Vielleicht lag es daran, dass Zanders in seiner ungepflegten Kleidung heute so deplaziert wirkte. Julia versuchte, sich nicht daran zu stören. Doch sie hatte einen siebten Sinn, wenn es darum ging, dass Details nicht zum Gesamtbild passten. Diesen konnte sie nicht abschalten.

»Entschuldigen Sie mein Aussehen«, sagte Zanders wie beiläufig, und die Kommissarin zuckte zusammen. Hatte sie ihn angestarrt? Er fuhr sich mit dem Ärmel übers Gesicht. »Ich kam einfach nicht dazu … zu nichts.«

»Schon gut. Noch einmal unser tiefstes Mitgefühl.«

Zanders' Augen füllten sich mit Tränen. Vergeblich versuchte er, die Fassung zu bewahren, doch es gelang ihm nicht.

»Was soll ich denn ohne sie machen?«, hauchte er.

»Haben Sie niemanden, der sich um Sie kümmert?«

»Nein. Ich habe nichts als mein Bonzenhaus und meinen Schnickschnack«, kam es schroff zurück. »Glauben Sie, ich hätte Ihre Blicke eben nicht bemerkt? Wie Sie sich fragten, ob mein Glück nur aus Materiellem bestünde und ich meiner Beziehung nur beiläufig nachtrauere.«

»Das habe ich nicht gedacht«, beteuerte Durant, »sondern ich habe mich bloß umgesehen. Berufskrankheit.«

Zanders winkte ab und ging zielstrebig auf eine Flasche Wodka zu, die im Regal stand. Um ein Haar hätte er sie an den Mund gesetzt, dann drehte er sich abrupt um und deutete fragend auf das blauschimmernde Etikett.

»Sie auch?«

»Nein danke.«

»Sie erlauben?« Er hob ein Glas an, in dem sich ein dunkler Bodensatz befand. Durant tippte auf Cola. Füllte es erst halb, schwenkte es, und der Wodka bekam eine goldene Färbung. Zanders kippte es in den Rachen und schenkte sich nach. Diesmal bis kurz unterhalb des Randes. Zusammen mit Glas und Flasche kehrte er zum Sofatisch zurück.

»Musste sie leiden?«

Julia und Frank wechselten Blicke.

»Wir kennen noch nicht alle Details«, wich Hellmer aus.

»Unfug!« Sofort war Zanders' Ton wieder schroff und fordernd. »Ich habe das Recht, alles zu erfahren.«

»Die Untersuchungen laufen noch«, beteuerte Durant und wollte noch etwas hinzufügen, doch Zanders unterbrach sie.

»Wird sie jetzt überall zerschnitten?« Er deutete den Y-Schnitt an, mit dem Leichenöffnungen üblicherweise begonnen wurden. Zweifelsohne kannte er die einschlägigen Fernsehkrimis. »Oder wurde das bereits erledigt?«

Durant wollte etwas über die Rechtsmedizin sagen, kniff dann aber die Augen zusammen. Sie ahnte, dass Boris Zanders mit seiner Frage auf etwas anderes hinauswollte. »Sprechen wir noch von der Obduktion oder von etwas anderem?«

»Verkaufen Sie mich bitte nicht für dumm, in Ordnung? Ich weiß, was im Frühjahr mit der Schmidt gemacht wurde. Wenn meine Frau Opfer dieses Abschaums wurde, will ich wissen, was sie durchmachen musste. Bevor es alle anderen aus den Zeitungen oder von *Aktenzeichen XY* erfahren.« Er leerte das Glas, ohne abzusetzen. »Also sparen wir uns das Herumgerede. Ich bin bereit.«
»Es würde uns helfen, wenn wir den Tagesablauf Ihrer Frau kennen würden. Kollegen, Freunde, Hobbys. Vielleicht beginnen wir erst einmal mit diesen Fragen«, schlug Hellmer vor.
»Erst geben Sie mir etwas«, forderte Zanders beharrlich.
»Meinetwegen.« Durant räusperte sich. »Ihre Frau wurde augenscheinlich Opfer einer Sexualstraftat. Es gibt einige Parallelen zu einem vergangenen Mordfall, aber vieles muss erst noch durch die Untersuchungen bestätigt werden. Der Täter hat sie auf dem Friedhof drapiert, als säße sie dort und schliefe. Das ist alles, was ich Ihnen mit Gewissheit sagen kann.«
»Geht doch.« Ein zynisches Grinsen, nur für den Bruchteil einer Sekunde, legte sich auf Zanders' Gesicht.
»Könnten Sie nun auf die Frage meines Kollegen eingehen?«
Zanders fuhr sich durchs Haar. »Patrizia hatte nicht viele Kontakte. Sie ging arbeiten und kümmerte sich um den Haushalt, auch wenn beides nicht hätte sein müssen. Das soll nicht großkotzig klingen, aber Sie müssen das ja wohl wissen. Ich bin wohlhabend, also wir … nein, ich …« Er stockte, und sofort kehrte der Tränenschleier zurück. Seine Hand griff reflexartig in Richtung Flasche, in der sich nur noch der Rest für ein halbes Glas befand. Er wog es in der Hand, als hielte er einen wertvollen Schatz.
»Jedenfalls«, sagte er dann, bemüht, die Fassung zu bewahren, »war sie Lehrerin. Es war ihr Traumberuf, sie wollte nie etwas anderes sein. Gesamtschule, Englisch und Deutsch. Wir spielten zusammen Golf. Sie sehen, es gibt nichts, wo sie sich hätte Feinde machen können.«

Durant sah Hellmer an und entnahm seiner Miene, dass er kurz an seine Tochter Stephanie dachte. Teenager brauchten nicht viel, um einen Lehrer zu hassen, besonders wenn es um die Versetzung ging. Doch Sexualmorde, nein. Sie notierte sich dennoch den Namen der Schule, um das Kollegium zu befragen.

»Hatte Ihre Frau dort freundschaftliche Kontakte?«

»Nicht dass ich wüsste. Ist das wichtig?«

»Die meisten Freundschaften entstehen heutzutage doch dort, wo man arbeitet.«

Zanders schüttelte den Kopf. »Hm. Trotzdem nein.«

Hellmer blätterte in seinen Notizen. »Sie sagten, Sie hätten Ihre Frau zuletzt gesehen, bevor sie zum Sport ging. Welchem Sport ging sie denn nach? Tennis?«

Zanders klang mürrisch, als er dem Kommissar entgegenhielt: »Nicht alle Lehrer spielen Tennis. Patrizia jedenfalls nicht.«

»Meine Frage hatte einen anderen Grund«, brummte Hellmer.

»Aha, und welchen?«

Julia Durant schaltete sich ein: »Bedaure. Das sind Ermittlungsdetails, über die wir vorläufig nicht sprechen dürfen. Allerdings bleibt die Frage, welcher Sportart Ihre Frau denn nun nachging.«

»Sie wollte in die Rhein-Main-Therme, drüben in Hofheim. Da ging sie öfter hin. Manchmal mehrere Stunden lang. Dort gibt es auch Sauna und Wellness.« Zanders wurde leise. »Ich habe schon geschlafen, sonst hätte ich sie bereits am Abend vermisst. Es kam nicht selten vor, dass sie erst gegen Mitternacht zu Hause war. Ich bin nach den Spätnachrichten ins Bett gegangen. Vielleicht ... wenn ich wach geblieben wäre ...«

»Sie hätten nichts tun können«, sagte Durant und kam sich dabei etwas unbeholfen vor. Schnell wechselte sie das Thema: »Bitte versuchen Sie sich jetzt sehr genau an eines zu erinnern. Als Sie Ihre Frau zuletzt gesehen haben, war sie da geschminkt und gestylt?«

»Wieso?«

»Bitte denken Sie darüber nach. Es ist wichtig.«
Zanders schloss die Augen und rieb sich die Schläfe. Dann schüttelte er langsam, mit zunehmender Bestimmtheit den Kopf. »Nein. Sie trug bequeme Kleidung, und sie hatte eine Tasche mit Haarklammern und solchem Zeug dabei. Nach dem Schwimmen steckte sie die Frisur immer zusammen, weil sie danach ja direkt ins Bett ging. Aber weshalb ist das von Bedeutung? Unterstellen Sie Patrizia etwa, dass sie mich angelogen hat? Dass sie woanders hinwollte?«
»Wir unterstellen nicht, wir ermitteln.«
Julia zog die zwei Fotos hervor, auf denen das Opfer zu sehen war. Einmal bekleidet auf dem Friedhof sitzend, einmal in der Rechtsmedizin, halsaufwärts. Make-up und Lippenstift waren deutlich zu erkennen. Teile der Frisur ebenfalls.
»Es tut uns leid, dass wir Ihnen das nicht ersparen können.« Sie legte die Aufnahmen auf den blank polierten Marmortisch.
Zanders zuckte zusammen, als er den Leichnam seiner Ehefrau betrachtete.
Frank Hellmer beugte sich nach vorn, als eine halbe Minute vergangen war, und nahm die Fotos an sich. »So haben wir sie gefunden. Was wir nun wissen müssen, ist, ob sie so auch das Haus verlassen hat.«
»Oder ob sie sich erst nach dem Schwimmbad zurechtgemacht hat«, ergänzte Durant.
»Die Kleidung hatte sie an, als sie hier wegfuhr«, antwortete Zanders fahrig. Er plapperte seine rasenden Gedanken laut vor sich hin: »Das denke ich zumindest. Aber beschwören könnte ich's nicht, bei der Menge Zeug in ihrem Schrank. Aber es muss ja so sein, oder sollte sie Wechselklamotten dabeigehabt haben? Aber für welchen Zweck?« Er schluckte und deutete in Richtung des Fotos. »Am meisten stört mich das da. Ihre Frisur. Woher hat sie diese Frisur? So kämmte sie sich nie …«
»Wir müssen dem unbedingt nachgehen«, bekräftigte die Kommissarin. »Wir lassen die Haare auf Chlor oder andere typische Rück-

stände untersuchen, das lässt sich alles prüfen. Doch sollte sich herausstellen, dass ihre Frau sich nach dem Schwimmbad erst in Schale geworfen hat ...« Sie stockte und hielt den Atem an. Irgendetwas hinderte sie am Weitersprechen.

»Wir sollten zumindest darauf gefasst sein, dass es da etwas gab, von dem Sie nichts wussten«, versuchte Hellmer es mit einigermaßen diplomatischem Tonfall.

Sehnsüchtig trafen Zanders' Blicke die leere Wodkaflasche. Seine Antwort war nicht mehr als ein lallendes Flüstern. Die Vorstellung, dass seine Frau womöglich eine Affäre gehabt hatte, schien ihm die Kehle zuzuschnüren.

Julia wollte nur noch raus aus der Beengtheit dieser Situation. Ihre Lungen sehnten sich nach frischer Luft, sie stand auf und spürte, wie ihre Beine wankten. Sie bildete sich ein, doppelt zu sehen, und fürchtete einige Sekunden lang, dass ihr schwarz vor Augen wurde. Wie in weiter Ferne hörte sie ihren Kollegen eine Abschiedsfloskel sagen. Spürte seine Hand auf ihrem Arm. Wie er sie sanft anschob. Plötzlich war sie wieder klar.

»Bin wohl zu schnell aufgestanden«, sagte sie mit einem flüchtigen Lächeln und verabschiedete sich ebenfalls von Herrn Zanders.

»Kommen Sie denn zurecht?«

»Ich versuche, mal mit Arco zu gehen. Der müsste wohl mal raus.«

Es war nicht die Antwort, die Durant erwartet hatte, und der Mann wankte noch mehr als sie. Zwei Gläser mehr, und er würde besoffen umfallen, schätzte sie. Doch wenigstens war da noch der Hund. Hauptsache, er konnte seine Trauer mit *irgendwem* teilen.

Kaum war die Haustür eingerastet, packte Hellmer sie am Arm.
»Verdammt, was ist mit dir los?«
»Hä?«
»Du hattest einen totalen Blackout da drinnen«, herrschte er sie an.
»Quatsch, Frank, da war nichts. Mir war schwindelig, außerdem hat

der Typ mich fertiggemacht. Seine Trauer. Das ganze Drumherum. Der Fall, der Missbrauch, die Schnittverletzungen. Ich ertrage das einfach nicht. Mir ist zum Heulen und zum Kotzen gleichzeitig. Vielleicht sollte ich mal wieder zu Alina gehen.«
»Keine schlechte Idee«, murmelte Hellmer, dessen Blick ihr verriet, dass er noch längst nicht überzeugt war, dass das alles war.
Doch was sollte schon sein? Sie hatten oft genug an den Grenzen ihrer Kraft ermittelt.
Frank sollte mich eigentlich besser kennen, dachte Julia und trabte die Steinplatten entlang in Richtung Auto. Er wusste doch von ihren gelegentlichen Angststörungen und war bisher nie darauf herumgeritten. Warum tat er es ausgerechnet jetzt? »Wir sollten wohl besser noch einmal mit Herrn Schmidt sprechen«, dachte sie im nächsten Augenblick laut.
»Unbedingt«, pflichtete Hellmer ihr bei. »Er sollte nicht erst aus der Zeitung erfahren, dass es eine neue Tote gibt. Was ist mit der Schule, in der Patrizia Zanders gearbeitet hat?«
»Das soll unser Dreamteam übernehmen«, entschied die Kommissarin. Kullmer und Seidel. Zwei, die in ihren ersten Tagen im Präsidium wie Feuer und Wasser gewesen waren. Doch es hatte nicht lange gedauert, bis sie eine leidenschaftliche Affäre begonnen hatten. Dass diese Beziehung so viele Jahre überdauern würde, hätte niemand je für möglich gehalten.
»Gute Idee«, grinste Frank Hellmer. »Dann können die beiden schon mal üben, wie es ist, sich mit Lehrern herumzuschlagen.«
Elisa Seidel, die Tochter der beiden, würde im Sommer eingeschult werden.

DIENSTAG, 15:20 UHR

Das Anwesen der Schmidts schien sich vollkommen verändert zu haben. Farbenfrohe Rabatte, Rosenblüten, die sich an Klettergerüsten und -gittern entlangrankten. Nirgendwo war Unkraut zu sehen. Alles deutete darauf hin, dass der Alltag seinen Weg zurück ins Leben von Leonhard Schmidt gefunden hatte. Es musste ein Vollzeitjob sein, den Garten und die Wege zu pflegen, dachte Durant, während sie auf das Haus zuschritt.
Auch Hellmer hatte offensichtlich Notiz davon genommen. »Sieht nicht gerade so aus, als befände er sich im Trauerjahr, wie?«, fragte er.
»Na ja, es ist Frühsommer. Gegen das Blühen kann er wohl nichts machen. Aber mir ist es auch aufgefallen. Ich bin gespannt, wie er reagiert.«
Die beiden hatten sich telefonisch angekündigt. Schmidt hatte zunächst darauf gedrängt, dass sie sich auch am Telefon unterhalten könnten. Doch die Kommissarin war hartnäckig geblieben.
Als sich nach kurzer Wartezeit die Haustür öffnete, erkannte sie den Grund, weshalb Schmidt sich gegen ein Treffen gewehrt hatte.
»Oh Gott, was ist Ihnen denn passiert?«, platzte es aus ihr heraus, denn die Schwellung in seinem Gesicht war beim besten Willen nicht zu übersehen.
Schmidt verzog den Mund. »Ich möchte lieber nichts dazu sagen.« Er trat zur Seite und wies mit der Hand nach innen. »Kommen Sie rein, bringen wir es hinter uns. Was gibt es denn so Wichtiges, dass wir uns unbedingt sehen müssen?«
Hellmer kniff die Augen zusammen. »Ich wundere mich, dass Sie nicht als Erstes fragen, ob wir jemanden verhaftet haben.«
»Das hätten Sie mir auch am Telefon mitteilen können«, gab Schmidt zurück, jedoch nicht ohne ein erschrockenes Zucken. »Haben Sie denn jemanden verhaftet?«

»Leider nein.«

»Na also. Bitte«, er sah auf seine Armbanduhr, »ich habe zu arbeiten. Kommen wir zur Sache.«

Julia Durant räusperte sich. Sie lehnte an einem Barhocker, denn bis zur Couch hatte Schmidt die beiden gar nicht erst gebeten. Hellmer hatte die Ellbogen auf die Theke gelehnt. Hinter der Holzplatte befand sich eine beeindruckende Glasvitrine mit hochpreisigen Spirituosen. Julia wusste, dass ihr Partner seine Sucht im Griff hatte. Trotzdem schenkte sie ihm einen argwöhnischen Blick, während er die dezent beleuchteten Flaschen musterte.

»Darf ich Ihnen etwas anbieten?« Schmidts Frage kam wie aus dem Nichts, und der Tonfall klang wenig einladend.

»Nein danke«, sagte die Kommissarin hastig und konzentrierte sich. »Herr Schmidt, wir hielten es für angemessen, dass Sie es nicht aus der Presse erfahren. Es gibt ein weiteres Todesopfer. Wir haben sie heute früh auf dem Hauptfriedhof gefunden.«

Schmidt wurde blass und griff nach einem der Hocker. Dann neigte er den Kopf. »Moment. Auf dem Friedhof? Meinen Sie eine, ähm, Exhumierung?«

»Nein, eine neue Tote. Ermordet in der vergangenen Nacht. Sie wurde auf dem Friedhof abgelegt.«

»Und man hat ihr ... sie wurde ...«, begann Schmidt zögerlich.

»Sie weist dieselben Verletzungen auf, ja«, bestätigte Hellmer. »Tut uns leid, dass wir das alles noch einmal aufwühlen müssen. Sie sollten das Ganze von uns erfahren, bevor die Presse sich in Spekulationen stürzt.«

»Schon okay«, brummte Schmidt. »Und es war derselbe Täter? Oder kommen Sie, um mein Alibi zu prüfen?«

»Wir müssen Sie tatsächlich fragen, wo Sie heute gegen Mitternacht waren«, nickte Hellmer.

»Im Büro. Der Wachmann kann das bestätigen. Mein Fahrer auch. Wobei dieser mich erst zu Gesicht bekam, als ich zu ihm ins Auto gestiegen bin.«

»Danke. Das genügt«, lächelte Durant, doch Hellmer wollte noch wissen, ob es sich um denselben Fahrer wie im Januar handelte. Schmidt bejahte.
»Hauptsächlich ging es uns darum, Ihnen das Ganze persönlich zu übermitteln. Und zu sehen, wie Sie klarkommen.«
Schmidt lachte auf. »Klarkommen womit? Dass mich die eine Hälfte der Leute bedauert, aber keiner die Chuzpe hat, mich darauf anzusprechen? Oder damit, dass die andere Hälfte darüber tuschelt, wie Isabell mich betrogen hat, wann immer ich das Haus verließ? Ach ja«, er redete sich in Rage, »und was ist mit denen, die das Ganze abtun mit dem Gedanken, dass das eben der Preis sei, wenn man in der High Society leben will? Wir stinken vor Geld und sind süchtig nach Sex. Wenn's dann mal jemanden der unsrigen trifft, ist das ja kein Verlust für die Gesellschaft!«
»Herr Schmidt«, sagte Durant betont ruhig, als er eine Atempause machte. Er war puterrot vor Aufregung, und seine Schwellung im Gesicht schien zu pulsieren. »Nicht alle denken in diesem Schema.«
Hellmer schaltete sich dazwischen: »Sie hegen also keinen Zweifel an einer Affäre Ihrer Frau?«
»Warum sollte ich? Keine Einbruchsspuren, keine Verwüstung, kein Raubmord. Und dann die beiden Champagnergläser.«
»Die hätten auch von einer Freundin sein können«, warf Durant ein, auch wenn sie selbst nicht daran glaubte.
»So ein Schwachsinn!«, platzte es aus Herrn Schmidt heraus. Natürlich hatte er recht. Doch es war damals kaum Thema zwischen ihm und den Kommissaren gewesen. Ehemänner waren in der Regel die Letzten, die sachdienliche Hinweise auf den Liebhaber ihrer Frau geben konnten.
Durant musterte ihn aufmerksam. »Wissen Sie denn heute etwas, was uns im Januar entgangen ist?«
Schmidt schenkte ihr einen irritierten Blick, fing sich aber sofort und erwiderte: »Sind Sie verheiratet?«
Sie schüttelte den Kopf.

Schmidt wandte sich an Hellmer: »Sie?«
Der Kommissar nickte.
»Vertrauen Sie Ihrer Frau? Vertrauen Sie ihr blind?«
»Es geht hier um Sie«, wehrte Hellmer ab, »nicht um meine Ehe.«
Schmidt grinste. »So redet jemand, der sich Sorgen macht.«
Hellmer wollte sich wehren, doch Schmidt überging ihn einfach.
»Es ist keine Schande, und es spielt auch keine Rolle. Aber wenn Sie auf Nummer sicher gehen wollen, gebe ich Ihnen einen Tipp. Ich sage bloß: Navigationssystem.«
Er betonte jede Silbe einzeln, als verkündete er damit eine bahnbrechende Entdeckung.
»Und damit meinen Sie *was?*«, fragte Durant nach, obwohl sie es sich denken konnte.
»Heutzutage fährt doch niemand mehr ohne«, erklärte Schmidt. »Auch meine Frau nicht. Aber kaum jemand denkt daran, regelmäßig den Speicher zu löschen.«
»Also haben Sie Ihrer Frau nachspioniert«, folgerte Durant.
»Mein Auto, mein Navi«, hielt Schmidt frostig dagegen. »Niemand hatte Antworten für mich, damals, nach ihrem Tod. Sie haben ja bis heute keine Neuigkeiten, außer einem weiteren Mord. Nach der Beisetzung kam niemand mehr. Keine Spurensicherung, niemand von Ihnen, nichts. Ich stand alleine da mit all den Formalitäten, den Briefen, dem ganzen Hickhack. Und mit den unbeantworteten Fragen. Was tat sie, während ich in New York war? Wie sahen ihre letzten Stunden aus? Das mit dem Navi war mehr ein Zufall. Ich musste weitermachen, ich wollte das Gerät löschen, den Wagen verkaufen, die Erinnerungen begraben. Da stolperte ich über die Eintragungen.« Schmidt blickte Durant prüfend an. »Möchten Sie es nun also wissen oder nicht, wo Isabell sich herumgetrieben hat?«
Durant bejahte und fragte sich, ob er »herumgetrieben« wörtlich meinte. Sprach er von Sex? Einer Affäre? Und was bedeutete das für die Ermittlung? Leonhard Schmidt würde sich damit nicht weniger

verdächtig machen – im Gegenteil. Morde geschahen auch aus weniger starken Motiven. Aber passte es zu dem Mann, der ihr gegenüberstand? Und was war mit Opfer Nummer zwei?
Schmidt nannte eine Adresse in Liederbach. Hellmer nickte und kniff konzentriert die Augen zusammen. »Dort befinden sich meines Wissens Privathäuser.«
»Teure Privathäuser«, bestätigte Schmidt. »Villen wäre das bessere Wort dafür. Protzige Bunker, für die kaum einer ihrer Besitzer gearbeitet hat.«
Durant konnte es sich nicht verkneifen. »Sie selbst leben ja auch nicht gerade schlecht.«
»Ich arbeite dafür auch sechzig bis achtzig Stunden die Woche«, gab Schmidt zurück und funkelte sie an. »Interessieren Sie sich jetzt für mich oder für diesen Windhund drüben in Liederbach.«
»Beides«, murmelte Durant, dann, lauter: »Okay, wer ist es?«
Schmidt umrahmte seine Antwort mit Anführungszeichen, die er mit den Fingern in die Luft zog: »Ein Therapeut.«
Durants Augen weiteten sich. »Und das nennen Sie Herumtreiben?«
»Wenn sie mit ihm fickt ... ja.«
»Haben Sie dafür Beweise?«
»Ich habe das Navi«, murrte Schmidt. »Meine Frau war überdies kerngesund.«
»Manche Leiden sieht man nicht«, versuchte Durant es etwas unbeholfen, denn ihr Gegenüber vermittelte nicht den Eindruck, als interessiere es ihn. Sie biss sich auf die Lippen. Isabell Schmidt war seit vier Monaten tot. Was auch immer es war, sie war nicht an ihrem seelischen Leiden gestorben. Man hatte sie aufgeschlitzt und missbraucht. In dieser Reihenfolge. Julia Durant wurde speiübel, und sie hielt sich die Hand vor den Mund.
»Alles in Ordnung?«, erkundigte sich ausgerechnet Schmidt.
»Danke, geht schon.«
»Wann haben Sie das herausgefunden?«, wollte Hellmer wissen.

Schmidt zuckte die Schultern und tat gleichgültig. »Unlängst.«
Hellmer deutete einen Faustschlag an, den er in seine geöffnete Hand versenkte. »Und Ihre Blessuren haben nichts damit zu tun?«
Doch Schmidt machte dicht und gab dem Kommissar zu verstehen, dass er nichts mehr darüber sagen würde.
Julia Durant rang zwar mit sich, doch letztlich hatte sich an ihrer früheren Einschätzung nichts geändert. Isabell Schmidts Mann war ein Witwer, kein Mörder. Niemand, der an seiner Frau ein derart grausames Exempel statuieren würde. Keiner, der danach weitermachen würde, als sei nichts geschehen.
Sie zog das Foto des zweiten Opfers aus ihrer Tasche.
»Kannten Sie eigentlich diese Frau?«
Schmidt winkte hastig ab. »Lassen Sie das, ich möchte das nicht sehen.«
»Tut mir leid, aber es wäre uns eine Hilfe.«
»Ich möchte keine Tote sehen. Haben Sie keinen Namen?«
Durant nannte ihn. Schmidt schüttelte den Kopf. Sie überlegte, ob sie die Verbindung zu Boris Zanders herstellen sollte, dem stadtbekannten Makler. Die Medien würden das Ganze ohnehin breittreten. »Es ist die Frau von Boris Zanders. Sagt Ihnen das etwas?«
Doch Schmidt schüttelte den Kopf. Erst als Hellmer den Slogan aufsagte, erhellte sich seine Miene. »Ach ja, krass, den meinen Sie. Aber tut mir leid. Wir kennen uns nicht.« Er holte tief Luft und sah erneut auf seine Uhr. »Ich fürchte, ich kann Ihnen nicht helfen. Aber bitte halten Sie mich auf dem Laufenden. Und finden Sie diese Drecksau. Ich will, dass er einwandert, am besten für immer. Härtere Strafen gibt es hier ja leider nicht. Unter uns«, Schmidt dämpfte seine Stimme, »ich finde, manchmal könnte es Ausnahmen geben. Ich rede von der Todesstrafe. Vergewaltiger, Kinderschänder. Die haben es doch nicht besser verdient.«
»Wir sind nicht dazu da, das Gesetz so auszulegen, wie es uns gefällt«, wich Durant aus.

»Sie widersprechen mir also nicht«, bohrte Schmidt mit zu Schlitzen verengten Augen nach.
»Verschieben wir das Diskutieren auf ein anderes Mal«, sagte Hellmer. »Dann, wenn dieser Bastard vor Gericht sitzt.«
»Ihr Wort in Gottes Ohr«, seufzte Schmidt. »Obwohl Gott damit nichts zu tun haben wird. Wenn es einen Gott gäbe, würden solche Dinge nicht passieren. Wussten Sie, dass Isabell fast jeden Sonntag zur Kirche ging?«
Julia Durant nickte, obwohl sie es nicht gewusst hatte.
Warum hatte sie es nicht gewusst?
Das Thema war nie zur Sprache gekommen. Heutzutage war Gottesdienst kein Gesprächsthema mehr, weil kaum jemand mehr hinging. Ihre Gedanken rasten.
Patrizia Zanders war auch regelmäßig zur Kirche gegangen.
»Welcher Gemeinde gehören Sie an?«, erkundigte sie sich.
Schmidt nannte Sankt Nepomuk. Julia Durant blickte zu Frank Hellmer, doch ihm schien das ebenso wenig zu sagen wie ihr. Durant war evangelisch, ging aber praktisch nie zu Gottesdiensten. Hellmer war im Laufe der Jahre ein Agnostiker geworden, der nicht über Gott diskutieren wollte. Nach allem, was er in seinen Berufsjahren erlebt hatte, war es kaum mehr vorstellbar, an eine gute Macht zu glauben. Offensichtlich erriet Leonhard Schmidt ihre Gedanken und beschrieb die Lage der Kirche.
»Pfarrer Metzdorf ist dort zuständig.« Sein Blick wurde leer. »Er hat uns damals getraut.«
Die Kommissarin bedankte sich für die Informationen und versuchte, zum Ende zu kommen. Sie wollte nach draußen, konnte es nicht mehr ertragen, den Witwer im Wechsel von Lethargie, Wut und Trauer zu beobachten. Vor Minuten hatte in seiner Stimme noch blanke Verachtung gelegen. So, als betrachte er den Tod seiner Frau als gerechtfertigt, wenn er die Folge ihrer Herumtreiberei gewesen wäre. Dann hatte er abrupt gewechselt und von einer Todesstrafe für den Mörder

plädiert. Und eben hatten ihm Tränen in den Augen gestanden, und seine Stimme war belegt gewesen, als er die Trauung erwähnt hatte.
Impulsive Menschen waren gefährlich. Aber sie hatten oft auch ein klares Bild von Gut und Böse. Leider stimmte dieses nicht immer mit dem Gesetz oder der vorherrschenden Meinung überein.
»Herr Schmidt, noch mal ganz direkt: Woher stammt Ihre Verletzung?«
»Mein Gott, sind Sie hartnäckig.« Schmidt stöhnte auf. »Na, was soll's, Sie werden es ja eh rausfinden.« Er tastete nach der betroffenen Stelle und zuckte zusammen, als seine Fingerkuppe auftraf. »Es war dieser Maartens. Ich habe ihn heute früh mit der Affäre konfrontiert.«
»Maartens?«, fragte Hellmer.
»Na, der Psycho-Heini.«
»Das hätten Sie uns früher sagen müssen«, sagte Durant unwirsch. »Und zwar ungefragt.«
»Wieso? Damit er sich lässig in seinen Sessel hocken, das Geld zählen und seine selbstverliebte Visage anhimmeln kann? Der sammelt Frauen doch wie Trophäen.«
»Was hat er gesagt?«
»Er hat gelacht. Leider war er schneller, er konnte mich überwältigen. Bedrohte mich mit einem Bantu-Speer.«
»Ein Bantu-Speer?«
»Er hat das ganze Haus voll von diesem Kram. Ich würde ihn am liebsten anzeigen. Aber ich sage jetzt besser nichts mehr dazu.«
»Lassen Sie uns unseren Job machen«, erwiderte Durant mahnend, denn sie meinte herauszuhören, dass Schmidt das Ganze nicht auf sich beruhen lassen wollte. »Wenn er etwas mit dem Tod Ihrer Frau zu tun hat, finden wir es heraus.«
Plötzlich fühlte sie sich tatkräftig und motiviert wie lange nicht mehr. Sie hatten eine Spur. Etwas Neues. Einen Impuls, dem sie am liebsten sofort nachgehen würde.

»Bantu-Speer«, murmelte Hellmer nachdenklich, als die beiden das Haus verlassen hatten.

»Ist das nicht ein afrikanischer Stamm?«, fragte Durant, während seine Finger längst über das Display des Smartphones flogen.

»Ein afrikanischer Stamm, der auch seine Kinder beschneidet«, sagte der Kommissar mit düsterem Unterton.

Julia Durant hatte sich zurückfallen lassen und war fast zum Stehen gekommen. In ihrem Kopf lösten sich Knoten, nur, um am Ende viel komplexere Formen anzunehmen. Doch eine Sache bildete sich dabei heraus. Andreas Engagement. Das Vorhandensein einiger potenzieller Verdächtiger. Die alten Fälle von 2010 bis 2013. Frau Ehrmann. Sie riss das Handy aus der Tasche und rief in der Rechtsmedizin an.

Durant kam direkt zur Sache: »Gab es damals nicht diese Speichelspuren bei Frau Ehrmann?«

»Ja. Wieso fragst du danach?« Sofort klang Sievers verärgert. »Habt ihr DNA, von der ich nichts weiß? Wieso informiert man ...«

»Nur ruhig«, unterbrach Durant sie versöhnlich. »Gibt es sie noch?«

»Die alte DNA? Puh, müsste ich prüfen. Aber versprich dir besser nicht zu viel davon. Ich sage nur: Pfusch.«

»Trotzdem. Wenn wir ein DNA-Profil hätten, könnten wir ein paar Vergleichsproben nehmen«, erklärte Julia. »Das ist erst mal alles. Ich möchte nur keine Möglichkeit auslassen.«

»Das ehrt dich.« Andrea Sievers' versöhnliches Lächeln war ihrer Stimme anzuhören. »Ich klemme mich dahinter. Aber es wird dauern.«

»Das macht nichts. Merci.«

Im aktuellen Stadium der Ermittlung war die Kommissarin dankbar für jede noch so kleine Spur.

DIENSTAG, 16 UHR

Ohne zu zögern, hatten Durant und Hellmer sich entschlossen, Adam Maartens aufzusuchen. Als Hellmer durchstartete, ohne sich noch einmal um die Adresse zu bemühen, erinnerte sie sich an das zurückliegende Gespräch.
»Kennst du ihn?«, fragte Julia direkt heraus.
Franks Kopf fuhr herum. »Wie? Maartens?« Dann lachte er auf. »Unsinn! Aber *wir* kennen das Viertel. Nachtigallenweg. Muss mindestens fünf, sechs Jahre her sein. Klingelt da was?«
»Ich kann mir nicht alles merken«, wehrte die Kommissarin ab und wollte noch hinzufügen, dass sie dann praktisch an jeder zweiten Kreuzung der Stadt ein Déjà-vu haben müsste. Dann aber kam ihr der Mason-Fall in den Kopf. Ihr zweiter Neustart in Frankfurt nach dem Sabbatjahr. Erinnerungen, die sie lieber verdrängte. Doch zugleich war es der Fall, durch den sie Claus kennengelernt hatte. Sie seufzte. »Okay, ich hab's jetzt auch auf dem Schirm. Wir sind alle Gefangene unserer Vergangenheit, hm?«
Hellmer grinste. »Das klingt ja fast poetisch. Vielleicht beredest du das am besten mit einem Fachmann wie Maartens.«
Durant schnitt eine Grimasse.

Obwohl das Haus völlig frei stand, schien es Julia Durant, als habe der Besitzer sich abgeschottet. Die Fenster waren so angeordnet, dass man nichts aus dem Inneren mitbekam. Im Untergeschoss gab es nur Querscharten oder Strukturglas. Zwei davon trugen Gitter. Erst dort, wo Hecke und Zaun das Gelände einfriedeten, befanden sich größere Glasflächen.
»Schick«, kommentierte Hellmer, während sie sich der Haustür näherten. »Vielleicht hätten wir Therapeuten werden sollen.«
»Komm, du bist doch auch so bestens versorgt«, erwiderte Durant.

»Stimmt auch wieder.« Frank drückte mit einem Grinsen auf die Türklingel. Es dauerte eine ganze Weile, bis das mahagonifarbene Portal nach innen aufschwang.

Sie hielten ihre Ausweise hoch und Hellmer sagte: »Dr. Maartens, wir sind von der Kriminalpolizei und hätten einige Fragen an Sie. Dürfen wir reinkommen?«

Der Mann kniff die Augen zusammen. »Natürlich. Worum geht es? Und bitte vergessen Sie den Doktortitel.«

»Braucht man den nicht, um als Psychiater zugelassen zu werden?«, erwiderte Hellmer.

Maartens lachte und offenbarte ein strahlend weißes Gebiss, an Perfektion kaum zu überbieten. »Ganz offensichtlich nicht«, sagte er mit einem geheimnisvollen Augenaufschlag, trat zur Seite und bat die beiden hinein. Sie durchquerten einen hohen Flur, der sich in eine Art Foyer öffnete. Alles im Haus war üppig bemessen, etwa so, als lebte hier eine Art von Menschen, die größer und breiter waren als alle anderen.

Maartens erriet Julias Gedanken. »Ich brauche viel Platz. Das war schon immer so. Nur leider dauerte es eine Weile, bis ich es mir auch leisten konnte.«

In seiner Stimme lag etwas Großspuriges. Und doch hatte er eine anziehende, auf manche Frauen sicher erotisch wirkende Art. Auch die Kommissarin spürte das Knistern. Obwohl er nicht ihr Typ war. Manche Männer hatten einfach das gewisse undefinierbare Etwas.

»Erklären Sie uns das mit dem Titel, bitte«, hakte Hellmer nach.

»Ach Gott, das war Ihnen ernst? Meinetwegen. Es gibt jede Menge Möglichkeiten, Beratungen und Gesprächstherapien anzubieten. Heilpädagogik, Schamanismus, Naturheilkunde.«

»Also weder Medizinstudium noch psychotherapeutische Ausbildung«, konstatierte Hellmer und klang dabei beinahe pikiert.

»Zumindest nicht nach kleinkariert-deutscher Auffassung«, erwiderte Maartens spitz. »Leider wurden meine südafrikanischen Qualifikationen nicht anerkannt. Doch mein Terminkalender und die Erfolge sprechen durchaus für sich.«

»Erfolge?«, fragte Durant mit geweiteten Augen. Am liebsten hätte sie gefragt, welche Maßstäbe Maartens ansetzte, um von einem Erfolg zu reden. Klinische Fälle konnte er mangels anerkannter Ausbildung nicht behandeln. Medikamente verabreichen durfte er auch nicht. Julia wusste von Alina Cornelius, in welchem Umfang sie Gutachten und Begründungen verfassen musste, um bei Krankenkassen nachzuweisen, dass ihre Therapien Erfolge brachten. Anscheinend nutzte er wie viele andere, die sich Berater nannten, eine Nische. An Nachfrage mangelte es wohl kaum. Eine weitere Frage formte sich, doch Maartens durchkreuzte ihren Gedanken.

»Sie sind gewiss nicht gekommen, um mit mir fachliche Debatten zu führen.«

»Nein. Wir kommen wegen Isabell Schmidt.«

Die Kommissarin hatte auf eine eindeutige Reaktion gehofft. Doch Maartens gab sich gelassen.

»Isabell. Seltsam. Sie sind heute schon die Zweiten, die nach ihr fragen.«

Hellmer verzog grimmig das Gesicht: »Nur dass wir beide uns nicht mit einem Speer bedrohen lassen werden.«

Durant unterdrückte ein Grinsen, während ihr Partner sich demonstrativ aufs Schulterholster klopfte.

»Aha.« Adam Maartens zog die Nase hoch und rieb sich über die Unterarme. »Hat der gute Mann mich also angezeigt.«

»Nicht direkt. Aber wir kommen von dort«, gab Durant zurück.

»Hören Sie. Ich weiß nicht, was er Ihnen erzählt hat, aber er hat mich attackiert. Nicht umgekehrt.«

»Trug er eine Waffe?«

»Nein. Ich aber auch nicht.« Maartens grinste. »Er sprang mir an die Gurgel. Ich habe mich gewehrt. Ich war stärker.«

»Und der Speer?« Durants Blicke wanderten durch den Raum. In dem afrikanischen Flair waren die gekreuzten Speere ein Dekostück unter vielen.

»Was wollen Sie ständig mit diesem Speer? Sie haben meine Einrichtung gesehen, oder? Womöglich Hintergrundinfos eingeholt. Mein Faible für Afrika ist kein Geheimnis. Dort oben hängen sie.« Er deutete dorthin, wo die Kommissarin vor Sekunden selbst hingesehen hatte. »Zweihundert Jahre alt. Unbezahlbar. Diese Spitzen haben das Blut ihrer Feinde gesehen.«

»Interessanter Hinweis«, unterbrach Durant ihn und hob den Zeigefinger. »Isabell Schmidt wurde nach einem afrikanischen Ritual verstümmelt. Haben Sie dafür auch eine Erklärung?«

Maartens warf den Kopf nach hinten. »Bitte? Ich?«

»War das jetzt ein Geständnis?«, scherzte Hellmer. Beide Kommissare sahen in Maartens' Gesicht eine echte, kaum zu spielende Verwunderung.

»Ich bitte Sie. Diese Speere sind vielleicht spitz, aber nicht scharf. Sie sind unter Sammlern unbezahlbar, und ich würde sie alleine deshalb niemals benutzen.«

»Herr Schmidt war da wohl eine Ausnahme«, warf Durant ein.

»Ich wollte ihm eine letzte Lektion in Demut erteilen.«

»Genügte es nicht, mit seiner Frau zu schlafen?«, brummte Hellmer.

»Das ist meine Sache, oder nicht? Tun wir mal nicht so, als käme das nicht längst in jeder dritten Ehe vor. Es ist eine Krankheit unserer Gesellschaft, dass wir an Konventionen wie der Ehe festhalten. Eine Krankheit, deren Opfer ich hier reihenweise sitzen habe.«

Am liebsten hätte Julia Durant damit gedroht, Maartens die Zulassung zu entziehen. Doch er hatte ja keine, also schwieg sie.

»Kaputte Ehen sind eine Folge der Gesellschaft?«, fragte Hellmer stirnrunzelnd.

»Depressionen sind eine Folge des krankhaften Festhaltens an einer

nicht funktionierenden Ehe«, gab Maartens zurück. »Werfen Sie ruhig mal einen Blick in die Statistiken.«
»Ich traue keinen Zahlen«, murrte der Kommissar.
»Ihre Sache. Wer zu mir kommt, erhält die Therapieform, die notwendig ist. Nichts geschieht unter Zwang. Und ich habe hier schon eine Menge armer Schicksale erlebt, die am Ende mit neuer Kraft und Zuversicht hinausgingen.«
»Wie sieht denn so ein klassisches Schicksal aus?«, wollte Durant wissen.
»Haben Sie schon mal einer Frau gegenübergesessen, die alles verloren hat? Die einen Mann mit Geld hat, ein bisschen Wohltätigkeit, meist keine Kinder?«
»Das klingt bisher noch nicht nach einer armen Frau«, warf Durant ein und musste an Margot Berger denken, die auf ein Leben in Prostitution zurückblickte. Sie hatte nichts anderes und war nichts anderes. Als Nächstes kam die Armut. Wenn sie zu alt wurde, wenn kein Freier mehr bereit war, sich für einen Zehner entsaften zu lassen. Mit geschlossenen Augen, die Gedanken an jemand anderen. Endstation Hartz IV.
Adam Maartens' Stimme holte die Kommissarin zurück. »Materiell arm ist hier auch niemand, da gebe ich Ihnen recht. Man muss sich mich leisten können. Doch stellen Sie sich vor, Sie sind eine solche Frau. Ihre Familie bricht mit Ihnen. Erbstreitigkeiten zum Beispiel. Sie haben bis dahin nie etwas falsch gemacht, das Leben lang geduckmäusert, immer Ja und Amen zu allem gesagt. Sie werden verstoßen, ohne zu wissen, warum. Sie werden angegriffen, vergrault, Ihre Bemühungen laufen ins Nichts. Rechtlich haben Sie sich nichts vorzuwerfen, menschlich aus Ihrer Sicht auch nicht, und doch sind Sie für alle Welt plötzlich der Buhmann. Da sitzen Sie dann, und alles Geld und der ganze Erfolg bedeuten plötzlich nichts mehr. Weil Sie die Welt nicht mehr verstehen. Weil Sie nicht begreifen, wie man so sein kann. Wie man sich als Eltern, Großeltern oder

Tanten seinem Kind gegenüber so schäbig verhalten kann. Und dann kommen Sie zu mir. Reich, einsam, emotional gestrandet. Können Sie mir folgen?«

Durant hob die Schultern. »Ich weiß immer noch nicht, worauf Sie hinauswollen.«

»Dazu komme ich jetzt. Was, glauben Sie, bleiben Ihnen für Möglichkeiten?«

»Alkohol«, brummelte Hellmer, der wusste, wovon er sprach. Er war diesem Dämon selbst verfallen, und um ein Haar hätte er ihn seine Familie gekostet. Seinen Job. Und zu guter Letzt das Leben. Doch Hellmer hatte den teuflischen Kräften die Stirn geboten, nicht zuletzt mit Durants Hilfe, und erst im allerletzten Moment.

»Alkohol ist ein Genussmittel, kein Lösungsmittel«, griente Maartens. Am liebsten hätte Hellmer ihn geohrfeigt, doch er wusste, dass er ihm damit Unrecht täte. Wer den Dämon nicht kannte, wusste nicht um sein Gesicht.

»Ich rede von Flucht«, fuhr Maartens fort. »Flucht aus der Familie, Flucht vor allen Problemen. Und weil das nicht geht, muss eine andere Flucht her. Eine Art Urlaub, etwas Erfüllendes, etwas Geheimes. Eine Flucht auf Zeit.«

»Eine Flucht zu Ihnen«, fügte Durant, nicht ohne Sarkasmus, hinzu, und Maartens grinste.

»Das ist eine Möglichkeit.« Er faltete die Hände und hob gleichgültig eine Schulter. »Ich zwinge niemanden. Aber ich erkenne den Bedarf. Und wenn ein kassenärztlicher Psychotherapeut nach einem halben Jahr Wartezeit und zwanzig Sitzungen den vermeintlichen Erfolg erzielt, dass seine Patientin sich eben neu arrangieren müsse, viel ins Sonnenlicht gehen soll, und im Winter notfalls zu Psychopharmaka greift, dann stelle ich dieses System nun mal in Frage. Viele der Damen, die hierherkommen, haben solche Erfahrungen hinter sich. Aber die Leere bleibt. Und der Bedarf, sich neu zu orientieren.«

»Und diese Neuorientierung endet dann ganz zufällig in Ihrem Schlafzimmer?«
»Sie beginnt dort. Sie *kann* dort beginnen.«
»Wie meinen Sie das?«
»Keine Therapie sollte das Ziel haben, auf Dauer zu sein. Abhängigkeiten herzustellen. Schon gar nicht die Abhängigkeit zum Therapeuten. Wenn ich sexualtherapeutische Ansätze in meine Behandlung einfließen lasse, dann nur, um den Horizont der Patientin zu erweitern. Ihr Selbstwertgefühl zu stimulieren, ihre Selbstwahrnehmung, ihre sexuelle Identität.«
Durant musste sich zusammenreißen, um nicht loszulachen oder an die Decke zu gehen. *Glaubte* dieser Typ tatsächlich, was er da faselte? Oder zog er bloß eine gigantische Show ab?
»Nun gut«, sagte sie. »Sie werden verstehen, dass wir Sie auf dem Schirm behalten. Wir müssen wissen, wann Sie Isabell zum letzten Mal gesehen haben. Außerdem wäre ein Alibi für den 23. Januar hilfreich, dazu am besten jemand, der das Ganze bezeugen kann. Eine Liste Ihrer Patientinnen wäre außerdem notwendig.«
»Tut mir leid. Ich kümmere mich um das Alibi und checke meinen Terminplan. Aber über meine Arbeit werde ich Stillschweigen bewahren. Wer alles zu mir kommt, darüber werde ich mich nicht äußern.«
»Mir reicht's«, knurrte Hellmer und stand auf. Wortlos näherte er sich der Eingangstür.
»Wir können gewisse Dinge auch anordnen lassen, wenn die Ermittlung es erfordert. Sie wissen vermutlich, dass es ein zweites Opfer gibt?«
Maartens schnalzte mit der Zunge. »Der Schnitter. Ich habe es gehört.«
»Der *was?*«
Maartens deutete in Richtung eines Tablets, das auf einem Stapel Zeitschriften lag. Dann nahm er es hoch und tippte einige Sekun-

den auf dem Display herum. Als er es drehte, las Julia Durant die Schlagzeile eines einschlägigen Revolverblatts:

Der Schnitter. Geht ein Serienmörder in Frankfurt um?

»Na prima«, murmelte sie, während sie die Zeilen überflog. Dann erhob sie sich.
»Frau Durant, mal unter uns«, wisperte Maartens, der sich in ihre unmittelbare Nähe begeben hatte. Von draußen drang der Geruch von Hellmers Zigarette herein. »Glauben Sie im Ernst, ich hätte es nötig, Frauen aufzuschlitzen? Was würde es mir bringen?«
»Sie sind der Experte, erwiderte die Kommissarin mit kühlem Lächeln, »sagen Sie's mir.«
»Ich formuliere es anders. Was Sie suchen, ist ein Mensch, der seine Macht zur Schau stellen will. Der Frauen das Wichtigste wegnimmt, was sie als Frau definiert. Ihre Libido. Die Opfer waren keine Mütter, habe ich recht?«
Durant nickte, und Maartens fuhr fort.
»Ich habe eine ganze Menge an Damen dieser Sorte. Ihr sexuelles Verlangen ist mitunter sehr ausgeprägt. Die meisten von ihnen sind zeit ihres Lebens kinderlos geblieben. Würden Sie mir darin zustimmen, dass ein unerfüllter Kinderwunsch eine Frau ziemlich umtreibt? Mindestens bis zur Menopause? Bis sie die Erkenntnis gewinnt, dass dieser Zug endgültig abgefahren ist?«
Die Kommissarin schluckte. Maartens' Worte trafen sie wie ein Eiszapfen, der sich durch ihr Herz bohrte. Wie konnte er wissen ... Stopp! Sie zwang sich, nicht zu viel in seine Worte zu interpretieren.
»Kommen Sie zur Sache.«
»Der Schnitter nimmt ihnen nicht einfach das Leben. Er raubt ihnen die Sexualität – und zwar auf eine rituelle Weise, womöglich ist er religiös motiviert. Doch eines ist absolut sicher: Er hasst Frauen.

Das ist seine Triebfeder. Und ich gehe jede Wette ein, dass Ihnen das Ihre Polizeipsychologen ebenfalls sagen werden.« Maartens fuhr sich über den Hals und räusperte sich. »Damit, Frau Durant, sollte ich aus dem Schneider sein. Finden Sie nicht?«
Frank Hellmer war zurück in den Eingangsbereich getreten. Wie lange er schon zuhörte, konnte Julia Durant nicht sagen, doch er nahm ihr die Frage aus dem Mund, die sie selbst stellen wollte: »Weshalb sollten wir das annehmen?«
Maartens lachte auf. Er griff nach Julias Haar, zog seine Hand aber zurück, bevor sie ihn abwehren konnte. Sie stand wie versteinert da, beobachtete, wie er seine Handfläche zu einer Mulde formte. So tat, als wedele er ihren Geruch in seine Richtung. Pfeifend durch die gehobene Nase einatmete und für eine Sekunde die Augen schloss.
»Weil ich die Frauen nicht hasse«, kam es mit gedämpfter Stimme, als befände er sich in einem erregten Traum. »Weil ich sie liebe. Ihre Haare, ihren Duft. Ich liebe alles an ihnen.«
Unsicher, ob er damit sie selbst oder alle Frauen dieser Welt meinte, ging Julia auf Distanz. Maartens leckte sich die Mundwinkel, während er ausatmete. Es glich einem Stöhnen. Sie gab Frank zu verstehen, dass sie hier schleunigst wegwollte. Die beiden eilten in Richtung Straße, während Maartens noch etwas Unverständliches sagte. Dann fiel die Haustür ins Schloss.
»Ein widerliches Schwein«, knurrte Hellmer.
Durant sagte nichts.

DIENSTAG, 16:45 UHR

Hellmer steuerte den Porsche die A 661 entlang in Richtung Stadtmitte. Der Ginnheimer Spargel zog vorbei, Frankfurts Fernsehturm, und die sich ständig verändernde Skyline lag zu ihrer Rechten.
Durant hatte das Smartphone hervorgezogen, obwohl ihr beim Fahren dabei meist schlecht wurde, und blätterte durch die aktuellen Pressemeldungen.
»Gab es schon eine Pressekonferenz?«, fragte sie schließlich in das sonore Brummen hinein, das die Stille untermalte.
Hellmer hob die Schultern. »Frag Claus. Ich weiß nichts davon.«
»Hier steht, dass eine Frau auf dem Hauptfriedhof gefunden wurde. Ich zitiere: Drapiert wie Isabell S. am 26. Januar. Verstümmelt im Genitalbereich auf dieselbe Weise.« Durant ließ das Display in ihren Schoß sinken. »Woher wissen die das, frage ich mich? Das kann doch nicht offiziell bekanntgegeben worden sein.«
»Definitiv nicht«, brummte Hellmer, und Julia wählte Hochgräbes Nummer, auch wenn sie schon fast im Präsidium waren.
»Was gibt's denn, wir sehen uns doch gleich?«, fragte er.
»Das konnte nicht warten«, erwiderte Julia. »Bist du am PC?«
Sie erklärte kurz, worum es ging, und wartete, bis Claus die Internet-Seite der Zeitung aufgerufen hatte. Er murmelte einige Sekunden lang, während er las, dann sagte er: »Verdammt noch eins! Wir haben der Presse nichts gegeben, *gar* nichts! Woher wissen die das schon wieder?«
»Deshalb habe ich angerufen«, seufzte Durant, »um das auszuschließen. Also muss der Verfasser des Artikels es von jemandem gesteckt bekommen haben, und da bleiben nur wir oder der Mörder. Wir müssen dem unbedingt nachgehen. Vielleicht kannst du ja den Namen des Schreiberlings herausbekommen, sein Kürzel ist CLR. Dann klemmen wir uns gleich nach der Dienstbesprechung dahinter.«
Hochgräbe bejahte und legte auf.

»Das ist so ziemlich das Letzte, was wir jetzt gebrauchen können«, murrte Hellmer. Ein übereifriger Reporter, der seine kruden Theorien und Halbwahrheiten verbreitete. Und alle anderen schrieben von ihm ab. Was in der ersten Version noch eine »inoffizielle Quelle« war, wurde im nächsten Artikel zu »gut informierten Kreisen«, und spätestens in der dritten Fassung nahm man die Spekulationen für bare Münze.
Der Schnitter ging in der Stadt um.
Und die Polizei stand seinem Unwesen, wie so oft, machtlos gegenüber.

DIENSTAG, 17 UHR
Dienstbesprechung

Peter Kullmer breitete eine Handvoll Fotografien auf einem der trapezförmigen Tische aus. Sie zeigten eine rote Sandsteinmauer, nach oben hin ins Gräuliche übergehend. An einigen Stellen lappte Efeu über den Rand und hing bis hinab aufs Trottoir. Auf einer Aufnahme war ein Metalltor mit einem Feuerwehrschild zu sehen.
»Ist das die Südmauer?«, fragte Durant.
Kullmer nickte. »Erstes Drittel, Rat-Beil-Straße, Ecke Friedberger. Die Spurensicherung hat Hinweise gefunden, dass die Leiche von Patrizia Zanders an dieser Stelle über die Mauer gehievt wurde.«
Die Kommissarin legte die Stirn in Falten. Sie wusste, dass sich über den gesamten Straßenverlauf Parkplätze und Straßenlaternen befanden. Gegenüber schmiegte sich ein Wohnhaus ans andere.
»Fällt mir schwer, das zu glauben«, gestand sie. »Der Täter wäre wie auf dem Präsentierteller.«
»Nicht, wenn er rückwärts eingeparkt hat, was zu nachtschlafender Zeit kein Kunststück ist«, widersprach Kullmer. Die Parkplätze wa-

ren so angelegt, dass man aus dem fließenden Verkehr heraus nur vorwärts hineinkam, wie Durant wusste.

Kullmer schob ein Foto nach vorn, auf dem zwei Straßenlaternen eingekringelt waren. »Diese beiden Lampen waren ausgefallen. Das, die Dunkelheit und der dichte Baumbewuchs boten ihm den bestmöglichen Schutz.«

»*Wenn* es so war«, warf Durant ein, die sich nur langsam überzeugen ließ. Sie dachte kurz nach, ob sich Rückschlüsse darauf ziehen ließen, aus welcher Richtung das Fahrzeug gekommen sein konnte. Verwarf die Gedanken wieder und fragte stattdessen: »Wurde die Umgebung noch einmal speziell auf Kameras überprüft?«

»Da haben wir nichts zu erwarten, bedaure. Aber ich bin noch an einer anderen Sache dran.«

»Und die wäre?« Claus Hochgräbe meldete sich zu Wort, und sein Tonfall gab zu verstehen, dass er Ergebnisse wollte und kein ausuferndes Geplänkel.

Kullmer berichtete von einer Observierung, die zum besagten Zeitraum in der Gegend stattgefunden habe.

»Eine Ermittlungsgruppe, die sich mit Fahrzeugschmuggel befasst«, erklärte er weiter. »Angeblich befanden sich zwei Fahrzeuge in Sichtweite des Friedhofs.«

»Sehr gut«, lobte Hochgräbe. »Wer ist unser Ansprechpartner?«

»Das ist das Problem.« Kullmer stöhnte auf, während er sich mit der Hand durchs Haar glitt. »Niemand rückt so richtig raus mit der Sprache.«

»Das gibt's doch nicht!«, empörte sich Hochgräbe und sprach Julia damit aus tiefster Seele. »Wir reden hier von einer Mordserie! Na, lass mal«, seine Stimme beruhigte sich wieder, »ich klemme mich selbst dahinter.«

Kullmer nickte und verzog das Gesicht. Die Kommissarin wusste, dass er sich der Sache lieber persönlich angenommen hätte. Peter Kullmer gab nicht klein bei. Wenn's drauf ankam, war er wie ein Pitbull, der den Fang nicht mehr losließ, in den er sich verbissen

hatte. Doch Claus tickte ähnlich. So sanftmütig er sich als Partner und als Mann gab, so energisch kniete er sich in seinen Job.
Julia nippte an ihrem Kaffee, der ihr heute schon den ganzen Tag nicht schmeckte. Ein Würgereiz überkam sie, und um ein Haar hätte sie ihn wieder ausgeprustet. Stattdessen hustete sie und krächzte ein »Entschuldigung« in die Runde, aus der man sie irritiert anblickte. Sie hob die Hand und eilte hinaus. Hellmer konnte ihren Part ebenso gut übernehmen. Auf dem Weg zur Toilette flehte sie ihr Schicksal an, dass sie sich nicht den Magen-Darm-Virus eingefangen hatte, der im Präsidium grassierte. Andrea Sievers hatte auch schon so blass ausgesehen.

Zehn Minuten später saßen Hellmer und Durant an ihren gegenüberliegenden Monitoren. Hochgräbe hatte ihr den Namen zukommen lassen, der sich hinter dem Kürzel CLR verbarg. Clarissa Ruhland, freie Mitarbeiterin. Kein Wunder, dachte die Kommissarin. Eine festangestellte Journalistin würde sich wohl kaum mit inoffiziellen Spekulationen aus dem Fenster lehnen.
»Rotlintstraße«, sagte sie laut.
»Das ist nicht weit von hier«, erwiderte Hellmer. »Was ist da?«
»Ihre Wohnung. Wollen wir ihr gleich mal auf den Zahn fühlen?«
Frank Hellmer verzog das Gesicht. »Ich dachte eben, wir sollten diesem Zanders noch mal unsere Aufwartung machen. Mittlerweile dürfte der wieder auf den Beinen sein.«
»Unbedingt«, erwiderte Julia, »doch bei dem kommt es auf eine halbe Stunde nicht an. Diese Ruhland ist mir aber unheimlich, schau dir nur mal an, was die für eine Lawine losgetreten hat.«
Die beiden nahmen sich noch einmal sämtliche aktuellen Pressemeldungen des Tages vor. Dort, wo es um möglichst plakative Schlagzeilen ging, schien sich der Begriff »Schnitter« gegen »Schlitzer« und »Scherenhand« durchzusetzen. Mittlerweile waren es nicht mehr nur die Boulevardblätter, die sich auf die Meldung stürzten.

Es schmeckte ihr nicht, dass die Presse dem Täter eine solche Aufmerksamkeit schenkte. Aus früheren Fällen wusste die Kommissarin, wie sehr sich derart gestörte Personen durch diesen fragwürdigen Ruhm bestätigt sahen. Angespornt.
»Ich frage mich manchmal, um wie viel Prozent die öffentliche Beachtung einen Serientäter beeinflusst«, dachte Durant laut.
»Inwiefern beeinflusst?«
»Na, zum Beispiel in den Intervallen. Je größer die Resonanz in der Öffentlichkeit, umso mehr animiert es ihn, den nächsten Mord zu begehen. Verstehst du? Ohne Aufmerksamkeit würde es vielleicht Wochen oder Monate länger dauern.«
Sie notierte sich diesen Gedanken, um Andrea Berger danach zu fragen. Immerhin hatte diese in den USA die Profile sämtlicher Serienkiller von Rang und Namen studiert und war eine Koryphäe auf ihrem Gebiet. Leider befand sie sich momentan auf einer weiteren USA-Reise; sie hatte sich noch nie gerne an Frankfurt gebunden, auch wenn ihr Vater sich sehr darüber gefreut hätte. Umso besser, dass es Alina Cornelius gibt, dachte Durant mit einem Schmunzeln. Hellmer deutete in Richtung des Computermonitors und zählte murmelnd die Monate von Februar bis jetzt. »Dann sollten wir dank diesem Fräulein Ruhland wohl davon ausgehen, dass es den nächsten Mord nicht erst im September geben wird.«
»Und genau deshalb fahren wir jetzt sofort bei ihr vorbei«, schloss Durant und versetzte ihren PC in Standby-Modus. Sie griff zur Jacke und überprüfte die Ladeanzeige ihres Telefons. Derweil klimperte Hellmer schon mit seinem Schlüsselbund und räusperte sich schließlich.
»Eines noch, Julia. Ich hoffe, du hast nicht vor, mir das Auto vollzureihern.«
»Häh?« Durants Kopf fuhr nach oben.
»Ich meine, wenn wir jetzt zusammen losfahren. Du bist kreidebleich. Ich habe meine Ledersitze gerade aufarbeiten lassen. Wenn

du dich also in absehbarer Zeit übergeben willst, fahren wir lieber mit deinem Opel.«

»Sei bloß still«, gab Durant zurück, doch Hellmer dachte nicht im Traum daran.

»Nicht dass du mir hier schwanger wirst«, frotzelte er weiter. Jetzt musste auch die Kommissarin grinsen.

»Du hast wohl in Bio nicht aufgepasst, hm?« Sie schüttelte den Kopf. »Das Thema ist bei mir durch, aber so was von. Der Zug ist abgefahren und kommt auch nicht mehr wieder.«

»Man hat schon Pferde kotzen sehen«, erwiderte ihr Kollege mit einer Grimasse, zuckte die Achseln und stand auf.

Julia biss die Zähne aufeinander, und in ihrem Kopf hallte der bescheuerte Spruch mit dem Pferd hin und her wie ein Echo. Es war einer von Franks Lieblingssprüchen. Er brachte ihn wie ein Mantra, immer dann, wenn sie vor unmöglich scheinenden Fakten standen. Und das Schlimmste dabei: Er lag nicht selten richtig.

»Diesmal nicht«, brummte Julia, als sie Jacke und Tasche griff. Pünktlich zu ihrem fünfzigsten Geburtstag war der Eisprung ausgeblieben, die darauffolgenden Monate waren eine einzige Qual gewesen. Hitze, Kälte, Abgeschlagenheit. All die Symptome, die von Frauen vor dieser Phase gefürchtet waren und von Frauen, die sie durchgestanden hatten, belächelt wurden. Grüner Tee und rote Früchte. Sport. Vitaminkapseln. Sie hatte alles durchprobiert und war heilfroh, aus dem Schlimmsten heraus zu sein. Das Thema Kinder allerdings war für die Kommissarin weitaus länger passé. Sie hatte sich schon mit vierzig, nach einer ihrer letzten Trennungen, von dem Gedanken verabschiedet. Dann ihre Entführung, die Vergewaltigung und anschließend viele Monate, in denen sie nicht einmal an Sex gedacht hatte. Sie hatte all das begraben, und nur selten kam noch etwas davon hoch. Mittlerweile hatte sie sich bereits bei dem Gedanken ertappt, dass in diese Gesellschaft, in diese Welt keine Kinder mehr gehörten. Und Claus hatte da zum Glück ebenfalls keine Ambitionen.

DIENSTAG, 17:45 UHR

Hellmer zwängte seinen Porsche unter einen grünen Baldachin alter Bäume, zwischen denen zahlreiche Autos standen. Er setzte mehrmals vor und zurück, hatte seine Partnerin gebeten, auszusteigen, weil die Beifahrertür kaum zwei Handbreit von einem Fiat Tipo ohne Kennzeichen entfernt war. Wenigstens würde sich keiner darüber beschweren, dass Hellmer ihn zugeparkt hatte, dachte Durant, während sie sich umsah. Die Häuser standen eng beieinander, zumeist drei- bis vierstöckig, mit schlanken, schwarzen Dächern. Pastell und fleckiges Weiß bildeten die Mehrheit der Fassaden, fast überall gab es Sandsteinornamente. Es waren keine Villen; keine Dimensionen, wie sie es von den Häusern nahe dem Holzhausenpark kannte. Die Eingangsbereiche waren nicht so sauber, aber die Straße hatte Charme. Es gab Kneipen und wenig Graffiti. Die Adresse von Clarissa Ruhland lag nur wenige Schritte entfernt.

»Lohnt sich doch gar nicht«, sagte Julia Durant, als Hellmer sich ihr näherte und seine Zigaretten herauszog.

»So viel Zeit muss sein«, gab er zurück. Er inhalierte tief und pustete eine riesige Rauchwolke aus. »Ist dir eigentlich aufgefallen, dass es von hier nur ein Steinwurf zum Hauptfriedhof ist?«

»Womit du recht hast. Meinst du, wir sollten ihr das gleich mal aufs Brot schmieren?«

»Guter Bulle, böser Bulle?«, grinste Hellmer, klemmte den Filter zwischen seine Lippen und knackte mit den Knöcheln. »Immer wieder gerne.«

Clarissa Ruhland empfing sie mit Badelatschen und schwarzer Jogginghose, deren Seitenknöpfe offen standen. Oben ein graues, zu groß geratenes Army-Shirt. Sie hatte feminine Züge, eine zarte Nase, Pausbacken und ein rundes Kinn. Die Kleidung und das fehlende Make-up ließen das meiste ihrer Weiblichkeit jedoch verblassen. Mit etwa eins fünfundsechzig überragte sie Durant nur um eine Handbreit. Die Hände wirkten überdimensional groß, aber die Finger zart. Ein Bubikopf rundete das Sammelsurium von Widersprüchen ab. Die Frau war kaum über zwanzig. So sah also jemand aus, der das Präsidium und die Presse in helle Aufregung versetzen konnte? Ein Grund mehr, die modernen Medien mit Vorsicht zu genießen. Jeder Mensch mit einem PC war letzten Endes dazu fähig, Angst und Schrecken zu verbreiten.

»Sie sind also von der Polizei?«, fragte sie mit unerwartet voluminöser Stimme. Durant nickte. Sie hielt ihren Dienstausweis noch immer in der Hand.

»Und was genau wollen Sie von mir?«

»Das würden wir gerne drinnen bereden. Dürfen wir reinkommen?«

»Ich habe aber nicht aufgeräumt.«

»Das stört uns nicht«, lächelte Hellmer. »Ich habe einen Teenager zu Hause. Da bin ich einiges gewohnt.«

Durant sah ihn an. Er spielte also den guten Bullen.

Ruhland schlurfte nach innen. Die Wohnung war eng, es gab nur einen größeren Raum, und der hing voll mit großformatigen Aufnahmen. Frankfurt, Momentaufnahmen der Stadt, ein paar Naturaufnahmen. Dazwischen Personenporträts. Eine Inderin, deren Stirn von einem Bindi geziert wurde. Der blutrote Punkt lag genau im goldenen Schnitt des Fotos, dessen Farbe ansonsten eher blass wirkte. Eine Handvoll weiterer Personen, meistens Frauen, befanden sich unter den Aufnahmen.

»Kommen Sie?«

Julia Durant schreckte auf. Hellmer saß längst auf einem Klappstuhl an einem Tisch, auf dem sich Papier türmte. Über den Großbildschirm an der Wand flimmerte eine Naturreportage in schlechter Auflösung, der Ton war auf stumm geschaltet.

»Was sind das für Fotos?«, wollte sie wissen.

»Ich bin auch Fotografin. Freiberuflich. Verschiedene Themen.« Es schien sie zu langweilen, darüber zu sprechen, vielleicht war es ihr auch unangenehm.

Prompt fragte die Kommissarin weiter. »Welche Themen denn? Ich zähle mindestens zwei. Einmal die Stadt, einmal exotische Frauen.«

»Exotisch? Hm. Frankfurt ist ein beliebtes Motiv. Sonnenuntergänge von der neuen Osthafenbrücke aus zum Beispiel. Da stehe ich öfter. So wie viele andere auch. Jeder hält sich heutzutage für einen begnadeten Fotografen.«

Umständlich nestelte sie einen Kaugummi hervor und befreite ihn aus seinem Papier. Schob ihn sich in den Mund und begann zu kauen. Wollte sie Zeit schinden? Oder baute sie eine Mauer?

»Was ist mit den Frauen?«, stocherte Durant weiter.

»Da ging es um Kulturelles. Gesichter der Stadt.«

»Kulturell oder religiös? Das Bindi ist doch ein religiöses Symbol, oder nicht?«

Ruhland hob die Schultern. »Ja. Mag sein.«

»Ein deutlich sichtbares Symbol. Anders als zum Beispiel die Beschneidung.«

Die Frau zuckte zusammen. »Wie kommen Sie denn jetzt darauf?«, fragte sie und suchte den Blickkontakt zu Hellmer, der gebannt mit seinen Fingern zu spielen schien.

»Deshalb sind wir hier«, lächelte Durant. »Haben Sie sich das nicht schon gedacht?«

»Wieso sollte ich?«

Hellmers Hände sanken hinab auf die Tischplatte.

»Frau Ruhland«, lächelte er, »Sie können doch nicht solche Interna ausposaunen, ohne damit zu rechnen, dass wir dem nachgehen.«

»Ich bin dazu verpflichtet, zu schreiben, was ich weiß«, sagte Ruhland mit bebender Stimme. »Und jeder von uns hat das Recht, die volle Wahrheit zu erfahren. Sehen Sie das etwa anders?«

So gerne Durant ihr widersprochen hätte, sie konzentrierte sich aufs Wesentliche. »Woher stammt denn Ihr angebliches Wissen?«
»Und sparen Sie sich den Spruch mit den vertraulichen Quellen«, fügte Hellmer hinzu. »Wir können Sie auch vorladen und die Staatsanwaltschaft auf Ihren Verleger loslassen. Wird der sich freuen.«
»Es ist eine Verlegerin«, gab Ruhland zurück, nicht ohne dabei zerknirscht dreinzublicken. »Und Sie können mir nicht drohen. Ich habe heute früh etwas aufgeschnappt, als ich die Zeitung reinholte. Leiche auf dem Friedhof. Praktisch um die Ecke. Also zog ich mich eben an und ging hin.«
»Einfach so, klar.« Durant kniff ungläubig die Augenlider zusammen.
»Ja, einfach so. Ich durfte zwar nicht an den Tatort ran, aber es genügte, um die Gespräche der Streifenbeamten zu belauschen. Da wurde von ›verstümmelt‹ geredet, und es fiel der Name Isabell Schmidt.«
»Und das sollen wir Ihnen glauben?«
»Ich habe nichts davon, Sie zu belügen. Man nimmt mich in der Regel nicht wahr, weil ich – trotz meines Namens – eher klein und unscheinbar bin. Aber ich habe scharfe Ohren und eine gewisse Kombinationsgabe. Das kommt mir sowohl beim Schreiben als auch beim Fotografieren zugute. Ich sehe und höre Dinge, die anderen entgehen. Das können Sie mir nicht vorwerfen. Wenn Sie unbedingt jemandem die Schuld geben müssen, dann fangen Sie bei Ihrem eigenen Fußvolk an. *Ihre* Beamten haben sich leichtfertig über Details ausgetauscht.«
Damit war das Gespräch praktisch beendet. Durant ärgerte sich darüber, dass sie der Frau nichts anhaben konnte, und über die Kollegen, falls es stimmte, die sich im Friedhof wie die Waschweiber verhalten haben mussten. In Zeiten von Twitter und Co. war der Polizeiapparat gläsern wie nie zuvor. Jeder Fehler schlug hohe Wellen und konnte sich zum gefährlichen Bumerang entwickeln.

Während Hellmer den Porsche aus der engen Parkbucht bugsierte, fiel ihr ein weiterer Punkt ein, der sie verärgerte, denn sie hätte viel früher daran denken sollen. Durant gab ihrem Partner zu verstehen, dass er auf sie warten solle, und eilte zurück. Um ein Haar wäre sie mit Clarissa Ruhland zusammengeprallt, als diese auf die Straße trat. In der Hand einen Schuhkarton und um die Schulter eine alte Kameratasche aus braunem Leder.

»Sie haben es aber eilig«, wunderte sich Durant.

»Das sieht nur so aus«, gab Ruhland zurück und knallte mit ihrem Kaugummi.

»Ich hätte noch eine Frage. Von wem haben Sie das mit der Leiche aufgeschnappt?«

Die junge Frau zuckte nervös mit den Mundwinkeln. »Ach das, hm, ich kenne nicht alle, die hier wohnen, mit Namen. Tut mir leid.«

»Eine Beschreibung würde mir helfen.«

Sie zuckte mit den Schultern und wirkte mit einem Mal wie das personifizierte Elend. »Ich habe mich eigentlich nur auf meine Zeitung konzentriert.«

»Aber vorhin sagten Sie, dass Sie einen Blick fürs Detail haben«, stocherte Durant weiter, denn sie spürte, dass sie an der richtigen Stelle bohrte. »Frau Ruhland, Sie könnten uns da wirklich weiterhelfen.«

»Wenn ich's doch sage ...«

»War es jemand aus dem Haus? Jemand aus der Nachbarschaft? Männlich oder weiblich? Alt oder jung?«

»Ich kann mich da nicht festlegen«, stieß Ruhland hervor. »Tut mir leid.«

Sie versuchte, eine Blase zu machen. Doch der Kaugummi schien dafür zu zäh. Sie nahm ihn zwischen die Finger und klebte ihn provokativ in eine Sandsteinfuge.

Durant gab sich unbeeindruckt und seufzte.

»Tja. Dann werden wir der Sache wohl mit einer Schar Beamten auf den Grund gehen müssen. Einzelbefragungen, von Tür zu Tür. Das

kostet eine Menge Zeit.« Sie zwinkerte kess. »Aber dafür dürfte es für die kommenden Tage nirgendwo sicherer sein als hier.« Sie deutete auf die Hauswand mit der Fuge. »Bei den Uniformierten würde ich so was übrigens nicht machen. Die nehmen gleich ein Bußgeld.«
»Und wenn schon«, gab Clarissa Ruhland zurück. »In Singapur würde ich Stockschläge dafür kriegen. Und selbst kauen darf man da mittlerweile nur noch mit ärztlichem Rezept.«
Durant erwiderte nichts. Sie biss die Zähne zusammen. Dieser Frau war nicht so einfach beizukommen.

Im Auto berichtete sie Hellmer von dem Gespräch, während sie auf den Nibelungenplatz zufuhren. »Die Ruhland verbirgt etwas«, schlussfolgerte die Kommissarin, »ich vermute fast, es steckt eine anonyme Quelle dahinter.«
»Wie kommst du darauf?«
Durant hob die Schultern. »Ist so ein Gefühl. Das ganze Gehabe, als ich sie nach den Nachbarn befragt habe. Sie wollte nichts dazu sagen, tat so, als könne sie sich an nichts erinnern. Das passt nicht zu einer aufmerksamen Person, wie sie eine ist.«
»Woher kommen die Informationen? Vom Täter selbst?«
»Ich weiß es doch auch nicht, aber es wäre eine Möglichkeit. Vielleicht kennt sie den Täter sogar, oder der Informant kennt den Täter oder verkehrt sogar mit ihm ...«
»... oder sie ist selbst die Täterin«, unterbrach Hellmer.
Durants Kopf fuhr herum. »Wie? Das glaube ich nicht. Stell dir mal vor, wie so ein zierliches Persönchen die Leiche von Patrizia Zanders über die Friedhofsmauer wuchtet. Nein.«
»Sie könnte Hilfe gehabt haben«, spann Hellmer den Gedanken weiter. »Oder sie ist eben doch von woanders gekommen. Die Spuren auf dem Friedhofsboden sind ja nicht sooo eindeutig gewesen.«
»Trotzdem«, beharrte die Kommissarin, »ich glaube das nicht. Unser Täter ist ein klassischer Einzeltäter – wenn ich sonst schon nix sicher

weiß, dann wenigstens das. Aber irgendwas verheimlicht die Ruhland uns, und deshalb will ich eine Überprüfung aller Hausbewohner und der Nachbarn. Am liebsten würde ich außerdem ihr Telefon und die E-Mails überwachen lassen.«
»Sonst noch was?«, grinste Hellmer.
»Mir ist jedes Mittel recht, damit es kein weiteres Opfer gibt«, brummte Durant missmutig und rief Claus Hochgräbe an, um die notwendigen Schritte einzuleiten.

DIENSTAG, 18:20 UHR

Hellmer und Durant standen erneut vor Boris Zanders' Haus. Als die Kommissarin die Klingel betätigte, fühlte sie sich seltsam benommen. War es der fehlende Schlaf oder die Tatsache, dass sie das trauernde Gesicht wiedersehen würde? Die Gewissheit, dass er seine Frau für immer verloren hatte.
Doch was, wenn der Mörder derselbe war? Wenn Patrizia ihren Mann betrogen hatte? Wenn er es ahnte? Hatte er sie dann nicht im Grunde viel früher verloren? Julias Ehe war vor über zwanzig Jahren an der notorischen Untreue ihres Mannes in die Brüche gegangen. Im Präsidium hatten es anscheinend alle gewusst, nur sie selbst nicht.
Zanders hatte seine Kleidung gewechselt. Auch der Hund schien nicht mehr auf sein Frauchen zu warten. Er döste in einem Weidenkorb unterhalb des Bücherregals.
»Fühlen Sie sich stark genug, um uns ein paar weitere Fragen zu beantworten?«, erkundigte sich die Kommissarin, nachdem sie Platz genommen hatten.

»Bringen wir es hinter uns. Was wollen Sie noch wissen?«
Die Kommissarin war sich unschlüssig, ob sie auf die Pressemeldungen hinweisen sollte. Doch dann hörte sie das Radio in der Küche laufen und wusste, dass ihr nichts anderes übrigblieb.
»Sie haben die Nachrichten schon gehört, hm?«
»Der Schnitter? Stimmt das denn? Ist es derselbe Täter, und wurde Patrizia ... wurde sie ...«
Zanders' Augen waren noch immer verquollen, und nun wich seine Trauer dem blanken Entsetzen. Durant schluckte.
»Ich kann es leider nicht leugnen. Die Meldungen stimmen weitestgehend, auch wenn die Details nicht zur Veröffentlichung vorgesehen waren.«
»Wurde sie vergewaltigt? Musste sie leiden?«
»Das ist noch unklar. Aber wir gehen nicht davon aus, dass sie bei Bewusstsein war.«
Julia Durant wünschte sich so sehnlich wie selten zuvor, dass sie genau jetzt in ihrer Wohnung sitzen würde. In Südfrankreich. Auf dem Mond. Hauptsache, nicht hier.
»Wir tun alles, was in unserer Macht steht«, versicherte Hellmer, auch wenn es etwas unbeholfen klang. »Das verspreche ich Ihnen. Die gesamte Mordkommission ist an der Sache dran.«
»So wie im Januar«, kam es leise zurück.
Darauf gab es nichts zu erwidern.
Nach einigen Sekunden des Schweigens ergriff die Kommissarin das Wort. Sie holte tief Luft und fragte: »Wir würden uns gerne noch einmal die Freunde und Bekanntschaften Ihrer Frau ansehen. Vertrauenspersonen, Vereinskollegen, alles, was Ihnen wichtig erscheint.«
»Warum unterhalten Sie sich nicht gleich mit diesem Pfaffen?«
Hellmer fragte: »Wen meinen Sie?«
»Na, Pfarrer Metzdorf.«
»Von Ihrer Gemeinde?«
Zanders nickte.

»Welche ist das?«, fragte Hellmer nach. »Sankt Gottfried?«
Der Mann schüttelte den Kopf. »Sankt Gottfried ist zwar für uns zuständig, aber meine Frau wurde in Liederbach geboren. Also geht sie auch dorthin, zu Sankt Nepomuk.« Sein Blick trübte sich ein. »Also sie ging. Ich wollte sagen, sie ging dorthin.«
»Schon gut«, sagte Durant mitfühlend.
»Wie heißt der Pfarrer, mit dem Ihre Frau Kontakt hatte?«
»Metzdorf.«
Es war derselbe Geistliche, den Leonhard Schmidt erwähnt hatte. Durant überlegte, wie nah die Adressen beieinanderlagen. »Ist Metzdorf hier zuständig?«
»Nein. Aber er ist ziemlich aktiv in Sachen Charity. Obdachlose, Flüchtlingshilfe, Projekte in Afrika und Südamerika. Kennen Sie Felix Büchner?«
Büchner. Der Name traf die Kommissarin wie ein Pfeil.
Zanders fuhr fort: »Büchner hat einen ziemlichen Batzen Geld gespendet. Ausgerechnet dieser Geizhals.«
»Sie kennen die Büchners also?«
Kopfschütteln. »Patrizia vielleicht, indirekt über den Pfarrer. Aber niemand, den ich kenne, kann Felix Büchner leiden. Er ist ein narzisstisches Arschloch. Bitte entschuldigen Sie meine Direktheit.«
»Kein Problem. Noch mal zu Pfarrer Metzdorf. Hat Ihre Frau sich ebenfalls in der Kirche engagiert?«
Das verbitterte Auflachen ihres Gegenübers erschreckte sie. »Engagiert? I wo.« Er winkte ab. »Ich durfte spenden, und das nicht zu knapp, aber das war auch schon alles. Nicht dass Sie denken, ich sei religiös. Ich weiß sehr gut, dass unser Geld nicht in der Dritten Welt verwendet, sondern wahrscheinlich in Limburg verbrannt wurde. Sei's drum. Aber für meine Frau war es der Schlüssel zum Seelenheil. Sie wurde von Kindestagen an einer katholischen Gehirnwäsche unterzogen. Wegen alles und jedem rannte sie zur Beichte und, glauben Sie mir, sie hat kein sündenfreies Leben geführt.« Seine Miene

verdüsterte sich, als er hinzufügte: »Pfarrer Metzdorf dürfte sie wohl besser gekannt haben als sonst wer. Inklusive meiner selbst.«
»Wie genau soll ich das verstehen?«, wollte Durant wissen.
»So, wie ich es gesagt habe. Wenn Sie etwas über das Leben meiner Frau erfahren wollen, fragen Sie mich. Wenn Sie etwas über ihr geheimes Inneres erfahren wollen, gehen Sie zu Pfarrer Metzdorf.«
»Höre ich da eine gewisse Eifersucht?«, fragte Hellmer.
»Eifersucht«, wiederholte der Mann lakonisch.
»Irre ich mich?«
»Ja«, nickte Zanders, »Sie irren sich. Habe ich Patrizia geliebt? Ja. Ich denke, das tat ich. Doch wir führten unser je eigenes Leben. Wir hatten keine finanziellen Sorgen, Kinder wollten wir keine, und jeder von uns genoss absolute Freiheit. Ein ideales Arrangement, oder nicht?«
Durant verzog den Mund. »Meistens behauptet das nur eine Seite.«
»Bei uns war es anders«, bekräftigte Zanders.
»Wie auch immer. Wissen Sie, wo Ihre Frau sich in den letzten Tagen aufgehalten hat? Wo sie hinwollte? Mit wem sie sich traf?«
»Leider nein. Bei mir ist gerade viel los, im Frühjahr boomt der Immobilienmarkt. Sie hatte einen Arzttermin, glaube ich. Aber mehr weiß ich auch nicht. Ich habe mir darüber selbst schon den Kopf zerbrochen. Haben Sie in der Schule nachgefragt?«
»Da war nichts«, wusste Hellmer dazu. Kullmer und Seidel hatten sich im Kollegium umgehört. Frau Zanders sei eine angenehme und unauffällige Lehrerin. Allerdings keine gemeinsamen Aktivitäten, kein Engagement in Schulprojekten. Jemand, der bei den Schülern nicht unbeliebt war, sich aber darüber hinaus nicht einbringen wollte. Durant fragte sich, ob sie womöglich wie Isabell Schmidt ein Mauerblümchen-Image gepflegt hatte und in Wirklichkeit ganz anders gewesen war.
»Hatte sie ein Smartphone, einen Kalender, ein Tagebuch? Irgendwas?«, fragte Hellmer weiter.

»Wer führt denn heute noch Tagebuch?«, kam es sofort zurück.
»Bitte, denken Sie nach. Wer oder was könnte uns Anhaltspunkte geben, die uns die letzten beiden Tage rekonstruieren lassen?«
Zanders verlor die Geduld. »Fragen Sie den Pfaffen!«, herrschte er die Kommissare an.
»Das werden wir«, bestätigte Durant unbeeindruckt. »Was ist mit einem PC, mit E-Mails, mit einem iPad?«
»Letzteres«, brummte Zanders. »Passwortgeschützt.«
»Das macht nichts. Dürfen wir es mitnehmen?«
»Ja, wieso nicht«, kam es leise, und mit einem Mal hatte der Mann einen feuchten Schleier über den Augen. »Aber bringen Sie es mir bitte wieder. Es ist ...«
Er vergrub den Kopf in den Händen. »Ich habe alles verloren, was mir jemals etwas bedeutet hat.«
Julia Durant gewährte Zanders eine Pause. Als er nach einer Weile wieder aufblickte, suchte er ihren Blick.
»Wenn es dieser ›Schnitter‹ war«, begann er zögerlich, und die Kommissarin versuchte, ihren Unmut darüber zu verbergen, dass er diesen Namen nun auch schon verwendete, »warum befragen Sie dann eigentlich mich?«
»Haben Sie denn eine bessere Idee?«, reagierte sie patziger als gewollt.
Prompt zuckte Zanders zusammen. »Ich meine ja nur. Sucht ein Serienkiller seine Opfer nicht willkürlich aus? Nach einem bestimmten Muster zwar, aber nicht aus dem persönlichen Umfeld?«
»Sie sollten nicht alles glauben, was im Fernsehen behauptet wird«, brummte Hellmer, dem nicht entgangen war, wie missmutig Durant war. Wenn es nach all den Berufsjahren eine Sache gab, mit der sie nicht zurechtkam, dann war es das Auf-der-Stelle-Treten. Nicht zu wissen, wann, wo und bei wem der Mörder wieder zuschlagen würde. Das Gefühl absoluter Machtlosigkeit. Das Gefühl des Versagens.

»Ich lese auch viel«, entgegnete Zanders, »und ich weiß, dass die ersten Opfer eines Serientäters durchaus aus seinem Bekanntenkreis stammen können. Schließt das nicht umgekehrt aus, dass Sie den Mörder in Patrizias Freundeskreis finden?«
»Das überprüfen wir lieber selbst«, gab Durant zurück und setzte ein forderndes Lächeln auf. »Gibt es eine Liste von Personen, mit denen wir außerdem noch reden können? Die engste Freundin oder sonst jemand Vertrauter. Den Pfarrer haben wir ja bereits notiert.«
Zanders räusperte sich. »Spielen Sie da auf Affären an? Ich muss Ihnen gleich sagen, dass wir über solche Dinge nicht geredet haben!«
»Sie entscheiden, was relevant sein könnte«, sagte Hellmer und hielt sein Notizbuch bereit.
Zanders zählte die Namen einiger Bekantschaften auf. Bis auf drei Ausnahmen waren alle weiblich.
Durant stellte Zwischenfragen, zum Beispiel, woher das Opfer die Personen gekannt hatte. Eine davon arbeitete beim Weißen Ring, der sich unter anderem mit Täter-Opfer-Ausgleich befasste. Wie tief diese Verbindung ging, wollte die Kommissarin wissen. Sie kannte den Weißen Ring. Wusste, dass man sich dort auch mit Gewaltverbrechen auseinandersetzte, mit sexueller Gewalt. Doch Patrizias Bekanntschaft dort schien lediglich eine Sportpartnerin zu sein und keine engere Freundin.
»Welche Sportart? Waren sie in einem Verein?«
»Nein. Sie gingen bloß in die Therme. Solarium, Wassergymnastik. So genau weiß ich es nicht. Aber es fiel immer wieder ein Name, warten Sie …«, Zanders griff sich an die Stirn, »… ja, ich hab's. Carlsson. Er muss dort Kurse geben oder so.«
Sofort schrillten im Kopf der Kommissarin sämtliche Alarmglocken. Patrizia Zanders hatte Dieter Carlsson gekannt. Hatte es nicht geheißen, dass man Dieter Carlsson auch außerhalb des

Tennisclubs erreichen konnte? In ihrem Kopf ging Durant durch, was sie Anfang des Jahres über den Mann in Erfahrung gebracht hatte.

Carlsson war ein Endzwanziger, der offenbar ein Faible für reifere Frauen hatte. Jeder im Club kannte ihn und sprach in höchsten Tönen von ihm. Er war ewiger Student, fuhr aber einen 911er Targa von 1979 und lebte in einer Eigentumswohnung, die deutlich über dem Limit eines Bafög-Empfängers lag. Als die Mordermittlungen im Januar erstmalig zu ihm geführt hatten, waren die Kommissare sich darüber einig gewesen, dass er der Lustknabe einiger betuchter Damen sein musste. Niemand hatte diese Theorie bestätigt, hinter vorgehaltener Hand wurde gemunkelt. Carlsson hatte sich gegenüber Julia Durant auf einem Ledersessel geräkelt und zu Protokoll gegeben, dass ein Gentleman zwar genieße – aber auch schweige. Sie hatte während des gesamten Gesprächs das Gefühl gehabt, er versuche, mit ihr zu flirten. Doch auf solche Gefühle gab die Kommissarin nicht mehr allzu viel. Zu viele Männer waren in ihr Leben geraten, die auf den ersten Blick wie der große Gewinn wirkten, sich aber viel zu schnell als gefährliche Fehlgriffe entpuppten.

In den Wochen darauf war er zeitweise observiert worden, bis Hochgräbe das Ganze für beendet erklärt hatte. Auch Julia Durant war sich sicher gewesen, dass der junge Mann nichts weiter war als ein besserer Callboy. Sie kannte zu viele kaputte Ehen, um ihn dafür verurteilen zu können. Es waren nicht die Huren, egal welchen Geschlechts, die die Familien zerstörten. Es waren die Portemonnaies von Menschen, deren Bankkonten voll, aber deren Seelen leer waren. Die verzweifelte Suche nach Nähe, auch wenn sie nur käuflich war und die Suche nach Liebe überdeckte. Deshalb gab es Menschen wie Carlsson, der sich in den richtigen Kreisen herumtrieb und das Aussehen und den Körper hatte, um Profit daraus schlagen zu können. Und für jeden seiner Art gab es Hunderte von Frauen wie zum Beispiel Margot Berger, für die die Prostitution der einzige Weg war, in ihrem Leben zu Geld zu kommen. Für die meisten von ihnen ging diese Rechnung jedoch nicht auf. Drogen, Schutzgeld, Mieten für ein Zimmer im Laufhaus. Wenn der Körper verbraucht war und die Seele längst gestorben, wartete die Armut. Und nicht wenige erlebten dieses Alter erst gar nicht.

Es war wie eine düstere Trance, aus der die Männerstimmen sie rissen. Julia Durant schreckte auf, als der dritte Name fiel. Sie sah, dass Hellmer sich etwas notierte, und vermied es, direkt nachzufragen.

»Entschuldigung, ich habe nachgedacht«, brummte sie mit einer fahrigen Handbewegung.

»Wir sprachen von Nummer drei. Einem Arzt«, sagte Hellmer.

»Oh nein«, widersprach Zanders energisch. »Von einem Arzt habe ich nichts gesagt!«

Durant hatte sich wieder im Griff und runzelte die Stirn. »Was haben Sie denn gesagt?«

»Ich sprach von einem Kurpfuscher.« Zanders lächelte schief. »Wenn Sie damit einen Arzt assoziieren, ist das Ihr Problem.«

»Bitte kommen Sie auf den Punkt«, forderte Hellmer, »damit wir keine Zeit verlieren.«

»Er gibt sich als Seelenklempner aus«, erklärte sein Gegenüber mit Kopfschütteln, »aber wenn ich mir die Beträge anschaue, die er verlangt hat, scheint er eher ein Finanzgenie zu sein. Aber was soll's. Patrizia hat sich mit Händen und Füßen gewehrt, zu einem anderen Therapeuten zu gehen, auch wenn unsere Krankenversicherung einen Teil der Kosten getragen hätte. Wir sind privat versichert. Dieser Typ hat nicht einmal eine Kassenzulassung.«

»Er heißt nicht zufällig Adam Maartens?«, fragte Hellmer.

Zanders' Pupillen weiteten sich. »Woher wissen Sie das?«

»Wir kennen ihn eben«, antwortete Durant schnell und hoffte inständig, dass ihr Partner nichts weiter dazu sagte. Auch wenn sie

nichts von Maartens' Methoden hielt, genügte es, dass *ein* gehörnter Ehemann bei Maartens aufgekreuzt war.
Doch Zanders schien noch nicht zufrieden zu sein.
»Hat er etwas damit zu tun? Ist er ...«
»Nein«, wehrte Hellmer ab. »Wir ermitteln in völlig andere Richtungen. Tut mir leid.«
Mit diesen Worten stand er auf und streckte Zanders seine Rechte entgegen. »Ich bin selbst Ehemann, und ich versichere Ihnen, dass ich nicht ruhen werde, bis wir den Täter haben. Aber für Spekulationen ist es einfach noch zu früh.«
Boris Zanders hielt Hellmers Hand, seine Finger waren eiskalt und feucht. In seinen Augen lag ein Flehen.
»Bitte tun Sie das. Beenden Sie das Ganze. Fassen Sie dieses Schwein, das mein Leben zerstört hat.«
»Wir werden alles dafür tun«, versicherte auch Julia Durant, die in Gedanken noch einmal das Gespräch durchging, während Hellmer anscheinend ganz woanders war. Er betrachtete das Bücherregal und die Bilderrahmen. Alles glänzte, nirgendwo Staub. Nur wenige Hundehaare. Sie mussten eine Putzfrau in Vollzeit beschäftigen. Doch statt an ihren vollen Wäschekorb und die Spinnweben unter der hohen Wohnzimmerdecke dachte die Kommissarin an etwas ganz anderes.
Die Kommissare verabschiedeten sich.
Die Nacht würde schlimm werden für Boris Zanders, daran bestand kein Zweifel. Doch er würde es überstehen. Und die darauffolgende, und die nächste. Es ging immer weiter, auch wenn man es nicht glaubte. Das war das Los der Überlebenden.

DIENSTAG, 18:50 UHR

Hellmer hatte einen Parkplatz in der Nähe des Mainufers gefunden und war zielstrebig auf eine Imbissbude zugesteuert.
»Schau mal auf die Uhr! Wir haben seit Stunden nichts gegessen.« Das waren seine Worte gewesen. In ihnen lag ein Vorwurf, aber auch eine gewisse Sorge. Durant hatte gesagt, sie habe keinen Appetit, auch wenn sie wusste, dass sie besser etwas essen solle. Sie rief ihm nach, dass er nach einer Laugenbrezel und einer Cola Ausschau halten solle, und suchte sich dann einen Platz in der tiefstehenden Sonne. Sie blickte einigen Radfahrern und Joggern hinterher, dann wanderten ihre Blicke in Richtung Wasser, dann hinüber ans Museumsufer. Prompt dachte Durant an Dr. Sievers. Andrea hatte sie ziemlich abrupt abgewürgt, was sonst nicht ihre Art war. Und schon im Januar hatte sie sich derart hinter den Fall geklemmt. Nicht dass die Rechtsmedizinerin sonst nur halbherzig ihre Arbeit tat, aber etwas war anders.
Durant förderte kurzerhand das Telefon zutage und wählte ihre Nummer. Sie wusste, dass Andrea die späten Stunden des Tages gerne nutzte, weil sie dann ungestört war.
»Julia! Gibt's was Neues?«, erklang es.
»Bei mir nicht, was ist mit dir?«
»Fehlanzeige bei der Akazie. Es handelt sich um einen verbreiteten Stachel. Aber das ändert nichts an dem Ritual, für das er verwendet wurde.« Sievers schnaufte. »Wer kam eigentlich auf die bescheuerte Idee, den Typen ›Schnitter‹ zu nennen?«
»Reden wir nicht drüber«, murrte Durant, »aber wir sind dem Urheber schon auf die Füße gestiegen. Mich interessiert etwas anderes.«
»Und das wäre? Ich bin ganz Ohr.«
Durant musste lächeln, denn Andrea Sievers war vieles, aber keine geduldige Zuhörerin.

»Ich wollte es im Winter schon ansprechen und bei unserem letzten Telefonat auch«, begann sie. »Du steckst bis zum Hals in dem Fall, mehr, als notwendig ist.«
»Na und?«
»Ich habe nichts dagegen, versteh mich nicht falsch, aber ich frage mich nach dem Grund. Warum ausgerechnet diese Fälle? Liegt es an dem Sexuellen? Liegt es an der Beschneidung?«
Andrea schnaubte: »Sexuell, dass ich nicht lache! Es ist ein Machtspiel, nichts weiter. Wir reden von zweihundert Millionen Frauen, weltweit. Weil praktisch jede Kultur, jeder Glauben sich darum dreht, alten, geilen Böcken ihre Vorherrschaft zu sichern. Frauen müssen kochen, dürfen gebären und haben sich zur Verfügung zu halten, wenn dem Herrn es gelüstet. Da ist kein Koran und keine Bibel dran schuld, das sind Männer. Und das Schlimmste dabei ist, dass sich die Frauen dem völlig ergeben haben. Es sind Mütter, Tanten und Cousinen, die die Beschneidungen vollziehen. Da ist nie ein Mann dabei. Eine unbeschnittene, unverheiratete Frau hat in manchen Ländern praktisch keine Chance, weil die Herren der Schöpfung ihre Schwänze gerne in jungfräuliche Löcher bohren möchten. Also raubt man den Mädchen ihr Lustempfinden, damit sie auch ja keine Freude empfinden. Und dann gucke ich auf den Kalender und frage mich, wie man im Jahr 2015 noch derart in der Steinzeit leben kann. Zufrieden?«
»Dein Engagement ehrt dich«, antwortete Durant und wollte noch etwas ganz anderes sagen, doch sie kam nicht dazu.
»Ja, ich engagiere mich. Bei *Terre des Femmes* und anderswo. Und weißt du auch, warum? Weil es solche Fälle nicht nur in Afrika gibt. Kollegen hatten ein totes Mädchen auf dem Tisch. Auch wenn der Bericht offiziell eine andere Todesursache angab, war das auslösende Ereignis der Infektion eine Beschneidung. Durchgeführt von einer Beschneiderin, und zwar hier in Deutschland. Nichts davon kam in die Medien, aber seitdem bin ich dabei. Das Mädchen war sechs Jahre alt.«

»Wie Elisa«, hauchte Durant entsetzt, und ihr wurde speiübel.
»Man geht von über vierzigtausend betroffenen Mädchen und Frauen aus, die in Deutschland leben. Die meisten sind bereits verstümmelt. Anderen steht es noch bevor. Ich habe mir ein Verzeichnis angelegt, in dem ich Fälle mit Verletzungen im Genitalbereich sammle. Bisher wusste ich nicht, wozu es einmal taugen würde. Aber die Namen, die ich im Januar parat hatte, befinden sich allesamt darin. Und anscheinend lag ich damit ja nicht ganz verkehrt.«
Julia Durant erwiderte: »Aber der Hintergrund ist doch ein anderer. Sexuelle Motivation, Dominanz, Bestrafung.«
»Mag sein. Doch der Mörder kennt sich sehr gut mit dem Beschneidungsritual aus. Es scheint ihm bis ins Detail hin viel an dessen Anwendung zu liegen. Was er damit bezweckt, das ist euer Job. Aber jede Verstümmelung ist eine zu viel.«
Dem hatte Julia Durant nichts entgegenzusetzen.
Sie sann noch ein Weilchen über Andreas Worte nach, dann kehrte Frank zu ihr zurück. In der Hand eine Dose Cola und eine Laugenstange. Die beiden aßen und redeten über Belanglosigkeiten. Die Sonne tat gut, doch sie konnte die düsteren Dinge nicht erhellen, die in der Stadt geschahen.

DIENSTAG, 19:10 UHR

Felix Büchner hatte etwas Gedrungenes an sich. Er war weder stattlich noch gutaussehend, trotzdem strahlte er Selbstsicherheit aus. Möglicherweise hatte Zanders recht und es war der pure Narzissmus – so genau konnte Durant das noch nicht einschätzen. Er roch nach Alkohol, doch es war schon spät. Vielleicht hatte er zum Essen ein Glas Wein oder einen Kräuterschnaps getrunken. Die Industriellenvilla wirkte ebenso wie das ganze Anwesen verwildert, aber dennoch gepflegt. Eine Trauerweide, deren Zweige bis zum Boden reichten, nahm die bemooste Wiese linker Hand ein. Das Gras war akkurat geschnitten, ein Roboter erledigte das. Surrend bewegte sich das Gefährt hin und her. Um das Vertikutieren schien sich keiner Gedanken zu machen. Ob es einen Hausmeister gab, fragte die Kommissarin sich im Stillen.

»Was wollen Sie?«

»Durant und Hellmer, Mordkommission«, antwortete Hellmer kurz angebunden.

Sie hatten ihren Besuch nicht angekündigt, doch Durant wusste genau, dass Büchner ihre Gesichter erkannt hatte. Es war nur wenige Monate her, dass sie ihn befragt hatten. Er betrachtete sie mit versteinerter Miene.

»Das beantwortet meine Frage nicht. Was habe ich mit der Mordkommission zu schaffen?«

»Wir möchten mit Ihrer Frau sprechen. Ist sie da?«, wollte Julia wissen.

Büchner verschränkte die Arme. »Bedaure, den Weg haben Sie wohl umsonst gemacht. Das nächste Mal rufen Sie besser vorher an …«

»Wo können wir sie finden?«, unterbrach Frank ihn mit einem Kopfschütteln. »Es ist wirklich wichtig.«

»Woher soll ich das wissen?«, gab Büchner zurück, der keinen Millimeter aus dem Türsturz wich. Keinerlei Anstalten, die beiden ins Haus zu lassen. Offenbar erkannte er die Zweifel in Durants Augen und ergänzte hastig: »Ich habe ein Unternehmen zu führen, da kümmere ich mich nicht um die Eskapaden meiner Frau.« Er stockte kurz, schien den Begriff zu bereuen, doch nun war er in der Welt. Sofort hakte Hellmer nach: »Eskapaden?«

»Na ja.« Büchner machte eine ausladende Bewegung mit den Händen. »Einkaufstrips, Sport oder mit ihren Weibern rumhängen.«

Sein Blick fing den von Julia Durant. »Nicht persönlich gemeint, entschuldigen Sie.«
»Schon gut. Diese Personen haben sicher Namen. Das würde uns schon weiterhelfen.«
Doch Büchner blockte ab. »Ich habe Ihnen damals, als Sonja verschwunden war, schon gesagt, dass ich die meisten ihrer Bekanntschaften nicht kenne.«
»Wenige würden genügen.«
Er wurde rot und schnaubte. »Ich kenne keine, okay, niemanden. Auch wenn Sie mich nun für blöde halten, es ist nun mal so. Ich kann mit den neureichen Weibern nichts anfangen, mit ihren Kerlen auch nicht. Ich bin ein Einzelgänger, wenn Sie's wissen wollen. Deshalb weiß ich auch nichts.«
Julia Durant musterte Büchner während seines Ausbruchs mit Argusaugen. Entweder überspielte er damit eine Lüge, oder er hatte Komplexe. Fühlte sich beschissen, weil seine hochattraktive Frau ein aktives Leben führte, zu dem er selbst nicht gehörte. Er hatte einen goldenen Käfig, jede Menge Geld, doch sein Vögelchen flog regelmäßig aus. Sie versuchte, sich an den genauen Wortlaut von damals zu erinnern. Es war von einem Streit die Rede gewesen. Ein paar Nächte außer Haus. Vielleicht nicht zum ersten Mal. Aber es hatte genügt, um seine Frau vermisst zu melden. Hatte er das getan, weil er hilflos war? Weil er tatsächlich niemanden aus ihrem Freundeskreis kannte? Oder hatte sich damals etwas viel Schlimmeres zugetragen? Hatte Büchner seiner Frau etwas angetan? Vielleicht war sie schon seit Monaten nicht mehr am Leben. Die Kommissarin schauderte bei dieser Vorstellung.
»Herr Büchner, ich bedaure, aber wir müssen mit Ihrer Frau sprechen«, betonte sie. »Noch heute.«
Hellmer fügte hinzu: »Es geht um Mordfälle, in denen wir ermitteln. Sie haben vielleicht davon gelesen.«
»Der Schnitter?«, fragte Büchner mit hochgezogenen Augenbrauen. Die beiden seufzten. Der Name würde sich festsetzen, reproduziert

werden, das Internet überfluten. Und wieder einmal würde Frankfurt als eine Stadt der Serienkiller dastehen. Dabei sprach die Kriminalstatistik eine ganz andere Sprache. Aber wer befasste sich schon mit Statistiken, wenn es fette Schlagzeilen gab?

»Sie haben davon gelesen, wen wundert's«, antwortete Julia und nickte. »Wir möchten Ihnen keine Angst machen, Herr Büchner ...«

Doch dieser lachte auf. »Halten Sie Sonja etwa für gefährdet? So ein Quatsch!« Er winkte ab.

»Nein, wir benötigen eine Aussage von ihr«, erklärte Hellmer. »Es gibt Verbindungen zu einem der Opfer.«

»Verbindungen? Welche?«

»Das besprechen wir mit Ihrer Frau«, betonte Durant. »Wenn sie Sie dabeihaben möchte, gerne. Aber zuallererst möchten wir Ihre Frau sehen. Hier oder auf dem Präsidium, das ist mir schnurzpiepegal. Es ist mir auch egal, wie es um Ihre Ehe steht oder was sich hier zu Hause abspielt, Herr Büchner. Aber wir *müssen* mit ihr sprechen.«

Wieder ließ sie kein Auge von ihrem Gegenüber, doch Büchner hatte sich im Griff. Er zeigte keine verräterischen Anzeichen, und das beunruhigte die Kommissarin. Die meisten Menschen reagierten viel offensichtlicher. Man konnte seine Reflexe trainieren, kontrollieren, aber für gewöhnlich taten das nur Menschen, die damit etwas beabsichtigten. Politiker, Manager, es gab reihenweise Seminare dazu. Rührte Büchners Selbstkontrolle daher? Sie wollte raus, wollte aus seinem Blickfeld verschwinden. Frank spürte das offenbar und bat Büchner um eine kurze Unterbrechung. Dann zog er seine Partnerin hinaus ins Freie, wo er sich vergewisserte, dass sie außer Hörweite waren. Büchner war kopfschüttelnd in einem der Zimmer verschwunden.

»Was ist los?«, zischte Hellmer und machte eine sorgenvolle Miene.

»Da stimmt etwas nicht«, raunte Durant mit einem verstohlenen Blick durch die halb geöffnete Haustür. »Dieser Typ ist mir zu kalt. Zu gleichgültig. Sag mir, Frank, wann wurde Sonja Büchner zum

letzten Mal lebend gesehen? Ich meine nachweislich, nicht *seiner* Aussage nach.« Sie deutete in Richtung des Hausinneren.
»Keiner von uns hatte persönlichen Kontakt«, erinnerte sich Hellmer. »Aber ihr hattet doch telefoniert.«
»Das könnte was weiß ich wer gewesen sein«, sagte Durant, »zumindest theoretisch.«
»Aber weshalb?« Frank Hellmer schien ihre Gedanken nicht nachvollziehen zu können, und das wunderte sie. Lag es nicht verdammt nah, dass Frau Büchner einem ehelichen Konflikt zum Opfer gefallen war? Dass sie seit Wochen nicht mehr lebte und nur der Anschein gewahrt wurde, dass sie noch am Leben sei? Von ihrem Mann, der womöglich ihr Mörder war?
»Büchner könnte sie im Streit umgebracht haben. Meinetwegen im Affekt. Meinetwegen auch ein Unfall.«
»So ein Quatsch. Weshalb soll er sie denn dann vermisst melden?«
Durant überlegte. »Taktik. Irrationales Verhalten. Ich weiß es doch selbst nicht. Aber sieh ihn dir doch an. Warum lässt er uns nicht mit Sonja reden? Weshalb sagt er uns nicht, wo sie ist? Warum hilft er uns nicht, sie ausfindig zu machen?«
»Vielleicht möchte er nicht, dass Details aus ihrer Beziehung breitgetreten werden«, brummte Hellmer. »Immerhin scheint da einiges schiefzulaufen.«
Julia Durant ließ ihren Blick erneut über das Anwesen schweifen. Eine Dreiergruppe Birken fiel ihr auf, die sich aus einem Kreis gelben Laubs reckten, als stünden sie auf einer Insel. Und immer wieder waren Lücken in der Farbenpracht zu sehen, in denen der Rasen durchbrach.
»Wenn wir sie heute nicht zu Gesicht bekommen, dann schwöre ich dir, dass ich das Gelände mit Hunden durchsuchen lasse«, murrte die Kommissarin.
Frank hüstelte und wollte etwas erwidern, doch im selben Moment zeigte sich Herr Büchner wieder im Eingang.

»Brauchen wir noch lange«, fragte er und hielt ein iPhone, neuestes Modell, in der Hand. »Ich habe eine Firma zu leiten.«
Durant ballte die Fäuste, rang sich ein Lächeln ab und sagte mit gezwungener Freundlichkeit: »Wir haben heute nichts Wichtigeres auf dem Programm, als mit Ihrer Frau zu sprechen. Wir können im Foyer warten, wenn Sie uns lassen, oder draußen im Auto. Dann können Sie ungestört Ihrer Arbeit nachgehen.«
Hellmer verdrückte sich ein Grinsen, und auch ihr fiel es schwer, nicht auf das Gesicht Büchners zu reagieren. Er glotzte sie an, als hätte sie ihm soeben den Fehdehandschuh ins Gesicht geworfen. Doch kaum zwei Sekunden später hatte er sein überhebliches Lächeln wiedergefunden.
»Das sollte nicht allzu lange dauern. Sonja dürfte in zwei Stunden wieder hier sein. Ich habe sie gerade eben erreicht.«

Ein paar Minuten später.
Julia Durant blickte einem Lastkahn hinterher, der V-förmige Wellen in das Mainwasser schnitt. Es gluckste an der Böschung, die nur wenige Meter entfernt lag. Hellmer hob einen Stein auf und warf ihn in den Fluss. Er wirkte nicht weniger nachdenklich, als sie selbst es war.
Die Kommissarin wurde aus Büchner nicht schlau. Sie wurde das Gefühl nicht los, dass sie den Fall damals vorschnell abgetan hatten. Jede einzelne von Büchners Gesten deutete darauf hin, dass etwas nicht stimmte. Jede unterdrückte Regung, jedes Ausweichen. Doch dann präsentierte er ihnen seine Frau wie selbstverständlich. Beziehungsweise versprach er sie ihnen. Warum zwei Stunden? Was konnte er in dieser Zeit erreichen?
»Dieser Blödmann«, murmelte sie, noch immer den Main entlang in Richtung Innenstadt blickend. Ein Flugzeug dröhnte über ihren Kopf hinweg und Hellmer fuhr herum.
»Was sagst du?«

»Irgendetwas stinkt da«, fuhr sie fort. »Büchner hält uns doch nur hin, mehr nicht. Erst tut er so, als führten die beiden ihre Leben in unterschiedlichen Universen. Dann verschwindet er kurz, und schwups«, sie schnippte, »weiß er, dass Sonja bald wieder da ist.«
»Noch ist sie ja nicht da«, warf Hellmer ein.
»Eben! Der lässt uns ausbluten. Es ist halb acht durch, er sprach von zwei Stunden. Hofft wahrscheinlich, dass wir keinen Bock auf Überstunden haben und uns verziehen. Aber das kann er sich abschminken! Ich will eine vollständige Überwachung des Hauses und aller Zufahrten. Ich möchte sehen, wann und wie Frau Büchner nach Hause kommt. Will wissen, wohin er in dieser Zeit fährt. Wen er anruft …«
»Mann, vergiss es«, wehrte Hellmer ab. »Wir können vielleicht die Zufahrt kontrollieren, da hört es dann aber auch schon auf. Alles andere winkt uns kein Richter durch, falls wir überhaupt wen an die Strippe kriegen. Nicht bei Büchner. Und nicht wegen eines derart vagen Verdachts.«
Durant kickte mürrisch einen Stein ins Gebüsch, denn sie wusste, dass Hellmer recht hatte. »Hast du Zigaretten?«
Hellmer grinste. »Du weißt genau, dass ich welche habe.« Er neigte den Kopf: »Soll ich dir jetzt antworten, dass du schon lange aufgehört hast, oder was genau erwartest du von mir?«
»Ich will eine Kippe, nicht mehr und nicht weniger«, erwiderte Julia patzig und streckte die Hand in seine Richtung.
Frank Hellmer schnaubte und zog zwei Gauloises aus der Packung, steckte sie eng nebeneinander zwischen die Lippen und entflammte das Feuerzeug. Als die Glut beide Spitzen knisternd einnahm, reichte er seiner Partnerin eine. Der würzige Rauch stieg in Julias Nase, sie sog vorsichtig am Filter und inhalierte mit geschlossenen Augen. Offensichtlich wartete Frank darauf, dass sie einen Hustenanfall bekam, doch nichts dergleichen geschah. Etwas heiser, hinter einem Grinsen, sagte sie, während sie den Atem ausstieß: »Keine Sorge, mein Lieber. Der Weg ist noch immer reichlich geteert.«

DIENSTAG, 19:35 UHR

Er benötigte eigentlich keine Kameras, um zu wissen, dass sie sein Grundstück beobachteten. Dass er sich von aller Welt verfolgt und beäugt fühlte, mochte an seinem fast schon manischen Selbstkomplex liegen. Doch Vorsicht war nun mal die Mutter der Porzellankiste, und Felix Büchner wollte die absolute Gewissheit haben. Im alten Küchentrakt auf der Rückseite der Villa führte eine Holztür in einen abgeteilten Garten. Bemooste Holzlatten hielten unerwünschte Blicke ab. Wo vor zwanzig Jahren noch Tomaten gewachsen waren, rankte nun wilder Wein, dessen Blätter überwiegend eine feuerrote Färbung angenommen hatten. Ein Gittertor versperrte den Durchgang durch die parallel gezogene Mauer, hinter der sich das Mainufer befand.

Büchner wischte mit einem fleckigen Tuch über ein Steinpodest. Behutsam legte er die Drohne ab, einen Multicopter mit vier Rotoren, die von Kunststoffringen umgeben waren und in deren Mitte sich eine hochauflösende Kamera befand. Er schätzte die verbleibende Flugzeit auf eine Viertelstunde, was ihm genügen dürfte. Kurz darauf ertönte ein Summen, und Sekunden später stand das Fluggerät senkrecht über Büchners Kopf. Er steuerte eine Flughöhe von fünfzehn Metern an und flog zuerst eine Ellipse, die er anschließend in eine liegende Acht verwandelte, deren Mitte über dem alten Gemüsegarten lag. Auf einem Monitor verfolgte er das Geschehen.

Mit einem Grunzen registrierte Büchner, dass er sich nicht geirrt hatte. Der Hampelmann und seine aufgeblasene Ziege lehnten rauchend auf ein Geländer gebeugt. Ihre Mienen waren kaum zu erkennen, doch es schien, als seien sie übellaunig.

»Sollen sie nur Löcher in die Luft glotzen«, murrte er.

Die Kommissare könnten mit einer Hundertschaft anrücken. Sie würden nichts finden.

Zehn Minuten später (Büchner hatte überlegt, ob er einen Sherry trinken solle, sich aber dagegen entschieden) schritt er bedächtig die Steintreppe hinab. Seine Linke um das rauhe Metallgeländer klammernd, denn obwohl er den Weg gut kannte, wäre jedes Stolpern lebensgefährlich gewesen.
Er erreichte die Schleuse, die in den Weinkeller führte. Warf einen prüfenden Blick durch die Scheibe. Da war sie, wie nicht anders erwartet. Ihr Gesicht war grau. Wie viel Prozent davon auf die fahle Beleuchtung gingen und wie viel der Mangel an Sonnenlicht ausmachte, wusste er nicht.
Sie saß in der entlegensten Ecke, wo sie meistens saß. Hinter einer schmalen Tür verbarg sich ein Abort, Büchner hatte ihn installieren lassen, weil er zuweilen stundenlang hier unten verweilte. So blieb es ihm zudem erspart, seiner Frau einen Eimer hinstellen zu müssen. Seit Tagen hatte sie nicht mehr mit ihm gesprochen. Es schien ihre neueste Masche zu sein, um ihn zu ärgern.
»Hallo, Sonja«, lächelte er freudlos in die Stille hinein. Ihre Augen zuckten, doch ansonsten verharrte sie regungslos.
»Die Kripo ist oben, falls es dich interessiert.«
Ihre Antwort kam so plötzlich wie frostig. »Erwartest du, dass ich um Hilfe schreie?«
Büchner musste für ein paar Sekunden überlegen. Dann aber lachte er. »Nein. Ich halte dich für intelligent genug, das nicht zu tun.«
»Willst du mich sonst umbringen?« Sonja breitete die Arme aus, noch immer sitzend. Auch sie lachte – und das viel zynischer als er. »Nur zu.«
»Der Schall würde keinen Millimeter weit aus der Zugangsklappe herausdringen«, entgegnete ihr Mann mit einer ausladenden Handbewegung. »Du weißt es genau, wir haben es oft genug im Spaß versucht. Das Gewölbe verschluckt alles. Jeden Laut. All deine Sünden. Dich.«
»Du wirst mich nicht für ewig verleugnen können.«
Ihre Antwort kam patzig, das machte ihn wütend.
»Bisher hat es bestens funktioniert.«

»Und die Polizei?«
Er biss sich auf die Lippe. Das Gespräch verlief anders, als er es sich erhofft hatte. Sie hatte sich mit Schuld beladen. Tat Buße. Er hatte die Macht über sie, und sie war ihm hörig gewesen. Bis auf diese eine Ausnahme, die er nicht verwinden wollte. Deshalb musste sie büßen.
»Zieh dich aus«, forderte er, denn der Gedanke an seine Macht erregte ihn.
Sie blickte ihn fragend an. »Ernsthaft?«
»Nein. Zieh dich nicht aus«, antwortete er schnell. »Ich will es selbst tun. Wehr dich meinetwegen. Aber ich will dich jetzt, und ich nehme es mir!«
Mit einer eiligen Bewegung schnappte Büchner sie und drückte sie zu Boden. Sonja keuchte. Sie machte sich steif, er musste ihre Arme und Beine mit größter Kraft verbiegen. Die rechte Hand am Reißverschluss, unter dem es pulsierte, die andere an ihrem Hosenbund, stieg er auf sie. Sie strampelte. Sie forderte, er solle sie lassen, doch sie schlug nicht um sich. Felix Büchner wusste in keiner Sekunde, wie viel Widerstand gespielt war und wie viel davon echt. Doch seine Dominanz, seine Zähmung der Widerspenstigen, steigerte seine Erregung ins Unermessliche. Als Büchner in sie eindrang, stöhnte sie auf, und es waren eher Laute des Schmerzes, die er in seiner Leidenschaft als Ekstase deutete. Er stieß kräftig zu, in den After, und es störte ihn nicht, dass es hier unten an Hygiene mangelte. Den Menschen, den Ästheten, der sich für Kunst interessierte und ein Auge für das Schöne hatte, gab es in diesem Moment nicht. Nur das Tier, das sich nicht daran störte, ob sein Opfer litt. Als es ihm unter einem jauchzenden Aufschrei kam, existierte für Felix Büchner nichts weiter als er allein in einem unendlichen Kosmos.
Dann ließ er sich neben sie fallen. Das Herz hämmerte, sein Atem kam stoßweise. Sonja lag da wie ohnmächtig. Ihre Hüfte zuckte zweimal, dann verkrampfte sie sich, bis sie wieder regungslos dalag.

Zur Hälfte unter ihrem Mann begraben, dessen Schulter, Arm und Bein noch auf ihr ruhten.
Wie gerne hätte er ihr nun ein Glas Milch geholt und darauf gewartet, dass sie sich erholte. Dass sich alles, was zwischen ihnen stand, in Wohlgefallen auflöste.
Und wie sehr sehnte sich Sonja nach diesen pathologischen Momenten in ihrem Zimmer, wenn er mit ihrer Lieblingstasse dasaß und glaubte, alles Leid der Welt ließe sich mit warmer Honigmilch herunterspülen.
Er seufzte schwer und sagte mit betont bitterem Gesichtsausdruck: »Ach, Sonja. Wenn ich dir nur wieder trauen könnte.«
»Du hast mir keine Chance dazu gelassen, mich dir zu beweisen.«
»Verdammt, ich will meine Ehe zurück. *Unsere* Ehe. Aber du hast eine Einbahnstraße gewählt, aus der es kein Zurück mehr gibt. Mein Vertrauen ist gestorben. Und ich lasse es sicher nicht zu, dass du mich bei der nächstbesten Gelegenheit wieder zum Narren machst.«
»Ich habe dich nie ...«, widersprach sie.
Prompt herrschte er sie an: »Du erzählst ihm von mir, und dann lässt du dich durchficken? Für *ihn* bin ich der Narr!«
»Wir haben niemals über dich geredet«, versuchte sie es weiter.
»Erzähl keinen Bullshit!« Er äffte ein paar Sätze nach. »Sind Sie verheiratet? – Ja, aber unsere Ehe ist kalt. – Sehnen Sie sich wieder nach Leidenschaft? – Ja. Steck ihn mir schon rein!«
»So etwas haben wir nie ...«
»Es ist mir scheißegal, was ihr habt! Du gehörst *mir*. Sein Schwanz hat in dir nichts verloren.«
Büchner kochte vor Wut.
Er trat auf der Stelle, weil er nicht wusste, was er als Nächstes tun sollte. Am liebsten hätte er ein Loch in die Wand getreten. Doch er arbeitete an seinen Aggressionen, schon seit Jahren, und wollte sie unter Kontrolle halten. *Nachher,* mahnte er sich an. Der Boxsack würde dafür herhalten. *Gib dir nicht die Blöße vor Sonja.*

»Liebst du ihn?«, fragte er, einem Impuls stattgebend.
»Ist das nicht völlig egal?«
Büchner ballte die Fäuste und zischte: »Warum kannst du nicht einfach meine Frage beantworten?«
»Weil ich es nicht *kann*.«
»Weil du es nicht willst!«
»Weil ich es nicht weiß.«
Jetzt stand Sonja auf, doch mit ihren eins sechzig und ohne Schuhe gab sie keine beeindruckende Figur ab. Sie fuhr mit der Hand durch den Raum.
»Was glaubst du denn, was du hiermit erreichst? Mit diesem Kerker. Mit den Demütigungen. Hast du dir es angesehen, wie unser Priester mich gefickt hat? Bist du jetzt zufrieden? Oder soll das jetzt für immer so weitergehen?«
Die Klarheit ihrer Worte beeindruckte Büchner, auch wenn er alles versuchte, diese Reaktion nicht zu zeigen. Sie sprach, als habe sie sämtliche Emotionen hinter sich gelassen. Eine starke Frau. Eine erotische Frau. Sie versprühte all das, was er immer an ihr geliebt hatte. Und sie war noch nicht fertig mit ihrer Ansprache.
»Wer kommt als Nächstes?«, hörte er sie fragen. »Adam?«
Ein milchiger Schleier schien vor seine Augen zu fallen, und die Welt um ihn herum wurde dunkel.
Als Büchner zu Sinnen kam, spürte er die Brust seiner Frau unter sich. Ihre Arme, die verzweifelt ruderten, aber nichts weiter zu greifen bekamen als seine Hose. Stoff ratschte. Ihr Unterleib bebte. Zu allem Überfluss fühlte er, wie sich zwischen seinen Lenden das Blut sammelte. Er kontrollierte sie, er konnte sie nehmen, sie war ihm vollkommen ausgeliefert. Das eigene Weltbild geriet wieder ins Lot, während sich Büchners Rechte um das zarte Weich ihrer Kehle schloss.
Er ließ Sonja erst los, als das Zittern in ihren Armen erstarb und ihre Augen leer wurden.

DIENSTAG, 19:55 UHR

Hellmers Smartphone spielte einige Takte von *Are You With Me*, dem neuen Superhit von *Lost Frequencies*. Durant, deren Musikgeschmack kaum etwas kannte, was jenseits des Rock der neunziger Jahre entstanden war, zog die Augenbrauen zusammen.
»Stephanie«, formte ihr Kollege tonlos, während er das Gerät hochhielt. Die Nummer war unbekannt, aber mit hiesiger Vorwahl. Hellmer meldete sich, und Sekunden später öffnete sich sein Mund. Er nahm das Telefon nach unten, während die Männerstimme weitersprach, und schaltete den Lautsprecher ein.
»Passt es morgen Mittag? Oder besser nachmittags? Ob Revier oder zu Hause, das spielt keine Rolle.«
Durant hatte die Stimme längst erkannt, während der Mann eilig weitersprach: »Wie gesagt, es tut uns wirklich leid wegen der Umstände.«
Felix Büchner!
»Wenn Sie allerdings darauf bestehen«, fuhr dieser nach zwei Sekunden des Überlegens betont freundlich fort, »könnten wir auch versuchen, am Abend noch etwas zu ermöglichen. Bitte haben Sie Verständnis …«
»Genug!«, rief Durant dorthin, wo sie das Mikrofon wähnte. Sie griff nach Hellmers Apparat. »Worum geht es hier? Salamitaktik?«
Hellmer legte ihr die Hand auf den Arm, um sie zu beschwichtigen, doch sie beachtete ihn nicht.
»Frau Durant, ich habe gerade Ihrem Kollegen erklärt«, begann Büchner, und die Kommissarin schnitt ihm das Wort ab: »Ich möchte keine Erklärungen! Ich will Ihre Frau umgehend sehen!«
»Das werden Sie ja auch«, bekräftigte Büchner mit blechernem Klang, und Hellmer hob vielsagend die Schultern. »Wenn's sein muss, auch noch heute. Am späteren Abend. Ansonsten kommt sie

morgen zu Ihnen. Oder Sie hierher. So wie es Ihnen am besten passt.«

Es entstand eine Pause, in der Julias Herz bis zum Hals hämmerte. Sie hätte am liebsten pausenlos weiter in das Gerät geschrien. Gefragt, was Büchner sich dabei dachte. Wofür er sich hielt. Doch ihr Hals schien wie zugeschnürt, sie konnte nicht einmal schlucken.

Mädchen, du wirst doch jetzt keine Panikattacke kriegen?, flehte sie in die Stille hinein. Wie unter einer Glocke stehend, hörte sie Hellmers Stimme, dumpf und etwas verloren klingend: »Halten Sie uns bitte nicht hin.«

»Ich halte Sie nicht hin. Ich gebe Ihnen mein Ehrenwort, und, bei allem, was mir heilig ist, dieses Wort zählt. Morgen früh meldet sich meine Frau bei Ihnen auf dem Präsidium.«

Ich dachte, heute Abend, stieß Durant tonlos hervor. Doch Hellmer verstand sie nicht. Dabei klangen die Worte in ihrem Kopf, als würde sie sie laut aussprechen. *Komm zu dir, verdammt!*, klang es weiter. Julia fasste sich an die Kehle. Sie massierte die weichen Hautstellen, dort, wo man die Luft- und Speiseröhre fühlen konnte. Dort, wo ihr Kinderarzt früher nach den Mandeln getastet hatte. Dann löste sich die Sperre, und sie hätte sich um ein Haar verschluckt.

Sie erkannte, dass Hellmer das Telefon wieder an sich genommen hatte. Konnte sich nicht an den Moment erinnern, wann er es getan hatte. In ihrem Kopf rasten die Gedanken. Es blieb keine Zeit, um darüber nachzudenken, was eben geschehen war. Seit ihrer Entführung vor ein paar Jahren kämpfte die Kommissarin gegen die Erinnerungen. Und gegen die Angst. Während sie die Bilder und die Gefühle in eine weit entfernte Abteilung ihres Gehirns verbannt hatte, aus der sie nur noch selten hervorkamen, hatte die Angst ein leichtes Spiel. Sie wartete überall. Und sie schlug, wenn auch nicht häufig, umso erbarmungsloser zu.

Durch Alina Cornelius, die das Schicksal der Entführung mit Julia teilte, wusste sie, dass das Herzrasen, die Hitze, die Atemnot und die

Enge in der Brust keine Lebensgefahr bedeuteten. Es fühlte sich an wie ein Herzinfarkt. Wie ein Asthmaanfall. Als sei man kilometerweit gesprintet oder aus einem Alptraum hochgeschreckt – ohne jedoch davon zu wissen. Und in diesem Moment war die Kommissarin heilfroh, dass Außenstehende in der Regel nichts davon mitbekamen. So auch Frank Hellmer, wie sie hoffte.
»Was war denn eben los?«, wollte er wissen.
So konnte man sich täuschen.
»Ach nichts«, tat Julia mit einem Winken ab. »Ich lasse mich von diesem Arschloch nicht aus der Fassung bringen. Rufen wir den Staatsanwalt an, wenn wir Glück haben, erwischen wir Elvira Klein. In einer Stunde können wir bei Büchner auf der Matte stehen.«
Hellmer zog die Augenbrauen so hoch, dass sich drei tiefe Falten quer über die Stirn legten. »Hast du eben nicht zugehört?«
»Doch. Er verschaukelt uns. Erst sagt er ›in zwei Stunden‹, dann wird es plötzlich morgen. Damit gebe ich mich nicht zufrieden. Wer sagt uns denn, dass Sonja Büchner dann noch am Leben ist?«
»Das wissen wir jetzt auch nicht«, widersprach Hellmer.
»Eben«, grinste Durant schief. »Und deshalb warten wir nicht länger. Ich rufe direkt bei Elvira an, hm?«
Mit diesen Worten förderte sie ihr Telefon zutage und suchte die Nummer ihrer Lieblingsstaatsanwältin. Dann fiel ihr ein, dass Elvira sich das Bürotelefon so gut wie nie aufs Handy umleiten ließ. Also wählte sie ihre Handynummer, doch es meldete sich niemand. Durant versuchte es bei Kollegen Brandt, mit dem die Klein liiert war. Es dauerte verdächtig lang, so dass sich der Verdacht regte, sie habe die beiden in einer sehr unpässlichen Lage gestört. Entsprechend ruppig klang die Stimme der Staatsanwältin, als sie Durant zu verstehen gab, dass niemand in der gesamten Stadt ihr heute noch eine Aktion gegen Felix Büchner absegnen würde. Es gebe einfach zu wenige Verdachtsmomente. Und ausgerechnet mit Büchner lege sich keiner gerne an.

»Diese Pille wirst du schlucken müssen«, sagte Klein zum Abschied. »Morgen sieht das Ganze schon anders aus. Wenn du bis Dienstschluss nichts von der Frau gehört hast, dann melde dich, okay?«
»Was bleibt mir anderes übrig«, murrte die Kommissarin und verabschiedete sich.
»Komm, wir fahren noch schnell nach Kelsterbach«, schlug Hellmer vor. »Ich bin zwar todmüde, aber diesen Schlenker kriege ich noch hin. Vielleicht bringt uns das einen Schritt weiter.«
Er versuchte, positiv zu klingen. Doch besonders überzeugt klang seine Stimme nicht.

DIENSTAG, 20:15 UHR

Gibt es neue Erkenntnisse?«, erkundigte sich Claire Huth, nachdem sie die beiden hereingebeten hatte.
Hellmer verneinte. Julia Durant hatte mit ihm vereinbart, dass hauptsächlich er das Gespräch führen solle, weil er die Frau bereits kannte. Meistens, das wussten beide, entwickelten sich Vernehmungen aber eigendynamisch. Es begann schon damit, dass die Huth die beiden zwar durch die Tür ließ, ihnen aber keinen Sitzplatz anbot. Frank ergriff daraufhin die Initiative und marschierte zielstrebig auf das Sofa zu.
»Dürfen wir?«, fragte er, als er davorstand.
»Meinetwegen.« Frau Huth betrachtete ihre Fingernägel. »Was führt Sie denn nun her, wenn nichts Neues vorliegt?«
»Uns liegt eine weitere Frauenleiche vor«, antwortete der Kommissar geduldig.

»Oh Gott!« Es glich einem spitzen Quieken. Die Augen der Frau weiteten sich, und die Armreifen klimperten in Richtung Ellbogen, als sie die Hand vor den Mund hob.
»Wer denn? Kenne ich sie? Doch nicht etwa Birgit?«
Durant erinnerte sich an Birgit Oppermann, die Bekannte von Isabell Schmidt, welche unweit ihres Fundorts wohnte.
»Nein. Weshalb kommen Sie ausgerechnet auf sie?«
Frau Huth zögerte, bevor sie die Frage beantwortete: »Na, weil wir damals auch schon befragt wurden.«
»Sie waren nicht die Einzigen«, bohrte Durant weiter. »Was verbindet Sie darüber hinaus?«
»Nichts«, kam es hastig zurück. »Es war nur mein erster Gedanke.«
Und schon hatte Durant das Gespräch an sich gerissen. »Sie haben damals ausgesagt, Sie wüssten nichts über eine Affäre von Isabell Schmidt. Ist es vielleicht das?«
Auch die folgende Antwort kam reflexartig.
»Ich weiß da überhaupt nichts.«
Viel zu schnell für Durants Geschmack.
»Verleugnen Sie das Ganze, um die Erinnerungen an Isabell Schmidt nicht zu beschmutzen?«
Claire Huth verschränkte die Arme, und wieder klimperte es lautstark. »Was soll das denn heißen?«
»Beantworten Sie bitte die Frage«, schaltete sich Hellmer ein. Er machte dabei eine gutmütige Miene und sprach in vertrauensseligem Tonfall.
»Passen Sie auf«, stöhnte Frau Huth schließlich und fuhr sich mit dem Handrücken über die Stirn. »Jeder, der Isabell kannte und des Lesens mächtig ist, kann doch eins und eins zusammenzählen. Wenn rauskommt, dass sie neben ihrem Mann etwas am Laufen hatte, wird man sich bis in alle Ewigkeit an eine reiche, gelangweilte Lady erinnern. Eine, die sich einen Lover ins Haus bestellt hat, während ihr ach so liebender Mann auf Geschäftsreise war. Eine, die

dem Tod bereitwillig die Pforte geöffnet hat. Man wird es als höhere Gerechtigkeit abtun, egal, was ich Ihnen dazu erzähle oder nicht. Die Verletzungen, das Leid, die Qualen, die sie erlitt«, Claire Huth fuhr mit der Handkante durch die Luft, »das alles zählt dann nicht mehr.«
»Hm.« Hellmer kratzte sich am Kinn. »Eine der Schlagzeilen könnte aber auch lauten, dass das Monster, das es auf wehrlose Frauen abgesehen hat, nun zur Strecke gebracht werden konnte. Bevor es noch mehr Tote gibt.«
»Ich dachte, es gäbe nichts Neues? Das sagten Sie doch vorhin. Selbst die Medien ...«
»Frau Huth«, unterbrach Hellmer sie, »Herr Schmidt hat uns bestätigt, dass Isabell etwas mit ihrem Therapeuten hatte.«
»Wie jetzt?« Diese Information schien tatsächlich neu für sie zu sein.
»Wir wissen außerdem«, übernahm Durant, »von zahlreichen, hm, Affären, die Herr Carlsson im Tennisclub unterhielt.«
»Er war Ihrer beider Lehrer«, fuhr Hellmer fort, »das haben Sie mir schon im Januar bestätigt. Wir wissen mittlerweile von seiner Nebentätigkeit, und wir wissen auch, dass er noch weitere Stunden gab. Es spielt für uns erst einmal keine Rolle, in welcher Beziehung Sie beide standen. Aber von Isabell Schmidt müssen wir es wissen. Sie helfen ihr nicht, wenn Sie darüber schweigen. Einer dieser beiden Männer könnte immerhin ihr Mörder sein.«
Durant zuckte zusammen. So direkt hätte sie diesen letzten Satz nicht formuliert. Sie merkte, dass Hellmer Schweißperlen auf der Stirn hatte. Womöglich bereute er es, doch nun war es ausgesprochen.
Frau Huth indes blickte ins Leere. Sie schien einen inneren Kampf auszufechten, und Durant fragte sich, worum genau da gekämpft wurde. Ging es allein darum, den Anschein zu wahren? Den eigenen? Oder den ihrer Freundin?
»Meinetwegen«, hauchte ihr Gegenüber schließlich. Sie setzte sich gerade und warf den Kommissaren einen ernsten Blick zu. »Aber ich

werde das weder vor Gericht und schon gar nicht vor ihrem Mann bezeugen.«

Durant schwieg.

»Ich möchte es Ihnen außerdem alleine sagen«, bat Frau Huth. Mit einem Blick auf Hellmer fügte sie hinzu: »Nichts für ungut.«

»Bin schon weg«, sagte dieser mit einem Nicken und verließ das Zimmer.

»Haben Sie Dieter damals nicht verhört?«, wollte Claire wissen.

»Wir haben uns mit ihm unterhalten«, antwortete Julia.

»Dann wissen Sie doch alles. Oder nicht?«

»Ich möchte es von Ihnen hören.«

»Dass Isabell etwas mit ihm hatte?«

»Wenn es so war«, nickte Durant, »dann ja.«

»Okay. Sie hatten etwas. Zufrieden?«

»Ich frage das nicht meinetwegen. Warum bereitete Ihnen diese Antwort so große Probleme?«

Claire lachte auf, und es lag ein kalter, zynischer Klang darin. »Probleme ist gut!«

»Erklären Sie's mir bitte.«

Es dauerte seine Zeit, in der die Frau ihren Tee umrührte, obwohl er längst gezogen hatte und abgekühlt war. Offenbar sortierte sie ihre Gedanken. Das Ergebnis war ein Bild, von dem einige Facetten völlig neu für Julia Durant waren. Das Bild einer Isabell Schmidt, die sich nicht wie ein vereinsamtes Mauerblümchen in die Wohltätigkeit stürzte. Sondern das einer Frau, die mit ihren Gelüsten nicht mehr hinter dem Berg hielt. Doch Durant hatte daran ihre Zweifel.

»Ich hatte einen etwas anderen Eindruck von Frau Schmidt«, warf sie daher ein. Sie vermutete stark, dass Claire Huth eine sehr eigene Version der Wahrheit erzählte. Dazu passte auch ihr Verhalten. Irgendetwas schien zwischen den Frauen vorgefallen zu sein.

Claire lachte auf. »Ich kann mir denken, welcher Eindruck das war. Aber hören Sie: *Ich* habe Isabell mit Dieter bekannt gemacht. Zwei Tage später ließ er eine Verabredung mit mir platzen. Ich war schon am Tennisplatz, als er anrief. Das wusste er aber nicht. Ich saß im Café und sah die beiden in Isabells Wagen steigen. Lachend, als verspotteten sie mich. Und das Tollste dabei ist«, sie schnaubte, »dass Isabell mir am Abend alles brühwarm erzählte.«

»Hatte sie gewusst, dass er mit Ihnen verabredet war?«

»Und wenn schon. Es wäre ihr schnurzpiepegal gewesen!«

»Haben Sie sie denn darauf angesprochen?«

»Nein.«

»Warum nicht?«

»Weil es nichts gebracht hätte. Sie hat ihr Ding durchgezogen. Damals in der Schule. Und im Studium. Isabell ging, besonders in Sachen Männer, schon immer über Leichen.« Frau Huth stockte und fasste sich an den Mund. »Oh. Das hätte ich nicht sagen sollen.«

Ihre Bestürzung wirkte halbwegs aufrichtig. Doch Julia Durant blieb vorsichtig. In der Stimme der Frau lag jede Menge Frustration und angestaute Wut. Genügend, um Isabell Schmidt mit dem Tod zu bestrafen? Doch verstümmelte und missbrauchte man seine Nebenbuhlerin? Wohl kaum.

»Ich möchte Sie etwas sehr Persönliches fragen«, begann Durant und richtete ihren messerscharfen Blick auf ihr Gegenüber. »Wenn Frau Schmidt Sie derart schäbig behandelt hat, weshalb waren Sie so eng befreundet?«

Das Auflachen klang nicht weniger zynisch als zuvor.

»Was war denn die Alternative? Mich etwa bei meinem Mann ausheulen? ›Schatz, meine beste Freundin hat mir meine Affäre ausgespannt.‹ Oder hätte ich sie bei ihrem Mann verpetzen sollen?«

»Das wäre zumindest nicht unüblich«, schmunzelte Durant.

Frau Huth erwiderte das Lächeln. »Stimmt. Das hätte sie verdient.«

»Hat sie auch den Tod verdient?«

»Nein! Moment. Was wollen Sie damit andeuten?«

»Irgendjemand scheint dieser Meinung gewesen zu sein. Sowohl bei Isabell Schmidt als auch bei Frau Zanders.«

Frau Huth wurde blass. »P...Patrizia?«, hauchte sie. »Patrizia Zanders?«

Julia Durant nickte und versuchte, sich nichts anmerken zu lassen. Die beiden hatten einander gekannt? Weshalb war Herr Zanders nicht nach allen Namen gefragt worden, die im Zuge der Ermittlung im Mordfall Schmidt aufgetaucht waren? Hatte sie das versäumt oder hätte das jemand anders erledigen sollen? Sie schluckte und wiederholte dann: »Ja, es tut mir leid. Frau Zanders ist das zweite Opfer. Wie gut kannten Sie sich denn?«

»So, wie man sich eben kennt. Nicht näher. Ist es ... ich meine ... sind es dieselben Verletzungen?«

Durant nickte. »Wissen Sie, ob Frau Zanders sich ebenfalls mit Carlsson traf?«

Achselzuckend griff Frau Huth wieder nach der Teetasse, bis sie merkte, dass diese längst leer war. »Woher soll ich das wissen?«

»Bitte denken Sie nach. Es ist wichtig.«

»Ich kann dazu nichts sagen. Dieter hat seine Abenteuer nach Isabells Tod ziemlich heruntergeschraubt. Es scheint ihn wirklich getroffen zu haben, was mit ihr geschehen ist.«

Durant nickte und hielt den Stift hoch. »Aber Patrizia Zanders kannte Carlsson.«

»Das weiß ich nicht.«

»Ach kommen Sie. Unter Freundinnen spricht man doch über solche Dinge ...«

»So eng waren wir nun auch nicht«, wehrte Frau Huth ab. Durant kniff die Augen zusammen. Da schien etwas zu sein, was ihr Gegenüber sagen wollte. Doch sie wirkte unentschlossen.

»Okay, dann nicht. Aber Sie wissen noch etwas«, bohrte die Kommissarin.

Und tatsächlich antwortete Frau Huth kehlig: »Patrizia und ich hatten denselben Therapeuten.«
»Oha. Er heißt nicht zufällig Maartens?«
»Sie kennen ihn?«
Durant überging die Frage und versuchte stattdessen, etwas über Claire Huths Verbindung zu Maartens in Erfahrung zu bringen. Doch die Frau blockte ab. Sie solle ihn selbst befragen. »Aber bitte«, beschwor sie die Kommissarin zum Schluss, »erwähnen Sie Adam gegenüber nicht meinen Namen.« Sie schluckte. »Bei Dr. Maartens. Es hat etwas mit dem Vertrauensverhältnis zu tun. Sie wissen schon.«
Julia Durant verstand den Hinweis. Besser, vermutete sie, als es Frau Huth lieb war.
»Kommen wir zu einem letzten Punkt«, sagte sie dann und räusperte sich. »Sonja Büchner.«
Claire Huth schrak auf. »Was ist mit ihr?«
»Das versuchen wir herauszufinden. Sie wirken alarmiert. Darf ich den Grund dafür erfahren?«
»Es ist nichts«, wich die Frau aus, doch Durant hob kopfschüttelnd die Augenbrauen.
»Das glaube ich Ihnen nicht.«
»Das ist Ihr Problem.«
Julia gab sich unbeeindruckt. »Wie würden Sie Ihr Verhältnis beschreiben?«
»Normal.«
»Normal im Sinne von gut? Herzlich? Regelmäßig?«
»Normal eben. Hören Sie«, Frau Huth schien plötzlich wie auf heißen Kohlen zu sitzen, »ich muss jetzt wirklich los. Es ist spät.«
»Haben Sie einen Termin?«
»Ja.«
»Wann haben Sie Sonja zum letzten Mal gesehen?«
Frau Huth stand auf und schnappte sich die Teetasse. »Ich weiß nicht. Neulich. Irgendwann. Bitte gehen Sie jetzt.«

Julia Durant erhob sich ebenfalls. Sie griff nach Claires Arm. »Frau Huth, ich sage das nicht gerne, aber wir haben Sonja vorgeladen. Spätestens morgen wird sie uns Rede und Antwort stehen. Wenn es also etwas gibt …«
»Da gibt es nichts«, beharrte ihr Gegenüber. »Und jetzt möchte ich bitte allein sein.«

Zurück im Auto berichtete Durant.
Hellmer rieb sich die Nase. »Ich glaube ihr nicht.«
»Wie kommt's?«, wollte Durant wissen.
»Diese Geschichte von Isabells Männerverschleiß. Von ihrer Rücksichtslosigkeit. Das stimmt mit keiner der Beschreibungen überein, die wir von ihr erhalten haben.«
»Vielleicht war sie eine gute Schauspielerin?«
»Wie gesagt, ich glaube das nicht.«
Durant dachte nach. »Ich eigentlich auch nicht. Wir sollten zumindest die Möglichkeit in Betracht ziehen, dass die Huth sie bewusst schlechtredet, um sich selbst besser zu fühlen. Vielleicht hat Carlsson sie ja abserviert. Ohne dass es dazu eine Isabell Schmidt brauchte. Mit so etwas können wir Frauen nicht allzu gut umgehen.«
»Ach nein?«, neckte Hellmer und startete den Motor.
»Blödmann.« Durant knuffte seinen Ellbogen, als er nach seinem Gurt griff.
Sie schwiegen, während Frank sich den Weg zurück zur Bundesstraße suchte.
»Das war ein schöner Schuss in den Ofen, wie?«, konstatierte er schließlich, als sie an einer Kreuzung warteten. »Wir wollten etwas über die Büchner und die Zanders erfahren. Den Weg hätten wir uns genauso gut sparen können.«
Julia verzog den Mund und sah auf ihre Notizen, die heute besonders krakelig aussahen. Sie ließ einige der Passagen Revue passieren,

bevor sie ihrem Partner antwortete. »Zumindest das mit dem Carlsson glaube ich ihr.«
Hellmer wollte widersprechen, da ergänzte sie: »Ich meine die Sache mit der Zanders. Das war einer der wenigen Momente, wo ich wirklich überzeugt war, dass Claire Huth mir die Wahrheit sagt. Patrizia Zanders und dieser Tennis-Callboy haben sich vielleicht tatsächlich nicht gekannt.«
Er gähnte. »Mag sein. Lass uns warten, was die anderen für uns haben. Was machen wir mit den Büchners?«
»Die können mich mal«, murrte die Kommissarin. Wenn Felix Büchner oder seine Frau sich nicht noch meldeten, waren ihr die Hände gebunden. Wenn selbst eine Elvira Klein nicht dazu bereit war, mit zwei zugedrückten Augen einen Durchsuchungsbeschluss durchzuwinken, gab es keine Möglichkeiten. Sie musste also bis zum nächsten Tag warten, ob es ihr schmeckte oder nicht.
»Was ist eigentlich mir dir los, du bist schon wieder so blass?«, hörte sie Hellmer sagen.
»Ach, vergiss es«, fauchte sie, entschuldigte sich aber sofort und schluckte schwer.
»Schon gut«, lächelte Frank. »Nicht dass du mir ein Magengeschwür hast.«
»Das Geschwür heißt Felix Büchner«, erwiderte sie grimmig. »Morgen bekomme ich es hoffentlich entfernt.«
Sie wussten beide, dass sie heute nichts mehr aus der Villa hören würden.
Und was morgen sein würde, wusste keiner.

DIENSTAG, 20:20 UHR

Sonja Büchner betrachtete sich in dem Spiegel, dessen Rand längst stumpf geworden war. Ein diagonaler Sprung durchzog das Glas und verlieh ihrem Gesicht den Schein einer Narbe, der sich vom Haaransatz bis unters Kinn zog. Es wäre die einzige Verletzung, die man hätte sehen können, außer einem kleinen Kratzer oberhalb der Schläfe. Die unerträglichen Schmerzen, die sie quälten, kamen von dort, wo man es nicht sehen konnte. Der Unterleib, besonders der After, fühlte sich an, als würde noch immer etwas darin stecken. Sie tastete den kleinen Raum, in dem es kein separates Licht gab, nach Schmerztabletten ab. Irgendwo musste eine Packung Ibuprofen sein. Sie fand den Blister, er war vom Waschbecken gerutscht und zu Boden gefallen. Stöhnend ging sie in die Knie, drückte vier Tabletten heraus und warf sie sich in den Mund. Sie drehte den Wasserhahn auf. Es dauerte einige Sekunden, bis die Flüssigkeit ihre gelbliche Färbung verlor. Sonja meinte, die Metallrückstände der alten Leitungen schmecken zu können, als sie die Tabletten herunterspülte. Sie hatten bereits begonnen, sich aufzulösen, womöglich rührte der Geschmack auch daher.
Sie sank zurück auf ihre Matratze und hoffte, dass die Schmerzen bald nachließen. Vergewaltigt zu werden war nichts Neues für Sonja. Sie war verheiratet mit einem Mann, der sich auf erzkonservative Werte berief. Der seine Macht, sein Geld und seinen Penis als Rechtfertigung dafür betrachtete, der Bestimmer zu sein. Das Familienoberhaupt. Die Ironie war fast schon lustig, wäre sie nicht so brutal. Felix hatte es nie zu einem Sohn gebracht, nicht einmal zu einer Schwangerschaft. Jahrelang hatte er getobt, gehofft und ihr die Schuld in die Schuhe geschoben. Hatte ihr Vorwürfe gemacht, sie zu allen möglichen Untersuchungen geschickt, aber niemals den Mumm gehabt, seine Spermien testen zu lassen. Sein Geschlechts-

teil war, wenn man dem Internet Glauben schenkte, unterdurchschnittlich groß. Seit sie Adam Maartens kannte, würde sie es sogar als armselig bezeichnen. Einen anderen Vergleich hatte Sonja nicht. Mit sechzehn hatte sie einen Freund gehabt, doch das erste Mal war für sie nichts gewesen, an das es sich zu erinnern lohnte. Dann war Felix Büchner in ihr Leben getreten. Ein Student, der einen Maserati fuhr. Der in einer schlagenden Verbindung war. Der eine Blessur oberhalb des rechten Ohrs trug, von dunklen Haarsträhnen bedeckt, aber der sich nicht scheute, sie zu zeigen. Es war etwas Verbotenes, etwas, von dem sie ihren Eltern nichts erzählen durfte. Damals war er anders gewesen, zumindest hatte sie ihn damals anders gesehen. Wenn Sonja sich heute daran erinnerte, war ihr klar, dass er schon früher dasselbe narzisstische Arschloch gewesen war wie heute. Jemand, der seine mangelnde Männlichkeit, seine Unfähigkeit, sich fortzupflanzen, mit Geld und exzessivem Lebensstil übertönte.

Doch bei ihr hatte er sich anders gezeigt, zumindest zeitweise. Er musste sie aufrichtig geliebt haben, so weit hatte Sonja das Ganze analysiert, und vielleicht liebte er sie sogar noch immer. Nur dass sich das, was er für Liebe hielt, wie die kalte Faust anfühlte, die seinen Besitz verteidigt. Wie ein Raubtier, das sich in seine Beute verbissen hat. Das erst sterben musste, um seine Fangzähne zu öffnen.

Sonja dachte an den Spiegel. Sie hatte schon oft mit dem Daumen darauf gedrückt. Festgestellt, dass die Scherbe locker saß. Dass es ein Leichtes wäre, sie herauszulösen. Die scharfe Kante würde ihr Fleisch mit Leichtigkeit durchdringen. Laut Internet war es der einzige Schmerz, den man spürte. Sobald das Blut aus den Adern quoll, würde sich ein Gefühl der Befreiung einstellen. Dann Müdigkeit. Ein wohliger Wachtraum, der in die Unendlichkeit mündete. Doch zu diesem Schritt war sie nicht bereit.

Das erste Mal hatte Felix sie vergewaltigt, als sie in den Flitterwochen waren. Er hatte schon damals zu viel getrunken und hin und wieder Kokain geschnupft. Man sah ihm vieles nach, dem Halbwaisen, der sich trotz des frühen Todes seiner Mutter in das Studium gestürzt – ja praktisch darin verbissen hatte. Man ermutigte ihn, seinen Weg zu gehen, denn sie wäre stolz auf ihn gewesen. Er hatte Sonja nach Portugal mitgenommen, wo sie die Villa eines Kommilitonen nutzen durften. Statt romantischer Zweisamkeit wurde eine einwöchige Party aus dem Honeymoon, im Dauersuff hatte Felix keinen hochbekommen und war daraufhin pampig geworden und zu einer anderen gegangen. An willigen Bikinischönheiten hatte es nicht gemangelt. Als sie ihm frühmorgens nach seiner Rückkehr eine Szene machte, hatte er sie am Hals gepackt, sie auf die Matratze gedrückt und sie dazu gezwungen, seinen Penis in den Mund zu nehmen. Er roch nach Sperma und schmeckte bitter, Felix lachte nur und drückte ihn noch tiefer in ihren Rachen. Danach war er über sie gekommen. Sonja war nicht in Stimmung gewesen, er hatte seine Finger angespuckt, um sie zu befeuchten, und war in sie eingedrungen. Es fühlte sich an, als risse er sie auf, auch wenn es keine Verletzungen gab. Sie lag da, das schwere Stöhnen im Ohr und seinen verschwitzten Körper auf sich. Betrachtete den Deckenventilator und lauschte dem Zischen der Bewässerung, die sich um sechs Uhr morgens einstellte. Das herabfallende Wasser, die langsame Bewegung der hölzernen Lamellen.

Sonja würde diese Erinnerungen niemals vergessen. Und es hatte seither unendlich viele weitere Szenen wie diese gegeben. Felix Büchner hatte eine erfolgreiche Karriere hingelegt, auch wenn ihm das meiste davon zuzufliegen schien. Seine Examen und die dafür nötige Paukerei hatte er trotzdem zu bewältigen gehabt. Er war von Selbstzweifeln zerfressen, auch wenn nicht offensichtlich war, woher diese rührten. Lag es daran, dass er im ewigen Schatten seines Vaters stand? Oder lag es daran, dass es überall, wo er auftrat, jemanden gab, der besser aussah, mehr Geld besaß, eine steilere Karriere hingelegt hatte? Sie wusste es nicht. Doch sie war sich darüber im Klaren, dass niemand Felix so kannte, wie sie es tat. Er kam zu ihr ins Gästeschlafzimmer, wohin sie sich manchmal flüchtete, nachdem er ihr weh getan hatte. Statt neuer Erniedrigungen brachte er ihr heiße Milch (Sonja liebte heiße Milch mit Honig) oder Gebäck. Er stand dann in der Küche und knetete Teig, in seinen Augenwinkeln erkannte sie die Rötung durch die Tränen. Oder er füllte Pralinen. Dinge, die kein anderer Mann tat. Dann setzte er sich neben sie. Kleinlaut, ein Häufchen Elend. Meistens lag es am Job. Er hatte sich über jemanden geärgert oder ein wichtiges Meeting stand bevor. Oder er fühlte sich durch jemanden bedroht, der besser war als er. Dann weinte er, manchmal zitterte er dabei. Und er bat sie um Vergebung und beteuerte ihr seine Liebe, die sich seit ihrer Jugend nicht geändert habe. Und Sonja verzieh ihm. Denn sie wusste nicht, wohin sie sonst gehen sollte. An wen sie sich wenden sollte. Und an den meisten Tagen lief es doch auch gut zwischen ihnen.

Adam Maartens hatte ein völlig neues Gefühl in ihr geweckt. Er hatte sie gefragt, wie sie ihre Beziehung bewerten würde. Wo sie sich sähe, wenn alles gut wäre. Und er hatte ihre ausweichenden Antworten so lange in Frage gestellt, bis sich eine Antwort herauskristallisierte: Sonja Büchner war eine Gefangene. Eine Gefangene ihrer selbst.

Sieh dich an, dachte sie verbittert und blickte sich in ihrem Verschlag um. Was würde Adam dazu sagen?

Felix hatte sie zur Rede gestellt.

Er hatte gewusst, dass sie es mit dem Therapeuten getrieben hatte. Schäumend vor Wut hatte er auf sie eingeprügelt, so hatte sie ihn noch nie erlebt. Zum ersten Mal in all den Jahren hatte Sonja Todesangst verspürt. Auch eine neue Erfahrung. Und Adams Worte sowie ihre Angst hatten in ihr einen Reflex ausgelöst, zu dem sie nie zuvor imstande gewesen war. Sie hatte zurückgeschlagen. Ihre Handfläche

war auf Felix' Wange gelandet, und in den folgenden Sekunden, die wie Stunden wirkten, hatte er wie versteinert dagestanden. Seine Hand wanderte mechanisch in Richtung Gesicht. Die Kinnlade fiel herunter. Seine Augen weiteten sich so sehr, dass es aussah, als würde er beide Pupillen verlieren.
Sonja war losgerannt.
Mit schnellen Schritten, deren Stampfen durchs ganze Haus hallten. Wohin? Der Weg zur Haustür war versperrt. Draußen, am Ende des Gartens, wartete hinter einer Mauer nur der Main. Doch zu einer Entscheidung kam es nicht mehr.
Ein Stolpern.
Die Porträts im Treppenhaus rasten kopfüber an Sonjas Augen vorbei. Dann ein kalter Schlag auf ihre Schläfe. Marmorboden. Es wurde dunkel.
Und still.

Wie viel Zeit vergangen war, hatte sie nicht gewusst.
Der Raum allerdings war ihr nicht unbekannt. Sie befand sich im Gewölbekeller unter dem Anwesen. Felix hockte auf einem Schemel. Sie nahm ihn verschwommen wahr, ihr Schädel brummte. Tastend richtete sie sich auf.
»Hier, bitte.« So eisig wie das Päckchen Kühlgel, das er ihr reichte, war auch seine Stimme.
Sie hielt es sich an die Schläfe und stöhnte erleichtert auf. Es war, als strömten klare Gedanken in ihren Kopf hinein. Dann erkannte sie ein Wasserglas und zwei Schmerztabletten. Sie schluckte sie.
Felix musterte sie schweigend.
Als die Stille unerträglich wurde, fragte sie: »Warum bin ich hier?«
»Du hast mich angegriffen.«
Sie wollte ihrer Empörung Ausdruck verleihen, doch etwas lähmte sie. Stattdessen benutzte sie dieselbe Technik, die Adam anwendete, und wiederholte: »Ich habe dich angegriffen?«

Felix drehte den Kopf. Es waren Kratzer zu erkennen. Und eine deutliche Rötung.

»Hätte ich besser die Polizei rufen sollen? Oder den Notarzt? Oder die grüne Minna?«

»Aber ...« Sonja kniff die Augen zusammen. Verdrehte er die Tatsachen absichtlich? Oder war ihr etwas entgangen? Sie fühlte sich noch immer benommen, aber klar genug, um Realität von Illusion zu unterscheiden. »Moment. Wir haben uns gestritten. Und dann ...«

»... bist du auf mich losgegangen«, beendete Felix den Satz mit gefasster Stimme. »Nicht wie sonst, wenn du mich reizt und mit voller Absicht zur Weißglut bringst. Wenn ich dich stoppen muss.«

Wenn ich dich stoppen muss. Innerlich äffte eine Stimme diese Worte nach. Aber Sonja brauchte noch Zeit, um sich zu sammeln. Schlagfertigkeit gehörte nicht zu ihren Stärken. Sie lauschte also den Worten ihres Mannes, die sie zunehmend fassungslos werden ließen.

»Du wurdest hysterisch, du hattest einen Nervenzusammenbruch, ich wusste mir nicht zu helfen. Ich kann jederzeit Professor Volkersen anrufen, um dich in die Geschlossene stecken zu lassen. Fremd- und Eigengefährdung. Damit ist nicht zu spaßen.«

Was hat er da gerade gesagt?

Sonja tippte sich auf die Brust. »*Du* bezichtigst *mich* der Gefährdung? Nach all den Torturen, die ich über mich ergehen lassen musste?«

»*Das* hier sieht man«, gab Büchner zurück und streckte ihr seine Backe entgegen. »Und Volkersen ist *mein* Freund, nicht deiner.«

Professor Volkersen war einer jener Männer, von denen Felix Büchner sich bedroht fühlte. Die ihm überlegen waren. Daran zumindest erinnerte sich Sonja, als sie den Namen hörte. Volkersen hatte vor zwei Jahren ein Gutachten verfasst, dessen Ergebnisse ihrem Mann in die Quere kamen. Sie konnte sich an keine Details erinnern. Doch an den Alkoholrausch. Die Prügel. Die Vergewaltigung. Und,

irrwitzigerweise, auch an den Moment, als Felix sich mit einer Tasse heißer Milch durch ihre Zimmertür gequetscht hatte.
In diesem Augenblick war Sonja klargeworden, dass niemand ihr helfen würde. Nicht Volkersen, nicht ihr Mann, nicht die Polizei. Nicht einmal Adam Maartens.
Das Erwachen in demselben Raum, in dem sie ihr Bewusstsein verloren hatte, fühlte sich wie eine Strafe an. Eine bittere Erkenntnis, denn für Sekunden hatte Sonja gehofft, sie befände sich an einem besseren Ort. Sie war nicht gläubig, hatte keine Hoffnung auf den Himmel oder ein Paradies im Jenseits. Doch sie wusste, wo ihre persönliche Hölle war. Hier unten im Keller, als Gefangene ihres Mannes. Eines teuflischen Despoten, der sie beinahe umgebracht hatte.
Doch der Lebenswille war zurückgekehrt. Sonja Büchner war noch nicht bereit zu sterben. Nicht jetzt. Nicht hier unten.
Sie würde ihr Schicksal nun selbst in die Hand nehmen.

DIENSTAG, 20:45 UHR

Die Dämmerung hatte längst eingesetzt, und der Himmel über dem Taunuskamm glühte tief orange. Julia Durant öffnete das Dach ihres Roadsters und genoss den Fahrtwind, der ihr den Kopf freizublasen schien. Im Radio lief *Born in the USA* – Musik nach ihrem Geschmack. Sie drehte die Lautstärke hoch und trat das Gaspedal nach unten.
Über ihrem Kopf, so nah, dass sie dachte, sie könne fast danach greifen, dröhnte ein Airbus im Landeanflug. Bäume flogen links und rechts an ihr vorbei, dazwischen Autos mit gesichtslosen Men-

schen. Julia Durant nahm alles nur wie durch ein verzerrtes Glas wahr. Ihr Fokus galt der Straße vor ihr, alles andere versuchte sie auszublenden. Das Fußballstadion zog vorbei, schon kamen die ersten Häuser der Stadt. Bald würde sie zu Hause sein. Doch was dann? Wie konnte sie nach solch einem Tag zur Ruhe kommen?
Hochgräbe musste darüber informiert werden, womit sie die vergangenen Stunden verbracht hatte. Kullmer und Seidel hatten sich um die Befragung der Nachbarn von Clarissa Ruhland gekümmert. Gemeldet hatte sich keiner von beiden. Bedeutete das, dass es kein Ergebnis gab?
Kullmers Name kam zuerst im Telefonbuch. Sie wählte seine Nummer.
»Bist du immer noch unterwegs?«, fragte eine gequälte Stimme.
»Du etwa nicht?«
Kullmer berichtete, dass die Befragung von zwei bis drei Dutzend Anwohnern der Rotlintstraße zu nichts Neuem geführt habe. »Wer auch immer ihr das gesteckt hat, keiner will's gewesen sein«, schloss er.
Julia Durant hatte die Aussage der Frau ohnehin angezweifelt. Je weiter sie sich der Innenstadt näherte, desto sicherer wurde sie, dass da mehr dahintersteckte. Sosehr sie auch ins Bett wollte, sie ließ ihre Straße vorbeiziehen und fuhr weiter in Richtung Fachhochschule. Minuten später erreichte sie die Rotlintstraße und stellte sich ins Halteverbot.

Die Verwunderung über den späten Besuch stand der jungen Frau ins Gesicht geschrieben. Clarissa Ruhland trug einen weiten Trainingsanzug, der ihre weiblichen Konturen verschluckte.
»Frau Durant?«, fragte sie mit gedämpfter Stimme.
»Darf ich reinkommen?«
»Meinetwegen. Besser als hier im Treppenhaus.«
Julia Durant lächelte kess. »Fürchten Sie etwa um Ihren Ruf?«

»Quatsch. Ich habe Besseres zu tun ...«, begann Clarissa Ruhland, winkte dann aber ab. »Was möchten Sie denn nun von mir?«
»Wir haben Ihre gesamte Nachbarschaft abgeklappert«, begann Julia, und sofort rollte ihr Gegenüber mit den Augen.
»Ja. Habe ich mitbekommen. Sehr peinlich. Man beäugt mich, als sei ich eine Mörderin.«
»Das haben Sie sich selbst zuzuschreiben. Sie hätten uns den Namen direkt nennen können.«
»Nein.« Ruhland verschränkte die Arme und warf ihr einen trotzigen Blick zu.
»Wir haben nur unseren Job gemacht. Verdammt, da draußen geht ein Killer um, der es auf Frauen abgesehen hat! Helfen Sie uns, wenn Sie können, anstatt die Bevölkerung mit Ihren Artikeln zu beunruhigen!«
Clarissa Ruhland zog eine Grimasse und legte den Kopf zur Seite: »Sie haben ja selber Angst.«
»Wie bitte?«
»Haben Sie etwa Angst, dass er *Sie* auf dem Kieker hat?«
»Mich«, Julia tippte sich aufs Brustbein. »Wieso?«
»Na ja, Sie sind rothaarig. Schulterlanges Haar. Sehr weiblich. So wie die anderen.«
Durant fühlte sich geschmeichelt.
Frau Ruhland fuhr fort: »Nur beim Alter fallen Sie eben deutlich raus. Also brauchen Sie sich vermutlich doch keine Sorgen zu machen.«
Der Knall war so laut, als wäre gleich ein ganzes Dutzend Luftballons auf einmal zerplatzt.
»Für wie alt halten Sie mich denn?«, fragte Julia, und es gelang ihr nur leidlich, dabei nicht mürrisch zu klingen.
»Zweiundfünfzig«, grinste Ruhland. »Ich habe meine Hausaufgaben gemacht.«
»Inwiefern?«

»Sie nennen es wohl Hintergrundrecherche. Ich habe mich über Sie erkundigt. Sie leiten die Ermittlung und haben da ja auch schon einen gewissen Ruf.« Die Frau zwinkerte. »Das mit dem Alter war nicht persönlich gemeint. Ich hätte Sie zehn Jahre jünger geschätzt, wenn ich's nicht gewusst hätte.«
»Dann *würde* ich ins Schema passen.«
»Wenn der Schnitter Sie für passend hielte ... Wer weiß?«
»Ich glaube, Sie stehen mit ihm in Verbindung.«
Ruhland zuckte zusammen. »Wie meinen Sie das?«
»Die Information über die Leiche auf dem Hauptfriedhof«, erklärte Durant. »Ich glaube, da steckt mehr dahinter als bloßes Hörensagen.«
»Nennen Sie mich eine Lügnerin?« Die Empörung wirkte aufgesetzt.
»Frau Ruhland, ich werde morgen Vormittag Ihren Telefonanschluss überprüfen lassen. Handy, E-Mails, was auch immer der Staatsanwalt mir gestattet. *Dann* entscheidet sich, wie es um die Wahrheit bestellt ist.« Julia neigte lächelnd den Kopf. »Es sei denn, Sie möchten Ihrer Aussage von heute Mittag noch etwas hinzufügen.«
Ruhland wedelte mit den Armen, als mache sie Freiübungen. Ihre Gesichtshaut war gerötet.
»Gut, meinetwegen«, platzte es aus ihr heraus. »Aber es wird Ihnen nichts bringen.«
»Warten wir's ab.«
»Er hat mich kontaktiert.«
»Per Mail?«
»Nein. SMS.«
»Darf ich sie lesen?«
Ruhland presste die Zähne aufeinander und stieß hervor: »Ich habe sie gelöscht.«
Das konnte doch alles nicht wahr sein!
»Warum haben Sie das getan?«, wollte Durant wissen.
»Weil ich damit nichts zu tun haben will. Es fing an, dass er mich anrief. Anonym. Er behauptete, es sei ein öffentliches Telefon. Er

fragte, ob ich an einer Geschichte interessiert sei. Ich fragte, wer er sei und woher er meine Nummer habe. Er sagte, meine Nummer stünde überall im Netz.«
»Stimmt das denn?«
»Ja. Ich habe ein Profil, unter dem ich Fotografien online stelle. Dort sind sämtliche Kontaktdaten hinterlegt, auch meine Handynummer.« Sie nannte die Website, Durant notierte sich das Ganze, dann fuhr die Journalistin fort: »Wenn man Aufträge haben möchte, darf man mit seinen Daten nicht geizen.« Sie hob die Schultern. »Leider ist der Effekt meist recht ernüchternd.«
»In Bezug auf die Aufträge?«
»Auch.« Die Frau lächelte müde. »Aber sobald man angibt, eine Frau zu sein, oder eine einzige Aufnahme nur den geringsten Hauch von Sinnlichkeit hat, kriechen von überallher die Gestörten aus ihren Löchern.«
Julia Durant nickte seufzend. »Das ist wohl unser Schicksal. Was können Sie mir über den Anrufer sagen?«
Ruhland verzog den Mund und schien angestrengt zu überlegen. »Er flüsterte. Wenigstens die meiste Zeit. Manchmal hob er seine Stimme. Er wirkte ziemlich erregt.«
»Noch etwas?«, fragte die Kommissarin, als eine längere Pause entstand.
»M-mh.« Kopfschütteln.
»Hatte seine Erregung etwas, hm, Sexuelles?«
»Nein, irgendwie eher aufgeregt. Fast kindlich, würde ich sagen, aber damit kenne ich mich leider nicht aus.« Ruhland rollte die Augen und tat dramatisch. »Schwere Kindheit und so. Reden wir nicht davon.«
Julia Durant dachte kurz nach. »Es besteht kein Zweifel daran, dass es sich um eine Männerstimme handelte?«
»Wenn sich seine Stimme hob, war das eindeutig. Da bin ich mir wirklich sicher.«

Warum verstellte er sie dann überhaupt, fragte sich die Kommissarin im Stillen.

»Hatten Sie das Gefühl, er kenne Sie?«, fragte sie daraufhin. »Oder kam Ihnen an seiner Stimme etwas bekannt vor?«

Die Frau stöhnte auf und fuhr sich durchs Haar. »Das habe ich mich alles selbst schon gefragt. Warum ich? Aber ich weiß es nicht, Herrgott noch mal!«

Als Julia Durant eine Viertelstunde später wieder auf der Straße stand, rief sie Alina Cornelius an, um ihr zu berichten. Sie ließ auch die Geschichte mit dem Alter nicht aus.

»Darüber muss ich immer wieder nachdenken«, schloss sie.

»Mensch, du siehst maximal aus wie vierzig«, lachte Alina, »und vierzig ist das neue dreißig. Mach dich nicht verrückt.«

»Es geht mir um etwas anderes«, sagte Julia, nicht ohne ein Lächeln in den Mundwinkeln. »Das Alter der Frauen ist trotzdem zu hoch. Die Jüngste war siebenundzwanzig, sah aber deutlich älter aus. Das stört mich schon die ganze Zeit über.«

In ihrem Bücherregal hortete die Kommissarin mehr Bücher über Serienmörder, als andere Reiseführer oder Liebesromane besaßen. Eine von Claus' ersten Reaktionen darauf war gewesen: »Du hast schon eine Ader in dir, die einem Angst macht.«

Er hatte zwar gelächelt, doch beide wussten mittlerweile, dass es eine von Julia Durants tiefsten Passionen war. Ihren ersten Fall in diese Richtung hatte sie gelöst, als sie noch in München gewesen war. Einen anderen hatte sie erst im letzten Dezember ebendort zum Abschluss gebracht.

Alina Cornelius durchdrang ihre Gedanken mit der Frage: »Was ist mit diesem Alter nicht in Ordnung?«

»Den meisten Serientätern geht es doch um eine unerfüllte Liebe, um unterdrückte Sexualität, um die Verarbeitung von Missbrauch.«

»Das stimmt«, bestätigte die Psychologin. »Es sind Männer, die ein

Trauma projizieren. Die sich Frauen suchen, die einer bestimmten Vorlage dienen, und sich an ihnen abreagieren. Sexuell. Mit Dominanz. Oder um das, was in ihrer Kindheit oder Jugend schiefging, nun *richtig* zu machen. Üblicherweise kann keines dieser Gefühle eine langfristige Befriedigung herstellen. Deshalb müssen die Opfer sterben. Und der Täter beginnt das Ganze von vorn.«
»Genau«, übernahm Durant wieder. »Und deshalb sind es meist junge Mädchen, die in den Fokus geraten. Eben solche, die der ersten Freundin ähneln oder einem Jugendidol oder der ersten unerwiderten Liebe. Diese Bilder altern nicht, egal, wie alt die Mörder werden. Auch ein Mann jenseits der vierzig würde seine Opfer im Teenageralter suchen. Oder maximal bis Anfang zwanzig.«
»Das bedeutet, der Mörder jagt nicht seine verflossenen Liebschaften …«
Durant vollendete den Gedanken. »Nein, Alina. Er jagt seine Mutter. Also deren Abbild.«
Die Psychologin schnaufte. »Der Hammer, wenn's so wäre! Aber du könntest ins Schwarze getroffen haben. Das würde vielleicht auch erklären, warum es ihm egal zu sein scheint, ob seine Opfer Prostituierte oder reiche Damen sind. Die Optik entscheidet.« Sie überlegte kurz. »Aber müssten die Opfer nicht trotzdem eine ganze Ecke jünger sein?«
»Nicht zwangsläufig.« Durant hatte längst nachgerechnet. »Wenn es sich bei der Mutter um eine Frau handelt, die meinetwegen Anfang zwanzig schwanger wurde – dann wäre sie im späteren Kindesalter ihres Nachwuchses dreißig gewesen. In der Pubertät fünfunddreißig. Eigentlich passt das doch ganz gut. Viel wichtiger ist, wie alt der Täter heute ist und wann er seine erste Tat begangen hat. Was der *Auslöser* dafür war.«
Alina überlegte einige Sekunden. »Darüber muss ich erst mal eine Nacht schlafen.«
»Schlafen oder Bücher wälzen?«
»Vielleicht beides.«

Die beiden verabschiedeten sich.

Julia Durant schlenderte zu ihrem Auto. Mit einem Mal übermannte sie eine schwere Müdigkeit, und sie wünschte sich nichts mehr als eine heiße Wanne, ein kühles Bier und danach in Claus' Armen einzuschlafen.

Doch da war etwas, das sie störte.

Etwas, das ihr in der Wohnung der jungen Frau begegnet war. Etwas an ihr, etwas an den Dingen, die sich dort befanden, oder etwas, das sie gespürt hatte. Doch sosehr die Kommissarin sich auch den Kopf zermarterte, sie kam nicht darauf. Also entschied sie, es dabei bewenden zu lassen. Vorläufig.

DIENSTAG, KURZ VOR 22 UHR

Unter der Tür drang kein Lichtschein hervor, keine Musik ertönte aus dem Inneren. Claus Hochgräbe ließ meistens Joe Cocker oder Elton John laufen. Doch schon auf der Straße hatte Julia sich gewundert, dass die Fenster im Dunkel lagen.

Sie kickte die Tür mit dem Absatz zu. Sie trug eine Zeitung unter dem Arm, von der sie sich geschworen hatte, heute keinen Blick mehr hineinzuwerfen. Sie wollte den Abend ohne Ärger ausklingen lassen, doch der erste Frust erwartete sie bereits, als sie in der Küche ankam. Kein kaltes Bier mehr im Kühlschrank. Auf dem Handy eine Nachricht von Claus. Zwei Stunden alt. Es war die Rede von irgendeiner Besprechung. Sie solle nicht auf ihn warten. Julia nickte bloß und überlegte, was sie mit dem restlichen Abend anfangen sollte. Erst dann wunderte sie sich darüber, weshalb sie so gleichgültig war. Lag es an ihrer Müdigkeit? Sie wusste es nicht.

Sie ließ sich eine Badewanne einlaufen. Schlüpfte aus ihrer Kleidung, die sie ausnahmslos in der Wäschetonne verschwinden ließ. Das Telefon blinkte in der Ladestation, sie ignorierte es. Außer einem Glas Rotwein und zwei Duftkerzen nahm sie nichts mit ins Badezimmer. Sie klappte den Spiegelschrank auf und lächelte, als sie den kleinen Karton genau dort fand, wo sie ihn vermutet hatte. Seit sie nicht mehr rauchte, lagen nicht mehr überall Feuerzeuge herum. Stattdessen fand sich in beinahe jedem Möbelstück der Wohnung eine Portion Streichhölzer.

Bald schon türmten sich hohe Schaumberge knisternd über der Kommissarin auf. Im Hintergrund flackerten die Flammen, und außer ihrem Kopf und den Fußspitzen, die sie ab und an aus dem Wasser hob, war nichts von ihr zu sehen. Eine halbe Stunde verging. Das Weinglas war lange leer. Hätte die Flasche in Reichweite gestanden, Julia hätte sich nachgeschenkt. Ihre Gedanken kreisten um nichts anderes als die Ermittlung, sosehr sie sich auch dagegen wehrte. Was hatte es mit der Journalistin auf sich? Und wie passte der Fall um Sonja Büchner in das Gesamtbild? Sie hatten mehrere Stunden des Tages darauf verschwendet, nur um jetzt ergebnislos dazusitzen. War sie die Frau, für die sie sich ausgab? Und, falls nein, war es im einundzwanzigsten Jahrhundert mit all seinen Genanalysen und Möglichkeiten überhaupt noch denkbar, dass eine andere Person ihren Platz einnehmen konnte? Sie seufzte schwer. Natürlich war es möglich. Kriminelle fanden *immer* die Mittel und Wege. Und die Kriminalpolizei hinkte verzweifelt hinter ihnen her. Seit Jack the Ripper. Schon immer.

Sie dachte an die Presse. Man bezeichnete den Unbekannten als »Schnitter«. Dass es sich um einen Mann handelte, schien alle Welt als gottgegeben anzunehmen. Frauen wurden nicht zu Serientäterinnen. Das, was Frau Ruhland von dem Anrufer berichtet hatte, bestätigte diese Auffassung. Es war allem Anschein nach ein Mann.

Ein Populärpsychologe hatte in einer Radiosendung geunkt, dass der »Schnitter« vermutlich einen ungeklärten Konflikt in seiner Bindung zu den Eltern habe. Plattes Lehrbuchwissen, das man sich mit wenigen Klicks aus dem Internet aneignen konnte. Und was nutzte es, selbst wenn man das beste Profiling ansetzte? Vor ihren Augen sah sie die Liste der potenziellen Verdächtigen. Als Erstes würden die Ehemänner gestrichen werden. Keiner davon kam in Frage, *alle* Morde begangen zu haben. Dann der Tennistrainer. Und wahrscheinlich sogar Adam Maartens. Er war viel zu schlau, um seine eigenen Patientinnen zu ermorden. Oder hielt er sich nur für schlau?

Genügten die Verdachtsmomente, um eine Hausdurchsuchung anzuordnen? Eine Durchsuchung, die, wenn sie Maartens richtig einschätzte, keinerlei Indizien hervorbrächte?

So ungern sie es sich eingestand: Ohne Maartens gingen ihr die Tatverdächtigen aus. Und ohne einen Verdächtigen würde es keine Verhaftung geben.

Julia hob ihren Oberkörper und beugte sich nach vorn. Mit einem Mal drehte sich das Gedankenkarussell so schnell, dass sie Angst hatte, etwas zu vergessen. Sie drehte am Ablauf und lauschte den Stimmen in ihrem Kopf.

Mit Claus über Maartens reden. Eine Observierung?
Spürhunde für das Büchner-Anwesen? Observierung.

Plötzlich funkelten Sterne wie ein Glitzerregen vor ihren aufgerissenen Augen. In der nächsten Sekunde spürte sie das Wasser in ihrem Gesicht. Es war überall, sie wollte spucken, doch stattdessen presste sie die Lippen aufeinander. Über ihren aufgerissenen Augen wogte es bernsteinfarben. Panik ergriff sie.

Weshalb bin ich unter Wasser?

Julia wollte sich aufstemmen, doch sie wusste nicht, in welche Richtung. Spürte weder Arme noch Beine. Das Klatschen der Wellen konnte sie spüren, aber nicht hören. Alles war dumpf. Sie spürte das Verlangen nach Sauerstoff, das ihre Lungen brennen ließ. Doch

noch immer konnte sie sich nicht aufrichten. Ihre Muskeln versagten den Dienst, sie dachte an den Wein, dann lauschte sie dem Hämmern ihres Herzens. Den Puls konnte sie bis ins Ohrläppchen spüren.
Du musst hier raus!, schrie es im Takt der Schläge.
Endlich spürte sie einen kalten Luftzug auf ihrem Oberschenkel.
Dann auf der Schulter.
Dann auf der Stirn.
Ihr Kopf schnellte in Richtung der Kälte, und Julia riss die Lippen auseinander. Da war sie. Lebensspendende Luft.
Ein Hustenanfall überkam sie, und dann, irgendwann, konnte sie die Arme wieder spüren. Nur noch eine Pfütze des Badewassers war übrig. Der Schaum war im halben Bad verteilt. Hastige Schritte hallten durch den Raum.
»Was zum Teufel machst du da?«

Zwanzig Minuten später.
Es hatte sich wie ein Film vor ihren Augen abgespielt. Der Bademantel, der Föhn, Claus' sonore Stimme, die beschwichtigend auf sie einredete. Er versicherte ihr, dass alles gut sei. Dass er bei ihr sei. Sie nicht loslassen werde. Doch die Panik wollte der Geborgenheit nur im Schneckentempo Platz machen. Irgendwann hatte Julia es schließlich geschafft, sich ein Nachthemd anzuziehen. Eine Decke zu greifen. Sich keuchend an ihren Liebsten zu kuscheln, dessen Finger ihre Schultern zu massieren begannen. Sanft, aber immer wieder mit gezieltem Druck, der sie aufstöhnen ließ.
»Du willst sicher keinen Arzt?«, fragte er schließlich.
Sie schüttelte den Kopf und reckte sich nach hinten.
»Der würde nichts finden«, erklärte sie und blickte wieder nach vorn. »Das muss wieder so eine Scheiß-Panikattacke gewesen sein.«
Claus nickte und murmelte etwas. Sie hatte ihm davon erzählt, aber er hatte es noch selten erlebt. Wie auch? Wenn die beiden zusam-

men waren, geschah es nicht. Die Ängste warteten stets geduldig, bis Julia allein war.

»Was sagt Alisa dazu?«

»Alina«, berichtigte Durant und hob die Schultern. Alina Cornelius konnte ihr die Ängste nicht nehmen. Sie konnte ihr nur helfen, damit umzugehen.

»Wenn schon kein Arzt, dann solltest du wenigstens mit ihr sprechen.«

»Hm.« Julia war nicht sonderlich erpicht darauf, das Ganze noch einmal zu durchleben. Alina würde alles bis ins Detail ergründen wollen. Dabei wusste sie selbst nicht, was genau passiert war. War es der Wein gewesen oder die Müdigkeit, oder war einfach nur das Badewasser zu heiß gewesen? Mit dem Kreislauf hatte sie es ohnehin gehabt in den letzten Tagen. Julia dachte an die Szene mit Hellmer. Und an das Päckchen Tavor, das unberührt in ihrem Nachttisch lag. Seit Jahren ruhte es dort, doch sie hatte sich niemals dazu hinreißen lassen, eine der Tabletten zu schlucken. Julia Durant war stark. Sie brauchte keine Benzodiazepine, um zurechtzukommen. Sie würde sich nicht zum Opfer machen lassen, auch nicht von sich selbst.

Nie wieder.

»Soll ich ihr eine Nachricht schicken?«

Hochgräbes Stimme durchbrach ihre Gedanken. Sie legte den Kopf erneut in den Nacken. Seine Hände rutschten hinab in Richtung ihrer Oberarme und umfassten diese.

»Ich mache das schon«, antwortete sie kehlig. »Morgen.«

Dann formte sie die Lippen zum Küssen und Claus tat dasselbe. Eng umschlungen verharrten sie, und es tat gut, den anderen zu spüren. Auch ohne sich körperlich zu lieben. Julia Durant war dankbar, dass sie einen Partner hatte, der sie nicht andauernd zum Sex drängte. Der sich zurückhielt, wenn er spürte, dass etwas mit ihr nicht stimmte. Und der auf der anderen Seite leidenschaftlich sein konnte wie ein Fünfundzwanzigjähriger, auch wenn er doppelt so alt war. Sie taten einander gut, und dafür dankte Julia Gott, mit dem sie in letzter Zeit wieder öfter sprach. Ganz im Stillen. Es gab zu viele Dinge, die sie bewegten. Pastor Durant war nach seinem Schlaganfall wieder einigermaßen hergestellt. Doch irgendwann würde sein Alter ihn heimsuchen. Das Herz, die Demenz – mit neunzig Jahren gab es doch niemanden mehr, der nicht unter dem Verfall litt.

Doch jetzt, in diesem Moment, war nicht die Zeit für düstere Gedanken. Julia spürte, wie eine innere Hitze sie durchwogte. Claus atmete in der Nähe ihres Ohres aus. Der Atemzug strich über die Haut und verursachte einen wohligen Schauer. Sie seufzte und drehte sich wieder um. Dann küsste sie Claus, beide Hände um sein stoppeliges Gesicht gelegt. Die beiden liebten sich, diesmal körperlich, und es fühlte sich unendlich gut an. Auch Stunden später, als Julia Durant neben ihm einschlief. Seinen Atem im Ohr, der den Brustkorb gleichmäßig hob und senkte.

Sie war glücklich. Sie, der Privatmensch Julia, nicht die Kommissarin. Seit Jahren schon beharrte Alina Cornelius darauf, wie wichtig es war, diese beiden Persönlichkeiten voneinander zu trennen. Julia Durant versuchte es, meist mit mäßigem Erfolg. Sie wälzte sich auf die Seite, versuchte, die Gedanken auszuknipsen, bevor sie zu laut wurden und sie hellwach machten.

Doch da war diese eine Frage, die sie quälte. Woher kam diese gottverdammte Panik?

MITTWOCH

MITTWOCH, 20. MAI, 6:55 UHR

Wann auch immer sie eingeschlafen war – es musste sehr spät gewesen sein. Und der Schlaf war alles andere als erholsam gewesen. Gerädert quälte sich Julia Durant in die Küche, wo sie auf Claus stieß. Fertig angezogen, einen Mitnehmbecher mit Café au Lait in der Hand. Halbrund geformte Krümel auf der Arbeitsfläche verrieten, dass er ein Croissant gegessen hatte. Also war er beim Bäcker gewesen. Dies tat er nur, wenn er vorher laufen war. Julias Hirn rauschte. Er musste demnach seit eineinhalb Stunden wach sein, rechnete sie.
»Warum hast du mich denn nicht geweckt?«
»Dir auch einen guten Morgen«, lächelte er und küsste sie auf die Stirn.
»Entschuldigung. Guten Morgen. Die Nacht war bescheiden, um es vorsichtig zu sagen.«
»Da hast du deine Antwort«, erwiderte Claus. »Du hast den Schlaf dringender gebraucht als eine Runde durch den Holzhausenpark. Es regnet ohnehin. Kein schöner Tag zum Laufen.« Mit diesen Worten griff er zu Jacke und Schirm. »Im Ofen liegt etwas zu essen, Kaffee ist auch noch da. Ich bin dann mal weg, ich habe einen Termin. Wir sehen uns später im Präsidium. Und lass dir Zeit.«
Eine Umarmung später fiel auch schon die Tür ins Schloss. Julia Durant sank auf die Couch, wo noch immer ihr Bademantel von gestern lag. In ihrer Hand ein großer Pott mit Kaffee. Sie pfiff durch

die Zähne, während sie die Lichtreflexe auf der tiefschwarzen Oberfläche beobachtete. Claus konnte ein Energiebündel sondergleichen sein. An Tagen wie diesen brachte sie das völlig außer Atem.

*

Claus Hochgräbe hatte sich am Abend zuvor einen Dienstwagen mitgebracht. Er ließ Julia nicht gerne allein, wusste aber auch, dass sie nicht bemuttert werden wollte. Sie war ihr halbes Leben alleine klargekommen und würde das auch weiterhin tun wollen. Trotzdem, entschied er, musste sich etwas ändern. Er sinnierte darüber, während er sich durch den morgendlichen Verkehr in Richtung Darmstadt kämpfte.
Der Prozess gegen Ottwaldt, den »Serienmörder auf dem Lokus«, wie er tituliert worden war, hatte im April begonnen und war erwartungsgemäß mit einer Verurteilung zu Ende gegangen. Maximales Strafmaß. Infolgedessen hatte es einen Freispruch für den Mann gegeben, den man im vergangenen Herbst unschuldig verurteilt hatte. Warum man Hochgräbe ausgerechnet heute im Gefängnis Weiterstadt sprechen wollte, hatte man ihm nicht verraten. Aber Ottwaldt war bislang der einzige Fall, mit dem er in Verbindung stand, seit er die Leitung der Frankfurter Mordkommission übernommen hatte. Es konnte also nur mit ihm zu tun haben, dessen war er sich sicher.
Er meldete sich an der Pforte, wo man ihn bat, zu warten. Fünf Minuten später summte ein Türöffner. Dann klickte es, und schlurfende Schritte näherten sich. Ein Mann in Uniform mit müden Augen, denen man ansah, dass sie wenig Schlaf, aber umso mehr Alkohol abbekamen. Er stellte sich als Claaßen vor, Hochgräbe hatte den Mann nie zuvor gesehen.
»Ich habe da etwas aufgeschnappt«, kam Claaßen ohne Umschweife zur Sache. Er war der Sechzig näher als der Fünfzig und stand sonderbar verkrampft, als mache ihm der Rücken zu schaffen. »Sie müs-

sen wissen, ich bin mein Leben lang im Knast-Dienst. Schwalmstadt, Butzbach, Weiterstadt. Da gehen so manche kranke Typen durch.«

»Okay. Und wieso kommen Sie zu mir?«, fragte Hochgräbe.

»Sie sind doch das neue Gesicht im K11. Ich finde es gut, dass Sie Ottwaldt eingebuchtet haben. Der andere hat schon zwei Selbstmordversuche hinter sich. Weihnachten habe ich ihn gefunden. Ein paar Minuten später ... egal. Es ist gut, dass er wieder frei ist. Er wäre hier vor die Hunde gegangen. Deshalb wollte ich Sie persönlich sprechen und niemanden sonst. Sie jagen doch den Schnitter, hm?«

»Wir nennen ihn nicht so«, betonte Hochgräbe.

»Aber Sie jagen ihn. Und ich habe mich, als ich das in der Zeitung gelesen habe, an jemanden erinnert. Ein krankes Jungchen. Ich weiß leider nicht mehr seinen Namen. Aber es war in Butzbach, da bin ich mir relativ sicher. Er hockte meistens stumm da, als würde er warten. Boykottierte jede Möglichkeit, eine Haftmilderung zu erreichen. Ein zierlicher Kerl. Weiß Gott, was er alles erlebt hat. Die Knackis sind gnadenlos, aber wem erzähle ich das? Jedenfalls hatte er *Playboy, Hustler,* eben die üblichen Heftchen. Aber er hat sie nicht benutzt, um sich einen von der Palme zu wedeln. Er hat die Bilder zerkratzt. Besonders die Rothaarigen. Muschis, Brüste und Gesichter. In dieser Reihenfolge. Egal, wem die Heftchen gehörten. Das hat ihm eine Menge blauer Augen eingebracht. Und Schlimmeres. Aber er zeigte keine Emotionen. Rächte sich an niemandem. Hielt seine Zeit tapfer durch, aber wann immer er eine rothaarige Schönheit auftat, zerfetzte er sie mit Genuss. Einmal habe ich es live miterlebt. Er ließ sich Zeit. Und er lachte. Nur dieses eine Mal habe ich eine emotionale Reaktion bei ihm gesehen. Passt das in Ihr Profil?«

»Ich weiß es nicht«, gestand Hochgräbe ein. »Aber ich würde dem gerne nachgehen. Wie kann ich Sie erreichen?«

Claaßen gab ihm einen Zettel, auf dem seine Telefonnummer notiert war. »Tut mir leid, dass ich es nicht genauer weiß. Aber Butzbach muss zwischen 2000 und 2007 gewesen sein. Denn danach bin ich hierhergewechselt. Den Rest bekommen Sie wohl raus. Er muss damals um die zwanzig gewesen sein.«

MITTWOCH, 8:10 UHR

Frank Hellmer schlich durch die Küchentür. Er dachte, er sei allein, bis er das Rascheln hörte. Nadine saß mit dem Rücken zu ihm am Tisch und blätterte in der Zeitung. Kaffeeduft stieg ihm in die Nase. Sie hatte ihn noch nicht gehört, war vielleicht vertieft in die Schlagzeilen. Jedenfalls zeigte sie keinerlei Reaktion, bis er »guten Morgen« raunte und ihr mit den Fingern durchs Haar strich.
Nadine lehnte sich zurück und schenkte ihm einen Kuss. »Guten Morgen.«
Frank ging zur Kaffeemaschine, nicht ohne dabei einen Blick auf den Leitartikel zu werfen.
Seine Hand fuhr zärtlich über den Rücken seiner Frau, dann verkrampften die Finger sich zur Faust.

Der Schnitter geht in Frankfurt um. Was tut die Polizei?

»Seit wann liest du solch einen Schund?«
Er griff sich eine Tasse und füllte sie randvoll.
»Die lag heute vor der Haustür«, antwortete Nadine.
Frank schluckte. Eine Werbemaßnahme? Eine Warnung? Er überlegte fieberhaft und versuchte, sich nichts anmerken zu lassen.

Die Hellmers lebten seit vielen Jahren in Okriftel, südwestlich von Frankfurt. In unmittelbarer Nähe befand sich die neue Landebahn Nordwest. Ihre Straße gehörte zur Märchensiedlung. Die Upperclass, erfolgreiche Geschäftsleute, Neureiche, das waren ihre Nachbarn. Man kannte die Gesichter, aber nicht die Menschen hinter den Fassaden. Man grüßte sich, weil der Anstand es gebot, doch niemand interessierte sich dafür, was sich hinter den vier Wänden abspielte. Dass Frank Hellmer ein Kriminalkommissar war, passte den meisten nicht recht ins Bild. Er hatte sein Vermögen geerbt, das heißt, im Grunde hatte seine Frau Nadine es geerbt. Hellmer selbst hatte sich eingeheiratet. So schätzte er die landläufige Meinung ein. Einheiraten ins Geld, das machten üblicherweise Frauen. Doch wenn das Verbrechen über die Kante des Spießbürgertums zu schwappen drohte, stand man sofort bei ihm auf der Matte. Vermutlich hatte ihm einer der Nachbarn die *Bildzeitung* auf die Treppe geworfen.

»Was ist los mit dir?«, fragte Nadine, die hinter ihn getreten war. Ihre Arme umschlangen ihn, und er spürte die Wärme ihres Körpers durch den Schlafanzug hindurch.

»Wer trägt hier die Zeitungen aus?«

Im Gegensatz zu ihm wusste Nadine solche Sachen. Sie hatte einen Platz in der verschworenen Gemeinschaft des Viertels gefunden, auch wenn es Jahre gedauert hatte. Doch Nadine hob mit unwissender Miene die Achseln. »Warum willst du das wissen?«

Frank machte sich frei und deutete auf das bunte Papier.

»Es ist kein Zufall, dass die heute vor der Tür lag«, grollte er, »und ich möchte wissen, was dahintersteckt.«

»Besorgte Nachbarn, was sonst?«

»Prächtig! Und was soll ich jetzt damit tun?«, schimpfte Hellmer. »Glauben diese *besorgten Bürger,* wir säßen das ganze Jahr über untätig da? Scheiße, Nadine, wir rennen uns die Hacken ab! Wir haben jede noch so kleine Spur verfolgt, aber dieses Dreckschwein ist gut, auch wenn ich's ihm nicht zugestehen will. Er treibt dieses perverse Spiel schon was weiß ich wie lang und wird es wieder tun. So lange, bis er einen Fehler macht. Daran ändert niemand etwas, schon gar nicht die *Bild!*«

»Ich kann versuchen, etwas herauszufinden«, schlug Nadine vor. Mit einem Schlag war seine Aufregung verpufft. Sie besaß diese Gabe, ihn runterzuholen, auch wenn er kurz vor dem Explodieren stand. Er liebte sie in diesen Momenten über alles. Frank trat einen Schritt vor, küsste seine Frau innig und hielt sie für einige Sekunden eng an sich gepresst. Dann löste er sich, kippte die Hälfte seines Kaffees in den Rachen und die andere Hälfte ins Spülbecken.

»Lass mal«, sagte er dann. »Ich möchte, dass du zu Hause bleibst. Mir ist nicht wohl bei der Sache.«

»In dem Artikel steht etwas von rothaarigen Dreißigerinnen«, lachte Nadine. »Da passe ich beim besten Willen nicht ins Schema, weder so noch so.«

»Trotzdem«, brummte Frank. Er eilte nach oben ins Bad, putzte sich die Zähne und erhaschte einen Blick auf sein Spiegelbild, das ihm nicht gefiel. Zu müde, zu stoppelig, zu alt. Ein Stockwerk tiefer saß eine gutaussehende Frau mit einem Sexappeal, das seinesgleichen suchte. Sie war mit ihm verheiratet, aber was bedeutete das heutzutage schon? Eine kalte Hand schien nach Hellmers Herz zu greifen. Manchmal bekam er diese Ängste, sie kamen wie aus dem Nichts. Ein zweiter Blick in den Spiegel verriet ihm, dass er für das, was er in seinen gut fünfzig Jahren schon erlebt hatte, noch verhältnismäßig gut aussah. Anonyme Alkoholiker, Affären, die Geburt einer schwerbehinderten Tochter. In umgekehrter Reihenfolge. Er entschloss sich, die trüben Gedanken abzuwehren. Blickte der Spirale des ablaufenden Wassers hinterher, als würde sie allen Frust mit sich hinabziehen. Hastig zog er sich an und griff seine Autoschlüssel.

Der Porsche 911 schob sich rückwärts die Einfahrt hinauf. Mit einem gekonnten Schwung lenkte Hellmer ihn über den Bordstein auf die Straße. Er legte die Hand an den Innenspiegel und inspizierte die Umgebung. Wenige Fahrzeuge standen in den Einfahrten. Keine auf der Straße. Fließenden Verkehr gab es auch nicht. Der Kommissar wusste nicht, woher das Gefühl kam, doch er fühlte sich plötzlich bedroht. Sein Heim, seine Familie. Der Mörder verkehrte in gehobenen Kreisen. Nahm sich Frauen, die ihre Männer tagsüber nicht zu Gesicht bekamen. Die gelangweilt waren. Reich und gelangweilt. Steffi, Hellmers große Tochter, ging ins Internat. Die jüngere lebte seit einiger Zeit in einer anthroposophischen Einrichtung in Franken, wo man ihr alle Hilfen und Möglichkeiten bieten konnte, die sie brauchte. Marie-Therese war schwerbehindert, und die Kindheitsjahre mit allen möglichen Spezialistenterminen in den USA hatten die Familie auf eine harte Probe gestellt. Nun gab es nur noch Frank und Nadine. Und er würde bis spätabends in Frankfurt sein.

Hellmer versuchte, die bösen Geister zu verjagen, indem er das Radio aufdrehte. Er gab Gas, die Beschleunigung tat gut. Nadine war eine kluge, besonnene Frau. Sie würde sich nicht in Gefahr begeben.

Als der Porsche um die Ecke schnitt, wäre er um ein Haar mit einem schwarzen Range Rover kollidiert, der viel zu weit in der Fahrbahnmitte fuhr.

»Idiot«, knurrte der Kommissar. Er kannte weder den Fahrer noch den Wagen. Es war typisch Märchenviertel. So wohl er sich in dem luxuriös eingerichteten Haus auch fühlte, das er sich als Polizeibeamter niemals hätte leisten können, Hellmer wusste, wie die Dinge hier lagen. Niemand interessierte sich für den anderen.

MITTWOCH, 10 UHR

Julia Durant nippte an ihrem Kaffee. Sie hatte einen Stoß Akten neben sich aufgestapelt. Fälle, die sie vor ein paar Monaten schon einmal eingesehen hatte. Es handelte sich um die Frauen, deren Merkmale mit den beiden aktuellen Morden übereinstimmten.

Sie hob den Telefonhörer, so ruckartig, dass Hellmer, der ihr gegenübersaß, zusammenfuhr.

»Ich habe keine Lust mehr, hier untätig rumzusitzen«, verkündete sie.

»Wen rufst du an?«

»Oberstaatsanwalt Lambert. Er soll uns einen Beschluss für die Büchners besorgen.«

Hellmer legte die Stirn in Falten. »Waren wir uns nicht einig, bis zum Abend abzuwarten?«

»Nein. Mir steht's bis hier«, deutete Durant mit einer entsprechenden Geste an, wählte die entsprechende Kurzwahl und schaltete um auf Freisprechen.

Lambert meldete sich binnen Sekunden. Seine Stimme klang gehetzt, was Julia Durant darauf schob, dass er sich nicht gerne mit ihr befasste. Lambert war ein selbstgefälliger Wichtigtuer, dem seine eigene Karriere wichtiger war als die Gerechtigkeit, der er sich offiziell verschrieben hatte. Doch die beiden mussten sich arrangieren.

»Was liegt an, Frau Durant, ich bin auf dem Sprung?«

»Es geht um einen Durchsuchungsbeschluss.«

Durant merkte an Hellmers Miene, wie wenig er von ihrem Vorstoß hielt. Doch darauf konnte sie jetzt keine Rücksicht nehmen, beschloss sie, und berichtete in wenigen Sätzen vom Fall Büchner.

»Moment, damit ich das richtig verstehe«, sagte der Oberstaatsanwalt, »Sonja Büchner wurde vor drei Monaten als vermisst gemeldet, tauchte dann aber wieder auf. Und jetzt ist sie wieder verschwunden?«

»Ihr Mann meldete sich telefonisch und zog die Vermisstenanzeige zurück«, korrigierte Durant. »Gesehen hat sie damals niemand, geschweige denn vernommen.«

»Das fällt Ihnen ja früh auf.«

»Es spielte zu dem Zeitpunkt keine Rolle. Zumindest dachte man sich nichts dabei, denn alles schien nur ein Missverständnis gewesen zu sein. Es gab keine Anklage. Nichts Verdächtiges.«

»Und das ist jetzt anders? Wieso? Ich kenne Felix Büchner.«

Durant schwante nichts Gutes. »Frank und ich wurden erst stutzig, als wir gestern mit Frau Büchner reden wollten.«

»Und da ging es um den Schnitter-Fall?«

Durant stöhnte auf. »Fangen Sie nicht auch noch mit diesem Unwort an!«

»Sorry. Also es geht um diesen Fall.«

»Ja. Sonja Büchner war mit dem neuen Opfer bekannt. Wir möchten sie vernehmen. Doch dieser Büchner verhielt sich sonderbar. Erst hat er behauptet, sie sei nicht da. Dann hat er uns versprochen, sie würde sich melden. Doch bis jetzt ist nicht viel passiert.«

»Das ist dünn«, erwiderte Lambert, »zu dünn, wie ich fürchte. Das Verschwinden damals steht in keiner kausalen Verbindung zu heute. Sie müssten Frau Büchner schon offiziell vorladen. Wenn sie dann nicht erscheint, können wir etwas unternehmen.«

Die Kommissarin schnaubte wütend. »Das dauert ja Tage! Bis dahin stirbt womöglich jemand.«

»Liegt denn ein konkreter Verdachtsmoment vor? Wird jemand vermisst? Entspricht der kurze Abstand, den ein neuer Mord zum aktuellen hätte, überhaupt dem Täterprofil?«

Durant schluckte. »Nein«, antwortete sie kleinlaut.

»Dann tut es mir leid. Ehrlich. Sie wissen, ich helfe gerne. Aber ich darf in meiner Position nicht einfach so ins Blaue hinein handeln. Man erwartet Besonnenheit und Souveränität ...«

»Ist schon gut. Sie reden mit mir, nicht mit Ihren Parteifreunden.«

Lambert lachte auf und fuhr dann fort: »Man würde mich in der Luft zerreißen, und das gälte auch für jeden anderen Kollegen in der Staatsanwaltschaft. Frau Klein inbegriffen«, betonte er. »Gerade bei den Büchners. Wenn Sie dort etwas erreichen möchten, müssen Sie nach Lehrbuch vorgehen. Das ist Ihnen hoffentlich bewusst.«

Julia Durant wollte etwas erwidern, doch ihr fiel nichts ein. Sie vermied es, zu Frank Hellmer zu schauen, der sie vermutlich mit triumphierendem Blick ansehen würde à la: *Siehst du, ich habe es doch gleich gesagt.* Darauf konnte sie verzichten.

»Ich muss jetzt auch wirklich los«, drängte Lambert. »Ich wünsche Ihnen ein gutes Händchen. Und halten Sie mich ruhig auf dem Laufenden.«

Als sich ausgerechnet jetzt Hellmer zu Wort meldete, zuckte Durant zusammen.

»Sonja Büchner passt ins Schema«, kommentierte er wie selbstverständlich aus dem Hintergrund.

»Wie war das?«, kam es aus dem Lautsprecher. Auch Durant zog für einen Augenblick lang ein verdutztes Gesicht.

»Rothaarig, selbes Alter, Mitglied der High Society, gemeinsame Bekannte«, zählte Hellmer wie selbstverständlich auf, während die Kommissarin ihm mit breiter werdendem Lächeln zuhörte. Im Hintergrund zog Lambert die Nase hoch.

»Sie sehen: Wir müssen die Büchner dringend sprechen«, klinkte sie sich ein, als Hellmer seinen Satz beendet hatte. »Und zwar, bevor sie das nächste Opfer wird.«

Am anderen Ende der Leitung gluckste es. Dann klapperte etwas, vermutlich zog Lambert gerade eine Schublade auf. »Sie haben das einstudiert, wie?«, murrte es dann durch den Lautsprecher.

»Nein. Wir treten auf der Stelle. Wir stehen mit nichts da. Jeder Fehler könnte uns die nächste Tote bringen«, sagte Durant, und sie meinte es genau so.

»Danke für Ihre Offenheit. Ich werde sehen, was ich tun kann. Aber das ist keine Garantie, nur damit Sie Bescheid wissen. Felix Büchner ist ein einflussreicher Mann.«
»Schützt ihn das vor unserem Rechtssystem?«, konterte Durant.
»Quatsch. Aber er weiß sich zu wehren. Ziehen Sie sich besser warm an, bevor Sie ihm auf die Füße treten.«
»Machen Sie sich um uns keine Sorgen«, sagte die Kommissarin trocken. »Uns interessiert nur das Wohl seiner Frau.«
Lambert versprach, dass er sein Bestes tun werde. *Nach* seinem Termin, zu dem er, wie er betonte, nun definitiv zu spät kommen würde. Trotzdem nahm er sich noch Zeit für eine letzte Frage: »Frau Durant, Hand aufs Herz, und ich frage das nicht als Oberstaatsanwalt. Verdächtigen Sie Felix Büchner, ein Serienmörder zu sein?«
Die beiden Kommissare wechselten Blicke. Durant neigte den Kopf. Hellmer hob die Schultern.
»Sag niemals nie«, murmelte er, schüttelte dann aber den Kopf.
»Vorerst glauben wir nur, dass bei den Büchners etwas nicht stimmt«, erklärte Durant dann. »Ob es mit den Morden zu tun hat, bleibt abzuwarten. Aber *irgendetwas* ist da faul. Und ich traue meinem Spürsinn, das sollten Sie mittlerweile wissen.«
Kaum hatte sie aufgelegt, schon meldete sich der nächste Anrufer. Claus fragte, ob sie kurz Zeit habe, um mit ihm zu sprechen.
»Läuft gut zwischen euch, wie?«, erkundigte sich Hellmer, als seine Partnerin aufstand. In seinen Augen lag etwas, das Durant nicht verstand. Sie nickte nur, lächelte und schwieg.

Claus Hochgräbe spielte gedankenverloren mit seiner Kaffeetasse. Er berichtete von seinem Besuch in Weiterstadt, Julia lauschte mit wachsendem Interesse, bis er mit den Worten schloss, dass er der Angelegenheit selbst nachgehen werde. Beinahe war sie enttäuscht, denn im Gegensatz zu allen anderen Ermittlungsschritten schien sich hier etwas anzubahnen. Überhaupt störte sie sich daran, dass

Hochgräbe kein großer Freund von langen Dienstbesprechungen war. Doch sie wollte ihn nicht schon wieder damit konfrontieren, dass er etwas anders anpackte als sein Vorgänger.
»Ich kann das auch übernehmen«, schlug sie vor. Nichts war ihr unangenehmer, als der Gedanke, sich einen weiteren Tag mit Büchner herumzuärgern. Oder Schatten nachzujagen, die zu nichts führten. Doch Claus schüttelte nur den Kopf und fragte, was es bei ihr Neues gäbe. Die Kommissarin erzählte von dem Telefonat mit Lambert.
»Sag mal, wegen gestern«, begann Hochgräbe dann etwas zögerlich.
»Es geht mir wieder gut«, bekräftigte sie sofort.
»Ich rede nicht nur von letzter Nacht. Was war gestern Nachmittag los? Bei Hellmer?«
Julia Durant schwante nichts Gutes. Sie kniff die Augen zusammen.
»Was hat Frank dir erzählt?«
»Nichts. Ich hatte ihn heute Morgen nur kurz am Telefon, um ihm zu sagen, dass er sich nicht zu hetzen brauche, da du auch etwas länger brauchen würdest. Da hat er sofort nachgefragt. Tut mir leid, aber ich musste ihm ja irgendwas sagen. Er wollte sofort wissen, ob bei dir alles okay sei. Ich hab es auf den Kreislauf geschoben, und daraufhin hat er mir erzählt, dass du gestern auch schon geschwächelt hast. Mensch, warum hast du mir denn nichts davon gesagt? Besonders nach der Sache in der Wanne.«
»Herrje, weil es mir wieder gutging! Seid ihr jetzt meine Privatärzte?«
»Nein. Aber Partner. Und Kollegen. Was wäre, wenn es in einer Gefahrensituation passiert? Damit ist nicht zu spaßen, Liebling.«
Julia versuchte, sich zusammenzunehmen. Claus meinte es nur gut, wie immer, und er spielte sich nicht als Vorgesetzter auf, auch wenn sie das am liebsten geglaubt hätte. Er hatte recht, und es hatte keinen Sinn, dagegen anzukämpfen.
»Okay, hör zu, ich lass mich durchchecken«, erwiderte sie mit einem gezwungenen Lächeln.

»Prima. Danke.« Claus wirkte erleichtert, und Julia wollte die Gelegenheit nutzen, sich davonzustehlen. Sie hatte es sich schwieriger vorgestellt. Und wenn der Fall erst einmal gelöst war, würde es ihr auch ohne Ärztemarathon bessergehen. Davon war sie überzeugt.

»Ruf am besten gleich an«, schlug er vor und deutete in Richtung seines Telefons.

»Wie?«

»Die Praxis. Du kannst das direkt hier erledigen.«

Sie winkte ab. »Das läuft mir doch nicht weg.«

Claus Hochgräbe stand auf, und wenn er das tat, überragte er die Kommissarin um ein ganzes Stück. Er trat auf sie zu, bis ihre Körper nur noch wenige Handbreit voneinander entfernt waren.

»Julia, nur, damit wir uns richtig verstehen«, sagte er dann, und sein Tonfall gab zu erkennen, wie ernst es ihm damit war. »Du machst einen Termin für *diese* Woche.«

»Diese Woche …«, empörte sie sich und dachte an all die Dinge, die es noch zu erledigen gab. Doch Hochgräbe ging dazwischen: »Lass mich bitte ausreden, Julia. Wenn du dich nicht beim Doc sehen lässt, muss ich meine beste Ermittlerin von dem Fall abziehen. Tu mir das nicht an.«

MITTWOCH, 10:35 UHR

Julia Durant kochte innerlich. Im Minutentakt hatte die Kommissarin es bei der Gemeinschaftspraxis versucht. Nach endlosen Besetzzeichen und Bandansagen wollte sie schon aufgeben. Doch sie wusste, was Claus, nur ein paar Räume weiter, von ihr erwartete. Erpressung. Das machte sie fuchtig, und weil niemand anders da

war, um ihrem Ärger Luft zu machen, knurrte sie in Hellmers Richtung: »Da habt ihr euch ja schön gegen mich verschworen.«
Dieser zog eine Grimasse, widersprach ihr aber nicht.
»Was hast du ihm bloß erzählt?«, fragte Durant. »Ich meine, ich bin ja nicht umgekippt oder habe zuckend am Boden gelegen.«
»Du warst für ein paar Sekunden nicht weit davon entfernt«, gab ihr Kollege zurück. »Sei doch froh, wenn du mal wieder einen Check-up bekommst. Nadine liegt mir auch ständig damit in den Ohren.«
Seine Miene verdüsterte sich. Durant wollte gerade beginnen, nachzustochern, da meldete sich eine der Sprechstundenhilfen.
Sie hatten einen Termin frei. Schon morgen früh.
»Kommen Sie bitte nüchtern. Dann können wir Ihnen gleich Blut abnehmen.«
Verdammt. Sie legte auf und fragte sich, ob Claus dahinterstecken mochte. Hatte er in der Praxis vorgefühlt und um einen zeitnahen Termin gebeten? Würde er so weit gehen, wohl wissend, dass sie auf derartige Dinge extrem empfindlich reagierte? Oder sah sie schon Gespenster?
Erst jetzt fiel ihr Hellmers irritierte Miene auf. Er sah irgendwie selbst aus, als stünde ein leibhaftiges Gespenst vor ihm. Langsam erhob er sich. Durant folgte seinem Blick in Richtung des Türrahmens hinter ihrem Rücken.
»Entschuldigen Sie bitte«, kam es mit gedämpfter Stimme. »Man sagte mir, ich solle mich hier melden.«
»Und wer sind Sie?«, fragte Durant mechanisch, auch wenn sie die Augen, die Nasenpartie und den Mund längst erkannt hatte. Sie hatte das Foto immer wieder betrachtet, zuletzt vor einer halben Stunde. Die Datei lag stets nur einen Klick entfernt auf dem Desktop ihres PCs.
Die Stimme der Frau klang ruhig, wirkte zugleich aber angespannt.
»Mein Name ist Sonja Büchner.«

MITTWOCH, 10:50 UHR

Doris Seidel war außer Haus, was Durant nicht in den Kram passte. Sie hätte Frau Büchner am liebsten mit ihr zusammen vernommen. Weibliche Körpersprache, weibliche Intuition. Sie war zunehmend davon überzeugt, dass Frau Büchner eine wichtige Rolle spielte – und ihr Mann ebenfalls.

Im Vernehmungszimmer roch es nach Kaffee. Außerdem hatte kürzlich jemand geraucht. Kaum jemanden störte es, dass überall Rauchverbot herrschte.

Julia Durant ging die Notizen durch, die sie sich bislang gemacht hatte. Neben den personenbezogenen Daten, die sich ohne weiteres nachprüfen ließen, hatte die Frau alle Fragen beantwortet. Nicht sehr ausführlich, aber mit der gebotenen Geduld. Sie hatte den Ausweis vorgelegt, den erst die Kommissarin selbst prüfte und dann Hellmer. Es war ein altes Format, ausgestellt im Jahr 2007. Das Foto zeigte Sonja Büchner mit strähnigem Kurzhaarschnitt, sie trug einen schwarzen Blazer und eine Perlenkette. Die Lippen waren voll und dunkel gezeichnet, die hellblonden Strähnen machten die Zuordnung der Naturhaarfarbe schwierig. Als Augenfarbe war grünbraun eingetragen, und sofort blickte die Kommissarin prüfend nach oben. Die Frau, die ihr gegenüber Platz genommen hatte, sah sie mit einem matten Grün an. Das Haar war länger und weniger fransig, den Farbton konnte man als mahagonirot bezeichnen. Durant selbst hatte erst unlängst eine entsprechende Tönung in den Händen gehalten, doch Haselnuss war das Äußerste, was ihre Experimentierfreudigkeit zugelassen hatte.

»Sprechen wir bitte noch mal über den 26. Januar«, sagte die Kommissarin.

»Was soll ich dazu sagen?«, erwiderte die Frau und hob die Schultern. »Zwischen uns lief es nicht so gut, schon länger, denke ich.

Manchmal entladen sich solche Dinge wie ein Gewittersturm, das kennen Sie doch sicher auch.«

»Bleiben wir bitte bei Ihnen«, lächelte Durant schmal und deutete auf einen Punkt in ihren Aufzeichnungen. »Sie sind also weggefahren und nicht wieder nach Hause zurückgekehrt.«

»Mhm.«

»Hatten Sie das geplant?«

»Wie kann man so etwas planen?«

»Nun ja, was ist mit Wechselkleidung, Hygieneartikeln oder Make-up? Geld?«

Die Frau lachte. »Ich habe seit Jahren außer Münzen nichts mehr in der Hand gehabt. Das geht doch alles per Karte.«

»Und die Kleidung?«

»Haben Sie früher nicht auch mal einfach so irgendwo geschlafen?«

Durant schwieg, zog den Mund breit und hob die Augenbrauen.

»Sie haben uns noch nicht gesagt, wo Sie übernachtet haben.«

»Ach, irgendwo. So genau weiß ich das nicht mehr. Wir sind viel unterwegs, wir ...«

»Frau Büchner, das müsste sich doch anhand Ihrer Kreditkartenabrechnung nachprüfen lassen«, unterbrach Hellmer das Ganze und verkniff sich, wie Durant ahnte, ein triumphierendes Lächeln.

»Vielleicht bin ich auch die ganze Nacht herumgefahren«, konterte die andere. Zweifelsohne hatte sie sich gut auf die Befragung vorbereitet. Sie war aalglatt, auch wenn man ihr die Angespanntheit anmerkte.

»Das dürfte uns dann die Software des Navis verraten«, sagte Durant, auch wenn sie wusste, dass das ziemlich unwahrscheinlich war. »Oder es gibt einen Tankstellenbeleg. Was für ein Auto fahren Sie?«

»Einen Rover.«

»Verbrauch?«

»Das weiß ich doch nicht.« Jetzt wurde sie patzig. »Hören Sie. Ich weiß nicht, was Sie von mir wollen. Ich ging davon aus, dass ich hierhergekommen bin, um über Patrizia Zanders zu reden. So weit zumindest meine Informationen. Was hat die Geschichte von damals mit dem Mord von vorgestern zu tun?«

»Damals«, Hellmer setzte das Wort in Anführungszeichen, »ist ebenfalls jemand gestorben. Isabell Schmidt.«

»Ich habe sie nicht umgebracht.«

»Das mag sein. Aber wir müssen wissen, ob Sie uns die Wahrheit sagen. Und zwar die ganze Wahrheit.«

»Wo waren Sie denn damals?«, fragte Durant und beugte sich nach vorn. »Sie galten als vermisst. Plötzlich waren Sie wieder da. Damals hieß es, Sie seien bei einer Freundin gewesen. Da sind also einige Unklarheiten. Und nichts von dem, was Sie jetzt sagen, muss diesen Raum verlassen.«

»Na gut. Ich war bei einem … Freund.«

»Eine Affäre?«

Schulterzucken.

»Handelt es sich dabei um Dieter Carlsson?«

Größer hätten die Augen der Frau kaum werden können. Und wieder das Lachen, diesmal fast schon hysterisch.

»Der Tennislehrer? Um Himmels willen, nein!«

»Wer war es dann?«

Frau Büchner schnaufte. »Nun gut, es ist ja im Grunde nichts dabei. Es gibt da einen Therapeuten, zu dem ich damals ging.«

»Maartens«, platzte es aus Hellmer heraus, und Durant schenkte ihm einen vernichtenden Blick. Sie hätte es lieber von Frau Büchner selbst gehört. Diese nickte.

»Wenn Sie es wissen, weshalb fragen Sie danach?«

Durant überging die Frage. »Sie sagten, Sie *gingen* dorthin. Heute nicht mehr?«

»Nein.«

»Hat das einen bestimmten Grund?«

Es entstand eine lange Pause. »Adam konnte mir nicht helfen.«

Hellmer lachte auf. »Na, na, Sie sind doch nicht wegen seiner Therapie hingegangen!«
»Doch«, bekräftigte die Frau und kniff die Augen zusammen. Ihr Tonfall wurde spitz, als sie weitersprach: »Natürlich bin ich deshalb hingegangen. Ich bin sehr krank, falls es Sie interessiert.«
»Was haben Sie denn?«
Sonja blickte zu Boden. »Wenn ich das nur wüsste. Ich habe Aussetzer, ich habe Ängste. Vielleicht liegt es daran, dass ich niemanden auf der Welt habe, außer Felix. Bisher hat er mir immer mit allem geholfen.«
»Und jetzt nicht mehr?«, hakte Durant nach.
»Ich wollte es eben anders versuchen«, kam es kleinlaut zurück. »Das habe ich nun davon. Es geht mir schlechter als zuvor.«
»Hat Ihr Mann Ihnen etwas angetan?«
Frau Büchner schreckte hoch. »Wie kommen Sie denn darauf?«
»Nur so ein Gedanke. Männer mögen es oft nicht, wenn ihre Frauen sich plötzlich emanzipieren. Nicht persönlich gemeint, aber dieser Maartens ist schon ein ziemlicher Kontrast zu Ihrem Mann.«
»Ein paarmal«, betonte Sonja. »Das war alles. Es ist längst vorbei. Und ich habe meine Schulden bezahlt.«
»Wie meinen Sie das?«, wollte Hellmer wissen.
»Dazu möchte ich mich nicht äußern.«
»Noch einmal«, betonte Durant, »was Sie hier sagen, bleibt vertraulich. Es sei denn, Sie bringen Dinge zur Anzeige. Ich kenne Typen wie Ihren Mann. Und ich möchte ihm nichts unterstellen, doch seine Körpersprache und wie er gestern auftrat ... Er verbirgt etwas vor uns.«
Frau Büchner schüttelte den Kopf. »Ich komme nicht von ihm los. Es ist vielleicht nicht alles perfekt, aber Felix ist alles, was ich habe.«
Auch diese Ausrede war der Kommissarin bestens bekannt. Doch sie wusste, dass es nichts gab, was sie tun konnte.
»Wo genau waren Sie denn eigentlich gestern?«

»Ich war zu Hause.«
Hellmers Mund öffnete sich ungläubig. »Ihr Mann sagte, sie seien unterwegs.«
»Glauben Sie mir«, lächelte Sonja Büchner und stand auf, »ich war den ganzen Tag zu Hause. Vielleicht liegt es an meinen Aussetzern, aber ich glaube, mich ziemlich gut zu erinnern. Ich war zu Hause, dafür gibt es sogar Zeugen.«
»Falls Sie Ihren Mann meinen ...«, warf Durant ein, doch Sonja wippte mit der Hand.
»Nein. Ich rede von Pfarrer Metzdorf.«

Zehn Minuten später war die Vernehmung beendet, und Sonja Büchner verließ das Präsidium in Richtung Adickesallee. Sie hielt für einen Moment inne, genoss die warmen Sonnenstrahlen auf der Haut. Julia Durant schien eine einfühlsame Frau zu sein. Ganz anders als all die oberflächlichen Tussis, die sie kannte. Sie hatte ihr im Hinausgehen ihre Karte zugesteckt. Hatte etwas gemurmelt von Hilfe, die man abrufen könne, wenn man bereit dazu war.
Die Lichtreflexe in den gegenüberliegenden Fenstern zwangen Sonja zum Blinzeln. Sie hob die Hand vor die Augen und lächelte. Bahnräder kreischten in der Ferne. Jemand hupte. Irgendwo riefen Kinderstimmen. So fühlte sich Freiheit an. Maartens hatte ihr gesagt, dass die Freiheit in jedem Menschen selbst ruhe. Man müsse für sie eintreten, für sie kämpfen. Auf sie zugehen und sich ihr öffnen.
Heute war sie den ersten Schritt gegangen. Die Befragung war eine Fügung des Schicksals gewesen, denn Felix hatte sie aus dem Keller gelassen. Er hatte das tun müssen, denn andernfalls hätte die Polizei womöglich das Anwesen durchsucht. Der erste Schritt, ein Geschenk des Himmels.
Sonja atmete tief ein und entschied, mit dem nächsten nicht allzu lange zu warten.

Zur gleichen Zeit, einige Etagen höher, raufte Julia Durant sich mit beiden Händen die Haare. Das Karussell in ihrem Kopf drehte sich so schnell, dass sie es mit der Angst zu tun bekam, ihr würde wieder schwindelig werden.
Metzdorf und Büchner. Büchner und Zanders.
Metzdorf und Zanders. Zanders und Carlsson.
Schmidt und Maartens. Maartens und alle.
»Scheiße, Frank, wir übersehen da doch was!«
Hellmer biss in ein belegtes Brötchen und reagierte kauend: »Den Pfarrer vernehmen.«
»Das machen wir sofort«, entschied die Kommissarin und fegte den Papierstapel zur Seite, auf den sie Kreise und Linien gezogen hatte. Jeder schien fast jeden zu kennen, aber niemand kannte alle. Zentrale Punkte waren Maartens, der Tennisclub und Dieter Carlsson. Doch selbst hier gab es Ausnahmen. Patrizia Zanders hatte, wenn man ihrem Mann Glauben schenken konnte, noch nie im Leben einen Tennisschläger in der Hand gehalten.

MITTWOCH, 11:20 UHR

Adam Maartens warf seinen Morgenmantel über die Sessellehne, wo er bis eben noch gesessen und in der *Rundschau* geblättert hatte. Eine leere Tasse stand auf dem Beistelltisch, dessen Form an eine Niere erinnerte und der ebenso wenig wie der Sessel zum Rest der Einrichtung passte. Doch Maartens gab nichts auf Konventionen, auf Meinungen oder Ge- und Verbote. Er tat, was ihm gefiel, und er nahm sich, was er wollte. Ein zufriedenes Lächeln legte sich über sein Gesicht. Er sah zur Wanduhr, die ihm verriet, dass sein erster

Termin in Kürze vor der Tür stehen würde. Die Frau kam heute zum zweiten Mal.

Den ersten Termin hatte sie abgesagt, sich zwei Wochen Zeit gelassen, es dann erneut versucht. Zwanzig Minuten zu früh war sie beim letzten Mal gewesen. Es hatte an ein Wunder gegrenzt, dass sie nicht in die Arme von Frau Zanders gelaufen war. Doch Maartens war nicht dumm. Er ließ sich ausreichend Zeit zwischen seinen Terminen, wenn auch aus einem anderen Grund. Sein Körper benötigte Regeneration.

Er schrak auf, als er glaubte, Motorgeräusche zu hören. Trat an ein Fenster, von dem er die Straße überblicken konnte. Er hatte sich nicht verhört. Da war sie. Ein Blick zur Uhr verriet ihm, dass sie auch heute zu früh war. Zehn Minuten. Sie saß auf ihrem Sitz, die Hände am Lenkrad. Unschlüssig, wie es schien, ob es das Richtige war, was sie vorhatte. Abwägend, ob sie nicht den Motor anlassen sollte. Ob sie nicht besser zurücksetzte und einfach nach Hause fuhr. An den Herd, in die Kirche, in den Vorstand eines gemeinnützigen Vereins. Oder zu ihrem Mann, der sich nicht für sie interessierte. Maartens wusste noch nicht allzu viel von ihrem Leben, doch im Grunde waren sie alle gleich. Wie oft hatte er schon hier gestanden, erregt von dem Gedanken, dass sie alle über *ihn* nachdachten. Dass er die Nische einer unerfüllten Sehnsucht ausfüllte. Dass er den Sehnsüchten ein Gesicht verlieh. Seines. Es war das Verbotene, zu dem er den Frauen Zugang gewährte. Er war die Schlange, er hielt ihnen die verbotene Frucht vor die Nase. Und wie Eva in der Schöpfungsgeschichte hatte sich bisher kaum eine gegen die Versuchung wehren können. Manche nur ein Mal, die meisten mehrmals. Hätte Maartens wetten sollen, er hätte um ein Haar darauf gesetzt, dass *sie* eine der wenigen war. Eine, die den Motor startete und das Weite suchte. Zurück zu ihrer Familie, in ein Schein-Paradies, das ihr genügte. Als der Motor aufheulte, zuckte er dennoch zusammen. Für einen Moment schien er erstarrt zu sein, als der Wagen sich

rückwärts aus der Einfahrt bewegte. Sie hatte den Kopf nach hinten gedreht, so viel konnte er erkennen. Eine innere Stimme schrie »Nein«, als könne er sie von hier oben erreichen. Doch schon befand sich das Auto auf der Straße. Suchend drehte die Frau den Kopf. Dann gab sie Gas. Maartens wusste nicht, ob er wütend oder enttäuscht sein sollte. Wütend, weil sie es offenbar noch nicht einmal für nötig befand, ihm telefonisch abzusagen. Enttäuscht, weil er sich bestätigt sah. Sie war eine der wenigen Standhaften.
Er atmete schwer und wollte sich abwenden, als er eine Autotür knallen hörte. Maartens reckte den Hals, doch er konnte aufgrund der hohen Hecken nicht zuordnen, woher das Geräusch gekommen war. Dann aber erblickte er sie. Mit wallendem Haar schritt sie zielstrebig den Weg entlang. Maartens gluckste zufrieden. Sie hatte sich umentschieden. Wer wusste, zum wievielten Mal. Doch Fakt war, dass sie in den nächsten Sekunden durch seine Tür treten würde. Sie hatte sich für ihn entschieden. Er spürte das Verlangen zwischen seinen Lenden. Heute. Vielleicht! Er musste es behutsam angehen. Aber er hatte Zeit.

Maartens legte seine Hand auf den Türgriff und ließ das Portal aufschwingen. Sein Lächeln hätte nicht perfekter sein können, die Zähne hatte er sich vor einigen Jahren in Tschechien richten lassen. Seine Haut pflegte er mit Lotionen und Pasten, die aus Heilkräutern aus aller Herren Länder hergestellt wurden. Warum sollte er sich auf seine afrikanischen Wurzeln beschränken, wenn er sich auch andernorts bedienen konnte? Die Wiege der Menschheit lag auf dem Schwarzen Kontinent. Das Paradies. Doch hier, in Liederbach, stand eine neue Eva vor ihm und verschlug ihm den Atem. Für einen Moment fragte er sich, wer von beiden die Versuchung war. Sie stand vor ihm, mit unschuldigem Blick. Der Windzug trug einen Hauch von *New York Musk* ins Haus.
»Ich bin zu früh, tut mir leid«, entschuldigte sie sich.

Adam Maartens lächelte verständnisvoll. »Das macht doch nichts.« Umso mehr Zeit bleibt uns, dachte er, während er zur Seite trat und ihr den Weg nach innen wies.

Sie ging suchend durchs Erdgeschoss und versuchte offensichtlich, sich daran zu erinnern, wo das Sitzungszimmer lag. Maartens überholte sie und deutete in Richtung einer Tür. Sie nahm auf dem Ohrensessel Platz und schlug die Beine auseinander. Beim letzten Mal hatte sie einen Rock getragen, der einen Blick auf ihre Knie und einige Zentimeter der Oberschenkel freigegeben hatte. Unzählige Male hatte sie daran herumgezupft. Heute trug sie Jeans.

Es mochte an seinem Beruf liegen, dass Maartens sofort ins Analysieren und Bewerten verfiel. Zeigte sie sich bewusst verschlossener als beim ersten Mal? Jeans statt Rock? Ihre Körperhaltung, die gespreizten Beine, sprachen eine andere Sprache. Sie war, das hatte er schon nach dem ersten Treffen konstatiert, eine Frau mit Ambivalenzen. Widersprüchlich, sinnlich, scheu und sich dennoch ihrer Reize bewusst. Daran gab es keinen Zweifel. Personen wie sie versetzten ihn in Lust. Weckten das Jagdfieber. Für einige Sekunden gab er sich der Phantasie hin, sie an sich zu reißen. Ihren Körper zu beherrschen, während der Geist sich noch wehrte. Das Feuer in ihren Augen zu entfachen. Zuerst würde sie sich sträuben, dann würde sie sich hingeben. Würde die Lust entdecken, die seine Berührungen in ihr entfachten. Hart, unerwartet, intensiv. Alles ganz anders und so viel besser, als sie es in ihren Ehejahren – und vielleicht jemals zuvor – erlebt hatte.

»Entschuldigung?« Ihr Räuspern, gepaart mit einem irritierten Blick, ließ ihn zusammenzucken.

»Verzeihung«, presste er hervor und fühlte sich ertappt. Dann formulierte er eine hastige Ausrede. Er sei mit den Gedanken bei einem anderen Fall gewesen. Etwas Intensives. Er dürfe natürlich nicht darüber reden. Er entschuldigte sich erneut.

»Ich glaube, man kann diesen Beruf nur ausüben, solange das Feuer, die Leidenschaft noch da ist«, schloss Maartens. Mit der Masche,

mitfühlend in einem akuten Drama zu stecken, hatte er sich schon den Weg in die Höschen so mancher Klientin bereitet.
»Das kann ich nicht beurteilen«, erwiderte sein Gegenüber unerwartet kühl. Plötzlich lagen ihre Beine übereinander und die Arme gekreuzt auf ihrem Schoß. Fehlte nur noch die Burka oder das Ordensgewand, dachte Maartens verbittert. Doch so schnell gab er nicht auf.
»Ich möchte auch nicht über mich reden«, lächelte er und beugte sich nach vorn. »Sie haben meine volle Aufmerksamkeit verdient.« Er schielt in Richtung des Ziffernblatts der Wanduhr, die für beide gut sichtbar stand. »Unsere Zeit beginnt erst in ein paar Minuten. Bis dahin habe ich meine Konzentration unter Kontrolle. Vielleicht möchten Sie mir sagen, wie es Ihnen geht?«
»Ist das eine typische Frage?«
»Durchaus. Ich möchte wissen, wo Sie stehen. Wie es Ihnen nach unserem ersten Termin ergangen ist. Dass ich eine Sitzung mit etwas von mir beginne, war untypisch. Soll nicht wieder vorkommen.«
»Machen Sie sich keine Gedanken. Es liegt nicht an Ihnen.« Die Frau druckste. Maartens schwante etwas.
Und dann sprach sie auch schon weiter: »Ich möchte ganz offen sein … Ich weiß nicht, ob ich das kann.«
»Hmm. Ist das *Ihre* persönliche Meinung?«
»Wessen denn sonst? Ich war mir schon vorher nicht sicher, das hatte ich doch gesagt.«
»Ich möchte nicht anmaßend erscheinen«, sagte Maartens, »aber es kommt immer wieder vor, dass sich Ehepartner gegen eine Therapie aussprechen. Kollegen. Freunde.«
»Mein Mann hat damit nichts zu tun«, beteuerte sie sofort. Maartens wollte heraushören, dass dies nur vorgeschoben war. Doch diese Frau klang ehrlich. Das missfiel ihm. In seinem Bett endeten nur selten Personen, die mit sich und der Welt im Reinen waren. Meistens war es Vergeltungssex. Manchmal glich es einer Sexualtherapie. Selten waren es biedere Frauen, die er eroberte. Er spürte eine Erektion, deren uner-

trägliches Kribbeln ihn zu quälen begann. Maartens presste seine Schenkel übereinander, wohl wissend, dass er damit selbst eine Abwehrhaltung einnahm. Dabei war es an der Zeit, andere Geschütze aufzufahren. Vielleicht sollte er sie einfach schnappen? War es das wert? Er hasste sich dafür, seine Triebe so schlecht unter Kontrolle zu haben. Sog pfeifend Luft durch die Nase, als könnte der Windzug ihn abkühlen.
»Haben Sie beide darüber gesprochen?«, setzte er erneut an. »Es ist gut, wenn man sich …«
»Nein.«
»Haben Sie vor, es zu tun?«
»Ich weiß ja noch nicht, wie es weitergeht. Darüber wollte ich mit Ihnen sprechen. Aber ich komme ja nicht dazu.«
»Entschuldigen Sie bitte.«
»Ich glaube, ich bin nicht die Richtige für so etwas. Es liegt nicht an Ihnen, es ist einfach nicht die richtige Zeit. Oder der richtige Ort. Ach, vergessen Sie's.«
Sie winkte ab und seufzte schwer.
»Sie glauben, dass Sie noch nicht bereit dafür sind, etwas für sich zu tun.«
»Nein. Also schon.«
»Was müsste denn passieren, damit Sie sich bereit fühlen?«
Adam Maartens beobachtete sie genau. Jedes Zucken, jede Regung. Sie war eine Gefangene ihrer selbst. Wohlhabend genug, dass ihr niemand zugestand, Probleme zu haben. Ein Mann, der mehr Zeit mit seiner Arbeitskollegin verbrachte als mit ihr. Kinder, die sich nicht so entwickelt hatten, wie man es beim Elternwerden insgeheim wünschte. Und mittendrin sie, die ihre Rolle nicht definiert bekam. Plötzlich hatte Maartens eine Lösung. Er würde sie aus ihrem Gefängnis befreien. Ihr eine Ausbruchsmöglichkeit bieten, die sie immer nutzen konnte, wann ihr danach war.
Er musste sie nicht erobern.
Nadine Hellmer würde ihm freiwillig folgen. Wohin er auch wollte.

MITTWOCH, 11:25 UHR

Das Pfarrhaus war als solches nicht zu erkennen. Neben der Tür befand sich ein Briefkasten, dessen weiß lackiertes Blech von einem Riss durchzogen war, aus dem Rost blühte. Über das Namensschild war Klebeband gezogen worden, von Hand beschriftet. Metzdorf/Schubert. Kein Titel, keine Sprechzeiten. Für Julia Durant war das nicht ungewöhnlich. Ihr Vater hatte sich zeit seines Berufslebens um seine Gemeinde gekümmert. Rund um die Uhr, ohne Feiertage oder Urlaub. Man wusste das im Ort zu schätzen, und niemand störte, wenn es nicht etwas Wichtiges gab. Gehörte Pfarrer Metzdorf auch zu diesem Menschenschlag? Und wer verbarg sich hinter dem Namen Schubert? Die Kommissarin drehte ihren Zeigefinger auf dem kupferbraunen Klingelknopf. Schrill erklang es im Inneren, so dass sie zusammenzuckte. Als die Tür sich öffnete, trat sie überrascht einen Schritt zurück. Vor ihr stand eine Frau, sie mochte um die vierzig sein, die sie irgendwie an sich selbst erinnerte. Jünger, etwas frischer vielleicht, dafür von blasserem Teint. Sie waren in etwa gleich groß und trugen sogar ähnliche Kleidung. Das Haar rötlich-braun, schulterlang, die Fremde trug es einen Tick heller. Auch sie schien eine gewisse Ähnlichkeit zu erkennen, was Julia beruhigte. Andernfalls hätte sie sich für eitel gehalten. Sie lächelte und zog ihren Dienstausweis hervor.
»Durant und Hellmer, Kriminalpolizei. Wir möchten Pfarrer Metzdorf sprechen.«
»Der Herr Pfarrer ist nicht da«, kam es sofort, und die Frau machte keine Anstalten, die Kommissare ins Haus zu bitten.
»Wir müssten uns dringend mit ihm unterhalten«, sagte Hellmer.
»Worum geht es denn?«
»Das würden wir gerne mit ihm selbst besprechen. Wann kommt er wieder?«

Die Frau verschwand und kehrte nach einer knappen Minute wieder. »Zwei, drei Stunden. Heute Abend ist dann aber noch Messe.«
»Okay, danke.« Durant schaute auf die Uhr. Dann deutete sie auf das Namensschild. »Wer sind Sie, wenn ich fragen darf? Das da?«
»Frau Schubert, ja. Weshalb fragen Sie?«
»Routine«, wich Durant aus. »Sind Sie die Haushälterin?«
Der Begriff kam ihr ziemlich altbacken vor, doch Frau Schubert nickte. »Kann man so sagen.«
Durant reichte ihr eine Visitenkarte und bat darum, dass der Pfarrer sie anrufen solle, sobald er zu Hause sei. Sie betonte erneut, wie wichtig das Gespräch sei.
»K11. Befassen Sie sich mit diesen Frauen-Morden?«
»Ja.«
»Was hat Ferdi…«, sie stockte, »Pfarrer Metzdorf damit zu tun?«
»Wie gesagt«, meldete sich Hellmer, »das müssen wir schon direkt mit ihm klären.«
Sie verabschiedeten sich und gingen zurück in Richtung von Hellmers Porsche.
Julia ergriff als Erste wieder das Wort. »Sie scheint ihn zu duzen, wenigstens, wenn die beiden allein sind.«
Hellmer grinste. Auch er hatte den Eindruck gehabt, dass sich hinter dem Vornamen womöglich mehr als ein simples Duzen verbarg. Verräterisch war die Reaktion der Frau gewesen, als ihr der vertraute Vorname herausgerutscht war.
Gesagt ist gesagt, dachte Julia Durant mit einem Schmunzeln. Sie würde Pfarrer Metzdorf damit konfrontieren. Am besten gleich zu Beginn ihres Gesprächs, das hoffentlich noch heute stattfinden würde.
Während sie auf dem Gehsteig wartete, dass Frank den Porsche entriegelte, musterte die Kommissarin die umliegenden Häuser. Manches kam ihr bekannt vor, und sie versuchte sich zu erinnern, ob sie schon einmal in dieser Straße gewesen war. Doch es fiel ihr nichts dazu ein.

Aus dem Hintergrund hörte sie das Feuerzeug und den Atem ihres Partners. Sie wandte sich um. Wollte ihn gerade dazu auffordern, die Türen aufzuschließen, damit sie sich setzen konnte. Durants Beine fühlten sich schwer an. Doch Hellmer musterte das Display seines Telefons mit hochkonzentriertem Blick.

»Drückst du mal bitte auf die Zentralverriegelung?«, fragte sie nach einer Weile.

Hellmer klemmte die Zigarette zwischen die Lippen und fuhr mit der Linken in seine Jackentasche hinab. Das Handy keine Sekunde aus den Augen lassend – seine Bewegungen schienen dabei immer langsamer zu werden. Durant fragte sich, ob er sich tatsächlich in Zeitlupe bewegte oder ob sie wieder einen ihrer Aussetzer hatte. Doch dann begann ihr Partner mit dem Daumen auf dem Glas herumzutippen. Kaum klimperte der Schlüssel in der anderen Hand, schreckte er auf. »Scheiße, verdammt!«

»Was ist denn, um Himmels willen?«

Hellmer hielt sein Smartphone hoch, auf dem eine Karte geöffnet war. Durant kniff die Augen zusammen, und es blieb ihr nichts anderes übrig, als zu ihm zu eilen. Nur mühsam erkannte sie die Straßennamen. Sie griff nach dem Gerät, um es selbst zu halten. Ein Punkt markierte ihre derzeitige Position, es war Metzdorfs Adresse.

»Dein Handy weiß, wo wir sind«, konstatierte sie, immer noch im Unklaren darüber, worauf er hinauswollte.

»Siehst du es denn nicht?«, platzte es aus Hellmer heraus, und sein Zeigefinger hämmerte auf das Glas, als wolle er es durchstoßen.

»Ich sehe unsere Straße, da, wo wir stehen, und parallel verläuft der Zubringer. Und das hier ...« Noch bevor sie ihren Satz vollendet hatte, klappte Julias Kinnlade herab. Ihre Gedanken begannen zu rasen. Wie hatte sie diese Tatsache übersehen können, wo sie doch buchstäblich vor ihrer Nase lag? In unmittelbarer Nähe, so nah, dass man beinahe hinspucken konnte, befand sich das Haus von Adam Maartens. Wieso war ihr das entgangen? Die Erklärung schien ein-

fach. Sie hatten sich von der entgegengesetzten Seite genähert. Das Viertel sah, wenn man aus dem Süden kam, vollkommen anders aus, als wenn man den üblichen Weg von der Autobahn her nahm.
»Es kann Zufall sein«, brummte Hellmer, mehr zu sich selbst. Er sprach damit aus, was Durant eben auch in den Sinn kam. Gab es überhaupt noch irgendwo in der Stadt eine Ecke, in der sie noch nie ermittelt hatten? Doch sie winkte ab. Gerade jetzt, in *diesem* Fall ...
»Muss es aber nicht«, beendete Durant den Gedanken. »Wir fahren da rüber, am besten sofort, auch wenn wir das Ganze wahrscheinlich genauso schnell zu Fuß erledigen könnten.«
Frank Hellmer lächelte zufrieden.
Sie stiegen ein, er startete den Motor und gab Gas. Die Wegstrecke betrug gerade einmal zweihundert Meter, dann lenkte er den Porsche auch schon mit einem eleganten Schwung in die Einfahrt des Grundstücks. Die Parkplätze vor dem Haus waren frei. Die Chancen standen demnach nicht schlecht, dass sie Maartens, wenn er zu Hause war, allein antreffen würden.

MITTWOCH, 11:40 UHR

Durant war als Erstes an der Haustür, weil ihr Partner noch zwei Züge an der Zigarette ziehen wollte, die er sich nach dem Losfahren angezündet hatte. Er rauchte wieder mehr, das war ihr schon seit geraumer Zeit aufgefallen. Doch Hellmer ließ sich auf keine Diskussionen ein.
»Ich rauche, ich schwimme, ich vertrimme meinen Sandsack«, war seine übliche Reaktion. »Ich saufe nicht mehr, ich spiele nicht, und mein Blutdruck ist der eines Sportlers.«

Julia Durant wusste, dass sie hier nichts erreichen konnte. Und es gab durchaus Kollegen, die schon mit Mitte dreißig in einer schlechteren Verfassung waren als Frank.

Während sie noch überlegte, ob sie auf ihn warten sollte, drangen Geräusche an ihr Ohr. Schwere Schritte. Sie kamen aus dem Haus. Sekunden später öffnete sich die Tür.

»Was wollen Sie denn schon wieder?«, wollte Maartens wissen. Er machte keinen Hehl daraus, dass ihm der Besuch der Kommissare nicht in den Kram passte.

»Wir hatten in der Gegend zu tun«, erwiderte Durant mit einem unverbindlichen Lächeln. »Kommen wir ungelegen?«

»Allerdings«, murrte Maartens, »ich bin mitten in einer Sitzung.«

Dafür trägt er eine Menge Kleidung, dachte Durant und hob mit gespielt mitleidiger Miene die Schultern: »Tut uns leid. Wir müssen uns trotzdem mit Ihnen unterhalten.«

Maartens trat beiseite. Er nickte in Hellmers Richtung. »Kommt Ihr Kollege auch?«

Hellmer ließ die Kippe zu Boden fallen und drehte sie mit der Fußspitze in einen knirschenden Trichter. Maartens kniff angewidert die Augen zusammen. Dann war der Kommissar auch schon bei ihm.

»Hast du ihm gesagt, wo wir herkommen?«, keuchte er in Julias Richtung.

»Noch nicht.« Sie drehte den Oberkörper in Richtung des Hausherrn. »Wir haben mit Boris Zanders gesprochen. Sie wissen schon. ›Z-anders sein – zufrieden sein‹ und so weiter.«

Maartens zuckte. Kaum merklich, aber es entging den Argusaugen der Kommissarin nicht. »Gut. Ich sehe, Sie kennen sich«, lächelte sie.

»Ich habe überhaupt nicht reagiert«, widersprach Maartens frostig.

»Streiten wir nicht darüber. Wir wissen es auch so. Hatten Sie mit Frau Zanders regelmäßig ... Sitzungen?«

Durant ließ es sich nicht nehmen, das letzte Wort besonders deutlich und gedehnt auszusprechen.

Die Gegenfrage kam wie aus der Pistole abgefeuert. »Sollte ich besser meinen Anwalt verständigen?«

»Das überlassen wir Ihnen«, mischte sich Hellmer ein. »Frau Zanders ist tot, und wir haben ein Recht zu erfahren, wie gut Sie sie kannten. Wie gut Sie ihre Geheimnisse kannten, von denen das eine oder andere vielleicht hilfreich sein könnte.«

»Ob ich mit ihr geschlafen habe, tut nichts zur Sache«, sagte Maartens. »Und ich unterliege der Schweigepflicht.«

»Die nach dem Tod ohne weiteres aufgehoben werden kann«, beendete Durant seinen Einwand.

»Die *Pflicht* vielleicht. Aber ich habe auch ein Schweigerecht. Lassen Sie uns dieses Gespräch zu einem anderen Zeitpunkt fortsetzen. Mit meinem Anwalt.«

Seine überhebliche Art ließ Julia beide Fäuste ballen. So charmant er sich auch geben konnte, in diesem Augenblick war Maartens ein eiskalter, berechnender Gegner. Jemand, der sich hinter einer Mauer verbarg, in der es nicht die kleinste Spalte gab. Sie malmte ihre Kauleisten aufeinander, wohl wissend, dass die Zahnärztin bei ihrer nächsten Kontrolluntersuchung wieder fragen würde, ob sie regelmäßig knirsche. Julia würde seufzen, nicken und es auf ihren Beruf schieben. Eine Gebissleiste würde sie sich jedenfalls nicht aufdrängen lassen.

Eine Frauenstimme, die ihr bekannt vorkam, erklang.

»Ist alles in Ordnung?«

Durants Kopf fuhr herum. Der warme, unaufdringliche Klang schien von überallher gleichzeitig zu kommen, doch nirgendwo zeigte sich ein Gesicht. Ihre Augen trafen die ihres Kollegen, der wie versteinert dastand. Und dann tauchte oben, nervös an der Bluse zupfend, eine Frau auf. Nadine Hellmer.

Und für eine unendlich lang erscheinende Sekunde schien die ganze Welt den Atem anzuhalten.

»Was machst *du* denn hier?!«
»Was macht *ihr* denn hier?!«
Die Fragen kamen nahezu zeitgleich und schienen durch die Stille zu knallen wie die Schüsse eines Duells. Die Entgeisterung auf beiden Mienen der Ehepartner sprach Bände, und im ersten Moment empfand Julia eine Art Fremdscham. Doch für wen? War es nicht Hellmer, der das Recht hatte, brüskiert dazustehen? Im Flur einer Villa, deren Besitzer sich als Don Juan aufspielte. Ein Mann, der Frauen schneller verschliss als Giacomo Casanova und dem nichts heilig war, schon gar nicht die Ehe.
Oder täuschte der erste Eindruck? Andererseits: Was sollte Nadine Hellmer sonst hier wollen? Kamen Frauen tatsächlich nur zu Gesprächstherapien hierher? Würde sie selbst einem Mann wie Maartens ihr Seelenleben offenlegen?
Nadine Hellmer hatte sich die Treppe herabbemüht. Fast geräuschlos, wie eine Katze, nahm sie die Stufen, denn sie trug keine Schuhe. Ihre Körperhaltung indes verriet, dass sie sich fühlen musste wie ein geprügelter Hund. Eben erreichte sie ihren Mann, wollte ihn umarmen, doch Hellmer verschränkte demonstrativ die Arme vor der Brust.
»Du schuldest mir eine Antwort!«, grollte er mit versteinerter Miene.
Nadine blickte hilfesuchend zu Julia, dann zu Boden.
»Es ist nicht so, wie es aussieht«, begann sie.
»Wie sieht es denn aus, glaubst du?«, schnaubte Frank. »Ich komme nichtsahnend hierher und finde dich, halb ausgezogen, im Obergeschoss.«
»Frank, bitte.«
Julia wollte auf ihn einwirken, doch er hebelte ihre Hand weg, die sich auf seinen Arm legen wollte.
»Ach, lass mich!« Er trat auf der Stelle, wusste nicht, was er als Nächstes tun sollte. Nadine ging einen Schritt auf ihn zu.

»Frank, hör mal. Das Ganze ist ein blöder Zufall. Ich wusste nicht …«

»Ist mir schon klar, dass du das nicht wusstest«, unterbrach er sie. »Sonst würden wir jetzt nicht hier stehen. Wie lange trefft ihr euch denn schon heimlich? Redet ihr auch über mich? Oder lasst ihr das Reden gleich ausfallen?«

»Verdammt, Frank!«, zischte Durant. Doch Nadine seufzte nur schwer.

»Ich bin noch nicht lange hier. Das musst du mir glauben, Frank. Wir hatten zwei Sitzungen, um zu entscheiden, ob die Chemie stimmt. Ob ein Vertrauensverhältnis entsteht. Du weißt doch, wie das bei Therapeuten läuft. Frank. Bitte. Da war nichts, und da wird nichts sein. Ich bin doch glücklich mit dir …«

»Warum bist du dann überhaupt hier?«, unterbrach er sie.

»Weil es auch andere Dinge gibt. Dinge, die mich unglücklich machen und mit denen ich alleine dastehe. Das hat alles nichts mit dir zu tun, Schatz, aber ich habe eine höllische Angst davor, Depressionen zu bekommen. Ich bin den ganzen Tag zu Hause«, sie stockte, »herrje, müssen wir das jetzt alles hier ausbreiten?«

»Müssten wir nicht«, murrte Frank und zündete sich eine Zigarette an. Maartens wollte zuerst protestieren, hielt sich aber zurück. Die Haustür stand noch immer offen, und Durant deutete ihrem Partner an, einen Schritt in deren Richtung zu machen. Nadine entschuldigte sich, um ihre Schuhe zu holen. Im Vorbeigehen wechselte sie zwei Sätze mit Maartens. Entschuldigte sich zuerst und sagte dann, dass es wohl keine weiteren Termine geben würde. Maartens antwortete einsilbig und widersprach nicht.

Durant bedeutete ihm, dass er warten solle, und näherte sich anschließend Hellmer. »Mensch, Frank, du glaubst das doch nicht wirklich.«

»Warum nicht?«, entgegnete er stoisch. »Ich hab's damals doch auch getan.«

Zweifelsohne spielte er auf seine Affäre an, die er vor Jahren gehabt hatte. Nadine hatte ihm verziehen, das wusste die Kommissarin.
»Komm schon, das war doch etwas anderes. Warum sollte sie sich ausgerechnet jetzt dafür rächen? Und dann mit diesem Typen?«
»Ich sehe doch, wie du ihn anblickst«, schnaubte Hellmer. »Ihr steht auf diese Art Typen.«
»Im Zweifelsfall würde ich eher dich nehmen«, grinste Durant, und auch ihr Partner konnte sich eines Zuckens in den Mundwinkeln nicht erwehren. »Und jetzt reiß dich zusammen. Klärt das Ganze, aber nicht hier zwischen Tür und Angel. Ich gehe derweil zu Maartens und fühle ihm auf den Zahn.«
Hellmer brummte nur und sah dem Rauch nach, den er auspustete. Er inhalierte zwei weitere Male, bevor er zu einer Antwort bereit war.
»Fragst du ihn?«, wollte er wissen, und zuerst verstand die Kommissarin nicht, was er damit meinte.
Dann weiteten sich ihre Augen. »Du meinst wegen Nadine?«
»Wegen wem denn sonst?«
Julia tippte sich an die Schläfe. »Das fragst du sie mal lieber selbst. Und was auch immer sie antwortet, um Himmels willen, glaube ihr! Das nennt sich Vertrauen.«
Nadines Schritte waren zu hören.
»Versprich mir nur eines«, mahnte sie hastig, »klärt die Sache ruhig und ohne Schuldzuweisungen. Ich gehe selbst schon seit Jahren zu Alina. Wir trinken nicht immer nur Wein und lassen's uns gut gehen. Sie ist für mich das, was kein Partner sein könnte. Eine neutrale Sammelstelle für meinen Seelenmüll. So etwas braucht man zuweilen. Auch Nadine.«
»Was ist mit mir?«, fragte diese, die mittlerweile hinter Julia stand. Sie drehte sich um und lächelte.
»Frank hat mir eben versprochen, dass ihr euch aussprechen werdet. Ohne Streit und Geschrei. Hoch und heilig, stimmt's, Partner?«
»Ist ja gut«, antwortete Hellmer, und die beiden entfernten sich.

Maartens hatte Durant in den Wintergarten geführt. Auf dem Boden erkannte sie Kratzer, die frisch aussahen. Als wären Möbel verrückt worden, ohne diese anzuheben. Dunkle Streifen, die beim zweiten Blick an den Abrieb auf Turnhallenböden erinnerten. Bevor sie eine Frage formulieren konnte, deutete Maartens darauf.
»Ein unzufriedener Klient.«
Durant neigte fragend den Kopf, und Maartens grinste schief. »Ich habe ihn im Garten verbuddelt. Möchten Sie die Spürhunde rufen?«
Ihre Stimme wurde frostig. »Das hier ist kein Spaß, Herr Maartens. Wir suchen einen Mörder, einen Serienkiller. Und immer wieder führen die Indizien zu Ihnen.«
»Mann, die Spuren sind von Schmidt«, eiferte sich Maartens. »Hat er mich jetzt doch angezeigt? Ich habe meinen Anwalt schon verständigt. Er ist zwar gerade in Dubai, hat mir aber dringend geraten, Sie rauszuwerfen.«
Durant lächelte. Sie kannte dieses Gebaren von Alphamännchen, die sich in die Enge getrieben fühlten. »Einigen wir uns auf zwei Fragen?«
»Kommt drauf an.«
»Auf was?«
Maartens lehnte sich zurück und knackte mit den Knöcheln. »Darauf, wie die erste Frage lautet«, sagte er mit süffisantem Unterton.
»Wir kommen gerade von einem Ihrer Nachbarn«, begann Durant.
»Ach ja? Von wem denn?«
»Wenn ich Ihnen das beantworte, zählt das aber nicht als Frage«, grinste die Kommissarin.
»Pff.«
»Ich werte das als ein Ja. Pfarrer Metzdorf. Es hat mich gewundert, wie nahe er und auch Patrizia Zanders zu Ihnen leben. Lebten. Damit zu meiner ersten Frage: In welcher Verbindung stehen Sie?«
Halbwegs geschickt war es ihr gelungen, beide Namen in eine Frage zu verpacken, und tatsächlich antwortete Maartens auch – und zwar bereitwilliger, als Julia es erwartet hätte.

»Metzdorf sagt mir nichts. Die Zanders war bei mir in Therapie, aber das ist Schnee von gestern. Sie hat das Ganze vor ein paar Monaten beendet«, schloss er. »Ich müsste nachsehen, wann genau das war. Aber wir haben uns sicher schon seit Neujahr nicht mehr gesehen.«
Julia schwieg und dachte nach.
»Wollten Sie nicht eine weitere Frage stellen?«, fragte Maartens in das Schweigen hinein. »Genau betrachtet waren das ja schon zwei.«
»Nein. Es waren lediglich zwei Namen«, gab Durant zurück und zupfte sich am Ohrläppchen. »Aber okay, mal ganz frei heraus: Warum wollte Frau Zanders die Therapie beenden? Hatte es etwas mit der *Art* Ihrer Beziehung zu tun?«
»Worum geht es Ihnen?«, grinste Maartens. »Darum, ob ich mit ihr geschlafen habe, oder darum, weshalb wir das Ganze abgebrochen haben?«
»Hat das eine denn mit dem anderen zu tun?«
»Wenn Sie genau hingehört haben, habe ich beides beantwortet«, gab ihr Gegenüber zurück. »Aber um es noch mal zu betonen: Was auch immer zwischen uns war, Patrizia war irgendwann der Meinung, dass es falsch sei. Sie hat einen Mann, ein Haus, einen Hund. Das wollte sie nicht über Bord werfen. Vielleicht genügte es ihr, dass sie wieder einmal begehrt worden war. Dass sie nicht bloß das Anhängsel ihres Mannes war, der, wenn ich das mal so sagen darf, es mit der Treue wohl nicht besonders genau nahm. Zufrieden?«
Abrupt verschwand jeder Ausdruck von freundlicher Höflichkeit aus dem Gesicht Adam Maartens', und sein austrainierter Körper begab sich in den Stand.
»Äh, jein.« Etwas überrumpelt erhob sich auch Julia Durant. Sie hatte eine Frage, die ihr auf der Seele brannte. Die sie sich als zweite Frage auserkoren hatte, aber dann war das Gespräch anders verlaufen. »Was ist mit Nadine Hellmer?«
»Tut mir leid.«

»Was tut Ihnen leid?«
»Tut mir leid für *Sie*. Ich werde mich dazu nicht äußern.«
»Schade. Was ist an einem einfachen Ja oder Nein denn so schwer?«
»Würden Sie mir denn glauben? Sie haben sich Ihre Meinung doch sicher längst gebildet.«
»Ich würde die Antwort gerne von Ihnen hören.«
»Wie gesagt, das müssen Sie schon selbst herausfinden. Wobei es Sie doch im Grunde überhaupt nichts angeht. Oder gibt es da etwas, das Sie mir verschweigen?«
Julia Durant ignorierte die Frage und schob sich an Maartens vorbei, der ihr im Weg stand.
»Schon gut«, presste sie hervor und sah zu, dass sie ins Freie kam. Sie wollte nur noch weg, weit weg. Und das lag nicht daran, dass Maartens etwas angesprochen hatte, das ihr Unbehagen bereitete. Sie und Frank. Das war eine unerschütterliche Freundschaft, in die sich niemand hineindrängen durfte. Und verdammt noch mal, sie hatte ein Recht darauf, die Wahrheit zu erfahren. Es ging sie etwas an.
Suchend wanderten ihre Blicke über die Einfahrt. Der Porsche stand noch da, von Hellmer keine Spur. Durant lief einige Schritte, bis sie das Trottoir erreichte. Dann erkannte sie die beiden. Nadines Wagen parkte drei Häuser weiter. Frank stand an der Beifahrerseite, Nadine stand hinter der geöffneten Tür. Auf den ersten Blick wirkte es, als würde sie sich hinter ein Schutzschild begeben haben. Doch die Gesichter wirkten entspannt, und die Stimmen klangen ruhig.

MITTWOCH, 14:45 UHR
Westliches Gutleutviertel

Ein Fremder würde zwischen den Wohnblöcken keinen Unterschied erkennen, ein eilig Vorbeifahrender nahm das Quartier gar nicht erst wahr. Den Autobahnanschluss West, eine wichtige Auffahrt auf die A5, erreichte man vom Hauptbahnhof kommend. Parallel zum Main und zu den Bahngleisen, gesäumt von Industrie und Versorgungsunternehmen. Die Einheimischen, meist seit Generationen hier, hatten eine eigene Bezeichnung für die fünf Parallelstraßen, in denen sich die Wohnblöcke einer Siedlungsgenossenschaft befanden. Errichtet nach dem Ersten Weltkrieg, mit Holzläden und Türstürzen aus verziertem Sandstein. Monoton, aber durch die alten Baustoffe und die gepflegte Fassade optisch ein angenehmer Kontrast zu dem verfallenen Industriegelände vis-à-vis. Die Straßen trugen Namen wie Halm- oder Ährenstraße, was dem Quartier einst den Namen »Wurzelviertel« eingebracht hatte. Man lebte vorwiegend gerne hier; genoss die Zugehörigkeit zu Frankfurt, schätzte aber auch die dörfliche Beschaulichkeit.

Gemächlich, wie er sich üblicherweise bewegte, schritt einer der Bewohner des Viertels die Betonfliesen entlang. Fischte ein Papier aus der Hecke, die in diesem Jahr nur lieblos gestutzt worden war. Überall stachen einzelne Triebe heraus. Manche davon hatte er versucht abzuknicken, doch die jungen Stengel waren biegsam wie Gummi. Manchmal, wenn er daran dachte, steckte er sein Schweizer Offiziersmesser ein. Er besaß es seit seiner Kindheit. Hatte es einem Mann entwendet, der im Schlafzimmer seiner Mutter stöhnte. Der sie zum Schreien und zum Weinen gebracht hatte, was über die Vorstellungskraft eines Kindes hinausging. Der trotzdem immer wieder kommen durfte, was noch unverständlicher gewesen war. Die blutroten Schalen mit dem Kreuzwappen fühlten sich wie ein Triumph an, wann immer seine Hände darüberstrichen. Bis heute.

Er schloss zuerst die schmale Haustür, dann den Briefkasten auf. Angenehm überrascht stellte er fest, dass sich ein Kuvert der Onlinevideothek darin befand. Zwar garantierte die Werbung eine schnelle und zuverlässige Zusendung der Filme, doch man musste nicht lange im Kleingedruckten suchen, um zu erkennen, dass man sich von sämtlichen Garantien freisprach. Vermutlich würde der Service nach dem Probeabonnement rapide abbauen. Er lächelte und öffnete die Verpackung, noch bevor er seine Wohnungstür erreichte.

Er öffnete das Fenster und zog die Läden zu. Die plötzliche Dunkelheit erschreckte ihn. Nachts oder wenn er die Augen schloss, kamen Bilder in seinen Kopf. Unerträgliche Bilder. Doch bevor es so weit kam, erweckte die eingelegte DVD den Flachbildschirm zum Leben. Ein blaues Flimmern tauchte den Raum in kühles Licht. Der Monitor maß über eineinhalb Meter in der Breite, und seine Aufhängung war mit acht Dübeln in der brüchig verputzten Wohnzimmerwand verankert. Das Haus war alt, die Substanz unterdurchschnittlich. Doch hier drinnen fühlte man nicht viel davon. Er legte Wert auf Sauberkeit, Ordnung und modernes Equipment. Mit einigen, wenigen Ausnahmen.

Nachdem er das Menü durchgeschaltet und den Film zum Laufen gebracht hatte, näherte der agile Körper sich einem Wandtresor, der hinter einer Kaminklappe angebracht war. Die Heizungsanlage war mit das Modernste, was dem Siedlungshaus gegönnt worden war, und seither rauchten nur noch die wenigsten Schornsteine. Ruß rieselte aus einem Tapetenfetzen. Er hatte die Stelle schon x-mal mit dem Handstaubsauger bearbeitet, aber von irgendwoher sammelte sich immer neuer Staub. Er rümpfte die Nase und griff in den kleinen Innenraum des Metallschranks. Ein ledernes Rolletui, gewickelt und mit Schnüren verknotet, kam zum Vorschein. Er schloss die Tür und danach die Klappe. Setzte sich an den Esstisch, von dem er

den Fernseher im Blick hatte, und drehte den Schraubverschluss einer Plastikflasche auf, die er bei den Haushaltsmitteln verwahrte. Er zog die Schleife der Lederbänder auf und entrollte die Tasche. Mit hellem Klimpern fielen drei Klingen auf das Porzellan des Suppentellers, in den er eine kleine Menge des Lösungsmittels schüttete. Sofort zogen sich rote Schlieren von den Rasierklingen durch das Isopropanol. Mit einem Wattebausch reinigte er zuerst die Schneideflächen, dann die Griffe. Prüfte dann, ob sich Blutspuren an dem Leder der Hülle befanden, und kratzte diese mit dem Taschenmesser ab, nachdem er dessen Klinge ebenfalls benetzt hatte.
Sauberkeit und Ordnung.
Eine der Klingen hatte er auf dem Flohmarkt am Mainufer erstanden. Es war das Rasiermesser eines Barbiers, sogar Initialen befanden sich noch darauf. Er hatte den Preis nicht lauthals versucht nach unten zu drücken, denn dafür war er nicht der Typ. Stattdessen forderte er ein, einen Wetzstein dazu zu erhalten, auch wenn ihm bewusst gewesen war, dass das Risiko hoch war, ein Produkt von minderer Qualität zu erhalten. Summend, und er wunderte sich darüber, dass der Film größtenteils ohne Begleitmusik auskam, befeuchtete er den Stein und zog dann die Klinge darüber. Wiederholte den Vorgang, bis er zufrieden war, und wollte gerade zum Abziehleder greifen, als ein Dialog ihn aufhorchen ließ.
»Welchen Decknamen werden Sie benutzen?«
»Wie wäre es mit Schakal?«
»Ja, gut.«
Er hielt für einige Sekunden inne und hob die Augenbrauen. Das Cover der DVD wies den Film als einen Top-Thriller aus. Bis vor kurzem hatte er nicht gewusst, dass die Bruce-Willis-Verfilmung der späten Neunziger nur ein Remake war. Doch im Gegensatz zu Willis und Gere war die Verfilmung von 1973 bislang eine pure Enttäuschung. Wo war die Boshaftigkeit, wo die wechselnden Gesichter? Wo die Musik?

Er wandte sich wieder seiner Arbeit zu. *Der Schakal.*
Keiner der beiden Filme beinhaltete, soweit er sich erinnerte, eine zufriedenstellende Erklärung dafür, weshalb sich der Auftragskiller ausgerechnet mit einem Wildhund gleichsetzte. Blinzelnd erhaschte er den Blick auf die Tageszeitung, die am Rande des Tischs lag.
Der Schnitter. Das war dort in unübersehbaren Lettern vermerkt.
»*Das* ist mal ein Name«, schmunzelte er zufrieden und fuhr mit seiner Arbeit fort.

Als der Abspann über den Schirm lief, hatte er sich umgezogen und eine Scheibe Käsebrot und ein gekochtes Ei gegessen. Es lag ihm schwer im Magen, er spülte mit einem Kräuterlikör nach. Während er den Fernseher abschaltete, fuhr im Nebenzimmer der Computer hoch. Er sah auf die Uhr und stellte zufrieden fest, dass er gut in der Zeit lag. Sie schrieb ihm immer nach der Tagesschau. Dienstags, donnerstags und manchmal auch samstags. An diesen Abenden war sie allein, während ihr Mann sich mit einer seiner Mätressen vergnügte. Zumindest vermutete sie es, so hatte sie in einer ihrer Nachrichten geschrieben. Offiziell wusste Marita natürlich von nichts und musste deshalb auch nichts dagegen unternehmen. Die weibliche Psyche – das wusste er nur allzu gut – war eine äußerst zerbrechliche. Wie viele Frauen blendeten die verletzende Realität aus, um nicht zugrunde zu gehen? Ganz gleich, ob es körperliche oder seelische Gewalt war. Und gleichzeitig besaßen Frauen diese unbeschreibliche Macht über Männer; zumindest über fremde, über andere Männer. Wann immer ein Mann in die Untreue gelockt oder getrieben wurde: es steckte eine Frau dahinter.
Seine Miene erhellte sich, als er die Zeilen las, die sie ihm geschickt hatte. Die E-Mail begann mit dem üblichen Palaver, wie es ihr ging und dass sie sich über seine letzte Mail sehr gefreut habe. Dann kam sie endlich zur Sache.

Weißt Du, Ich würde Dich auch gerne sehen. Es genügt mir nicht, nur zu schreiben, bitte, verstehe das nicht falsch. Es scheint, als würdest Du das Innerste meiner Seele kennen. Ich möchte mit Dir reden, aber ich traue mich nicht, zum Telefon zu greifen. Aber ich akzeptiere es, auch wenn es mir schwerfällt. Vielleicht überprüft er ja tatsächlich die Nummern, die ich wähle. Als wir uns neulich in diesem Chatroom getroffen haben, da warst Du mir so vertraut. Ich habe noch sehr lange an unsere Unterhaltung gedacht und mich gefragt, wie viele andere da mitgelesen haben. Kennst Du Dich in solchen Dingen aus? Ich darf keine Spuren hinterlassen, es ist sein Computer. Deshalb dachte ich mir, vielleicht hättest Du Interesse, dass wir unser nächstes Gespräch persönlich führen. Ich habe nichts von Dir, alles muss ich löschen, das tut mir so leid. Es quält mich, die Tage abzuwarten, bis ich ungestört bin. Bis ich von Dir lesen kann in der Hoffnung, es sind immer mehr Zeilen, immer nettere Worte.
Du tust mir gut, weißt Du das? Es soll nicht vermessen klingen, aber ich fühle mich manchmal wie ein junges Mädchen. Damals haben wir uns Zettelchen in leere Kugelschreiber gerollt. Seitdem scheinen Jahrhunderte vergangen zu sein, doch plötzlich fühle ich diese Lebendigkeit wieder.
Ich schlage das nicht leichtfertig vor, denn ich muss mich der Tatsache stellen, dass Deine Antwort aus einem Nein bestehen könnte. Aber falls nicht, und es wäre mir ein Herzenswunsch, dann findest Du mich morgen Nachmittag im Günthersburgpark. Roland muss für mehrere Tage in die Schweiz. Ich gestehe, als er mir das sagte, musste ich sofort an Dich denken. Und als er fragte, ob ich ihn begleite, dachte ich nicht eine Sekunde daran, Ja zu sagen. Ich kenne die Schweiz. Es gibt dort einige der romantischsten Plätze Europas, finde ich. Graubünden, Basel, aber ich schweife ab. Was wäre es denn für mich, unterm Strich betrachtet? Ich wäre das Anhängsel. An der Seite eines Mannes,

der das Auge für die schönen Dinge der Welt schon lange
verloren zu haben scheint. Wie unendlich romantischer könnte
ein Besuch des Stadtparks für mich sein. Egal, ob ich nur allein
an Dich denke oder, was ich mir wünsche, ob Du an meiner Seite
spazieren gingst. Ab fünfzehn Uhr kann ich dort sein. Gerne
warte ich am Südosteingang.

Sie verabschiedete sich mit demselben schwülstigen Gesülze, von dem ihre Mail überquoll. Angewidert las er die Zeilen und betrachtete dabei ihr Konterfei auf dem Foto, das er in einem Ordner abgespeichert hatte. Sie hatte es ihm geschickt, nachdem er sie dazu aufgefordert hatte. Parallel dazu besaß er Kopien ihres Ausweises und sämtlicher Daten, die sich in dem Portemonnaie befunden hatten. Kreditkarte, Krankenversicherung, Sternzeichen. Marita war Krebs mit Aszendent Steinbock. So wie Lady Diana. Ein Mensch, der sich zu Gutem berufen glaubte, doch sich von seinen engsten Mitmenschen stets missverstanden fühlte. Solche Frauen, das wusste er, gierten nach Männern, die ihnen das Gefühl von Wertschätzung gaben. Die ihnen zuhörten, ohne sie zu bevormunden. Ohne ihnen zu sagen, dass sie doch froh darüber sein sollten, dass sie wohlhabend und angesehen seien. Nein. Er hatte mehr zu bieten als das. Alles, was er nicht wusste, ließ er sich von Marita erzählen, und in wohlportionierten Dosen machte er ihr Komplimente.
Auf diese Art und Weise lernte er sie kennen, ohne dass sie sich je begegnet waren. Mit Ausnahme von damals, als er ihr in einer unachtsamen Minute die Geldbörse entwendet hatte. Die Spinds in den Umkleidekabinen des Tennisclubs waren lächerlich.
Er hatte sie studiert, und nun spürte er seine Zeit gekommen. Marita Glantz war ein verkümmerter Vogel in einem goldenen Käfig. Willig, sich von ihm befreien zu lassen, und wenn es nur ein Ausbruch für wenige Stunden war. Ahnungslos, welches Raubtier sich auf der anderen Seite der Gitter befand.

Ich komme sehr gerne. Vermutlich hätte ich mich selbst nie
getraut, Dich das zu fragen. Deshalb freue ich mich umso mehr.
Ob ich heute Nacht schlafen kann? Wir werden es sehen. Doch
glaube mir, ich werde morgen pünktlich sein, und Du wirst mich
erkennen. Ich bin derjenige, der mit einem Lächeln auf Dich
zutreten wird.

»Ich bin derjenige, der mit einem Lächeln auf Dich zutreten wird«, summte er. Es war ein neues, ungewohntes Gefühl, das ihn ergriff. War er überhaupt schon bereit für eine neue Frau? Weshalb kam Maritas Wunsch so plötzlich? Sein Brustkorb hob und senkte sich vor Erregung, also zwang er den Atem hinab ins Zwerchfell.
Ruhig, mahnte er sich an. *Niemand zwingt dich zu diesem Treffen.*
Doch er würde sich die Gelegenheit nicht entgehen lassen. War es Schicksal? Es musste eine höhere Macht sein, die ihm Marita Glantz in die Hände gespielt hatte.
Er eilte in die Küche. Hielt für einige Sekunden inne, als sein Blick die Fotografien traf, die dort auf ihn warteten. Wie oft hatte er sie umdrehen wollen. Wie oft hatte er die Rahmen schon in den Händen gehalten, bereit, sie in den Müll zu befördern. Nie war es ihm gelungen. Und selbst wenn. Er würde sich niemals von ihnen lossagen können. Sie waren überall. In der ganzen Stadt. Selbst wenn er die Augen schloss. Immer dann, wenn er vor ihnen zu fliehen versuchte, gewannen sie eine besonders quälende Macht über ihn.
Marita Glantz. Auch sie war eine von *ihnen*. Er würde sie treffen, und er freute sich darauf.
Derjenige, der mit einem Lächeln auf Dich zutreten wird ..., wiederholte er in Gedanken.
Derjenige, der dich mit einem Lächeln dafür büßen lassen wird, dass du ein derart untreues Luder bist. Schamlos und ohne Anstand bist du. Jede deiner Zeilen trieft vor unterdrückter Lust, und das, obgleich wir uns noch nicht einmal persönlich kennen. Sind es deine Hormo-

ne oder ist es deine Naivität, die dich nicht einmal daran denken lassen, dass mein Foto ein Fake und meine Website eine nichtssagende Maske ist? Hast du dich je gefragt, ob ein Berater dir, statt dich zu umgarnen, nicht viel eher eine Eheberatung nahegelegt hätte? Aber nein, wieso solltest du auch? Du willst einen fremden Schwanz in dir spüren, du willst abtrünnig werden, willst alles wegwerfen, was dein Mann dir zu Füßen gelegt hat. Ein Königreich, um das andere Frauen sich reißen würden, die in ihren kalten Zimmern sitzen, ein Handtuch unter den Türschlitz geklemmt, um die Zugluft fernzuhalten. Die morgens nicht wissen, ob sie das Abendessen aufbringen können. Für sich. Für ihre ungewollten Kinder. Für die Bastarde, die in ihnen wuchsen, weil es eine Sünde gewesen wäre, sie zu töten.

Er schnappte nach Luft und spürte, wie sein Puls hämmerte. Er kannte dieses Gefühl. Es überkam ihn, wenn er kurz davor war, das kalte Metall der Klingen seine Arbeit verrichten zu lassen.

Und dann würde sie begreifen, dass es mehr gab auf der Welt, als es miteinander zu treiben.

Der mit einem Lächeln auf Dich zutreten wird, klang es erneut in seinem Kopf, als er auf den Button drückte und die E-Mail absendete.

Ich werde lächeln.

Und du wirst sterben.

MITTWOCH, 14:50 UHR

Frank Hellmer hatte sich freigenommen. Er hatte Julia im Präsidium abgesetzt, wo sie in ihren Opel gestiegen war. Auf der Fahrt zu Pfarrer Metzdorf dachte die Kommissarin an kaum etwas anderes als an Frank, Maartens und Nadine. Ein Dreieck, das es nicht geben

sollte. Weshalb hatte Hellmers Frau sich ausgerechnet diesen Schleimbeutel zum Therapeuten genommen? Gab es nicht tausend Bessere?
Auf der Rückfahrt hatte sie mit ihrem Partner reden wollen, doch Hellmer signalisierte ihr, dass er dazu noch nicht bereit war. Auch über Maartens' Verbindung zu Patrizia Zanders wollte er nichts hören. Der Therapeut war ein rotes Tuch – mindestens so lange, bis Frank die Angelegenheit mit seiner Frau geklärt hatte. Julia hoffte inständig, die Sache würde nicht zu groß werden. Nicht übermächtig. Nadine Hellmer war Franks Anker. Er hatte sich vor Jahren, als seine schwerbehinderte Tochter zur Welt gekommen war, fast zu Tode gesoffen. Hatte eine Affäre gehabt, war so weit abgestürzt, dass ihn jeder andere wohl aufgegeben hätte. Nur sehr wenige Menschen, allen voran Nadine, hatten noch daran geglaubt, dass er es schaffen würde. Und nur dank ihrer Hilfe, dank ihres Zuspruchs, hatte sich seine Lage wieder stabilisiert. Wenn diese Ehe einmal zerbräche ... Die Kommissarin wollte nicht daran denken.

Sie parkte an derselben Stelle, wo drei Stunden zuvor der Porsche gestanden hatte. Ein alter Mercedes mit offenem Kofferraumdeckel blockierte den Bürgersteig vor Metzdorfs Haus. Dann ertönten Schritte, und ein Mann in fleckigem Jeanshemd und Arbeitshose balancierte einen Karton in Richtung des Wagens.
»Pfarrer Metzdorf?«
»Ja.« Er wischte sich den Schweiß von der Stirn. Hob seine Hand, die in einem Handschuh steckte. Zog ihn mit den Zähnen von den Fingern, und Sekunden später spürte die Kommissarin einen feuchtwarmen Händedruck. Sie stellte sich vor.
»Bitte, ich habe vor der Messe noch viel zu tun«, sagte er. »Wie kann ich Ihnen helfen?«
»Sie wohnen recht weit von Ihrer Kirche entfernt. Das wundert mich«, begann Durant.

Metzdorf lachte. »Kennen Sie das alte Pfarrhaus? Niemand möchte dort wohnen. Zu kalt, zu eng, zu dunkel. Außerdem ist es aktuell von einer Flüchtlingsfamilie belegt. Dorthin sollen die Kartons. Eindeutig kein Fall für die Mordkommission, es sei denn, Sie wollen trotzdem mit anpacken.«

»Ja, trotzdem«, betonte Durant und schob sich mit einem verkniffenen Lächeln die Ärmel über die Ellbogen. »Mein Vater ist Pastor in der Nähe von München«, erklärte sie. Weiter kam sie nicht, denn schon hatte Metzdorf einen Karton hochgewuchtet und schob ihn ihr auf die ausgestreckten Unterarme.

»Sind Kleider. Nichts Zerbrechliches.«

Durant trug die Kiste in Richtung des Mercedes und ließ sie in den Kofferraum gleiten. Der Pfarrer trat neben sie und stopfte einen blauen Plastiksack in eine Lücke.

»Danke.« Er lächelte. »Pastorentochter, sagten Sie? Also evangelisch. Anderer Verein.«

»Aber selbe Liga«, zwinkerte sie.

»Dann wissen Sie ja wahrscheinlich, wie schwierig es mit Feierabenden und Privatsphäre ist, wie?« Metzdorf stöhnte auf und schüttelte den Kopf. »Ein wenig Distanz schadet da nicht.«

»Sie beziehen das auf sich und Ihre Frau.«

Der Pfarrer zog die Augenbrauen zusammen. »Sie wissen aber schon, dass es für uns Katholiken da gewisse Spielregeln gibt?«

»Klar. Sie wirkte vorhin nur so, *hm*, vertraut.«

»Ich wüsste nicht, was Sie das anginge.«

»Stimmt. Es geht mich nichts an. Aber es würde mich auch nicht stören, weil ich nichts vom Zölibat halte. Egal, ob evangelisch oder katholisch.« Durant musterte ihn. »Sie ja offenbar auch nicht.«

»Ich komme aus der Wirtschaft. Das Priesterseminar habe ich erst mit Mitte dreißig besucht. Überall, wo ich hinkam, nahm man mich mit Kusshand. Wissen Sie, wie wenige diesen Job noch machen wollen?«

»Ich brauche vermutlich kein Abi in Mathe …«

»Sie müssten nicht mal grundschulrechnen können. Es ist ein Jammer. Aber wer es macht, der macht es von Herzen.«
»Und kann sich gewisse Vorzüge herausnehmen.«
»Auch das. Wir haben eine Tochter. Sie wird nächstes Jahr achtzehn. Bärbel war schwanger, als ich mich entschloss, mein Leben zu verändern. Ich habe immer mit offenen Karten gespielt. Wir sind verheiratet, standesamtlich, tragen aber unsere eigenen Namen. Unsere Tochter geht auf ein Internat. Diese Dinge sind allesamt kein Geheimnis, aber wir stellen unser Privatleben auch nicht andauernd zur Schau. Deshalb leben wir hier, mit etwas Abstand zu meiner Dienststelle. Sind Sie jetzt zufrieden?«
»Danke.« Durant nickte, während sie sich einige Punkte notierte. Sie hatte den Eindruck, als verberge sich hinter Metzdorf ein halbwegs sympathischer Typ. Etwas extrovertiert vielleicht für einen Geistlichen. Aber vermutlich waren das einfach Spuren seiner weltlichen Vergangenheit. Er schien sein Amt aus Überzeugung zu verrichten. Bislang gab es keine Anzeichen dafür, dass er sich als Psychopath oder Serienmörder erweisen könnte.
»Es ging mir darum, erst einmal etwas über Sie zu erfahren«, sagte Durant, »bevor wir zu den toten Frauen kommen.«

MITTWOCH, 17:30 UHR

Doris Seidel stieg aus und blickte sich um. Die Häuser waren ockerfarben, der Wohnblock nebenan mintgrün. Spielereien mit Holz und Metall, verzweifelte Versuche, den Vier- oder Sechsfamilienhäusern einen individuellen Hauch zu verleihen. Die Straße trug den Namen einer Frau, die sie nicht kannte. Sie fand sie auch in ihrem Navigationssystem. So lief es auf dem Riedberg, Frankfurts größter Baustelle, wo täglich neuer Baugrund erschlossen wurde und jeden Abend ein neuer Rohbau zu stehen schien. Vor zwei Jahren war sie mit Peter Kullmer hierhergezogen. Raus aus der Innenstadt, wo man selbst für überhöhte Mieten kaum eine gute Wohnung bekam. Elisa, ihre gemeinsame Tochter, kam bald in die Schule. Es war höchste Zeit gewesen, sich ein Nest zu suchen, in dem sie sicher aufwachsen konnte. Was einmal ihr gehören würde. Mit fünfundvierzig Jahren wusste Doris Seidel, dass Elisa ein Einzelkind bleiben würde.

»Gar nicht so weit weg von uns«, brummte Peter Kullmer, der sich neben sie gestellt hatte.

»Was soll das heißen?«, fragte Doris erschrocken.

»Nichts«, lachte er, »jedenfalls nicht das, was du vielleicht denkst. Ich halte diesen Typen nicht für einen Mörder, zumindest nicht für einen, der unserer Tochter gefährlich werden könnte.«

»Wie das klingt«, murmelte Doris, doch dann legte sich ein spitzbübisches Grinsen auf ihr Gesicht. »Dieser Jungspund Carlsson erinnert mich irgendwie an jemanden, findest du nicht?«

»Hä?«

»Na, da musst du schon selbst draufkommen.« Sie blickte auf die Konturen der Stadt, in der nach und nach die Lichter zum Leben erwachten. Bei klarer Witterung bot der Riedberg einen beeindruckenden Blick auf die Skyline, doch die Sonne hatte sich den ganzen Tag noch nicht gezeigt.

»Rutsch mir doch den Buckel runter«, brummelte Peter, der offenbar verstanden hatte. »Der und ich – dazwischen liegen Welten!«

»Umso besser zu wissen, dass man einen agilen Callboy um die Ecke wohnen hat«, lachte Doris und verschloss mit einem sanften Druck auf den Schlüssel den Ford Kuga. Es war kühl, kein Grund also, die Scheibe geöffnet zu lassen. Hinter den getönten Fenstern des Hecks hockte Elisa, ein Tablet in der Hand, auf dem eine Folge Pippi Langstrumpf

lief. Doris hatte ihr das Versprechen abgenommen, angeschnallt zu bleiben, und sie wusste, dass sie sich auf die Vernunft des Mädchens verlassen konnte. Julia Durant hatte es sehr deutlich gemacht: Die beiden Kommissare sollten die Vernehmung gemeinsam durchführen.
Carlsson ließ sie herein, ohne nach ihren Ausweisen zu fragen. Sie hatten sich darauf verständigt, dass Peter das Wort übernähme, während Doris den jungen Mann mit Argusaugen musterte. Julia hatte ihr von ihrem Eindruck erzählt, dass er mit ihr geflirtet habe. Ein Grund mehr, weshalb Doris mit dabei sein sollte. Alles, was ihr Gegenüber ablenkte, erhöhte die Chance, ihm eine unbedachte Reaktion zu entlocken.
»Fängt das jetzt alles von vorne an?«, fragte Carlsson und nippte an einer Dose Cola. »Ich bin noch nicht lange zu Hause und schlagskaputt. Wäre ein feiner Zug von Ihnen, wenn wir das Ganze so kurz wie möglich halten könnten.«
»Wieso, haben Sie noch etwas vor?«
Carlsson rang sich ein Lächeln ab und bot den beiden mit einer Geste etwas zu trinken an. Die Kommissare lehnten ab.
Kullmer hob die Schultern. »Solange Frauen ermordet werden, hängen wir uns an jede Spur. Das müssen Sie verstehen, denn Sie haben nun mal eine beachtliche Schnittmenge.«
Carlsson gab sich völlig gelassen, wie Seidel registrierte. Er fläzte sich zwischen die Polster und schlug die Beine übereinander. Er trug eine bequeme Trainingshose, die aber wirkte, als sei sie von einem Maßschneider angefertigt. Womöglich hatte Carlsson auch einfach den perfekten Körper, um so etwas zu tragen. Dazu neonfarbene Laufschuhe von Nike, makellos, wie frisch aus dem Karton. Die orange Farbe, schloss Seidel, verursachte bei längerer Betrachtung sicher Kopfschmerzen.
Kullmer zog ein Kuvert hervor und breitete die Fotos der Opfer aus. Neben Isabell Schmidt war Patrizia Zanders zu sehen, durchmischt mit den Fotos anderer Frauen. Auch Sonja Büchner war dabei.

»Das hatten wir doch schon alles«, sagte der Mann mit trauriger Miene. »Ich kannte einige von ihnen, aber nicht alle. Wie schade um sie.«

»Wie meinen Sie das?«

»So, wie ich's sage. Das ist mein Ernst. Niemand verdient es, ermordet zu werden. Und diese Frauen schon gar nicht. Wenn Sie Gemeinsamkeiten suchen, dann sind es ihre Arschlöcher von Männern. Ignoranten, Egoisten, die nicht wussten, was sie an ihren Frauen hatten.«

Carlsson hatte rote Wangen bekommen, und seine Stimme bebte. Er wischte sich über die glänzende Stirn. Seine Empörung wirkte nicht aufgesetzt.

»Was ist mit ihr?« Kullmer tippte auf das Konterfei von Patrizia Zanders.

»Die kenne ich nicht.«

»Schauen Sie bitte genau hin.«

Carlsson hob das Foto an, hielt es sich demonstrativ nah vors Gesicht und legte es wieder zurück. »Wie ich bereits sagte ...«

»Wie können Sie sich da so sicher sein?«, wollte Kullmer wissen. Er wirkte verärgert. Doris hätte gerne gewusst, warum, doch sie zwang ihre Aufmerksamkeit auf Carlsson.

»Sie ist keine der Frauen, mit denen ich trainiere.«

»Trainieren am Netz oder trainieren auf der Matratze?«, fragte Kullmer unverhohlen.

»Weder noch«, antwortete Carlsson unbeeindruckt. Er deutete auf das Foto und wiederholte mit Nachdruck: »Ich habe diese Frau noch nie zuvor gesehen.«

Doris glaubte ihm. Nur wenige Menschen hatten ihre Gesichtsmuskulatur derart unter Kontrolle, dass alles ihren Lügen standhielt. Die Pupillen, die Lachfalten, die Halsmuskulatur. Nichts von alledem hatte bei dem Mann angeschlagen. Das Einzige, was man ihm vorwerfen konnte, war seine Gleichgültigkeit. Doch andererseits,

dachte die Kommissarin, wenn er das Opfer nicht kannte, weshalb sollte er sich bestürzt zeigen? Oder Bestürztheit spielen?
Ihre Gedanken wanderten zu Elisa. Draußen wurde es dunkel. Trotz getönter Scheiben würde jeder, der am Auto vorbeiging, wissen, dass ein Kind auf der Rückbank saß. Das leuchtende Display des Tablets würde es verraten. Sie gab ihrem Partner zu verstehen, dass sie Carlssons Aussage für glaubwürdig hielt.
»Eines noch«, sagte Kullmer im Aufstehen und legte seine Karte auf den Tisch. »Sollte sich herausstellen, dass Sie uns angelogen haben, können Sie sich warm anziehen. Denken Sie also in Ruhe darüber nach, ob da nicht doch etwas klingelt. Morgen früh prüfen wir die Mitgliedsdaten des Tennisclubs. Und die der Therme.«
Carlsson blinzelte unsicher. »Und dann?«
»Wenn es Überschneidungen gibt, klingeln wir wieder an Ihrer Tür. Und dann bin ich nicht so nett wie heute. Wenn Sie es sich also anders überlegen, dann besser schnell. Schneller, als wir es herausfinden.«
Mit diesen Worten ließ Peter Kullmer den Mann stehen. Er schob sich an Doris Seidel vorbei, die noch für einige Sekunden mit den Blicken auf Carlsson verharrte. Plötzlich schien er verunsichert. Er fuhr sich in kurzem Abstand zweimal durchs Haar, und ein Zucken lag in seinem rechten Auge. Wäre Elisa nicht gewesen, vielleicht hätte sie ihn mit weiteren Fragen bombardiert.
Unten angekommen, fand sie Peter und Elisa vor, die sich gerade darüber unterhielten, ob es am Abend noch Pizza geben sollte. Der Lieferservice tat sich in all den neuen Straßen des Riedbergs noch etwas schwer, weil die wenigsten Namen bereits in den Navigationsgeräten gelistet waren. Doch es besserte sich. Die drei lebten am Ende eines Wendehammers, das Haus ließ sich halbwegs gut beschreiben.
»Ich würde gerne noch eine Weile bleiben«, sagte die Kommissarin.
»Wo? Hier?«

»Nein, in Timbuktu«, lachte sie. »Natürlich hier. Dein letzter Kommentar schien ihn aufzuwühlen. Ich möchte wissen, ob er noch mal wegfährt. Und falls ja, wohin.«
»Oh Mann«, meuterte Elisa. »Ich will nach Hause.«
»Ihr könnt laufen, ich warte«, schlug Doris vor, die die Strecke bis nach Hause auf knapp einen halben Kilometer schätzte. Die Begeisterung ihrer Tochter hielt sich in Grenzen.
»Na komm schon, junge Dame«, mahnte Peter. »Für Pizza und Fernsehen muss man schon was tun.« Dann, zu Doris: »Aber schlag hier keine Wurzeln.«
»Hebt mir was auf«, lächelte die Kommissarin und nahm sich vor, das Ganze nicht länger als eine halbe Stunde dauern zu lassen. Sie drückte Elisa einen Kuss auf die Stirn, bevor sie sich wegdrehen konnte. Ihre Tochter kam offenbar schon in das Alter, wo einem die Eltern begannen peinlich zu werden. Wo man sich nicht in der Öffentlichkeit liebkosen lassen wollte. Doris hatte gehofft, dass diese Phase erst sehr viel später begann. Oder am besten nie. Etwas melancholisch blickte sie den beiden nach, bis sie um die Straßenecke gebogen waren. Dann reckte sie sich, ließ ihre Schultergelenke knacken. Stellte den Fahrersitz in eine bequeme Position und schaltete einen Radiosender ein, auf dem Rock-Klassiker liefen.
Sie war müde und hungrig, aber ihre Entschlossenheit hielt sie bei Kräften. Wenn Dieter Carlsson etwas zu verbergen hatte, wollte sie es in der nächsten halben Stunde rausfinden.

Kaum zehn Minuten später verließ Carlsson sein Wohnhaus. Er schritt eilig die Straße entlang, passierte einen Ford, der gegen die Fahrtrichtung geparkt war, und erreichte ein paar Meter weiter seinen Wagen. Ein BMW Z4, letzte Modellreihe, mit Sportausstattung. Er fiel in das Leder hinab, als läge sein Steiß nur eine Handbreit vom Asphalt entfernt. Der Motor röhrte, sofort schaltete sich die Musikanlage ein und dröhnte in seine Ohren. Er hörte Techno, elektronische Tanzmusik, zu der er auch manchmal trainierte. Alles an ihm war hip, alles trainiert, alles perfekt inszeniert. Wenn man betuchte Frauen hofierte, gehörte ein extravagantes, selbstbewusstes Auftreten dazu.

Ohne zu ahnen, dass der SUV ihm folgte, steuerte Carlsson den Wagen durch den lichter werdenden Verkehr. Durch die Senckenberganlage, an der Messe und am Bahnhof vorbei. Zielsicher die richtigen Fahrspuren anvisierend, die er ohne Navigation fand, er fuhr die Strecke praktisch schon blind. Als er am Baseler Platz in Richtung des Westanschlusses der Autobahn abbog, drehte er die Musik leiser. Er passierte die Wohn- und Geschäftshäuser, die nach und nach von Industriebauten durchwachsen wurden, bis leere Grundstücke, Metalltore und Schornsteine das Bild dominierten. Rechter Hand ein leeres Gelände, notdürftig mit Brettern und Absperrungen versehen. Graffiti und abgerissene Plakate. Auf der linken Seite ein mehrstöckiger Wohnblock. Carlsson lenkte den BMW den Bordstein hoch. Ob er hier stehen durfte? Es war ihm stets egal gewesen. Abschleppwagen verirrten sich nur selten hierher. Nicht, solange es am Bahnhof und in der Innenstadt genügend Verkehrssünder gab.

Angst um seinen Porsche Targa, der immerhin mit vierzigtausend Euro gelistet war, hatte er auch keine. Carlsson war gut versichert. Nichts an oder in dem Auto war unersetzbar. Trotzdem sah er sich prüfend um, bevor er die Fahrbahn überquerte. Niemand lungerte in unmittelbarer Nähe herum, keine auffälligen Gestalten, keine Anarchos, für deren Langeweile ein teurer Außenspiegel, den sie abtreten konnten, gerade recht kam. Nur in weiterer Entfernung ein paar Halbstarke, die sich mit lauter Musik und Energydrinks beschäftigten. Sie schienen Carlsson jedoch entweder nicht bemerkt zu haben oder sie ignorierten seine Anwesenheit.

Vielleicht lag es an seiner Aufmerksamkeit, die Carlsson auf die Jugendlichen gerichtet hatte, dass es ihm selbst entging, als seine Verfolgerin kaum zwanzig Meter hinter ihm parkte.

Doris Seidel musste sich zusammenreißen, um nicht hinter dem Mann herzueilen. Doch sie konnte von immensem Glück reden, dass er sie bis jetzt nicht entdeckt hatte. Als er auf dem Riedberg ihren Wagen passiert hatte, hatte sie sich in letzter Sekunde in den Fußraum geduckt und dort mit angehaltener Luft verharrt, bis sie sich sicher fühlte. Eine Ausrede gesucht, falls er sie ansprechen würde. »Ich habe noch telefoniert«, wäre es wohl gewesen. Dann, zwischen Sternwarte und Festhalle, hatte er so abrupt abgebremst, dass sie beinahe in das hinter ihm zum Stehen kommende Taxi gerauscht wäre. Der Taxifahrer hatte gehupt und wild gestikuliert, Carlsson hatte sich umgedreht und entschuldigt. Hatte er sie vielleicht doch gesehen? Seidel konnte sich nicht sicher sein, doch er war zielstrebig weitergefahren. Und sie war ihm weiter gefolgt.

Die Kommissarin wartete angespannt, bis die Tür des Wohnhauses ins Schloss fiel. Zählte bis zwanzig. Dann stieg sie aus und begab sich auf die andere Straßenseite. Jemand grölte, und ein lauter Rülpser verriet ihr, dass eine Gruppe junger Männer sie bemerkt hatte. Testosteron, Zucker und irgendein Rapper schienen ihnen einzuheizen. Sie schluckte, denn sie trug weder Waffe noch Dienstausweis bei sich. Doch die jungen Männer, bestenfalls siebzehn, manche deutlich jünger, würden ihr schon nichts tun. In diesem Alter war man laut, um das Grün hinter den Ohren zu retuschieren. Und Doris, mit Mitte vierzig, war bestenfalls das, was man in deren Kreisen als MILF bezeichnete. *Mom I'd like to fuck* – frei übersetzt eine Frau, die man für heiß genug befand, um es ihr besorgen zu wollen, obgleich sie alt genug war, um desjenigen Mutter zu sein. Sie schmunzelte unwillkürlich. Nichts anderes war es, was Dieter Carlsson tat. Nur dass er keine sechzehn mehr war.

Als die Kommissarin das Türschild in Augenschein nahm, seufzte sie. Ihre Befürchtung hatte sich bewahrheitet. Zu viele Namen, zu viele Möglichkeiten, wohin der Mann gegangen sein konnte. Es blieb ihr wohl nichts weiter übrig, als ein Foto der Namen zu machen und diese einzeln zu überprüfen.

Carlsson war nicht suchend durch die Straßen gekreuzt. Er war zielsicher hierhergefahren. Zwischen dem Knallen der Wagentür und dem Verschwinden im Haus war kaum Zeit vergangen. Es musste jemand dort wohnen, zu dem er einen Bezug hatte. Er hatte nicht geklingelt. Demnach musste er einen Schlüssel besitzen. Doris konnte es nicht beschwören, doch sie war sich so gut wie sicher, dass niemand anders ihm die Haustür geöffnet hatte. Oder hatte hinter einem der Fenster jemand gestanden, der auf ihn wartete? Ihn erkannt und den Summer gedrückt hatte? Wer? Eine Freundin? Nein. Das Gebäude sah nicht gerade danach aus, als wohne dort die Art von Frauen, mit denen er sich üblicherweise befasste.
Seidel trat für einige Sekunden unschlüssig auf der Stelle. Als die Tür sich öffnete, zuckte sie zusammen. Sie blickte in die dunklen Augen einer Frau, relativ jung, mit Kopftuch. Ihre Gesichtszüge deuteten darauf hin, dass sie vom Balkan stammte. Fragend und scheu neigte diese den Kopf. Taxierte die Kommissarin mit einem Hauch von Argwohn, der ihre Gedanken verriet. Was wollte diese Frau hier? Diese Großstadttussi mit den teuren Jeans und den Lederstiefeln, die ganz gewiss nicht hier wohnte. Zu wem wollte sie? Doch sie sagte nichts. Vielleicht konnte sie nicht einmal Deutsch. Doris ertappte sich bei dem Gedanken daran, welches Leben diese Frau wohl führte. Welche Träume und Hoffnungen sie hatte, hier, im Außenbezirk der teuersten Stadt Deutschlands. Hatte sie Kinder? Führte sie eine glückliche Beziehung?
»Entschuldigung«, kam es leise. Seidel erkannte zwei Plastiktüten in ihrer Hand, die schwer aussahen. Offenbar war die Frau in Begriff, Abfall nach draußen zu tragen. Sie wollte zur Seite treten, doch die andere zwängte sich bereits an ihr vorbei. Der Kommissarin blieb nichts anderes übrig, als in Richtung des Türdurchgangs auszuweichen, wenn sie nicht in die Hecke stolpern wollte. Plötzlich stand sie im Treppenhaus. Die Tür schloss sich wie in Zeitlupe. Es war totenstill.

Was sollte sie tun? Ausharren, bis die Fremde zurückkehrte? Dann würde sie sich verdächtig machen, schloss Seidel, und auf einen lautstarken Konflikt mit der Familie der Frau stand ihr nicht der Sinn. Also nach oben, dachte sie. Bis ins oberste Geschoss, wenn's sein musste. Als die Haustür Sekunden später aufschwang, befand sie sich schon auf ihrem Weg treppaufwärts. Ihr Herz hämmerte, doch es blieb keine Zeit. Es gab keine Ecke, in der sie sich verbergen konnte, nur die Einbahnstraße nach oben. Mit der Faust umklammerte Seidel das Handy, passierte ein halbes Dutzend Wohnungstüren. Die Namen waren, wenn überhaupt notiert, zum Großteil nichtdeutscher Herkunft. Die schweren Schritte der Frau mit den Müllbeuteln wurden langsamer. Seidel drückte sich an die Wand im dritten Stock. Männerrufe ertönten, eine Tür knallte. Dann wurde wieder alles still. Die Gefahr, erneut mit den argwöhnischen Blicken in Kontakt zu kommen, schien abgewendet. Sie konnte nun zurück zum Auto, doch etwas hielt sie davon ab.
Sie beschloss, die Wohnungen in Augenschein zu nehmen. Eindrücke gewinnen über Familiennamen, die Gestaltung des Eingangs, alles, was von Bedeutung sein konnte. Sie schritt weiter bis ganz nach oben und begann anschließend, jede der Türen mit dem Smartphone abzulichten. Sicher war sicher. Dann dachte Doris an ihre Familie. Peter und Elisa würden es verstehen, wenn sie ins Büro fuhr, statt sich zum Pizzaessen zu ihnen zu gesellen. Der Fall hatte Priorität. Das musste Elisa lernen. Es würde andere Zeiten geben.
Nach und nach passierte die Kommissarin die Wohnungstüren. Viele Eingangsbereiche sahen verdreckt aus. Schuhe lagen herum. Nur die wenigsten Türen waren ansprechend gestaltet. An einer hing ein Kranz aus Trockenblumen. Dass es so etwas überhaupt noch gab. Es war die zweite Etage, fast hatte sie es geschafft. Sie lehnte sich mit dem Oberkörper nach hinten und richtete das Handy hochkant aus. Das Quadrat des Autofokus fing die Blumen ein, dann ging das Licht im Treppenhaus aus. Doris zuckte zusammen. Ihre Augen machten ein

rotes Glimmen aus. Sie tastete nach dem Schalter, und sofort flammte die Beleuchtung wieder auf. Erneut fokussierte sie die Tür, ohne darauf zu achten, dass sich auch hier Schuhe befanden. Brandneue Nikes, grellorange. Und dann schwang die Tür auch schon auf. Doris Seidel erstarrte.

MITTWOCH, 18:05 UHR

Frank Hellmer fuhr den Porsche in die Garage unter dem Haus. Er hielt kurz inne, als er den Wagen abschloss. Hier stand er nun, in seinem teuren Zuhause, neben dem Luxuswagen. Er legte die Hand auf das Dach. Zeit seines Lebens hatte er von einem Porsche 911 geträumt, so wie die meisten jungen Männer es taten. Leisten konnten es sich die wenigsten, jedenfalls keinen Neuwagen. Hellmer wusste, dass er eine Menge erreicht hatte, auch wenn die Anwälte, Bänker und Börsenmakler, die Nadine kannte, ihn oftmals mit einem fast mitleidigen Blick musterten. Immer noch berufstätig? Immer noch Polizeibeamter?
Doch Hellmer hatte nie etwas anderes machen wollen, nie etwas anderes *sein*. Er atmete tief ein, die Luft schmeckte nach Abgasen, er schüttelte den Kopf und schritt in Richtung Tür. Wie immer schob er sie mit dem Fuß auf, zwängte sich hindurch und zählte im Stillen die Sekunden, bis das Metall zurück in den Rahmen schnappte. Es waren acht, manchmal auch nur sechs. Wenn er aufgeregt war und zu schnell zählte, konnten es auch mal zehn Sekunden sein.
Als er das Erdgeschoss erreichte und die Flurtür öffnete, strömte ihm Röstgeruch entgegen. In der Küche zischte und klapperte es, der Dunstabzug surrte auf höchster Stufe. Er musste lächeln. Nadine

schien Kartoffelpuffer zu machen. Er konnte sich glücklich schätzen – glücklicher als die meisten ihrer neureichen Bekannten. Jetzt musste es ihm nur noch gelingen, die Sache mit Adam Maartens aus der Welt zu schaffen. Hellmers Miene verdüsterte sich, da stand Nadine auch schon vor ihm. Mit ihrem entwaffnenden Lächeln, das er so liebte und dem er praktisch alles verzeihen konnte.
»Ich habe mir Sorgen gemacht, Frank«, sprach sie mit gedämpfter Stimme, während sie sich umarmten.
»Sorry. Das Handy war stumm geschaltet und zwischen die Sitze gerutscht.«
Hellmer trat einen Schritt zurück und sah tief in Nadines Augen. Die beiden hatten sich vor einigen Stunden, als sie zu Hause angekommen waren, einen lautstarken Streit geliefert. Frank hatte getobt, er hatte gefragt, warum sie plötzlich so unglücklich sei, dass sie eine Therapie brauche. Weshalb sie zu Maartens ging, anstatt zuerst mit ihm darüber zu reden. Ob er sie schon flachgelegt habe.
Nadine war lange ruhig geblieben. Sie fühlte sich leer. Es gab in ihrem Leben nur das Vermögen, was ihr die Freiheit gab, nicht arbeiten zu müssen. Außerdem bestünde ihr Leben seit Jahren aus purer Sorge. Sorge um Frank, Sorge um ihre Töchter.
»Irgendwann steht Julia Durant vor meiner Tür, oder Berger, und sagt mir, dass du nie mehr nach Hause kommen wirst!« Nun war auch Nadines Stimme voller lautstarker Emotionen gewesen.
»Berger sicher nicht«, hatte Frank zurückgefaucht.
Irgendwann hatte er sich derart in die Ecke gedrängt gefühlt, dass er die Flucht ergriff. Mit dem 911er in Richtung Feldberg, eine ausschweifende Tour durch den Taunus. Mit jedem Kilometer hatte er sich schuldiger gefühlt.
Nadine war beinahe fremdgegangen, verdammt! *Sie* war die Übeltäterin! Doch je länger er fuhr, desto weniger glaubte er daran. Schließlich hatte er gewendet, in der Nähe von Usingen einen Kaffee getrunken und sich die Beine vertreten. Und nun stand er hier.

»Es tut mir leid. Ich bin ein schrecklicher Ehemann«, begann er unbeholfen.
»Du bist wundervoll, und ich liebe dich«, lächelte Nadine. Dieses Lächeln. Sie zog ihn mit beiden Händen zu sich und küsste ihn auf die Stirn. »Ich würde niemals einen anderen Mann ansehen. Und diesen Maartens schon gleich gar nicht. Ich bin heute erst zum zweiten Mal dort gewesen ...«
»Ich habe nur die Füße ohne Schuhe gesehen«, unterbrach Frank sie. »Da habe ich sofort rot gesehen. Allein die Vorstellung, jemand anders ...«
Er atmete schwer.
»Ich habe mich auf den Diwan gesetzt«, erklärte Nadine. »Das war vielleicht ein Fehler, tut mir leid, aber ich habe mir nicht das Geringste dabei gedacht. Maartens ist so einnehmend, er wollte, dass wir wenigstens diese Stunde noch nutzen. Dabei war ich heute nur dort, um ihm zu sagen, dass ich mir keine Therapie vorstellen kann. Zumindest nicht mit ihm.«
Frank Hellmer schluckte den Kloß in seinem Hals stillschweigend runter und rieb sich die feuchten Augenwinkel trocken. »Ich konnte mir, ehrlich gesagt, auch nichts anderes vorstellen.«

*

Etwa zur selben Zeit, im Gutleutviertel.
»Frau Seidel. Was für ein Zufall.«
Doris zwang erneut ihren Atem hinab ins Zwerchfell, um nicht zu hyperventilieren. Sie war Dieter Carlsson gefolgt, ohne dabei ein bestimmtes Ziel zu verfolgen. Und schon gar nicht, um ihm Auge in Auge gegenüberzustehen. Sie trug keine Waffe. Das konnte man ihr sogar ansehen, denn selbst die Jeansjacke hatte sie im Auto liegen lassen.
Das diffuse Licht machte es ihr schwer, in Carlssons Mimik zu lesen, doch sein Blick fühlte sich an, als schlänge er mit jedem Blinzeln

eine neue Fessel um sie. Wie eine Python. Ironischerweise musste sie an Kaa aus dem Dschungelbuch denken. Sie hatten den Disney-Klassiker erst vor kurzem auf DVD gekauft und mit Elisa angesehen. Stück für Stück wickelte er sie ein, in Sekunden, die wie Stunden zu vergehen schienen. Das Atmen wurde immer schwerer.
Carlsson neigte den Kopf.
»Möchten Sie nicht reinkommen?«
Lächelte er? Doris wusste es nicht. Aber wenn, dann tat er es mit einer solchen Kälte, wie sie sie selten gesehen hatte. Ihre Hand zuckte in Richtung der Jeans, wo das Handy steckte.
»Ich glaube, ich gehe besser«, antwortete sie dann.
»Sie sollten wirklich reinkommen«, beharrte Carlsson und deutete mit einer Kopfbewegung an, dass sie ihr Handy nicht brauche.
»Wollen Sie mich zwingen?«
Jetzt lächelte er. »Warum sollte ich das tun?«
»Also kann ich gehen?«
»Sie können tun und lassen, was Sie wollen. Doch die Tatsache, dass Sie hier sind, beweist, dass Sie ziemlich verzweifelt auf der Suche nach Antworten sind.«
»Und Sie möchten mir diese Antworten geben?«
»Nicht hier draußen.« Carlsson trat beiseite und wies mit einem leichten Diener in Richtung der geöffneten Wohnungstür. Aus dem Inneren klang der Fernseher.
Doris Seidel wusste, dass weder Durant noch Kullmer es gutheißen würden, was sie nun tat. Doch sie fasste sich ein Herz und trat ein.

DONNERSTAG

DONNERSTAG, 21. MAI, 7:20 UHR

Das Ärztehaus lag zwei U-Bahn-Stationen vom Holzhausenpark entfernt, in dessen Nähe Julia Durant wohnte. Es wäre keine gute Idee gewesen, sich mit der morgendlichen Blechlawine in Richtung Innenstadt zu bewegen, außerdem genoss sie die frische Luft. Mit Claus Hochgräbe hatte die Kommissarin nur wenige Sätze gewechselt. Wie konnte er sie derart bevormunden? Sie durfte ihren Frust über die lahmende Ermittlung allerdings nicht mit dem anderen Ärger vermischen. Der Gedanke, dass sie lauthals explodierte, unsachlich wurde und sich am Ende bei Claus entschuldigen müsse, widerstrebte ihr zutiefst.

Der Tag begann fast schon sommerlich warm, dabei war es noch nicht einmal halb acht. Kein Wunder, wenn der Kreislauf bockt, dachte Durant, als sie die Glastür zur Praxis aufdrückte. Sie ließ die Versichertenkarte einlesen, nachdem sie ihren Namen genannt hatte. Ja. Sie habe einen Termin. Das blutjunge Mädchen hinter dem Tresen konnte kaum volljährig sein. Gedankenverloren kramte sie einen Zehneuroschein hervor.

»Das brauchen Sie nicht mehr«, lächelte die Kleine und zeigte dabei ihre makellosen Zähne.

»Wie? Ach ja ...« Es passierte ihr nicht zum ersten Mal, auch wenn die Praxisgebühr schon seit Jahren abgeschafft war. Vielleicht sollte sie einfach öfter zum Arzt gehen.

Eine halbe Stunde später hatte Durant Blut und Urin abgegeben und stieg verschwitzt von einem Hometrainer. Das EKG schien eine leichte Unregelmäßigkeit zu haben, deshalb wurde ein Belastungs-EKG geschrieben. Sie keuchte, war nassgeschwitzt, doch Dr. Pashtanam schien zufrieden zu sein. Das zumindest las die Kommissarin in ihrem Gesichtsausdruck. Dort, wo vorhin eine diffuse Unsicherheit gelegen hatte, strahlte ihr nun freundliche Zuversicht entgegen. Die Ärztin war aus Pakistan, seit über zehn Jahren Teil der Gemeinschaftspraxis, doch die beiden hatten sich schon eine Weile nicht mehr gesehen. Julia zog es vor, sich selbst zu kurieren. Oder gar nicht erst krank zu werden.
Im Folgenden stand sie Rede und Antwort, es ging ans Eingemachte. Zuerst musste sie schildern, wie sich die »Aussetzer« manifestierten. Schon der Begriff stieß Julia bitter auf. Doch die Ärztin stellte eine Menge Fragen, die sich wie Fangfragen anfühlten, und es gab kein Entkommen. Dann der Krebstod ihrer Mutter, bekannte Gefäßerkrankungen in der Familie. Ob sie rauche und wie viel sie trinke. Wie es mit dem Sport sei und ob die Wechseljahre schon eingesetzt hätten. Durant kniff die Augen zusammen und hätte Dr. Pashtanam, die schätzungsweise gleich alt war wie sie, die Frage am liebsten zurückgegeben.
»Was tut das denn zur Sache?«, fragte sie stattdessen.
»Schwindel, Atemprobleme, Orientierungslosigkeit«, erklärte die Ärztin, »können Anzeichen dafür sein. Ich frage deshalb, weil dieselben Symptome ja auch mit Ihrer Angststörung zu tun haben könnten.«
Jetzt bin ich also schon gestört. Julia fühlte, wie sich ihr die Nackenhaare sträubten, und sie fragte sich, ob dieses Gefühl Tatsache oder Einbildung war. Reflexartig fuhr sie sich über den Hals nach hinten.
»Meine Panikattacken habe ich im Griff.«
Sie hatte schon vor geraumer Zeit klargestellt, dass dieses Thema bei Alina Cornelius in guten Händen war. Und auch dort bleiben sollte.
»Was glauben Sie denn, was mit Ihnen nicht stimmt?«, erkundigte sich die Ärztin.

»Körperlich scheine ich doch fit zu sein, oder nicht?«, gab Durant zurück.

»Wie es scheint, ja. Das mit dem Herz ist im Normalbereich. Ihre Blutwerte sollten bis morgen früh vorliegen. Haben Sie denn eine Theorie? Das ist bei der Kripo doch auch Ihr Job, oder nicht? Theorien aufstellen und denen nachgehen.«

Durant verschränkte die Arme und lächelte. »Sicher. Meine Theorie ist, dass alles in bester Ordnung ist. Ich bin seit Jahren rauchfrei. Meinen Hang zu Salamibroten und Dosenbier kompensiere ich mit Sport. Und ich esse Tomaten und Gurken dazu. Ich habe Stress in der Arbeit, wie wohl jeder Zweite hier in Frankfurt, dazu kommt wenig Schlaf und vielleicht zu viel Kaffee. Das ist aber alles. Sobald wir einen Tatverdächtigen haben, sieht das wieder anders aus. Mehr Schlaf, weniger Kaffee, weniger Bier. So war es doch immer. Ich finde, gegenüber anderen Fünfzigjährigen stehe ich nicht schlecht da.«

Dr. Pashtanam machte sich einige Notizen am Computer, und nur allzu gerne hätte die Kommissarin gesehen, was sie dort tippte. Dann drehte die Ärztin sich wieder zu ihr.

»Ich möchte Ihnen das alles gerne glauben. Doch vorausgesetzt, mit Ihren Werten ist alles okay, haben wir eine Frage, der wir nachgehen müssen. Eine Verstärkung oder Häufung gewisser Symptome muss ja eine Ursache haben.«

Sie fragte nach, unter welcher Nummer Julia Durant zu erreichen sei. Die im Computer hinterlegte Handynummer stimmte. Sollte sie nichts hören, versicherte die Ärztin ihr, könne sie jederzeit anrufen.

»Ich erfahre also nur, wenn etwas nicht stimmt?«, hakte Durant nach.

»Wenn etwas nicht in Ordnung ist, melden wir uns sofort«, versicherte Dr. Pashtanam. »Wenn Sie generell Fragen zu den Werten haben, können Sie morgen früh auch gerne anrufen. Nur bitte nicht gleich um halb acht. Da laufen bei uns immer die Leitungen heiß.«

DONNERSTAG, 10 UHR
Polizeipräsidium, Dienstbesprechung

Julia Durant hatte Alina Cornelius dazugebeten. Sie vertraute keiner Psychologin mehr als dem Urteil ihrer Freundin. Das hatte sie auch gegenüber Claus durchgesetzt, der einen Externen anfordern wollte.
»Kannst du gerne machen, aber Alina möchte ich trotzdem mit im Boot haben.«
Hochgräbe hatte keine weiteren Versuche unternommen, sie umzustimmen, sondern nur mit dem Auge gezwinkert. Er begann die Besprechung mit der Information, dass es Neuigkeiten aus der Rechtsmedizin gebe.
»Die DNA braucht mindestens noch vierundzwanzig Stunden«, zitierte er Dr. Sievers und kniff die Augenlider zusammen, während er in Durants Richtung sah. Sie schluckte, er räusperte sich. »Ich habe mal so getan, als wisse ich, wovon sie spricht.«
»Mist, tut mir leid. Das hatte ich völlig verdrängt«, antwortete die Kommissarin. Dann berichtete sie in knappen Sätzen von dem Fall Ehrmann und der möglichen Speichelprobe. Die Mienen ihrer Kollegen hellten sich auf.
»Aber wieso prüft sie das erst jetzt?«, wunderte sich Seidel.
»Wir können froh sein, dass sie überhaupt noch etwas zu prüfen hat«, brummte Durant. Peter Brandt aus Offenbach war nicht als leitender Ermittler in den Akten genannt. Wenigstens etwas. Ihm, das wusste die Kommissarin, wäre so eine Schlamperei nicht unterlaufen.
»Gut. Und was dann?«, brachte Hochgräbe es auf den Punkt. »Angenommen, wir kriegen ein brauchbares Sample. Welche Personen gleichen wir damit ab?«
»Es hat noch nie eine Reihenuntersuchung dafür gegeben«, sagte Julia. »Nicht 2010, nicht in diesem Januar. Wir sollten diesen Aufwand nicht scheuen.«

»Einverstanden. Aber wir warten, bis die Rechtsmedizin uns grünes Licht gibt.«

Niemand hatte etwas einzuwenden.

Auf einem Board waren die Namen der potenziellen Verdächtigen vermerkt, von denen aber keiner eine vielversprechende Spur zu sein schien.

Adam Maartens, der Taxi-Indianer, Felix Büchner, Carlsson und Metzdorf.

»Fangen wir unten an«, entschied Hochgräbe. »Was ist mit diesem Geistlichen?«

Durant erzählte kurz von ihrem Kontakt.

Kullmer machte eine fragende Miene. »Alle Frauen gingen zu ihm in die Kirche, wie? Ist er so ein heißer Typ?«

»Im Gegenteil«, verneinte die Kommissarin. »Er ist verheiratet und optisch maximal im guten Durchschnitt. Gibt sich als Menschenfreund. Vielleicht ist das der Anziehungspunkt.«

»Weil alle reichen Damen so gerne spenden?«, hakte Kullmer nach und warf einen fragenden Blick in Hellmers Richtung. Julia hielt den Atem an, denn sie wusste, dass die beiden sich nur allzu gerne über Franks eingeheirateten Reichtum neckten.

»Zum Bumsen gehen sie ja alle woandershin«, erwiderte dieser aber nur, und die Kommissarin entspannte sich wieder.

»Trotzdem ist die räumliche Nähe ein Faktor, den wir beachten sollten«, warf Hochgräbe ein. »Höchst, Liederbach, das kann doch kein Zufall sein.«

Er nickte in Doris Seidels Richtung. Sie stand auf und berichtete von ihrer Begegnung mit Dieter Carlsson. In Kullmers Miene war zu lesen, dass er ihr für diesen Alleingang bereits den Kopf gewaschen hatte. Er lauschte mit verschränkten Armen, während die Kommissarin berichtete, und seine Blicke verloren sich in Richtung Fenster.

»Carlsson hat seine Mutter besucht. Ich habe ihn im Treppenhaus verloren und deshalb die ganzen Türen nebst Namensschildern ab-

gelichtet. Es war so ein Gefühl ... Was, wenn hinter einer dieser Türen das nächste Opfer unter seinem Messer liegen würde.« Doris schnaufte. »Okay, weiter im Text. Plötzlich stand er vor mir und zwang mich, reinzukommen.«
»Ich dachte, er hat dich gebeten«, brummte Kullmer mit missbilligender Miene.
»Das ist Haarspalterei. Im Grunde ließ er mir keine Wahl. Trotzdem hätte ich rennen, schreien oder gegen ihn kämpfen können. Doch bevor ich mich entscheiden musste, stand seine Mutter neben ihm. Eine vollkommen friedfertige Person.«
»Trotzdem ein Risiko«, beharrte Kullmer, und Durant nickte ihm zu, bedeutete ihm aber zugleich, dass er schweigen solle.
Doris Seidel erzählte von dem Gespräch, das in der Wohnung stattgefunden hatte. Es war die Rede von schweren Zeiten. Davon, dass Carlssons Mutter alleine dastand, in einem Strudel aus Arbeitslosigkeit, steigenden Mietkosten und einem hungrigen Kind. Sie sei in jungen Jahren anschaffen gegangen, dann war sie dem entkommen, dann wieder hineingerutscht.
»Wer es einmal getan hat, der greift immer wieder darauf zurück«, hatte sie gesagt. »Immer, wenn es nötig ist. Und jedes Mal kommt man schwerer wieder raus.«
»Es sind immer die Kinder, die leiden«, knurrte Frank Hellmer.
Seidel nickte. Sie kramte eine verknitterte Notiz hervor. »Wollt ihr wissen, was sie über ihren Sohn gesagt hat?«
Alle hoben die Köpfe.
»Ich zitiere wörtlich: Dieter ist das ungewollte Kind eines anonymen Freiers. Trägt er deshalb eine Erbsünde? Nein. Ich betrachte ihn als Geschenk. Ich habe mir als junges Ding Cola unten reingepumpt, weil es hieß, man könne damit Schwangerschaften verhindern. Außerdem warf ich jede Menge Pillen ein und hatte zwei Ausschabungen. Doch Dieter fand trotzdem seinen Weg zu mir, und er bedeutet mir alles. Vom ersten Tag an.«

Julia Durant spürte einen Kloß im Hals. Cola als Verhütungsmittel. Ob das funktionierte? Sie erinnerte sich durchaus an die Zeiten ohne Google, in denen man solche Legenden für bare Münze genommen hatte. Wie verzweifelt musste man sein, um solche Wege zu beschreiten? Wie viel Angst in sich tragen, ein Kind in die Welt zu setzen. Und doch war es am Ende geschehen. Sie musste an ihren Vater denken. War das das Göttliche, von dem er sein Leben lang gepredigt hatte? Bestimmte *er* es, ob einer Frau das Schicksal zuteil wurde, Mutter zu werden? Julia wusste es nicht.

Doris Seidel berichtete derweil weiter. Eine konstante Vaterfigur habe es für den jungen Carlsson nie gegeben, auch wenn sein Erzeuger zeitweise mit im Haushalt gelebt habe. Erst sehr spät habe sich hier so etwas wie eine Beziehung entwickelt, und selbst dann sei diese oberflächlich geblieben.

»Stopp mal bitte«, sagte Alina Cornelius, und alle Blicke flogen zu ihr. »Dieser Carlsson ist also ein gutaussehender Typ, der sein Aussehen nutzt, um mit reichen Damen anzubändeln. Richtig?«

Niemand widersprach. Durant bat ihre Freundin, fortzufahren.

»Und von seiner Mutter wissen wir, dass sie sich regelmäßig, wenn auch mit Unterbrechungen, prostituiert hat. Sie macht daraus kein Geheimnis, auch ihrem Sohn gegenüber nicht. Ist der Vater denn ein Freier?«

»Ich glaube schon, antwortete Doris Seidel. »Worauf willst du hinaus?«

»Es geht mir um die Mutterbindung. Was geschieht mit einem Kind, dessen Mutter Freier empfängt? Die sich womöglich Schmerzen zufügen lässt. Die Fremde in ihr Schlafzimmer bittet.«

»Wer sagt denn, dass sie es zu Hause tat?«, warf Hochgräbe ein.

»Auch gut. Aber wo war Carlsson, wenn sie anschaffte? Saß er im Nebenzimmer? Wie reagierte der Vater? Stand da ein Geheimnis im Raum, über das er nicht reden durfte?« Alina hob die Schultern und seufzte. »Kinder gehen kaputt, wenn solche Dinge passieren. Es ist Gift für die Seele, und diese Spuren bleiben ein Leben lang.«

»Gut, prima. Dann nageln wir Carlsson fest«, warf Kullmer ein. »Oder gibt es irgendwas, das dagegenspricht, dass er unser Schnitter ist?«
Durant stöhnte auf und hob die Hand. »Herrgott, ich kann diesen Namen nicht mehr hören!«
Alina Cornelius fuhr fort: »Lasst mich erst einmal ausreden, bitte. Carlsson könnte ebenso gut ein Fehlgriff werden, auch wenn vieles gegen ihn sprechen mag. Serienkiller sind in der Regel männlich, das ist einfach ein Fakt. Und man muss kein Profiler sein, um zu wissen, dass es zwei wesentliche Faktoren gibt: sexuellen Missbrauch und traumatische Erlebnisse in der Kindheit – je früher, desto schlimmer. Traumata, die mit körperlicher Gewalt zu tun haben. Gegen das Kind selbst oder gegen einen Menschen, der dem Kind nahesteht. Sexuell motiviert oder nicht. Ausgeführt nicht selten von einem Familienmitglied oder Nachbarn oder näheren Bekannten.«
»Gut, das ist ja nichts Neues und auch kein Widerspruch«, drängte Hochgräbe. »Welche Erkenntnis bringt uns das? Wir suchen nach einem Perversen mit gestörter Mutterbindung. Unsere Gefängnisse sind voll von solchen Exemplaren.«
»Meine Fachliteratur auch.« Alina lächelte. »Trotzdem gibt es hier ein paar feine Unterschiede. Fangen wir mit den Opfern an. Sie alle ähneln sich in gewisser Weise, das ist nicht ungewöhnlich. Aber das Alter passt da nicht ins Bild. Ich nehme an, alle hier kennen ›Psycho‹? Hitchcock? Die Duschszene?«
Keiner widersprach. Alina fuhr fort. »Norman Bates ermordet in seinem Motel junge Frauen. Frauen, zu denen er sich hingezogen fühlt. Jung, sexy – zumindest in der Art, wie man Frauen in den Filmen der Fünfziger sexy fand. Er leidet unter einer Mutterneurose, die man erst am Ende richtig versteht. Und es bleibt der Beigeschmack, dass er im Grunde selbst ein Opfer ist, das nichts für seine Taten kann. Und jetzt schauen wir auf Dieter Carlsson. Er hat erlebt, dass seine Mutter Dinge tat, die er als Kind nicht verstehen konnte. Irgendwann wurde ihm bewusst, was das gewesen sein

muss. Vielleicht hat man auch darüber gesprochen. Doris' Bericht zufolge scheinen die beiden ja ein recht entspanntes Verhältnis zueinander zu haben.«

»Also scheidet Carlsson aus, weil er sich mit der Vergangenheit arrangiert hat«, folgerte Hochgräbe. »Aber trotzdem tritt er in die Fußstapfen seiner Mutter. Er ist ein Callboy, egal, wie er das für sich schönredet.«

»Lustknabe trifft es besser«, erwiderte Durant.

»Es gibt einen deutlichen Unterschied zu den Frauen, die an der Messe auf den Strich gehen«, sagte Seidel. »Carlsson sucht sich seine Affären aus. Er weiß, wo es unbefriedigte Frauen gibt. Durch den Club weiß er einiges über ihre Lebensumstände. Niemand hält da hinterm Berg mit seinem Vermögen. Dazu kommt sein Charme, sein Aussehen, seine ganze Art und Weise.«

»Na, na«, unterbrach Kullmer und zog eine missbilligende Miene. Hellmer lachte kurz.

»Er weiß seine Attribute einzusetzen«, nahm Cornelius den Faden auf. »Das geschieht aus Kalkül, nicht im Affekt. Ein Sportwagen, eine Uhr, ein bisschen Geld. Logisch, das mag Prostitution sein, aber Carlsson scheidet als neurotischer Mörder aus. Er verfügt über Selbstbewusstsein, er hat keine bekannte Gewaltneigung. Das passt nicht zu den ekelhaften Verletzungen, die er seinem Opfer zufügt. Das Einzige, was man ihm unterstellen könnte, wäre, dass er sich um Frauen kümmert, die von ihren Männern links liegengelassen werden. Männern, die wahrscheinlich fremdgehen. So wie einst zu seiner Mutter. Aber das ist dann schon *sehr* vage.«

»Man könnte genauso argumentieren, dass er sich an Frauen rächt, die ihre Männer nicht mehr ranlassen und sie deshalb dazu treiben, sich eine Hure zu suchen«, dachte Kullmer laut. »Was davon ist jetzt obskurer?«

»Das bringt uns beides nichts, jedenfalls nicht für Carlsson«, meldete sich Durant, »aber ich denke jetzt mal laut weiter.« Mit dem Fin-

ger am Kinn begann sie, im Raum auf und ab zu schreiten. »Angenommen, ein Mörder projiziert das Bild seiner Mutter auf seine Opfer. Müssten diese dann nicht jünger sein als Anfang vierzig?«
»Man sieht den Opfern ihr Alter nicht auf den ersten Blick an«, sagte Hellmer.
»Einverstanden. Rechnen wir mit einem fünf- bis zehnjährigen Jungen, dessen Mutter mit Anfang bis Mitte zwanzig schwanger wurde. Da sind wir bei fünfundzwanzig bis fünfunddreißig Jahren. Das passt zumindest grob.«
»Es gab ja auch ein paar Jüngere, wenn wir die alten Fälle dazurechnen«, warf Hochgräbe ein, und Julia hätte am liebsten einen triumphierenden Lacher ausgestoßen. Doch bevor sie zu einer Reaktion kam, fügte er ein betontes »falls wir das tun« hinterher.
»Wie auch immer. Unser Täter sucht Frauen, die wie seine Mutter sind. Und er fügt ihnen Schnittverletzungen zu, die dafür bekannt sind, dass sie einer Frau jede Freude am Sex nehmen. Die den Geschlechtsakt mit Schmerzen belegen, die jegliche Lust daran zerstören.« Die Kommissarin blieb stehen und drehte sich zu den anderen um. »Warum tut er das?«
Sekunden des Schweigens vergingen. Dann sagte Alina Cornelius: »Aus Liebe zu seiner Mutter.«
»*Liebe* hätte ich jetzt als letztes Tatmotiv erwartet«, brummte Kullmer.
»Unerfüllte Liebe. Unerfüllbare Liebe«, ergänzte die Psychologin. »Seine Mutter verkaufte ihren Körper. Er wollte das nicht. Er wollte sie für sich, ein ödipaler Gedanke, der für einen Jungen völlig normal ist. Die erste große Liebe gilt der eigenen Mutter.«
»Bei manchen bleibt es die einzige«, kicherte Hellmer, und Kullmer lächelte ebenfalls amüsiert. Frank spielte auf niemand Bestimmten an, so viel glaubte Durant zu wissen. Und er hatte zweifelsohne recht mit seinem Spruch. Doch es war nicht die Zeit für Scherze. Mit rügendem Blick fuhr sie fort: »Also für mich klingt das Ganze

doch sehr nach Dieter Carlsson. Wieso schließt du ihn so kategorisch aus, Alina?«

»Es passt einfach nicht. Carlsson lebt extravagant, versteckt sich nicht, scheint kein Soziopath zu sein. Das macht ihn zwar nicht unverdächtig, aber er scheint seinen eigenen Umgang mit der Vergangenheit gefunden zu haben. Weshalb sollte er plötzlich die Damen umbringen, die ihn aushalten?«

Durant zog eine Grimasse. »Trotzdem. Der Killer sucht sich Frauen, die wie seine Mutter aussehen, und verstümmelt sie. Einfach so? Hm. Irgendwie fehlt mir da was. Würde es nicht genügen, die Frauen einzusperren? Sie ganz für sich zu haben, zum Beispiel in einer Zelle, in einem Keller?« Durant fröstelte.

»Keine Macht ist größer als die über Leben und Tod«, sagte Alina Cornelius. »Und bei Serientätern geht es immer um Macht. Um Sex. Oder eben beides. Du hast doch gesagt, die Frauen wurden penetriert?«

Julia nickte.

»Dann muss da noch mehr dahinterstecken. Etwas, das wir nicht sehen. Was war der Auslöser? Psychopathen leben nicht jahrelang nebenan und ticken dann plötzlich aus. Nicht im Normalfall jedenfalls. Irgendetwas muss diesen Typen steuern. Irgendetwas muss ihn dazu gebracht haben, genau jetzt so richtig loszulegen.«

Julia Durant kam eine Idee. »Und wenn es gar kein Typ ist?«, platzte es aus ihr heraus. Konnte das sein? Noch bevor einer der Anwesenden etwas sagen konnte (ihre Gesichter sprachen Bände), versuchte die Kommissarin sich an einer Erklärung: »Passt mal auf. Es klingt vielleicht absurd, aber hört mir mal zu. Ich sehe da ein junges Mädchen, ein Kind. Unschuldig, in einfachen Verhältnissen, wahrscheinlich ohne Vater. Es gibt nur sie und ihre Mutter, für das Mädchen besteht die Welt nur aus diesen beiden Menschen. Doch um überleben zu können – um Kleidung, Essen und die Miete zu bezahlen –, muss die Mutter anschaffen. Freier gehen ein und aus. Das

Mädchen ist nachmittags zu Hause, abends sowieso. Ganztagsbetreuung gab es noch nicht oder war nicht zu bezahlen. Babysitter erst recht nicht. Also mussten die Männer in die Wohnung kommen. Vielleicht sperrte die Mutter die Kleine ein. Vielleicht aber stellte sie fest, dass einige ihrer Freier eine Menge Geld locker machen würden, wenn sie das Mädchen haben dürften. So viel zum Thema Urvertrauen. Eine Mutter, die ihre Tochter derart verrät; würde das nicht die Brutalität des Killers erklären? Soll die Genitalverstümmelung einen ähnlichen Schmerz hervorrufen, den ein Kind spürt, wenn ein Erwachsener eindringt?«

»Ich glaub, ich kotze gleich«, platzte es aus Seidel heraus, die sich die Hand vor den Mund hielt. Kein Wunder, dachte Durant und rief sich das Bild der hübschen Elisa vor Augen. Eine Mutter wie Doris Seidel wäre zu solchen Taten niemals fähig, und die meisten Mütter dieser Welt wohl ebenfalls nicht. Doch es gab eben nicht nur die heilen Familien. Und besonders hinter den schönsten Fassaden herrschten manchmal die düstersten Zustände. Das wusste kaum jemand besser als Durant selbst. Sie hatte bereits in einige Abgründe geblickt, doch dieser schien besonders tief und finster zu sein.

»Alina, wäre das denn so weit plausibel?«, erkundigte sie sich mit prüfendem Blick. Die Psychologin stülpte ihre Lippen nach vorn, wie sie es manchmal tat, wenn sie intensiv nachdachte. Dann nickte sie langsam.

»Es ist zumindest ein Ansatz. Ich muss in Ruhe darüber nachdenken.«

»Aber du verwirfst ihn nicht?«, vergewisserte sich die Kommissarin. Alina schüttelte den Kopf. »Nein. Diese Theorie würde wohl die wichtigsten Punkte unter einen Hut bekommen. Bis auf einen allerdings: Es heißt doch, die Frauen wurden vergewaltigt?«

»Es gab nie Samenspuren und auch keine Hinweise auf Latex«, erklärte Durant. »Das kann theoretisch alles Mögliche gewesen sein.«

»Hm. Dann sollten wir deinen Gedanken nicht leichtfertig abtun.«

»Aber welche Frauen stehen uns denn als Verdächtige zur Verfügung?«, warf Hochgräbe ein.
»Die Oppermann, die Huth, die Büchner – meinetwegen alle«, erwiderte Durant. »Da wollen wir mal nicht zimperlich sein.«
»Also machen wir Gentests von Männern *und* Frauen?«, meldete Hellmer sich zu Wort. »Oder heißt es jetzt erst mal Ladies first?«
»Nein, Moment mal«, wollte der Boss unterbrechen, doch Julia hatte ihrem Partner längst zu verstehen gegeben, dass sie genau das vorhatte. Und es auch durchziehen würde.
Claus atmete angestrengt aus. »Ich hatte zwar eine andere Strategie, aber in Ordnung. Hauptsache, das Ganze läuft so diskret ab, dass die Presse sich morgen nicht landesweit über die Schnitterin auslässt. Selbst wenn die DNA uns nichts bringt, könnten wir zumindest das ausschließen.
Er hielt kurz inne, dann wandte er sich an Kullmer und Seidel: »Ihr überprüft derweil die Geburten. Hauptaugenmerk auf die Jahrgänge 1980 bis 1990. Falls nötig, weitet ihr das Ganze um fünf Jahre aus.«
Julia Durant wollte etwas dazu sagen, doch in diesem Moment beugte sich Hellmer zu ihr, um ihr etwas zuzuflüstern.
»Was ist denn?«, zischte sie.
»Ich weiß genau, woran du denkst«, sagte ihr Partner. »Deshalb hast du sie in deiner Aufzählung nicht erwähnt. Es geht dir um die Ruhland, stimmt's? Sie ist unscheinbar, introvertiert und führt ein Leben, in dem es so manches Fragezeichen gibt. Warum gehen wir nicht direkt zu ihr? Warum die Geburtsregister? Warum prüfen wir nicht alle anderen gleichzeitig, egal, welches Geschlecht sie haben? Maartens, Carlsson ...«
»Das würden wir anderen auch gerne wissen«, verlautbarte Claus Hochgräbe, und Julia zuckte zusammen. In seinen Augen lag kein Vorwurf, also entschloss sie sich, mit offenen Karten zu spielen. Sie erklärte, was es mit Clarissa Ruhland auf sich hatte. Weshalb

diese Frau, trotz ihrer jungen Jahre, zur Hauptverdächtigen werden konnte.

Mit Erleichterung nahm sie zur Kenntnis, dass niemand Einwände zu haben schien. Im Gegenteil.

»Die IT hat die Telefonverbindungen überprüft«, setzte Hochgräbe an. Er formte Anführungszeichen mit den Fingern, während er weitersprach: »Der besagte Anruf kam aus einer Telefonzelle am Hauptbahnhof. Da besteht zumindest die Möglichkeit, dass die Ruhland sich einfach selbst angerufen hat. Die perfekte Strategie, um von sich abzulenken. Also kümmert euch darum, aber noch mal: Macht um Himmels willen kein Aufhebens. Am allerwenigsten bei *dieser* Frau. Wenn wir der zu sehr auf die Füße treten, bekommen wir die Quittung dafür in der Presse. Und Papier ist geduldig.« Claus hielt für einen Moment inne und kratzte sich am Kinn. »Ich hatte übrigens Kontakt zur JVA in Butzbach. Dort gibt es angeblich ein paar Akten, in denen wir etwas finden könnten, und wir können es uns nicht leisten, etwas auszulassen. Deshalb klemmen Doris und Peter sich wie besprochen parallel hinter die Sache mit den Geburtseinträgen. Wir suchen sämtliche unehelichen Kinder, insbesondere Kinder mit fragwürdigen oder fehlenden Angaben zum Vater. Hintergrundchecks der Mütter, soweit möglich. Die Erklärung für die Dinge, die heute passieren, liegen in der familiären Vergangenheit des Täters. So oder so.«

Kullmer wollte widersprechen, doch Seidel fiel ihm ins Wort. »Wir erledigen das«, versicherte sie.

»Warum suchen wir nicht gleich auch noch in Hanau und Offenbach, hm?«, merkte Kullmer an. Julia Durant war sich nicht ganz sicher, ob sein Kommentar ernst oder sarkastisch gemeint war. Doch sie hielt es für eine gute Idee und schlug daher vor, das Ganze auch parallel im Nachbarrevier durchzuführen. Hochgräbe war einverstanden, und die Kommissarin griff zum Telefon, um Peter Brandt zu informieren.

»Das sind doch locker über zehntausend Geburten«, stöhnte dieser auf.
»Immerhin könnt ihr erst mal mit dem Namen Ruhland beginnen. Einfacher geht es wohl kaum. Und erst wenn das nichts bringt, kommt die Kleinarbeit. Außerdem«, stichelte Durant, »habt ihr doch sonst nichts zu tun, oder?«
Sie überlegte, ob es taktisch klug wäre, Brandt an Liliane Ehrmann und Beatrix Winterfeldt zu erinnern. Beide Frauen waren in seinem Revier zu Opfern geworden. Beide Fälle waren unaufgeklärt. Wer konnte schon sagen, wann und wo die Bestie als Nächstes zuschlagen würde?

DONNERSTAG, 14:30 UHR

In dem ovalen Wandspiegel, dessen Rand mit aufwendigen Barockornamenten geschmückt war, betrachtete er sich. Das Glas schien einen warmen Schimmer zu haben, was an dem Goldlack liegen mochte oder an den speziellen LEDs, die in den Wandleuchten steckten. Die zarten Hände mit den glatten Fingern und den manikürten Nägeln glitten über die Brust hinab in Richtung Nabel. Die Bauchdecke fühlte sich warm und weich an. Ein paar Gramm zu viel störten das Bild, aber wer fühlte sich schon jemals perfekt? Im Großen und Ganzen konnte er zufrieden sein. Konnte *sie* es.
Die Person, die sich seitlich vor das Glas drehte, lächelte. Erneut griff sie in Richtung ihrer Brust. An manchen Stellen ziepte es. Die Brustwarzen waren bloß Miniaturen, doch selbst durch zwei Lagen Stoff hochsensibel. Beinahe hätte sie gestöhnt. Kein anderer Mensch als dieser besaß das Recht, diese Zonen zu berühren. Nicht Isabell Schmidt, nicht Patrizia Zanders, nicht Marita Glantz.

Die ganze Stadt schien plötzlich voll von ihnen zu sein. Frauen, die aussahen wie *sie*. Sie durchkreuzten seinen Kosmos, schienen ihn zu verfolgen, griffen im Traum nach ihm. Immer dann, wenn er wehrlos war. Wenn er nicht fliehen konnte. Oder wenn zu viele Menschen sie umgaben. Dann versuchte er, in seine Gedanken zu fliehen. In sein Innerstes zu verkriechen, wo die Stimmen warteten. Stimmen, die wie *ihre* klangen. Die zu seiner eigenen geworden waren.
»Du musst sie bestrafen. Sie müssen leiden. Sie haben deine Gnade nicht verdient.«
Wer war er, sich diesen Befehlen zu widersetzen?
Wer, wenn nicht er, konnte die Welt von ihnen befreien?
Die Person betrachtete sich erneut.
Zu männlich für eine Frau, zu weiblich für einen Mann.
Sie wusste es selbst nicht. Es bedeutete nichts für sie.
In der Presse war man sich einig.
»Der Schnitter«.
Niemand schien einer Frau zuzutrauen, derartig brutale Verbrechen zu begehen.
Das Gesicht verdüsterte sich, als es sich von dem Spiegelbild abwandte.
»Ihr habt ja keine Ahnung.«

Etwa eine halbe Stunde später erreichte er den Günthersburgpark am südöstlichen Eingang. Die Baumkronen wogten in einer leichten Brise, und überall roch es nach Frühling. Für einen Moment verstummte das immerwährende Rauschen der Großstadt, und ein Gefühl von Frieden legte sich über seine Seele. Dann wehte ihr Sommerkleid auf ihn zu. Eine wogende Blumenwiese voller Wolllust.

DONNERSTAG, 14:50 UHR

Durant und Hellmer waren unmittelbar nach der Dienstbesprechung losgefahren. Auch wenn es ursprünglich geheißen hatte, dass man erst auf Andreas Ergebnisse warten solle. Doch für die Kommissarin wog das Argument der Zeitersparnis schwerer, wenn die DNA-Tests parallel liefen. »Wenigstens die Ruhland«, hatte sie gedrängelt. Frank Hellmer hatte ihr zugestimmt.
Doch in der Rotlintstraße war niemand anzutreffen. Frank überlegte laut, ob man Ruhlands Handy orten lassen könne. Doch während die beiden unschlüssig vor der Hauswand standen, kam der Kommissarin eine andere Idee. Ein Geniestreich, wie sie ihrem Kollegen mit geheimnisvollem Blick ankündigte. In der nächsten Sekunde hatte sie ihren Kugelschreiber gezückt und zielstrebig in die Mauerfuge gebohrt, aus der sie kurz darauf einen matt-rosafarbenen Kaugummi zutage förderte.
»Gott, bist du eklig!«, empörte sich Frank.
»Nein, ich bin genial«, grinste sie nur. »Das ist nämlich *ihr* Kaugummi. Voll mit frischer DNA.« Triumphierend streckte sie die verklebte Kulispitze in Hellmers Richtung. Dunkler Staub klebte an der Masse.
»Geh weg damit!«, wehrte er ab.
Zwanzig Minuten später hatte Dr. Andrea Sievers die künstliche Kaumasse auf ihrem Tisch.
Wenn es zu einer Übereinstimmung käme, so wusste die Kommissarin, würde es für Clarissa Ruhland mehr bedeuten als eine Ordnungsstrafe. Sogar mehr als Stockhiebe.

Nun saßen sie im Außenbereich des rechtsmedizinischen Instituts, und Julia war speiübel. Das Warten brachte sie um den Verstand. Sie lehnte an einem Pfosten, Hellmer lief auf und ab und rauchte schon seine dritte Zigarette in Folge.

»Scheiße, Julia«, schnaubte er. »Du hättest es ihm sagen müssen!«
»Claus wird mir schon nicht den Kopf abreißen«, winkte Julia ab, auch wenn sie sich diesbezüglich alles andere als sicher war. Selbst wenn es nicht ihr Kopf war …
Hellmer vollendete ihren Gedanken. »Du setzt den ganzen Fall aufs Spiel!«
Durant sprang auf. Ihr wurde schwindelig, aber sie hatte sich binnen Sekunden im Griff. »Quatsch, Frank, das ist doch Blödsinn! Ich teste eine Probe. Okay, inoffiziell, meinetwegen. Aber ich habe sie auf öffentlichem Grund gefunden und möchte wissen, woran wir sind. Und das nicht erst in zwei oder drei Tagen! Sollte es eine Verbindung zur Ruhland geben, ist sie weg vom Fenster. Dann war's mir das Ganze wert. Und falls nicht, auch gut. Dann brauchen wir sie nicht mit einer angeordneten Speichelprobe zu piesacken.«
Doch Frank Hellmer schüttelte nur den Kopf. Er war anderer Meinung, und damit musste sie leben. Nicht zum ersten Mal und sicher nicht zum letzten Mal.
Also warteten sie weiter.

Als sich endlich knirschende Schritte näherten, schraken die Kommissare auf. Dr. Sievers blinzelte suchend in die Sonne, bis sie die beiden Kommissare entdeckt hatte.
»Kommt ihr?«, rief sie ihnen zu.
Julia Durant fühlte sich elektrisiert. »Hast du was? Erzähl schon!«, forderte sie mit einer entsprechenden Handgeste.
Doch Andrea lächelte und schüttelte den Kopf. »So einfach mache ich es dir nicht. Also was ist? Kommt ihr mit rein?«
Jede Stufe, die in den Keller hinabführte, fühlte sich wie ein endloser Schritt in die Ewigkeit an.
»Hört zu«, eröffnete die Rechtsmedizinerin, als die drei endlich den Glaskasten erreicht hatten, in dem sich ihr Schreibtisch befand. »Es

ist bloß ein Schnelltest, *capisce?* Vergesst das nicht. Aber: Es ist ein Treffer.«

Hellmer und Durant ballten die Fäuste, und die Kommissarin ließ sich zu einem »Ja!« hinreißen.

»Moment, ihr Experten.« Andrea hob den Finger. »Die Übereinstimmung ist zwar eindeutig. Aber im Schnelltest. Ich kann das gar nicht oft genug sagen, ihr wisst genau, dass ich für eine ordentliche Analyse entsprechend Zeit brauche.« Dann blickte sie tief in Julias Augen und setzte nach: »Und vor allem vernünftiges Material.«

Verbindlich war dieses Ergebnis also nicht. Doch es war ein Schritt in die richtige Richtung, davon war Julia Durant überzeugt.

*

Claus Hochgräbe zeigte sich wenig begeistert über ihr Vorgehen. Doch er führte ein längeres Telefonat mit Elvira Klein, in dem es hauptsächlich darum ging, dass Julia die DNA an einem öffentlichen Platz aufgenommen habe. Natürlich würde es einen vernünftigen Test geben. Selbstverständlich würde die Ermittlung streng nach Vorschrift geführt werden. Keine Experimente. Ehrenwort. Er wusste, wie man mit der Staatsanwältin zu reden hatte, auch wenn die beiden sich erst zweimal begegnet waren.

DONNERSTAG, 17:45 UHR

Es war eine bittere Pille, die die Kommissarin schlucken musste. Clarissa Ruhland hatte ein Alibi für die Tatzeit beider Morde. Der Haftrichter hatte von schlampiger Arbeit gesprochen, eine Rüge, die

sie schwer traf. Julia hatte sich fast immer auf ihr Bauchgefühl verlassen können, und es war etwas in Ruhlands Wesen, das ihr sagte, dass sich hinter der unscheinbaren Fassade ein düsteres Geheimnis verbarg. Und wie konnte der Richter die DNA so einfach ignorieren?
»Es ist nur ein Schnelltest«, hatte er gemotzt, »und ein fragwürdiger obendrein. Ich könnte Sie genauso gut fragen, weshalb Sie nicht zuallererst das Alibi von Frau Ruhland überprüft haben.«
Es traf sie wie eine Ohrfeige, als Julia Durant erfuhr, *wer* Clarissa Ruhland ein Alibi gegeben hatte. Alfred Martin. Der Häuptling.
»Ich hatte keine Gelegenheit, sie danach zu befragen«, war Durants Erklärung. »Als wir zu ihr fuhren, um eine Speichelprobe zu nehmen, war sie nicht zu Hause. Vorher bestand für uns kein Anlass ...«
Doch der Richter beharrte auf seinem Standpunkt. Die Abfuhr, die er der Kommissarin erteilte, fühlte sich wie ein ganzer Hagel von Backpfeifen an. Ließ sie dastehen wie ein dummes Schulmädchen. Und am schlimmsten traf sie dabei eine Erkenntnis, die ihr zuvor nur wie ein diffuses Bild im Kopf herumgespukt war. Es war etwas, das Julia schon vor zwei Tagen hätte auffallen müssen. In der Wohnung der Fotografin. Dort, wo die Bilder hingen. Es waren die Konturen der Messe gewesen. Im Vordergrund die Stricherinnen. Und im Hintergrund die Taxis, leicht verschwommen, doch an einem von ihnen lehnte ein markanter Mann in rotem Karoflanell. Eine Verbindung, die kein Zufall sein konnte. Ausgerechnet Alfred Martin sollte ihr Alibi sein?
»Wir dürfen ihm nicht leichtfertig glauben!«, hatte die Kommissarin beharrt. »Damals hat sie ihn fotografiert. Zufällig oder nicht, das spielt erst mal keine Rolle. Aber was ist mit *jetzt?* Warum ausgerechnet er? Und was genau hat er dazu gesagt?«
Doch es half nichts. Clarissa Ruhland war die wahrscheinlich kürzeste Untersuchungsinhaftierte der Kriminalgeschichte.

Zehn Minuten später.
Frank Hellmer trat seine Zigarette auf dem Boden aus und nippte an einer Dose Cola. Die Tür, durch die sie das Gebäude verlassen hatten, öffnete sich, und Claus Hochgräbe erschien in dem Spalt.
»Kommt ihr?«, fragte er.
»Geh doch schon mal vor, ich muss kurz telefonieren«, bat Julia ihren Partner. Frank zuckte mit den Achseln und schlenderte in Richtung des Chefs, während sie die Nummer von Dr. Pashtanam anwählte. Sie *konnte* nicht mehr länger warten.
Am anderen Ende meldete sich eine vertraute Stimme. Sie gehörte zu einer der Sprechstundenhilfen, die diesem Job schon nachgegangen waren, als Dr. Pashtanam sich noch im Medizinstudium befand. Und Julia in München. Sie musste grinsen. Die schnarrende Stimme war unverkennbar, ebenso wie der Frankfurter Dialekt.
»Durant? Sie waren länger nicht da«, konstatierte sie.
»Heute Morgen«, gab die Kommissarin zurück. »Ich rufe wegen meiner Blutwerte an.«
»Ah ja.« Es raschelte. Eine unangenehme Pause entstand. »Tut mir leid. Aber Dr. Pashtanam ist nicht mehr im Haus.«
»Ist mir egal. Ich wollte nur hören, dass alles in Ordnung ist.«
»Sie wollte sich mit Ihnen in Verbindung setzen. Hat sie nicht?«
»Würde ich sonst anrufen?« Durant biss sich auf die Lippe und murmelte hinterher: »Sorry, das klang weniger freundlich als gemeint.«
»Schon gut.« Im Hintergrund begann ein zweiter Apparat zu klingeln. »Ich habe mich ja selbst gewundert.«
»Dann ist also etwas nicht in Ordnung«, schloss Julia. Denn es war vereinbart gewesen, dass man sich nur bei ihr melde, wenn bei ihren Werten etwas Ungewöhnliches auftauchen würde.
»Dr. Pashtanam ist morgen früh wieder im Haus. Ab acht. Ich kann Ihnen leider keine medizinischen Auskünfte geben.«
Durant schluckte schwer. »Können Sie mir die Dokumente zufaxen? Ich habe eine Freundin, die …« Sie dachte an Andrea Sievers, doch

schon wiegelte die andere sie ab: »Das darf ich nicht.« Ihr Ton war scharf. Wer konnte schon wissen, wie viele Telefonate dieser Art sie in ihrem Leben bereits geführt hatte?

»Aber wenn etwas nicht in Ordnung ist, muss ich das doch irgendwie erfahren, verdammt!«

Noch immer klingelte das zweite Praxistelefon im Hintergrund.

»Bitte, hier ist gerade die Hölle los«, sagte die Sprechstundenhilfe. »Morgen früh. Ich habe da Dienst. Ich werde Sie sofort zu Frau Pashtanam durchstellen. Auf Wiederhören und schönen Feierabend.«

Es knackte. Die letzten beiden Worte klangen wie Hohn.

Warum gingen Menschen nicht gerne zu Ärzten? Weil sie Angst hatten, dass dort schlimme Diagnosen gestellt würden. Dass man ihnen reinredete, dass sie ihren Lebensstil ändern sollten. Zumindest Julia ging deshalb nicht gerne. Sie kannte sich und ihre Laster. Sie war nun in einem Alter, wo manch eine Vorsorgeuntersuchung ihr schlaflose Nächte bereitete. Gebärmutterhalskrebs. Mammographien. Und was sollte plötzlich diese Abweichung in ihrer Herzkurve?

Julia Durant verdrängte ihre Verunsicherung. Sie überlegte kurz, ob sie in der Praxis aufkreuzen solle. Ihren Dienstausweis in der einen, eine richterliche Anordnung in der anderen. Doch das Leben war kein Fernsehen. Niemand würde ihr die Ergebnisse aushändigen.

Sie erinnerte sich an das, was Hellmer kurz vor Hochgräbes Auftauchen gesagt hatte: »*Du siehst aus, als bräuchtest du dringend mal Urlaub.*«

Durant schloss die Augen und legte den Kopf in den Nacken. Die Sonne wärmte ihre Stirn.

Wie gerne hätte sie mit ihm getauscht. Franks Unbeschwertheit haben, und wenn es nur für einen Abend war. Dabei hatte er selbst so viele Baustellen. Doch die Sache mit Nadine schien wieder im Lot zu sein, und alles andere war in ausreichender Entfernung. Seine schwerbehinderte Tochter, die Alkoholsucht, der Streit mit seiner Familie. Einmal sorgenfrei durchschlafen.

Doch die Kommissarin wusste, dass das schon alleine deshalb nicht ging, weil irgendwo da draußen ein Mörder sein Unwesen trieb. Und sie ihm wieder deutlich ferner schien, als es noch vor ein paar Stunden ausgesehen hatte.

DONNERSTAG, 17:55 UHR

Ihre Wangen schienen zu glühen. Im Vorbeitaumeln hatte Marita Glantz einen Blick auf den Spiegel erhaschen können. Die Haut ihres Gesichts war feuerrot. In ihren Adern zuckte das Blut. Wieder fuhr seine Hand durch ihr Haar, umfasste ihren Hinterkopf, die Druckpunkte seiner Finger ließen sie jauchzen. Sie fühlte sich, als käme sie von einem der Saunaaufgüsse, an denen sie regelmäßig teilnahm. Wochentags, wenn weniger los war in der Rhein-Main-Therme. Wenn die Stunden lang und einsam waren. Doch von innerer Leere war in diesen Sekunden nicht viel zu spüren. Mit ihrer Zungenspitze wagte Marita den Vorstoß in Richtung seiner. Er roch so gut, dabei lagen erst wenige Zentimeter seiner Haut frei. Noch immer bewegten die beiden sich durch den Raum, vor Sekunden hatte ein Klirren sie erschrecken lassen, als sein Knie gegen die Anrichte gestoßen war. Er hatte das Gesicht verzogen, zuerst sah es wie eine schmerzverzerrte Grimasse aus, dann aber hatte sie das verstohlene Lächeln erkannt. Er öffnete die Lippen. Seine Haut war angenehm glatt, wie frisch rasiert und eingecremt. Doch es war nicht der Geruch nach Rasierwasser oder Bodylotion, der Marita durchdrang. Es war eine Mischung aus Textil, Leder und Männlichkeit. Eine, die es vermutlich überhaupt nicht gab und die sich allein in ihrem Kopf abspielte. Dann erreichten sie das Bett.

Joan Dressler hielt inne und sah sich um. Löste sich aus der Umarmung, sank hinunter und zog Marita mit sich. Sie stöhnte auf. Für den Bruchteil einer Sekunde hatte sie befürchtet, im nächsten Moment klingele der Wecker oder die Stimme von Roland würde sie aus dem Traum reißen. So schnell es ging, schob sie das Bild ihres Mannes aus dem Kopf. Ihr Oberkörper presste sich auf Joans Brust, es schien, als seien ihre Brüste heute besonders groß. Dabei trug Marita Normalgröße, B, die sie insgeheim für etwas zu flach hielt. Ein Busen, der außerhalb des BH seine Form verlor wie ein schlaffer Teig. Weniger Substanz und mehr Festigkeit hatte sie sich zeit ihres Lebens gewünscht. Für den Moment jedoch zählte nichts weiter als die Berührung. Ihre Warzen spürten die Nähte, den Knopf seiner Jacke, das Heben und Senken seiner Brust. Und den Herzschlag. Sie fuhr ihm durchs Haar, während sie sich küssten. Schlug ihres nicht mindestens doppelt so schnell?

Marita drehte sich zur Seite und griff nach seiner Jacke. Joan verstand, schlüpfte hinaus, derweil suchten ihre Finger nach dem obersten Hemdknopf. Sie kam bis zum dritten, dann drückte er sie auf die Matratze. Sein Oberschenkel legte sich über ihre Scham, in der es vor Verlangen brannte. Sie besaß einen Vibrator, doch dieser konnte das zuckende Pulsieren nicht ersetzen. Den heißen Atem. Den Schweiß. Marita stöhnte auf, während sie Joans Hand unter ihre Bluse zog. Seine Fingerkuppen um den BH legte, damit er ihn hinabziehen konnte. Vielleicht würde er sie mit seiner Zunge bearbeiten. Mit sanftem Beißen. Sie wagte kaum, daran zu denken. Er dürfte alles mit ihr tun, das war Marita längst klar, doch sie durfte ihn nicht drängen. Männer wollten erobern. Männer wollten dominieren.

»Ich will dich in mir spüren«, entglitt es ihr dennoch, während er tat, was sie sich erhofft hatte. Seine Hände umspielten ihre steifen Nippel, die sich turmgerade am Rand des Büstenhalters rieben. Dein Zucken. Dein Pulsieren.

Alles in Marita schrie nach seinem Geschlechtsteil.

Dann aber fanden ihre Finger zu Joans Hosenbund.
Seine Hüfte presste sich seitlich an ihre. Die beiden Beine. Ihre Hitze strahlte. Doch wo war das Pulsieren?
Wie konnte er sie küssen, ihr diese unermessliche Lust bereiten, ohne dass …
Marita Glantz schluckte.
»Was ist los?«, stammelte sie. »Willst du es nicht auch? Ich – wollte dich nicht drängen. Ich …«
Joan lächelte nur und legte den Zeigefinger vor den Mund, auf dem sie ihren Lippenstift erkannte.
»Scht«, sagte er nur und legte ihr die Hände auf die Schultern. Der Druck wurde ein bisschen unangenehm. Es konnte aber auch einfach daran liegen, dass Marita sich fühlte, als habe er ihr einen Eimer Eiswasser ins Gesicht gekippt. Der plötzliche Selbstzweifel quälte sie.
Begehrte Joan sie nicht? Nein, das konnte nicht sein.
Oder doch? Aber *wenn* es so wäre: Warum hatte er sie dann geküsst? Warum war er ihr in das Hotelzimmer gefolgt?
Marita wusste nicht, was sie sagen oder tun sollte.
Litt er unter einer Erektionsstörung? War es Stress? Wie sollte sie damit umgehen?
»Ist alles in Ordnung«, rang sie sich schließlich durch, zu fragen.
Joan Dressler nickte.
»Alles in Ordnung«, raunte er. Dann erhob er sich. »Warte kurz«, sagte er und war im nächsten Augenblick im Badezimmer verschwunden.
Marita zupfte sich die Bluse zurecht und lauschte angespannt, was der Mann tat, der ihr so vertraut erschienen war und mit einem Mal so fremd wirkte. Es klirrte. Metall auf Glas, dachte sie. Blickte an sich herab und kam sich schäbig vor. Billig, als sei sie eine Herumtreiberin und würde es einem anonymen Freier besorgen. Aufdringlich. Als würde sie sich selbst überschätzen. Ihren Körper, der an

allen Stellen zu verdörren begann, einem Mann aufzuzwingen, dessen jugendlicher Esprit ihn um ein, zwei Jahrzehnte jünger wirken ließ. Am liebsten wäre sie in den aufdringlich nach billigem Waschmittel riechenden Laken versunken.
Dann stand er im Raum. In seiner Hand zwei Gläser, die normalerweise zum Zähneputzen dienten.
»Gibt es eine Minibar?«, fragte er.
Natürlich gab es eine. Schließlich war das Haus kein billiges Stundenhotel. Es war nicht einfach gewesen, in akzeptabler Nähe des Parks ein Zimmer zu finden. Bornheim zählte nicht zu den zentralen Vierteln, wenn auch zu den schönsten, wie Marita fand. Ein weiterer Vorteil: Niemand kannte sie oder ihren Mann hier.
Joan füllte die Gläser jeweils mit wenigen Zentimetern. Viel mehr als eine Portion Schnaps und Wodka gab der Absorberkühlschrank nicht her, hinter dem eine Woge heißer Luft aufstieg.
»Lass uns was trinken«, sagte er mit einem verschwörerischen Zwinkern und musterte sie. Marita hatte sich mittlerweile aufgesetzt. Sie neigte den Kopf und lächelte unsicher.
»Was ist mit dir?«, fragte Joan und streckte seine Finger nach einer Haarsträhne aus, die auf Maritas Stirn lag. Zärtlich schob er sie zur Seite, während er die beiden Gläser in der anderen Hand balancierte. Eines auf dem Ballen, das andere zwischen gespreizten Fingern.
»Wie? Klar, natürlich.« Seine Berührung gefiel ihr.
Joan kniff die Augen zusammen. »Oder hast du etwas vor? Wirst du erwartet?«
»Nein«, lächelte sie. Roland würde erst übermorgen zurückkehren. Hatte sie das nicht schon erwähnt?
»Niemand vermisst mich«, fügte sie mit aufgesetzter Schwermütigkeit hinzu, nahm das ihr zugewandte Glas und hob es mit vielsagendem Augenaufschlag. »Wir haben alle Zeit der Welt.«
»Armes Ding«, grinste der Mann, der sich als Joan Dressler ausgab, und hob das seine ebenfalls. Es klimperte erneut, dann schluckten die

beiden die goldgelbe Flüssigkeit. Sie brannte angenehm im Rachen, ein leichter Geschmack nach ranziger Butter störte den Abgang. Marita sagte nichts, denn sie war weder Expertin für Spirituosen, noch wollte sie Joan weiter verunsichern, als sie es offenbar schon getan hatte. Sie wünschte sich die Gläser weg. Und die Kleidung und das Licht. Den Straßenlärm, der auch durch die geschlossenen Fenster drang. Keinen Zeitdruck. Sie wünschte sich straffe Brüste und einen noch viel härteren Penis, der ihr endlich das gab, wonach sie sich sehnte.

Irgendwann wichen Maritas Gedanken diffusen Phantasien. In weiter Ferne schien eine Straßenbahn vorbeizufliegen. Kühler Wind fuhr ihr über die nackte Haut. Das Licht schillerte in Regenbogenfarben. Und dort, wo die Lust wie ein vor dem Ausbruch stehender Vulkan gewabert hatte, quoll Blut aus einer frischen Wunde. Ein unaufhaltsamer, glühend roter Lavastrom. Umso eisiger durchzuckte sie der zweite Schnitt, wenngleich sie sich nicht bewegen konnte und ihn nur im Unterbewusstsein wahrnahm.

DONNERSTAG, 20:25 UHR

In der kurzen Zeit, die er hier lebte, hatte Claus sich die Fahrpläne der Straßen- und U-Bahnen bemerkenswert gut eingeprägt. Besser, als Julia es in zwanzig Jahren zustande gebracht hatte, wie sie sich eingestehen musste. Doch weil sie sich ungern in einem überfüllten Waggon durchschütteln ließ, der außerdem durch einen jahrzehntealten Tunnel unter dem Asphalt entlangraste, nahmen sie den Roadster.
Sie hatten sich vorgenommen, den Abend zu genießen und die Arbeit im Polizeipräsidium hinter sich zu lassen. Beiden war klar, dass

dieser Versuch scheitern würde. Noch bevor sie die Tankstelle an der Kreuzung zur Eckenheimer Landstraße erreicht hatten, erkundigte sich Julia nach den Akten aus Butzbach.
»Alles Nieten«, schimpfte Hochgräbe und winkte ab.
»Geht das noch etwas genauer?«
»Nein. Entweder dieser Claaßen hat Halluzinationen, oder sein Sträfling saß woanders. In Butzbach konnte jedenfalls keiner was damit anfangen.«
»Und jetzt? Gibt es keine Kollegen?«
»Rate mal«, lachte Hochgräbe bitter. »Der eine, der uns etwas sagen könnte, befindet sich im Urlaub. Thailand. Ohne Handy. Es klingt alles wie ein scheißschlechter Witz!«
Julia legte ihm die Hand aufs Bein. »Du kannst nichts daran ändern«, sagte sie beschwichtigend. »Und niemand garantiert uns, dass diese Spur auch eine heiße ist. Für heute lassen wir es gut sein, okay? Sonst gehen wir beide daran kaputt.«
Claus rang sich ein Lächeln ab. Er griff nach ihrer Hand, doch just in diesem Moment musste Julia sie zurück ans Lenkrad heben.
Sie seufzte leise. Alina Cornelius hatte etwas gesagt, was sie nicht vergessen konnte. »*Claus ist nicht wie Frank. Ihr könnt nicht ständig beides sein, Partner und Kollegen. Ihr müsste einen Weg finden, das voneinander zu trennen.*«
Julia Durant wollte es schaffen. Sie hatte ihre Ängste vor zu viel Nähe überwunden. Stattdessen machte sie sich Sorgen, ob sie einander durch den Job fremd werden würden. Oder dass der andauernde enge Kontakt ihrer Beziehung das Besondere nehmen würde. Die erste, die längste Beziehung, die sie seit Ewigkeiten hatte. Nein, entschied sie und legte ihre Hand dorthin zurück, wo die von Claus noch immer wartete. Das lasse ich nicht zu.
Ein paar Minuten später stiegen sie aus und bogen schlendernd in die Berger Straße ein. Hochgräbe blieb abrupt stehen. Weil sie eingehakt waren, wäre Durant um ein Haar gestolpert.

»Ist das dein Ernst?«, fragte er und verzog das Gesicht. Sein Daumen wies in Richtung des Straßenschilds. *Berger* Straße.
»Was meinst du?« Durant stand auf der Leitung.
»Kann ich hier nicht einmal am Feierabend einen Schritt tun, ohne über die Fußstapfen meines Vorgängers zu stolpern?«
Es dauerte einige Sekunden, bis Julia erkannte, dass seine Empörung nur aufgesetzt war. Sie fielen sich in die Arme und lachten.
Sie gingen in eine Kneipe, die sich seit 1968 nicht verändert zu haben schien. Weder die Einrichtung noch das Publikum. Es gab Knoblauchbaguette, jungen Wein, und im Hintergrund spielten Jim Morrison, Fleetwood Mac und Janis Joplin. Es gelang den beiden, weder auf die Arbeit noch auf den Arztbesuch zu sprechen zu kommen. Sie redeten über Tschernobyl und über das Anti-Strauß-Komitee. Wo Julia Durant im April 1986 gewesen war und welche Erinnerungen Claus Hochgräbe an die Demo auf dem Marienplatz im Januar 1987 hatte.
Irgendwann fuhren sie nach Hause, wo sie sich liebten, bevor sie Arm in Arm einschliefen. Für ein paar Stunden war die Welt in Ordnung und alles Böse schien eine Pause zu machen.

FREITAG

FREITAG, 22. MAI, 7:35 UHR

Clarissa Ruhland lag regungslos unter einer Sommerdecke, als ganz in der Nähe die Sirenen ertönten. In dem Zimmer, das ihr als Fotogalerie und Arbeitsraum diente, stand eine ausziehbare Couch. Manchmal, wenn sie sich leer und mit der Welt im Unreinen fühlte, schlief sie dort. Männerbesuche hatte sie eher selten, doch sie gehörte ohnehin nicht zu der Sorte Frau, die sich über die Anzahl ihrer Liebhaber definierte. Clarissa war am liebsten allein, umgeben von den Personen, die sie mit der Kamera eingefangen hatte.

*

Doris Seidel und Peter Kullmer übernahmen den neuen Tatort, der sich im Günthersburgpark befand. Hochgräbe hatte so viele Einheiten wie möglich mobilisiert, um den vielbesuchten Stadtpark weiträumig abzusperren. Doch von überallher schienen die Blicke auf ihnen zu kleben. Wie Aasgeier umrundeten Schaulustige die Szenerie, die sich inmitten einer Grünfläche befand. Es hätte Bauzäune und Planen gebraucht, um das Ganze zu verhüllen. Also mahnten sich alle Beteiligten zur Eile.
Die Tote lag auf dem Rücken. Ein Umstand, der dazu geführt hatte, dass sie erst lange nach dem Einsetzen der Morgendämmerung entdeckt worden war. Sie trug ein leichtes Sommerkleid und Schuhe

mit halbhohen Absätzen. Sämtlicher Schmuck war vorhanden, darunter eine mit Steinen besetzte Uhr und ein Medaillon an einer Halskette. Es war die Garderobe einer Frau, die sich schick gemacht hatte für einen Tag im Grünen. Vielleicht für einen Plausch mit Kolleginnen, vielleicht für ein Rendezvous. Kullmers Augen suchten wie automatisch nach ihren Fingern. Sofort entdeckte er den Ehering. Derweil deutete seine Liebste auf den Kopf der Toten.
»Ist das ihre Handtasche, auf der sie liegt?«
»Sieht so aus«, murmelte jemand.
Die beiden Kommissare traten einen Schritt zurück. Keiner schien sich zu trauen, die allgegenwärtige Frage zu stellen. Die Frage, ob es sich um ein weiteres Opfer des »Schnitters« handele.
Andrea Sievers stellte die vorläufige Todeszeit fest, die gegen Mitternacht lag. Demnach war die Frau seit mindestens fünf Stunden tot.
»Sie ist nicht hier gestorben«, fuhr die Rechtsmedizinerin fort. »Es gibt keine Spuren eines Kampfes, kein Blut und laut der Spusi auch keine Abdrücke ihrer Schuhe. Ergo wurde sie hierher getragen, wenn sie nicht gerade barfuß lief.«
»Kannst du uns sagen, wie lange sie hier schon liegt?«, fragte Kullmer. Er musste an die Tote vom Hauptfriedhof denken. Das Wetter hatte hierbei eine wichtige Rolle gespielt. Im Kopf ging er durch, wen er alles anrufen musste.
»Ich habe leider keine Kristallkugel«, kam es mürrisch zurück. Kullmer wunderte sich über Andreas scharfen Ton, doch bevor er dagegenhalten konnte, sagte sie eilig: »Sorry, ich hab's nicht so gemeint. Das Ganze geht mir nur an die Substanz.«
»Nicht nur dir«, murmelte Doris Seidel.
»Wir müssen es trotzdem wissen«, drängte Kullmer. »Hast du schon …«, er deutete in Richtung des Saumes, der knapp unterhalb der Knie endete, »ich meine, wurde sie …«
»Kein Zweifel«, antwortete Sievers, fast tonlos, mit einem traurigen Nicken. »Dasselbe Spiel wie bei den anderen Frauen.«

»Gottverdammter Mist!«

Seidel atmete schwer ein, dann neigte sie den Kopf.

»Sie sitzt nicht«, sagte sie dann. »Das ist anders als bisher. Und sie befindet sich in einem Park. Das bedeutet, er musste sie ziemlich weit tragen. Außerdem gibt es niemanden unter denen, die zurzeit vermisst werden, auf den ihre Beschreibung passt.«

»Du kennst die Meldungen auswendig?«, fragte Sievers ungläubig.

»Aktuell ja«, gab die Kommissarin zurück. »Besser, als ich es mir wünschen würde.«

»Dürfen wir die Handtasche rausziehen?«, wollte Kullmer wissen.

Einer der Forensiker eilte herbei und erledigte das, ein anderer bettete den Kopf der Toten auf eine Unterlegfolie. Als ihr Kinn sich bewegte, gab der Körper ein dumpfes Glucksen frei. Wie ein letzter Atemzug, der in ihrer Kehle darauf gewartet hatte, in die Freiheit zu gelangen. Die letzte Spur eines Lebens, das viel zu früh geendet hatte.

Die Umstehenden schauderten.

Kullmer schlüpfte in ein Paar Handschuhe und glitt ins Innere der Tasche. Es war eine Louis Vuitton aus cremefarbenem Leder mit dunkel abgesetzter Schnalle, Ecken und Griffen. Das Muster passte farblich zu ihrem Kleid. Eine schmale Geldbörse kam zum Vorschein, deren knallrotes Leder sich von dem Rest der Ausstattung abhob. Der Personalausweis war brandneu, kaum ein halbes Jahr alt. Beide Frauen, sowohl das Foto als auch die Tote, trugen dieselben unverwechselbaren Gesichtszüge. Ein anmutiges, aber auch markantes Gesicht, umrahmt von feuerrotem Haar. Lippen, die alles andere als traurig wirkten, denen aber die Freude fehlte. Auf biometrischen Fotos durfte nicht mehr gelacht werden, das war Kullmer bewusst, doch Marita Glantz sah nicht aus wie eine Frau, deren Tage von Freude und Unbeschwertheit erfüllt waren. Dasselbe spiegelte sich in ihren Augen wider. Sie blickten ins Leere, leblos. Die der Toten ebenso wie die auf dem Foto.

FREITAG, 7:40 UHR

Pausenlos hatte die Kommissarin es in der Praxis versucht. Mehrfach das Besetztzeichen oder eine Bandansage erreicht, die darauf hinwies, dass Rezepte unter einer eigens eingerichteten Hotline bestellt werden konnten. Oder per E-Mail. Seit einer Viertelstunde hatte sie immer wieder auf die Wahlwiederholungstaste gedrückt. Auch wenn die Ärztin darum gebeten hatte, bis nach acht Uhr zu warten: Julia pfiff darauf. Sie wollte die Ergebnisse sofort wissen. Wissen, woher das offensichtliche Unbehagen rührte, mit dem man sie gestern abgewiegelt hatte.
»Julia?«
Sie zuckte zusammen, als stünde der Leibhaftige hinter ihr. Doch es war niemand anders als Frank Hellmer. Die Kommissarin legte hastig den Hörer zurück und setzte ein Lächeln auf. Doch Hellmer entging ihr Keuchen nicht.
»Was ist denn los? Du bist ja nassgeschwitzt.«
»Es ist ja auch bullenheiß hier drin, oder?«
Sie hätte sich am liebsten auf die Zunge gebissen. Konnte den laxen Kommentar schon beinahe hören, in dem Hellmer das Wort »Hitzewallung« fallen ließ. Doch sie hatte ihm Unrecht getan. Er ließ sich mit einem zustimmenden Nicken auf den Drehstuhl fallen und schaltete seinen Computer ein.
»Soll ich alleine zum Günthersburgpark fahren?«, erkundigte er sich.
Durant schüttelte den Kopf und wollte noch sagen, dass Doris und Peter durchaus mal eine Stunde lang alleine zurechtkamen. Doch dann klingelte das Telefon. Offenbar ein automatischer Rückruf.
Es klingelte dreimal, ein viertes Mal, aber die Kommissarin stand noch immer wie gebannt vor dem Apparat.

Hellmer beugte sich nach vorn. »Willst du nicht rangehen?«
Sie wünschte ihn auf den Mond. Sollte sie Frank bitten, kurz rauszugehen? Würde er dadurch nicht erst recht neugierig werden? In ihrem Inneren kämpfte Julia einen Kampf, den sie nur verlieren konnte. Gegen sich selbst. Gegen die Zeit. Dann sah sie, wie Hellmer sich nach vorn reckte. Und sie riss den Hörer an sich, bevor er das Gespräch auf seinen eigenen Apparat legen konnte.
»Ja!«
Die Stimme des Feldwebels meldete sich, doch klang diese weitaus weniger zackig als Julias Meldung. »Ich habe Dr. Pashtanam für Sie.«
»Danke.«
Die Ärztin begrüßte Julia. Eigentlich hatte diese sofort ihrem Ärger Luft machen wollen, weshalb man sie die Nacht über im Unklaren gelassen habe. Doch etwas ließ sie zögern. Die Kommissarin fühlte sich lammfromm. Wider Willen zwar, aber etwa so wie ein Kind, das kurz vor dem Nikolausabend seine wohlgefälligste Seite hervorkehrt.
»Was ist denn nun mit meinen Werten nicht in Ordnung?«
»Es gibt ein Problem mit dem Labor«, begann die Ärztin umständlich und erklärte etwas von falschen oder überflüssigen Analysen. Von Werten, die ein Hausarzt bei einem großen Blutbild nicht untersuchen lassen würde, die aber von anderen Praxen angefordert werden könnten.
Julia Durant begriff nur die Hälfte. Doch dafür spürte sie etwas anderes. Die Ausbildung, verschiedene Seminare und ihre jahrelange Praxis hatten Durants Sinne geschärft. Sie wusste, wenn jemand etwas vor ihr zu verbergen versuchte. Sie erkannte Lügen, zwar nicht immer, aber öfter als andere. Und sie spürte, dass Dr. Pashtanam, die am anderen Ende der Leitung war, ihr etwas verschwieg. Oder sich zumindest davor drückte, eine unangenehme Wahrheit auszusprechen.

Außerdem war Julia bewusst, dass Hellmer sie musterte. Sie konnte seine Blicke förmlich spüren und drehte sich zur Seite. Doch es fühlte sich immer noch an, als lese er in ihr wie in einem Buch.
»Vorab gesagt«, kam Dr. Pashtanam endlich zum Punkt, »ist mit Ihren Werten alles in bester Ordnung. Wir können das gerne im Detail durchgehen, doch das eilt nicht.«
»Aber?«, drängte Durant, und ihr Kehlkopf fühlte sich dabei so dick an wie ein Apfel.
»Sie haben einen deutlichen Ausreißer in Ihren Werten. Einer von denen, die wir gar nicht haben untersuchen lassen wollen. Ich würde Sie deshalb gerne überweisen. Jetzt, da wir schon mal davon wissen. Gehen Sie noch zu Frau Mertens?«
Durant öffnete den Mund. »Welcher Wert um Himmels willen?«
Dr. Mertens war ihre Gynäkologin.
»HCG. Ihr Hormonspiegel ist deutlich erhöht.«
Julia Durant war keine Expertin. Aber ihr schwante etwas. Hellmers Anwesenheit aber zwang sie, die Frage nicht direkt zu stellen.
»Was bedeutet das genau? Ich bin mir gerade nicht sicher.«
Die Antwort kam wie eine schallende Ohrfeige.
»Nun ... Wären Sie halb so jung und ich Ihre Frauenärztin, würde ich Ihnen gratulieren.«
Dr. Pashtanam sprach weiter, machte ein großes »aber«, doch Durant sackte nur in ihren Stuhl. Hellmer sprang auf, sie hob abwehrend die Hand. Er deutete auf die Wasserflasche und goss ihr ein Glas ein, während die Ärztin im Hintergrund weitersprach. Doch nichts von dem, was sie sagte, machte das Ganze auch nur ansatzweise besser.

FREITAG, 8:50 UHR

Die Luft schmeckte frisch an diesem Morgen, es war diesig und kühl. Auf dem Weg vom Präsidium zum Park hatten die beiden Kommissare kaum drei Sätze miteinander gewechselt. Auch wenn Julia sich gerne jemandem anvertraut hätte, sie konnte es nicht. Weder Frank noch Claus. Sie zeigte sich mürrisch, sobald ihr Partner eine Konversation beginnen wollte, und schließlich gab er auf und drehte das Radio laut.
Der Günthersburgpark war ungewohnt belebt. Sämtliche Hundebesitzer schienen sich verabredet zu haben, und jede Menge junger Menschen drückten sich in der Nähe des abgesperrten Bereichs herum. Studenten der nahen FH, wie die Kommissarin vermutete. Dazwischen eine Handvoll Senioren, zumeist Frauen, die sich an ihren Einkaufstüten festhielten. Man tuschelte aufgeregt und reckte die Hälse.
Dr. Sievers hatte die Bühne verlassen. Schon hatten sich die *Gnadenlosen* eingefunden, wie man sie unter den Kollegen bezeichnete. Anthrazitgekleidete, schweigsame Männer mit einem dunklen Kastenwagen, aus dem sie einen Zinksarg zu Boden ließen. Sie nickten einander zu, wollten die Tote gerade packen, da hob Kullmer die Hand und gebot ihnen Einhalt. Er winkte Julia Durant zu.
»Stimmt etwas nicht?«, wollte die Kommissarin wissen, als sie Kullmer im Trab erreichte. Das feuchte Gras brachte ihre Schuhe zum Glänzen, und sie spürte, wie allmählich die Zehen feucht wurden.
»Hallo, Julia, nein, alles okay. Ich dachte nur, du möchtest sie sehen.« Kullmer deutete neben sich. »So wurde sie gefunden.«
Durant ging einmal um die Tote herum und sagte: »Mhm, danke, ihr könnt sie wegbringen.«
Hellmer bekam eine Geldbörse in die Hand gedrückt, die er an sie weiterreichte.

Marita Glantz. Einundvierzig Jahre alt.
Seidel erklärte, dass es dieselben Verletzungen des Genitalbereichs gäbe wie bei den Frauen zuvor.
»Gottverdammt«, flüsterte Hellmer. »Er legt ein ganz schönes Tempo vor.«
»Er oder sie«, murmelte Durant geistesabwesend. Sie fragte sich, ob es Zufall war, dass die Rotlintstraße nur einen Steinwurf entfernt war. Und sie fragte sich, wann Frau Ruhland hier auftauchen würde. Wie ihr nächster Aufmacher aussehen würde.

Zehn Minuten später stand die Kommissarin in der Rotlintstraße. Sie hatte bereits dreimal auf die Klingel gedrückt und fragte sich, ob Clarissa Ruhland überhaupt zu Hause war oder ob sie die Klingel nicht hörte oder sie ignorierte. Durant fischte ihre Notizen hervor, in denen auch die Handynummer der jungen Frau vermerkt war. Sie tippte die Ziffernfolge und drückte auf das grüne Hörersymbol. Irgendwo in der Nähe hupte es, dann quietschten Reifen. Der alltägliche Soundtrack der Stadt.
»Hallo?« Die Stimme klang verschlafen.
»Durant. Ich stehe vor Ihrer Tür.«
»Was ist denn los?«
»Das wissen Sie nicht?«
Es schnaufte schwerfällig. Textil raschelte. Offenbar lag die Ruhland tatsächlich noch im Bett.
Nach endlosem Warten öffnete sich die Tür.
»Sie haben's auf mich abgesehen, hm?«, murrte Ruhland, in deren Hand sich eine dampfende Tasse Kaffee befand.
»Lange Nacht gehabt?«, fragte Durant.
»Ich habe Fotos geschnitten«, kam es flapsig zurück.
»Neue Fotos mit dem Häuptling?« Diese Frage war nicht geplant gewesen, doch manchmal waren die spontanen Fragen die besten, wie Durant schon öfter festgestellt hatte.

Die Reaktion von Frau Ruhland bestätigte ihre Meinung. »Das passt Ihnen nicht, dass er mir ein Alibi gegeben hat, wie?«
»Sagen wir es mal so: Den Richter haben Sie überzeugt. Mich noch nicht. Was haben Sie mit ihm zu tun?«
»Ich habe ihn fotografiert. Was sonst?«
»Und sonst?«
»Das geht Sie nichts an. Mich interessieren die Personen hinter meinen Bildern. Die Frauen, die an der Messe stehen. Schicksale. Freddy ist da schon ziemlich lange, er kennt sich aus. Fragen Sie ihn doch selbst.«
»Das werde ich«, lächelte die Kommissarin. Dann wurde ihre Miene ernst, und sie deutete in Richtung des Parks, obwohl sich kein Fenster in der Nähe befand. »Da draußen sitzt eine weitere Tote!«
Die andere wurde aschfahl. Kaffee schwappte aus der Tasse, als sie ruckartig die freie Hand vors Gesicht hob. »Oh Gott! Schon wieder? Das kann doch nicht …«
Konnte man so gut schauspielern? Oder lag es daran, dass sie sich ertappt fühlte?
»Offensichtlich doch«, sagte die Kommissarin bissig. »Wurden Sie nicht gewarnt? Keine SMS? Nichts von den Nachbarn aufgeschnappt?«
Den letzten Teil formulierte sie dabei besonders spitz, woraufhin sich die Miene ihres Gegenübers verdüsterte.
»Warum greifen Sie mich an?«, fragte Frau Ruhland. »Ich habe die Frau ganz gewiss nicht getötet. Wann soll das denn passiert sein? Gestern? Sie haben mir doch das beste Alibi der Welt verschafft! Nach dem Haftrichter bestellte ich mir etwas beim Chinesen und war den ganzen Abend hier. Möchten Sie die Packung sehen? Es sind sogar noch Reste drin.«
Julia Durant überlegte kurz. »Hat er angerufen oder nicht? Dazu haben Sie nichts gesagt.«
»Mein Akku war leer.«

»Es gibt da eine tolle Erfindung: SMS. Die wartet, bis das Gerät wieder Saft hat.«
»SMS? Von einer Telefonzelle aus?« Um ein Haar wäre Clarissas Finger in Richtung Stirn geflogen. Zumindest sah es so aus.
»Frau Ruhland, bitte«, reagierte Durant gereizt.
Diese blickte zuerst zu Boden, dann richtete sie ihre Augen auf die Kommissarin. In ihrer Miene lag plötzlich etwas Trauriges, und ihre Stimme klang resigniert.
»Hören Sie. Ich kann Ihnen nicht helfen. Ich *kann* es einfach nicht. Sie können mich an einen Lügendetektor anschließen, Sie können die Heilige Inquisition bestellen. Doch das würde nichts ändern. Ich kann Ihnen nicht helfen. Ich schwöre es. Ich kann es einfach nicht.«
»Warum hat er Sie kontaktiert? Warum ausgerechnet Sie?«
»Das weiß *ich* doch nicht! Vielleicht hat ihm meine Berichterstattung gut gefallen, keine Ahnung. Vielleicht fand er sie auch besonders scheiße. Das ist doch Ihr Job, so etwas herauszufinden. Er hat nichts darüber gesagt.«
»Was hat er denn genau gesagt?«
»Er hat gesagt: Ich kann nicht aufhören. Ich werde nicht aufhören.« Sie schnaufte. »So was in der Art.«
»Hat er gesagt, er kann nicht oder er wird nicht?«
»Ich ... ich weiß es nicht, verdammt noch mal!«, herrschte Clarissa Ruhland sie an. »Ich war damit komplett überfordert, können Sie sich das nicht vorstellen? Für Sie ist das vielleicht Alltagsgeschäft, aber für mich nicht.«
»Dafür haben Sie aber ziemlich trocken darüber geschrieben«, fiel Durant spontan dazu ein.
Ruhland hob die Schultern. »Das mag sein. Irgendwer musste es doch tun. Und beim Schreiben hatte ich auch den nötigen Abstand zu allem.«
»Das verstehe ich nicht. Haben Sie diesen Abstand jetzt nicht mehr?«

»Wie soll das denn ...«, platzte es aus Frau Ruhland heraus, sofort fing sie sich, räusperte sich und setzte noch einmal neu an: »Wie würden Sie es denn finden, wenn ein stadtbekannter Killer ausgerechnet Ihre Handynummer wählt? Abstand ist etwas anderes, hm?«
Julia Durant verzog den Mund. Es war ja nicht so, dass sie diese Erfahrung nicht bereits gemacht hätte. Doch sie schwieg.
»Frau Durant«, durchbrach Clarissas Stimme die Stille, »ich gebe zu, dass ich nicht ganz ehrlich zu Ihnen war. Ich habe Dinge verschwiegen, denn natürlich wollte ich exklusiv über diese Geschehnisse schreiben. Aber eines müssen Sie mir glauben: Hätte ich einen Wunsch frei, würde ich mir wünschen, dass er niemals bei mir angerufen hätte.«
Julia Durant stand für ein paar Sekunden unschlüssig da. Sie wollte noch so viel fragen, doch ihr Gegenüber kam ihr zuvor: »Bitte gehen Sie jetzt. Ich möchte alleine sein. Bitte.«
Die Kommissarin schüttelte den Kopf. »Auch wenn der Richter es abgeschmettert hat: Wir haben eine Übereinstimmung bei der DNA. In Offenbach. Es handelt sich um einen sogenannten Cold Case aus dem Jahr 2010. Auf Ihre Erklärung bin ich jetzt aber mal gespannt.«
»Fuck! 2010? Da war ich sechzehn!«
»Das erklärt nicht die Übereinstimmung, denn die ist eindeutig.«
Clarissa prustete abfällig. »Dann müssen Ihre Apparate sich irren. Oder waren verunreinigt. Wäre ja nicht das erste Mal, dass so etwas passiert. Wie war das damals mit den kontaminierten Wattestäbchen? Dutzendfach. Jahrelang. Und den Richter hat das Ergebnis immerhin auch nicht beeindruckt.«
»Würden Sie denn einem ordentlichen Speicheltest zustimmen?«, fragte Durant. »Ein Röhrchen habe ich einstecken, und wenn Sie mir nicht trauen, gehen wir rüber zur Spurensicherung an den Tatort.«
»Und was soll das bringen?«

»Wir schließen alle Irrtümer und Unklarheiten aus. Vielleicht gab es einen Fehler, vielleicht auch nicht. Dann hätten wir Gewissheit.«
»Darüber muss ich nachdenken.«
Auch wenn es der Kommissarin nicht passte, sie musste sich damit zufrieden geben. Das Abgeben einer Speichelprobe war freiwillig, und der Richter würde nach dem gestrigen Tag gewiss keine unfreiwillige Entnahme anordnen.
Sie verabschiedete sich und trat hinaus auf den Gehweg. Dann griff sie zum Handy und orderte einen zivilen Wagen zur Überwachung an. Ohne Rücksprache mit Claus. Als leitende Ermittlerin standen ihr solche Entscheidungen zu. Beinahe trotzig lehnte sich die Kommissarin mit verschränkten Armen an einen Baum und wartete, bis die Kollegen eingetroffen waren. Dann machte sie sich auf den Weg zurück in den Günthersburgpark.
Julia Durant hatte sich eines geschworen: Sie würde erst wieder von Clarissa Ruhland ablassen, wenn ihre Beteiligung an den Ereignissen geklärt war.
Ein für alle Mal.

FREITAG, 10:40 UHR
Günthersburgpark

Der Fundort war mittlerweile abgesichert und die Tote abtransportiert. Für die kommenden Tage würde die Wiese zu einem Magnet für Schaulustige mutieren. Die Gastronomie des Parks würde eine deutliche Umsatzsteigerung erfahren. Irgendjemand würde Blumen für das Opfer ablegen. Andere würden es ihm nachtun. Und dann würde man das Ganze vergessen.

Als Julia Durant zu Frank in den Porsche stieg, heulte bereits der Motor auf.

»Kannst du bitte noch mal ausmachen?«, bat sie ihn. Frank warf ihr einen fragenden Blick zu, folgte ihrer Bitte aber kommentarlos. Zwischen ihnen gab es mehr als nur eine kollegiale Freundschaft, selbst wenn sie sich in Ermittlungssachen manchmal uneinig waren. Kam es darauf an, kannte kaum ein Mensch sie besser als Frank Hellmer. Und deshalb war er es, dem sie als Ersten von allem erzählte. Nicht Alina, nicht ihrem Vater und schon gar nicht Claus.

Hellmer riss ungläubig die Augen auf.

»Noch mal bitte.«

Seine Rechte griff reflexartig nach den Zigaretten, dann aber hielt er inne und warf einen unschlüssigen Blick in Julias Richtung.

»Noch mal *was?*«, fragte Durant gereizt.

Dr. Pashtanam hatte ihr eine eindeutige Diagnose gestellt. Schwanger. Mit einundfünfzig. Trotz Pille. Entgegen sämtlicher Erscheinungen, die auf das Einsetzen der Wechseljahre hingedeutet hatten. Doch hatte die Ärztin das wirklich getan? Ein erhöhter Hormonwert könne, so waren ihre Worte gewesen, auch auf bestimmte Krebserkrankungen hindeuten. Im unwahrscheinlichen Fall, wie die Ärztin betont hatte, und im nächsten Satz hatte sie sich erkundigt, wie lange Julias letzte gynäkologische Untersuchung zurücklag. Zu lange, wie die Kommissarin eingestehen musste.

Frank steckte die Packung zurück in die Hemdtasche.

»Julia, rede mit mir, verdammt. Ich bin dein Freund, du musst dich jemandem anvertrauen. Was ist da los? Wie genau waren die Worte deiner Ärztin?«

»Sie sagte, sie würde mir gratulieren. Zumindest, wenn ich halb so alt wäre. Und dann erzählte sie von anderen Auslösern für den HCG-Wert. Im Klartext, ich muss das beim Frauenarzt abklären. Darauf habe ich keinen Bock, verstehst du? Dieser Wert hätte überhaupt nicht untersucht werden dürfen. Jetzt heißt es plötzlich

schwanger oder Krebs. Na toll.« Sie schnaubte und legte sich instinktiv die Hand übers Zwerchfell. »Irgendetwas wächst da unten, und keiner kann mir sagen, ob es etwas Lebendiges oder etwas Tödliches ist.«
Frank riss die Augen auf und schnappte nach Luft.
»Scheiße, verdammt, und jetzt?«, fragte er schließlich.
Was hätte er auch sonst sagen sollen?
Sie selbst wusste ja nicht mal ansatzweise, was sie von der ganzen Sache halten sollte. Zumal die Frauenärztin erst ab Montag wieder neue Termine vergeben konnte. Ein Wochenende der Ungewissheit stand bevor. Tage, an denen Julia allen Menschen ein Pokerface zeigen müsste. Insbesondere Claus gegenüber. Sie war noch nicht bereit, darüber zu sprechen. Nicht, solange sie nicht wusste, worüber genau es zu reden galt.
»Was jetzt?«, erwiderte sie schließlich und versuchte, zu ihrer gewohnten Bissigkeit zurückzukehren. »Jetzt steckst du dir endlich deine verdammte Kippe an!«
Das Letzte, was Julia jetzt brauchte, war die mitleidvolle Rücksichtnahme ihrer Kollegen.

Eine Viertelstunde später rief Claus Hochgräbe an und teilte mit, dass der Tatort allem Anschein nach ein Hotel unweit des Parks sei. Julia schnappte nach Luft. »Ein Hotel?«
Sofort kam ihr die Villa Kennedy in den Sinn. Das Nobelhotel in unmittelbarer Nähe des Fundorts von Opfer Nummer eins. Doch man hatte Blut im Schlafzimmer der Schmidt-Villa gefunden. Das passte nicht zusammen.
»Fahrt hin, seht euch um, die Spurensicherung ist informiert«, sagte Claus und verabschiedete sich.
Hellmer hatte via Lautsprecher mitgehört. Längst bewegte der Porsche sich in östlicher Richtung. Er murmelte den Namen des Hotels; viele Häuser gab es nicht in Laufweite der Grünanlage.

»Das Ganze passt hinten und vorne nicht zusammen!«
»Wem sagst du das«, seufzte die Kommissarin.
Sie erreichten das Haus, dem anzusehen war, dass es erst vor kurzem einen neuen Anstrich erhalten hatte. Blumen und Dekoration waren liebevoll inszeniert. Die Stimmung der Rezeptionistin hingegen schien auf dem Nullpunkt zu sein. In ihrem Blick war zu lesen, dass sie der Polizei die Schuld an allem gab. *Hätten Sie Ihre Arbeit gemacht, wäre uns diese Schande erspart geblieben.* So in etwa mochten die Gedanken der hübschen Endzwanzigerin aussehen.
Julia Durant entschied sich, das Ganze an sich abprallen zu lassen. In ein paar Monaten würde das Management einen Weg finden, sich als das Hotel anzupreisen, in dem sogar stadtbekannte Mörder ein und aus gingen. Das Schnitter-Haus. *Sollen sie,* dachte die Kommissarin und bewegte sich zielstrebig auf das Zimmer zu.
Schon im Gang knieten zwei junge Frauen in Ganzkörperkondomen auf dem Teppich und schienen mit Lupe und Pinzette nach Fusseln zu suchen. Durant beneidete sie nicht. Grelle LED-Spots leuchteten jeden Winkel des Zimmers aus. Das Bett sah aus, als habe jemand darauf ein Opfertier geschlachtet. Der Fleck in der Mitte war noch feucht, obwohl das Blut schon seit Stunden am Gerinnen war.
»Zwei Liter«, schnappte sie auf. Es war die Stimme von Platzeck, dem Chef der Spusi.
»Dann hat er sie ausbluten lassen?«, fragte Durant entsetzt. Wieder ein Punkt, der nicht ins Bild passte. Bei Isabell Schmidt hatte es zwar auch Spuren gegeben, Spritzer, aber keinesfalls in diesem Umfang.
»Das soll die Sievers rausfinden«, war die flapsige Antwort. »Jedenfalls hat der Bastard sich dieses Mal nicht die geringste Mühe gemacht, seine Spuren zu verbergen.«
»Bei dieser Menge dürfte das auch schwer sein«, murmelte Durant und dachte an die Schmidt-Villa. Champagnergläser, Pralinen, das

Schlafzimmer. Aufgeräumt hatte der Mörder auch damals nicht. Trotzdem sah dieses Hotelzimmer besonders grausam aus. Ihre Gedanken wechselten zu Hellmer, der unten geblieben war, um etwas über die Personen des Zimmers in Erfahrung zu bringen. Wer hatte reserviert? Wer bezahlt? Welches Geschlecht hatte der zweite Gast gehabt?

Ohne große Hoffnung erkundigte sie sich nach Haarspuren, Speichel, Sperma und anderen Körperflüssigkeiten.

»Wir machen das schon«, sagte Platzeck, »aber wir brauchen Zeit. Viel Zeit.«

»Die haben wir leider nicht. Etwas hat sich verändert. Zwei Opfer in einer Woche. Das Zimmer sieht aus, wie wenn ein Marder im Hühnerstall gewesen wäre. Wir müssen das beenden, hörst du?«

Platzeck versicherte der Kommissarin, dass er zwei weitere Kollegen anfordern würde. Mehr könne er nicht für sie tun.

Hellmer kam die Treppe nach oben und schnaufte angestrengt. Durant verkniff sich einen Kommentar über sein starkes Rauchen und lauschte seinem kurzen Bericht. Eine Frau hatte das Zimmer reserviert. Von einem Mann wusste niemand etwas. Sie hatte ein Doppelzimmer zur Einzelnutzung gebucht und bar bezahlt. Außerdem habe sie einen Fünfziger extra geboten, wenn sie ihren Personenbogen nicht ausfüllen müsse. Doch man hatte darauf bestanden.

»Ich habe den Wisch hier«, verkündete der Kommissar und hob ein verknittertes A5-Papier vor ihre Augen.

»Marita Glantz. Sie hat nicht mal geschummelt.«

Die Adresse stimmte mit den Angaben in ihrem Personalausweis überein. Kalbach. Durant hatte sogar den Straßenzug vor Augen. Hatte *sie* das Formular ausgefüllt, oder war es jemand anders in ihrem Namen gewesen?

»Wir brauchen eine Schriftanalyse, Fingerabdrücke, jemand soll checken, ob die Glantz mit Carlsson und Maartens bekannt war.

Außerdem müssen wir Büchner, Metzdorf und die Ehemänner der ersten zwei Opfer abklappern.«

Alles wieder von vorn.

Durant spürte, wie ihre Beine schwer wurden. Sie wurde müde bei dem Gedanken, dieselben Fragen zu stellen, auf die sie dieselben Antworten erhalten würde. Lange Gesichter und empörte Gegenfragen. Die Enttäuschung, dass der Mörder schon wieder zugeschlagen hatte und keiner ihn stoppte.

SAMSTAG

SAMSTAG, 23. MAI, 2:37 UHR

Julia Durant wachte auf. Ihr Blick fing die Digitalanzeige des Weckers. Sie lag da, wartete darauf, dass die Sieben zur Acht umsprang. Fühlte sich, als wäre sie eben erst eingeschlafen und trotzdem hellwach. Das Fenster war gekippt und das Schlafzimmer kühl. Trotzdem rann Schweiß über ihre Stirn, und ihr Shirt klebte.
Sie vergewisserte sich, dass es niemand anders als Claus war, der neben ihr lag. Er atmete gleichmäßig. Seine Hand lugte unter der Decke hervor, zärtlich griff Julia danach. Dann stellte sie fest, dass ihre andere Hand auf dem Unterbauch ruhte. Sanft und liebevoll. Erschrocken zog sie sie weg. Sie war in der Gegenwart. Definitiv. Alles andere war bloß ein Traum gewesen. Doch die Erinnerung, die in ihrem Kopf nachhallte, zeichnete lebendige Bilder. Jahrelang hatte sie nicht mehr daran gedacht. Alles verblasst und begraben, als lägen Äonen zwischen damals und heute. In Wirklichkeit, sie rechnete nach, waren es fünfunddreißig Jahre. 1980. Eine Gemeinde vor den Toren Münchens. Ein kaum siebzehnjähriger Teenager hatte die ersten Erfahrungen gesammelt. Lange Nächte unter dem Sternenhimmel. Anti-Atom-Bewegung, Haschisch, ein Elternhaus, in dem man sich politisch positionierte.
Nicht einfach für ein junges Mädchen, dem man überdurchschnittliche Intelligenz bescheinigt hatte, sich zurechtzufinden. In einer Welt, in der die Grenzen zwischen Ost und West so bleiern waren,

als hätte Gott sie Moses auf seine Tafeln diktiert. In der man sich laut und schrill produzierte, um dem Alltagsgrau zu widersprechen, das einem von der Obrigkeit offenbar aufgezwungen wurde.

Sie versuchte sich zu erinnern, ob Josef sein Erst- oder Zweitname gewesen war. Einer, der sein Abitur hingeschmissen hatte, um sich als Musiker zu verdingen. Der einen klapprigen Mercedes fuhr, mit Peace-Zeichen auf dem Kühler, und aufs Establishment schimpfte. Der Sohn eines Chirurgen und einer Lehrerin, die in einer Villa lebten. An den Sex erinnerte sich Julia nicht, nur daran, wie enttäuschend dieses erste Mal für sie gewesen war. Alle Jungs hatten eine dicke Hose, aber Ahnung von den Bedürfnissen eines Mädchens hatte keiner. Und wer benutzte schon gerne Kondome, wenn unter den Sternen die Hormone verrückt spielten? Als ihre Periode ausgeblieben war, hatte sie ihn aufgesucht. Panisch, denn sie wusste nicht, wohin sie gehen sollte. In seinem Arm hing längst eine andere. Er hatte gesagt, sein Vater könne sich darum kümmern, es wegmachen zu lassen.

»Wegmachen?« Julia Durant würde nie vergessen, wie sie verzweifelt durch die Gartenlaube geschrien hatte. Es hatte genügt, um ihn zusammenfahren zu lassen. Geduckt und mit dem Zeigefinger vor den Lippen hatte er gefragt: »Was denn sonst? Du glaubst doch nicht, dass ich mein Leben wegschmeiße, um hier Familie zu spielen!«

»Es ist ein Kind! Ein Leben, das da in mir wächst!«

Alles verschwamm durch den Tränenvorhang, der sich über ihre Augen gelegt hatte. Die Lichter schienen sich wie eine Spirale zu drehen. War sie ohnmächtig geworden? Oder hatten sie einen Joint geraucht? Nein. Das sicher nicht, aber sie konnte es auch nicht mehr mit Bestimmtheit sagen.

Die Tochter eines Pastors. Einzelkind. Zum Glauben erzogen. Was würde ihr Vater dazu sagen? Zu dem leichtfertig gezeugten Kind in ihrem Bauch. Zu dem Mord an einem ungeborenen Lebewesen. Sie konnte es niemandem sagen.

Durfte es nicht.

Zum ersten Mal in ihrem Leben hatte Julia Durant lernen müssen, wie es war, auf sich allein gestellt zu sein.

Trotz einer liebenden Familie. Trotz Freunden.

Trotz Gott.

SAMSTAG, 9:30 UHR

Was steht für heute auf dem Programm?«

Claus Hochgräbe stand in der Küche und agierte mit der Pfanne. Er briet Spiegeleier mit Speck, dazu gab es Baked Beans. Julia Durant kaute an einem Croissant mit Butter und beobachtete eine Fliege, die über den Rand ihrer Kaffeetasse kroch.

»Ich weiß es nicht«, murmelte sie zerschlagen, denn die Nacht steckte ihr in den Gliedern. Sie hatte zwei volle Stunden wachgelegen. Außerdem hatte keiner ihrer gestrigen Kontakte auch nur das Geringste ergeben. »Vermutlich werde ich mir den Glantz-Mord vornehmen müssen, am besten mit Alina. Das passt hinten und vorne nicht. Marita Glantz wurde nicht vermisst gemeldet, sie checkte ganz offiziell in einem Hotel ein, und der gesamte Ablauf spielte sich in wenigen Stunden ab. Nix da mit drei Tagen wie bei der Schmidt. Keine Initiative von ihm aus, so mit Champagner und so. Stattdessen ist alles schneller, brutaler, hemmungsloser. Das bereitet mir Bauchschmerzen.«

»Deshalb warst du so unruhig«, erwiderte Claus, und Julia zuckte zusammen.

»Das hast du mitbekommen?«

»Kunststück«, lächelte er und streichelte ihre Schulter. »Pass auf, ich schlag dir was vor. Das Überwachungsteam soll übers Wochenende die Ruhland im Auge behalten, und wir checken in jedem Fall, was sie seit gestern Abend so gemacht hat. Doris und Peter kümmern sich um das private Umfeld von Frau Glantz. Du lässt es ruhig angehen, vielleicht will Alina ja auch einfach hierherkommen. Es genügt, wenn wir uns gegen Mittag alle im Büro treffen, denn ich fahre erst mal hoch nach Butzbach.«

Er legte ein Ei und zwei Streifen Bacon auf ihrem Teller ab. Dazu eine Portion Bohnen.

»Was willst du denn da?«, fragte Julia und stach den Dotter auf.

»Ich gehe die Akten noch mal durch. Eine nach der anderen, wenn's sein muss.«

»Gut. Ich komme mit.«

»Nein, Schatz.« Claus lächelte und küsste sie auf die Stirn. »Du hältst hier die Stellung. Ich vertraue diese Ermittlung niemand anderem an. Und wenn sich für ein paar Stunden nichts tut, dann auch gut. Du bist kreidebleich, etwas Ruhe würde dir nicht schaden.«

Auch wenn ihr nicht danach zumute war, lächelte die Kommissarin. Claus meinte es gut. Sie würde ihm nicht widersprechen. Es war schlimm genug, dass ihr der Mut fehlte, mit ihm über *diese Sache* zu sprechen. Dieses Etwas, das ihre Hormone durcheinanderfegte wie ein Wirbelsturm. Diese Ängste vor dem, was daraus werden könnte.

Julia Durant ließ die Gabel sinken. Mit einem Mal ekelte sie sich vor dem Ei und dem Schinken. Doch sie durfte jetzt nicht ins Bad rennen, um sich zu übergeben.

SAMSTAG, 11:40 UHR

Als Sonja Büchner mit ihrer Reisetasche in den Flur trat, lächelte sie. Sie fühlte sich stark und mächtig. Ein Gefühl, das sie nach all den Jahren genoss. Ein Bewusstsein, das ihr nicht vorspielte, sie sei krank oder auf Hilfe angewiesen. In ihrer Linken hielt sie das Handy fest.
»Wohin gehst du?«, hörte sie Felix fragen.
»Weg«, lächelte sie.
Er verzog den Mund und näherte sich ihr. Als Nächstes würde er seine Hand heben oder sie festhalten. Felix fand immer einen Weg, sie zu beherrschen. Doch Sonja hob ihre Stimme und sprach in das Mikro ihres Telefons: »Bleiben Sie dran, Frau Durant, ich muss nur kurz meinem Mann etwas sagen.«
»Durant?« Felix Büchner formte den Namen fast lautlos und deutete auf das Gerät.
»Ich verlasse dich, Felix«, antwortete Sonja mit fester Stimme, auch wenn sie innerlich zitterte und spürte, wie ihre Knie weich wurden. »Du hast keine Macht mehr über mich, ich habe Frau Durant angerufen, damit ich eine Zeugin habe. Ich gehe. Jetzt.«
Büchner lachte auf. »Du kommst doch eh wieder.« Offensichtlich unschlüssig, wie er reagieren sollte, trat er auf der Stelle.
»Diesmal nicht«, sagte sie und begann zu laufen. Das Telefon am Ohr, irgendetwas plappernd, eilte Sonja zur Tür. Drückte die Klinke, in ihrer Phantasie erschien das Bild, dass sie abgeschlossen sei. Dass ein Querbalken davorläge. Doch das Portal schwang auf. Die Luft schmeckte so frisch, als habe sie seit Wochen keinen Atemzug davon genommen. Es roch nach Freiheit. Und dennoch traute sie sich nicht, sich umzusehen. Sie lief immer schneller, glaubte Felix' Schritte hinter sich zu hören. Seinen Atem im Nacken. Seine Hand an ihrem Oberarm. Daumen, die sich in ihr Fleisch gruben.

Doch stattdessen entriegelte sie das Auto. Kletterte auf den Fahrersitz, ließ die Tasche neben sich fallen, startete den Motor. Dann tauchte Felix neben dem Fenster auf. Geistesgegenwärtig verriegelte sie die Türen und sprach extra laut in das Telefon.
»Ich fahre jetzt los, Frau Durant!«

Dumpf durchdrangen Büchners Rufe das Drehen des Motors und die geschlossene Scheibe.
»Das wirst du bereuen! Du Hure! Du brauchst dich hier nie mehr blicken zu lassen!«
»Werde ich nicht«, murmelte Sonja und lächelte erleichtert, als sie die Zufahrt entlangfuhr. »Werde ich nicht.«
Das Display ihres Handys war längst dunkel. Niemand war dran gewesen. Doch der Bluff hatte funktioniert. Sonja Büchner schwor sich, nicht zurückzublicken.
Nie wieder. Zufrieden sah sie, wie das Metalltor und die Mauer sich im Innenspiegel entfernten.
Weg. Nur weg von hier, dachte sie.
Schon im Januar hatte sie es versucht, ohne Erfolg. Denn für eine Frau, die sich so früh an einen dominanten Mann gebunden hatte, die sich ihm vollkommen ausgeliefert hatte, schien es nicht viele Möglichkeiten zu geben. Sie hatte keine Familie und keine guten Freunde. Doch sie hatte etwas Geld, und nach der Scheidung würde sie noch mehr haben, wenn auch nicht viel. Felix würde sie bekämpfen, das war so gut wie sicher. Er würde ihr den Wagen wegnehmen. Er würde drohen, ihr alles zu nehmen. Felix hatte ihr schon so viel genommen. Aus einer Laune heraus hatte er die Hunde weggegeben. Unzählige Male hatte er ihr teure Geschenke gemacht, nur um sie damit emotional erpressen zu können. Früher waren seine Ausbrüche noch erträglich gewesen, und seltener. Doch in den letzten Jahren war das Leben mit ihm zur Hölle geworden. Aber bei all dem, was er ihr angetan hatte, das schwor sie sich, sollte er ihr nie wieder ihre Würde nehmen.

Mit einem kalten Schauer dachte Sonja an Metzdorfs Hände, die sie überall begrapscht hatten. An seinen Rhythmus, den er ihr aufgezwungen hatte. Alles, ohne ihr in die Augen zu sehen. Als würde sich in ihren Pupillen das Antlitz Gottes spiegeln, das seinen Diener zur ewigen Scham verdammte. Doch Metzdorf durfte sie nicht ablenken, nicht jetzt. Um ihn musste sie sich später kümmern.
Im Rückspiegel suchte Sonja nach der Flugdrohne, einem der Lieblingsspielzeuge ihres Mannes. Sie hatte es stets lächerlich gefunden, wie er damit seine Runden drehte. Wie er den Gärtner überwachte, der seine Arbeit hin und wieder unterbrach, um eine Zigarette zu rauchen. Ein fünfundfünfzig Jahre alter Mann, groß und hager, von einem Leben gezeichnet, das ihm zwei Scheidungen, Suchtprobleme und Einsamkeit beschert hatte. Er arbeitete hart und ordentlich. Das alles wollte Felix aber nicht sehen, als er ihn mit den Fakten konfrontierte. Das Rauchen auf dem Außengelände war fortan untersagt gewesen. Und mit der Drohne kontrollierte er das Ganze mit Argusaugen.
Jetzt war von dem fliegenden Wächter jedoch weit und breit nichts zu sehen. Er scheint sich damit abzufinden, dachte Sonja, auch wenn sie diesen Gedanken gleich wieder verwarf. Büchner war kein Mann, der klein beigab. Er würde kämpfen, er würde Wege suchen.
Sonja drehte das Radio auf und schaltete auf einen anderen Sender um. Planet Radio. Sie wusste, dass Felix Techno und House hasste, und sie genoss es umso mehr, als die harten Beats den Wagen erfüllten.
Vielleicht sollte ich diese Durant wirklich einmal anrufen, dachte sie weiter. Doch dazu kam Sonja nicht mehr, denn in der nächsten Sekunde flog ein Schatten auf sie zu und rammte ihren Wagen.

SAMSTAG, 12:25 UHR
Polizeipräsidium

Kullmer, Seidel und Hellmer waren vor Ort. Jeder hätte gerne Wochenende gehabt, doch solange die Ermittlung lief, war daran nicht zu denken. Elisa war bei einer Freundin, bei Frank stand ein Besuch seiner Tochter Steffi aus dem Internat an. Er versuchte, seinen Frust zu überspielen, doch es gelang ihm nur leidlich.
Julia Durant stand über die Karte gebeugt. Ihre Finger umklammerten die Tischkante so fest, dass die Knöchel schon weiß wurden.
»Wieso erfahren wir das erst jetzt?«, schnaubte sie. Am liebsten wäre sie durch die Decke gegangen.
Der Tennisclub nahe Eschborn war nicht der einzige, in dem Carlsson als Trainer arbeitete. Auch in der Rhein-Main-Therme hatte man sein Foto erkannt; Peter Kullmer hatte es dort unter den Mitarbeitern herumgezeigt. Dass sich erst jetzt jemand darauf meldete, wunderte die Kommissarin. Doch letzten Endes konnte sie froh sein, dass überhaupt jemand reagiert hatte. Niemand verpfiff schon gerne einen Kollegen.
»Wer hat ihn denn erkannt?«, wollte Durant wissen.
»Einer der Trainer, der Aqua-Fitness anbietet«, antwortete Kullmer. »Er hat seinen Namen nur so hingenuschelt, und er sprach auch nicht besonders freundlich über Carlsson.« Der Kommissar formte ein Lächeln und fügte hinzu: »Wahrscheinlich spannte Carlsson ihm die ganzen reichen Ladys aus. Er sagte, er habe ihm schon die ganze Zeit über Konkurrenz gemacht. Dabei ginge es ihm nur um die Geldbeutel der Frauen. Das werfe kein gutes Bild auf die Therme, und deshalb sei es seine Bürgerpflicht, ein schwarzes Schaf wie Carlsson zu melden.«
Durant schnitt mit der Hand durch die Luft. »Wie auch immer, wir müssen zu Carlsson. Handy orten, Fahndung raus, er ist damit wieder unser Verdächtiger Nummer eins.«

Sie drehte sich zu Hellmer, der sich geräuspert hatte und ihr nun zuraunte: »Auch wenn er gar nicht ins Profil passt?«
»Profile sind nicht unfehlbar«, murmelte Julia zurück. Und Profiler auch nicht, dachte sie im Stillen. Wohl kaum jemand wusste das besser als sie selbst.

SAMSTAG, 12:50 UHR

Vor ihren Augen tat sich das Kellerverlies auf. Die Matratze, der Geruch der Toilette, das gesprungene Glas des Spiegels. Sonja spürte die Stöße in ihrem After. Das Ziehen und Pochen, wenn Felix auf ihr lag und sie stieß. Wenn sein heißer Atem ihr über den Haaransatz strich. Dann öffnete sie die Augen und stellte fest, dass sie auf dem Rücken lag. Die Handgelenke von zwei Tüchern umschlungen, die sie auf einem fremden Bett festhielten. Über ihr eine niedrige Decke, eine unbekannte Leuchte mit kaltweißem Licht. Dumpfe Musik, die aus einem anderen Zimmer erklang. Und Geräusche, die darauf hindeuteten, dass sie nicht alleine war.
Sie hob den Kopf, er fühlte sich schwer an. Als wäre das Gehirn aus Metall und die Matratze würde es magnetisch anziehen. Ein Türrahmen kam in Sonjas Blickfeld, über dem Holz hing ein Kruzifix. Ein ausgeblichener Kunstdruck in einem Glasrahmen hing neben der Tür, ein Miró, wie sie glaubte. Angestrengt ließ sie den Kopf zurücksinken und versuchte, die Beine zu bewegen. Dabei kribbelte es in den Füßen. Auch diese Gelenke waren also festgebunden, Sonja schaffte nur wenige Zentimeter, bevor der Zug sie hinderte. Die Beine waren gespreizt, ihre Hose hatte sie noch an, die Jeansnaht drückte unangenehm im Schrittbereich.

Während sie noch unschlüssig war, ob sie sich bemerkbar machen sollte oder ob sie ihre Lage dadurch verschlimmern würde, hörte sie Schritte. Sonjas Kopf flog nach vorn, ihre Panik war stärker als der gefühlte Gummizug nach hinten. Da hörte sie ihn auch schon sprechen:
»Wie schön. Du bist wach. Dann können wir ja anfangen.«

SAMSTAG, 13:10 UHR
Stadtteil Riedberg

Die Tür flog beiseite, und mit vorgehaltenen Waffen drangen zwei Beamte in die Wohnung ein. Dass Dieter Carlsson nicht da war, wurde binnen Sekunden klar. Er schien seine Wohnung fluchtartig verlassen zu haben, denn die Butter stand noch auf der Arbeitsplatte, und der Brotkasten stand offen. Eine halbe Tasse Kaffee, ausgekühlt, befand sich auf dem Küchentisch. Daneben eine Tageszeitung mit dem aktuellen Datum. Das Kreuzworträtsel war begonnen. Der Kugelschreiber fand sich auf dem Boden.
Julia Durant ging ins Schlafzimmer und musterte das Bett. Es war nur grob in Ordnung gebracht, etwa so, wie sie es selbst gerne tat. Sie wählte Seidels Nummer und wartete, bis ihre Kollegin sich meldete.
»Wie schaut es bei euch aus?«, erkundigte sich Doris.
»Ausgeflogen«, antwortete Julia, »und bei euch?«
Zeitgleich zu der Aktion in Carlssons Wohnung hatte Seidel mit den Kollegen das Gutleutviertel aufgesucht, wo seine Mutter lebte.
»Fehlanzeige. Die arme Frau ist aus allen Wolken gefallen. Sie schwört Stein und Bein, dass sie nichts über den Verbleib ihres Sohnes weiß.«

Durant kickte ein Papier, das auf dem Boden lag, vor sich her, als sie aus dem Schlafzimmer ins Wohnzimmer wechselte.

»Okay. Die Fahndung läuft ja, wir observieren die beiden Häuser. Rufst du deinen Liebsten an? Dann kümmere ich mich um Frank.«

Kullmer und Hellmer waren jeweils im Tennisclub und in der Therme zugange.

Drei Minuten später waren die Gespräche geführt. Auch an den beiden Arbeitsstätten war Dieter Carlsson nicht aufgetaucht. Im Tennisclub wusste man allerdings, dass er sich wegen einer Autopanne abgemeldet habe. Seine einzige Stunde, die er an diesem Tag geben sollte, habe er auf den Folgetag umgelegt. Ob die Autopanne eine Ausrede dafür war, dass Carlsson einer weitaus intimeren Stunde nachgehen konnte? Trieb er sich irgendwo zwischen teuren Bettlaken herum, oder befand er sich tatsächlich auf der Flucht? Ein Gigolo. Aalglatt. Immer auf der Hut, dass keiner der reichen Herren mitbekam, was der Lustknabe mit ihren Ehefrauen anstellte. Carlsson trieb dieses Spiel schon so lange.

In der Rhein-Main-Therme hatte jemand aus dem Management Peter Kullmer ins Büro gebeten. Man teilte dem Kommissar mit, dass man etwas irritiert sei. Der Mann, der angeblich Trainingsstunden abhielte, sei nirgendwo registriert. Man wollte wissen, woher er diese Information habe.

Kullmer rief bei Michael Schreck an, dem Spezialisten in der IT-Abteilung. Weil er den Namen des Anrufers nicht genau verstanden hatte und auf sein Nachfragen hin auch nur Kauderwelsch gekommen war, hatte er Schreck darauf angesetzt. Dieser hatte den Anschluss ermittelt. Es war nicht, wie erwartet, einer der Apparate in der Therme. Es war ein Mobiltelefon mit unterdrückter Nummer gewesen.

»Scheiße«, knurrte Kullmer und stampfte auf den Boden. Die fremde Stimme hatte sich mit »Hier ist XY von der Rhein-Main-Therme« gemeldet. War der Name Wagner gewesen? Oder Wanner?

Oder Thanner? Es war müßig, zu spekulieren. »Ich hoffe, du hast etwas für mich«, sagte Kullmer zu Schreck, der geduldig am anderen Ende der Leitung wartete.

»Wie man's nimmt«, begann dieser und fuhr damit fort, etwas über Funkknotenpunkte und Triangulierung vom Stapel zu lassen. Kullmer wusste, dass es keinen Sinn hatte, ihn zur Eile zu drängen. Die Quintessenz war, dass der Anruf eindeutig vom Gelände des Schwimmbads gekommen war. Und dass es sich um ein Prepaid-Handy handelte.

»Na bravo.« Kullmer fuhr sich seufzend durchs Haar.

»Nicht gleich die Flinte ins Korn werfen«, kam es aufmunternd zurück. »Das Gerät ist seit über zehn Jahren registriert, beziehungsweise dessen Rufnummer. Damals war es noch weitaus schwieriger, an solche Teile zu kommen.«

»Was bedeutet das konkret für uns?«, wollte Kullmer wissen.

»Persönliche Daten«, erklärte Schreck. »Kein Vertragsabschluss ohne Erfassung des Personalausweises. Gib mir eine Viertelstunde, und ich liefere dir den Namen des Käufers.«

Kullmer legte auf und rechnete nach. Er fragte sich, ob Julia Durant mit ihrer Theorie recht hatte. Wann war der erste Übergriff mit ähnlichen Mustern gewesen? Konnte es sein, dass sich ein Triebtäter seit so langer Zeit unbemerkt entlang des Mains auslebte? Und was war mit der Theorie, dass es sich um eine Frau handelte? Er wählte Durants Nummer und unterrichtete sie.

»Geben wir Carlsson also auf?«, fragte er dann.

»Ich denke schon. Wir warten noch auf die Identifizierung des Handykäufers, dann rücken wir ab. Wieder eine Sackgasse, verdammt, ich könnte kotzen!«

*

Michael Schreck meldete sich erst nach zwanzig Minuten. Nach einigen Entschuldigungen für die Verzögerung kam er zur Sache: »Es hat gedauert, aber es ist eindeutig. Das Gerät wurde am 14. Februar 2004 gekauft. Valentinstag, ein Samstag.« Er nannte den Namen und die Adresse des Geschäftes, welches schon seit geraumer Zeit nicht mehr existierte. Dann kam er endlich zu den Namen. »Alfred Martin.«
Kullmer blickte ins Leere. Dann fiel der Groschen.
Freddy. Der Häuptling.
Nachdem er Schreck nach einem kurzen Dank abgewürgt hatte und bevor er Julia Durant zum zweiten Mal anrief, scrollte Kullmer seine Kontaktliste hinunter. Bei Dr. Sievers kam er zum Stehen und tippte ihren Namen an.
»Bin in Eile, Lehrveranstaltung, was gibt's?«, schnaufte sie.
»Du bist doch firm in Sachen Verstümmelungen«, begann Kullmer fragend, und sie bejahte. »Gibt es diese Dinge auch bei den amerikanischen Ureinwohnern?«
»Wie kommst du darauf?«, wollte Andrea wissen.
»Erst einmal nur interessehalber«, wich Kullmer aus. »Ich kann das auch googeln, wenn du keine Zeit hast.«
»Nein, schon gut. Ich weiß, dass in den USA vor hundert Jahren Tausende von Beschneidungen durchgeführt wurden. Das war eine richtige Manie, allerdings beschnitt man dort Jungen, die in der Regel aus höheren Schichten stammten. Und es war nichts Religiöses, es waren medizinische Gründe.« Sie fasste die Worte in Anführungszeichen. Dann schüttelte sie den Kopf: »Aber Rituale in Indianerstämmen? Rituale an indianischen Frauen? Darüber ist mir nichts bekannt.«
»Hm, okay. Danke.«
»Verrätst du mir jetzt endlich, warum das so wichtig ist?«
»Es geht um einen Verdächtigen, nur ein vager Gedankensprung«, erklärte Kullmer. »Ich muss Julia anrufen, du musst zu deinem Seminar. Wir hören uns später.«

Julia Durant wäre um ein Haar das Telefon aus der Hand gerutscht. Von allen Beteiligten war Freddy ihr bisher als einer der Harmlosesten erschienen.

»Verdammt, dann schnappen wir ihn uns. Schreck soll sich mit dem Taxiunternehmen kurzschließen, damit wir seine Position ermitteln können. Ich fahre in Richtung Messe. Irgendwo zwischen dort und dem Hauptbahnhof sollte er sich wohl aufhalten.«

SAMSTAG, 13:30 UHR

Sonja Büchner reckte den Hals, so gut es ihr möglich war. Doch sie konnte nichts sehen. Er hatte sich ans Fußende des Bettes gesetzt, ihr über die Waden gestreichelt. Dabei mit aufgesetzt beruhigender Stimme auf sie eingeredet. Häme. Sie solle sich keine Gedanken über ihr Schicksal machen. Sie sei eine Fügung, ein glückliches Geschenk für ihn. Nicht dass er an einen Herrgott oder Allah oder an eine andere himmlische Instanz glaube. Aber an die Bestimmung, an den Sinn, der hinter seiner Existenz stünde, glaube er.

Als Sonja zu schreien begann, legte er ihr einen Knebel an. Wild hatte sie den Kopf hin- und hergeworfen, als er ihr einen Frotteelappen in den Rachen pfropfte, der unangenehm nach Weichspüler schmeckte. Als er ihn mit einem Stofffetzen fixierte, den er kurzerhand aus dem Bettlaken heraustrennte.

»Ich hatte noch nie jemanden hier«, verkündete er mit einem erregten Beben in der Stimme und hob eine schlanke Ledertasche in Sonjas Blickfeld. Sie meinte, im Inneren ein metallisches Klappern zu hören. Dann legte er das Etui auf das Laken zwischen ihren Füßen. Sonja konnte nicht erkennen, was er daraus hervorholte. Ihre Pupil-

len schienen sich einzutrüben. Zweifellos hatte der Mann sie mit einem Schlag auf den Kopf betäubt oder ihr ein Sedativ verabreicht. In ihrem Kopf huschten Bilder vorbei. Metall. Glassplitter. Felix. Ein Aufprall. Erinnerungen vermischten sich – die Drohne flog einmal kreuz und quer durch den Raum. Sonja versuchte, sich zur Konzentration zu zwingen. Sie hatte einen Unfall gehabt. Wo? Mit wem? Kamen die dumpfen Hammerschläge, die sich von ihrem Nacken in Richtung Gehirn ausbreiteten, von der Kollision? War sie jemandem aufgefahren oder hatte sie jemandem die Vorfahrt genommen? *Ihm?* Was war danach geschehen? Warum fesselte man seinen Unfallpartner ans Bett? Was hatte er mit ihr vor?
Seine Worte durchdrangen Sonjas Gedanken wie mit dem Skalpell.
»Du wirst mein Meisterstück werden.«
Es war, als hätte er ihre stummen Fragen gehört.
Sonja Büchner rang nach Luft.

SAMSTAG, 13:55 UHR

Der beige Mercedes parkte verriegelt in der Gutleutstraße. Dort, wo sie vierspurig ausgebaut war. Am Ende eines Zubringers zwischen Klärwerk und Schrebergärten, nur einen Steinwurf vom Mainufer entfernt. Das GPS hatte den Standort verraten, präzise bis auf die Hausnummer 407, auch wenn weit und breit kein Gebäude zu sehen war. Der hohe Bewuchs schnitt die Blicke sowohl von den Gebäuden der Kläranlage als auch von den meisten Gartenhütten ab. Selbst der Weg am Main schien verwaist, bis auf einen einsamen Gassigänger, der kurz stehen blieb, als die Streifenwagen zum Stehen kamen.

Julia Durant traf Minuten später ein, die Uniformierten waren ausgeströmt bis auf einen jungen Kollegen, der das Taxi im Auge behielt. Es war leer. Der »Häuptling« habe sich zur Pause abgemeldet, ließ die Zentrale verlauten. Er habe seine eigenen Rituale, hieß es weiter. Im selben Atemzug wurde betont, dass es sich bei Freddy um einen außergewöhnlich zuverlässigen Kollegen handele. Um einen, der sich stets für andere einsetze.

Julia Durant war unentschlossen. Sie konnte nicht glauben, dass der kauzige Taxifahrer ihr gesuchter Killer sein sollte. Oder dass er dem Killer in irgendeiner Form zuarbeitete. Konnte oder wollte sie es nicht glauben? Dann drangen Rufe vom Ufer her zu ihrer Position. Eine Funkstimme meldete sich.

»Verdächtiger gestellt. Es ist der Gesuchte.«

Als Durant die Uferböschung erreichte, fand sie Freddy Martin in Handschellen vor. Das Laub und die Äste an seinem Lederhemd, über dem ein handtellergroßes Federamulett baumelte, verrieten, dass er zu Boden gezwungen worden war. Seine Hose stand offen, das erkannte Durant mehr zufällig, weil ein weißer Zipfel vom T-Shirt oder Boxershorts hervorlugten.

»Was soll das?«, empörte er sich. »Lasst mich los! Ich habe nichts getan.« Als Freddy die Kommissarin erkannte, erhellte sich seine Miene. »Frau Döring …«

»Durant«, korrigierte sie.

»… könnten Sie bitte Ihre Lakaien zurückrufen?«

Sie erreichte die Männergruppe, zog ihre Augenbrauen zusammen und verschränkte die Arme. »Zuerst möchte ich wissen, was Sie hier mit offenem Hosenstall im Gebüsch treiben.«

Freddys Kopf zuckte nach unten, offenbar peinlich berührt. »Herrje, ich war pinkeln und wollte mir ein Kalumet stopfen. Ein *Pfeifchen*.« Er warf seinen Kopf in Richtung einer Bank, sofort reagierte der nächststehende Beamte und griff nach seinem Oberarm. Freddy stöhnte auf. »Die Tasche liegt irgendwo dahinten, mein Gott. Ich

renne schon nicht weg. Würde vielleicht *irgendjemand* mal meinen Reißverschluss hochziehen?«
Die Blicke der Uniformierten trafen Julia Durant. Diese hob die Schultern und schüttelte den Kopf.
»Na, ich mach's sicher nicht«, grinste sie. »Also los. Keine falsche Bescheidenheit. Und ziehen Sie dem Mann die Handschellen aus.«
»Er hat massiven Widerstand geleistet«, widersprach der jüngere der beiden, ein schlaksiger Riese von gut und gerne zwei Metern. Er rieb sich die Nase, und erst jetzt erkannte Julia Durant, dass sich in seinem Gesicht eine Schwellung abzeichnete.
»Weil ich unschuldig bin«, bekräftigte Freddy mit einer Grimasse. »Was würden Sie denn tun, wenn Sie am Ufer stünden, den Pimmel in der Hand, und plötzlich brächen zwei Wildgewordene aus dem Unterholz?«
»Lassen wir es gut sein«, kürzte Durant das Ganze ab und bedeutete den Kollegen erneut, Freddy die Handschellen abzunehmen. »Wir müssen uns unterhalten.«
Das Metall klickte, und der Taxifahrer rieb sich die Handgelenke. Sie nahmen auf der Bank Platz, und nach wenigen Augenblicken hüllte Pfeifenrauch die beiden ein. Durant schilderte den Sachverhalt mit dem Handy und genoss insgeheim den süßschweren Tabakduft.
»Mist. Wann soll das gewesen sein?«
»2004. Am Valentinstag, falls das die Erinnerungen erleichtert.«
»Ach ja.« Freddy sog sich den Mund voll und puffte eine beachtliche Wolke aus. Sein Blick wirkte gläsern. »Ich war damals hin und wieder Freier. Bringt ja alles nichts, Sie fänden es ohnehin raus, wenn Sie lange genug rumschnüffeln. Es gab auf dem Strich um die Messe herum ein paar Übergriffe. Vergewaltigungen, meine ich. Weil das wird immer als Zechprellerei abgetan, als wäre es nichts Schlimmes. Aber die Frauen dort sind auch so schon verzweifelt genug. Verzichten auf Gummis, lassen sich aufs Übelste erniedrigen, alles

nur, weil jeder noch so kleine Geldschein zählt. Die Hälfte spricht kaum Deutsch, die meisten kommen aus dem ehemaligen Ostblock, es sind aber auch arabische Mädchen dabei. Manche sind verheiratet, die meisten haben eine große Familie, hier oder in ihrer Heimat. Jeder einzelne Euro ist dort so wertvoll, dass sie praktisch alles dafür bereit sind zu tun.«

Julia Durant kannte diese Schicksale zur Genüge, doch es gelang ihr nicht, Freddy zu unterbrechen. Und war es nicht ein Mindestmaß an Respekt, sich solche Geschichten anzuhören? Der einzige Respekt, den die Prostituierten auf dem Straßenstrich vielleicht je erfuhren?

»Kommen Sie bitte zum Punkt«, presste Durant dennoch hervor.

»Ich habe dieses Handy gekauft«, erklärte er nach einem weiteren Zug an seiner Pfeife. »Es muss tatsächlich am Valentinstag gewesen sein. Am Abend vorher war Freitag der dreizehnte. Ich war auf dem Rebstockparkplatz. Mein Mädchen erzählte mir, dass es wieder einen Übergriff gegeben habe. Sehr brutal, zwei Freier auf einmal. Das Opfer war eine Sechzehnjährige, illegal, die natürlich nie zur Polizei gegangen wäre. Ich wollte helfen. Und da kam uns die Idee mit den Handys.«

»Mit den Handys?«, wiederholte Durant.

Freddy kratzte sich am Kopf. »Na ja, Notfallhandys eben. Auf die Frauen passt doch keiner auf, die bekommen ihren Zuhälter nur zu Gesicht, wenn er zum Abkassieren kommt. Und haben Sie das nicht ermittelt? Zehn Stück. Prepaid. Deshalb sind Sie doch hier.«

»Es ging um eines«, erklärte die Kommissarin. »Wir wurden von einem Unbekannten kontaktiert, der uns Hinweise auf den Schnitter gab.« Sie biss sich auf die Zunge. Hatte sie sich nicht geschworen, die Bezeichnung niemals selbst zu verwenden?

»Und deshalb verhaften Sie mich?«

»Wie gesagt. Das Handy wurde zurückverfolgt bis zum Tag seiner Aktivierung. Und damit zu Ihnen.«

»Ich habe es aber nicht mehr.«

»Wem haben Sie es denn gegeben?«

Freddy konnte sich nicht erinnern. Er nannte eine Handvoll Vornamen, und die Kommissarin notierte diese. Dabei wusste sie, dass die Chancen, auch nur eine der Frauen von damals aufzufinden, nahe null war. Schon gar nicht, wenn die Zeit eine wichtige Rolle spielte.

»Margot hat auch eines«, fügte der Taxifahrer nach einer kurzen Pause noch hinzu.

»Margot Berger?«

Er nickte. »Aber später erst. Damals kannte ich sie noch nicht. Aber sie hatte eine Bekannte, die damals anschaffen ging. Mal am Rebstock, mal anderswo, das fällt mir gerade ein. Die hat, glaube ich, auch eines der Geräte an sich genommen.«

»Gibt es da vielleicht einen Namen?«

Der Taxifahrer schüttelte den Kopf. Er beschrieb eine Frau in den Vierzigern, rote Haare, vom Typ her ähnlich wie Margot Berger.

»Aber den Namen ... Ich glaube, sie nannte sich Hanne, aber so genau weiß ich das nicht, tut mir leid. Angeblich kam sie aus dem Ostend. Aber auch da bin ich mir nicht sicher. Wir hatten, hm, na ja, sie war auch mal mit mir zusammen. Und da redeten wir nicht so viel.«

Julia Durant notierte sich die spärlichen Angaben. Es war neben Margot Berger der einzige Name, der eindeutig deutsch war. »Danke, wir gehen dem nach.«

Durant überlegte eine Weile, dann fragte sie: »Sagt Ihnen der Name Carlsson etwas?«

»Wie der vom Dach?«

»Hä?«

»Nicht so wichtig«, grinste Freddy, dann machte er eine nachdenkliche Miene. »Carlsson. Nein.«

Die Kommissarin rechnete nach. Dieter Carlssons Mutter war etwa sechzig. 2004 war sie demnach um die fünfzig Jahre alt gewesen. Zu

alt, um auf dem Messestrich zu stehen? Trotzdem hakte sie nach. Sie rief Doris an und ließ die Frau so präzise wie möglich beschreiben. Freddy lauschte angestrengt, aber seine Augen blieben leer.
»Bedaure. Das sagt mir nichts.«
»Sie kann also damals nicht in den Besitz des Handys gekommen sein?«, bohrte Durant nach.
»Nein. Nicht durch mich. Aber zehn Jahre sind eine lange Zeit.«
Das konnte man nicht bestreiten. Und Durant meinte sich nun zu erinnern, dass Doris berichtet hatte, Carlssons Mutter sei damals schon längst aus dem Gewerbe ausgestiegen gewesen.
»Danke trotzdem«, murmelte sie.
»Und was ist jetzt mit mir?«, wollte der Taxifahrer nach ein paar Sekunden wissen. Er klopfte am Betonfuß der Bank den restlichen Tabak aus der Pfeife. Es roch noch einmal stark, bevor er die rauchenden Rückstände mit der Sohle zertrat.
»Sie können gehen. Vorläufig«, antwortete die Kommissarin. »Ich möchte Sie aber darum bitten, dass Sie sich für Rückfragen zur Verfügung halten.«
Freddy nickte und kratzte mit einem silbernen Schaber das Gehäuse leer. Dann wickelte er alles in das Lederetui und erhob sich. »Meinetwegen, ich laufe nicht weg. Da habe ich überhaupt keinen Grund zu. Aber unter uns gesagt: Das war eine beschissene Aktion gerade eben.«
Durant nickte nur und beobachtete den Main, auf dem ein Lastkahn vorüberzog. Der Bug zog eine V-förmige Schneise in das spiegelglatte Graugrün des Wassers. Wellen schlugen an den Uferseinen auf.
Sie drückte sich ebenfalls nach oben und sagte: »Da kann ich Ihnen nicht widersprechen. Vieles läuft scheiße.«
»Ich werde mich auch nicht bei Ihrem Goliath für das Veilchen entschuldigen.«
Durant winkte ab und hatte bereits das Handy hervorgeholt. »Bitte entschuldigen Sie mich«, schloss sie, »ich bleibe noch ein paar Minuten hier, um zu telefonieren.«

Sie wählte Hochgräbes Nummer, während Freddy bergan in Richtung Straße trottete. Nachdem sie ihn informiert hatte, gab sie ihm die Namen durch, auch wenn es wenig Hoffnung auf einen Erfolg gab.
»Ich melde mich, falls es was gibt«, versprach Claus. »Was macht ihr in der Zwischenzeit?«
»Freddy Martin bleibt jedenfalls auf unserem Schirm, für Rückfragen und so«, antwortete Julia. »Außerdem soll jemand auf Carlsson warten. Es wäre interessant, zu erfahren, wer ihn seiner Meinung nach angeschwärzt haben könnte.«
»Und warum«, ergänzte Hochgräbe.
»Genau. Es schadet nichts, wenn wir ihm gegenüber erwähnen, von wo der Anruf kam und was es mit dem Handy auf sich hat. Vielleicht weiß er etwas.«
»Das Gleiche gilt für seine Mutter«, schlug Hochgräbe vor. »Wir sollten in Erfahrung bringen, was sie Anfang 2004 tatsächlich gemacht hat. Mit wem sie in Verbindung stand. Ob sie Margot Berger kannte oder ihr der Name Ruhland etwas sagt. Beeilt euch. Ich habe ein beschissenes Gefühl.«
»Wieso? Gibt es etwas, das ich wissen sollte?«
»Felix Büchner hat bei mir angerufen«, begann Claus, und sofort stöhnte die Kommissarin auf.
»Verschon mich bloß damit!«
»Kann ich leider nicht. Er wollte mich zur Sau machen, weil du seine Frau gegen ihn aufgehetzt hättest.«
»Aha. Und das begründet er womit? Weil ich ihr meine Karte zugesteckt habe?«
»Weil du sie dazu ermutigt hast, ihn zu verlassen. Sie habe einfach ihre Sachen gepackt und sei dann verschwunden. Mit dir als Beschützerin am Telefon.«
»Schwachsinn!«, schnaubte Julia. »Ich habe die Büchner seit Tagen nicht gesprochen.«

»Jedenfalls ist sie weg. Und Büchner kocht. Er wird eine Lawine lostreten, das sag ich dir. Büchner hat eine Menge Verbündete. Ich überlege ernsthaft, ob wir nach seiner Frau fahnden sollen. Er behauptet nämlich, sie sei psychisch ziemlich labil.«
»Untersteh dich! Der Einzige, der krank ist, ist er.«
»Dr. Volkersen sieht das anders. Den hatte ich direkt danach an der Strippe. Er hat Sonja bereits öfter behandelt.«
Julia Durant mochte sich nicht vorstellen, wie diese Behandlungen ausgesehen hatten. Hatte Volkersen sie sediert? Hatten die Männer sich an ihr vergangen? Oder gab Büchner sich damit zufrieden, seine Ehefrau schön klein und schwach zu halten, damit sie sich nicht gegen ihn auf die Hinterbeine stellte? Die leise, willige Frau eines Narziss. Ohne eigene Meinung, ohne Ambitionen. Eigentum und Statussymbol statt gleichberechtigter Partnerin.
Durant erlebte dies nicht zum ersten Mal. Sie wusste, dass das topmoderne Europa in manchen Bereichen noch übelstes Mittelalter war. Und das Gesetz schützte diese Strukturen.
»Sonjas Porsche wurde im Übrigen nahe dem Hauptbahnhof gefunden«, berichtete Hochgräbe weiter. »Mit eingedrückter Front.«

SAMSTAG, 14:40 UHR

Die Schmerzen, die er ihr zufügte, waren unerträglich. Sonja Büchner verstand nicht, weshalb er ihr diese Dinge antat, und sie konnte auch nicht fragen. Dankbar für jede Sekunde, in der sie in ihren Dämmerzustand zurückfiel – flehend, dass es bald vorbei sein würde, wenn das Stechen, das Ziehen, das Drücken sie wieder in den Wachzustand riss.

Wenn sie träumte, sah sie sich fliegen. Schwebend, über ihrem eigenen Körper, etwa so, wie sie sich als Kind die Seele vorgestellt hatte. Ein schlanker Engel, weich gezeichnet wie eine Nebelschwade, der sich aus der Leistengegend löste und nach oben stieg. In einer anderen Perspektive betrachtete Sonja die Welt von oben. Als wäre sie längst der Engel, als schwebe sie – wie Felix' Drohne – über der Stadt. Über ihrem Wagen. Dann raste ein Roller vorbei, sie schaute irritiert, denn es war ein erwachsener Mann, kein Kind, der ihn steuerte. Frankfurt war voll von diesen Gefährten, das rief ihr eine ferne Stimme zu. Dieses eine aber schob sich mit einem unbeschreiblichen Geräusch unter den Porsche. Es knackte und splitterte. Ein Schrei. Und dieser seltsame Dialog, an den sie plötzlich denken musste.
»Ist Ihnen etwas passiert?«
»Nein, wohl nicht. Ihnen?«
»Der Roller ist ziemlich hinüber.«
»Ich hatte Grün, ich verstehe das gar nicht.« Im Hinterkopf schallte die von Unsicherheit gespeiste Frage, ob Sonja auch wirklich Grün gehabt hatte.
»War kein Vorwurf. Haben Sie in so einem Auto denn keinen Airbag?«
»Ich war nicht schnell genug, denke ich. Was machen wir denn jetzt?«
»Hm. Ich müsste zur Bahn, die ist jetzt aber wohl schon weg. Ihr Auto scheint nicht so viel abbekommen zu haben. Vielleicht fahren Sie mich rasch zum Hauptbahnhof, und wir tauschen unsere Daten aus? Wegen der Versicherung?«
Als der kalte Hals einer Glasflasche unsanft in ihren Unterleib drang, durchzuckte sie es. Die Bewegung hielt inne, gerade lange genug, um sich zu fragen, was als Nächstes kommen würde. Dann riss er sie hinaus. Das Vakuum verursachte einen völlig neuen Schmerz in ihr.
»Warum tun Sie das?«, nuschelte sie verzweifelt, obgleich sie wusste, dass ihr Peiniger kein Wort davon verstand.

Und als hätte er ihre Frage doch verstanden, begann der Mann zu sprechen.

»Ihr plustert euch auf. Putzt euch heraus.« Es war mehr ein giftiges Brabbeln. »Die ganze Stadt ist überfüllt von euch. Überall dringt ihr mit euren Reizen auf uns ein. Jeden Tag. Jede Stunde.«

Wieder stieß er zu.

»Gebären. Stillen. Ernähren.« Er drückte fester. »Wiegen. Geborgenheit. Vertrauen.«

Dann wieder der Sog und ein Schmatzen. Sonja stieß einen Schrei aus, der durch das Tuch abgedämpft wurde.

»Euretwegen ist uns das Paradies genommen worden. Seit Eva schon wollt ihr nichts als ficken, verführen und Beziehungen zerstören.«

Ein Religionsfanatiker? Einer jener Sorte, gegen die lüsterne Kirchendiener wie Pfarrer Metzdorf im Vergleich plötzlich lammfromm wirkten. Sonja wartete angsterfüllt auf den nächsten Schmerz. Und sie sah in den Augen des Mannes, der ein ganzes Stück jünger sein musste als sie selbst, dass von ihm keinerlei Gnade zu erhoffen war.

SAMSTAG, 15:15 UHR

Als das Telefon sich meldete, saß Julia auf der Toilette am Hauptbahnhof. Sie überlegte, das Gespräch abzuweisen, denn der Empfang war ohnehin praktisch bei null. Doch die Verbindung brach von ganz alleine zusammen. Es war Peter Brandt gewesen, ausgerechnet. Ein Hoffnungsschimmer. Der Kollege aus Offenbach hatte ihr versprochen, sich zu melden, wenn das Geburtenregister einen verwertbaren Treffer ausspuckte. Sämtliche vermeintlichen Treffer im Stadtbereich Frankfurt hatten sich als Nieten erwiesen. Eilig wusch sich die Kommissarin die Hände, rieb sie an der Hose trocken und hastete treppaufwärts. Ein Piepen verriet die eingehende SMS.

Ruf mich bitte zurück. Treffer im Melderegister.

»Sapperlot!«, zischte die Kommissarin. Sie blieb wie angewurzelt stehen und flog mit dem Daumen über das Display. Dann ertönte auch schon das Freizeichen und nach wenigen Sekunden Brandts Stimme. »Ich hätte da eine Sigrid Ruhland im Angebot.« Er ratterte ein paar biographische Daten herunter. »Sie lebte in den neunziger Jahren für ein paar Jahre bei euch im Ostend. Am 1. Mai 2005 ist sie verstorben.« Erster Mai. Etwas in Durants Kopf klingelte, was daran liegen mochte, dass sie sich den Feiertag eingeprägt hatte. War nicht eine der von Dr. Sievers aufgelisteten Frauen an diesem Tag verschwunden? War der Todestag Auslöser einer Affekthandlung gewesen?
»Mensch, ihr habt was gut bei mir!«, sagte die Kommissarin. »Gibt es noch mehr über sie?«
»Brauchst du auch den Friedhof, auf dem sie bestattet wurde?«, erkundigte sich Brandt.
»Etwa der Hauptfriedhof?«
Doch Brandt verneinte. Es war ohnehin ein Schuss ins Blaue gewesen. Nur weil die zweite Leiche dort abgelegt worden war. Im Grunde wusste Julia auch nicht, was ihr diese Information bringen sollte.
»Die Frau hatte also eine uneheliche Geburt in deinem Bezirk?«
»Richtig«, bestätigte Brandt, »sie bekam 1993 eine Tochter.«
Er klang so, als wolle er noch etwas sagen, doch Durants Schnauben unterbrach ihn.
»Scheiße!«
Die Kommissarin griff nach dem nächstbesten Geländer, doch ihre Finger fassten ins Leere. Ein Rollkoffer traf ihre Wade, im selben Augenblick drang ein »Achtung!« an ihr Ohr.

Während sie zurück zur Balance fand und sich mit einer Handgeste bei dem Anzugträger entschuldigte, der kopfschüttelnd seine Zeitung aufhob und weitereilte, rasten ihre Gedanken. Alina Cornelius. Die Mädchen-Theorie.
»Was ist mit der Tochter?«, fragte sie, als sie sich halbwegs gefangen hatte. »Hast du einen Namen und eine Adresse?«
Als Peter Brandt den Namen des Mädchens verlauten ließ, konnte er sich die Adresse sparen. Erneut schnappte Julia nach Luft, während sie ihren Kollegen abwimmelte, auch wenn sie es bereits geahnt hatte. Eine junge Frau, die sich mit den Gesichtern der Stadt befasste. Die den Häuptling abgelichtet hatte, die mit Prostituierten in Kontakt war. Alles unter dem Deckmantel der Kunst. Der Reportage. Des Journalismus.
Clarissa Ruhland. Längst hastete die Kommissarin in Richtung Parkplatz. Ihre Gedanken rasten.
Konnte das überhaupt sein? Hatte die Ruhland nicht ein Alibi vorzuweisen? Oder mordete die Frau mit einem Komplizen? Unerkannt seit Jahren? Und war sie so dreist, ihre Taten am Ende zu fotografieren?
Julia Durant rief sich das letzte Gespräch ins Gedächtnis, das sie mit Frau Ruhland geführt hatte. Ihr unprätentiöses Gebaren, fast unsichtbar schien sie sich in der Welt zu bewegen. Je länger sie suchte, desto mehr Argumente fand sie dafür, dass Clarissa die gesuchte Serienmörderin war. Ungeachtet aller Widersprüche, die sich im Laufe der Ermittlung aufgetan hatten. Widersprüche, die am Ende selbst von der jungen Frau gestreut worden waren, so wie Sandkörner, die den Blick verschwimmen ließen.

Der Opel GT jagte in Richtung Innenstadt, als Brandts zweiter Anruf einging. Am liebsten hätte Julia ihn weggedrückt, denn sie hatte das Gefühl, als befände sie sich in einem Wettlauf gegen die Zeit.

SAMSTAG, 15:20 UHR

Er hielt die Klinge absichtlich nach oben, so dass Sonja sie genau betrachten konnte. Er drehte sie langsam. Dann senkte er die Hand. In jeder Sekunde, die nun verstrich, konnte das Metall sie treffen. Wo würde er sie berühren? Wie tief würde er schneiden? Würde er sie ausbluten lassen?

Sonja Büchner betete. Immer wieder. Sie wollte nicht glauben, dass sie ein Opfer des »Schnitters« werden würde. Sie wollte nichts mehr spüren, und sie hätte in dieser Sekunde mit einem Handkuss ihre momentane Lage gegen das Gefängnis in der Büchner-Villa eingetauscht. Doch sie konnte nichts tun. Sie war machtlos. Ein Gefühl, von dem sie sich erst vor wenigen Stunden gelöst hatte. Seit ihrer Jugend hatte sie sich nicht mehr so frei gefühlt wie in diesen paar Minuten, zwischen dem Verlassen des Hauses und der Kollision mit dem Fremden.

Das Schicksal schien ihr diese Freiheit nicht zu gönnen.

Mit einem dämonischen Lächeln zog er die Klinge über etwas, das wie ein Lederriemen aussah. Sein Gesicht hatte beinahe weibliche Züge. Wenn da nicht die Bartstoppeln gewesen wären, hätte er ebenso gut als Frau durchgehen können. Doch ihm fehlte der Busen. Außerdem würde keine Frau dieser Welt eine andere derart missbrauchen. Oder?

Ein Klicken ertönte. Das Geräusch fuhr ihr durch Mark und Bein. Ein letzter Lichtreflex spiegelte sich in der Klinge, dann verschwand sie wieder aus Sonjas Blickfeld.

Der Fremde stand auf. Griff zu einer Flasche, schraubte den Deckel ab. Eine Pipette kam zum Vorschein. Dann bewegte sich die Matratze, als würden Wellen unter ihr schlagen. Er näherte sich ihr auf allen vieren. Geschmeidig wie eine Katze, in der rechten Faust das Glasröhrchen.

Sonja Büchner verkrampfte sich, als sein Gesicht vor ihrem Kopf zum Stehen kam. Er verharrte. Dann lächelte er, und es war ein Gesichtsausdruck, der beinahe verträumt schien.
»Ich habe dich mir aufgehoben. Du siehst genauso aus«, raunte er ihr zu. »Es ist Zeit. Zeit, zum Ende zu kommen.«
Sie spürte einen Druck auf ihrem Unterleib. Er setzte sich. Mit der Linken griff er nach dem Knebel. Sonja drehte den Kopf zur Seite, wollte ihn wegschütteln, doch seine zarten Hände besaßen eine bemerkenswerte Kraft.
Schon tropfte die Flüssigkeit in ihren Mund. Manches ging daneben, spritzte von ihrer Oberlippe. Der Geschmack war bitter und ranzig. Sie musste würgen, als ihr der Geruch in die Nase stieg. Sie hatte Angst vor dem, was der Stoff mit ihr machen würde. Schon fühlte sie sich schläfrig, während sie noch dagegen ankämpfte, und in ihrem Kopf schienen die Gedanken nach und nach in einen Stau zu geraten. Die Waden schienen sich in ein warmes Nichts aufzulösen, die Oberarme fühlten sich an wie Gummi. Die Zunge hörte auf, sich gegen den Knebel zu pressen. Speichel floss aus ihrem Mundwinkel, doch bevor Sonja etwas dagegen unternehmen konnte, verlor sie das Bewusstsein.
Ihr letzter Gedanke war, dass sie nie wieder aufwachen würde. Ob es den Tunnel mit dem weißen Licht am Ende tatsächlich gab?
Stattdessen durchdrang Lärm ihr Unterbewusstsein. Doch es war ihr gleichgültig.
Sonja Büchner verließ diese Welt. Sie würde frei sein.

*

Er wartete.
Auf dem Küchentisch standen zwei hölzerne Bilderrahmen, seine Hände berührten jeweils einen von ihnen am Rand. Die beiden Frauen, die auf dem Bild zu sehen waren, schienen Schwestern zu

sein. Zwillinge. Doch zwischen den Aufnahmen lagen viele Jahre, wie man an dem Rotstich des rechten Fotos erkennen konnte. Außerdem an dem Muster der Tapete im Hintergrund. Die Kleidung hingegen, das war ihm schon öfter aufgefallen, hatte einen ähnlichen Stil. Mode wiederholte sich eben. Andere Dinge auch.
»Es tut mir leid«, wisperte er dem linken Foto zu. »Es tut mir leid.« Er wechselte einen Blick zwischen den beiden, zog dann den linken Rahmen ein Stück näher zu sich. Als wolle er nicht, dass die Frau auf dem anderen ihre Nachbarin sähe.
»Ich kann nicht für deine Sicherheit garantieren«, flüsterte er. »Nicht mehr. Es tut mir leid.«
Er hob die Stimme und blickte auf. »Ich muss dich töten, Mama. Bestrafen und töten, immer wieder. Jeden Tag.« Er schluckte und fasste sich. »Du musst büßen für das, was du mir angetan hast. Deinem Kind.«
Dann wechselte er zu dem anderen Augenpaar. Jung, kaum volljährig und völlig unschuldig.
»Ich muss sie töten, um dich zu schützen. Du verstehst das doch. Du hast sie selbst gesehen, sie sind überall. Es werden immer mehr. Sie darf dich nicht finden. Du darfst nicht werden wie sie.«
Als er die Hände zurückzog, fiel der linke Rahmen um. Der Schreck ließ ihn derart zusammenfahren, dass er zu keuchen begann.
»Es tut mir leid«, stammelte er und richtete das Bild wieder auf. Dann griff er zu einer Flasche Ouzo, den er sich am Tag zuvor gekauft hatte. Er mochte den Geruch von Anis, der den Raum erfüllte, sobald man den Deckel aufdrehte. Dabei trank er sonst so gut wie nie. Doch er fühlte sich, als könne er nicht mehr klar denken. Als müsse er sich beruhigen. Der süß-scharfe Geschmack des Schnapses sollte ihm dabei helfen.
Er trank. Schenkte ein, leerte aus, schenkte nach.
Er trank so viel und so schnell, dass die Wirkung des Alkohols bereits einsetzte, während er noch auf dem Küchenstuhl saß. Breit-

beinig, nach vorn aufgestützt, den Blick nicht von den beiden Fotos wendend.

Seine Knie wurden von einem warmen Kribbeln durchzogen. Als er aufstehen wollte, wurde ihm schwindelig. Seine Hände verkrampften sich um die Tischkanten. Er ließ sich zurückfallen, raufte sich die Haare. Verharrte und betrachtete wieder das Foto. Erst links, dann rechts. Und wieder von vorn.

Mutter und Schwester.

Mutter und Tochter.

Eine Frucht, die aus der Sünde gewachsen war. Er hatte es zeit seines Lebens befürchtet, doch erst nach ihrem Tod davon erfahren: Er war der Vater seiner eigenen Schwester. Gezeugt mit seiner Mutter unter dem zornigen Aufzucken von Blitz und Donner in einer der schlimmsten Unwetternächte, die Frankfurt jemals erlebt hatte.

»Es muss enden«, stöhnte er mit bleierner Zunge. »Ich werde die Stadt reinigen. Mutters Gesicht aus ihr löschen, wo immer es mir begegnet.«

Im selben Moment schien ihn der Blick der älteren Frau zu durchbohren. Seine Lenden pochten warm. Kein Hormon dieser Welt konnte ihm die Erregung nehmen, die er in ihrem Antlitz ab und an verspürte. Erinnerungen an ihre Zeit zu zweit. Sehnsucht und Lust, auch wenn es sich verboten anfühlte.

Sie war seine Mutter. Niemanden hatte er jemals mehr geliebt.

Er hob die Hände vor die Augen, als könnten sie ihn vor ihrem Blick schützen. Er sehnte sich danach, sich selbst und alles, was ihn umgab, unsichtbar zu machen. Verschwinden zu lassen. Doch die Bilder blieben. So viel hatte er längst gelernt: Wenn er die Augen schloss, wurden sie nur umso deutlicher.

Sie wurden unerträglich.

SAMSTAG, 15:38 UHR

Julia Durant musste zweimal hinsehen. Hätte die Person sich nicht umgedreht, wäre es gut möglich gewesen, dass es sich um eine Frau handelte. Alles an ihr, auch ihre Bewegungen, wirkten feminin. Doch dann waren da diese Bartstoppeln. Die Kommissarin erwischte sich dabei, wie ihre Augen sich in Richtung Brust und Lendenbereich bewegten. Erhebungen suchten, wo keine waren.
Das alles geschah binnen Sekunden, während sie ihre Dienstpistole im Anschlag hielt. Frank Hellmer tat dasselbe, er stand mit verzogenem Gesicht neben ihr und hatte soeben »Keine Bewegung!« gerufen. Seine Schulter schmerzte, das erkannte Julia an seinem Gesichtsausdruck. Die Wohnungstür hatte sich stabiler als erwartet erwiesen.
»Lassen Sie das Messer fallen!«, forderte sie den Mann auf.
Klimpernd traf die Klinge auf das Laminat. Blutstropfen spritzten und zeichneten ein Muster auf den Boden.
»Treten Sie beiseite.«
Der Mann bewegte sich langsam in Richtung Fenster und gab den Blick frei auf das Bett. Es dauerte einen Moment, bis die Kommissarin in der schlaffen, geknebelten Miene das Gesicht von Sonja Büchner erkannte. Sie war nackt. Ihr Zwerchfell hob und senkte sich, wenn auch langsam. Durant atmete erleichtert auf. Gab Hellmer zu verstehen, dass er den Notarzt verständigen solle, und stieg über das Laken, um Sonja den Stofflappen aus dem Mund zu ziehen. Dabei fiel ihr das Blut auf, welches sich auf dem Laken zwischen ihren Beinen befand.
»Wir sind wohl gerade noch rechtzeitig gekommen«, stieß sie hervor.

*

Peter Brandts zweiter Anruf hatte ihr die entscheidende Information gebracht. Clarissa Ruhland hatte einen Bruder namens Johannes. Der Offenbacher Kollege hatte mehrfach betont, dass es einem Geniestreich glich, dass er gleich mit einer aktuellen Meldeadresse aufwarten konnte. Der Roadster hatte einen filmreifen U-Turn hingelegt und war in Richtung Wurzelviertel geprescht.

Frau Büchner saß zusammengekauert im Bad auf dem Boden, bis der Rettungswagen eintraf. Die Kommissarin wartete an ihrer Seite. Sie vermutete, dass Johannes ihr K.-o.-Tropfen verabreicht hatte. Das speichelnasse Tuch roch nach Buttersäure. Es gab keine Hinweise auf Einstiche oder einen Schlag auf den Kopf. Sie löste die Fesseln und zog eine Decke über den Körper, behutsam, weil sie nicht wusste, wie schwer die Verletzungen am Unterleib waren.

Im Hintergrund schien es immer lauter zu werden. Polizeibeamte, die Johannes in Gewahrsam genommen hatten und ihn nun abführten. Stimmen, die einander Anweisungen gaben oder Fragen durch die Wohnung riefen. Dazwischen Frank Hellmer, der die Situation routiniert unter Kontrolle hatte.

Der Einzige, von dem man nichts hörte, war Johannes.

Hatte er nicht sogar gelächelt, als man ihn aus der Küche führte, nachdem er dort überwältigt worden war? Sitzend, auf die Tischplatte gelehnt, als warte er auf das Mittagessen. Fühlte er sich am Ende erleichtert, dass die ganze Sache nun ein Ende hatte?

Julia Durant wusste, dass sich die Sehnsucht, gestoppt zu werden, bei Serientätern durchaus entwickeln konnte. Wenn das Morden sie nicht mehr befriedigte. Wenn sie spürten, dass sie nicht die Macht besaßen, die das Töten ihnen zu verliehen schien. Wenn ihnen klarwurde, dass das Töten *sie* beherrschte und nicht anders herum. Dann geschah es zuweilen, dass sie sich an die Polizei wandten. Oder an die Presse.

Ein letztes Machtspiel. Im Fokus der Öffentlichkeit.

Die Macht, dem Ermittler eine Nasenlänge voraus zu sein.

Die Macht, eine Stadt in Angst zu versetzen.

Die Macht über Leben und Tod.
Eine Illusion.
Was hatte Johannes mit den Morden bezweckt? Was brachte es ihm, diese Frauen derart zu verstümmeln?
Durant strich Sonja eine verklebte Haarsträhne aus dem Gesicht. Sie würde es herausfinden.
Wenigstens du bist frei, dachte sie, als die Rettungskräfte und der Notarzt ins Schlafzimmer strömten.

SAMSTAG, 21 UHR

Es war spät. Julia Durant saß alleine im Halbdunkel des Wohnzimmers und hing ihren Gedanken nach. Sie verstand die Welt nicht mehr. Ein Mörder, der Frauen umbrachte, weil sie seiner Mutter ähnelten. Sollte sie ihn dafür hassen? Oder eher seine Mutter? Julia wusste es nicht. Sie hatte keine schlechte Kindheit gehabt, gewiss nicht. Aber das, was ihr am deutlichsten im Gedächtnis lag, war die graue, röchelnde Frau, zu der sie am Ende geworden war. Lungenkrebs. Ein grausamer Tod. Und ringsherum die Schwestern, deren stumme Blicke ihre Gedanken hinauszuschreien schienen.
Sie ist doch selbst schuld an ihrem Schicksal.
Am liebsten würde sie selbst jetzt noch rauchen.
Und in der nächsten Pause, nach dem nächsten Schichtwechsel, standen die meisten der jungen Dinger selbst an den Aschenbechern vor dem Klinikportal.
Julia Durant war kaum älter als die Schwestern gewesen. Fünfundzwanzig. Ihre Mutter fünfzig. Sie hatte sie fast schon zwei Jahre überlebt.

Und nun?
Sie dachte wieder an Johannes. Konnte es sich nicht vorstellen, wie man als Frau einen minderjährigen Jungen sexuell begehren konnte. Noch viel weniger, als wenn geile alte Böcke auf junge Mädchen standen. Die Natur hatte das männliche Geschlecht mit einem entsprechenden Instinkt ausgestattet, ob einem das gefiel oder nicht. Jung bedeutete fruchtbar. Jung stand für den Erhalt der eigenen Gene. Aber Kinder? Und dann auch noch das eigene? Das war widerwärtig.
Was trieb eine Mutter dazu, sich an ihrem Sohn zu vergehen? Johannes hatte in den Vernehmungen nichts darüber preisgeben wollen. Keine Beschreibung, wie sie es geschafft hatte, seinen Penis zur Erektion zu stimulieren. Ob er sich in sie ergossen hatte, obwohl er wusste, dass seine Lust eine falsche war. Die Kommissarin dachte an Freud. An den Ödipus-Komplex. Daran, wie viele Männer ihren dominanten Müttern hörig waren. Wie viele Ehefrauen unter dem Druck ihrer Schwiegermütter zerbrachen. Depressionen, auf beiden Seiten, verursacht durch eine permanente Zuschreibung von Minderwertigkeit. Alina Cornelius hatte ihr einige haarsträubende Geschichten erzählt. Es waren Frauen wie diese, die Zuflucht bei Adam Maartens gesucht hatten. Reiche, gelangweilte, gequälte Frauen. Das würde so weitergehen. Und wenn es nicht solche waren, die sich von ihrem Therapeuten auf der Couch vögeln ließen, dann gab es noch die anderen, die zu Männern wie Dieter Carlsson strömten.

Claus Hochgräbe hatte die Vernehmung um neunzehn Uhr unterbrochen und die Kommissarin nach Hause geschickt. Das Gespräch war halbwegs ergiebig gewesen, doch dann hatte Johannes damit begonnen, sich zu verschließen. Seine Stimme hatte einen Singsang angenommen, und er versuchte, nach Durants Haaren zu greifen.
»Sie sind rot. Sie sind wie *sie*. Ich hätte Sie gerne getötet.«

Nur widerwillig hatte Durant sich aus dem Raum begeben. Doch morgen war auch noch ein Tag. Oder am Montag. Wenn es nach ihr ging, sollte er in der U-Haft verrotten.
Hochgräbes Akten hatten ebenfalls einen Treffer ergeben, doch sie konnte sich nicht darüber freuen. Hätte man das Leben von Marita Glantz vielleicht retten können, wenn die Information früher gekommen wäre?
Johannes Ruhland war im April 2005 wegen verschiedener Kleindelikte festgenommen worden. Verurteilt zu einer kurzen Haftstrafe, er war fünfundzwanzig Jahre alt. Danach der richtige Absturz, er wurde wegen schwerer Körperverletzung im Zuge eines Diebstahlsdelikts erneut angeklagt und verurteilt. Er kam in die JVA Butzbach bis zum Frühjahr 2010. Entlassung im März. So weit die Aktenlage. Seither hatte es keine Berührungspunkte mehr mit den Behörden gegeben.
Durant rief sich die Dinge ins Gedächtnis, die sie während der Vernehmung erfahren hatte. Johannes nannte sich mittlerweile Joan. Der Nachname Dressler war willkürlich gewählt.
»Telefonbuch auf, Finger drauf, fertig. Hauptsache, ich musste den Namen dieser Hure nicht mehr tragen.«
Durant hatte bei diesen Worten Angst gehabt, dass er sie vor Ekel anspucken würde.
Geboren worden war er 1980. *1980*. Für eine Sekunde drohten ihre Gedanken abzuschweifen. Doch sie ließ es nicht zu. Joan war kein Transvestit, war aber auch keine Frau, die sich im Körper eines Mannes gefangen fühlte. Er hatte teilweise eine Geschlechtsumwandlung vollzogen, womöglich kam es einer Selbstverstümmelung näher als einer Transformation. Joan hatte keine Brüste tragen wollen, noch weniger eine Vagina. Er hatte sich in Thailand den Penis mitsamt der Hoden entfernen lassen. Eine Narbe, die auf einer Erhebung saß, die dem Venushügel glich, war alles, was von seinem Genital geblieben war. *Transgender*. Blödsinn. Der Begriff war mehrfach gefallen, doch der Kommissarin war klar, dass es ihm

nicht um eine andere sexuelle Identität ging. Joan hatte lediglich einen dramatischen Schritt unternommen, um sicherzustellen, dass niemand mehr jemals in seine Sexualität eingreifen konnte. Niemand durfte ihn anfassen. Niemand *konnte* ihn mehr dort anfassen. Sich seines Geschlechtsteiles bemächtigen.
Joan war selbst dann schon zurückgeschreckt, als Durant sich ihm genähert hatte. Keine Frau sollte ihm jemals wieder ihre Lust aufzwingen. Die erste, tiefe Bindung, das Urvertrauen, welches ein Kind ab dem Stillen zu seiner Mutter und deren Körper aufbaute, war bei ihm zertrümmert worden. Wie oft – Durant wusste es nicht. Aber immer wieder. Bis sich seine Aggressionen so angestaut hatten, dass er andere Frauen zu bestrafen begann. Frauen, die wie seine Mutter aussahen. Frauen, die ihn anmachten. Die ihm signalisierten, dass sie mit ihm ins Bett wollten. Joan kannte nichts anderes als diese Eigenschaft. Für ihn schienen sämtliche Frauen im Grunde ihres Wesens wie seine Mutter zu sein. Lüstern, übergriffig, emotional dominierend. Folgte er ihren Signalen nicht, wurde er bestraft. Liebesentzug. Emotionale Erpressung.
Ein grundlegender Instinkt von Kindern war es, ihren Eltern zu gefallen. Selbst in späteren Jahren ruhte das innere Kind in den Menschen und mit ihm derselbe Drang. Manch einer konnte ihn kontrollieren, andere wussten nicht, dass es ihn gab. Für Joan Dressler hatte es kaum etwas anderes gegeben. Auf die Frage, wie es sich anfühle, wenn Frauen sich ihm näherten, schien er zunächst keine Antwort geben zu wollen. Durant hatte diesem Teil der Vernehmung nicht beigewohnt. Irgendwann hatte er sich geäußert. Das Transkript sprach eine eindeutige Sprache.
»Sie raunen. Raunen. Die Stimmen. Ob sie sprechen oder schreiben. Ich kann es hören. Ich will dich. Ich will dich in mir spüren. Solche Sachen sagen sie, immerzu. Sie wedeln mit ihren Brüsten. Präsentieren sich, als gäbe es nichts anderes als Sex. Fass mich an. Nimm mich. Ich will dich in mir spüren.«

An dieser Stelle hatte er gestockt. Dann: »Ich habe sie es spüren lassen.«
»Was haben Sie sie spüren lassen?«
»Ihre Sünde. Ihren Frevel. Die Konsequenzen.«
»Haben diese Frauen Ihnen etwas angetan?«
»Sie wollten es. Haben es geplant. Tagelang. Wochenlang. Als gäbe es nichts anderes in ihrem Leben.«
Wieder war eine sekundenlange Pause vermerkt. Notizen zufolge habe Joan sich verkrampft, bevor er weitersprach. Doch in seinen Augen habe ein beinahe zufriedener Glanz gelegen.
»Ich musste das beenden. Durfte es nicht wieder passieren lassen. Nicht mit mir. Nicht mit anderen. Nicht mit mir. Nicht … mit … mir.«

Die Kommissarin griff zum letzten Bissen ihres Brotes.
Vor einer Stunde hatte sie im Supermarkt gestanden. An einer Fleischtheke, die gut und gerne zehn Meter breit war, unterteilt in Fleisch, Wurst, Bio und Feinkost. Käse und Fisch gab es auch.
Sie hatte sich Salami bestellt, wie schon unzählige Male zuvor. Dick geschnitten. So, wie sie es vom Dorfmetzger ihrer Kindheit kannte.
»Möchten Sie unsere vegetarische Salami kosten?«
Die Stimme der Verkäuferin traf sie wie ein Pfeil. Durant war keine Nachfragen gewohnt. Keine Scheibe Gelbwurst, der man sich als Mutter mit Kind kaum erwehren konnte. Kein »Darf es etwas mehr sein«. Nicht bei acht Scheiben Salami. An der Wursttheke (wenngleich diese heute viermal so groß war wie das Exemplar aus ihrer Kindheit) war Durants Welt noch genauso simpel wie damals. Bis heute jedenfalls.
»Wie bitte?«, fragte sie, sichtlich irritiert.
»Hier.« Die Verkäuferin deutete auf eine Sektion schwarzer Plastikwannen, deren Schilder allesamt die Markierung »neu« trugen. »Wir haben ein neues Sortiment. Vegetarischer Aufschnitt, Fleischkäse, Hackbällchen. Möchten Sie die Salami einmal versuchen?«

Durant betrachtete die durchsichtige Schale, die oben auf dem Glas der Auslage stand. Holzspieße in Wurstecken. Wurst, die keine war. Die Rötung wirkte etwas blass, die weißen Stücke darin künstlich.
»Haben Sie sie denn probiert?«, wollte sie wissen.
»Noch nicht alles.«
»Die Salami aber schon.«
»Ja.«
»Würden Sie sie kaufen?«
Der Verkäuferin wurde das Gespräch sichtlich unangenehm. »Bilden Sie sich gerne ein eigenes Urteil«, lächelte sie gezwungen. Durant zwinkerte und griff einen der Zahnstocher. Während sie kaute, dachte sie unwillkürlich an Dr. Pashtanam. Im Einkaufswagen befanden sich Tomaten, Gurken und Butter. Außerdem eine Packung mit Brot, bereits in Scheiben geschnitten. Sie konnte das jahrelange Singleleben eben nicht verleugnen.
Die falsche Salami schmeckte würzig, fühlte sich halbwegs echt an, aber irgendetwas war anders.
»Was ist da drin?«, erkundigte sich Julia.
»Ach herrje.« Die Verkäuferin fing sich wieder und setzte ihr schönstes Lächeln auf. »Die machen viel mit Ei. Den Rest müsste ich nachsehen, aber ich hole gerne die Broschüre. Hat's Ihnen denn geschmeckt?«
»Fragen Sie mich nächstes Mal«, lächelte Durant zurück.
Auf dem Weg zur Kasse sinnierte sie darüber, wie sinnvoll es wohl war, Schweinefleisch durch Hühnerei zu ersetzen. Da konnte sie auch gleich Putensalami kaufen, oder nicht?

Und jetzt, eine Stunde später, erhob sie sich von ihrem Sessel, ging in die Küche und steckte ihre Finger in das Gurkenglas. Wickelte eine der Gurken in eine Scheibe (echte, dick geschnittene) Salami und vergrub genüsslich ihre Zähne darin. Dazu eine Dose Bier. Niemand würde sie stören.

Claus Hochgräbe war noch im Büro. Die Verhaftung war über die Bühne, nun begann der Papierkrieg. Sein erster großer Fall, den er in Frankfurt gelöst hatte. Er hatte darauf bestanden, dass sie sich einen ruhigen Abend gönnte.
Dann fiel ihr Blick auf den Pappkarton, der auf dem Küchentresen lag.
Julia Durant hatte ihn bereits dreimal in der Hand gehabt und immer wieder zurückgelegt. Sie betrachtete das Bier. Dann die Schachtel. Schob sich den Rest der Salami in den Mund und kehrte zurück ins Wohnzimmer. Dort stellte sie die Dose auf den Tisch, neben die Unterlagen, und drehte einen Schlenker in Richtung Toilette.

Joan Dressler alias Johannes Ruhland hatte ein Geständnis abgelegt. Er bekannte sich zu den Morden an Isabell Schmidt, Patrizia Zanders und Marita Glantz.
»Haben Sie weitere Personen verletzt oder dieses versucht?«
»Dazu möchte ich mich nicht äußern.«
»Was ist mit Ihrer Mutter?«
»Das weiß ich nicht.«
»Wissen Sie, dass Ihre Mutter nicht mehr am Leben ist?«
»Einfach gestorben.«
»Was wissen Sie darüber?«
»Sie ist einfach gestorben. Einfach tot.«
Joans Stimme hatte zu zittern begonnen.
Julia Durant wusste anhand der Akten, dass seine Mutter zu einem Zeitpunkt gestorben war, als er sich zum ersten Mal in Haft befand. Die Jahre davor hatte Joan in verschiedenen Jugendhilfeeinrichtungen verbracht. Seine Schwester war beim Tod der Mutter gerade acht Jahre alt, und er hatte sie für einige Jahre aus den Augen verloren, weil sie in einem reinen Mädchenwohnheim untergebracht worden war.

Teile von Joans Jugendakte lagen der Gefängnisakte bei, weil sich damals die Frage gestellt hatte, ob man bei einem Fünfundzwanzigjährigen noch das Jugendstrafrecht in Betracht ziehen solle. Das Gutachten des Psychologen zeichnete ein düsteres Bild. Phobien, die auf diffuse Verlustängste der Mutter zurückzuführen seien. Das Bewusstsein, dass Frau Ruhland sich prostituiere, um den Lebensunterhalt der beiden zu bestreiten. Man hatte in der Jugendakte einen ganzen Absatz voller Gefährdungen formuliert, der Junge hatte unter anderem sechs Wochen in der Kinder- und Jugendpsychiatrie verbracht. Danach eine Jungenwohngruppe. Das Kinderheim, in dem das Jugendamt Joan zuerst hatte unterbringen wollen, meldete schon nach wenigen Tagen, dass sie ihn nicht behalten könnten. Er zeige sich aggressiv gegenüber den Mädchen und Frauen. Eine Psychologin, die sich daraufhin mit ihm befasste, hatte dazu Folgendes notiert: Joans Aggression sei möglicherweise auf frühkindliche Traumata zurückzuführen. Ebenso sei eine Projektion des Verlustes seiner geliebten Mutter möglich, zu der er eine auffallend starke Bindung gehabt zu haben schien. Warum sich seine Aggressionen nicht, wie eher erwartet, gegen Männer richtete, sei unklar. Die Frage, ob und wie viele Freier Frau Ruhland in ihrer Wohnung und in Joans Beisein empfangen habe, könne nicht mit Gewissheit beantwortet werden. Aufgrund seiner Anpassungsschwierigkeiten sei zu erwarten, dass der Junge einen schweren Lebensweg vor sich habe.
Weder die Psychologin noch sämtliche anderen Beteiligten hatten diese Prophezeihung abwenden können. Und sicher hatte niemand geahnt, welchen katastrophalen Verlauf Johannes' Lebensweg nehmen würde.

Julia Durant hob die Füße auf den Couchtisch, behutsam, um nichts umzuwerfen. Mit zusammengekniffenen Augen suchte sie das Ziffernblatt der Wanduhr. Es war spät. Höchste Zeit, die Arbeit beiseitezulegen. Sie ordnete die Papiere, beugte sich nach vorn und ließ sie

auf die Tischplatte fallen. Griff nach der Bierdose, die noch immer eiskalt war. Julia hatte den Kühlschrank fast auf die höchste Leistungsstufe eingestellt. Die Dose war beschlagen. Wasserperlen liefen über die grünen Buchstaben und sammelten sich in einem Knick. Julia versuchte, ihre Gedanken weg von dem Fall zu lenken. Fragte sich nur noch, ob der schwere Lebensweg für Dressler nun zu Ende war oder erst richtig begann. Sie wusste es nicht. Doch je länger sie darüber nachdachte, umso mehr schwand ihr Mitgefühl wieder, das sich beim Lesen der Akte aufgebaut hatte. Joan Dressler war ein Opfer, das wollte sie nicht bestreiten. Es geschah immer wieder, und daran würde sich auch nichts ändern. Menschen erlebten grausame Schicksale, die dazu führten, dass sie selbst zu Tätern wurden. Doch was immer dazu geführt hatte, dass Dressler sich zu einer solchen Bestie entwickelt hatte: Für das, was er infolgedessen seinen Opfern angetan hatte, konnte Durant nur kalte Abscheu empfinden. Selbst ein Dutzend Psychologen würden kein Mitleid in ihr wecken, wenn es darum ging, eine Verurteilung herbeizuführen. Vielleicht war es gut, dass Anwälte und Richter dieses Urteil zu fällen hatten und nicht sie selbst. Ausgerechnet sie. Julia Durant, mit ihrem persönlichen Schicksal, ihren eigenen Erfahrungen, ihrer Perspektive.
Wie gerne hätte sie sich gezwungen, die Augen zu schließen und das Bier in sich fließen zu lassen. Kühle, gleichmäßige Schlucke. Völlig ungestört. Doch da war etwas, was sie vorher erledigen musste. Mit einem gequälten Ächzer reckte Julia sich nach vorn und griff nach dem Plastikstift, den sie vor zehn Minuten aus dem Karton gezogen hatte. Er hatte die Maße eines digitalen Fieberthermometers, nur dass sich am Ende kein Temperaturfühler befand. Stattdessen ein rechteckiges Fenster, in dem ein grauer Strich zu sehen war. Und in verschwommenem Lila ein zweiter, direkt daneben.
Julia Durant blickte wie erstarrt darauf.
Ihre rechte Hand umklammerte die Bierdose dabei so fest, dass der Schaum aus der Öffnung quoll und auf den Boden tropfte.

SAMSTAG, 22:20 UHR

Julia Durant wusste, dass ihr Vater um diese Tageszeit noch im Wohnzimmer sitzen würde, in der Nähe des Telefons und mit dem Blick in Richtung Fernseher. Er würde die Tagesthemen ansehen. Das war, solange sie zurückdachte, eine Konstante in ihrem Leben gewesen.

Lange wog sie den Hörer in der Hand, bis sie endlich die Vorwahl und anschließend seine Nummer eingab. Eine vierstellige Zahl, die sie bereits als Kind auswendig gekonnt hatte. Es dauerte eine ganze Weile, bis jemand abnahm, doch dann meldete sich die Stimme von Pastor Durant.

Es war ein herzliches »Hallo«, auch wenn die Stimme des Neunzigjährigen seit geraumer Zeit sehr müde klang. Seit etwa zwei Jahren war der Pastor endgültig im Ruhestand und machte auch keine Vertretungen mehr. Ein wenig Seelsorge, das ließ er sich nicht nehmen, aber seine Gesundheit baute in beängstigender Geschwindigkeit ab. Die Kommissarin fühlte sich schlecht damit, dass er eine Pflegerin beschäftigte, während sie selbst im entfernten Frankfurt lebte. Doch er hatte darauf bestanden. Umso öfter telefonierten die beiden, ein Ritual, das sie schon sehr lange pflegten.

Nach ein paar Sätzen Belanglosigkeiten und den üblichen Fragen, wie es ihm ginge, fasste Julia sich ein Herz.

»Paps, wir haben nie darüber geredet«, begann sie, und sie konnte die bange Stille förmlich hören, die sich am anderen Ende der Leitung ausbreitete.

Im Folgenden berichtete Julia von damals. Von 1980. Von Josef, von ihrer Liaison, von dem Ausbleiben ihrer Periode. Von der Angst und den Sachen, die ihr durch den Kopf gegangen waren. Vom Beginn der großen Ferien, zwei Wochen später, als Familie Durant sich in einem engen Opel Ascona in Richtung Südfrankreich bewegt hatte.

Jedes Mal, wenn sie auf die Toilette eilte, hatte sie sich gefragt, ob ihre Eltern etwas ahnten. Seit dem Gespräch mit Josef hatte sie kaum mehr Kontakt zu ihm gehabt. Doch sie hatte ihm den heiligen Schwur abgenommen, mit keiner Menschenseele darüber zu sprechen. Hatte ihm angedroht, dass Pastor Durant die gesamte Kirche mobilisieren würde, um eine Abtreibung zu verhindern, und Josefs Familie dann Hunderttausende Mark an Unterhalt zahlen müsse. Der Bluff schien zu funktionieren. Doch wie lange würde sie es schaffen, ihre Familie zu belügen? In einem dreiwöchigen Urlaub auf engstem Raum.

»Ich bin zu einer Kirche gegangen. Habe eine Kerze angezündet und um Hilfe gefleht«, erinnerte sie sich. Unwillkürlich musste sie schmunzeln, als sie daran dachte, wie sie sich damals gefragt hatte, ob Gott ihre deutschen Gedanken auch aus einer französischen Kirche empfangen würde. Am übernächsten Morgen hatte sie Blut auf ihrem Laken gehabt. Eine Stunde später kam erneut etwas.

Ob er sie nun gehört hatte oder nicht: Gott schien keine Pläne zu verfolgen, ein viel zu junges Mädchen mit einem Kind zu bestrafen.

»Mama hat es gewusst«, sagte Pastor Durant mit leiser Stimme.

»Mama hat *was?*« Durant traute ihren Ohren nicht. Sie hatte das Laken selbst gewaschen und gebetet, dass ihre Mutter nichts mitbekommen würde. Und am Totenbett, als Julia in einem stillen Augenblick ihre Seele erleichterte, hatte Mutter nur noch geröchelt und mit schwindender Kraft ihre Hand gedrückt.

Also hatte sie …

»Sie hat es gewusst«, bestätigte ihr Vater.

Durants Gedanken rasten. Wenn er wusste, dass Mama es gewusst hatte …

»Ihr habt es also beide gewusst? Warum hast du nie etwas gesagt?«

»Ich wusste, dass du es mir erzählen wirst, wenn du so weit bist«, kam es. Und sosehr ihm die Frage auch auf der Seele brennen musste, er fragte nicht, weshalb sie ausgerechnet jetzt auf diese alte Geschichte zu sprechen kam.

Im Folgenden berichtete Julia Durant über ihre aktuelle Lage. Über den Test. Und den Frauenarzttermin, der dieses Ergebnis aller Wahrscheinlichkeit nach bestätigen würde.

»Ich hätte nie damit gerechnet, Großvater zu werden«, sagte Durant senior leise.

»Nicht weniger als ich«, schnaufte Julia und fuhr sich durchs Haar. »Aber so weit denke ich noch überhaupt nicht.«

»Woran denkst du denn?«

Sie stöhnte auf. »Tausend Dinge, nein, eine Million! Was soll ich denn machen? Ich bin einundfünfzig. Das Risiko, ein behindertes Kind zu bekommen, ist riesig. Ich werde siebzig sein, bis es erwachsen ist. Mein Körper ist vielleicht gar nicht bereit, und du weißt selbst, dass ich ziemlich lange eine Menge geraucht habe und mich nicht gerade gesund ernähre. Und was ist mit Claus? Ich habe keine Ahnung, wie er darauf reagieren wird. Und dann diese Welt. Es gibt da einen Typen, der Frauen verstümmelt. Der davon überzeugt scheint, dass er alle Frauen dafür bestrafen muss, die Lust am Sex empfinden. In so eine Welt setze ich doch kein Kind!«

»Haben Doris und Peter es bereut? Oder Frank und Nadine?«

»Quatsch, Elisa ist wunderbar. Stephanie auch.«

Dann dachte Julia an Marie-Therese. Hellmers Jüngste. Schwerstbehindert. Sie seufzte und fragte sich, mit welchem Recht sie ein ungeborenes Kind all diesen Risiken aussetzen sollte.

»Wann ist dein Termin?«, fragte ihr Vater, und sie hätte um ein Haar hysterisch aufgelacht.

»Um Himmels willen! So weit sind wir noch nicht!«

»Ich meinte den Gynäkologen.«

Durant kicherte und nannte ihm die Uhrzeit am Montag.

»Hm. Ich kann dir nicht vorschreiben, was du tun sollst«, antwortete ihr Vater nach einer längeren Pause. »Aber sprich mit Claus dar-

über«, riet er ihr. »Nimm dir Zeit dafür. Vielleicht wird dir dann alles etwas klarer.«
Er dachte kurz nach und fügte hinzu: »Vielleicht solltest du aber auch einfach dasselbe tun wie damals. 1980.«
»Wie meinst du das?«, fragte Julia irritiert. »Nichts tun? Angst haben? Es geheim halten?«
»Nein, Julia«, antwortete ihr Vater und atmete lange und ruhig aus. »Auf Gott vertrauen.«

EPILOG

Claus Hochgräbe saß seiner Freundin gegenüber. Sie tranken Café au Lait und aßen Croissants – im Main-Taunus-Zentrum, genau dort, wo Julia sich im Januar mit Alina hatte treffen wollen. Am Tag des Mordes an Isabell Schmidt.
Der Mörder befand sich in Untersuchungshaft. Berichte und Formulare stapelten sich auf dem Schreibtisch. Nach den Sommerferien würde das Verfahren seinen Lauf nehmen. Und sosehr es beide versuchten, sie konnten die Gedanken nicht beiseiteschieben. Als Julia ihre Messerspitze in ein Schälchen mit Erdbeermarmelade versenkte, fragte Claus: »Entschuldige. Aber dieses Bild. Ich kriege es nicht aus dem Kopf.«
»Welches Bild?«
»Der Holzstachel.«
Durant verzog den Mund, als sie unwillkürlich auf ihr Messer blicken musste. »Was ist damit?«
»Ruhland hat sich bis ins kleinste Detail mit den traditionellen Ritualen auseinandergesetzt. Es wäre ein Leichtes für ihn gewesen, das Ganze als religiöse Tat zu tarnen. Eine Leiche vor den Konsulaten, eine nahe dem jüdischen Friedhof. Das hätte ihn nur einen Hauch mehr Mühe gekostet …«
Die Kommissarin schüttelte den Kopf. »Vielleicht hat er dran gedacht. Aber sein Ziel war es, die Stadt zu reinigen. Und spätestens bei Patrizia Zanders muss ihm klargeworden sein, dass er nicht aufhören kann. Dass es schlimmer wird.« Sie seufzte und biss in das Blätterteighörnchen. Nirgendwo in der Stadt gab es bessere. »Viel-

leicht werden die Psychologen das aus ihm herauskitzeln«, sagte sie schließlich mit vollem Mund.

»Oder auch nicht«, murmelte Hochgräbe und hob seine Tasse zum Mund.

Als sie das Bistro verließen, schlenderten sie Arm in Arm an den Schaufenstern vorbei. Mode, Schuhe, Kinderkleidung. Unwillkürlich glitt Durants Hand in Richtung ihres Nabels. Erschrocken sah sie zu Claus. Stellte erleichtert fest, dass er nichts mitbekommen hatte, und fragte sich, wie er wohl auf die Neuigkeiten reagieren würde. *Wenn* es Neuigkeiten gab.

Und sie entschied, noch zu warten. Mindestens so lange, bis sie absolute Gewissheit hatte.

*

Die Verhandlung gegen Johannes Ruhland wurde im September eröffnet, nach den Sommerferien. Die Presse kannte tagelang kein anderes Thema, selbst über die Stadtgrenzen hinaus. Vor dem Gericht demonstrierten Frauenvereinigungen für die Höchststrafe. Im Fernsehen wurde darüber diskutiert, ob ein Psychopath wie Ruhland therapierbar wäre. Ob ein Mann wie er jemals wieder in die Gesellschaft integriert werden könne.

All das geschah, noch bevor an ein Urteil zu denken war.

Im Internet kursierten die Aufrufe, für Fälle wie Ruhland die Todesstrafe wieder einzuführen. Dass es diese in der hessischen Verfassung sogar noch gäbe. Und dass eine lebenslange Verwahrung – im Falle Ruhlands könnten dies dreißig Jahre oder mehr werden – um ein Vielfaches teurer wäre, als ihm die Kugel zu geben. Keine dieser Diskussionen war neu.

Julia Durant musste von der ersten Stunde des Verfahrens an dabei sein, auch wenn es sie eine Menge Kraft kostete. Eine Stütze war ihr dabei Andrea Sievers, die nicht persönlich hätte erscheinen müssen,

Julia aber nicht von der Seite wich. Ebenso wenig wie Alina Cornelius, die wieder einmal bewies, was für eine kostbare Freundin sie war.
Im Vorfeld hatte die Kommissarin mit Claus zunächst nach Südfrankreich fliegen wollen, sich dann aber für einen Urlaub in Bayern entschieden. Sie wohnten in Julias Elternhaus, verbrachten viel Zeit mit Pastor Durant und unternahmen ausgedehnte Ausflüge in die Natur. Dorthin, wo die Welt noch in Ordnung schien, zumindest, wenn man nicht genauer hinschaute.
Als das Urteil nach nur elf Prozesstagen verkündet wurde, wunderte sich kaum jemand darüber. Aufgrund der besonderen Brutalität der Verletzungen, die Ruhland seinen Opfern vor dem Tod zugefügt hatte, forderte die Anklage die Höchststrafe mit anschließender Sicherheitsverwahrung. Der Verteidiger musste zwar dagegenhalten, doch allen war klar, dass sich die Taten seines Mandanten nicht mit Affekt oder einer multiplen Persönlichkeitsstörung abtun ließen.
Johannes Ruhland war von seiner Mutter über viele Jahre hinweg missbraucht worden. Eine Grauzone – auch darüber referierte man in sämtlichen Medien des Landes –, die vollkommen unterschätzt wurde. Sexueller Missbrauch von Jungen durch eine erwachsene Frau. Für die meisten Menschen unvorstellbar, denn wie soll ein Glied ohne Lust erigieren? Für Kinder wie Ruhland eine traurige Realität, die kaum jemand sehen will. Doch nichts von seinem Erlebten rechtfertigte die Taten, die er begangen hatte.
Clarissa Ruhland war an allen Prozesstagen anwesend und hielt im Zuge ihrer Aussage eine feurige Rede zugunsten ihres Bruders. Ihres Vaters.
Sie habe erst vor kurzem von seiner Existenz erfahren, gab sie an. Doch er habe sie seit Jahren im Auge behalten. Über sie gewacht. Das schreckliche Geheimnis stets im Kopf, das die beiden mehr verband, als Clarissa es jemals geahnt hatte.
»Warum hat er Kontakt zu Ihnen aufgenommen?«, war eine der Schlüsselfragen des Staatsanwalts.

Clarissa hob die Schultern. »Ich kann es Ihnen nicht sagen.«
»Sie stehen unter Eid. Können Sie oder wollen Sie es nicht sagen?«
»Ich kann nicht in seinen Kopf sehen«, wich sie aus.
Johannes Ruhland hatte in seiner Aussage zuvor bestätigt, dass er gespürt habe, wie die Bilder immer größer geworden waren. Wie immer mehr Frauen auftauchten, die seiner Mutter glichen. Er habe kaum mehr aus dem Haus gehen können, ohne eines ihrer Ebenbilder zu sehen.
Für die Verteidigung ein klarer Hinweis auf einen krankhaften Verlauf. Für die Anklage bedeutete es das Gegenteil.
»Hat Johannes Ruhland Sie angerufen und sich zu erkennen gegeben?«
»Ja. Und Nein.«
»Wussten Sie, um wen es sich handelt?«
»Er hat seinen Namen nicht gesagt.«
»Wussten Sie dennoch, um wen es sich handelt?«
»Gedankenlesen kann ich nicht.«
»Darf ich Sie daran erinnern, dass Sie unter Eid stehen?«
»Er hat mir seinen Namen nicht gesagt.«
»Ich frage anders. Wann wussten Sie, dass es sich um Ihren Vater handelt?«
An dieser Stelle unterbrach ein lautstarker Einspruch die Befragung. Die DNA-Untersuchung wurde aufgerollt. Eine vermeintliche Übereinstimmung, die mit fragwürdigen Methoden erzielt worden war. Die spontane Verhaftung von Frau Ruhland.
Im Nachhinein war alles so simpel. Das genetische Profil einer jungen Frau, die von ihrem eigenen Bruder gezeugt worden war, hatte zu einer falschen Interpretation des Ergebnisses geführt. Dazu die Lücken in dem alten Material. Es war ein Fall, über den man bei Medizinstudenten und angehenden Forensikern noch eine Weile reden würde.
Frau Ruhland hatte sich während ihrer Aussage auf nichts festlegen lassen. Niemand zweifelte daran, dass sie spätestens seit dem Gen-

test über die Identität des »Schnitters« Bescheid gewusst hatte. Dass sie ihn nicht verraten *wollte,* auch wenn sie vielleicht wusste, dass es der einzige Weg war, um das Morden zu beenden.
Doch all das war Spekulation, und es war nicht Clarissa Ruhland, die vor Gericht stand.
Für die Staatsanwaltschaft war eines klar: Jemand, der sich seiner Taten stets bewusst ist, handelt nicht als gespaltene Persönlichkeit. Die Kontaktaufnahme zu Frau Ruhland oder auch der Schriftwechsel mit Marita Glantz (der dem Richter vollständig vorlag) bekräftigten diese Einschätzung. Allein wegen dieses letzten Mordes war die Waagschale in puncto Vorsatz und besonderer Schwere der Tat kaum mehr in eine andere Richtung zu bewegen.
Die Urteilsverkündung bezog sich auf Mord in vier Fällen. Neben den drei Frauen in der Gegenwart konnte auch eine Verbindung zu Liliane Ehrmann bewiesen werden. Margot Berger identifizierte Ruhland ebenfalls als ihren Angreifer. Doch weder hierzu noch zu den anderen Fällen gab es ein Geständnis durch den Angeklagten. Ruhland blieb während des gesamten Prozesses distanziert und zeigte weder Wut noch Trauer noch Reue. Er sei ein Opfer seiner Umstände, beteuerte die Verteidigung, trotzdem leugne er seine Taten nicht. Er trat seine lebenslange Freiheitsstrafe in Weiterstadt an, wo er regelmäßig an einer Therapie teilnimmt. Eine Entscheidung über seine Sicherheitsverwahrung steht noch aus.
Sonja Büchner hatte darum gebeten, nur bei äußerster Notwendigkeit persönlich im Gerichtssaal erscheinen zu müssen. Bei der Urteilsverkündung indes saß sie in der letzten Reihe, mit einer großen Sonnenbrille und einem Sommerhut, die ihr Gesicht beinahe vollständig in Dunkel hüllten. Das angedeutete Lächeln konnte trotzdem jeder sehen.
Auch Johannes Ruhland.

*

Pfarrer Metzdorf wurde der Vergewaltigung angeklagt. Gerüchten zufolge war Sonja Büchner nicht die erste Frau gewesen, an der er sich gegen ihren Willen vergangen hatte. Er verkehrte in mächtigen Kreisen, kannte den halben Dunstkreis, der Felix Büchner umgab. Niemand sagte gegen ihn aus. Das Urteil lautete auf Schmerzensgeld. Niemand war überrascht, denn es war allen klar gewesen, dass Metzdorf nicht ins Gefängnis gehen würde. Felix Büchner hatte zwei seiner eigenen Anwälte mit der Verteidigung des Pfarrers beauftragt. Er tat dies aus der tiefen Verachtung heraus, die er für seine Frau empfand. Keine Spur von Mitleid, keine Spur der Vergebung, selbst dann nicht, als er erfuhr, was sie in den Stunden durchgemacht hatte, nachdem sie ihm den Rücken gekehrt hatte.

»Wäre sie gestorben, so wäre sie nicht, hm, *toter* für mich, als sie es ohnehin schon war.«

Büchner hatte nicht einmal etwas dagegen, dass man dieses Zitat verwendete. Er wurde weder der Freiheitsberaubung noch der Vergewaltigung in der Ehe angeklagt. Wie hätte Sonja es auch beweisen sollen? Sie wusste, mit welchen Argumenten er sich hinter einem Bataillon von Anwälten verschanzen würde. Er war unschuldig, bis ihm das Gegenteil bewiesen werden konnte, und dazu würde sie niemals in der Lage sein. Es fehlte ihr an den nötigen finanziellen Mitteln, aber auch an der nötigen Kraft. Felix Büchner beharrte lautstark darauf, dass es seiner Frau jederzeit freigestanden hätte, die Ehe zu verlassen. Einzig ihre Bequemlichkeit und sein immenses Vermögen hätten sie daran gehindert. Am Ende ihrer Scheidung stand Sonja Büchner, wie nicht anders erwartet, ohne jeden Cent da. Doch sie war frei.

Und das (wie die Zeitung es betitelte) Rekord-Schmerzensgeld von Metzdorf über hunderttausend Euro half ihr dabei, zum ersten Mal auf eigenen Beinen zu stehen. Frei zu sein. Auch wenn nichts und niemand ihr ihre Vergangenheit abnehmen konnte, lag die Zukunft nun allein in ihren Händen.

*

Adam Maartens änderte seinen Namen und zog nach Berlin. Es besteht kein Zweifel daran, dass er auch dort wieder eine Praxis betreibt. Dasselbe gilt für Dieter Carlsson. Die Gesellschaft scheint Männer wie sie zu brauchen, denn der Zulauf zu ihnen ist ungebrochen.

Ebenso werden heute – wie auch an jedem anderen Abend in Vergangenheit und Zukunft – junge Frauen an der B 44 stehen. Allein. Zwischen Theodor-Heuss-Allee und Katharinenkreisel. Und sie werden in fremde Autos einsteigen, ungeschützt und ohne zu wissen, wohin diese fahren werden.

Doch genauso wird es Julia Durant, Frank Hellmer, Andrea Sievers und all die anderen in Frankfurt geben. Jene Menschen, die sich dort kümmern, wo andere wegsehen.

Und das ist gut so.

NACHWORT

Wenn ich dieses Buch rückblickend betrachte, dann kann ich sagen, dass mich kaum ein Band der Julia-Durant-Reihe mehr beschäftigt hat als dieser. Es war eine noch intensivere Thematik als im *Fänger*. Es war das beklemmendste Thema seit der *Hyäne*. Und es war der arbeitsreichste Fall seit *Todesmelodie*.

Dass ich Sie mit dem Thema weiblicher Genitalverstümmelung konfrontiert habe, hat verschiedene Gründe. Ich möchte nicht zu detailliert auf meine persönlichen Bezüge aus der Sozialen Arbeit eingehen. Genauso wenig, wie ich mich namentlich auf Informant(inn)en berufen darf, denen ich Einblicke in den »Alltag« von Frauen verdanke, die sich prostituieren. Der Rechtsdefinition nach tun sie es freiwillig. Doch der Teufelskreis, den Miet- und Lebenskosten sowie drohende Verarmung im Alter, Sucht und Existenzangst schaffen, ist der eigentliche Grund, der dahintersteht. Ein Zwang, weiterzumachen. Ohne die Hoffnung auf ein Ende. Diese Realitäten gehören zu unserer Gesellschaft.

Als ich mich zum ersten Mal für dieses Buch mit dem Thema der Zwangsbeschneidung befasste, hatte ich Schwierigkeiten, genaue Zahlen zu erhalten. Die im Text erwähnten »*vierzigtausend betroffenen Mädchen und Frauen*« sind eine gemittelte Zahl. Etwa zeitgleich zur Abgabe des Manuskripts tauchte eine neue Zahl in den Medien auf. Fünfzigtausend. Die Reaktionen waren heftig, wenn auch kurzlebig. Sofort errechnete man einen Zusammenhang mit den Flüchtlingszahlen. Doch die vierzigtausend Fälle gab es schon vor dieser Krise. Hier im Land. In Europa. Es ist ein Gesellschaftsproblem, lange vor der sogenannten Flüchtlingskrise.

Es mag eine hässliche Seite unserer Gesellschaft sein, dass wir noch immer in einer Kultur leben, in der Männer die Täter sind und Frauen zu Opfern werden. Denn jeder Freier ist ein Täter.

Doch neben allem Düsteren gibt es Hoffnung. Es gibt Helfer(inn)en, die überall im Land ehrenamtlich Dienst tun. Projekte und Beratungsstellen, die versuchen, den Weg in den Ausstieg zu erleichtern. Kältebusse, Streetworker, unzählige kleine und größere Beratungsnetzwerke. Es gibt Aufklärungskampagnen und nimmermüde Menschen, die es sich zum Lebensziel gemacht haben, die Dinge zu verändern. Und gleichzeitig gibt es immer die Gewissheit, dass man damit niemals alle erreichen können wird.
Ich habe mich daher dazu entschlossen, einen Teil der Verkaufserlöse dieses Buches an die Frauenrechtsorganisation *Terre des Femmes* zu spenden. Und ich werde diesen Anteil nicht auflagenabhängig machen, sondern stattdessen die Lizenzgebühren stiften. Sie müssen sich also nicht genötigt fühlen, viele Bücher zu kaufen. Aber wenn Ihnen das Thema nahegeht: Reden Sie darüber. Und halten Sie die Augen offen.

Danke.

*Schnell, dramatisch,
oft erschütternd –*

ANDREAS FRANZ

Todesmelodie

Gleich der erste Fall nach ihrer Rückkehr in den aktiven Dienst verlangt Julia Durant wieder alles ab: In einem WG-Zimmer wird eine Studentin aufgefunden. Sie wurde grausam gequält und schließlich getötet, am Tatort läuft der Song »Stairway to Heaven«. Das K11 ermittelt, und die mutmaßlichen Verdächtigen werden zu hohen Haftstrafen verurteilt. Doch nach zwei Jahren taucht ein weiterer toter Student auf, und wieder spielt dasselbe Lied …

Tödlicher Absturz

Eine junge Frau, die brutal verprügelt, vergewaltigt und erdrosselt wird. Ein grausamer Mord in der letzten Nacht des Jahres. Eine Spur, die in die Chefetagen einer Bank führt.
Julia Durant und ihr Team stehen vor einer neuen Herausforderung!

Teufelsbande

Auf einer Autobahnbrücke wird ein verbranntes Motorrad gefunden, darauf die verkohlten Überreste eines Körpers. Das Opfer eines Bandenkriegs im Biker-Milieu?
Als die Gangmitglieder konsequent mauern und schweigen, entscheidet Julia Durant, den Kollegen Peter Brandt aus dem benachbarten Revier ins Boot zu holen. Und dann wird es für beide brandgefährlich!

*die Kultkommissarin Julia Durant
aus Frankfurt ermittelt!*

DANIEL HOLBE

Die Hyäne

Ein Mörder, der ohne erkennbares Muster oder System tötet und sich selbst »Die Hyäne« nennt, führt die Polizei mit makabrer »Post« an der Nase herum.
Julia Durant und ihr Team recherchieren auf Hochtouren, obwohl die Ermittlerin auch in ihrem Privatleben mit dramatischen Problemen zu kämpfen hat. Zunächst scheint schnell ein Schuldiger gefunden. Doch auch als der Verdächtige längst festgenommen ist, geschehen weitere Morde …

Der Fänger

In einem Waldstück bei Frankfurt wird die grausam verstümmelte Leiche eines Mannes gefunden, der seit Jahren verschwunden war. Die Ermittlungen ergeben, dass er zwar mehrfach wegen Sexualdelikten angezeigt, doch nie verurteilt wurde. In den Akten tauchen immer wieder derselbe Richter und dieselben Anwälte auf. Die brutalen Verletzungen des Mordopfers lassen auf ein sehr persönliches Motiv schließen. Und auf große Wut.
Ob hier ein Fall von Selbstjustiz vorliegt?